Das Lied der Honigvögel

Anne McCullagh Rennie

Das Lied der Honigvögel

Deutsch von Karin Dufner

Weltbild

Originaltitel: *Song of the Bellbirds*

Die Autorin

Anne McCullagh Rennie wurde im englischen Cambridge geboren und studierte am Royal College of Music in London und an der Akademie für Musik in Wien, bevor sie Konzertmanagerin des Londoner Royal Philharmonic Orchestra wurde. Nachdem sie ihren australischen Ehemann beim Skifahren in den österreichischen Alpen kennengelernt hatte, folgte sie ihm nach Sydney, wo sie zu schreiben begann. Alle ihre Romane zeigen ihre große Faszination für das »Outback«, das weite und wilde Land im Inneren des australischen Kontinents. Im Weltbild Buchverlag erschienen auch ihre Romane *Glühendes Land* und *Weites Land der Träume*.

TEIL I

Honigvögel
(Bellbirds)
Toowoomba

1

Das neu geborene Fohlen saugte zufrieden an den Zitzen seiner Mutter. Eigentlich hätte die vierzehnjährige Lizzy Foster, die gerade einen Blick in den Stall warf, vor Glück zerspringen sollen, denn schließlich waren Pferde und Singen die beiden wichtigsten Dinge in ihrem Leben.

Vor drei Wochen hatte sie die Hauptrolle in dem Musical bekommen, das an dem katholischen Internat, das sie besuchte, zum Jahresabschluss aufgeführt werden würde. Und nun war, während Lizzy das Wochenende auf Kinmalley verbrachte, der Weizen- und Schaffarm ihrer Familie in den Darling Downs in Queensland, dieses vollkommene kleine Geschöpf zur Welt gekommen. Dennoch gab es nur einen einzigen Gedanken, der Lizzy an diesem kühlen frühen Septembermorgen beschäftigte, nämlich, dass sie ihrem Vater auf keinen Fall von ihrer Gesangsrolle erzählen durfte.

Die große Scheune war vom Geruch nach frischem Heu erfüllt. Neben Lizzy wartete geduldig, gesattelt und gestriegelt Woeful, die zwölfjährige Stute; sie knabberte hin und wieder an der Schulter ihrer Herrin und pustete ihr von hinten in das T-Shirt. In der nächsten Box konnte Lizzy hören, wie ihre beste Freundin Marcia Pearce, die über das Wochenende zu Besuch war, den Eingangschor von »Oklahoma!« summte und dabei unter Geklapper Misty sattelte. Marcias Eltern waren die Besitzer von Four Pines, einer etwa eine Autostunde entfernt gelegenen Schaffarm.

Für gewöhnlich freute sich Lizzy darauf, die Pferde zu bewegen und Ställe auszumisten, doch heute spiegelten sich Sorgen in ihren dunklen Augen. Mit einem tiefen Seufzer spielte sie an dem Silbermedaillon herum, das sie um den Hals trug und das ihr Vater ihr zum sechsten Geburtstag geschenkt hatte. Sie drehte sich um, lehnte die Wange an Woefuls warmes braunes Fell und überlegte, wie sie sich nur wieder aus der Klemme befreien könnte, in die sie sich selbst hineinmanövriert hatte.

Es war wirklich eine Katastrophe. Niemals hätte sie die Rolle annehmen dürfen, und es war Wahnsinn gewesen, sich selbst weismachen zu wollen, sie könne ihren Vater überzeugen, wenn sie bis nach der Generalprobe wartete. Das Schlimmste dabei war nicht, dass Lizzy die Rolle überhaupt angenommen hatte. Dan Foster glaubte nämlich, dass seine Tochter in einem Gottesdienst singen würde. Es war schon schwer genug gewesen, ihm überhaupt die Erlaubnis zum Singen abzuringen. Wenn er herausfand, dass Lizzy ihn getäuscht hatte, würde er sich von seinem irischen Temperament womöglich sogar dazu hinreißen lassen, sie von der Schule zu nehmen.

Lizzy versuchte, nicht auf ihr flaues Gefühl im Magen zu achten. Wie ihr klar war, würde sie nicht darum herumkommen, ihm zu beichten, dass sie in einem Musical mitspielte – und das, obwohl er die bunten Farben, das Tanzen und den Trubel verabscheute, die damit einhergingen. Früher einmal hatte auch er diese Dinge geliebt. Wie sollte sie ihm nur begreiflich machen, dass sie einfach nicht hatte ablehnen können, als die Hauptdarstellerin ausgefallen war und die gute Schwester Angelica ihr die Rolle mit so überschwänglicher Begeisterung angetragen hatte?

Zu allem Überfluss hatte sie die vergangenen drei Wochenenden bei Marcia verbracht, um ihr Treiben zu verheimlichen. Sie hatte die wundervollen, gestohlenen Stunden genossen, sich im Zauber der Musik verloren, sich einfach treiben lassen und dabei überlegt, wie sie ihren Vater überzeugen könnte.

Eigentlich wäre am gestrigen Abend der richtige Zeitpunkt gewesen. Sie hatten gemütlich mit den »Jungs« – Lizzys zweiundzwanzigjährigem Cousin Bob und Ken, dem achtunddreißigjährigen Rodeoreiter und Mädchen für alles, der ihr Woeful geschenkt hatte – auf der großen Veranda zusammengesessen. Dan Foster war so gut gelaunt gewesen wie schon lange nicht mehr. Ausgestreckt neben ihm lagen seine fleißigen Hunde, Ned und der sechs Monate alte Gyp. Nachdem Dan einen großen Schluck aus der Bierflasche genommen hatte, kraulte er Ned den Bauch und verkündete, dass endlich die Rekordernte fast völlig eingebracht sei. Am nächsten Tag würden sie fertig sein und den Weizen wohlbehalten in Silos in der Stadt verstaut haben. Wieder einmal seien sie den vorhergesagten Unwettern zuvorgekommen.

Der Abend versprach sehr angenehm zu werden, und da sie sich von Marcia Unterstützung versprach, hatte sich Lizzy wirklich Chancen ausgerechnet. Doch dann kam die Geburt des Fohlens dazwischen, und die günstige Gelegenheit war vorbei gewesen.

Die Natur hatte es gut mit Lizzy Foster gemeint. In ihrem pechschwarzen Haar schimmerten Lichtfunken. Üppige dunkle Wimpern umrahmten große, mandelförmige Augen, und sie hatte hohe Wangenknochen und einen breiten Mund. Obwohl die meisten Leute meinten, dass an ihr ein Junge verloren gegangen sei, verbarg sich hinter ihrer burschikosen Art eine sinnliche junge Frau. Lizzy musste zwar noch etwas Babyspeck verlieren, doch an ihren wohlgerundeten Formen ließ sich bereits erkennen, dass sie einmal eine Schönheit werden würde. Ihre glatte Haut wurde in der Sonne tiefbraun, und ihre anmutigen Bewegungen und ihre Musikalität – beides geerbt von ihrer polynesischen Großmutter – verliehen ihr eine geheimnisvolle Anziehungskraft. Da sich in ihr Leidenschaft und kühle Berechnung paarten, wusste sie, dass der einzige Ausweg aus ihrer momentanen Lage war, wenn sie sich beruhigte, sich mit ihrer Situation abfand und auf Zeit spielte. Sie hatte Bühnenluft geschnuppert. Das war zumindest schon einmal ein Anfang.

Lizzy war acht Jahre alt gewesen, als ihre Mutter die Familie verließ. Sie wusste noch, dass es an einem Mittwoch geschah. Dunkel erinnerte sie sich an den düster-attraktiven Mann, der mit einer reisenden Theatergruppe in die Stadt gekommen war und ihren Vater sehr wütend gemacht hatte. Früher hatte Dad Lizzy und ihrer Mutter gern beim Singen zugehört.

Die Liebe zur Bühne hatte Lizzy von ihrer Mutter, die ihr auch von glamourösen Inszenierungen in fernen Städten erzählte. Nie hörte sie auf, davon zu träumen. Sie erklärte Lizzy, ihre Großmutter wäre eine polynesische Prinzessin gewesen, die davongelaufen sei, um Sängerin zu werden. Die Musik liege ihnen eben im Blut.

Mit ihrer Sopranstimme sang sie Lizzy alle Lieder vor, die sie kannte – Stücke aus alten Varieteeshows, Liebeslieder und polynesische Volksweisen. Gemeinsam hatten sie getanzt und gesungen und waren vor einem eingebildeten Publikum aufgetreten, wobei ihre Mutter die Melodien auf dem alten Klavier klimperte oder zerkratzte Platten auf dem Grammophon abspielte. Dann wirbelten die beiden mit den zerbeulten breitkrempigen Hüten ihrer Mutter und mit Federboas durchs Zimmer, sprangen ums Sofa und warfen lachend die Beine hoch.

Einmal war Mutter mit Lizzy zu dem natürlichen Amphitheater auf einem Nachbargrundstück unweit von Kinmalley gefahren, und sie hatten dort zusammen gesungen, bis ihre Stimmen durch den gesamten Busch hallten. Ihr Vater hatte meistens nur zugesehen und applaudiert. Doch manchmal hatte er auch eingestimmt und monoton vor sich hin gebrummt, bis alle in lautes Gelächter ausgebrochen waren. Dann drückte Dan Foster, ein liebevoller Bär von einem Mann, seine beiden Frauen an sich, und sie küssten und umarmten sich wie eine heile Familie, für die Lizzy sie damals eigentlich gehalten hatte.

Dann plötzlich war die Mutter fort. Lizzy blieb allein mit ihrem Vater und einer Trauer zurück, die sie nie wieder verließ, über die jedoch nie gesprochen wurde. Und Dan verbot seiner Tochter, je wieder zu singen.

Doch als Lizzy ins Internat St. Cecilia gekommen war, musste Dan schließlich kapitulieren. Dafür hatte schon Schwester Angelica gesorgt, die ihm geduldig erklärt hatte, dass das Singen im Schulchor zu den Eintrittsbedingungen gehörte.

»Aber lass dich bloß nicht bei diesem Theatermist erwischen«, hatte er Lizzy auf dem Heimweg gedroht.

»Theatermist« – mein Gott, wie sie diesen Ausdruck hasste! Für sie war er wie ein Schlag ins Gesicht, da die Lieder ständig aus ihr herauszuströmen drohten. Manchmal hatte sie zu Hause das Gefühl zu ersticken, weil sie nicht singen durfte.

Auch wenn ihr Vater nicht mehr der umgängliche Mensch war, an den Lizzy sich aus ihrer Kindheit erinnerte, kritisierte sie ihn nie für seine Brummigkeit und Launenhaftigkeit, denn sie liebte ihn von ganzem Herzen und wusste, dass es sich umgekehrt genauso verhielt. Dennoch war ihr größter Wunsch, er möge irgendwann begreifen, dass sie ohne Gesang nicht leben konnte und Singen für sie so natürlich wie Atmen war.

Woeful, die das Herumstehen leid war, warf den Kopf herum und holte Lizzy unsanft in die Gegenwart zurück.

»Du verstehst mich doch, oder, meine Schöne?«, murmelte sie. Nachdem sie sich das dicke schwarze Haar hinter die Ohren geschoben hatte, setzte sie einen breitkrempigen Hut auf, stieg auf Woefuls Rücken und ritt hinaus in den Sonnenschein.

»Okay, Marcia, lass uns hinauf zu den Wasserlöchern reiten und nachsehen, was vor dem Unwetter noch erledigt werden muss«, rief Lizzy und unterdrückte ein Gähnen.

Wegen der aufregenden Geburt des Fohlens hatte in der letzten Nacht niemand viel geschlafen, und Lizzy war noch vor Morgengrauen wieder aufgestanden, um für Dan und die Jungen, die zur Ernte aufbrechen wollten, Frühstück zu machen. Ihr Vater hatte sie gebeten, die beiden Wasserlöcher zu überprüfen, die das Trinkwasser für die zweitausend Tiere zählende Schafherde lieferten. Das würde zwar den Großteil des Vormittags in Anspruch nehmen, doch Lizzy glaubte, dass die Zeit noch für das geplante Picknick reichen würde, bevor das Unwetter anfing und Marcias Bruder kam, um sie abzuholen.

»Welches Unwetter?«, spottete Marcia, die auf Mistys Rücken aus dem Stall kam. Nur ein paar weiße Schäfchenwolken zierten den makellos blauen Himmel im Westen, aber beide Mädchen wussten, wie schnell über den Dawns verheerende Gewitter aufziehen konnten.

»Also, ich bin fertig. Worauf warten wir noch?«, fragte sie und rutschte mit übertriebener Ungeduld auf dem Sattel herum.

»Dad glaubt, dass das Unwetter, das schon die ganze Woche angekündigt wird, heute zuschlagen könnte«, erwiderte Lizzy. Ihre Stimmung hellte sich ein wenig auf.

Marcia war einen guten Kopf kleiner als Lizzy und optisch auch sonst das genaue Gegenteil. Sie war schlank und blauäugig, und ihr kurz geschnittenes mausbraunes Haar wies noch die Überreste einer hellroten Tönung auf. Es war schwierig, in Marcias Gegenwart niedergeschlagen zu sein.

Lizzy ließ Woeful wenden und trieb die Stute zur Eile an. Dann trabten die beiden Mädchen in raschem Tempo über die Weide davon. Bald fielen sie in Galopp und preschten über den Reitweg, entlang der von der Sonne ausgedörrten Weiden. Die frische Brise rötete ihre Wangen. Der Weg war von niedrigem Gebüsch gesäumt, aus dem plötzlich ein Schwarm Ibisse aufflog; die Vögel ließen sich von den Aufwinden treiben und schwebten über den kobaltblauen Himmel. Das Gefühl von Woefuls kräftigem Körper unter sich, die vertrauten Gerüche und der Anblick der endlosen, gewellten Landschaft, die sich vor ihr erstreckte, lösten in Lizzy wie immer Hochstimmung aus. Hier draußen, angesichts der Ehrfurcht gebietenden Schönheit der Natur, empfand sie eine Freiheit wie sonst nirgendwo. Hier durfte sie singen, wie ihr der Sinn stand, denn nur die Vögel, die Kängurus und der Wind konnten sie hören, und niemand verbot ihr ihre Träume. Hier schien die Welt ewig zu sein.

»Wer zuerst am Tor ist«, rief sie Marica zu und stieß mit leuchtenden Augen Woeful die Fersen in die Flanken.

Das Wasserloch in der Nordecke der Farm gehörte zu den ersten, die auf dem Grundstück gebohrt worden waren. Die alte Windmühle mit den eisernen Flügeln, die Lizzys Großvater väterlicherseits gebaut hatte, drehte sich fast pausenlos, seit ihr Vater vier Jahre alt war, und pumpte das Wasser aus dem artesischen Brunnen in den nahe gelegenen Kanal. Lizzy glitt von Woefuls Rücken und reichte Marcia die Zügel. Während Marcia die Pferde im Kanal tränkte, führte Lizzy die üblichen Untersuchungen durch.

Nachdem sie sich vergewissert hatte, dass mit den Lagern unten an der Windmühle alles seine Richtigkeit hatte, überprüfte sie, ob auch die Pumpe funktionierte. Die Stange, die vom Bohrloch bis hinauf zur Windmühle reichte, bewegte sich rhythmisch auf und nieder. Lizzy sah, dass sich aus dem Rohr ein steter Wasserstrom in den Kanal ergoss. Sie schob sich den Hut aus dem Gesicht, beobachtete die Windmühlenflügel und lauschte. Kein Klappern und Klopfen. Mit der Windmühle war alles in Ordnung. Um auf Nummer sicher zu gehen, kletterte sie die Leiter hinauf, bis sie den Turm zu zwei Dritteln erklommen hatte. Immer noch war nur das leise Rauschen der Flügel zu hören. Eine Hand umfasste die Leiter, während sie liebevoll die Landschaft betrachtete und den Anblick auf sich wirken ließ: die Weizenfelder, die an eine Steppdecke erinnerten, die Stoppelfelder, die Eukalyptushaine und die Stellen, auf denen noch üppig grüne Feldfrüchte wuchsen.

»Mit der da sind wir fertig«, rief Lizzy.

Marcia war gerade damit beschäftigt, stachelige Grassamen aus ihren Socken zu zupfen. Ganz in der Nähe weideten die mit Fußfesseln versehenen Pferde genüsslich das Gras ab. Lizzy streckte sich. Der Wind hatte nachgelassen, und die Temperaturen stiegen. Da sie nicht in Eile war, dachte sie an die letzte Probe. Sofort roch sie die Mischung aus Staub und Möbelpolitur, die über der stickigen Schulaula hing. Sie spürte die Finger des Hauptdarstellers auf ihrem Arm und fühlte, wie ihre Aufregung wuchs. Den Hut in den Händen, trat sie auf eine imaginäre Bühne hinaus, und der blecherne Klang des alten Klaviers aus Walnussholz hallte ihr in den Ohren. Gefangen in einer anderen Welt, schlug sie die Augen auf und begann zu singen:

»If you loved me …« Die Töne, anfangs kaum mehr als ein Flüstern, schwebten in die stille Luft hinauf und wurden, der Melodie folgend, lauter und leiser. Dann, als sich die Leidenschaft des Liedes steigerte, erhob sich Lizzys Stimme, sodass ihr Klang die gesamte Landschaft zu erfüllen schien. Marcia hörte auf, an ihren Socken herumzufingern, und lauschte. Leise setzte sie sich auf den Boden und hörte aufmerksam zu. Es war, als ob Lizzy sich beim Singen verwandelte. Sie leuchtete von innen heraus und verstrahlte Wärme und Energie. Auch wenn ihre Stimme noch ursprünglich und nicht ausgebildet war, klang sie reifer, als es ihrem Alter entsprach. Eine verborgene Sehnsucht war zu spüren, die ans Herz ging, ein Zauber, der den Zuhörer in seinen Bann schlug. Kein Wunder, dass Schwester Angelica Lizzy immer wieder erinnerte, sie sei von den Engeln gesegnet.

»Los, mach schon, willst du nicht mitsingen?«, forderte Lizzy ihre Freundin auf.

Vor lauter Freude am Singen funkelten ihre dunklen Augen, und ihr ganzer Körper schien zu leuchten. Sie machte auf der imaginären Bühne ein paar Schritte vorwärts und stimmte, mit den Füßen auf den Boden klopfend und die Hände ausgestreckt, die ersten Töne des Schlusschores an.

Lachend sprang Marcia auf, umfasste Lizzys Hände und tanzte im gleichen Rhythmus mit.

»... Dum, dum, dum ... when the wind comes sweeping down the plain ...«, sang sie, wobei sie Mühe hatte, sich an den Text zu erinnern.

Ihre jungen Stimmen erhoben sich im Gleichklang. Sie lüpften die nicht vorhandenen Cancan-Röcke, schwenkten sie beim Singen, warfen die Beine in die Luft, liefen vor und zurück und spielten die letzte Szene des Stücks, obwohl sie den Großteil des Textes vergessen hatten. Nach einem genüsslich in die Länge gezogenen hohen Abschlusston schleuderten sie ihre Hüte hoch, fielen einander applaudierend und jubelnd in die Arme und wälzten sich lachend und erhitzt auf dem Boden.

»Ach, Marcia, ich könne immer weitersingen. Ich liebe die Show von der ersten bis zur letzten Sekunde. Ich hätte nie gedacht, dass ich mich jemals wieder so glücklich fühlen würde«, keuchte Lizzy. »Das letzte Mal brachte Mum mir ein Lied aus ›Oliver‹ bei!«

Ihre Miene verdüsterte sich, und ein beklommenes Schweigen entstand. Eigentlich wollte sie heute nicht an ihre Mutter denken. »Ich verhungere. Was hast du mit dem Kuchen gemacht?«, fragte sie unvermittelt.

»Ich hole ihn«, rief Marcia, die Lizzys traurige Miene bemerkt hatte, und sprang auf.

Sie eilte zu dem großen Felsen hinüber, wo die Picknicktasche stand, und reichte Lizzy ein Stück von dem Kuchen, den sie am Vortag gebacken hatten. Dann bediente sie sich selbst. Schweigend und in Gedanken versunken verspeisten die beiden Mädchen das Gebäck.

»Wann wirst du es deinem Dad sagen?«, erkundigte sich Marcia nach einer Weile. Die Frage hing zwischen ihnen in der Luft.

»Was soll ich ihm denn sagen?«, gab Lizzy mit einem forschenden Seitenblick zurück.

»Du weißt schon. Das mit der Hauptrolle.«

»Gar nicht.«

»Was? Du musst aber!«, stieß Marcia erschrocken hervor.

»Warum? Er kriegt es doch sowieso heraus«, erwiderte Lizzy mit funkelnden Augen.

Sie zog die Knie hoch und schlang die Hände darum. Warum musste Marcia alles verderben, indem sie ausgerechnet jetzt damit anfing?

»Genau darum geht es doch. Dann bekommst du erst so richtig Ärger«, beharrte Marcia.

»Das ist mir egal. Ich singe die Rolle«, entgegnete Lizzy trotzig. »Wenn er es erfährt, ist es ohnehin schon zu spät. Außerdem würde er Schwester Angelica niemals verärgern.«

Doch sie glaubte selbst nicht, was sie sagte. Sie zog sich das silberne Medaillon über das Kinn, ließ es einige Male an der Kette hin und her gleiten und starrte ins Leere. Als sie es wieder sinken ließ, stand nicht mehr Wut, sondern Trauer in ihren Augen.

»Was soll ich nur tun, Marcia?«

»Du musst es ihm sagen«, antwortete Marcia leise. »Es wird schon kein Weltuntergang«, fügte sie nach einer Weile hinzu.

Sie wusste nicht, warum Mr. Foster, was Lizzys Gesang anging, eine derart merkwürdige Einstellung hatte. Allerdings war sie froh, nicht in Lizzys Haut zu stecken, denn das eine Mal, dass sie ihn brüllen gehört hatte, genügte ihr.

»So schlimm wird es sicher nicht werden«, meinte sie und sah zu, wie Lizzy niedergeschlagen im Staub kratzte. »Er kann dir nichts tun.«

»Er kann mir nur das Singen verbieten.« Achselzuckend ließ Lizzy sich den Rest des Sands durch die Finger rinnen.

Das Gespräch war zwecklos und sorgte nur dafür, dass sie sich noch elender fühlte. Also stand sie auf und biss sich auf die Lippe, um die Tränen zurückzudrängen. Als sie die kühle Brise spürte, lief ihr ein Schauder den Rücken hinunter. Das Wetter hatte sich eingetrübt, und in der Ferne ballten sich Gewitterwolken zusammen. Sie sah auf die Uhr.

»Wenn wir rechtzeitig zurück sein wollen, können wir die zweite Windmühle vergessen«, verkündete sie fröhlicher, als sie sich fühlte. Abgesehen von dem Unwetter, das sich, wie so häufig, bereits an den Grenzen des Farmgebietes zusammenbraute, hatten sie schon zu viel Zeit vertrödelt. Marcias achtzehnjähriger Bruder Tim wollte sie um zwölf Uhr mittags abholen.

»Ich wünschte, du müsstest nicht weg«, fügte sie traurig hinzu.

»Ich auch, aber du kennst ja die Einstellung meiner Mutter zu Sonntagen«, erwiderte Marcia voller Mitleid mit ihrer Freundin. Rasch sammelten die beiden Mädchen ihre Sachen zusammen und riefen die Pferde.

Der Heimritt verging schnell, war aber anstrengend, denn die Tiere waren durch das Wetter nervös geworden und schwer zu bändigen. Misty versuchte ständig durchzugehen, und Woeful scheute immer wieder ohne ersichtlichen Grund. Einmal zuckte ein Blitz im Himmel, gefolgt von entferntem Donnergrollen. Erschrocken galoppierte Woeful los, sodass Lizzy auf seinem Rücken auf und nieder hüpfte und das Pferd erst kurz vor dem Haus zügeln konnte. Als sie auf die große Scheune zugeprescht kamen, war Tim schon da und lehnte an seinem Wagen, der vor dem Haus stand.

»Super, dass wenigstens eine von euch pünktlich ist«, witzelte er grinsend, denn er hatte Lizzys wenig elegante Ankunft beobachtet.

»Halt den Mund, Tim«, riefen Lizzy und Marcia im Chor. Rasch sattelten die Mädchen die Pferde ab und ließen sie für den Fall, dass das Wetter umschlagen sollte, auf einer Koppel gleich neben der Scheune laufen.

Lizzy winkte dem Wagen nach, als dieser den Weg entlangrollte und in der Ferne verschwand. Dann warf sie einen Blick in den

Himmel, um sich zu vergewissern, dass die Pferde für den Moment gut aufgehoben waren. Langsam schlenderte sie zum Haus, während Marcias Worte ihr noch in den Ohren klangen. Dad hatte gesagt, er und die Jungen würden spät zum Mittagessen kommen. Wenn sie den Augenblick mit Bedacht wählte …

Lizzy band sich eine Schürze um und machte sich in den nächsten eineinhalb Stunden zufrieden in der Küche zu schaffen. Während sie das Leibgericht ihres Vaters zubereitete, summte sie vor sich hin und redete sich ein, der Lammbraten, der im Ofen schmorte, würde ihr helfen, ihn zu überzeugen. Der Duft des alten Winterrindenbaums wehte durch das Küchenfenster hinein. Als sie das Eiweiß für die Zitronenbaiser-Torte geschlagen hatte, war der Himmel so dunkel geworden, dass sie Licht machen musste. Fast fing sie an, sich zu fürchten, aber dann hörte sie, wie der Pick-up in den Hof einfuhr und Autotüren ins Schloss fielen.

»Hallo, Dad«, rief sie fröhlich. Während sie lauschte, wie ihr Vater auf der Veranda die Stiefel auszog, klopfte ihr das Herz bis zum Hals. Im nächsten Moment kam er zur Tür herein und verschwand in der Dusche. Mit schweißnassen Händen warf Lizzy noch einen letzten Blick auf den Esstisch, spähte unter das Geschirrtuch, das sie über die Baisertorte gebreitet hatte, und holte Brot und Butter. Dann machte sie sich nervös an der Spüle zu schaffen und spitzte die Ohren, ob es schon regnete.

Zwanzig Minuten später trat Dan Foster, frisch rasiert, in einem sauberen Hemd und das sonnengebräunte Gesicht geschrubbt, in die Küche, gab Lizzy einen Kuss auf die Wange und nahm die angebotene kalte Flasche Bier entgegen. Er war ein kräftiger Mann mit breiten Schultern und leichtem Übergewicht. Außerdem litt er an erhöhtem Blutdruck, auch wenn er allen immer wieder versicherte, dass er im Leben noch keinen Tag krank gewesen sei – bis auf den kleinen Zwischenfall von letzter Woche.

»Heute haben wir eine Menge geschafft, Kleine«, verkündete er ein wenig atemlos. »Alles ist im Silo und von bester Qualität, und wir haben kein Körnchen wegen des Unwetters verloren. Ken bringt gerade den Mähdrescher zurück. Er kommt gleich.«

Er trank einen Schluck Bier, wischte sich mit einem sauberen Taschentuch den Schweiß von der Stirn und ließ sich auf einen Stuhl sinken. Er gab zu, dass er letzte Woche »ein kleine Grippe« gehabt und sich noch nicht völlig wieder erholt hatte. Allerdings hatte er entgegen des Rates seines Arztes weitergearbeitet.

»Du wirst mit jedem Tag hübscher«, sagte er bewundernd zu Lizzy, die gerade die Essteller aufdeckte. »Und was hast du heute für deinen armen alten Vater und seine schwer arbeitenden Männer gekocht?« Aus dem Ofen wehte ein köstlicher Duft durch die Küche. Dann bemerkte er das Geschirrtuch. »Habt ihr Mädchen wieder gebacken? Der Himmel steh uns bei!«, lachte er und lüpfte eine Ecke des Tuches.

»Spionieren verboten«, protestierte Lizzy grinsend und griff nach einem Kochlöffel. Sie klang viel selbstsicherer, als sie sich fühlte. In gespielter Furcht ließ Dan das Geschirrtuch los.

»Eine Überraschung für deinen Dad, was?«

»Vielleicht.«

In eine angeregte Debatte vertieft, kamen Bob und Ken zur Tür herein. Als Ken Lizzy, den Kochlöffel immer noch in der Hand, bemerkte, nahm er sie in die Arme und schwenkte sie herum.

»Wie geht es meiner furchtlosen Rodeokönigin? Wenn ich zehn Jahre jünger wäre, Lizzy, wärst du vor mir nicht mehr sicher«, rief er grinsend und drückte sie an sich. Nachdem er sie wieder abgesetzt hatte, streckte er die Hand nach dem Geschirrtuch aus.

»Irgendwas riecht hier gut. Was ist das?«

»Jetzt fang du nicht auch noch an«, schimpfte Lizzy lachend und versetzte ihm einen leichten Klaps mit dem Löffel.

Angesichts der allgemeinen guten Laune ließ ihre Nervosität nach. Ken war wie ein Onkel für sie. Er hatte Arme so dick wie Baumstümpfe. Sein muskulöser Körper war von den vielen Stürzen während seiner Zeit als Rodeoreiter von Narben übersät. Er war immer knapp bei Kasse, hatte ein Herz aus Gold und hatte sich vom ersten Augenblick an so gut in die Familie eingefügt, dass er auch ein Verwandter hätte sein können.

»Oho, dann müssen wir uns heute offenbar benehmen«, erwiderte er schmunzelnd. Als er Bob zugrinste, war ein abgebrochener Zahn zu sehen. Rings um seine freundlich dreinblickenden Augen gruben sich tiefe Krähenfüße in sein sonnengebräuntes Gesicht.

Lizzy erwiderte das Lächeln. Als sie den Kochlöffel mit Topfhandschuhen vertauschte und den Braten vor ihren Vater hinstellte, bemerkte sie zu ihrem Erstaunen, dass ihre Hände zitterten.

»Okay, Essen fassen«, verkündete Dan und begann, das Lamm zu tranchieren.

»Wir könnten ein ziemliches Unwetter bekommen«, meinte Bob und wies mit seiner Bierflasche auf das Fenster, wo ein dunkler und bedrohlicher Himmel zu sehen war. Bob, der hauptsächlich als Schafscherer arbeitete, unterschied sich grundlegend von Ken. Er konnte einiges vertragen und hatte einen so spöttischen Humor, sodass Lizzy sich manchmal fragte, ob er ihr Komplimente machte oder sie auf den Arm nehmen wollte. Nach einem heftigen Streit mit Dan war Bobs Vater vor einigen Jahren nach Neuseeland ausgewandert, und die beiden Familien sprachen seitdem nicht mehr miteinander. Daher war Dan ausgesprochen überrascht gewesen, als Bob ihn um Arbeit gebeten hatte.

»Sind die Pferde in der Scheune?«, fragte er Lizzy streng.

»Denen passiert schon nichts, bis wir gegessen haben«, brummte Dan. »Bis das Gewitter kommt, dauert es noch ein paar Stunden, wenn überhaupt etwas passiert. Lizzy, gib mal das Gemüse weiter.«

In den nächsten Minuten waren nur Kaugeräusche, das Kratzen von Besteck auf Porzellan und hin und wieder ein »kann ich mal das Salz haben« zu hören. Für Lizzy schmeckte das Essen wie Sand, und sie brachte nur ein paar Gabeln voll herunter.

»Das war ausgezeichnet, Lizzy. Einfach köstlich. Was hast du denn? Warum isst du nichts? Und jetzt die wichtigste Frage: Was gibt's zum Nachtisch?« Dan lehnte sich zurück und tupfte sich zufrieden den Mund ab. »Ihr Mädchen habt euch ja gestern Abend prächtig amüsiert und ständig gekichert und geredet. Was wolltest du mir denn sagen? Du hast gemeint, es wäre etwas Besonderes.«

Lizzy klopfte das Herz bis zum Halse.

»Zitronenbaiser-Torte«, verkündete sie zu laut, überrascht von seiner plötzlichen Aufforderung. Sie sprang auf, riss das Geschirrtuch hoch und präsentierte das appetitliche Gebäck, auf dem sich Gipfel aus Eischnee türmten. Ihre Augen funkelten zu hell, ihre Bewegungen waren zu schnell, und ihre Hände zitterten so, dass sie das erste Stück beinahe fallen ließ, als sie es auf einen Dessertteller legte. Nachdem sie jedem der Männer eine Portion serviert hatte, setzte sie sich und versuchte, ruhig zu wirken. Jetzt oder nie.

»Du hast doch sicher schon vom Abschlusskonzert gehört. Nun ja, sie haben so viele Eintrittskarten verkauft, dass es in der Stadthalle und nicht in der Schule stattfinden wird«, begann sie, wobei sich ihre Worte vor Hast fast überschlugen. Der Mut verließ sie, als die Augen ihres Vaters den abweisenden Ausdruck annahmen, den Lizzy so hasste.

Ein plötzlicher kalter Windhauch fuhr unter der Küchentür hindurch und strich über ihre Waden. Draußen warnten die Vögel zwitschernd vor dem Unwetter.

»Weiter«, forderte Dan sie in scharfem Ton auf. Der Schweiß lief ihm übers Gesicht und in die Augen, sodass er ihn mit einer Serviette wegwischen musste. »Bobby, dreh den Ventilator höher, ich schwitze mich tot hier drin.«

»Das ist die Grippe, die du angeblich nie hattest«, wandte Ken ein, offenbar in dem Versuch, die angespannte Stimmung zwischen Vater und Tochter aufzulockern. Doch Dan achtete nicht auf ihn. Lizzy holte tief Luft und sprach rasch weiter.

»Dad, jetzt werde nicht sauer, aber, tja, es hat sich etwas geändert. Es ist kein Konzert, sondern ein ... ein Musical«, stammelte sie. »Wir führen ›Oklahoma!‹ auf, und ich habe die Hauptrolle. Es ist so aufregend! Das andere Mädchen ist ausgestiegen, und Schwester Angelica hat mich gefragt, ob ich mitmachen will. Oh, Dad, ich bin so froh, dort oben auf der Bühne zu stehen, und die Mutter Oberin und all die anderen Schwestern ... sie sind so aufgeregt ...«

Als ihr Vater mit der Faust auf den Tisch schlug und aufstand, fuhr sie zusammen.

»Ich will kein Wort mehr hören, Kind!«, brüllte er. Der Schweiß lief ihm übers Gesicht. Die Hände zu Fäusten verkrampft lehnte er sich schwer auf den Tisch und blickte Lizzy finster an. Sie erbleichte.

»Nein, so hör doch zu, Dad, bitte, nur dieses eine Mal. Ich hätte nie damit gerechnet, aber ...«

»Meine Tochter wird nicht in so einem billigen Bühnenstück herumtänzeln, ganz gleich, was die Nonnen dazu sagen«, schrie Dan.

»Bitte, Dad.« Flehend sah sie ihn aus dunklen Augen an.

»Jetzt Schluss damit. Du wirst dieser Schwester soundso sagen ...«

Lizzy konnte es nicht mehr ertragen.

»Nein, Dad!« Sie sprang auf, und all die unterdrückte Sehnsucht und die Schuldgefühle brachen sich mit einem Mal Bahn. Wut ergriff sie. »Warum musst du so abscheulich sein? Du bist sogar zu faul, dir Schwester Angelicas Namen zu merken. Es ist doch kein Verbrechen, in einem ...«

»Wage es nicht, in Gegenwart von Gästen so mit mir zu sprechen«, unterbrach Dan sie mit kalter Stimme.

»Was für Gästen? Ken und Bob sind keine Gäste, und es ist ihnen auch egal«, schrie sie zurück, ohne sich um die Folgen zu scheren. Ihr Herz klopfte so heftig, dass es ihr den Brustkorb zu zerreißen drohte. Mit funkelnden Augen wandte sie sich zu den beiden Männern um. »Euch ist es doch egal, ob ich in diesem Stück auftrete, oder?«

Verlegen wichen Ken und Bob Lizzys Blick aus und waren plötzlich ganz und gar mit ihrer Nachspeise beschäftigt.

»Du bist genau wie deine Mutter, egoistisch, gedankenlos und unhöflich. Und jetzt Schluss damit!«, brüllte Dan. Sein Gesicht war aschfahl.

»Warum musst du Mum mit hineinziehen, obwohl wir sonst nie über sie reden?«, rief Lizzy. Ihre Hände krampften sich um die Tischkante. Zitternd vor Wut und Enttäuschung, interessierte es sie nicht länger, was sie sagte und wen sie damit kränkte. »Du weißt, dass Singen das Einzige war, was ich jemals wollte.«

Heiße Tränen traten ihr in die Augen und kullerten ihr die Wangen hinab. Zornig wischte sie sie weg. »Was ist denn so schrecklich daran, singen zu wollen? Erklär es mir.«

Ein Blitz zuckte durch den Himmel und erleuchtete das Zimmer. Im nächsten Moment folgte ein Donnerschlag, der Lizzy mitten im Satz unterbrach. Dann gingen die Lichter aus, und der Ventilator blieb stehen. Niemand im Raum bewegte sich. Der Strom war ausgefallen. Schließlich fluchte Dan vernehmlich.

»Der verdammte Generator.«

»Ich hole besser die Pferde rein. Nur für alle Fälle«, entschied Ken und sprang auf. Bob, der bereits stand, nickte.

»Ich helfe«, erbot sich Lizzy, das Gesicht fleckig vom Weinen.

»Kommst du mit den beiden Stuten allein klar, Lizzy? Iron Lad schaffen wir nur zu zweit. Bestimmt ist er schrecklich verängstigt«, sagte Ken.

»Etwas anderes bleibt dir gar nicht übrig«, stieß Dan hervor. Bevor Lizzy etwas erwidern konnte, stürmte er zur Vordertür hinaus, sodass das Fliegengitter hinter ihm zuknallte. Nachdem er Gyp befohlen hatte, sitzen zu bleiben, rief er Ned zu sich und marschierte in Richtung des Generators, der hundert Meter vom Haus entfernt stand.

Lizzy versicherte den Jungs, dass sie schon zurechtkommen würde. Froh, dem schrecklichen Streit mit ihrem Vater entrinnen zu können, rannte sie hinaus und hinüber zu dem Pferch, in dem sie die Stuten freigelassen hatte. Hinter ihr sprangen Ken und Bob in den Pick-up, um den Hengst zu holen. Windböen trieben Lizzy Staub in die Augen, sodass sie einige Male stehen bleiben und sich abwenden musste. Die Stuten liefen wiehernd und mit wehenden Schwänzen und Mähnen auf der Koppel hin und her. Die Temperatur fiel zusehends. Lizzy brauchte einige Minuten, um die Tiere einzufangen und sie so weit zu beruhigen, dass sie sie in die Scheune führen konnte. Nachdem sie die nervösen Pferde wohlbehalten in ihre Boxen gesperrt hatte, sah sie rasch nach der dritten Stute und dem Fohlen. Als sie wieder ins Freie trat, war trotz des frühen Nachmittags wegen des dunkelgrün verfärbten Himmels eine unheimliche Nachtstimmung aufgekommen.

Lizzy stemmte sich gegen den immer stärker werdenden Wind, drückte das Scheunentor zu und eilte dann zu der Wäschespinne hinüber, die im Sturm wie wild um die eigene Achse wirbelte. Sie stoppte sie, indem sie nach einem Handtuch griff, riss die Wäsche herunter und sammelte sie in ihren Armen. In ihrer Hast ließ sie die Wäscheklammern einfach auf den Boden fallen. Kaum hatte sie das letzte Hemd abgenommen, brach das Unwetter los. Binnen weniger Sekunden war sie nass bis auf die Haut. Durch die Regenwand betrug die Sichtweite nur noch wenige Meter, und die steinharte Erde verwandelte sich im Nu in weichen, klebrigen Morast. Schlamm und Laub hafteten Lizzy an den Knöcheln, und kleine, von den umliegenden Bäumen abgerissene Zweige wurden, zusammen mit Knäueln aus dünnen Grashalmen und Holzsplittern, über den Boden geweht.

Ein besonders starker Windstoß hob einen zerbrochenen Holzstuhl hoch und schleuderte ihn zwanzig Meter weit. Lizzy wich einem leeren Ölfass aus, das klappernd über den Hof kullerte, taumelte auf die Veranda, die durchweichte Wäsche im Arm, rief den ängstlich zusammengekauerten Gyp zu sich und stürzte ins Haus. In der Küche angekommen, erstarrte sie, als sie das Knattern von Blech hörte; offenbar hatte sich ein Teil des Daches gelockert. Am ganze Leibe zitternd ließ sie die Wäsche auf den Küchenboden fallen und hastete zurück zur Vordertür, wo sie durch das Fliegengitter zum Generator hinüberstarrte und überlegte, ob es wohl draußen oder drinnen weniger gefährlich sei.

Der Regen trommelte mit einem ohrenbetäubenden Geräusch auf das Metalldach. Das Wasser rauschte die überlasteten Regenrohre hinunter und auf den Boden, wo es breite Rinnen in die Erde grub. Mit zitternden Beinen und klopfendem Herzen sah Lizzy voller Angst zu, als schließlich ein Teil des Daches abgerissen und wie ein Stück Pappe in den Hof geschleudert wurde. Das war zu viel. Sie schlüpfte durch die Fliegengittertür und verkroch sich mit Gyp unter dem Tisch aus massiver Eiche, der auf der Veranda stand; in diesem Augenblick kippte der alte Winterrindenbaum um und stürzte auf den hinteren Teil des Hauses. Glas splitterte, und das ganze Gebäude wurde in seinen Grundfesten erschüttert, ein Geräusch, das sich für immer in Lizzys Gedächtnis eingraben sollte.

Entsetzt beobachtete sie den Boden der Veranda und rechnete jeden Augenblick damit, dass alles in sich zusammenbrechen würde. Das Gesicht in Gyps Fell geschmiegt, flüsterte sie ihm in der Dunkelheit beruhigend zu und wünschte, ihr Vater würde schleunigst zurückkommen. Noch nie zuvor hatte sie so etwas erlebt, und zitternd vor Angst begann sie zu beten.

Der Sturm tobte zwanzig Minuten lang. Dann ließ der Regen nach, hörte schließlich auf, und der Himmel wurde wieder heller. Lizzy kroch unter dem Tisch hervor und spähte, ängstlich beäugt von Gyp, durch das Fliegengitter ins Haus. Ihr wurde flau, als sie dort, wo gerade noch die Küchenwand gewesen war, einen Ast liegen sah. Panisch wirbelte sie herum, um sich zu vergewissern, ob der Schuppen mit dem Generator noch stand. Zu ihrer Erleichterung kam im nächsten Moment ihr Vater heraus. Unverletzt und gefolgt von Ned überquerte er vorsichtigen Schrittes den Hof.

Lizzy seufzte auf. Sie würde sich bei ihm entschuldigen und ihm sagen, wie Leid es ihr täte. Schließlich war es nur ein dummes Musical. Wenn es ihm so zu schaffen machte, würde sie eben darauf verzichten. Sie erschauderte bei dem Gedanken, ihn beinahe für immer verloren zu haben. Was, wenn sie alle in der Küche geblieben wären? Sie trat von der Veranda und watete durch den zähen Morast, in dem sie bei jedem Schritt versank, auf ihn zu. Warum ging er denn so langsam? Plötzlich gaben ihrem Vater die Knie nach. Ned verharrte jaulend neben ihm.

Voller Angst wollte Lizzy losrennen, doch ihre Füße blieben dauernd stecken. Der Schlamm klebte an ihren Sohlen, sodass sie nicht mehr von der Stelle kam. Lizzy zog die Schuhe aus und eilte barfuß weiter. Auf der Veranda fing Gyp zu bellen an, machte dann einen Satz und folgte ihr. Inzwischen hatte Dan sich wieder aufgerichtet, doch als Lizzy ihn erreichte, sah sie zu ihrem Entsetzen, dass sein Gesicht aschfahl war. Nach Atem ringend, umklammerte er ihre Schultern wie ein Schraubstock.

»Die Schmerzen, Lizzy, die schrecklichen Schmerzen«, keuchte er, ließ mit einer Hand los und drückte sich gegen die Brust. Lizzy trat näher, um ihm zu helfen. Da knickten seine Beine ein, und er sackte gegen sie. Er war zu schwer für sie, sie konnte nicht verhindern, dass er zu Boden glitt.

»Dad, was ist los?«, flüsterte Lizzy kreidebleich. »Oh, mein Gott! Dad, Dad! Oh, mein Gott! Dad, wach auf!«

Verzweifelt klopfte sie ihm auf die Wangen, damit er wieder zu sich kam. Seine Lippen waren blau. Ängstlich zitternd sah sie sich um. Wo war nur Ken?

»Ken! Ken! Bob! Hilfe! Es ist etwas mit Dad!«, schrie sie, so laut sie konnte. Wieder schlug sie ihm gegen die Brust, doch er reagierte nicht. Endlich spürte sie die Arme von Ken, der sie aus dem Weg stieß und anfing, die Brust ihres Vaters zu bearbeiten.

»Hol Hilfe, Lizzy«, befahl er.

Schreckensbleich starrte Lizzy ihren Vater an und schlug die Hände vors Gesicht, während Ken weiter Dans Brust massierte. Bob kam herangestürmt.

»Was ist passiert?« Diese Frage holte Lizzy zurück in die Wirklichkeit.

»Dad ist krank. Ich hole Hilfe«, erwiderte sie und eilte ins Haus. Das Telefon im Wohnzimmer war tot, und das Licht funktionierte auch nicht. Voller Furcht hastete Lizzy barfuß in das Zimmer, in dem das Funkgerät stand. Doch sie blieb erstarrt stehen, als sie den Ast sah, der auf den zertrümmerten Überresten des Apparates lag. Unter Zuhilfenahme eines Kissens arbeitete sie sich durch die überall herumliegenden Glasscherben vor und versuchte, das Funkgerät wieder in Gang zu bringen, doch bald wurde ihr klar, dass es unwiderbringlich zerstört war. Sie waren von der Außenwelt abgeschnitten. Ihr nächster Nachbar lebte vierzig Kilometer entfernt. Lizzy eilte wieder nach draußen und sprang in den Pick-up. Wenn sie ordentlich Gas gab, würde sie zwanzig Minuten brauchen. Sie ließ den Motor an. Doch die hinteren Räder drehten sich im Schlamm auf der Stelle. Sie kletterte aus dem Wagen und rannte hinüber zum Familienauto. Der Mut verließ sie: Ein gewaltiger Ast lag quer vor der Einfahrt des selbst gezimmerten Carports.

Also blieb Lizzy nichts anders übrig, als umzukehren und hilflos zuzusehen, wie Ken und Bob versuchten, Dan ins Leben zurückzuholen. Obwohl beide gesunde kräftige Männer waren, waren sie nach einer halben Stunde völlig erschöpft. Schließlich kauerte Ken sich auf die Fersen und wischte sich Schweiß und Schlamm aus dem Gesicht.

»Es ist zwecklos, Lizzy. Dein Vater ist tot«, sagte er leise.

»Er hat Recht. Wir haben getan, was wir konnten«, fügte Bob kopfschüttelnd hinzu und betastete eine verkrustete Schnittwunde an seiner Wange.

Eine kalte Hand griff nach Lizzys Herz. Verzweifelt sprang sie auf.

»Nein! Nein! Ihr dürft nicht aufhören. Ihr müsst weitermachen, bis es ihm besser geht«, schrie sie. Die Jeans mit Schlamm beschmiert und das T-Shirt durchweicht, begann sie, sinnlos die Brust ihres Vaters zu bearbeiten.

»Wir müssen weitermachen. Wir müssen weitermachen«, wiederholte sie nur und stieß die Männer zur Seite, bis diese sie schließlich trotz ihrer Gegenwehr wegzerren konnten.

»Es hat keinen Sinn, Lizzy. Du musst ihn gehen lassen«, meinte Ken so sanft wie möglich, während er sie weiter festhielt.

»Nein, nein, Dad, bitte, nein«, schluchzte Lizzy und schlug um sich. Sie war nicht bereit, sich mit ihrem reglos und fahl daliegenden Vater abzufinden. Die verunsicherten Hunde warteten derweilen geduldig neben ihrem Herrchen.

»Schsch, Lizzy. Wir haben für ihn getan, was wir konnten«, flüsterte Ken hilflos und nahm das bebende Mädchen fester in seine starken Arme. Er vermutete, dass Dan einem schweren Herzinfarkt erlegen war. So etwas hatte er schon häufiger gesehen. Wahrscheinlich war Dan tot gewesen, bevor er den Boden berührte. Lizzy riss sich los.

»Ich liebe dich, Dad, bitte, Dad, stirb nicht«, schrie sie. Sie fiel auf die Knie, schlang die Arme um den reglosen Körper ihres Vaters und versuchte, ihn wieder zum Leben zu erwecken.

»Ich liebe dich«, flüsterte sie. Dann presste sie schluchzend das Gesicht an seine Brust.

2

Vater O'Shehan, der Gemeindepfarrer, hielt das Gebetbuch umfasst. Der Wind zauste sein langes, schwarzes Gewand.

»Liebe Gemeinde, wir haben uns hier versammelt, um uns von unserem Freund Dan Foster zu verabschieden. Dan liebte sein Land, sein Zuhause und seine Tochter. Wir werden ihn sehr vermissen ...«

Benommen hörte Lizzy zu, wie Vater O'Shehan am offenen Grab seine Rede hielt. Das schimmernde Holz des Sarges lugte zwischen den Kränzen und Blumensträußen hervor und bildete einen scharfen Kontrast zu den schmucklosen grauen Grabsteinen und der sie umgebenden Erde. Mit trockenen Augen und eine Rose in dunklem Rosa umklammernd, starrte sie abgestumpft auf die Schleife an dem Kranz aus weißen Lilien und gelben Margeriten. »Dad, ich liebe dich. Lizzy.« Mehr war nicht zu sagen.

Neben ihr, die schwarze Trauerkleidung durch eine cremefarben und schwarz gemusterte Bluse ein wenig aufgelockert, stand Lizzys Großmutter, deren Kopf ab und zu unwillkürlich zitterte. Mary Foster war eine kleine, schlanke Frau mit dichtem grauem Haar und tief liegenden blauen Augen. Sie war einmal sehr schön gewesen. Im nächsten Monat würde sie ihren sechzigsten Geburtstag feiern, und sie arbeitete immer noch zwei Tage pro Woche in einem kleinen Zeitschriftenladen in Toowoomba. Das einzige Anzeichen, mit dessen Hilfe man Gefühlsregungen bei ihr feststellen konnte, war ein roter Ausschlag am Hals. Dort befand sich auch heute ein deutlich sichtbarer Streifen.

Sie wurde von Onkel Brent überragt, Dans jüngerem Bruder, der vor zwei Tagen aus Neuseeland eingeflogen war. Den Kopf gesenkt und den Hut in der Hand, trat er schweigend von einem Fuß auf den anderen. Sein Sohn Bob stand neben ihm. Ken schien sich in seinem Anzug ziemlich unwohl zu fühlen. Außerdem hatten sich Marcia, ihr Bruder Tim und deren Eltern eingefunden, die mit der im australischen Hinterland üblichen Gastfreundschaft vorgeschlagen hatten, sich nach dem Gottesdienst auf ihrer Farm Four Pines zu versammeln.

Es waren noch weitere Menschen am Grab erschienen, um ihrem Vater die letzte Ehre zu erweisen, die Lizzy kaum kannte. Dans plötzlicher Tod war für die Gemeinde, deren Mitglieder schwer von dem Unwetter in Mitleidenschaft gezogen worden waren, ein zusätzlicher Schock gewesen. Selbst Schwester Angelica und die Mutter Oberin waren gekommen. Auch Doktor Hughes und seine Frau wohnten der Beerdigung bei. Der Arzt hatte Lizzy erklärt, Dans »bisschen Grippe« sei in Wirklichkeit ein leichter Herzinfarkt und ein Warnsignal gewesen. Doch Dan habe sich wegen der anstehenden Ernte geweigert, darauf zu achten.

»Lizzy!«, zischte Marcia ihr da ins Ohr. Vater O'Shehan hatte sie gefragt, ob sie ihre Rose zu den anderen auf den Sarg legen wolle.

Lizzy riss sich mit aller Macht zusammen, als sie vortrat und die Rose vorsichtig neben ihren Kranz legte. Doch als der Sarg dann ins Grab hinabgelassen wurde, liefen ihr die Tränen die Wangen hinunter und durchnässten das rote Kleid, das Dad so gern an ihr gesehen hatte.

Während Vater O'Shehan den letzten Segen sprach, wurde sie von lauten und heftigen Schluchzern geschüttelt.

Wortlos tätschelte Mary Lizzys Hand und wischte sich selbst eine Träne ab, während die Trauergäste sich zerstreuten.

»Lass dir Zeit, Kind. Wir warten am Auto auf dich.« Mit diesen Worten ging sie davon und lehnte das Angebot ihres Sohnes ab, sie zu stützen.

Lizzy starrte auf den Sarg.

»Er ist doch nicht wirklich da drin. Ich meine, er ist nicht … seine Seele …«

»Nein, er ist nicht da drin, sondern bei Gott.«

Lizzy hatte gar nicht bemerkt, dass sie laut gesprochen hatte. Sie spürte Mrs. Pearce' Arm um ihre Schulter. Der leichte Hauch ihres Parfüms war etwas Vertrautes in dieser fremden Welt.

»Ich wollte nie … Ich hätte ihm mehr erzählen sollen …«

Nancy Pearce drückte Lizzy an sich, bis ihre Schultern nach und nach zu beben aufhörten.

»Glauben Sie, Dad wusste, wie sehr ich ihn geliebt habe?«, stieß Lizzy hervor. Ihr Gesicht war fleckig vom Weinen. »Hat er es wirklich gewusst?« Ihre Lippen zitterten.

»Er wusste es, mein Kind. Er wusste es. Er hat es jeden Tag gesehen, und er weiß auch, dass du es schaffen wirst«, flüsterte Nancy Pearce. Während sie Lizzys Tränen und ihre eigenen wegwischte, fragte sie sich, wie die Großmutter des Mädchens nur so herzlos sein konnte, sie in diesem Augenblick allein zu lassen.

Lizzy saß zwischen Marcia und ihrer Großmutter im Auto und sah zu, wie der Friedhof hinter ihnen immer kleiner wurde. Mrs. Pearce war in einem der anderen Wagen mitgefahren, die in der Kolonne folgten. Am liebsten hätte Lizzy gegen die steifen Gespräche angeschrien, damit sich die anderen wieder normal verhielten und alles gut wurde. Stattdessen beobachtete sie wortlos, wie die Koppeln vorbeiglitten. Als das Ende der Teerstraße erreicht war, holperte der Wagen die restlichen fünf Kilometer der Schotterstraße entlang. Nach dem Unwetter war sie so von Schlaglöchern und tiefen Rillen durchzogen, dass Lizzys Zähne aufeinander schlugen. Dann waren sie endlich am Farmhaus der Pearce' angekommen, und alle stiegen erleichtert aus.

Nancy kochte Tee und verteilte Getränke, während Mary Foster die Frischhaltefolie von Tellern mit belegten Broten und Kuchen entfernte. Nachdem sie ihre Enkelin angewiesen hatte, die Platten herumzureichen, begrüßte sie zuerst die Mutter Oberin und Schwester Angelica und anschließend die übrigen Trauergäste.

Die Mutter Oberin lächelte Mary zu, und Mitgefühl zeigte sich in ihrem Blick. Sie wusste, wie stark die Frau sich beherrschte. Kerzengerade aufgerichtet, in ihrer Tracht aus blauem Wollstoff und die frisch gestärkte Haube fest unter dem Kinn verschnürt, sah die Nonne zu, wie Mary energischen Schrittes zu Lizzy hinüberging, die gerade tapfer Beileidswünsche entgegennahm.

Die beiden älteren Frauen kannten sich seit mehr als dreißig Jahren. Sie waren sich an der örtlichen Schule begegnet, wo die

Mutter Oberin seinerzeit unterrichtet hatte. Damals war sie eine junge Nonne gewesen und hatte sich ein wenig überfordert gefühlt, als sie Mary half, die düstersten Jahre ihres Lebens zu überstehen.

Innerhalb von nur achtzehn Monaten hatte Mary beide Eltern verloren. Danach war ihr drittes Kind gestorben, und daran zerbrach ihre Ehe. Die Tragödien in Marys Leben hatten der Mutter Oberin eine Lektion über die menschliche Seele erteilt, die sie nie wieder vergessen sollte, und sie hatten auch ihren Glauben stark auf die Probe gestellt. Doch aus dem Unglück war eine tiefe Freundschaft zwischen den beiden Frauen entstanden. Als Mary Lizzy in St. Cecilia anmeldete, war die Mutter Oberin hoch erfreut gewesen und hatte alles getan, um das Mädchen zu fördern.

Ihr Blick wanderte wieder zu Mary hinüber. Sie war eine tapfere Frau. Kein Mensch sollte das ertragen müssen, was sie bereits durchgemacht hatte – und nun war ihr ältester Sohn mit dreiundvierzig gestorben, obwohl er noch so viel vorgehabt hatte. Den Tränen gefährlich nah, schlang die Mutter Oberin die Finger um das große Zinnkreuz, das sie immer um den Hals trug, und suchte Trost bei dem festen, kühlen Metall. Sie wünschte, sie hätte etwas tun können, um das Leid der Freundin zu lindern. Gott in seiner Weisheit wird ihr den richtigen Weg zeigen, dachte sie, als sie das angebotene Gurkensandwich annahm.

Nach etwa einer Stunde verabschiedeten sich die Gäste allmählich. Als sich die Mutter Oberin, die wusste, dass sie hier nichts mehr ausrichten konnte, und die deshalb gern ins Kloster zurückkehren wollte, auf die Suche nach Schwester Angelica machte, geriet sie in der Küche mitten in einen Streit zwischen Lizzy und ihrer Großmutter.

»Mit Bob in Kinmalley wohnen? Aber das kommt überhaupt nicht in Frage, Lizzy. Du bist vierzehn, und er ist ein junger Mann von zweiundzwanzig Jahren. Was bildest du dir eigentlich ein?«, sagte Mary mit Nachdruck.

»Na und? Er ist mein Cousin. Er ist uralt. Wir haben doch kein Verhältnis miteinander.«

Marcia plätscherte mit gesenktem Kopf im Spülbecken und war voll und ganz mit dem Geschirr beschäftigt.

»Lizzy, das reicht. Wir sprechen später darüber.« Mary nickte heftig mit dem Kopf und wandte sich der nächsten Sandwichplatte zu.

»Ich glaube nicht, dass das eine gute Idee wäre, Lizzy. Die Leute könnten falsche Schlüsse ziehen«, mischte sich Schwester Angelica, in dem Versuch, die Spannung zwischen dem Mädchen und seiner Großmutter aufzulockern, freundlich ein.

»Das ist doch albern. Was gäbe es denn da zu reden?«, entgegnete Lizzy laut und griff nach einem Geschirrtuch. Mit Schwester Angelica konnte man offen sprechen, ohne deswegen ein schlechtes Gewissen haben zu müssen. Lizzy stellte eine abgetrocknete Tasse weg und lief feuerrot an, als sie die Mutter Oberin bemerkte.

»Ach, ehrwürdige Mutter, ich danke Ihnen sehr, dass Sie gekommen sind. Oma hat es auch sehr viel bedeutet«, fügte sie hinzu und wäre bei dem Gedanken, dass die Mutter Oberin alles mitgehört hatte, am liebsten im Erdboden versunken.

»Gott segne dich, mein liebes Kind«, antwortete die Mutter Oberin sanft und wandte sich dann Mary zu. »Mary, meine Liebe, ich wollte nicht gehen, ohne dir zu sagen, dass wir in St. Cecilia in unseren Gedanken und Gebeten bei dir und deiner Familie sind.«

»Ich danke dir, Mutter. Danke, dass du den weiten Weg auf dich genommen hast. Es war mir wichtig, dich heute hier zu haben. Dan hätte sich sicher auch gefreut«, erwiderte Mary seltsam gestelzt. »Lizzy, begleite die Mutter Oberin und Schwester Angelica zum Auto.«

»Du könntest doch bei mir in Kinmalley wohnen, Oma«, schlug Lizzy bemüht fröhlich vor, als sie zurückkam. Doch beim Anblick der Miene ihrer Großmutter war ihre vorübergehende gute Laune sofort wieder verflogen. Mary wienerte übertrieben lange an einem Teller herum und stellte ihn dann sorgfältig weg. Ärgerlich griff Lizzy nach einer Hand voll Teelöffel.

Genau das war das Problem mit Großmutter. Wenn man etwas

sagte, das ihr nicht gefiel, trug sie es einem ewig nach. So sehr Lizzy ihre Großmutter auch liebte, hatte sie schon als kleines Kind zwei wichtige Dinge gelernt. Erstens durfte man in ihrer Gegenwart nie unangemessene Gefühle zeigen, und zweitens gab es da eine Grenze, die man nicht überschreiten durfte. Und das genau hatte Lizzy soeben getan.

All die unausgesprochenen Dinge machten ihr zu schaffen. Wen interessiere es schon, wenn der ganze Bezirk über sie tratschte? Ihr war das gleichgültig. Und wenn es so unannehmbar war, mit Bob in einem Haus zu wohnen, warum zog Oma dann nicht einfach bei ihnen ein und kümmerte sich um Kinmalley? Weshalb musste sie nur so stur sein? Aus welchem Grund konnte sie nicht einmal im Leben Gefühle zeigen? Lizzys Hand blieb auf der Tasse liegen, die sie gerade abtrocknete, und ihre Augen füllten sich mit Tränen. Eigentlich war es ihr gar nicht wichtig, ob sie mit Bob zusammenwohnte. Im Grunde war ihr alles egal. Sie wollte nur, dass ihr Dad lebte und sie fest umarmte. Plötzlich fühlte sie sich erschöpft und leer.

»Warum lasst ihr beiden die Arbeit nicht stehen und geht frische Luft schnappen?«, meinte Mary, die Lizzys hängende Schultern bemerkt hatte, müde. Es war für sie alle ein langer und emotional aufwühlender Tag gewesen, und sie sehnte sich nach einer Pause.

Nancy Pearce kam in die Küche geeilt.

»Eine wunderbare Idee. Ich koche deiner Oma einen Tee«, stimmte sie zu und legte ein Tischtuch in eine Schublade, die sich hinter Lizzy befand. »Wenn ihr zurückkommt, könnt ihr ein schönes heißes Bad nehmen. Und dann gehen wir am besten früh zu Bett. Marcia, leg bitte ein sauberes Handtuch in Lizzys Zimmer, bevor ihr rausgeht.«

Sie umarmte Lizzy rasch und begann dann, die Anrichte abzuwischen und mit Mary zu plaudern. Erleichtert ergriffen Lizzy und Marcia die Flucht.

Am folgenden Morgen fuhr Lizzys Onkel Brent sie und ihre Großmutter nach Kinmalley. Die Sonne schien von einem leuchtend blauen Himmel, und eine sanfte Brise zauste das Gras. Das

Land wirkte beinahe so trocken wie vor dem Regen. Im Auto wurde kein Wort gesprochen. Lizzys Herz schmerzte vor Einsamkeit, als sie die beiden schweigenden Menschen auf dem Vordersitz betrachtete. Großmutter hatte die Lippen finster zusammengepresst. Onkel Brent wirkte abweisend wie immer und konzentrierte sich aufs Fahren.

Schließlich ergriff Brent das Wort.

»Ich würde Lizzy ja gern bei uns aufnehmen, Mum. Aber Shane geht bald aufs College, die Zwillinge fangen mit der Vorschule an, und Janine erwartet wieder ein Baby. Wir kommen gerade so über die Runden ...«

Seine Mutter tat seine Ausflüchte mit einer unwirschen Handbewegung ab.

»Das würde ich ohnehin nicht zulassen, selbst wenn du es wolltest. Lizzy wird bei mir wohnen«, verkündete sie. »Ich werde nicht erlauben, dass sich weitere Mitglieder meiner Familie nach Übersee davonmachen.«

»Meinst du das ernst? In deiner Wohnung? Da ist doch gar kein Platz«, rief Brent aus.

»Das geht schon.« Mary presste die Lippen zusammen und starrte gleichmütig auf die Straße.

Bevor das Gespräch Gelegenheit hatte, in einen handfesten Streit auszuarten, bog Brent in die Einfahrt von Kinmalley ein. Lizzy schnappte unwillkürlich nach Luft. Zum ersten Mal seit dem Unwetter kehrte sie nach Hause zurück, und der Anblick ließ ihr einen Schauder den Rücken hinunterlaufen. Die Wipfel der Bäume an der zwei Kilometer langen Auffahrt zum Haus sahen aus, als ob sie mit einem Rasiermesser abgeschnitten worden wären. Einige lagen entwurzelt am Boden, während sich andere noch an ihre Artgenossen lehnten, bis der nächste starke Wind sie endgültig umwerfen würde. Überall lagen Äste und Laub herum.

Lizzy stieg aus dem Wagen und betrachtete entsetzt das zerstörte Haus. Sie musste die Tränen zurückdrängen, als sich die Erinnerungen an den schrecklichen Tag wieder meldeten. Lautes Hämmern, gefolgt von Rufen holte sie wieder in die Gegenwart zurück. Als sie aufblickte, sah sie Bob mit einem der Aborigine-Hilfskräfte ihnen vom Dach aus zuwinken. Dieses war frisch gedeckt, das Wellblech funkelte in der Sonne. Eine blaue Plane, die den Rest des Hauses schützte, flatterte im Wind.

»Ich kann mir nicht leisten, ihn zu bezahlen«, sagte Mary. Als sie zu Brent hinaufspähte, hob das grelle Sonnenlicht die Falten in ihrem Gesicht hervor. Lizzy stellte fest, dass sich der rote Ausschlag an ihrem Hals wieder zeigte und dass ihr Kopfnicken heftiger war als sonst.

»Das brauchst du nicht eigens zu betonen, Mum«, seufzte Brent entnervt.

»Ich schaue nach, was sie drinnen schon geschafft haben«, meinte Lizzy, wobei sie sich fragte, worüber ihre Großmutter sich Sorgen machte.

»Das wirst du schön bleiben lassen. Oder willst du dich umbringen?«, protestierte Mary.

Lizzy erspähte Ken, der – gefolgt von Ned und Gyp – die Hausecke umrundete und auf sie zukam. Erleichtert beim Anblick seines faltigen Gesichts, eilte sie ihm entgegen. Als die Hunde Lizzy erkannten, fingen sie an zu bellen, sprangen an ihr hoch und tänzelten im Kreis um sie herum.

»Ist es gefährlich hineinzugehen, Ken?«, rief Lizzy, während sie die Hunde streichelte.

»Aber nein. Solange du vorne bleibst und dich von der Küche fern hältst«, antwortete er und zauste ihr das Haar. Mit einem trotzigen Blick über die Schulter stieg Lizzy die Treppe zur Veranda hinauf. »Guten Morgen, Ma'am«, grüßte Ken und zog vor Mrs. Foster seinen verbeulten Hut. »Ihr passiert nichts. Dieser verdammte Baum hat einen ziemlichen Schaden angerichtet, doch das Gebäude an sich ist noch stabil.«

»Sie ist vernünftig genug, nicht in die Küche zu gehen«, räumte Mary widerstrebend ein. Sie erkannte an Lizzy viele von Dans Eigenschaften wieder.

Vorsichtig öffnete Lizzy die Eingangstür und trat ein. Trotz der muffigen Feuchte – das Haus war Wind und Wetter ausgesetzt gewesen – schlugen ihr vertraute Gerüche entgegen. Als sie durch die beschädigte Wand einen Blick in die Küche warf, wurde ihr flau im Magen. Obwohl der Großteil des Baums inzwischen entfernt war, waren die von ihm verursachten Schäden unübersehbar. Jemand hatte die Mahlzeit weggeräumt und zerbrochenes Porzellan und Glas nachlässig in eine Ecke gefegt. Die Überbleibsel von Tisch und Stühlen waren, die Metallrahmen irreparabel verbogen, wie Brennholz an einer Wand aufgestapelt. Das Spülbecken, das durch die Wucht des stürzenden Baums von der Wand weggedrückt worden war, hing schief. Zwischen Essensresten und durchweichtem Papier summten Fliegen.

Bedrückt drehte Lizzy sich um und ging in ihr Zimmer. Obwohl hier fast nichts beschädigt war, sah sie sich um, als wäre sie noch nie hier gewesen. Dann ließ sie sich auf das Bett fallen und starrte mit leerem Blick an die Decke. Als sie die Schritte eines Mannes hörte, schlug ihr Herz schneller. Dad! Sie sprang auf, doch im nächsten Moment dämmerte ihr die Wahrheit: Dad war tot. Nie wieder würde sie seine Stiefel auf der Veranda hören, seine Arme um sich spüren oder ihm lauschen, wenn er erklärte, wie man einen Traktor reparierte. Dad war fort – für immer.

Lizzy fühlte sich wie ein Eindringling, als sie sich in das Zimmer ihres Vaters vorwagte. Die meisten Möbel standen noch an ihrem Platz. Allerdings war wegen der Erschütterung durch den fallenden Baum ein Hängeschrank über der Kommode aufgesprungen. Ein alter, brauner Koffer war herausgefallen, und sein Inhalt hatte sich auf den Boden neben dem Bett ergossen. Lizzy ging in die Knie und begann mit dem Aufräumen. Es waren alte Karten und Rechnungen, Briefe und Päckchen mit Fotos. Sie öffnete einen Umschlag und holte die Fotos heraus. Sie waren während eines Familienurlaubs an der Südküste aufgenommen worden. Ein Bild zeigte Lizzy im Alter von fünf Jahren. Sie saß fröhlich auf dem Knie ihrer Mutter; beide hatten sie Karnevalshüte auf dem Kopf.

Als Lizzy das Foto anstarrte, verschwamm es ihr vor den Augen. Tränen flossen und liefen ihr die Wangen hinab. Zornig wischte sie sie weg und steckte die Fotos zurück in den Umschlag. Doch die Tränen wollten nicht versiegen. Was war von diesem

Glück geblieben? Mum war fort. Und nun hatte sie auch Dad verloren. Alles was sie jetzt noch erwarten konnte, war ein Leben in Toowoomba in einer winzigen Wohnung. Mit einer Großmutter, die ihr alles verbieten und jegliches Gespräch verweigern würde, und die so penibel und ordentlich war, dass man ihr nichts recht machen konnte. Mit einem erstickten Schluchzer holte sie das Foto von sich selbst und ihrer Mutter hervor und steckte es ein. Dann stopfte sie die übrigen Aufnahmen mit den restlichen Papieren zurück in den Koffer und klappte ihn zu. Als es an der Tür klopfte, zuckte sie zusammen. Schuldbewusst wirbelte sie herum. Es war Ken.

»Alles in Ordnung?«, fragte er sanft.

Lizzy nickte, wandte sich ab und wischte rasch ihre Tränen weg. Dann stand sie auf. »Ich habe nur ein bisschen aufgeräumt …« Sie wies auf das Bett.

»Schon gut, Lizzy …« Er hielt inne und schluckte. »Ich glaube, deine Großmutter braucht dich.«

Lizzys dunkle Augen weiteten sich vor Schreck, und die Angst versetzte ihr einen Stich in den Magen.

»Was meinst du mit ›sie braucht mich‹? Oma braucht nie jemanden!«

»Ich denke, diesmal schon.«

»Wo ist sie?«, fragte Lizzy, erschrocken über seinen eindringlichen Tonfall.

»Drüben bei den Ställen.«

Mit klopfendem Herzen hastete Lizzy hinaus und überlegte, was um alles in der Welt nur so dringend sein mochte. Sie fand ihre Großmutter auf einer Bank sitzend vor. Sie hatte Lizzy den Rücken zugekehrt und sonnte sich.

»Oma, ist alles in Ordnung?«, rief Lizzy bemüht vergnügt. Ihre Großmutter rührte sich nicht. Nur ihr Kopf nickte.

»Das Haus riecht ein bisschen, aber nur die Küche ist wirklich schwer beschädigt …«, plapperte Lizzy. Sie ging um ihre Großmutter herum, bis sie ihr gegenüberstand. Dann blieb sie entsetzt stehen. Ihre Großmutter weinte. Das tat sie doch sonst nie! Schweigend setzte Lizzy sich neben die alte Frau und legte ihr schüchtern den Arm um die Schulter. Sie bewegte sich immer noch nicht, nur ihr Kopf schaukelte vor und zurück, während sie lautlos vor sich hin schluchzte.

»Schon gut, Oma«, flüsterte Lizzy.

Mary streckte die Hand aus und tätschelte Lizzys Arm. Dann presste sie die Finger an ihre bebenden Lippen.

»Ich kann es noch immer nicht fassen, dass er tot ist.« Seit Bobs Anruf hatte sie sich nur mühsam beherrscht. Doch damit war es jetzt vorbei.

»Oh, Oma.« Lizzy nahm ihre Großmutter in die Arme und wiegte sie wie ein Kind. »Ich liebe Dad so sehr und vermisse ihn so, dass ich jeden Moment denke, er könnte zur Tür hereinkommen und uns schimpfen, wir sollen nicht albern sein und lieber etwas Nützliches tun ... Er hat dich geliebt, Oma. Er hat mir Geschichten erzählt ...« Ihre Stimme erstarb.

»Dein Vater war ein guter, liebevoller und starker Mensch. Du erinnerst mich sehr an ihn«, erwiderte Mary mit zitternder Stimme. Dann schob sie Lizzy ein Stück von sich weg und lächelte ihr zum ersten Mal seit Dans Tod zu.

»Und stur. Vergiss stur nicht, Oma«, witzelte Lizzy unter Tränen. Sie lachten beide auf und verfielen dann wieder in Schweigen.

Mary zupfte winzige Fusselknötchen von Lizzys Ärmel.

»Tja, Kind, jetzt müssen wir ohne ihn weitermachen«, sagte sie tapfer. »Hast du etwas dagegen, bei deiner Oma zu wohnen?«

Lizzy umarmte Mary noch einmal.

»Bist du sicher, dass der Platz reicht?«

»Wir werden Platz schaffen. Du hast ja schon früher auf dem Klappsofa im Wohnzimmer übernachtet. Das geht schon.« Sie hakte Lizzy unter und zog sie an sich.

Lizzy betrachtete die Koppeln, die im Sonnenlicht schimmerten. Sie sah die Pferde vor sich und das neue Fohlen, das dicht bei seiner Mutter stand. Seit ihrem letzten Ausritt mit Marcia schien eine Ewigkeit vergangen zu sein. Und die Vorstellung, ihr Zuhause zu verlassen, um mit ihrer Großmutter in einer winzigen Wohnung zu leben, erfüllte sie mit Grauen.

»Oma, könntest du nicht hierher ziehen, wenn das Haus wieder repariert ist? Dann hätten wir ganz viel Platz, und du könntest den Gemüsegarten anlegen, von dem du immer sprichst ...« Ihre Stimme erstarb, als Mary den Kopf schüttelte.

»Liebste Lizzy, ich weiß, wie sehr du dein Zuhause magst, aber nein. Ich könnte nie wieder in diesem Haus leben.« Sie hielt inne. »Und wer soll die Farm betreiben? Ich bin fast sechzig.«

»Das könnten doch Ken und Bob tun«, antwortete Lizzy voller Hoffnung.

»Ich glaube, ich muss dir ein paar Dinge erklären.« Als Lizzy diese Worte hörte, lief es ihr eiskalt den Rücken hinunter. »Wie ich gesagt habe, dass dein Dad ein guter Mensch war, habe ich das ernst gemeint. Er war zu gut. Als deine Mutter noch hier war, wollte er ihr die Welt schenken. Und das hat er getan, obwohl er eigentlich den Kredit hätte abzahlen sollen.«

»Was ist mit der Rekordernte, von der Dad so begeistert war?«

Mary schüttelte den Kopf.

»Selbst eine Rekordernte genügt nicht. Wir werden Kinmalley verkaufen müssen«, meinte sie sanft und strich Lizzy über die schimmernden schwarzen Locken.

Lizzy starrte ihre Großmutter verständnislos an.

»Das ist ein Scherz, Oma.«

»Ich wünschte, es wäre so, Lizzy. Aber ich meine es todernst. Im Moment ist das Wichtigste, dass wir dein Schulgeld aufbringen, damit du eine gute Ausbildung erhältst und später einen richtigen Beruf ergreifen kannst. Ich werde deinem Vater zuliebe dafür sorgen. Du brauchst einen Schulabschluss.«

Lizzy saß wie erstarrt da und versuchte, die Worte ihrer Großmutter zu verdauen. Das, was sie am meisten gefürchtet hatte, würde geschehen.

»Weißt du«, sagte Mary und streichelte immer noch Lizzys Haar, »ich erinnere mich noch, wie ich mit deinem Urgroßvater die Fundamente für dieses Haus ausgemessen habe. Wir sind in einer alten Blechhütte aufgewachsen, die da drüben stand.« Sie wies auf einen mit Brombeergestrüpp überwucherten Hügel. Einige Beeren hatten das Unwetter überstanden.

Als junge Mädchen hatten Mary und ihre Schwester die Mutter dahinsiechen sehen, während sie ganz allein versuchte, die Farm am Laufen zu halten. Der Vater und die drei Brüder Dan, Grant und Scott kämpften im Ersten Weltkrieg. Nur Großvater O'Malley und Grant kehrten zurück. Zwei Jahre später kam Grant bei einem Reitunfall ums Leben. Dann hatte Mary Ed Foster geheiratet, und für eine Weile hatte die Zukunft rosig ausgesehen. Als Zimmermann hatte Ed stets genug zu tun. Sie bauten ein reizendes kleines Haus in Goonumbi, wo Dan geboren wurde. Niemals würde sie die Freude vergessen, ihren Sohn zum ersten Mal im Arm zu halten. Und auch nicht die Schmerzen, die sie bei Brents Geburt ertragen hatte. Noch im selben Jahr war ihre Mutter schließlich einem Krebsleiden erlegen.

Rückblickend betrachtet erkannte Mary, dass dieses Ereignis auch den Wendepunkt in ihrer Ehe bildete. Es war ein Fehler, dass sie und Ed zurück nach Kinmalley zogen, denn zwischen ihnen kriselte es bereits, und Ed und ihr Vater kamen nicht miteinander zurecht. Doch sie hatte es nicht über sich gebracht, ihren Vater im Stich zu lassen, der den Verlust seiner geliebten Gwen einfach nicht verkraftete. Als er ein Jahr später ebenfalls starb – an gebrochenem Herzen, da war Mary ganz sicher –, weigerte sie sich, Kinmalley zu verlassen.

Als dann überraschend Grace, die Nachzüglerin, geboren wurde, hatte Mary verzweifelt gehofft, ihre und Eds Beziehung retten zu können. Doch die kleine Grace hatte ein Loch im Herzen und keine Überlebenschance. Ihr kurzes Leben dauerte nur fünf Tage. Grace' Tod war der Tropfen, der das Fass zum Überlaufen brachte, dachte sie wehmütig. Allerdings hatte sie nicht einsehen wollen, dass ihre Ehe vorbei war, bis Ed schließlich verkündete, er werde sich von ihr trennen. Danach hatten sie und ihre Söhne sich abgemüht, um Kinmalley zu erhalten. Sie seufzte auf. Dan war der Stärkere gewesen, und sie hatte nichts dagegen gehabt, ihm die Verantwortung zu übertragen. Und dann war auch seine Ehe gescheitert. Manchmal fragte sich Mary, ob sie ihn nicht in jungen Jahren überfordert hatte. Nun war es zu spät.

So viele Erinnerungen … Nein, sie würde nie wieder in Kinmalley leben können. Sie warf einen Blick auf Lizzy. Eines Tages, wenn der Schmerz nachgelassen hatte, würde sie mit ihr darüber sprechen. Nun musste sie an die Gegenwart denken.

»Wir werden die Pferde verkaufen, und wir müssen auch ein neues Zuhause für die Hunde finden«, sagte sie rasch. Obwohl sie den Schmerz in den Augen ihrer Enkelin kaum ertragen konnte, wusste sie, dass sie es hinter sich bringen mussten.

»Vielleicht nimmt Ken sie ja. Sie sind gute Arbeitshunde, und so können wir uns wenigstens erkenntlich zeigen«, fuhr Mary fort und zählte die einzelnen Punkte an den Fingern ab.

Lizzy fühlte, als hätte ihr jemand ein Messer in den Leib gestoßen. Die Hunde waren die ihres Vaters gewesen, und die anderen Pferde gehörten Ken. Aber Woeful? Wie sollte sie ohne Woeful weiterleben? Mit ihrem Pferd konnte sie flüchten, weit über die Koppeln reiten und träumen. Wenn sie nie wieder singen würde – diese Entscheidung hatte sie in der Todesnacht ihres Vaters gefällt –, brauchte sie doch eine Fluchtmöglichkeit und Freiraum. Und nun würde sie auch Woeful verlieren.

»Könnten wir nicht Mrs. Pearce bitten, Woeful aufzunehmen?«, flehte sie. »Ich weiß, dass Marcia gern ein eigenes Pferd hätte, und ich könnte ihr an den Wochenenden helfen, mich um sie zu kümmern.«

»Tja, ich denke schon. Wenn Mrs. Pearce einverstanden ist. Die Pearce' waren so gut zu uns«, meinte Mary nickend. Sie fühlte sich gefühlsmäßig ausgelaugt. Langsam stand sie auf. »Komm, wir haben noch eine Menge zu erledigen. Hol die Brote aus dem Auto. Ich rede unterdessen mit Ken. Nach dem Essen fangen wir am besten mit dem Aufräumen an.«

Am späten Nachmittag waren sie mehr oder weniger fertig; das Ganze musste nur noch in Kartons verpackt werden. Während Mary noch einmal die Veranda fegte, beluden Brent und eine erschöpfte Lizzy das Auto. Die Strahlen der Abendsonne tauchten alles in ein orangefarbenes Licht. Dann machten sich die drei auf den Rückweg nach Four Pines, in Gedanken bereits bei den Aufgaben des nächsten Tages.

Lizzy saß zusammengesackt auf der Rückbank und umklammerte, mit Tränen kämpfend, den abgestoßenen braunen Koffer, den sie im Zimmer ihres Vaters gefunden hatte. Der aufwühlende Tag schien kein Ende zu nehmen. Sie und Großmutter würden schon zurechtkommen, hielt sie sich mit Nachdruck vor Augen. Ken hatte Recht. Oma brauchte sie, und sie musste aufhören zu jammern. Wenn das Leben einem einen Schlag versetzte, stellte man sich dem Problem. Das hatte ihr Dad immer gesagt. Lizzy schniefte und wischte sich mit der Hand die Nase ab.

Indem sie sich um Großmutter kümmerte, konnte sie ihre Schuld am Tod ihres Vaters wieder gutmachen. Denn ganz gleich, was Dr. Hughes sagte, Lizzy wusste, dass sie verantwortlich war. Sie ließ den Kopf gegen die Lehne sinken und schloss die Augen. Unter den dichten dunklen Wimpern quollen wieder Tränen hervor. Gott strafte sie, und das hatte sie verdient. Sie sah weder die langen Schatten, die auf die Koppeln fielen, noch die karge Schönheit der Bäume vor dem rosa- und orangefarbenen Himmel, als der Wagen durch die sich verdunkelnde Landschaft raste.

3

Müde trottete Lizzy die kurze Auffahrt zu der winzigen Wohnung in Toowoomba hinauf. Das Geräusch von Mr. Hos Wagen verhallte in der Ferne. Der heutige Tag war vergangen wie alle anderen in den vergangenen sechs Wochen – langweilig, anstrengend und traurig –, mit dem einzigen Unterschied, dass heute einer der Abende war, an denen Lizzy in der Imbissbude arbeitete, die Mr. und Mrs. Ho gehörte. Sie zupfte an ihrem T-Shirt und rümpfte die Nase, als ihr der Geruch nach altem Öl und frittiertem Fisch in die Nase stieg. Dann schulterte sie ihre Schultasche. Ihr taten die Beine weh, und ihr Haar fühlte sich schlaff und strähnig an.

Obwohl Lizzy froh war, so schnell Arbeit gefunden zu haben, hatte sie wegen des starken chinesischen Akzents Schwierigkeiten, Mrs. Hos Anweisungen zu verstehen. Dass sie deshalb ständig nachfragen musste, verärgerte ihre Arbeitgeberin sehr. Heute hatte Mrs. Ho ganz besonders undeutlich gesprochen und war sehr gereizt gewesen, weshalb Lizzy einige Male beinahe in Tränen ausgebrochen war. Außerdem musste sie noch einen Berg an Hausaufgaben erledigen und außerdem zwei Aufsätze schreiben, die bereits überfällig waren. Und dabei war es schon fast neun Uhr. Sie würde bis spät in die Nacht am Schreibtisch sitzen müssen, um alles zu schaffen. Aber wenigstens hatte sie einen Job, und Mr. Ho fuhr sie nach der Arbeit meistens nach Hause.

Lizzy vermisste Kinmalley so sehr! Sie hielt es in der winzigen, voll gestellten Wohnung ihrer Großmutter kaum aus, und das Ausmisten der Ställe und die Ritte mit Woeful über die Koppeln fehlten ihr an den Wochenenden entsetzlich. Mit einem tiefen Seufzer schloss sie die Tür auf und schleppte sich ins Wohnzimmer, das gleichzeitig ihr Zimmer war. Sie wollte ihre Großmutter nicht stören.

»Hallo, Liebes, hattest du einen schönen Tag?«, fragte Mary, ohne den Blick vom Fernseher abzuwenden.

»Ziemlich langweilig. Ich habe einen Berg Hausaufgaben, und Mrs. Ho hat mich heute schon wieder angeschrien. Keine Sorge, sie hat mich noch nicht rausgeschmissen«, fügte Lizzy rasch hinzu, als sie bemerkte, dass sich die Miene ihrer Großmutter verdüsterte.

»Ich habe dein Abendessen in die Küche gestellt«, sagte Mary, als gerade eine Werbeunterbrechung kam.

»Danke, ich habe schon in der Arbeit gegessen. Ich nehme es morgen in die Schule mit.« Lizzy ließ ihre Schultasche mit einem Poltern zu Boden fallen und bewegte die schmerzenden Schultern. Ihre Großmutter, den Blick immer noch auf den Bildschirm gerichtet, presste tadelnd die Lippen zusammen. Tränen traten Lizzy in die Augen. Sie schlich in die winzige Küche, wo, ordentlich mit Frischhaltefolie abgedeckt, Aufschnitt und Salat standen. Das schweigende allabendliche Ritual brachte sie allmählich um den Verstand. Lautlos stellte sie den Teller in den Kühlschrank und verschwand im Bad.

»Häng deine Schuluniform auf«, rief Mary.

»Ja, Oma«, seufzte Lizzy die Wand an. Sie stellte sich unter die Dusche. Sie musste zwei Aufsätze schreiben und einige Hundert Pailetten an ein rosafarbenes Mieder nähen. Bis zur Generalprobe von »Oklahoma!« waren es nur noch vier Wochen, und obwohl Lizzy selbst nicht mehr mitsang, hatte sie sich erboten, mit der Garderobe zu helfen. Als sie zwanzig Minuten später im Nachthemd hereinkam, fühlte sie sich sauberer und war ein wenig besserer Stimmung.

»Na, hat Joe Melissa endlich geheiratet?«, fragte sie und nahm sich eine Hand voll Kekse. Dann ließ sie sich neben ihre Großmutter aufs Sofa fallen und kämmte sich, das Gesicht verziehend, das verfilzte Haar.

»Du meine Güte, nein! Sie gehen ja nicht mal miteinander«, erwiderte ihre Großmutter lachend, schaltete den Fernseher aus und warf einen Blick auf die Wanduhr. »Dann überlasse ich dich deinen Schularbeiten. Bleib nicht zu lange auf, sonst kommst du morgen Früh nicht aus den Federn.«

»Oh«, sagte Lizzy. Sie war enttäuscht, dass ihre Großmutter

nicht einmal ein bisschen mit ihr plaudern wollte. Doch das wollte sie nie, genau so, wie sie nie Lust hatte, in den Arm genommen zu werden. Lizzy hörte zu, wie Mary sich in der Kochnische zu schaffen machte. Dann fiel die Schlafzimmertür ins Schloss. Worüber sollte man auch reden, wenn Schmerz und Verlust noch so frisch waren? Sie aß die Kekse auf und nahm die Bücher aus der Tasche.

Am nächsten Morgen war Lizzy früh auf den Beinen und half ihrer Großmutter beim Aufräumen, bevor sie zum Bus rannte. Trotz nach außen gezeigter Fröhlichkeit hatte sie sich verändert. Gequält von der Überzeugung, dass sie die Schuld am Tod ihres Vaters trug, hatte sie ihre Spontaneität und Lebenslust verloren. Lizzy fiel es schwer, sich ihrer Großmutter anzuvertrauen, und außerdem war das Thema zu heikel, um überhaupt mit jemandem – sogar mit Marcia – darüber zu reden. Wenn Lizzy zu schwer an der Last ihrer Schuld trug, schlich sie sich deshalb in die Schulkirche und verbrachte viele Mittagspausen damit zu beten, bis ihr die Knie schmerzten. Nachts brütete sie über ihrer Bibel und entzifferte die kleine Schrift mühsam im Schein der Straßenlaterne, um ihre Großmutter nicht zu wecken. Doch obwohl die Worte ihr ein wenig Trost spendeten, wurde sie das Schuldgefühl nicht los.

Weihnachten war ein stiller und trauriger Tag. Weder Lizzy noch Mary hatten Lust zu feiern. Mary bestand zwar darauf, wie immer einen Baum zu schmücken und Geschenke zu verpacken, aber der Tag ließ für sie beide nur traurige Erinnerungen an Dans Tod wach werden. Mary hatte sich wieder in die Person verwandelt, die Lizzy schon immer gekannt hatte – abweisend und penibel in Ordnungsdingen –, und sie sehnte sich nach dem Ende der Schulferien. Endlich, zwei Wochen vor Schulbeginn, erlaubte Mary Lizzy, sich einige Tage bei den Hos freizunehmen und Marcia zu besuchen.

Sobald sie den Wagen vorfahren hörte, kam sie aus der Wohnung gestürmt, rief ihrer Großmutter einen Abschiedsgruß zu und lief mit ihrem Koffer die kurze Auffahrt hinunter. Dort blieb sie erstaunt stehen.

»Hallo, Lizzy«, begrüßte Tim sie und sprang aus dem verbeulten alten Kastenwagen, um ihr den Koffer abzunehmen.

»Was ist denn das?«, rief Lizzy aus und starrte das Fahrzeug an. Es war ein alter Holden, der offenbar schon mit seinem Vorbesitzer viele Kilometer zurückgelegt hatte. Riesige zerbrochene Suchscheinwerfer waren an dem Überrollbügel über der staubigen Fahrerkabine befestigt, und der linke hintere Kotflügel war verbogen und rostig. Tim hatte den alten Klapperkasten natürlich sofort mit schicken Chromfelgen aufgemotzt und auf jede Tür einen gezackten Blitz gemalt.

»Mein neuer fahrbarer Untersatz. Gefällt er dir?«, fragte er grinsend. Seine makellosen Zähne hoben sich weiß von seinem sonnengebräunten Gesicht ab. Das dunkle Haar trug er aus der Stirn gekämmt. Er quetschte Lizzys Koffer zwischen Kisten mit Lebensmitteln und einigen Ersatzreifen für den Traktor.

»Was hältst du davon?«, fragte Marcia, die vorne saß, aufgeregt.

»Fährt die Kiste denn auch?«, witzelte Lizzy.

»Was soll das heißen?«, empörte sich Tim. »Jetzt musst du zur Strafe in der Mitte sitzen. Komm, rein mit dir. Rutsch rüber, kleine Schwester«, meinte er und half Lizzy beim Einsteigen.

»Es ist doch genug Platz«, beschwerte sich Marcia und rutschte zur Beifahrertür.

»Hey, du riechst aber gut.« Tim grinste Lizzy zu, als ihm ein Hauch des Parfums in die Nase stieg, das Ken ihr zu Weihnachten geschenkt hatte. Lächelnd rückte sie näher zu Marcia, um nicht so dicht bei Tim zu sitzen.

Als sie durch Toowoomba holperten und die Stadt schließlich hinter sich ließen, war Lizzy unglaublich erleichtert, der winzigen, pedantisch ordentlichen Wohnung den Rücken kehren zu können. Während der ganzen Fahrt unterhielten sich die drei pausenlos, neckten sich und übertönten sich gegenseitig. Als Lizzy in Four Pines ausstieg und die frische Luft schnupperte, hob sich ihre Stimmung noch mehr. Nachdem sie ihr Gepäck ins Haus gebracht hatte, machten sich die beiden Mädchen auf die Suche nach den Pferden.

»Wie geht es Woeful?«, wollte Lizzy aufgeregt wissen. »Vermisst sie mich?«

»Sieh selbst«, antwortete Marcia, als die Stute über die Koppel auf sie zu galoppiert kam. Lizzy strahlte übers ganze Gesicht.

In den nächsten beiden Tagen ritten Lizzy und Marcia bei jeder Gelegenheit aus. Lizzy saugte den Anblick und die Gerüche der Landschaft in sich auf, die sie so sehr vermisst hatte. Während die Mädchen plauderten, lachten und die Pferde galoppieren ließen, hing die Erinnerung an ihren letzten gemeinsamen Ausritt unausgesprochen zwischen ihnen in der Luft. Diesmal wurde nicht spontan gesungen und getanzt, obwohl Marcia einige Male versuchte, Lizzy dazu zu überreden. Lizzy wechselte dann rasch das Thema, worauf Marcia sich fragte, womit sie sie wohl gekränkt haben mochte. Am dritten Tag musste Marcia für ihre Mutter einiges erledigen. Als Lizzy allein einen Spaziergang unternahm, begegnete sie Tim vor einer der Scheunen.

»Hallo, Lizzy, was hältst du davon?«, fragte er stolz und blickte unter der Motorhaube seines Kastenwagens hervor. Er hatte die zerbrochenen Suchscheinwerfer ersetzt, und die abblätternden Chromteile funkelten wie neu in der Sonne.

»Nicht schlecht für eine alte Schrottlaube«, neckte ihn Lizzy. Sie spähte durch das Fenster ins Wageninnere. Er hatte sauber gemacht und auch ein paar Risse im Sitzbezug geflickt.

»Was meinst du mit Schrottlaube? Schließlich hat dich das Ding hergefahren.«

»Mit Müh und Not«, kicherte Lizzy.

»Hör mal, ich hab eine Menge Geld dafür hingeblättert.«

»Und was beweist das?«, erwiderte Lizzy frech und mit einem Zwinkern. Tim klappte die Motorhaube zu und kam näher. Dabei wischte er sich die Hände an einem öligen Lumpen ab.

»Ich werd's dir beweisen. Kommst du mit auf eine Spritztour?«

Lizzy betrachtete sein hübsches vergnügtes Gesicht.

»Klar, warum nicht?«, antwortete sie nach einer Weile. Da Marcia heute Morgen beschäftigt war, würde sie sonst ohnehin nur ziellos herumlaufen und zu viel Zeit zum Nachdenken haben. Eine Ausfahrt mit Tim würde sicher lustig werden.

»Bist du sicher, dass auch kein Teil abfällt?«, fragte sie und wich aus, als Tim spielerisch nach ihrem rechten Ohr ausholte. »Nun, die Tür funktioniert wenigstens noch«, fügte sie hinzu, sprang rasch ins Auto und schlug sie hinter sich zu. Nachdem Tim ihr einen finsteren Blick zugeworfen hatte, stieg er ebenfalls ein und drehte den Zündschlüssel um. Der Motor hustete und keuchte und starb dann ab.

»Guter Versuch«, amüsierte sich Lizzy.

»Nur Geduld. Du musst ihm zuerst eine Chance geben, dich kennen zu lernen«, erwiderte Tim lachend und betätigte den Choke. Diesmal sprang der Motor an, und der Wagen machte einen Satz nach vorne, sodass sie beide zu kichern anfingen.

»Hoffentlich bleiben die Räder dran«, witzelte Tim, während sie entlang der Koppeln davonsausten.

Allmählich bekam Lizzy Spaß an der Sache. Die Sonne brachte die sanft gewellte Landschaft, in der sich Gebüsch und Weideland abwechselten, zum Leuchten, und weiße Schäfchenwolken segelten über den strahlend blauen Himmel. Der Kastenwagen holperte über Schlaglöcher und Furchen. Schwärme rotbäuchiger Kakadus flogen kreischend über ihre Köpfe hinweg. Lizzy glaubte sogar, eine Herde Kängurus zu sehen, die sie aus dem sicheren Gebüsch beäugten. Den Ellenbogen ins offene Fenster gestützt, ließ sie sich den Wind durchs Haar wehen.

»Weißt du, dass die Mädchen in St. Cecilia gelb vor Neid sein werden, wenn ich ihnen erzähle, dass du mich im Auto mitgenommen hast«, gestand sie, wohl wissend, wie sehr die meisten ihrer Mitschülerinnen für ihn schwärmten.

»Für mich gibt es nur eine«, erwiderte Tim.

»Und wer ist die Glückliche?«, fragte Lizzy neugierig.

»Wenn ich es dir sagen würde, müsste ich dich anschließend umbringen«, neckte Tim sie. Mit hochgezogenen Augenbrauen sah er sie an und nahm in gespielter Verzweiflung die Hand vom Steuer.

»Falls du nicht besser aufpasst, wo du hinfährst, bringst du uns noch alle beide um«, gab Lizzy scherzhaft zurück und griff in das Steuerrad. Tims Finger streiften die ihren, als er die Hände wieder aufs Steuer legte. Einen Ellenbogen hatte er lässig ins Fenster gestützt.

Lizzy lehnte sich zurück und betrachtete ihn. Er war wirklich recht attraktiv, wenn einem schlanke Männer mit scharf geschnittenem Gesicht und dunklem, nach hinten frisiertem Haar gefielen, doch sie verstand nicht, warum die anderen Mädchen so verrückt nach ihm waren. Vielleicht stand sie ja deshalb nicht auf ihn, weil er Tim, Marcias großer Bruder, war. Sie zuckte mit den Achseln. Als Tim sie wieder ansah, trafen sich kurz ihre Blicke. Lizzy wandte sich als Erste ab und schaute zu den Hügeln in der Ferne hinüber. Dann fuhr sie sich mit den Fingern durchs Haar. Auf einmal war ihr sehr warm.

»Hast du Lust, die Schlucht zu erkunden?«, erkundigte Tim sich beiläufig.

»Klar.« Obwohl Lizzy schon unzählige Male dort gewesen war, wurde sie beim Anblick der gewaltigen schartigen Felswände immer wieder von Ehrfurcht ergriffen. Außerdem herrschten in der Schlucht eine wundervolle Kühle und Ruhe.

In gleichmäßigem Tempo tuckerten sie den Pfad zwischen den Felsen hinauf. Am Ende des Wegs stoppte Tim den Wagen im Schatten eines gewaltigen Gesteinsblocks. Vor ihnen befand sich eine kleine Lichtung. Fröhlich streckte Lizzy die Hand aus, doch Tim beugte sich vor und fasste sie sanft am Arm.

»Warum die Eile?«, fragte er gedehnt und ließ den Blick über ihren Körper gleiten. »Wusstest du, dass du schöne Augen hast?« Seine Stimme klang belegt.

Plötzlich stockte Lizzy der Atem.

»Gehen wir doch ein Stück spazieren.« Sie öffnete die Tür und lief über die Lichtung zu dem Fußpfad, der sich zwischen den Eukalyptusbäumen dahinschlängelte. Die Felsen, die sich hoch über ihnen erhoben, wurden von der Sonne beschienen, und ein Wasserfall stürzte, weiße Gischt versprühend, über die Kante herab. Der Anblick und das Getöse waren atemberaubend. Keuchend holte Tim sie ein.

»Hör mal, die Honigvögel«, flüsterte Lizzy, als aus dem Buschwerk glockenheller Gesang ertönte.

»Du bist der einzige Vogel, der mich interessiert«, erwiderte Tim atemlos.

»Hör einfach zu, du Blödmann«, zischte Lizzy, verärgert darüber, dass Tim den Zauber des Augenblicks verdarb. Wieder erklang die klare und reine Stimme des Honigvogels und umschmeichelte sie mit seinem Gesang.

»Zierst du dich immer so?«, wollte Tim wissen.

»Was meinst du damit?«, rief Lizzy aus und versuchte ihr unbehagliches Gefühl hinter einem Auflachen zu verbergen. Sie hatte nicht vorgehabt, ihn zum Narren zu halten. Dieser Ort gefiel ihr einfach so gut.

»Das meine ich«, sagte Tim, zog sie unsanft an sich und drückte ihr einen Kuss auf den Mund. Erschrocken schob Lizzy ihn weg. Zuerst versuchte sie es spielerisch, doch als er weiter seine Lippen auf ihren Mund presste, wurde ihre Gegenwehr heftiger. Aber Tim ließ einfach nicht locker. Als sein Arm sie immer fester umklammerte, spürte Lizzy, wie Panik in ihr aufstieg. Trotz seiner körperlichen Überlegenheit sträubte sie sich weiter und schaffte es schließlich, sich loszureißen. Mit vor Wut klopfendem Herzen und gleichzeitig voller Angst, holte sie nach ihm aus, doch er hielt ihr den Arm fest und lachte ihr ins Gesicht.

»So habe ich es mir immer mit dir vorgestellt. Aufregend und ganz anders als sonst. Du tust so, als würdest du dich wehren, und dann versöhnen wir uns«, keuchte er, Leidenschaft in den Augen.

»Sei kein Idiot, Tim. Ich bin die beste Freundin deiner Schwester«, rief Lizzy mit heftig pochendem Herzen. Was sollte sie tun, wenn er nicht aufgab? Wohin konnte sie fliehen? Bis zum Haus war es eine gute Autostunde.

Als er sie wieder küssen wollte, befreite sie sich und rannte den Hügel hinunter zum Wagen. In panischer Angst sprang sie auf den Fahrersitz und stellte mit einem erleichterten Aufatmen fest, dass der Schlüssel steckte.

»Stell dich nicht so an, Lizzy, du nimmst das alles viel zu ernst«, meinte Tim in gedehntem Tonfall. Mit dem übertriebenen Selbstbewusstsein eines Achtzehnjährigen, der sich für unschlagbar hält, kam er auf sie zugeschlendert. Als Lizzy den Zündschlüssel drehte, sprang der Wagen an und starb im nächsten Moment wieder ab. Mit schweißnassen Händen tastete sie nach dem Choke. Wo war das verdammte Ding denn bloß? Inzwischen hatte Tim den Wagen fast erreicht.

»Wenn ich dich noch einmal küssen darf, lasse ich dich fahren«, rief er. Sein Tonfall ließ Lizzy einen Schauder den Rücken hinunterlaufen.

»Das glaubst auch nur du«, murmelte sie; endlich fassten ihre Finger den Choke. Sie zog ihn heraus und drehte erneut den Zündschlüssel um. Diesmal sprang der Wagen sofort an. Als sie den Gang einlegte, griff Tim nach der Fahrertür.

»Geh mir aus dem Weg, du widerlicher Fiesling«, brüllte sie ihn voller Wut an. »Meinetwegen kannst du verdammt noch mal zu Fuß nach Hause gehen. Hoffentlich krepierst du unterwegs.«

Mit diesen Worten trat sie das Gaspedal durch, machte eine scharfe Kurve und raste davon. Tim, der aus dem Weg springen musste, stolperte und verlor fast das Gleichgewicht.

»Hey, Lizzy, bleib stehen! Das geht doch nicht!«, schrie er zornig. Aber Lizzy fuhr einfach weiter und wirbelte eine Staubfahne in sein Gesicht.

»Komm schon, Lizzy, es war doch nur ein Kuss«, brüllte Tim und rannte – mit rotem Gesicht und schwitzend – hinter dem Wagen her.

Im Rückspiegel beobachtete Lizzy, wie er beim Laufen wild mit den Händen fuchtelte. Schließlich riss er verzweifelt die Arme hoch und blieb stehen.

»Mistkerl! Das geschieht dir recht, dass du zu Fuß heimgehen musst«, murmelte Lizzy vor sich hin. Allerdings hatte sie nicht wirklich vor, ihn einfach so stehen zu lassen. Dad hatte ihr eingeschärft, wie gefährlich es werden konnte, wenn man im Busch strandete. Doch ein bisschen zu schmoren würde ihm bestimmt nicht schaden. Sie nahm den Fuß vom Gas, legte den Rückwärtsgang ein und setzte den Wagen ein paar Meter zurück.

»Du darfst einsteigen, wenn du mir versprichst, keine Dummheiten zu machen«, rief sie ihm zu.

»Ich verspreche dir gar nichts, du blöde Kuh! Rück sofort mein Auto raus«, brüllte Tim.

»Tschüs«, erwiderte Lizzy nur und schickte sich an weiterzufahren.

»Nein, warte! Es tut mir Leid. Ich gebe mich geschlagen. Ich rühre dich nicht mehr an«, war Tims verzweifelte Stimme zu hören. Inzwischen wirkte er um einiges weniger selbstbewusst. Lizzy hielt den Wagen an.

»Steig ein«, befahl sie unwirsch. »Aber wenn du es wagst, auch nur daran zu denken, mich anzufassen, erzähle ich alles Ken. Und der schlägt erst zu und stellt später die Fragen.«

Lizzy gab Tim kaum die Zeit, auf dem Beifahrersitz Platz zu nehmen, und fuhr sofort den steilen Pfad hinunter.

»Pass auf«, sagte Tim, nachdem einige Minuten angespanntes Schweigen geherrscht hatte. »Können wir mal kurz anhalten?«

»Was ist?«, fragte Lizzy, die ihm immer noch nicht über den Weg traute.

»Es tut mir Leid, Lizzy. Ehrenwort. Ich bin zu weit gegangen. Ich dachte, du wärst bereit dafür, aber ich habe mich geirrt. Wollen wir es nicht vergessen und so weitermachen wie vorher?« Er klang aufrichtig zerknirscht.

»Einfach so? Nein, das geht nicht«, zischte Lizzy. Trotz ihrer Wut hatte sie auch ein wenig ein schlechtes Gewissen. Ob sie durch ihr Einverständnis, zur Schlucht zu fahren, falsche Hoffnungen in ihm geweckt hatte? Sie hielt an, starrte aus dem Fenster und wusste nicht, wie sie sich jetzt verhalten sollte.

»Wie kann ich das wieder gutmachen? Ich möchte dich wirklich um Verzeihung bitten. Du sollst mich nicht für einen blöden Widerling halten«, sprach Tim weiter.

Lizzy verschränkte die Arme. Nur das Brummen des Motors war zu hören. Die Sonne brannte auf das Dach des Geländewagens hinunter. Sie pustete sich eine Locke aus der Stirn.

»Ich mag dich, aber eben nicht so. Ich hatte vorhin wirklich keine Ahnung, dass du über mich redest«, sagte sie verlegen.

»Inzwischen ist mir das auch klar. Doch ich dachte, dass meine Gefühle für dich auf Gegenseitigkeit beruhen. Und deshalb habe ich geglaubt, du willst mich nur an der Nase herumführen.« Er sehnte sich danach, sie zu küssen. Und wegen ihrer Unschlüssigkeit wirkten ihre geröteten Lippen noch anziehender auf ihn als sonst. Obwohl er unter Marcias Freundinnen an der Klosterschule freie Auswahl hatte – und das auch weidlich ausnutzte –, war Lizzy trotz des Altersunterschieds die Einzige, die ihn wirklich interessierte. Sie hatte etwas Sinnliches an sich, von dem sie selbst nichts ahnte.

»Es tut mir Leid und wird nicht wieder vorkommen. Versprochen. Du bist noch zu jung, aber wenn ich dich ansehe, vergesse ich manchmal, dass du die Freundin meiner kleinen Schwester bist.«

»Entschuldigung angenommen«, entgegnete Lizzy kühl, legte den Gang ein und setzte die Fahrt den Pfad entlang fort. Eingebildeter Trottel. Im nächsten Moment wurde ihr klar, was er da gesagt hatte. Was war, wenn er Recht hatte und sie wirklich noch unreif war? Stimmte vielleicht etwas nicht mit ihr, weil sie ihn nicht attraktiv fand, obwohl die meisten ihrer Schulfreundinnen sich bei seinem Anblick förmlich vor Begeisterung überschlugen?

»Du hättest ziemlich lange nach Hause laufen müssen«, brach Lizzy schließlich das Schweigen.

»Du wärst doch nicht wirklich ohne mich losgefahren, oder?«

Lizzy schüttelte den Kopf. Nach einer Weile plauderten sie wieder miteinander, auch wenn das Gespräch ein wenig stockend verlief. Lizzy war erleichtert, als Four Pines in Sicht kam. Als zwischen ihnen und dem Haus nur noch zwei kleine Koppeln lagen, hielt sie an und stieg aus. »Jetzt kannst du weiterfahren. Ich muss mir ein bisschen die Beine vertreten.«

»Ich habe wohl wirklich Mist gebaut«, meinte Tim.

Lizzy zuckte die Achseln. Als sie zusah, wie er um den Wagen herum zum Fahrersitz ging, bekam sie fast Mitleid mit ihm. Auf einmal wirkte er wie ein zwölfjähriger Junge und mit seinen durchdringenden blauen Augen und dem dunkelbraunen Haar vielleicht sogar ein bisschen attraktiv. Sie streckte die Hand aus. »Freunde?«

»Freunde.« Tim nickte und schüttelte ihr die Hand. »Wo hast

du gelernt, so Auto zu fahren?«, fragte er und warf ihr einen widerstrebend bewundernden Blick zu.

»Von Dad.« Lizzy marschierte auf das Haus zu.

Zu ihrer Erleichterung waren weder Marcia noch ihre Mutter zu sehen, als sie hereinkam. Da sie keine Lust hatte, mit jemandem zu sprechen, ging sie direkt auf ihr Zimmer – das Gästezimmer diente gleichzeitig auch als Nähzimmer –, wo sie sich mit einem tiefen Seufzer aufs Bett fallen ließ.

Eigentlich wäre es gar nicht so schlecht gewesen, Tim zu küssen, wenn er nicht versucht hätte, Gewalt anzuwenden. Trotz ihrer Wut und Angst spürte sie zu ihrer Überraschung eine Sehnsucht in ihrem jungen Körper. Lizzy zog das Kissen unter ihrem Kopf hervor und legte es sich auf den Bauch. Sie war so durcheinander. Vielleicht war sie eine Spätentwicklerin. Ob es wohl ihre Schuld war? Ob sie ihm doch falsche Hoffnungen gemacht hatte, indem sie mit ihm zur Schlucht gekommen war? Warum musste das Leben nur so kompliziert sein? Wenn Marcia dabei gewesen wäre, wäre das alles nicht passiert. Gott bestrafte sie. Sie drehte sich um, vergrub das Gesicht ins Kissen und kämpfte gegen Tränen des Selbstmitleids.

Nach einer Weile warf sie das Kissen beiseite und setzte sich auf. Unruhig fuhr sie sich mit den Fingern durch das vom Wind verfilzte Haar, griff nach einer Bürste und begann, die störrischen Knoten zu bearbeiten. Da kam ihr ein neuer Gedanke: Sie wurde nicht bestraft, sondern auf die Probe gestellt. Noch heftiger machte sie sich über die Knoten her. Sie hatte versagt, aber sie hatte einen zweiten Versuch frei. Sie konnte für ihre Sünden büßen. Gott zeigte ihr den Weg. Sie sprang auf und wühlte in den Schubladen von Mrs. Pearce' Nähmaschinentisch, bis sie gefunden hatte, was sie suchte. Dann setzte sie sich vor den Spiegel und betrachtete sich eine Weile, Mrs. Pearce' Schneiderschere in der Hand. Dunkle, mandelförmige Augen blickten ihr entgegen. Sie griff nach einer Strähne ihres langen, wunderschönen schwarzen Haares, ließ die Schere aufklappen und schnitt die Locke dicht unterhalb des Ohrs ab. In diesem Moment ging die Tür auf, und Marcia kam hereingestürmt.

»Wo hast du denn gesteckt? Ich suche dich schon seit … Was zum Teufel tust du da?« Sie stieß einen schrillen Schrei aus, als sie sah, wie ein Büschel von Lizzys Haar zu Boden fiel.

Lizzy hielt inne und betrachtete Marcias Spiegelbild.

»Ich war spazieren. Und jetzt schneide ich mir die Haare ab.« Sie fühlte sich erstaunlich ruhig.

»Dass du dir die Haare abschneidest, sehe ich selbst. Aber warum denn, um Himmels willen?«, rief Marcia erschrocken.

»Darum.«

Schnipp. Die nächste pechschwarze Locke schwebte zu Boden.

»Lizzy, was ist passiert? Weißt du überhaupt, was du da machst?« Plötzlich bekam Marcia es mit der Angst zu tun.

Lizzy drehte sich, die Schere in der Hand, um; ihre Augen schimmerten.

»Natürlich. Ich lag auf dem Bett, und plötzlich wurde mir klar, dass ich es tun muss.« Sie verstummte und weidete sich an Marcias Entsetzen. »Es ist ganz einfach. Ich werde mein Leben Gott weihen. Ich gehe ins Kloster.«

Sie drehte sich wieder zum Spiegel um.

»Was?« Marcia ließ sich aufs Bett fallen. »Oh Gott, jetzt bist du endgültig übergeschnappt.«

Sie stützte sich auf die Ellenbogen.

»Hoffentlich kannst du das Mum klarmachen. Ansonsten kriegen wir nämlich beide Ärger.«

»Was ist denn so schlimm daran? Du hast kurze Haare. Und ich jetzt eben auch. Das ist doch kein Weltuntergang. Nonnen brauchen keine schönen Haare. Nur die innere Schönheit zählt, sagt die Mutter Oberin immer.«

Lizzy wendete sich wieder ihrem Vorhaben zu. Mit den achtlos abgeschnittenen Haarlocken, die ihr Gesicht umrahmten, wirkte sie keck und jungenhaft.

»Es gibt doch noch einen anderen Grund, richtig?«, meinte Marcia und suchte nach Schaufel und Besen.

»Nein«, erwiderte Lizzy. Sie überkreuzte die Finger auf dem Rücken und betete lautlos um Vergebung. Niemals würde sie Marcia erzählen, was zwischen ihr und Tim vorgefallen war.

»Doch. Es ist etwas geschehen. Was? Ich kenne dich zu gut. Du bist so komisch. Was ist los?«

»Nichts. Ich darf es dir nicht sagen«, entgegnete Lizzy tonlos. Obwohl Marcia und sie so enge Freundinnen waren, gab es in letzter Zeit so viele Dinge, die sie ihr nicht anvertrauen konnte. »Ach, ich weiß nicht. Ich bin einfach durcheinander. Das Leben läuft nicht so, wie es laufen sollte.«

Als sie ihre Freundin ansah, füllten sich ihre Augen mit Tränen.

»Ich vermisse meinen Dad so sehr.« Sie schlug die Hände vors Gesicht und begann zu weinen.

»Oh, Lizzy, ich wünschte ... ich wünschte. Sehen wir den Tatsachen ins Auge: Das Leben ist eben manchmal zum Kotzen«, meinte Marcia und legte den Arm um Lizzys bebende Schultern.

»Stimmt genau«, murmelte Lizzy und versuchte trotz ihrer Tränen zu lachen.

»Eine Locke hebe ich auf«, fuhr sie ein wenig gefasster fort und griff nach einer der langen schwarzen Strähnen. Sie wickelte sie um ihren Finger und steckte sie hinten in ihre Bibel. Dabei versuchte sie, nicht an die Haare zu denken, die Marcia gerade zusammenfegte. Es waren so entsetzlich viele. »Ich meine es ernst. Ich werde Nonne. Seit ich diese Entscheidung gefällt habe, fühle ich mich viel ruhiger. Kannst du mir helfen, damit ich nicht aussehe, als wäre ich unter einen Rasenmäher geraten?«

»Klar«, erwiderte Marcia. Vielleicht würden Mum und Mrs. Foster es ja schaffen, Lizzy umzustimmen.

4

Großmutter verlor kein Wort über Lizzys neue Frisur, die sie als jugendliche Rebellion und als Weg ihrer Enkelin deutete, mit dem Schmerz fertig zu werden. Viel mehr bestürzte sie, dass Lizzy ständig davon sprach, Nonne werden zu wollen. Ihre Besorgnis wuchs, als sie nachts immer öfter davon aufwachte, dass Lizzy Gebete murmelnd in ihrem Zimmer umherlief. Dieses ständige Beten bereitete ihr ebenso viel Kummer wie Lizzys Beharren, mindestens drei Mal wöchentlich zur Beichte zu gehen. Jeden Tag machte sie Lizzy deswegen Vorhaltungen, denn sie war dünn und wirkte erschöpft. Einige Male hatte sie bereits verschlafen und war sogar zu spät zur Messe gekommen. Noch eindringlichere Gebete waren die Folge gewesen. Mary behielt jedoch ihre Befürchtungen für sich, um ihrer Enkelin Zeit zu geben, ihre Probleme selbst zu lösen.

In der dritten Märzwoche wurde Kinmalley verkauft. Lizzy verbarg ihre Verzweiflung und lauschte schweigend, als Mary ihr erklärte, wie der Verkaufserlös für Lizzys Zukunft angelegt werden sollte und dann hoffentlich für die später anfallenden Collegegebühren ausreichen würde. Nachdem die letzte Verbindung zu ihrem früheren Leben gekappt war, verbrachte Lizzy den Großteil der Nächte mit traurigen Gebeten und schlief erst kurz vor Morgengrauen erschöpft ein.

Eines Morgens fuhr sie erschrocken hoch – sie hatte schon wieder verschlafen. Lizzy sprang aus dem Bett, sodass die Bibel polternd zu Boden fiel.

»Verdammter Mist!«, rief sie aus und griff nach ihren Kleidern. Sie zwängte sich in ihre Sachen und stürzte, das Kleid noch offen, ins Badezimmer. Zum dritten Mal hintereinander hatte sie vergessen, den Wecker zu stellen, und jetzt würde sie wieder zu spät zur Messe kommen. Lizzy stürmte aus dem Bad und hastete in dem kleinen Zimmer hin und her, um ihre Schulbücher zusammenzusuchen. In der vergangenen Woche war sie in der Erdkundestunde eingeschlafen. Es musste doch einen einfacheren Weg geben, sein Leben Gott zu weihen. Der Reißverschluss ihres Kleides verklemmte sich beim Zuziehen, sodass sie einen Fluch ausstieß. Das bedeutete, sie musste wegen Fluchens drei Mal zur Beichte gehen und um Vergebung bitten.

Mary, die das Zusammenleben mit Lizzy anstrengender fand, als sie sich selbst eingestehen wollte, kam in einem pflaumenblauen Morgenrock aus ihrem Zimmer. Sie war verärgert, weil sie selbst verschlafen hatte.

»Komm, ich mache das«, befahl sie gereizt, als sie sah, wie Lizzy mit dem Reißverschluss kämpfte.

»Warum hast du mich nicht geweckt, Oma?«, rief Lizzy und drehte sich ungeduldig um.

»Am besten gibst du diesen albernen Plan auf, Nonne zu werden«, erwiderte Mary, ohne auf Lizzys Vorwurf einzugehen, und setzte den Teekessel auf. »Um drei Uhr morgens habe ich dich noch murmeln gehört. Wie, glaubst du, willst du deine Schularbeiten schaffen, wenn du mit diesem Unsinn weitermachst?«

Lizzy knallte eine Tasse auf die Anrichte, löffelte Kaffeepulver hinein, wobei sie die Hälfte verschüttete, und goss kochendes Wasser dazu.

»Das ist kein Unsinn, Oma. Wie kannst du so etwas sagen?«, hielt sie dagegen, gab Zucker in die Tasse und rührte zornig um.

Mit geschürzten Lippen griff Mary nach einem Lappen, um Lizzys Hinterlassenschaften aufzuwischen.

»Die Nonnen sind bereit, dir kostenlos eine gute Ausbildung zukommen zu lassen. Doch die Großzügigkeit anderer Menschen hat irgendwann einmal ein Ende. Möchtest du, dass sie dich aus der Schule werfen? Ich weiß, dass du deinen Dad vermisst, aber du musst allmählich wieder zur Vernunft kommen. Und fang um Himmels willen an, richtig zu essen. Lass dieses alberne Gefaste. Fastenzeit bedeutet, dass man auf Dinge verzichtet, die einem Freude machen – nicht, dass man sich zu Tode hungert. Ohne Frühstück gehst du mir nicht aus dem Haus.«

»Es liegt nicht an Dad. Ich möchte mein Leben damit verbringen, Gott zu dienen. Andere Frauen werden doch auch Nonnen!

Was ist denn so schlimm daran, dass ich ins Kloster will?«, gab Lizzy gereizt zurück. Als sie zwei Schlucke Kaffee hinunterstürzte, verbrannte sie sich den Mund. »Außerdem esse ich ordentlich. Warum musst du mir immer alles vermiesen?«

»Ich möchte, dass du in St. Cecilia eine gute Ausbildung erhältst, wie dein Vater es sich gewünscht hätte«, wiederholte Mary streng.

»Ich werde aber Nonne, ganz gleich, was du davon hältst«, rief Lizzy, griff nach ihrer Schultasche und verließ türenknallend das Haus.

Mit besorgter Miene blickte die Großmutter ihr nach. Sie wünschte, Dan wäre noch am Leben. Wenn Lizzy so weitermachte, würde sie ein Gespräch mit der Mutter Oberin führen müssen. Kopfschüttelnd brühte sie sich eine Tasse Tee auf.

Die Vorstellung, aus St. Cecilia hinausgeworfen zu werden, jagte Lizzy einen kalten Angstschauder den Rücken hinunter, während sie durch das große schmiedeeiserne Schultor trat. Sie überquerte den geteerten Hof und ging zu der alten Steinbank hinüber, die unter Eukalyptusbäumen stand. Sie war zu spät dran. Die Nonnen strömten bereits in die Kirche; ihre hellblauen Sommertrachten hoben sich wie eine Wasserfläche von den dunkelgrünen Büschen ab, die den Weg säumten. Nachdem die letzte Nonne in der Kirche war, folgten schweigend die Schülerinnen. Nach der Standpauke ihrer Großmutter wagte Lizzy es nicht, mit Marcia zu tuscheln, und musste warten, bis die Messe und der Morgenappell vorüber waren.

Gerade wollte sie ihrer Freundin von dem morgendlichen Drama berichten, als Schwester Thomas ihr ins Ohr zischte: »Beeilt euch, Mädchen. Müßiggang ist aller Laster Anfang.«

Die beiden Mädchen verzogen das Gesicht und hasteten ins Klassenzimmer. Aber Lizzy konnte sich nicht konzentrieren. Von Schwester Thomas' Geschichtsstunde bekam sie kein Wort mit, und im Mathematikunterricht wurde sie zwei Mal getadelt – sehr zur Freude einiger anderer Mädchen, die eifersüchtig waren, weil die hübsche, junge, weltliche Lehrerin Lizzy so viel Aufmerksamkeit schenkte.

Als sie in der Pause im Schatten eines Eukalyptusbaums saßen, erzählte Lizzy Marcia von dem Streit mit ihrer Großmutter.

»Ich wünschte, ich könnte mit ihr reden, aber sie weigert sich einfach, vor allem, wenn es um Dad geht. Außerdem habe ich meine Geldbörse und mein Pausenbrot vergessen.«

»Ich leihe dir etwas Geld«, erbot sich Marcia. »Warum kommst du uns dieses Wochenende nicht besuchen? Dann kriegt ihr beide ein bisschen Abstand voneinander.«

Da zu Jahresanfang viel Arbeit anfiel und Mrs. Pearce von Marcia Mithilfe verlangte, war Lizzy seit den Ferien nicht mehr in Four Pines gewesen. Marcia wickelte einen Marsriegel aus und bot Lizzy ein Stück davon an.

Lizzy schüttelte den Kopf. Sie spielte an ihrem kurzen Haar herum und verzog verlegen das Gesicht.

»Ich weiß nicht. Ich muss erst sehen, ob Oma es mir erlaubt«, antwortete sie ausweichend. Wie gerne hätte sie Marcia von dem Zwischenfall mit Tim erzählt, befürchtete aber, es könnte einen Keil zwischen sie treiben.

»Was ist los, Lizzy?«, fragte Marcia ohne Umschweife. »Du bist in diesem Schuljahr so anders und komisch. Liegt es an mir? Habe ich dich irgendwie gekränkt?«

»Oh, Marcia, du hast keine Schuld. Es … es …« Sie war den Tränen nah. »Ich bin einfach so müde. Ich muss mich um Oma kümmern, und dann sind da noch die Imbissbude und die vielen Schularbeiten …«

»Es macht nichts, wenn du keine Lust hast, mich zu besuchen«, erwiderte Marcia, gekränkt von der Zurückweisung.

»Natürlich habe ich Lust. Wirklich. Ich bin gerne bei euch. Es ist nur …« Sie holte tief Luft. »Weißt du noch, als Tim und ich zur Schlucht gefahren sind?«

Marcia, den Mund voller Schokolade, stieß ein Brummen aus. Nachdem Lizzy einmal angefangen hatte, war es gar nicht so schwer zu erzählen, wie Tim sie geküsst hatte. Auch von ihrem heftigen Streit und davon, dass sie es nicht gewagt hätte, es Marcia anzuvertrauen. Und je länger sie damit wartete, desto schwerer sei es ihr gefallen, überhaupt den Mund aufzumachen.

»Du bist doch doof, Lizzy«, erwiderte Marcia mit einem erleichterten Grinsen, nachdem ihre Freundin geendet hatte. »Warum hast du mir das nicht gleich gesagt?«

»Versprichst du mir, dass du Tim gegenüber schweigst?«, flehte Lizzy. »Es wäre mir furchtbar peinlich. Ich könnte nie wieder zu euch kommen, und das würde mir sehr fehlen.«

»Am liebsten würde ich ihm ordentlich den Kopf waschen«, gab Marcia zurück. Sie war wütend auf Tim, weil er Lizzy so verängstigt hatte.

»Nein, nein, ich schweige wie ein Grab«, versicherte sie.

»Vielleicht war sogar gut, was passiert ist, denn danach ist mir klar geworden, dass ich Nonne werden will«, fuhr Lizzy fort.

»Jetzt bist du aber wirklich vollkommen durchgedreht«, entrüstete sich Marcia.

»Nein, ich meine es absolut ernst. Als ich mir damals bei euch alles überlegt habe, hatte ich dieses unbeschreiblich starke Gefühl. Deshalb habe ich mir auch die Haare abgeschnitten. Ich weiß einfach, dass das meine Berufung ist.«

»Tut mir Leid, ich wusste nicht, dass es dir so viel bedeutet«, entgegnete Marcia rasch. Sie knüllte das Einwickelpapier des Marsriegels zusammen und warf es in den Papierkorb, als die Glocke das Ende der Pause ankündigte.

Um die Mittagszeit hatte Lizzy schrecklichen Hunger. Beinahe wäre sie schwach geworden und hätte Marcias Angebot angenommen, ihr Geld für das Mittagessen zu geben. Doch um sich zu beweisen, dass sie der Versuchung widerstehen konnte, und auch um es ihrer Großmutter zu zeigen, sagte sie, sie wolle die Zeit im Gebet verbringen. Marcia verdrehte die Augen und machte sich auf den Weg in die Cafeteria, während Lizzy in die Kirche ging.

Lizzys Magen knurrte laut, als sie in den dunklen kühlen Raum trat und die Finger in die winzige Messingschale mit Weihwasser tauchte, die neben der Tür hing. Nachdem sie sich bekreuzigt hatte, schlenderte sie durch die Kirche, blieb an jeder Station des Kreuzwegs stehen, murmelte ein Gebet und versuchte zu vergessen, wie hungrig sie war.

Sie machte vor dem gekreuzigten Christus über dem Altar eine Kniebeuge und schlüpfte dann in die vorderste Sitzreihe, wo sie sich schwer auf die Bank fallen ließ. Plötzlich fühlte sie sich schwach. Das Gesicht der wunderschönen Statue der Jungfrau Maria zugewandt, begann sie zu beten. Als Lizzys Blick von den vergoldeten Säumen des Gewandes der Jungfrau zu ihren sanften Zügen glitt, füllten sich ihre Augen auf einmal mit Tränen. Müdigkeit und Hunger sorgten dafür, dass sie von tiefer Niedergeschlagenheit ergriffen wurde. Kinmalley war für immer verloren. Sie hätte nie so ungezogen zu Oma sein dürfen. Dad …

Inzwischen war ihr richtiggehend übel. Vielleicht sollte sie Marcia wirklich bitten, ihr Geld für ein Stück Kuchen zu geben. Als sie aufstehen wollte, drehte sich alles um sie. Sie streckte die Hand nach der hölzernen Bank aus, um sich zu stützen – und verlor das Bewusstsein.

Sie kam wieder zu sich, als sich jemand über sie beugte, ihr die Wangen tätschelte und sie sanft schüttelte.

»Lizzy, antworte mir! Kannst du mich hören, Lizzy?«

Als Lizzy sich aufsetzen wollte, drehte sich erneut alles um sie. Doch allmählich stand die Welt wieder still, und sie sah Schwester Angelicas Gesicht vor sich.

»Was ist passiert?«, fragte Lizzy verwirrt.

»Du bist in Ohnmacht gefallen. Lass dir Zeit, Kind«, erwiderte Schwester Angelica besorgt.

»Tut mir Leid, Schwester«, sagte Lizzy, nachdem sie sich aufgerichtet hatte. Im nächsten Moment brach sie in Tränen aus.

»Was tut dir denn Leid, Lizzy?« Sie fühlte dem Mädchen die Stirn. Sie war kühl. Wenigstens hatte die Kleine kein Fieber. »Hast du Schmerzen? Ist dir übel?«

Lizzy schüttelte den Kopf.

»Ich habe solchen Hunger. Oma und ich haben uns gestritten und …« Als die Geschichte aus ihr heraussprudelte, hörte Schwester Angelica geduldig zu und strich ihr über das Haar.

»Hab Vertrauen, Kind. Der Herr hat seine eigenen Wege, um uns zu zeigen, wie wir ihm dienen können«, entgegnete sie freundlich. »Und jetzt musst du erst einmal etwas essen. Essen und Trinken hält Leib und Seele zusammen. Dem Himmel sei Dank, dass du nicht krank bist. Aber ich denke, wir bringen dich für alle Fälle in die Krankenstation.«

Sie half Lizzy beim Aufstehen und bemerkte zu ihrer Erleichterung, dass deren Wangen schon wieder ein wenig rosiger wurden. Die Wege des Herrn waren manchmal wirklich sonderbar.

Mary sonnte sich in ihrem winzigen Garten, als das Telefon läutete. Zwanzig Minuten später saß sie in dem großen, kahlen Büro der Mutter Oberin und hörte zu, was ihre alte Freundin zu sagen hatte.

»Lizzy ist inzwischen wieder auf dem Damm. Aber der Zwischenfall als solcher macht mir Sorgen, und deshalb habe ich dich gebeten zu kommen. Schwester Angelica sagte, Lizzy sei in Ohnmacht gefallen, weil sie nichts gegessen hatte«, fuhr die Mutter Oberin fort. »Sie hat doch nicht etwa die Fastenzeit zu ernst genommen, Mary? Du weißt, dass wir die Mädchen ermutigen, sich in Selbstbeherrschung zu üben und so zu lernen, wie man Opfer bringt. Allerdings wollen wir nicht, dass sie dabei krank werden. Lizzy neigt dazu, die Dinge zu extrem anzugehen.«

»Erst heute Morgen habe ich mit ihr darüber gesprochen«, erwiderte Mary kopfschüttelnd. »Offen gestanden mache ich mir entsetzliche Sorgen, Judith. Ich möchte dir nicht zu nahe treten, aber Lizzy nimmt die Religion viel zu ernst. Ich betrachte mich selbst als gläubige Katholikin, doch sie ist noch so jung. Sie soll erst erwachsen werden, sich amüsieren, heiraten und Kinder bekommen. Stattdessen redet sie nur davon, dass sie Nonne werden will. Ich finde, dass das nicht das Richtige für sie ist, aber wenn ich etwas sage, wird sie richtig wütend. Sie kann so dickköpfig sein und lässt einfach nicht mit sich reden.«

»Ein Dickkopf muss nicht immer etwas Schlechtes sein, und solange sie im Unterricht wach bleibt, schlägt sie sich ganz wacker«, entgegnete die Mutter Oberin mit einem Augenzwinkern. »Hast du ihr schon einmal vorgeschlagen, dass sie wieder musizieren sollte? Das Singen hat ihr solche Freude gemacht.«

»Es liegt am Geld. Musikstunden kann ich mir beim besten

Willen nicht leisten, und ich darf nicht von dir verlangen, dass du uns noch mal hilfst.« Sie umfasste ihre Handtasche und stieß einen Seufzer aus. »Wenn Lizzy vor Dans Tod zu mir kam, hat sie die ganze Zeit gesungen. Nun ist sie so still und traurig. Sie hat doch eine so schöne Stimme. Früher ... nun, damals, als sie noch eine Familie waren, hat Dan sie auch dazu ermuntert. Sie hat sogar recht gut Klavier gespielt«, beendete Mary bedrückt den Satz.

Die Mutter Oberin nickte nachdenklich.

»Sie hat so viel Freude und Sonnenschein in unsere Schule gebracht. Und das wird sie sicher auch wieder tun, Mary, wenn man ihr Zeit gibt. Falls sie beschließen sollte, wieder zu musizieren, wird sich wegen der Kosten schon ein Weg finden. Wir müssen nur auf eine kleine zusätzliche Kollekte hoffen.« Das Funkeln war in Judiths Augen zurückgekehrt.

Mary sah sie sprachlos an.

»Ich weiß nicht, was ich sagen soll.« Das Bisschen, was Lizzy in der Imbissbude verdiente, wurde während der Woche sofort für Notwendigkeiten aufgebraucht und stand deshalb nicht für Musikstunden zur Verfügung.

»Das brauchst du auch nicht, liebe Freundin. Du hast mir in der Vergangenheit so oft geholfen.«

Die beiden Frauen schwiegen. Mary strich mit den Fingern über den Riemen ihrer Handtasche.

»Vielleicht irre ich mich, Judith«, begann sie dann, und man sah an ihrem Kopfnicken, unter welcher Anspannung sie stand. »Wenn Lizzy wirklich Nonne werden will, sollten wir vielleicht auf sie hören. Schließlich hast du dich auch für diesen Weg entschieden, und es war genau das Richtige für dich.«

»Lass uns erst einmal abwarten, einverstanden? Ich finde, ich sollte mit Lizzy reden. Und auch mit Schwester Angelica. Sie hat den besten Zugang zu dem Mädchen«, fügte sie beruhigend hinzu.

»Danke, Judith«, sagte Mary nach einer Weile. »Du bleibst immer die Alte und bist so weise wie eh und je. Ich weiß nicht, was ich ohne deine Unterstützung tun würde.«

Sichtlich erleichtert machte sich Mary auf den Rückweg von der Schule in die Stadt. Wenn es um Lizzys Wohl ging, konnte sie sich keine bessere Ratgeberin wünschen als Judith.

Kerzengerade saß Lizzy in dem steifen Ledersessel vor dem gewaltigen, Ehrfurcht gebietenden Schreibtisch und hatte den Blick starr auf das Zinnkreuz auf der Brust der Mutter Oberin gerichtet. Das Herz klopfte ihr bis zum Halse, ihre Handflächen waren schweißnass, und sie krampfte die Finger im Schoß zusammen. Sie hatte ein scheußlich flaues Gefühl im Magen. Nun war es geschehen. Sie hatte es übertrieben und die Großzügigkeit der Nonnen überstrapaziert. Jetzt würde sie von der Schule fliegen. Aus einem schweren vergoldeten Rahmen blickte die Jungfrau Maria, das Christkind im Arm, auf sie herunter. Ihre sanfte Miene sorgte dafür, dass Lizzy sich noch schuldiger fühlte.

»Deine Großmutter und ich haben heute ein kleines Gespräch geführt«, begann die Mutter Oberin. »Ich weiß, dass es nicht leicht für dich war, deinen Vater zu verlieren und mit den vielen Veränderungen in deinem Leben zurechtzukommen. Deine Großmutter sagte, dass du immer noch die Gelübde ablegen willst. Wir haben das erörtert und sind uns einig, dass wir dich ernst nehmen müssen, wenn es dir so wichtig ist.«

Sie hielt inne.

»Du bist noch sehr jung, doch das war ich auch, als ich den Ruf erhielt.« Sie verschränkte die Hände im Schoß und lehnte sich in dem hohen Holzstuhl zurück.

Lizzy merkte plötzlich, dass sie den Atem angehalten hatte. Nun stieß sie einen erleichterten Seufzer aus. Also würde sie doch nicht von der Schule fliegen, sondern konnte sogar die ersten Schritte unternehmen, um Nonne zu werden. Die nächsten Worte der Mutter Oberin ließen ihre Begeisterung jedoch sofort wieder verfliegen.

»Wir alle müssen tun, was richtig ist, Lizzy. Aber wir haben auch die Pflicht, die Talente zu nützen, die Gott uns geschenkt hat. Deine musikalische Begabung ist eine große Gabe. Und dennoch beharrst du darauf, sie nicht einzusetzen. Ein Geschenk Gottes zurückzuweisen, wird deinen Vater nicht wieder lebendig machen«, fuhr sie sanft fort. »Obwohl Gott seine Kinder liebt, schickt er uns nicht immer Sonnenschein und Lachen. Wenn wir einen wichtigen Menschen verlieren oder in unserem Leben etwas Schreckliches geschieht, liegt es nicht daran, dass Gott uns bestrafen will. Stattdessen wirkt er in uns und hilft uns, unseren Geist zu stärken, damit wir seine Werke tun können. Das erwartet er von uns. Hast du je daran gedacht, dass die Gaben, die er dir geschenkt hat, genau das sind, was dir helfen kann, deinen Weg weiterzugehen. Warum überlegst du dir nicht, wie du sie nützen könntest?«

Lizzy stieg die Röte in die Wangen. Sie senkte den Blick und starrte auf ihre fest ineinander gekrampften Hände. Angesichts dieser Mischung aus Verständnis und liebevollem Tadel traten ihr die Tränen in die Augen. Sie hatte geschworen, nie wieder zu singen. Doch sie wusste, dass sie das der Mutter Oberin nie würde begreiflich machen können.

»Du hast eine wirklich wunderschöne Stimme, Lizzy, die du mit anderen teilen solltest.« Als die Mutter Oberin Lizzy betrachtete, wünschte sie sich, sie könnte die Last des Schmerzes von ihren Schultern nehmen. »Wer Nonne wird, trägt eine schwere Verantwortung, Lizzy. Die erste Aufgabe ist, sich zu vergewissern, dass man wirklich dafür geeignet ist, Gottes Werke zu tun. Das Versäumen der Messe oder übertriebenes Fasten entspricht nicht dem Verhalten, das ich von meinen Postulantinnen erwarte.«

»Es wird nie wieder vorkommen, ehrwürdige Mutter. Ich verspreche es«, erwiderte Lizzy leidenschaftlich, beugte sich in ihrem Sessel vor und wischte die Tränen weg.

»Ich glaube dir, Lizzy. Doch du hast auch die Verantwortung, zu nutzen, was unser Herr dir gegeben hat – dein großes Talent. Wenn du bereit bist, wird er dich leiten. Denke daran, wenn du sein Wort liest und in seinem Hause bist.«

Bei diesen Worten läutete es zum Unterrichtsschluss.

»Wir unterhalten uns ein andermal weiter. Jetzt lass dich segnen. Wenn du nach Hause kommst, mein Kind, sagst du deiner Großmutter, dass du sie liebst und dass alles gut werden wird. Und dann isst du ein großes Stück Kuchen zum Tee.«

Rasch stand Lizzy auf.

»Danke, ehrwürdige Mutter. Danke, für das Vertrauen, das Sie in mich setzen. Ich werde Sie nicht enttäuschen. Bestimmt nicht.«

Sie kniete nieder und senkte den Kopf, während die Mutter Oberin das Kreuzzeichen über ihr machte.

»Geh mit Gott«, sagte die Mutter Oberin leise, als Lizzy durch die große braune Flügeltür hinausschlüpfte. Dann drehte sie sich kopfschüttelnd zur Jungfrau Maria um und tastete nach dem schweren Kreuz auf ihrer Brust. Lizzy war als Postulantin wirklich gänzlich ungeeignet.

In der folgenden Woche suchte Lizzy nach dem Unterricht Schwester Angelica auf. Man hatte der Schwester einen der mobilen Klassenzimmercontainer als Musikzimmer zur Verfügung gestellt, und Lizzy wartete draußen, während drinnen eine Gesangsstunde abgehalten wurde. Rasch erkannte sie an der Stimme, dass es sich bei der Schülerin um Carol handelte. Sie war ein Jahr älter als Lizzy und die Beste im Oberstufenchor. Carol gehörte zu Schwester Angelicas begabtesten und erfolgreichsten Schülerinnen, auch wenn sie manchmal ein klein wenig zu tief lag. Unter Anleitung der Schwester hatte sich ihre Stimme in Volumen und Ausdruck verbessert, und heute sang sie absolut sauber. An einen Baum gelehnt, lauschte Lizzy der aufsteigenden Phrase einer Mozartarie, und ein angenehmer Schauder lief ihr den Rücken hinunter. Fünf Minuten später war die Gesangsstunde zu Ende, und Carol stolzierte an Lizzy vorbei, ohne sie eines Blickes zu würdigen.

»Herein«, rief Schwester Angelica, als Lizzy schüchtern anklopfte.

»Hallo, Lizzy, hast du dich von dem kleinen Zwischenfall von letzter Woche erholt?«, fragte sie und hielt im Klavierspiel inne, als Lizzy ins Zimmer trat.

»Ja, danke, Schwester«, antwortete Lizzy errötend.

»Und was kann ich für dich tun?«

Kurz zögerte Lizzy. Die stickige Hitze und der leichte Geruch nach Lavendel und Schweiß riefen Erinnerungen an ihre eigenen Gesangsstunden wach, die nun mit aller Macht über sie kamen.

»Großmutter sagt, ich darf wieder mit dem Klavierunterricht anfangen. Und die ehrwürdige Mutter hat mir vorgeschlagen, mich an Sie zu wenden. Ich habe mich gefragt, ob ich nicht manchmal den Chor begleiten könnte.«

»Das ist aber reizend von dir, Lizzy. Warum kommst du nicht am Montagnachmittag zum Unterstufenchor. Dann können wir ja sehen, wie es weitergeht.«

Während sie in den Noten wühlte, die sich auf dem Klavier türmten, um die Lieder für den Unterstufenchor herauszusuchen, musste sie gegen ihre Enttäuschung ankämpfen. Die Mutter Oberin hatte ihr von dem Gespräch mit Lizzys Großmutter berichtet. Und als sie Lizzy in der Tür erkannt hatte, hatte ihr Herz einen Moment ausgesetzt. Sie hatte gehofft, ihre Gebete seien endlich erhört worden, und Lizzy wolle wieder mit dem Gesangsunterricht beginnen. Schwester Angelica hing viel mehr an dem Mädchen, als sie es sich eingestehen wollte. Und sie hatte gesehen, welche Verwandlung beim Singen in Lizzy vorging. Sie war überzeugt, dass dem Mädchen eine weitaus glänzendere Zukunft bevorstand als Carol, auch wenn sie das niemals öffentlich zugegeben hätte. Allerdings hatte die ehrwürdige Mutter sie gewarnt, dass die Entscheidung zum Singen allein von Lizzy kommen müsse.

»Hier haben wir es – damit kannst du anfangen. Das Tempo geht folgendermaßen.« Sie spielte ein paar Takte und sang mit, während Lizzy über ihre Schulter hinweg in das Notenheft mit den Eselsohren spähte.

»Ich habe die Mädchen für das Festival im Juni angemeldet. Deshalb werde ich dich möglicherweise bitten, sie in Gruppen aufzuteilen und die Einzelstimmen mit ihnen zu proben«, sagte Schwester Angelica und beendete das Stück mit einem fröhlichen Akkord. Als sie sich zu Lizzy umwandte, überstrahlten ihre leuchtend blauen Augen ihre hellblaue Tracht.

»Du wirst dich aber ziemlich anstrengen müssen. Einige der Begleitungen sind recht schwierig.« Sie reichte Lizzy die Noten.

Mit einem breiten Grinsen blätterte Lizzy sie durch.

»Das werde ich, Schwester. Und vielen Dank. Wissen Sie, dass ich Nonne werden will?«, platzte sie heraus.

Die Schwester legte Lizzy den Arm um die Schulter.

»Ja, mein Kind, die ehrwürdige Mutter hat es mir erzählt. Aber überlassen wir das doch dem lieben Gott.« Kurz hob sie die Augen zur Decke und wandte sich dann wieder Lizzy zu. Wenigstens würde das Mädchen wieder musizieren. Mit einem kleinen Schubser hier und da wird der Herr den Rest schon regeln, dachte sie sich, als sie Lizzy nachblickte. Gelobt sei sein Name – das Kind lächelte wieder.

Die Noten fest umklammert, hüpfte Lizzy die Stufen hinunter und hinaus in den Sonnenschein.

Die ehrwürdige Mutter hat Recht, dachte sie glücklich. Manchmal musste man Gott vertrauen und seine Gaben nutzen. Doch schon im nächsten Moment wurde ihr klar, dass sie sich selbst etwas vormachte, denn sie hatte geschworen, das allergrößte Talent niemals wieder zu nutzen.

5

Lizzy hatte keine Vorstellung davon gehabt, wie viel Freude es ihr machen würde, den Unterstufenchor zu begleiten. Obwohl sie noch früher als gewöhnlich aufstehen musste, um vor der Schule zu üben, und abends lange über ihren Schularbeiten saß, konnte sie die Proben kaum abwarten. Sie hatte sogar Spaß daran, die endlosen Tonleitern und Arpeggios zu üben, die Mrs. Beckett, ihre Klavierlehrerin, ihr abverlangte. Mrs. Beckett hatte sich bereit erklärt, Lizzy wieder zu unterrichten, allerdings nur unter der Bedingung, dass das Mädchen das Klavierspielen wirklich ernsthaft betrieb.

»Sie sind die Antwort auf unsere Gebete. Ich verspreche Ihnen, dass Sie Ihre Zeit nicht vergeuden werden«, hatte die ehrwürdige Mutter ihr versichert. Sie behielt Recht. Schon nach zwei Wochen beherrschte Lizzy die schwierigsten Passagen der Liedbegleitung. Die Melodien waren zwar einfach, doch wenn Lizzy den Chor begleitete, sang jedes Mal ihr Herz. Da Musik sich ihr rasch einprägte, hätte sie bald alle Stimmen mitsingen können.

Zur Erleichterung ihrer Großmutter ließ durch die zusätzliche Arbeitsbelastung auch Lizzys religiöser Übereifer nach. Damit sie beide mehr Privatsphäre hatten, räumte Mary den Fernseher in ihr Schlafzimmer. Wenn sie nach ihrer liebsten Spätsendung noch einmal in die winzige Küche schlich, um sich einen Tee aufzubrühen, fand sie Lizzy meist tief schlafend im Bett vor, rings um sich Notenblätter verstreut und die Bibel auf der Brust.

Obwohl die Schwester sie nur gebeten hatte, die Proben zu begleiten, war Lizzy fest entschlossen, auch beim Chorfestival dabei zu sein, eine Aufgabe, die für gewöhnlich zu Mrs. Becketts Pflichten gehörte. Allerdings fehlte ihr der Mut, das Thema in der Klavierstunde zur Sprache zu bringen. Stattdessen übte sie wie eine Besessene. Schließlich, nach einer besonders erfolgreichen Probe, entschied sie sich für den einfacheren Weg und fragte Schwester Angelica. Die Schwester musterte Lizzy eine Weile.

Das Mädchen hatte die Erwartungen an eine Korepetitorin tatsächlich weit übertroffen. Sie machte zwar noch hin und wieder einen Fehler, doch ihr Spiel hatte etwas Lebendiges an sich, das sicher zum Gelingen des Auftritts beitragen würde. Andererseits konnten Schnitzer bei der Begleitung den Chor wertvolle Punkte kosten.

»In ›Die Feengrotte‹ musst du noch an deiner linken Hand arbeiten, bevor auch nur daran zu denken ist. Wenn du patzt, kann uns das den Preis beim Festival kosten.« Schwester Angelicas Chöre hatten in den vergangenen fünf Jahren immer den ersten Preis gewonnen, und sie hatte nicht die Absicht, sich diesen Rekord verderben zu lassen.

»Wir werden sehen. Ich spreche mit Mrs. Beckett. Und du gehst jetzt am besten üben«, meinte sie, als sie Lizzys enttäuschte Miene bemerkte.

Zwei Wochen vor dem Festival konnte Lizzy das gesamte Programm auswendig und fehlerlos spielen. Schwester Angelica musste zugeben, dass Lizzy eine Menge aus dem alten Schulflügel herausholte, und die Mädchen beteten sie an.

»Du kannst den Chor beim Festival begleiten«, stimmte Schwester Angelica eine Woche vor dem Wettbewerb schließlich zu. »Aber nimm die Noten mit. Ich möchte keine unnötigen Risiken eingehen.«

Vor lauter Nervosität und Aufregung tat Lizzy kaum ein Auge zu. Den ganzen nächsten Tag spielte sie während des Unterrichts, in der Pause und beim Mittagessen die Stücke auf dem Schoß, sang sie lautlos vor sich hin und warf zwischen den Unterrichtsstunden immer wieder einen Blick in die Noten. Endlich war der Tag des Wettbewerbs da. Als Lizzy zu den anderen Chormitgliedern in den Bus stieg und sich neben Sophie setzte, die die Noten für sie umblättern würde, fragte sie sich, ob es klug gewesen war, zu Mittag zu essen.

Das Warten war das Schlimmste. Der Chor von St. Cecilia sollte als vorletzter auftreten. In der Stadthalle drängten sich Schulchöre aus dem ganzen Bezirk; alle zappelten herum und tuschelten nervös durcheinander. Lizzy hatte abwechselnd schweißnasse und eiskalte Hände, als sie den anderen Teilnehmern lauschte, bis sie nicht mehr sicher war, ob ihre Finger ihr überhaupt gehorchen würden. Schließlich waren sie an der Reihe. Das Haar ordentlich gekämmt, die Schuluniformen sauber und gebügelt, betrat der Unterstufenchor von St. Cecilia in geordneter Formation die Bühne. Lizzy schlüpfte unauffällig auf ihren Platz am Klavier hinter dem Chor und sortierte ihre Noten. Nachdem sie sich heimlich die schweißnassen Hände am Rock abgewischt hatte, wartete sie mit klopfendem Herzen, bis Schwester Angelica auf die Bühne kam und das Zeichen zum Verbeugen gab. Im Saal wurde applaudiert.

Die Schwester wandte sich mit einem erwartungsvollen Lächeln dem Chor zu und hob den Taktstock. Sofort schwebten Lizzys Finger bereit über den Tasten. Auf ein Nicken der Schwester begann Lizzy mit zitternden Händen mit dem Vorspiel. Doch nach dem dritten Takt wurde sie ruhiger, und bald war sie in die Musik versunken. Immer ein Auge auf den Taktstock der Schwester gerichtet, ließ Lizzy die Finger über die Tasten fliegen. Sie fand die richtigen Töne, machte die angegebenen Tempowechsel mit und hielt den Takt, während die Mädchen sangen. Beim zweiten Lied waren alle schon weniger aufgeregt. Die weiche und atmosphärische »Feengrotte« schlug die Zuhörer von Anfang bis Ende in ihren Bann. Das letzte Lied war ein lebhafter zweiteiliger Shanty, zu dem alle mit den Füßen stampften. Er endete mit einer virtuosen Tonleiter, bei der Klavier- und Singstimme unisono verliefen. Lizzy stürzte sich in die Passage, dass ihre Hände über die Tasten jagten, und endete mit einem dramatischen Schlussakkord. Ein paar Sekunden herrschte völlige Stille. Dann spendete der gesamte Saal stehend Beifall.

Es folgte eine halbe Stunde quälenden Wartens, während die letzten Teilnehmer auftraten und die Preisrichter ihre Entscheidung fällten. Schließlich wurde verkündet, dass St. Cecilia zum sechsten aufeinander folgenden Male den ersten Preis gewonnen hatte. Die Mitglieder des Unterstufenchors sprangen auf und fielen einander jubelnd um den Hals. Als die Schwester, die Schwierigkeiten hatte, ernst zu bleiben, ihnen einen strengen Blick zuwarf, verstummten sie schlagartig. Strahlend marschierten die Mädchen zurück auf die Bühne, um den Pokal entgegenzunehmen. Lizzy stand stolz mitten unter ihnen. Am nächsten Tag erschien ihr Foto in der Lokalzeitung.

»Ich habe es ja gesagt«, rief Marcia aufgeregt, als Lizzy und sie sich zum Netzballspiel umzogen. »Das nächste Mal singst du aber selbst.«

»Hör doch auf«, erwiderte Lizzy und warf Marcia mit Schwung den Ball quer durch die Turnhalle zu. Die Lieder wollten ihr nicht mehr aus dem Kopf, und das Begleiten hatte ihr großen Spaß gemacht. Doch statt sich über den Erfolg zu freuen, fühlte sie sich niedergeschlagen.

»Ich höre erst auf, wenn du wieder anfängst«, gab Marcia zurück und fing den Ball, während die Sportlehrerin wegen eines Fouls die Trillerpfeife blies.

Am nächsten Tag fragte Schwester Angelica Lizzy, ob sie Lust habe, während der Gesangsstunden zu begleiten.

»Normalerweise nehme ich dazu eine Schülerin aus der Abschlussklasse, aber du bist so gut geworden, dass es ein Jammer wäre, die Früchte deiner harten Arbeit nicht zu nutzen.«

Begeistert eilte Lizzy nach Hause, um es ihrer Großmutter zu erzählen.

»Hoffentlich vernachlässigst du nicht deine Schularbeiten«, erwiderte Mary mürrisch. Die Gelenke taten ihr weh, und offenbar war eine Erkältung im Anzug.

»Ich dachte, du würdest dich freuen«, entgegnete Lizzy enttäuscht.

»Das tue ich. Jetzt komm und hilf mir mit dem Tee«, befahl Mary und verschwand in der Küche.

Sie verzehrten ihre Mahlzeit schweigend. Nachdem Lizzy den Tisch abgeräumt hatte, setzte sie sich hin und starrte ärgerlich in ihre Bücher. Durch die geschlossene Tür war der Fernseher zu hören. Warum musste Großmutter ihr nur immer alles vermiesen? Über den Chorwettbewerb hatte sie kaum ein Wort verloren. Lizzy kaute auf ihrem Bleistift herum. Vielleicht sollte sie ihr besser gar nicht erzählen, dass sie mit den Oberstufenschülerinnen für ihre Musikprüfung übte. Schwester Angelica hatte sie gebeten, mit Carol zu proben, die die Gräfinnenarie aus der »Hochzeit des Figaro« für ihr Gesangsexamen einstudierte. Zwei andere Schülerinnen probten Arien von Bach. Außerdem übte Lizzy noch »Golliwog's Cake Walk« für das Halbjahreskonzert der Schule, ein lebhaftes, keckes Stück mit schwierigen Akkorden, das viel mehr Spaß machte als die morgen anstehende Mathematikarbeit. Sie fing an, auf ihrem Knie Akkorde zu greifen.

In St. Cecilia war es Tradition, alle zwei Jahre ein Musical aufzuführen. Deshalb fragte Schwester Angelica Lizzy im zweiten Halbjahr, ob sie beim Vorsingen begleiten könne.

»Singst du auch für eine Rolle vor?«, fragte ein Chormitglied sie in der Mittagspause.

»Das sollte sie wirklich tun«, mischte sich Marcia ein.

Lizzy streckte ihrer Freundin die Zunge heraus und stocherte mit einem Stöckchen nach ein paar Ameisen. Nachmittags nahm sie nach dem Üben nicht wie sonst den Bus, sondern ging zu Fuß zu dem einen Kilometer entfernten Bach; sie sehnte sich nach den vertrauten Geräuschen und Gerüchen des Busches. Marcias Worte wollten ihr einfach nicht aus dem Kopf. »Das sollte sie wirklich tun ... Das sollte sie wirklich tun.« Kurz blieb Lizzy auf der Brücke stehen, warf einen Zweig in den Bach und sah zu, wie er im schlammigen Wasser trieb und gegen die Strömung kämpfte. Sie fühlte sich wie dieses Stück Holz. Wenigstens musste sie heute Abend nicht in die Imbissbude. Mit einem tiefen Seufzer wandte sie sich zum Gehen. Da bemerkte sie einen kleinen Pfad, der eine Böschung hinaufführte und im Busch verschwand. Nach einem Blick auf die Uhr machte sie sich den ausgetretenen Pfad entlang auf den Weg.

Unter ihren Schuhen knirschten Laub und Zweige, und sie atmete den modrigen Geruch nach feuchter Erde und Moos ein, als der Busch um sie herum immer dichter wurde. Sonnenstrahlen durchdrangen das kühle, grüne Blätterdach und beleuchteten üppige Farne und Büschel dunkel gefärbter Pflanzen. Lizzy kletterte den steilen Felsenpfad entlang, bis sie einen großen, vom

Sonnenlicht gefleckten Stein erreichte. Dort setzte sie sich und musterte die Schönheit um sich herum. Die rastlosen Stimmen in ihrem Kopf waren für den Moment verstummt. Als sie den melodischen Gesang des Honigvogels aus luftiger Höhe hörte, hellte sich ihre Stimmung auf. Gleich neben ihr nickten zarter Frauenhaarfarn und winzige wilde Orchideen zu dem Lied mit den Köpfchen.

Lizzy betrachtete das Muster aus Licht und Schatten, das die vom Sonnenlicht beschienenen Äste auf den Boden malten, und wurde von Ehrfurcht ergriffen. Es war, als riefen die Vögel ihr zu: »Komm, sing mit uns.«

Vielleicht wollte Gott doch, dass sie sang, dachte sie, und sie spürte einen Kloß im Hals. Jetzt wurde sie wirklich melodramatisch. Schließlich hatte sie einen Schwur abgelegt, und sie würde ihn auch halten. Unruhig rutschte sie auf dem kalten Stein hin und her. Sie hatte so viele Fragen auf dem Herzen.

Lizzy legte sich auf den Stein und schloss die Augen. Die glockenhellen Rufe der Honigvögel strömten über sie hinweg, und sie fühlte sich für einen Moment geborgen wie in vergangenen Tagen. Ihre Hand ruhte wohlbehalten in der ihrer Mutter, und hinter ihr waren die knirschenden Schritte ihres Vaters zu hören. Eine unerträgliche Sehnsucht überkam sie, und lautlose Tränen kullerten ihr über die Wangen, als sie sich erinnerte, wie sie und ihre Mutter stehen geblieben waren und gelauscht hatten.

»Die Honigvögel singen nur für dich, mein Schatz«, hatte ihre Mutter gesagt. Dad hatte sie in die Luft gehoben. Sie hatten sich umarmt, und Lizzy hatte sich sicher und geborgen gefühlt. Das Bild stand so deutlich vor ihr, dass Lizzy das Gefühl hatte, die Hand ausstrecken und ihre Eltern berühren zu können.

Sie wusste nicht, wie lange sie so dagelegen, leise vor sich hingeweint und den Honigvögeln in den Baumwipfeln gelauscht hatte. Sie öffnete die Augen und setzte sich auf. Die Tränen auf ihren Wangen waren getrocknet, doch sie konnte sich noch nicht von diesem Paradies losreißen. Die Sonne ging unter, und ihre Strahlen tauchten alles in ein goldenes Licht. Das Licht verblasste, die Vögel verstummten, und für einen Moment ließ die Sehnsucht in ihr nach und wurde von einem wundervoll friedlichen Gefühl abgelöst. Obwohl der Wald immer dunkler wurde, blieb sie sitzen und genoss das tröstende Schweigen des Busches.

»Danke, lieber Gott«, flüsterte sie schließlich. Ganz gleich, was auch geschah und wohin sie auch ging, das Lied der Honigvögel würde sie immer begleiten. Sie stand auf, klopfte sich das Laub vom Rock und eilte zurück in die Stadt.

Kurz nach Weihnachten waren alle Rollen in »The Sound of Music« besetzt. Carol sang die Maria und Marcia die sechzehnjährige Liesel. Zwei Jungen von der Schule der Christlichen Brüder waren auch dabei – Nick spielte den Hauptmann von Trapp und Brett den Jungen, in den Liesel sich verliebt. Lizzy wurde zur Repetitorin ernannt, ein großartiger Titel für jemanden, der begleitete und Stimmproben abhielt.

Die Aufführung sollte im Oktober stattfinden. Doch da Schwester Angelica nicht gerne unter Zeitdruck arbeitete, wurde bereits im März jeden Freitagabend geprobt. Im zweiten Halbjahr kam der Samstag als Probentag hinzu. Außerdem hatte die Schwester einen Probenplan erstellt, nach dem Lizzy mit Mitgliedern des Ensembles Einzelproben abhalten sollte. Rasch fand Lizzy heraus, dass die Zusammenarbeit mit Carol recht schwierig war. Da die ganze Schule ihre schöne Stimme bewunderte, war sie nicht sehr zugänglich für Lizzys Verbesserungsvorschläge, was auch daran lag, dass sie bereits für Gage bei Hochzeiten und in Gottesdiensten auftrat. Allerdings ließ sie ihre Allüren nur an Lizzy aus, wenn beide allein waren. In Gegenwart anderer benahm sie sich stets zuckersüß.

»Wer singt die Rolle, du oder ich?«, zischte Carol mitten in einer Probe, nachdem Lizzy taktvoll versucht hatte, ihre Intonation zu korrigieren. Lizzy, die nach einer mit ihrer schwer grippekranken Großmutter schlaflos verbrachten Nacht todmüde war, hätte beinahe das Handtuch geworfen.

»Ich habe dir doch nur den Vorschlag gemacht …«, unternahm sie noch einen Anlauf.

»Nun, das kannst du dir sparen. Warum singst du die Rolle

nicht selbst, wenn du so gut bist?«, brüllte Carol und stürmte hinaus.

Wutentbrannt starrte Lizzy auf die zugeknallte Tür.

»Weil ich nicht will, du fette alte Kuh«, murmelte sie.

Doch das klang selbst in ihren eigenen Ohren nicht sehr überzeugend. Takt für Takt hatte sie Carol die Stücke einbläuen müssen, und dabei war die Hauptdarstellerin sogar zu dumm zum Zählen. Lizzy gähnte lautstark. Dann blätterte sie müde in den Noten und spielte die Begleitung von »Climb Every Mountain«. Die pummelige kleine Cheryl, die die Mutter Oberin sang, hatte zwar keine große Stimme, hörte aber wenigstens zu und arbeitete hart.

Anfang August zog Schwester Angelica das Tempo an.

»Geh mit Marcia noch einmal die Liesel durch. Sie braucht beim Phrasieren noch viel Hilfe, und bei Brett ist es genauso. Der Junge sieht zwar gut aus, aber wenn der nur einen Funken Musikalität im Leibe hat, bin ich ein Känguru.« Seufzend ging sie davon. Ihre Erwartungen waren wie immer viel zu hoch gesteckt.

Lizzy nickte und unterdrückte ein Kichern. Die Proben mit Marcia und Brett machten ihr am meisten Spaß. Brett mochte kein begnadeter Sänger sein, aber ihr war jeder lieber als die alte Hexe Carol.

Je näher der Tag der Aufführung rückte, desto mehr wuchs die Spannung. Elsie Cox, die Chef-Garderobiere, eilte umher, um zu ändern und Maß zu nehmen, während ihre Helferinnen zuschnitten und nähten oder den Jungen von der Schule der Christlichen Brüder beim Kulissenmalen halfen. Inzwischen fanden die Proben auf der Bühne statt, und alle mussten ihre Rolle auswendig können.

Am Samstag vor der Generalprobe klopfte Schwester Angelica mit dem Taktstock auf das Notenpult. Die Probe hatte den ganzen Tag gedauert und sollte in einer halben Stunde zu Ende sein. Die meisten waren bereits fertig, sammelten ihre Sachen ein, gingen ihre Rollen durch oder sahen zu.

»Also noch einmal. Bist du bereit, Carol?«, sagte Schwester Angelica erschöpft. Sie hatten das Liebesduett zwischen Maria und

Hauptmann von Trapp schon vier Mal geprobt, und Carol setzte immer an derselben Stelle zu spät ein.

»Danke, Lizzy.« Sie nickte Lizzy zu, die am Flügel saß, und hob den Taktstock. Lizzy begann zu spielen und spürte, wie die Anspannung im Saal wuchs, als Carol die Bühne überquerte.

»Jetzt«, zischte Lizzy, denn Carol hatte ihren Einsatz schon wieder verpasst. Stirnrunzelnd klopfte die Schwester mit dem Taktstock auf das Notenpult.

»Du musst zählen, Carol. Du kommst noch immer einen Takt zu spät ...« Carol patzte erneut. Beim dritten Fehler warf die Schwester den Taktstock hin. Es wurde totenstill im Saal.

»Ist dir klar, dass wir nächste Woche Generalprobe haben, Carol? Inzwischen solltest du keine Fehler mehr machen.« Das Mädchen konnte einem wirklich den letzten Nerv rauben. Solange sie sich anstrengte, schmolz man dahin, wenn man sie hörte. Aber manchmal überschätzte sie sich und wurde dann schlampig und faul. Die Schwester tat es zwar nur ungern, aber hin und wieder musste man Carol eben einen Dämpfer aufsetzen.

»Nimm die Noten. Ich kann nicht noch mehr Zeit damit verschwenden, dir die Partitur beizubringen. Lizzy, hilf ihr dabei. Jemand soll ihr ein Notenblatt geben.« Ungeduldig strich sie ihre Tracht glatt. Carol wurden die Noten in die Hand gedrückt, und sie blätterte mit feuerrotem Gesicht darin herum, bis sie die richtige Stelle gefunden hatte. Das Rascheln des Papiers klang in der unnatürlichen Stille übertrieben laut. Die Schwester stand mit finsterer Miene da und wartete.

»Ein letztes Mal. Durchgang ohne Unterbrechungen. Von Anfang an«, befahl sie mit erhobenen Armen.

Lizzy begann zu spielen. Ihr graute davor, mit Carol weiterarbeiten zu müssen. Nach der heutigen Probe würde sie unerträglich sein.

»Ein Halbton tiefer ... ein Halbton höher«, überschrie die Schwester den Gesang und deutete abwechselnd auf Boden und Decke, bis Carol sich endlich durch das Duett gequält hatte.

»Sehr gut, Nick. Gut, das wär's für heute. Ich danke euch allen. Jetzt geht üben.« Schwester Angelica winkte Carol zu sich.

»Es war ein langer Tag. Wir haben hart gearbeitet und sind sehr müde. Doch nächste Woche ist Generalprobe.«

Sie hielt inne, damit ihre Worte sich setzen konnten.

»Du hast noch sechs Tage, Carol.« Verlegen trat Carol von einem Fuß auf den anderen.

»Du wirst dieses Lied mit Lizzy üben, bis du jedes Mal richtig einsetzt, und zwar auf dem richtigen Ton und mit dem richtigen Text. Hast du verstanden?«

Sie klappte die Noten zu. Als sie aus dem Saal rauschte, fragte sie sich, welcher Teufel sie wohl geritten hatte, die Rolle mit Carol zu besetzen. Schließlich wollte sie nicht, dass die Aufführung von »The Sound of Music« nur ein Achtungserfolg wurde, sondern eine Sensation.

»Warum hast du mich nur mit so hohen Erwartungen ausgestattet?«, fragte sie und hob die Augen zum Himmel.

Noten und Taktstock fest umklammert, eilte sie in ihr Zimmer, um ihre angespannten Nerven durch ein eiliges aber inniges Gebet zu beruhigen.

Am folgenden Montag schlang Lizzy ihr drittes Gebäckstück in sich hinein, stürzte den letzten Apfelsaft hinunter, wusch sich die Hände und eilte in den Theatersaal. Sie fuhr sich mit der Hand durch das kurze Haar, setzte sich ans Klavier und warf einen Blick in den Probenplan. Carol war die dritte auf ihrer Liste. Es würde ein langer Nachmittag werden. Um sich zu entspannen, stimmte sie eines ihrer Lieblingsstücke an. Als sie spürte, dass ihr jemand auf den Arm tippte, hielt sie inne.

»Üben wir jetzt meine Rolle?« Lizzy blickte hinunter und erkannte die sechsjährige Tessa Bishop, die zu ihr hinauflächelte. Alle Anspannung war auf einmal wie weggeblasen. Tessa spielte die Gretel, das jüngste Kind der Familie von Trapp.

»Aber natürlich, Tessa«, erwiderte sie lächelnd. »Ich wette, du hast ganz viel geübt.«

»Habe ich.« Tessa nickte. Lizzy stand auf.

»Ich möchte, dass du so tust, als wären alle anderen hier. Und dann singst du, als wäre Singen das Schönste im Leben.« Wieder nickte Tessa, und ein Lächeln malte sich auf ihr kleines Gesicht. Lizzy nahm Tessa an der Hand und führte sie mitten auf die Bühne.

»Ich singe gern«, verkündete Tessa und sah Lizzy aus großen Augen vertrauensvoll an.

»Und du machst deine Sache sehr gut. Schau mich an, und ich sage dir, wann du anfangen musst. Bist du bereit? Weißt du noch, wie du über die Bühne gehen sollst?« Tessa nickte. Lizzy fing an zu spielen. Genau im richtigen Takt setzte die Stimme des kleinen Mädchens ein und schwebte durch den Saal.

»The sun has gone to rest and so must I …«

Wenn es nur immer so einfach wäre, dachte Lizzy.

Zehn Minuten später kam Carol in den Saal gepoltert. Sie ließ die Tür hinter sich zuknallen, marschierte auf Lizzy zu und warf ihr Notenbuch auf den Flügel.

»So, hier bin ich und warte darauf, dass Lizzy, das Genie, mir erklärt, was ich zu tun habe«, rief sie mit einer dramatischen Handbewegung aus. Dann zerrte sie unter großem Getöse einen Notenständer über den Boden, ohne auf Tessa zu achten.

»Moment, Carol«, meinte Lizzy bemüht ruhig.

»Und du machst weiter, Tessa«, rief sie dem kleinen Mädchen zu, das verstummt war und wie verloren mitten auf der Bühne stand.

»Ach, du meine Güte, sie ist doch nur fünf Sekunden dran. Diese Popelrolle habe ich schon gesungen, als ich zwei war. Was glotzt du so?«, wandte sie sich dann mit lauter Stimme an das kleine Mädchen, das sie mit offenem Mund anstarrte.

»Hör auf, Carol, sie ist erst sechs«, zischte Lizzy. Tessa sah aus, als würde sie gleich in Tränen ausbrechen. »Das war sehr schön, Tessa. Machen wir es gleich noch einmal. Carol möchte dich auch singen hören.«

Tessa erholte sich wieder von ihrem Schrecken, wirbelte herum und fing von vorne an.

»Möchte ich nicht«, murmelte Carol trotzig. Sie setzte sich auf einen Stuhl, baumelte ungeduldig mit den Beinen und ließ zwei weitere ausgezeichnete Darbietungen von Tessa über sich ergehen. Als das kleine Mädchen sich hinlegte und sich schlafend stellte, stand Carol auf.

»Das war wirklich wunderbar«, sagte Lizzy, sprang hoch und eilte zum Bühnenrand, bevor Carol sich einmischen konnte. »Morgen üben wir es noch einmal. Dann kannst du dein hübsches Kleid anziehen. Du wirst sehr schön aussehen.«

Sie wusste, dass sie Tessas Probe kürzte, doch das Risiko, dass Carol die Kleine mit ihrer Launenhaftigkeit zum Weinen bringen würde, war einfach zu groß.

»Ich möchte, dass du das Lied zu Hause so oft wie möglich singst.« Sie winkte Tessa zu sich und hob sie von der Bühne. Dann kauerte sie sich hin, sodass sie mit ihr auf Augenhöhe war. »Sing in der Dusche, Tessa, sing vor dem Spiegel. Sing es deiner Mum vor. Du machst das wirklich ganz prima.«

Sie richtete Tessas Kleid und tätschelte ihr den Arm.

»Du bist genau so gut wie das kleine Mädchen im Film. Nein, du bist sogar noch besser.«

Tessa erwiderte ernst Lizzys Blick. »Warum ist sie so sauer?«, flüsterte sie und wies mit dem Kopf auf Carol.

»Sie ist nur aufgeregt, wie wir alle. Schließlich ist es eine wichtige Sache, in der Aufführung zu singen«, antwortete Lizzy ebenso leise. Zufrieden hüpfte Tessa durch den Saal und zur Tür hinaus. Ihre kleinen Füße tappten über den Holzboden.

»Können wir jetzt endlich anfangen?«, drängelte Carol.

»Ich dachte, Cheryl wäre jetzt dran«, entgegnete Lizzy nach einem Blick auf den Probenplan.

»Möglich, jetzt bin aber ich hier.«

»Wo möchtest du beginnen?«, fragte Lizzy, die keine Lust hatte, sich in einen Streit hineinziehen zu lassen. Falls Cheryl doch noch erschien, würde Carol eben warten müssen.

»Am Anfang dieses dämlichen Duetts. Was hast du denn gedacht?« Carol rollte die Schultern und holte tief Luft. Als Lizzy mit dem Spielen begann, zitterten ihre Hände so sehr vor unterdrückter Wut, dass sie im zweiten Takt einen Fehler machte.

»Ach, du meine Güte, wie soll ich richtig singen, wenn du falsch spielst?«, ereiferte sich Carol und sah Lizzy finster an.

Lizzy erwiderte Carols Blick, fest entschlossen, nicht zurückzuschreien.

»Ich weiß, dass du sauer bist, weil Schwester Angelica dir eine Standpauke gehalten hat. Ihr liegt viel daran, dass die Aufführung ein Erfolg wird«, sagte sie deshalb leise. »Ich glaube, es wäre besser, wenn wir ein paar Takte vor der Stelle anfangen, mit der du ein Problem hattest.«

»Du hast keine Ahnung, was ich empfinde. Du bist nicht ich, und Schwester Angelica hat auch keinen Schimmer. Schließlich muss die blöde alte Kuh nicht mit einem Holzklotz auf der Bühne stehen«, stellte Carol fest, womit sie Nick meinte. Lizzy nieste.

»Um Himmels willen, das hat mir so kurz vor der Aufführung gerade noch gefehlt.«

»Das ist nur der Staub. Könnten wir jetzt proben anstatt zu streiten? Ich spiele ein paar Takte und zähle dir vor.« Sie begann zu spielen, doch Carol verschränkte die Arme und machte keinerlei Anstalten einzusetzen.

»Was ist los?«, fragte Lizzy in bemüht ruhigem Ton.

»Wir fangen am Anfang an«, antwortete Carol mit finsterer Miene, drückte ihr abgegriffenes Notenheft an sich und wich Lizzys Blick aus. »Wenn ich nicht am Anfang beginne, weiß ich nicht, wo ich bin.«

»Oh! Okay, wir nehmen den Anfang, aber wenn du den Einsatz verpasst, höre ich auf, und wir gehen die Takte noch einmal durch.«

»So kann ich nicht proben. Ich fange immer am Anfang an und singe das Stück dann bis zum Ende durch. Sonst kann ich es mir nicht merken.« Verlegen wegen dieses Eingeständnisses, zupfte sie an ihrem Pullover herum.

»Gut, dann versuchen wir es auf deine Methode«, stimmte Lizzy zu. Diesmal setzte Carol zu früh ein.

Lizzy hielt inne.

»So geht das nicht. Auf diese Weise gewöhnst du dir nur Fehler an. Du musst in der Lage sein, an jeder beliebigen Stelle einzusetzen.«

»Ich habe dir doch gesagt, dass ich immer wieder an den Anfang zurückgehe, sonst komme ich durcheinander«, beharrte Carol.

»Pass auf. Ich spiele ganz langsam und zähle dir ein paar Takte vor«, flehte Lizzy, der allmählich der Geduldsfaden riss.

Aber Carol wehrte sich mit Händen und Füßen. Wenn sie zu spät oder zu früh einsetzte, warf sie Lizzy vor, sie hätte das Tempo geändert oder nicht rechtzeitig den Einsatz gegeben. Schließlich lehnte sie sich an den Flügel und schlug die Hände vors Gesicht. »Das ist so schwierig. Ich werde es nie schaffen«, stöhnte sie verzweifelt.

»Doch, das wirst du«, erwiderte Lizzy und zermarterte sich das Gehirn auf der Suche nach einer Lösung. »Lass uns etwas anderes versuchen. Du machst einen Moment Pause. Ich spiele dir die ganze Passage vor, und du hörst einfach nur zu. Das wiederhole ich ein paarmal, und dann machen wir einen neuen Anlauf. Komm, setz dich neben mich auf die Bank.«

»Das klappt nie«, knurrte Carol, nahm aber widerstrebend Platz. Als sie sich laut gähnend streckte, stieß sie Lizzy mit dem Ellenbogen an. Lizzy begann zu spielen und summte die Singstimme leise vor sich hin. Ihr Körper bewegte sich im Takt mit der Musik.

»Dumm ... dumm ... jetzt.« Sie nickte Carol zu, summte noch ein paar Takte und hielt dann inne. »Warte, bis diese Akkorde kommen, die sind dein Einsatz.«

Sie wiederholte die Passage, diesmal hörte Carol aufmerksam zu.

»Ach, so funktioniert das«, sagte Carol, bei der endlich der Groschen fiel. »Ich dachte immer, mein Einsatz käme hier.«

Sie sprang auf und zeigte mit dem Finger auf das Notenblatt.

»Ah ja, endlich kommen wir voran. Willst du es noch einmal versuchen?«

»Okay«, antwortete Carol, die zum ersten Mal an diesem Nachmittag zuversichtlich klang.

»Ich spiele drei Takte voraus«, verkündete Lizzy. Diesmal setzte Carol pünktlich ein und sang so gut, wie Lizzy sie noch nie gehört hatte. Ihre Stimme stieg empor, und der Ausdruck, an dem sie so hart gearbeitet hatten, kam ganz von allein. Lizzys Miene hellte sich auf, als sie weiterspielte. Aber dann, zwei Takte nach Beginn der zweiten Phrase, hatte Carol einen Aussetzer. Das war zu viel für sie. Mit einem lauten Fluch schleuderte sie das Notenbuch durch den Raum, ließ sich auf einen Stuhl fallen und brach in Tränen aus.

»Ich schaffe das nicht. Die Schwester hasst mich, und alle halten mich für bescheuert. Es ist zu schwierig. Ich kann mir den Text einfach nicht merken.«

Lizzy stand von der Klavierbank auf und legte dem schluchzenden Mädchen den Arm um die Schulter.

»Es ist schon viel besser geworden. Wirklich. Bald hast du es drauf.«

»Bald, was nützt mir bald?«, stieß Carol unter Tränen hervor.

»Du bist wirklich eine gute Sängerin, Carol. Alle finden das. Du wirst es hinkriegen. Du darfst dir nur nicht ständig einreden, dass es nicht klappt. Noch ein paar Durchgänge, dann funktioniert es.«

»Woher willst du das wissen, du singst doch gar nicht?«, gab Carol anklagend zurück.

»Wir sprechen gerade über dich.«

»Was ist, wenn mir das während der Aufführung passiert?« Carol brach wieder in Tränen aus.

»Das wird es nicht. Komm, wir üben es ein letztes Mal«, drängte Lizzy. »Wir fangen ein bisschen früher an, damit es leichter wird. Ich summe, du singst.«

Carol putzte sich lautstark die Nase, stand widerwillig auf und holte ihre Noten. Den Magen vor Anspannung zusammengekrampft, begann Lizzy zu spielen. Ihre Stimmung wurde besser, als Carols Stimme erneut den Saal füllte, und die Sängerin im Takt blieb. Dann kam der kritische Einsatz, und Lizzy summte lauter, weil sie spürte, wie Carols Anspannung wuchs. Versunken in die Musik und fest dazu entschlossen, zu Carols Erfolg beizutragen, gab sie ihr den Einsatz. Ohne es zu bemerken, stimmte sie in den Gesang mit ein. Glockenhelle Töne drangen aus ihren Kehlen; im Gleichklang sangen sie das Liebeslied, das die Töne federleicht durch den Raum schwebten. Es war nicht Lizzys Absicht, Carol dabei zu übertönen. Zeit und Raum waren vergessen, als sie die Stimme erhob und unerwartete Wellen der Freude über sie hinwegbrandeten. Sie fühlte sich erfüllt von Glück und Freiheit und einer tiefen Empfindung, die sie schon fast vergessen hatte und die nur das Singen in ihr hervorrufen konnte.

Verdattert brach Carol ab und starrte Lizzy an, wohl wissend, dass es unmöglich war, mit der Strahlkraft dieser Stimme wetteifern zu wollen. Sie besaß alles, was nötig war – saubere Intonation, Phrasierung, Musikalität –, und das offenbar ohne Mühe. Das war ungerecht und der Tropfen, der für Carol das Fass zum Überlaufen brachte. Als sie nach ihren Noten griff, stürzte der Notenständer zu Boden. Mit tränenüberströmtem Gesicht stürmte sie zur Tür. Sie riss die Tür auf und hätte Schwester Angelica beinahe umgerannt.

»Warum haben Sie mir nicht gesagt, dass Lizzy so singen kann?«, fragte Carol, die Augen vor Bestürzung weit aufgerissen. »Weshalb haben Sie sich überhaupt mit mir abgegeben? Wollten Sie mich blamieren?«

Schwester Angelica, die ihr Gleichgewicht inzwischen wiedergefunden hatte, machte keine Anstalten, das Mädchen aufzuhalten, das wütend davoneilte. Mit hochrotem Gesicht sprang Lizzy auf.

»Ich wollte sie nicht verärgern, Schwester. Ich habe alles versucht, um ihr zu helfen«, erklärte sie. »Wir haben geprobt und geprobt. Sie kann es schon fast. Ich wollte ihr wirklich nur helfen. Ich wollte gar nicht singen.«

»Mag sein, dass du Carol nicht helfen konntest. Doch dir selbst hast du einen guten Dienst erwiesen. Ich habe jeden Ton gehört. Es war wunderschön.«

»Aber Carol ...«, beharrte Lizzy, erfüllt von schlechtem Gewissen. Sie hatte Schwester Angelica verraten und ihren Eid gebrochen. Die Gefühle, die sich während des Singens ihrer bemächtigt hatten, waren auf einmal wie weggeblasen, und sie kam sich so leer und so einsam vor wie noch nie in ihrem Leben. Von allen Dingen, die sie liebte, bereitete das Singen ihr die größte Freude. Dennoch hatte sie geschworen, für den Rest ihrer Tage darauf zu verzichten. Sie begann, ihre Noten einzusammeln.

»Zerbrich dir nicht den Kopf über Carol. Um das Mädchen kümmere ich mich später, wenn sie ihren kleinen Wutanfall hinter sich hat«, meinte Schwester Angelica. »Lizzy, eigentlich wollte ich zu dir. Setz dich, ich muss dir etwas sagen.«

Mit einem mulmigen Gefühl ließ Lizzy sich auf der Klavierbank nieder.

»Es geht um deine Großmutter, Lizzy. Vor etwa zehn Minuten hat das Krankenhaus angerufen. Sie ist beim Aussteigen aus dem Bus gestürzt. Man hat sie bereits in die Notaufnahme gebracht.«

Lizzy begann zu zittern.

»Was ist geschehen? Ist sie schwer verletzt?«, fragte sie und wurde plötzlich kreidebleich.

»Das Krankenhaus hat keine Einzelheiten erwähnt. Es hieß nur, sie sei gefallen und müsse geröntgt werden. Ich bringe dich sofort hin«, antwortete Schwester Angelica.

»Ach, die arme Großmutter.« Lizzy war vor Angst ganz übel. Rasch sammelte sie ihre Noten ein, während die Schwester den Flügel schloss.

»Ist alles in Ordnung?«, fragte die Schwester besorgt, als sie aus dem Saal eilten.

»Ich hätte bei ihr sein müssen«, stieß Lizzy mit zusammengepressten Lippen hervor.

»Das ist doch albern, Lizzy. Deine Großmutter erwartet schließlich nicht von dir, dass du die ganze Zeit hinter ihr herläufst. Sie ist aktiv und rüstig. Bevor du dir Vorwürfe machst, sollten wir erst herausfinden, was der Arzt sagt.«

Doch Lizzy hörte nicht hin. Während sie durch die breiten Straßen von Toowoomba fuhren, konnte sie nur daran denken, dass sie ihren Schwur gebrochen hatte. Und dann hatte Großmutter einen Unfall gehabt.

6

Ist sie schwer verletzt?«, erkundigte Lizzy sich besorgt, während die Dienst habende Schwester Großmutters Krankenakte studierte.

»Man hat sie gerade nach oben zum Röntgen gebracht, mein Kind. Aber es dauert bestimmt nicht mehr lang. Am besten nimmst du erst einmal Platz. Der Arzt kommt gleich.« Sie blickte von den Unterlagen auf. »Hättest du gern eine Tasse Tee?«

»Das wäre sehr nett. Danke«, erwiderte Schwester Angelica und führte Lizzy fürsorglich zu einem Stuhl. »Beruhige dich. Es nützt niemandem, wenn du dich aufregst.«

Tröstend tätschelte sie Lizzy die Hand.

Lizzy war kreidebleich, als sie sich setzte und an ihren Fingernägeln herumzupfte. Schließlich griff sie nach einer zerfledderten Zeitschrift und blätterte darin herum. Der schreckliche Verlust ihres Vaters stand ihr deutlich vor Augen. Bitte lass Oma nicht auch noch sterben, flehte sie stumm.

Zwanzig Minuten später wurde Mary wieder in die Notaufnahme geschoben. Ihr stark geschwollener Fuß lagerte auf einer Rolle aus Decken. Lizzy sprang auf und eilte auf sie zu.

»Oma, Gott sei Dank! Ich habe mir solche Sorgen gemacht. Was ist passiert?«, rief sie.

»Sie sagen, er ist gebrochen«, erwiderte die Großmutter. »Vielen Dank, Schwester, dass Sie Lizzy hergebracht haben. Es tut mir Leid, dass ich Ihnen solche Umstände bereite.«

»Keine Ursache, Mrs. Foster. Ich bleibe im Wartezimmer, bis Lizzy nach Hause möchte. Sie brauchen sich meinetwegen nicht zu beeilen«, antwortete Schwester Angelica rasch.

»Danke, Schwester. So schlimm ist es nun auch wieder nicht. Zum Glück hat es nicht meine Hüfte erwischt«, fügte Mary, beruhigend an Lizzy gewandt, hinzu, während ein Pfleger sie in eine kleine Kammer schob, die von der Notaufnahme abging. Allerdings sah Lizzy ihr an, dass sie ziemlich starke Schmerzen hatte.

Ihr Knöchel war feuerrot angelaufen. Als der Arzt hereinkam, machte Lizzy ihm Platz.

»Es ist ein einfacher Bruch, Mrs. Foster«, sagte der Arzt. »Aber ich glaube, wir behalten Sie sicherheitshalber ein paar Tage hier. Das Bein muss ruhig gestellt werden, bis die Schwellung zurückgeht, bevor wir es eingipsen können. Außerdem haben Sie einen ordentlichen Schock, und die Bettruhe wird Ihnen helfen, sich wieder zu fangen. Außerdem würde ich gerne noch ein paar Untersuchungen durchführen.«

»Was für Untersuchungen?«, fragte Mary und bemühte sich, ihren Schrecken zu verbergen.

»Es ist nicht ungewöhnlich, dass Menschen in Ihrem Alter ohnmächtig werden, ohne sich später daran zu erinnern«, erwiderte der Arzt. »Bestimmt steckt nichts Besonderes dahinter, aber ich möchte mich vergewissern, dass wir nichts übersehen haben. Genießen Sie die Ruhe, dann können Sie im Handumdrehen wieder nach Hause.«

Er lächelte ihr höflich zu und ging hinaus.

»Ich und mich nicht erinnern! Natürlich erinnere ich mich. Was denkt er eigentlich, wen er vor sich hat?«, schimpfte Mary, sobald sie mit Lizzy allein war. Ihr Knöchel pochte schmerzhaft, und sie war müde und ziemlich verängstigt.

Die Krankenschwester erschien mit zwei Schmerztabletten und einem Glas Wasser.

»Jetzt besorgen wir Ihnen erst einmal ein Bett, damit Sie es gemütlich haben, Mrs. Foster. Und dann bekommen Sie etwas zum Abendessen. Lizzy, deine Großmutter wird ein paar Dinge brauchen – Waschzeug, Nachthemd, Hausschuhe und Kleider zum Wechseln. Könntest du die Sachen morgen rasch vorbeibringen?«

»Klar. Wir machen eine Liste, Oma«, meinte Lizzy und lächelte ihrer Großmutter zu.

Diese reagierte nicht. Beim Umlagern in das Krankenhausbett wurde der Knöchel wieder erschüttert, und als Mary endlich bequem lag, war sie noch mürrischer als zuvor.

»Ich weiß nicht, wie sie es schaffen, dass das Essen so eine Farbe kriegt«, schimpfte sie und schob die wenig appetitanregende Portion Fisch mit schlaffem Kartoffelbrei und Erbsen weg, die eine Schwesternhelferin ihr auf den Nachttisch gestellt hatte.

»Sie kochen alles, bis es mausetot ist«, antwortete Lizzy lachend. »Schwester Angelica hat mir einmal erzählt, sie stelle sich die Hölle so vor, dass man bis in alle Ewigkeit Krankenhauskost essen muss.«

»Ach, um Himmels willen, die Gute wartet die ganze Zeit auf dich. Das habe ich ganz vergessen. Am besten beeilst du dich«, meinte Mary.

»Bring meine Haarbürste und meine dunkelblaue Strickjacke mit, wenn du morgen kommst«, verlangte sie. Ihre Stimme erstarb, und ihre Augen füllten sich wegen ihrer misslichen Lage mit Tränen.

»Oma.« Rasch beugte sich Lizzy vor und umarmte sie. »Sie hat gesagt, dass es ihr nichts ausmacht zu warten. Und ich lasse dich so nicht allein. Du darfst dir von diesem dämlichen Arzt keine Angst machen lassen. Soll ich Doktor Hughes anrufen, damit er nach dir sieht?«, erkundigte sich Lizzy, die die Besorgnis ihrer Großmutter spürte.

Mary griff nach einem Taschentuch.

»Zerbrich dir nicht den Kopf«, entgegnete sie, um Fassung bemüht. »Wenn ich mich ordentlich ausschlafe, wird es mir gleich besser gehen. Jetzt lauf los und entschuldige dich bei Schwester Angelica, weil sie so lange warten musste. Außerdem kannst du die Krankenschwestern bitten, mir eine Kanne Tee zu bringen«, fügte sie hinzu und schenkte Lizzy ein gezwungenes Lächeln.

»Ich liebe dich. Morgen komme ich gleich nach der Schule«, sagte Lizzy. Nachdem sie ihre Großmutter zum Abschied geküsst hatte, machte sie sich auf die Suche nach Schwester Angelica.

Als Lizzy am folgenden Nachmittag, bewaffnet mit einer Tasche voller Kosmetikartikel und Kleidung, ins Krankenzimmer trat, saß Mary aufrecht im Bett und las in einer Frauenzeitschrift.

»Du bist früh dran. Ich hätte dich erst in einer Stunde erwartet«, begrüßte sie sie lächelnd.

»Heute ist Orchesterprobe, da werde ich nicht gebraucht«, erwiderte Lizzy fröhlich. Sie war erleichtert, dass Großmutter so gut erholt wirkte.

»Hoffentlich hast du Schwester Angelica nicht gebeten, dich herzufahren.«

»Tessas Mutter hat mich mitgenommen.« Lizzy küsste ihre Großmutter auf die Wange. »Wie fühlst du dich?«

»Schon viel besser. Doktor Hughes hat heute Morgen beschlossen, das Bein gleich einzugipsen. Wenn die Untersuchungsergebnisse normal sind, werde ich morgen oder am Freitag entlassen.« Sie machte sich zwar immer noch Sorgen, doch dank des Gipsverbandes hatten sich die Schmerzen ein wenig gelegt. Außerdem hatte Doktor Hughes ihre Bedenken zerstreut.

»Also hast du ihn doch angerufen? Ich glaube, ich habe alles dabei, was du brauchst«, erwiderte Lizzy mit einem Gähnen. Sie stellte die Tasche auf den Boden, ließ sich in einen Sessel sinken und wünschte, sie hätte sich so frisch gefühlt, wie ihre Großmutter sich anhörte.

In der vergangenen Nacht war ihr die Wohnung fremd, einsam und erfüllt von merkwürdigen Geräuschen erschienen, die sie noch nie gehört hatte. Deshalb hatte sie sich nur im Bett herumgewälzt und war bei Morgengrauen aus einem Albtraum erwacht.

Um keine Zeit zum Nachdenken zu haben, hatte sie für ununterbrochene Beschäftigung gesorgt. Es war ein schrecklicher Tag gewesen. Als Lizzy ihrer Großmutter die Hand drückte, wurde sie wieder von traurigen Gedanken überwältigt. Was, wenn sie sich bei ihrem Sturz wirklich schwer verletzt hätte? Wenn auch sie gestorben wäre?

Mary erwiderte Lizzys Händedruck.

»Ich hatte heute Besuch«, verkündete sie vergnügt. »Genau genommen waren es sogar zwei Besucher.«

»Wer denn?«, erkundigte sich Lizzy mit gespieltem Interesse.

»Die Mutter Oberin und Schwester Angelica. Sie haben mir diese reizenden Rosen mitgebracht.« Sie warf einen Blick auf Lizzy. »Sie haben über dich gesprochen, und seltsamerweise haben sie beide genau dasselbe gesagt. Gut, vielleicht nicht wortwörtlich, und außerdem haben sie sich ein wenig in Andeutungen ergangen. Aber es hat mich sehr froh gemacht.«

Lizzy blickte auf.

»Die Mutter Oberin meinte, sie freue sich sehr, dass du mit so viel Eifer bei der Musik bist«, fuhr Mary fort, »und Schwester Angelica hat mir erzählt, du hättest gestern gesungen, und zwar wunderschön. Siehst du, deine Oma ist immer auf dem Laufenden, auch wenn sie im Krankenhaus liegt. Schwester Angelica bedauert es sehr, dass du nicht für die Hauptrolle in dem Musical vorgesungen hast; du hast dich geweigert. Warum, Lizzy?«

Auf die Frage folgte Schweigen.

»Was ist nur los mit dir, Lizzy? Warum singst du nicht mehr?«, beharrte Mary.

»Gar nichts ist los. Ich bin einfach nur müde und will nicht darüber reden«, erwiderte Lizzy beklommen.

»Das ist nicht die Lizzy Foster, die ich kenne. Du liebst den Gesang. Vielleicht ist gerade jetzt der richtige Zeitpunkt, um endlich Klarheit zu schaffen, mein Kind«, sagte Mary streng, ohne den Blick von Lizzys Gesicht abzuwenden. »Als dein Dad noch lebte, hast du dich ständig mit ihm gestritten, weil du singen wolltest. Immer, wenn du mich besucht hast, hast du vor dich hin gesummt und gesungen. Ich fand das sehr schön. Bis jetzt habe ich kein Wort darüber verloren, doch seit dein Dad tot ist, habe ich keinen Ton mehr von dir gehört. Was ist denn passiert? Das gefällt mir nicht.«

»Du verstehst das nicht«, stieß Lizzy hervor. Ihre Wangen waren hochrot. »Weißt du, wie lange ich probe und wie schwierig es war, mit Carol zu üben? Sie ist bösartig und gehässig und denkt nur an sich. Sie hat sich sogar über die kleine Tessa Bishop lustig gemacht …«

»Wir reden hier weder über Carol und Tessa Bishop noch darüber, wie müde du bist. Und das weißt du ganz genau. Lizzy, warum willst du nicht mehr singen?«

»Weshalb besuche ich dich überhaupt, wenn du sowieso nur die ganze Zeit an mir herumnörgelst? Ich habe dir doch gesagt, dass ich Nonne werden will!« Mit funkelnden Augen sprang Lizzy auf.

»Als Nächstes fragst du mich bestimmt, ob ich auch alle Handtücher im Wäscheschrank nach Farben sortiert habe …«

»Nonnen haben wenigstens Manieren«, entgegnete Mary scharf.

»Siehst du. Nie willst du hören, was ich zu sagen habe«, schluchzte Lizzy. »Du weißt doch, wie sehr Dad alles hasste, was mit Theater zu tun hat. Ich habe nur wieder mit dem Klavierspielen angefangen, weil du und die Mutter Oberin so scharf darauf waren. Nein, das stimmt nicht ganz. Ich finde es wunderschön, bei dem Musical mitzumachen. Es tut mir Leid, Oma, es tut mir Leid.« Sie sank zurück in den Sessel, schlug die Hände vors Gesicht und brach in Tränen aus.

»Dein Dad hatte ein paar ziemlich unsinnige Vorstellungen«, antwortete die Großmutter leise. Erschrocken hörte Lizzy auf zu weinen und starrte ihre Großmutter fassungslos an.

»Ja, mein Schatz, unsinnige Vorstellungen. Dein Dad hat dich sehr geliebt, und er hat dich auch gern singen gehört. Doch als deine Mum ging, hat er sich verändert. Er war ein guter Mensch, aber du musst verstehen, dass alles, was mit Gesang und der Bühne zu tun hat, ihn zu sehr an das erinnerte, was er verloren hatte. Am besten fängst du also ganz von vorne an und erzählst mir, worum es eigentlich geht.« Sie ergriff die zitternde Hand des Mädchens.

»Warum bist du ausgerechnet jetzt so nett zu mir?«, wollte Lizzy wissen. Aber sie zog die Hand nicht weg.

»Ich bin deine Großmutter. Ich darf das«, erwiderte Mary leise, und ein liebevoller Ausdruck zeigte sich in ihren Augen.

»Als Dad starb«, begann Lizzy mit zitternder Unterlippe. »Als Dad starb, habe ich versprochen … ich habe Gott geschworen, dass ich nie wieder singen würde.«

Lange sah Lizzy Mary an.

»Es war meine Schuld«, stieß sie dann unter Tränen hervor. »Wenn ich mich nicht mit Dad gestritten hätte, wäre er noch am Leben.«

»Lizzy, das stimmt einfach nicht«, protestierte Mary mit sanfter Stimme.

Lizzy schüttelte den Kopf.

»Du begreifst das nicht. Es war meine Schuld. Wenn ich nicht so gemein zu ihm gewesen wäre, wäre er vielleicht nie in das Unwetter hinausgegangen und … und …«

Hilflos öffnete und schloss sie die Fäuste. Sie fühlte sich benommen.

Es half auch nichts, es laut auszusprechen. Das niederdrückende Schuldgefühl blieb bestehen.

»Du verstehst nicht«, schluchzte Lizzy, von tiefer Trauer überwältigt. »Ich habe geschworen, nie wieder zu singen. Gestern habe ich es trotzdem getan, und prompt hast du dir den Knöchel gebrochen.«

Mary ließ Lizzys Hand los und wackelte mit den Zehen ihres heilen Fußes. Ihre Miene war abweisend.

»Du irrst dich. Ich verstehe genau, was du meinst. Und jetzt hör mir mal gut zu. Ich habe keine Ahnung, wer dir diese Flausen in den Kopf gesetzt hat, aber dein Vater ist an einem schweren Herzinfarkt gestorben. Weder du noch ich noch Doktor Hughes oder sonst irgendjemand hätte das verhindern können. Dein Vater wurde gewarnt, was seinen Zustand anging, hat sich aber geweigert, darauf zu hören. Du kannst jedenfalls nichts dafür«, fügte sie mit Nachdruck hinzu.

»Aber es passieren dauernd so schlimme Sachen.«

»So ist eben das Leben, Lizzy. Und es gibt keinen bestimmten Grund, warum sich all diese Tragödien ereignen. Es hat nichts mit dir als Person zu tun. Jetzt geh nach Hause und ruh dich aus. Bei der nächsten Probe sagst du Schwester Angelica, dass du singen wirst, falls sie dich braucht. Und wage es nicht, meinen gebrochenen Knöchel als Ausrede zu benützen.«

»Sie braucht mich nicht. Carol schafft das schon«, erwiderte Lizzy und lächelte trotz ihrer Tränen. »Warum hast du mir nie gesagt, dass dir mein Gesang gefällt?«

»Wie hätte ich das tun sollen? Ich habe deinen Vater geliebt, so albern er sich auch manchmal aufgeführt hat. Und ich hatte mir fest vorgenommen, mich nicht in seine Erziehungsmethoden einzumischen. Also habe ich den Mund gehalten. Aber ich habe dich schon immer gern singen gehört. Es fehlt mir«, sagte sie mit Tränen in den Augen.

»Ach, Oma, seit ich das weiß, fühle ich mich schon viel besser«, seufzte Lizzy und schmiegte die Wange an die Hand ihrer Großmutter. »Wenn es mir bestimmt ist zu singen, wird Gott mir ein Zeichen geben.«

»Ich möchte, dass du glücklich wirst«, sagte Mary und tätschelte Lizzy den Kopf. Wie sehr wünschte sie sich, dass Lizzy ihren Plan, ins Kloster zu gehen, aufgeben würde.

Die Krankenschwester kam mit raschelnder Tracht herein und nahm ein Thermometer aus einem Behälter hinter Großmutters Bett. »Wie fühlen wir uns denn heute Abend, Mrs. Foster?«

»Wir möchten gerne nach Hause«, entgegnete Mary spitz.

Vor der Generalprobe ergab sich keine Gelegenheit mehr für ein Gespräch mit Schwester Angelica. Lizzy war mit Soufflieren beschäftigt, und die Aufmerksamkeit der Schwester galt hauptsächlich dem Orchester. Später, in der Pause, war nicht der richtige Zeitpunkt. Außerdem wäre sich Lizzy trotz der Standpauke ihrer Großmutter aufdringlich vorgekommen, wenn sie sich erboten hätte zu singen, denn Carol machte ihre Sache großartig.

Am Tag der Premiere konnte Lizzy ihre Aufregung kaum zügeln. Da heute kein Unterricht stattfand, war es unheimlich still im Schulgebäude. Die einzige Ausnahme war die Aula, wo rege Betriebsamkeit herrschte. Lizzy machte sich unauffällig nützlich, half, wo sie gebraucht wurde, baute Notenständer für das Orchester auf und überprüfte die Requisiten. Um halb sechs war der Großteil des Ensembles fertig kostümiert und geschminkt. Als Nonnen verkleidete Schülerinnen schwatzten auf dem Hof hinter der Aula, während andere in den als Garderoben genützten Klassenzimmern auf und ab liefen und Passagen aus ihren Rollen vor sich hin sangen. Während Mrs. Slade, die für die Maske verantwortlich war, letzte Hand an verschwitzte Gesichter legte, marschierte Schwester Thomas wie ein Feldwebel durchs Haus, mahnte die Darsteller zur Ruhe und stand den Bühnenarbeitern im Weg herum. Als Lizzy, den Arm voller in letzter Minute benötigter Requisiten, einen Bogen um sie machte, wäre sie fast mit Carol zusammengestoßen.

»Hauch mich bloß nicht an, sonst hol ich mir noch was«, schimpfte Carol und hielt sich einen Zipfel des langen Schals vor den Mund, den sie demonstrativ um den Hals geschlungen hatte.

»Das muss ausgerechnet sie sagen. Diese ekligen Hustenbonbons! Igitt! Wenn wir schon beim Thema Gestank sind!«, rief Marcia aus, die Lizzy gefolgt war und mit dem Knoten am Kragen ihres Matrosenanzugs kämpfte.

Lizzy legte die Requisiten weg, um Marcia zu helfen.

»Mir ist es egal, was sie lutscht, solange sie auf meine Einsätze achtet«, erwiderte sie, während Carol am anderen Ende des Raums mit dem Einsingen begann.

»In fünf Minuten geht der Vorhang hoch«, verkündete eines der älteren Mädchen.

»Hals und Beinbruch, Marcia. Du siehst hinreißend aus«, flüsterte Lizzy, drückte ihrer Freundin den Arm und eilte dann mit klopfendem Herzen zu ihrem Platz in den Kulissen. Plötzlich wurde es totenstill. Ein elektrisches Knistern lag in der Luft. Lizzys Finger zitterten, als sie die Noten aufschlug. Dann wurde es dunkel. Das Orchester setzte ein. Lizzy bekam eine Gänsehaut.

»Also? Wie ist es gelaufen?«, fragte Mary, als Lizzy erschöpft, aber glücklich, am Abend nach Hause kam.

»Nach dem ersten Mal wird es morgen bestimmt besser werden. Und bei der Galavorführung sind wir dann perfekt«, erwiderte Lizzy grinsend. Während sie erzählte, wie Nicks Trillerpfeife zunächst nicht funktioniert hatte, sodass alle in Gelächter ausgebrochen waren, und wie während Marcias Tanz ein Zweig heruntergefallen war, stellte sie fest, dass ihre Großmutter im Begriff war einzunicken. Enttäuscht hielt sie inne.

»Ich bin todmüde. Lass uns zu Bett gehen«, sagte sie gähnend.

Nachdem Lizzy ihre Großmutter zu Bett gebracht hatte, kroch

sie erleichtert zwischen die Laken. Allerdings stellte sie bald fest, dass sie nicht einschlafen konnte. Übermüdet und gleichzeitig aufgedreht von den Ereignissen der letzten Tage, lag sie da und starrte in die Dunkelheit. Bei jedem Geräusch und jeder Bewegung ihrer Großmutter zuckte sie zusammen, aus Angst, dass diese sich wieder verletzen könnte.

Am nächsten Morgen fühlte sie sich wie ausgelaugt. Im Laufe des Tages verschlimmerte sich das noch, denn Mary wurde dank der erzwungenen Ruhe immer mürrischer und unwirscher. Sie fand es schwieriger als erwartet, sich auf Krücken durch die Wohnung zu bewegen, da die Griffe sich schmerzhaft in ihre Unterarme gruben. Nachdem Lizzy ihre Großmutter hastig mit dem Schwamm gewaschen hatte und dabei ihre schlechte Laune über sich hatte ergehen lassen müssen, war sie froh, endlich die Flucht ergreifen zu können.

Wie Lizzy vorausgesehen hatte, war die Stimmung am zweiten Abend weniger angespannt. Die Sänger waren selbstbewusster und spielten ihre Rollen überzeugender. Und dann, vermutlich wegen ihrer Übermüdung und aufgrund der Unruhe hinter der Bühne, konnte sich Lizzy nicht mehr richtig konzentrieren und verpasste einige Einsätze. Einer davon war Carols.

»Wie konntest du mir das antun? Das war Absicht. Du erträgst es nicht, hinter den Kulissen zu sitzen, und musstest dich deshalb unbedingt in den Vordergrund drängen«, brüllte Carol und stolzierte davon, als in der Pause der Vorhang fiel.

»Beruhige dich, sonst überanstrengst du deine Stimme«, befahl Schwester Angelica, die sich leise von hinten genähert hatte. »Und sing die hohen Töne mit weniger Druck.«

»Es ist ihre Schuld, dass ich meinen Einsatz verpasst habe!«, schrie Carol, hochrot und den Tränen nah.

»Carol wird immer nervöser«, meinte Schwester Angelica nach der Vorstellung zur Mutter Oberin. »Hoffentlich übersteht sie die letzte Aufführung. Heute Abend war ihre Intonation an manchen Stellen ziemlich daneben. Glauben Sie, wir sollten absagen?«

»Suchen Sie wie immer Trost beim Herrn und beten Sie,

Schwester. Er wird Ihnen die Antworten geben«, erwiderte die Mutter Oberin ruhig. Es war typisch für Schwester Angelica, dass sie die Dinge übertrieben dramatisch betrachtete und bei dem kleinsten Patzer oder falschen Takt in Panik geriet, wenn ihre Mädchen sangen. Manchmal vergaß sie, dass sie es mit Schülerinnen zu tun hatten.

»Wahrscheinlich sehe ich alles zu schwarz«, murmelte Schwester Angelica und ging davon. Die Wohltätigkeitsgala abzusagen, kam überhaupt nicht in Frage. Alle örtlichen Würdenträger wurden erwartet; außerdem eine gute Freundin von ihr, die bei der Sydney Opera Company tätig war. Im schlimmsten Falle würde sie selbst die Maria singen müssen. Zu ihrer Erleichterung war Carol am nächsten Tag um einiges ruhiger. Den unvermeidlichen Schal um den Hals, lutschte sie ein Hustenbonbon nach dem anderen.

»Wie geht es deiner Stimme? Nein, sag kein Wort, schone sie für die Aufführung«, meinte die Schwester rasch.

»Alles in Ordnung«, flüsterte Carol und verschwand in der Maske.

Hinter den Kulissen herrschte Festtagsstimmung, als letzte Hand an Frisur und Make-up gelegt wurden. Lizzy spähte durch den Vorhang hinaus in den voll besetzten Saal, wo aufgeregtes Raunen herrschte. Marcia blickte ihr über die Schulter. Die Musiker drängten sich im Orchestergraben vor der Bühne und spielten sich lautstark ein. Lizzy entdeckte Mary in der ersten Reihe. Sie hatte den weißen Gipsverband auf einen Hocker gelegt und war mit Marcias Eltern ins Gespräch vertieft. Lizzy widerstand der Versuchung, ihr zuzuwinken, ließ den Vorhang sinken und eilte zu ihrem Platz in der Kulisse.

»Falls du heute Abend wieder einen Einsatz verpassen solltest, lass es um Himmels willen keinen von Carol sein«, wisperte Schwester Angelica ihr noch ins Ohr, als es dunkel wurde.

Lizzy errötete verlegen. Schweigen senkte sich über die Zuschauer. Nach ein paar Sekunden trat Schwester Angelica auf, nahm ihren Platz am Dirigentenpult ein, bedankte sich mit einer Verbeugung für den Applaus, wandte sich zum Orchester um und hob den Taktstock. Lizzy machte sich für Carols Einsatz bereit, die einen Schlag zu früh begann.

»The hills are alive with the sound of music ...« Lizzy flüsterte Carol den Text zu, damit diese wieder in den Takt zurückfand. Doch Carol sang nur mit halber Lautstärke und hatte streckenweise sichtlich Mühe überhaupt einen vernünftigen Ton herauszubekommen.

Trotz dieses schwachen Anfangs waren alle von Cheryls »How do you solve a problem like Maria?« begeistert und lachten, als Carol übertrieben das Hinsetzen auf den Tannenzapfen darstellte. Dann war Marcia an der Reihe. Gebannt sah Lizzy zu, wie Marcia, tanzend und von rosafarbenem Chiffon umweht, über die Bühne schwebte. Kaum zu glauben, dass das dasselbe Mädchen war, mit dem sie sonst hoch zu Ross über die Felder jagte. Lizzy freute sich sehr für sie, als die Zuschauer applaudierten. Sie winkte Tessa quer über die Bühne zu, während für die Schlafzimmerszene umgebaut wurde, in der sich alle Kinder wegen des Gewitters zu Maria flüchten. Der wirklichkeitsgetreue Donnerschlag des Tontechnikers ließ alle zusammenfahren, und das Publikum schnappte nach Luft, als Blitze durch den Saal zuckten. Carol zog die Bettwäsche zurück, um nach im Bett versteckten Fröschen zu suchen. Da ging rechts auf der Bühne eine Tür auf, und Tessa kam in Sicht. Nachdem sie kurz innegehalten hatte, eilte sie zu Carol hinüber und klammerte sich an ihr Nachthemd.

Carol schlang die Arme um das kleine Mädchen und öffnete den Mund zum Sprechen. Doch kein Ton kam heraus. Sie räusperte sich und versuchte es erneut, aber es war nur ein Krächzen zu hören. Carol schlug die Hand vor den Mund. Hochrot vor Verlegenheit, blickte sie hilflos ins grelle Scheinwerferlicht; das Publikum verharrte in banger Erwartung. Da stieß Carol Tessa grob beiseite, brach in Tränen aus und taumelte in die Kulisse. Die Zuschauer erstarrten. Schwester Angelica sah verzweifelt aus dem Orchestergraben hinauf. Und dann fing Tessa, erschrocken über Carols plötzlichen Abgang, zu weinen an. Ihr Schluchzen hallte über die ganze Bühne, sodass ein kleines Mädchen im Publikum davon angesteckt wurde.

»Holt Carol etwas zu trinken«, zischte ein Mädchen.

»Wo sind deine Hustenbonbons, Carol?«, flüsterte eine andere.

Lizzy jedoch hatte nur Augen für die weinende Tessa. Als Schwester Angelica den Taktstock weglegte, rannte Lizzy ins Scheinwerferlicht hinaus. Sie ging in die Knie, nahm das kleine Mädchen in die Arme und drückte es fest an sich.

»Alles ist gut, Tessa. Carol fühlt sich bloß nicht wohl«, flüsterte sie und streichelte Tessas Haar. »Schsch. Es ist nichts Schlimmes.«

Sanft löste Lizzy Tessas Finger, die sie umklammerten, und blickte ihr ins tränenüberströmte Gesicht.

»Ich weiß was. Warum versuchen wir es nicht zusammen?«

Als Tessa zu Lizzy aufblickte, wirkten ihre Augen riesig in dem kleinen Gesicht. Sie wischte sich mit den Fingerknöcheln die Tränen weg und schüttelte den Kopf. Ihre Unterlippe zitterte.

Es war so still im Saal, dass Lizzy ihren eigenen Herzschlag hören konnte.

»Du schaffst es, Tessa. Das weißt du. Vergiss nicht, dass du besser bist als das Mädchen im Film«, flüsterte Lizzy eindringlich. »Wie geht es noch mal ... Moment ...« Sie lächelte Tessa zu, sprach Carols Text und nickte dann aufmunternd.

Tessa schluckte. Das Publikum hielt den Atem an.

»Sie schlafen ...«, sagte sie schließlich mit zitternder Stimme. Da liefen die beiden Mädchen, die die älteren Von-Trapp-Schwestern spielten, auf die Bühne. Plötzlich waren alle Kinder aufgetreten und sprachen ihren Text. Lizzy blickte verzweifelt in die Kulisse, doch von Carol war nichts zu sehen. Dann versetzte eines der Mädchen ihr einen Rippenstoß. Lizzy hob Tessa hoch, kletterte ins Bett und drückte das kleine Mädchen an sich. Ihr wurde klar, dass ihr nichts anderes übrig blieb, als die Rolle selbst zu spielen.

Das Orchester begann. Lizzy schlug das Herz bis zum Halse, und man konnte die Anspannung im Saal mit Händen greifen, als sie sich – mit Jeans und T-Shirt bekleidet – in der Rolle verlor, die sie im Geiste so oft geprobt hatte. Fest entschlossen, das

Ensemble, das sie gebannt beobachtete, nicht im Stich zu lassen, sang sie wie noch nie zuvor. Ihre Stimme stieg zur Decke empor. Tessa lauschte mit weit aufgerissenen Augen und war so begeistert, dass sie ihre eigene Angst vergaß, mit frischer Kraft einsetzte und neben Lizzy auf dem Bett hin und her hüpfte. Bald lachte und sang die ganze kleine Gruppe auf der Bühne. Das Publikum ging mit jedem Ton mit und unterbrach die Vorführung schließlich, indem es am Ende des Lieds so lange applaudierte, dass Lizzy und Tessa sich dreimal verbeugen mussten.

Mürrisch sah Carol aus der Kulisse zu und lutschte heftig an einem Hustenbonbon. Aber es war zwecklos. Vor zwei Tagen hatte sie sich bei ihrem kleinen Bruder mit Halsschmerzen angesteckt, aus denen inzwischen eine akute Kehlkopfentzündung geworden war. Dieser kleine Mistkerl würde dafür büßen, dass er ihr alles verdorben hatte!

»Würde etwas Warmes zu trinken helfen?«, fragte Lizzy in der Pause, als Schwester Angelica auf Carol zueilte.

»Das kann dir doch egal sein«, flüsterte Carol heiser.

»Du warst phantastisch!«, rief Marcia Lizzy zu und bedachte Carol mit einem triumphierenden Blick. Diese verschränkte die Arme und stürmte hinaus. Lizzy nickte. Sie hatte Schmetterlinge im Bauch.

»Dann stecken wir dich am besten gleich in ein Kostüm«, verkündete Elsie Cox und schleppte Lizzy weg, bevor sie Zeit hatte zu protestieren. In der nächsten Viertelstunde zwängte Elsie Lizzy in Carols Kostüm, das zu eng und zu lang war, während Mrs. Slade ihr Theaterschminke ins Gesicht schmierte.

Schließlich steckte die in Schweiß gebadete Elsie die letzte Sicherheitsnadel fest.

»Toi, toi, toi!«, sagte sie, um Lizzy, wie unter Theaterleuten üblich, Glück zu wünschen.

»Und vergiss nicht, dass du dich nicht umdrehen darfst«, keuchte sie, weil es ihr nicht gelungen war, die Lücke hinten in Lizzys Rock zu schließen.

Sobald Lizzy die Bühne betrat, waren die Schmetterlinge im Bauch plötzlich verschwunden. Sie ging in einer verzauberten

Welt auf, die nur ihr gehörte, und zog die Zuschauer mit jedem Ton mehr in ihren Bann. Nach dem Liebesduett mit Hauptmann von Trapp wurde die Darbietung erneut von tosendem Beifall unterbrochen, und als nach dem letzten Ton der Vorhang fiel, bekam Lizzy Applaus vom gesamten Ensemble, während das Publikum sich die Hände wund klatschte. Bis über beide Ohren strahlend, schlüpfte Lizzy rasch in die Kulisse, als die übrigen Mitwirkenden ihre Vorhänge entgegennahmen.

»Vorhang«, raunte sie Carol zu und packte sie am Arm.

»Ich?«, flüsterte Carol, deren mürrische Miene schlagartig verflog.

»Ja. Beeil dich«, rief Lizzy, schob Carol auf die Bühne und zog sich dezent zurück.

Carol eilte hinaus, verbeugte sich unter mitleidigem Applaus, nahm ihren Blumenstrauß entgegen und winkte wie an den vorangegangenen Abenden Schwester Angelica zu sich auf die Bühne. Dann verbeugte sich das gesamte Ensemble immer wieder, während das Publikum klatschte und mit den Füßen trampelte. Aber die Leute waren noch nicht zufrieden.

»Lizzy! Wir wollen Lizzy!«, riefen sie im Chor. Lizzy stand voller Freude in der Kulisse, schüttelte aber heftig den Kopf, weil sie Carol die Show nicht stehlen wollte. Doch Schwester Angelica und die anderen ließen nicht locker, und die Zuschauer klatschten und trampelten. Schließlich löste sich die kleine Tessa aus der Reihe und rannte zu Lizzy hinüber.

»Du musst rauskommen und dich verbeugen«, sagte sie und streckte die Hand aus. Diesmal konnte Lizzy sich nicht weigern. Sie griff nach Tessas Hand und ließ sich von dem kleinen Mädchen auf die Bühne führen. Und in diesem Augenblick wurde ihr klar, dass Tessa das Zeichen war, auf das sie gewartet hatte. Sie wurde von heftigen Gefühlen überwältigt. Und sie wusste, dass ihre Großmutter auf der anderen Seite der grellen Scheinwerfer saß und klatschte. Doch was noch wichtiger war: Lizzy war sicher, dass ihr Dad ihr ebenfalls zusah. Die Worte ihrer Großmutter hallten ihr in den Ohren: »Er mochte es, wenn du gesungen hast.« Lizzy war überzeugt, dass ihr Vater sie beobachtete.

Nachdem der Vorhang zum letzten Mal gefallen war, herrschte ein aufgeregtes Raunen im Saal. Auf der Bühne drängten sich alle um Lizzy, um ihr zu gratulieren. Die Darsteller fielen sich in die Arme und übertönten einander, während die Bühnenarbeiter um sie herum bereits mit dem Abbau begannen. Tessas Eltern schlüpften durch den Vorhang.

»Du warst so gut zu Tessa, Lizzy. Wir mussten uns einfach bei dir bedanken und dir gratulieren. Tessa hat uns erzählt, wie viel Spaß es ihr macht, mit dir zu arbeiten«, sagte Mrs. Bishop strahlend vor Stolz; Tessa tänzelte um sie herum.

»Danke, Mrs. Bishop. Es war doch lustig, nicht wahr, Tessa?«, meinte Lizzy, bückte sich und umarmte das kleine Mädchen. »Du warst viel besser als das Mädchen im Film«, flüsterte sie ihr laut zu.

»Findest du das wirklich?«, fragte Tessa mit großen Augen.

»Hmmm«, bestätigte Lizzy mit einem Nicken.

»Soso, das war wirklich ein toller Auftritt.« Als Lizzy aufblickte, sah sie in die Augen ihrer Großmutter. »Dein Dad wäre sehr stolz auf dich gewesen«, fuhr Mary fort und stützte sich schwer auf ihre Krücken. Neben ihr stand die Mutter Oberin.

»Oma! Oh, Oma, hat es dir wirklich gefallen?«, rief Lizzy aufgeregt aus.

»Es ging so«, erwiderte Mary mit einem schalkhaften Grinsen. Dann lächelte sie stolz.

»Aber, Mary«, schalt die Mutter Oberin. »Deine Großmutter hatte es so eilig, dich zu sehen, dass sie unbedingt auf die Bühne wollte. Wenn ich sie nicht aufgehalten hätte, wäre sie raufgeklettert. Du hast wirklich sehr schön gesungen.«

Die Mutter Oberin strahlte. Lizzy blickte zwischen ihrer Großmutter und der Mutter Oberin hin und her und holte tief Luft.

»Wissen Sie noch, dass Sie mir gesagt haben, man dürfte die Talente, die Gott einem geschenkt hat, nicht verschwenden … ähm, würden Sie mich für sehr sündig halten, wenn ich jetzt doch nicht Nonne werde?«, sprudelte sie hervor und errötete unter ihrer Schminke. »Ich habe nur das Gefühl, dass … na ja … dass das alles kein Zufall war. Dass Oma mir erzählt hat, wie sehr sie meinen Gesang liebt; dass Carol krank geworden ist; dass Tessa ...«

»Nein, liebe Lizzy, ich halte dich ganz und gar nicht für sündig«, erwiderte die Mutter Oberin schmunzelnd. »Ich werde deine Entscheidung niemals bedauern. Offenbar hast du endlich deine Berufung gefunden, richtig, Mary?« Die Großmutter nickte.

»Oh, ja, ehrwürdige Mutter, das habe ich. Da bin ich ganz sicher«, antwortete Lizzy lächelnd. »Oh, ehrwürdige Mutter, ich will nichts weiter als singen. Ich hatte solche Angst, doch jetzt weiß ich, dass es Gottes Wille ist.«

Spontan lief sie auf ihre Großmutter zu und umarmte sie. In ihrem Herzen spürte sie eine Freude, die sie nie für möglich gehalten hätte.

»Meinen Segen hast du«, sagte die Mutter Oberin. »Und jetzt, glaube ich, möchte Schwester Angelica ein Wort mit dir sprechen, Lizzy. Ich bin sicher, auch sie wird sich sehr über deine Entscheidung freuen. Wir sehen uns im Saal. Deine Lizzy hat eine wundervolle Zukunft vor sich, Mary«, meinte sie mit einem Seufzer und begleitete sie von der Bühne.

»Das hat sie hauptsächlich dir zu verdanken, Judith«, erwiderte Mary.

»Wir alle haben unser Scherflein dazu beigetragen«, entgegnete die Mutter Oberin und schickte ein stilles Dankesgebet zum Himmel. Von allen Mädchen, denen sie im Laufe der Jahre geholfen hatte, war sie bei Lizzy am meisten erleichtert, dass sie nun doch nicht Nonne werden würde.

7

Als Lizzy am nächsten Tag fröhlich zur Gesangsstunde erschien, war sie nicht sicher, wer darüber glücklicher war – sie selbst oder Schwester Angelica.

»Du hast noch viel harte Arbeit vor dir, Lizzy, aber ich glaube, wir können aus deiner Stimme etwas Besonderes machen«, sagte Schwester Angelica und spielte beim Sprechen ein paar gebrochene Akkorde auf dem Klavier. Dann strahlte sie Lizzy erwartungsvoll an und lächelte. »Wir müssen vor allem etwas für deine Atmung und die Technik tun, Lizzy.«

Sie sang eine Phrase vor und beobachtete aufmerksam, wie Lizzy sie wiederholte. Schwester Angelica wurde von Aufregung ergriffen. Das Mädchen war bei weitem die begabteste Schülerin, die sie je unterrichtet hatte, und sie durfte keine Zeit verlieren.

Lizzy holte tief Luft. Jeder ihrer Nerven vibrierte, als sie die einfache Übung nachsang, die die Schwester auf dem Klavier in verschiedene Tonlagen transponierte, um den Stimmumfang ihrer Schülerin zu testen.

»Sehr gut, Lizzy«, meinte die Schwester nach zwanzig Minuten nickend und griff nach einem Notenstapel. Die restliche Stunde wurden verschiedene Lieder angesungen, Stimmübungen gemacht, und außerdem besprachen sie, womit sich die Schwester in den nächsten Monaten beschäftigen wollte. Aufgeregt verließ Lizzy den Musiksaal, einen Notenstapel unter dem Arm und eine Liste von weiteren Noten im Kopf, die sie kaufen sollte.

Von diesem Tag an verbrachte sie jede freie Minute damit, zu üben und Liedtexte zu lernen. Sie war traurig, als die Weihnachtsferien anfingen, auch wenn sie so die Möglichkeit hatte, Geld für weitere Musikstunden zu verdienen.

Mary war ebenfalls guter Dinge. Ihr Bein war hervorragend geheilt, und sie freute sich, Lizzy in der Wohnung summen und singen zu hören. Also ermutigte sie ihre Enkelin, so gut sie konnte, und war froh, dass sie sich endlich mit dem Tod des Vaters abgefunden hatte und ihr Leben wieder in die Hand nahm. Das Mädchen schien von innen heraus zu strahlen. Zudem war Lizzys dunkles Haar inzwischen zu einem ordentlichen Pagenkopf nachgewachsen.

Lizzys Hochstimmung hielt an, und sie stürzte sich mit Feuereifer auf jede Aufgabe, die die Schwester ihr auferlegte. Bald trat sie in den Schulchor ein, und sang Soli im Gottesdienst. Auf Schwester Angelicas Rat hin wählte Lizzy in ihrem letzten Schuljahr Musik auch als Prüfungsfach.

»Ich weiß, dass es viel verlangt ist, den Stoff von zwei Jahren in einem Jahr nachzuholen, aber du brauchst eine gute musikalische Ausbildung. Schließlich herrscht in dieser Branche harte Konkurrenz«, erklärte Schwester Angelica.

Bei Schwester Angelicas Worten lief Lizzy ein aufgeregter Schauder den Rücken hinunter. In der folgenden Woche wurde sie zu ihrer Freude gebeten, bei einer Taufe zu singen, und fing Schwester Angelica vor der Schule ab.

»Das ist wirklich wunderbar, aber ich glaube, wir sollten damit warten«, erwiderte die Schwester gelassen. »Wir müssen noch an deiner Stimme arbeiten, Lizzy, bevor wir sie in der Öffentlichkeit präsentieren. Um gegen Gage aufzutreten, musst du richtig vorbereitet sein. Ende nächsten Monats veranstalte ich mit den Musikschülerinnen des Abschlussjahrgangs eine kleine Soiree. Ich würde mich freuen, wenn du singst.«

Nach Lizzys großem Erfolg als Maria trafen immer häufiger Anfragen ein, doch die Schwester wollte sichergehen, dass ihre beste Schülerin geistig und stimmlich bereit war, nichts überstürzte und weder Patzer noch mittelmäßige Darbietungen riskierte. Dennoch war die Schwester nicht überrascht, als sie einen Anruf von Harold Duffy, dem musikalischen Leiter und Dirigenten der örtlichen Laienspielgruppe, erhielt. Er wollte wissen, ob Lizzy interessiert sei, für eine der Hauptrollen in „Die Gondoliere« von Gilbert und Sullivan vorzusingen. Nach anfänglichem Zögern schlug Schwester Angelica Lizzy vor, ihr Glück zu versuchen, um bei einer Inszenierung vor freundlich gesonnenem heimischem Publikum erste Erfahrungen zu sammeln.

Lizzy war aufgeregt und fühlte sich unbeschreiblich geschmeichelt. Beinahe brachte sie das übrige Ensemble gegen sich auf, indem sie vor dem Vorsingen auf Harold zuhüpfte und ihm um den Hals fiel. Harold strahlte zwar übers ganze Gesicht, doch die anderen Darsteller waren etwas verschnupft, insbesondere Pamela Pike, die fünfunddreißigjährige Wirtin des Lokals »Shearer's Arms«. Als Schriftführerin des Musikvereins stand Pamela nun schon seit fünfzehn Jahren als Sängerin auf der Bühne. Da sie sonst stets die Hauptrolle sang, war sie empört, weil Harold die Gianetta, eine der beiden weiblichen Hauptrollen, mit Lizzy besetzen wollte.

»Der ist doch nur scharf darauf, ihr in den Ausschnitt zu gucken«, zischte Pam ihrer Freundin zu und zupfte dabei ihre Bluse zurecht, um ihr Dekolletee besser zur Geltung zu bringen. Pam hatte eine dünne, durchdringende Stimme und eine gute Figur, war jedoch als Schauspielerin eher hölzern. Aber zumindest würde sie diese Lizzy Foster nun unter ihrer Fuchtel haben, denn schließlich spielten sie beide die Ehefrauen der Gondoliere. Pam zog den Bauch ein und wünschte, sie hätte sich in der Pause das große Stück Teekuchen verkniffen.

Harold wusste, dass es für Lizzy nicht leicht werden würde, mit Pam auf der Bühne zu stehen. Allerdings würde sie sich daran gewöhnen müssen, sagte er sich, während er zusah, wie das Mädchen nach dem Vorsingen lachend mit den männlichen Mitwirkenden plauderte.

Am folgenden Tag fing Schwester Angelica Lizzy in der Pause ab.

»Ich habe von dem Vorsingen gehört«, begann sie kühl. »Du magst es vielleicht für unwichtig halten, aber andere Leute sind nicht dieser Ansicht. Wir leben in einer Kleinstadt, und es wird getuschelt. Die meisten, mit denen du auftreten wirst, haben viel mehr Bühnenerfahrung als du. Also musst du dich stets professionell benehmen, ganz gleich, wie aufgeregt du auch bist. Und den Dirigenten behandelst du mit Respekt und nicht, als wäre er ein lange verschollen geglaubter Onkel«, fügte sie spitz hinzu. Obwohl es sie ausgesprochen verärgert hätte, wenn Lizzy abgelehnt worden wäre, machte sie sich Sorgen, der Erfolg könnte dem Mädchen zu Kopfe steigen und dafür sorgen, dass sie sich selbst überschätzte.

»Es tut mir Leid, Schwester, ich dachte nicht ...«

»In Zukunft weißt du Bescheid«, fiel die Schwester ihr ins Wort. »Jedenfalls hast du dich wacker geschlagen. Die Erfahrung wird gut für dich sein und dir auch bei deinen Prüfungen helfen.«

Enttäuscht ging Lizzy davon. Sie fragte sich, was falsch daran war, sein Glück offen zu zeigen. Allerdings hielt sie sich die Worte der Schwester während der nächsten Proben, bei denen ihre Selbstbeherrschung einer harten Prüfung unterzogen wurde, ständig vor Augen. Pam Pike gab sich redlich Mühe, Lizzy das Leben so schwer wie möglich zu machen. Sie behandelte sie von oben herab, sprach mit ihr wie mit einem Kind und kanzelte sie wegen jedes muskalischen und schauspielerischen Fehlers genüsslich vor dem gesamten Ensemble ab.

Um die Jahresmitte verfügte Lizzy über ein beachtliches Repertoire an Liedern und Balladen sowie an kirchlichen Arien. Schwester Angelica freute sich über ihre Fortschritte und ihren Fleiß. Wie ein Schwamm saugte Lizzy alles auf, was man ihr vorsetzte, und zwar so eifrig, dass Schwester Angelica sich bremsen musste, um sie nicht zu überfordern.

»Lizzys Stimme blüht auf, wie ich es vorausgesagt habe. Und sie selbst scheint immer mehr zu leuchten. Es ist so schön mit anzusehen«, meinte sie eines Abends vor dem Gebet stolz zur Mutter Oberin.

»Ich hoffe, Sie hängen nicht zu sehr an dem Mädchen«, erwiderte die Mutter Oberin leise. »Denn eines Tages werden Sie sie ziehen lassen müssen.«

Sie hatte bereits die Erfahrung gemacht, dass Schwester Angelicas Mutterinstinkt leicht die Oberhand gewann. Diese Eigenschaft konnte in Kombination mit ihren hohen Ansprüchen fatale Folgen für alle Beteiligten haben, und der Mutter Oberin lag viel daran, dass weder die Schwester noch Lizzy Schaden nahmen.

»Ich weiß, Mutter, dass ich Lizzy liebe. Aber mir ist auch klar, dass Gott der Herr uns diese kostbaren Juwelen nur für eine kurze Zeit zur Verfügung stellt, damit wir sie schleifen und dann an einen fähigeren Handwerker weitergeben«, entgegnete Schwester Angelica theatralisch. »Ich bin mir der Gefahren bewusst, ehrwürdige Mutter, und ich bete jede Nacht darum, dass Gott mir ein Zeichen geben wird, wenn es Zeit ist, sie gehen zu lassen.«

»Gut«, antwortete die Mutter Oberin mit einem Nicken und stieß einen lautlosen Seufzer aus. Schwester Angelicas dramatische Ader und Lizzys Hang zum Extremen waren eine explosive Mischung.

Als die Abschlussprüfungen näher rückten, nahm der Leistungsdruck in der Schule zu. Gleichzeitig wurde emsig für »Die Gondoliere« geprobt, und Pams Sticheleien steigerten sich. Lizzy, die zwei Probenabende pro Woche sowie Proben an jedem Wochenende mit ihren Schichten in der Imbissbude unter einen Hut bringen musste, war häufig gezwungen, ihren Dienst mit ihrer Kollegin Angela zu tauschen.

Als sie eines Samstagnachmittags in den Laden gehastet kam, traf sie ihre Arbeitgeberin in übelster Laune an.

»Du kommst sehr spät. So geht das nicht. Du glaubst wohl, du kannst machen, was du willst. Wir betreiben ein Geschäft. Wer nicht pünktlich sein kann, braucht auch nicht hier zu arbeiten. Raus! Raus!«

Sie scheuchte Lizzy aus dem Laden, als wäre sie ein auf Abwege geratenes Huhn.

»Halt, einen Moment!«, rief Lizzy, die ihr erklären wollte, dass sie laut Angelas Dienstplan zehn Minuten zu früh dran war. Flehend wandte sie sich an Mr. Ho, der gerade aus dem Hinterzimmer kam und sich die Hände an der Schürze abwischte.

Mrs. Ho huschte hinter die Theke und begann, mit beängstigender Geschwindigkeit Fischstücke in Panade zu wenden.

»Sie taugt nichts. Wir brauchen Leute, die arbeiten.« Darauf folgte eine aufgebrachte Tirade auf Chinesisch, während sie gefrorene Pommes frites aus einem Korb nahm und ins siedende Frittieröl warf.

Nachdem Mr. Ho seiner Frau eine barsche Antwort gegeben hatte, umrundete er die Theke. Er öffnete die Kasse, nahm einen Zwanzigdollarschein heraus und drückte ihn Lizzy in die Hand.

»Das ist das Geld, das ich dir noch schulde. Es tut uns sehr Leid, Lizzy, aber wir wissen nie, ob du kommst oder nicht. Als du heute Morgen wieder nicht erschienen bist, mussten wir jemand anderen einstellen. Danke, Lizzy. Ich werde kommen, um dich singen zu hören.«

Mit abschließender Miene schob er die Kasse zu. Als Lizzy durch den Vorhang, der zum Hinterzimmer führte, ein anderes junges Mädchen bemerkte, wurde ihr klar, dass jedes weitere Wort zwecklos war.

»Also bin ich gefeuert?«, wollte sie wissen.

»Es tut uns sehr Leid«, wiederholte Mr. Ho nur.

»Dafür kann ich mir nichts kaufen«, schrie Lizzy. Sie knüllte den Geldschein zusammen, stopfte ihn in die Tasche und stürmte, kochend vor Wut, aus dem Laden. Zum Teufel mit Angela. Warum hatte sie nicht angerufen, wenn sie keine Zeit hatte, anstatt heute Morgen einfach nicht aufzukreuzen? Wie sollte sie jetzt ihren Gesangsunterricht bezahlen? Großmutter hatte darauf bestanden, dass sie die Stunden von ihrem Lohn finanzierte, da sie die Großzügigkeit der Nonnen nicht überstrapazieren wollte.

Zornig polterte sie in die Wohnung, schleuderte Tasche und Mantel aufs Klappsofa und riss die Kühlschranktür auf. Nachdem sie den letzten Rest Orangensaft in eine Tasse gegossen hatte, stürzte sie ihn hinunter und knallte das leere Gefäß auf die Anrichte. Als sie gerade die Schuhe auszog und sie quer durchs Wohnzimmer in eine Ecke schleuderte, kam Mary herein.

»Du bist aber früh zurück. Musstest du heute denn nicht arbeiten?«

»Nein«, entgegnete Lizzy mürrisch.

»Nun, dann hast du ja den ganzen Nachmittag Zeit zum Waschen und Bügeln«, meinte Mary und füllte den Teekessel mit frischem Wasser. Sie ahnte, dass ein Sturm im Anzug war.

»Ich werde weder waschen noch bügeln. Warum muss eigentlich ich mich immer um alles kümmern?«, schimpfte Lizzy.

»Das stimmt doch gar nicht«, antwortete Mary ruhig. Sie stellte die Keksdose auf den Tisch und nahm mit einem leisen Seufzer Platz. Ihr Bein schmerzte noch ab und zu, und sie war den ganzen Vormittag unterwegs gewesen.

Lizzy bohrte die nackten Zehen in den Teppich.

»Ich bin in der Imbissbude gefeuert worden«, verkündete sie und kehrte ihrer Großmutter den Rücken zu.

»Oh!«, sagte diese und biss in einen Keks.

»Mrs. Ho, die blöde Kuh, hat einfach nur ›Raus, raus!‹ gekreischt und mich aus dem Laden gescheucht.« Ärgerlich ahmte Lizzy sie nach. »Warum hat sie mich nicht angerufen und mir gesagt, dass Angela nicht gekommen ist? Und warum hat Angela, diese Idiotin, mir nicht Bescheid gegeben, dass sie heute nicht kann?«

»Lizzy, Kind, du tauschst ständig deine Schichten und kommst zu spät. Die Hos haben einen Laden. Was erwartest du?« Mary war fest entschlossen, sich nicht aus der Ruhe bringen zu lassen.

»Danke für die Unterstützung, Oma. Das hat mir gerade noch gefehlt. Ich gehe«, maulte Lizzy und sprang auf, um ihre Schuhe aus der Ecke zu holen. »Heute Abend habe ich Probe und kriege wahrscheinlich wieder Ärger, weil ich zu spät komme«, sagte sie bissig und griff nach Noten und Tasche. Dann verließ sie türenknallend das Haus.

Die Großmutter setzte sich, starrte eine Weile zu Boden und fragte sich, was sie nur mit diesem Mädchen anfangen sollte. Manchmal war sie so vernünftig und erwachsen, und dann benahm sie sich wieder unmöglich.

»Gott steh' dem Mann bei, der sie einmal heiratet«, seufzte die Großmutter und schenkte sich mit zitternden Händen eine Tasse Tee ein.

Die Probe war für Lizzy eine Katastrophe. Nach dem Fiasko des Nachmittags immer noch gereizt, sang sie zu schrill. Dann schaffte es Pam wieder einmal, sie in eine falsche Position zu drängen, und als sie sich unbemerkt an die richtige Stelle schummeln wollte, stolperte sie gegen die Kulisse, die ein kleines Loch und der

Inspizient einen Tobsuchtsanfall bekam. Harold, der bereits an Premierenfieber litt, hielt mitten im Takt inne und brüllte Lizzy an, sodass ihr in der nächsten Arie bei den hohen Tönen die Stimme wegkippte.

Entnervt warf Harold den Taktstock hin, hielt dem gesamten Ensemble eine Gardinenpredigt und drohte, die Aufführung abzusagen. Da man allgemein an Harolds Ausbrüche gewöhnt war, ließ sich niemand davon aus der Ruhe bringen. Allerdings warfen einige Darsteller Lizzy wegen der Zeitverzögerung ärgerliche Blicke zu. Triumphierend entschuldigte sich Pam, gut hörbar für alle, bei Harold dafür, dass sie Lizzy nicht rechtzeitig verbessert hätte. Nach der Probe packte Lizzy, die Zornesröte im Gesicht, ihre Sachen zusammen und hastete aus dem Saal, fest dazu entschlossen, nicht in Tränen auszubrechen. Pams ständige Sticheleien belasteten sie weit mehr, als sie es sich eingestehen wollte. Sie wurde immer zögerlicher bei ihren Einsätzen und wagte kaum noch, sich auf der Bühne zu bewegen.

Bald fand Lizzy heraus, dass Gelegenheitsarbeiten in Toowoomba Mangelware waren. So sehr sie auch rechnete und rechnete, sah sie keinen Weg, ihre Gesangsausbildung fortzusetzen. Ihr Traum, Sängerin zu werden, schien mit einem Mal in weite Ferne zu rücken. Nach der Schule schlich sie zu ihrem Lieblingsplatz, saß da, lauschte den Honigvögeln und beneidete sie um ihre Freiheit. Ihre glockenhellen Stimmen beruhigten Lizzys angespannte Nerven, und sie fragte sich, warum es denn so schwer war, sich seinen sehnlichsten Wunsch zu erfüllen. Ihre Niedergeschlagenheit wich auch in der nächsten Gesangsstunde nicht. Und da sie sich müde und enttäuscht fühlte, gab sie sich weniger Mühe als gewöhnlich.

»Komm schon, Lizzy, konzentriere dich. Wo ist die wunderschöne musikalische Phrasierung und die Freude geblieben? Das hier ist ein Lied, das uns in bessere Stimmung versetzen soll. Bei dir klingt es wie ein Trauermarsch«, schimpfte die Schwester. »Was ist nur heute los mit dir? Das ist ja entsetzlich. Fühlst du dich nicht wohl?«

Lizzy schüttelte den Kopf und fingerte an ihren Noten herum.

»Nun, dann gibt es keine Entschuldigung. Und jetzt singst du mit der Leidenschaft, von der ich weiß, dass sie in dir drinsteckt«, schalt die Schwester und begann noch einmal mit dem Vorspiel.

Lizzy setzte ein, hielt dann aber inne.

»Es war wirklich sehr nett von Ihnen, mich das ganze Jahr zu unterrichten, Schwester, und ich habe jede Sekunde genossen ... Ich werde Ihre Großzügigkeit nie vergessen ...«, stammelte sie, einen Kloß im Hals.

»Was hat das zu bedeuten, Lizzy?«, fragte Schwester Angelica, der plötzlich ganz kalt ums Herz wurde.

»Ich muss den Gesangsunterricht aufgeben«, stieß Lizzy mit zitternder Stimme hervor.

»Den Gesangsunterricht aufgeben? Warum denn? Du hast doch erst damit angefangen«, rief Schwester Angelica.

Lizzy lief feuerrot an.

»Oma will, dass ich mich an der Universität einschreibe, und dann habe ich keine Zeit mehr«, antwortete sie ausweichend.

»Natürlich hast du noch genug Zeit«, protestierte Schwester Angelica.

Sie befürchtete schon, Lizzy hätte sich wieder in den Kopf gesetzt, dass sie nicht mehr singen dürfe. Doch dann dämmerte es ihr. Vielleicht war ihr das Geld ausgegangen.

»Möchtest du denn weiter Unterricht nehmen?«, erkundigte sie sich. Lizzy nickte und kämpfte mit den Tränen. Das wollte sie mehr als alles in der Welt.

»Tja, dann werden wir unseren Schöpfer wohl um Hilfe bitten müssen. Heute Abend betest du darum, und morgen reden wir noch einmal miteinander. Und jetzt wollen wir die heutige Stunde im Guten zu Ende bringen.«

Lizzy lächelte traurig.

Nachdem die letzte Schülerin fort war, machte sich Schwester Angelica eilig auf die Suche nach der Mutter Oberin.

»Ehrwürdige Mutter, ich wollte es eigentlich erst später ansprechen, aber ich glaube, wir brauchen eine neue Hilfslehrerin für Musik. Lizzy war mir in den letzten beiden Jahren eine große Unterstützung, doch sie wird uns nach diesem Schuljahr verlassen.

Allein schaffe ich es nicht, vor allem deshalb, weil im nächsten Jahr wieder ein Musical auf dem Programm steht.«

»Ich verstehe Ihre Bedenken, Schwester, aber warum nehmen Sie nicht eine andere Schülerin?«

»Nein, ehrwürdige Mutter. Lizzy ist eine Ausnahme. An der Schule gibt es sonst niemanden, der ihre Fähigkeiten besitzt. Wir müssen eine neue Stelle einrichten.«

Die Mutter Oberin musterte die Schwester nachdenklich. Sie kannte Schwester Angelica lange genug, um zu wissen, dass sie mit ihrer Bitte einen Hintergedanken verfolgte.

»Was möchten Sie mir eigentlich sagen?«, fragte sie schließlich.

Schwester Angelica sah die Mutter Oberin unverwandt an.

»Lizzy hat mir gerade erklärt, dass sie den Gesangsunterricht im nächsten Jahr nicht mehr fortsetzen kann. Ich bin sicher, dass es am Geld liegt. Das Mädchen war sehr niedergeschlagen. In den letzten beiden Jahren hat sie ganze Arbeit geleistet. Können wir sie nicht beschäftigen? Das Kloster kann es sich leisten, und für den Ruf unserer Schule wäre es gut, jemanden ihres Kalibers zu haben.«

»Und wie wollen wir die Kosten dieser neuen Stelle vor dem Verwaltungsrat begründen, Schwester?«, erkundigte sich die Mutter Oberin spitz.

»Ich bin sicher, dass wir einen Weg finden, ehrwürdige Mutter«, entgegnete die Schwester und lief wieder im Zimmer auf und ab.

»Wenn Sie die Dielenbretter durchwetzen, bringt uns das auch nicht weiter, Schwester. Apropos: Morgen habe ich eine Besprechung mit dem Verwaltungsrat.«

Sie hielt inne. Schwester Angelica blieb stehen und betrachtete sie mit hoffnungsfroher Miene.

»Es gibt einen Menschen, der Ihren Vorschlag bestimmt unterstützen wird«, fuhr die Mutter Oberin, ein Funkeln in den Augen, fort.

»Aber natürlich. Das hatte ich ganz vergessen«, rief Schwester Angelica, inzwischen ein wenig zuversichtlicher, aus. Tessa Bishops Vater war nämlich einer der Vorsitzenden.

Die Generalprobe von „Die Gondoliere« war ein Albtraum für Lizzy. Alle waren nervös, der Inspizient drückte sich brummelnd und schimpfend in den Kulissen herum, und die Bühnenarbeiter machten sich an Requisiten und Bühnenbild zu schaffen. Da Pam sich in der Garderobe, die sie eigentlich mit Lizzy teilen sollte, einschloss, musste diese sich im Umkleideraum für den Chor in ihr Kostüm zwängen. Harold marschierte mit finsterer Miene durch den Saal, denn er hatte gerade einen Anruf vom Konzertmeister bekommen, der ihm mitgeteilt hatte, er könne nicht kommen, da eine seiner preisgekrönten Kühe gerade kalbte. Schließlich riss Harold der Geduldsfaden, und er begann mit der Probe.

Lizzy, der es endlich gelungen war, sich Zutritt zur Garderobe zu verschaffen, kochte vor Wut. Als Pam ihr während eines Quartetts wieder die Sicht versperrte, schubste sie sie mit einem Rippenstoß aus dem Weg.

»Das war das letzte Mal, du blöde Kuh«, fauchte sie, setzte dann genau auf den Takt ein, wobei sie Pam übertönte. Allerdings war ihr Triumph nicht von langer Dauer, da Harold das Orchester sofort abbrechen ließ, Lizzy fragte, was zum Teufel das zu bedeuten hätte, und sie vor dem Ensemble blamierte.

Als der Vorhang fiel, ließ Harold den Taktstock sinken und wischte sich den Schweiß von der Stirn.

»Schlechte Generalprobe, gute Premiere«, verkündete er bemüht zuversichtlich. Doch Lizzys Optimismus hielt sich in Grenzen.

Sie war nervös und unsicher und in Gedanken so sehr bei Pam, dass sie ihren Einsatz verpasste. Ab diesem Moment wurde ihre Darbietung immer schlechter. Sie sang nur mit halber Kraft, gab sich Pam geschlagen und überstand den Abend mehr schlecht als recht. Obwohl sie in den weiteren vier Aufführungen ein wenig besser sang, schlug ihre wunderschöne Stimme die Zuschauer bei weitem nicht so in ihren Bann wie in »The Sound of Music«.

Als Lizzy nach dem letzten Vorhang abging, fühlte sie sich enttäuscht und elend. Pam hingegen sonnte sich in ihrem Erfolg und stolzierte, einen riesigen Blumenstrauß in der Hand, an ihr vorbei.

»Es war wirklich reizend, mit dir zu arbeiten, Lizzy«, gurrte sie und ließ sich bei der Premierenfeier von ihren Anhängern feiern.

Kochend vor Wut wandte sich Lizzy ab und stieß mit Harold Duffy zusammen.

»Ich bin wirklich froh, dass Sie in dieser Saison bei uns gesungen haben. Für das erste Mal war es gar nicht schlecht. Wenn Sie ein wenig an Ihrer Stimmtechnik und Bühnenpräsenz arbeiten, wird noch etwas aus Ihnen. Hoffentlich singen Sie im nächsten Jahr wieder bei uns vor«, sagte er und winkte über ihren Kopf hinweg einem Bekannten zu.

»Es war schrecklich. Ich bin froh, dass Sie nicht kommen konnten«, meinte Lizzy bei der nächsten Gesangsstunde zu Schwester Angelica, die gerade von zweiwöchigen Exerzitien zurückgekehrt war. Es kostete sie viel Selbstbeherrschung, der Schwester von dem Fiasko zu berichten.

»Pam Pike ist schon seit Jahren Vereinsmitglied, Lizzy. Sie hat viel Bühnenerfahrung und ist mit allen Wassern gewaschen. Du hingegen lernst noch, und vor allem musst du dir ein dickeres Fell zulegen«, erklärte die Schwester, die während ihrer Abwesenheit zu wesentlich mehr Ruhe gefunden hatte. »Außerdem ist eine Laienspielgruppe sowieso nicht das Ziel, das du anstrebst. Oder irre ich mich? Hättest du übrigens Lust, nächstes Jahr als Hilfslehrerin für mich zu arbeiten? Der Verwaltungsrat sucht jemanden für diese neue Stelle, und ich habe dich vorgeschlagen?«

Lizzy sah sie erst verdattert an und brach dann in Tränen aus.

8

Die Schule lag hinter ihr. Die Abschlussprüfung war, wenn auch nicht herausragend, besser gelaufen als erwartet, und alle ihre Freundinnen, einschließlich Marcia, waren weggegangen, um die Universität zu besuchen.

Lizzy stürzte sich mit Feuereifer in die neue Aufgabe. Als Hilfslehrerin für Musik in St. Cecilia probte sie mit dem Unterstufenchor und hielt hin und wieder eine Musikstunde ab. Doch obwohl Schwester Angelica und die Mutter Oberin ihre zukünftige musikalische Karriere unterstützten, hatten die Erfahrungen bei der Aufführung von „Die Gondoliere« Lizzys Selbstbewusstsein einen ernsthaften Schlag versetzt.

»Wer vom Pferd fällt, muss sofort wieder aufsteigen«, erklärte die Schwester eines Nachmittags nach einer besonders emotionsgeladenen Gesangsstunde forsch, in der Lizzy zugegeben hatte, wie sehr sie sich fürchtete, vor Publikum zu patzen. Am liebsten hätte sie das Mädchen in die Arme genommen, doch ihr Instinkt sagte ihr, dass Lizzy unbedingt ein dickeres Fell brauchte.

»Auf der Welt gibt es jede Menge Pams und noch viel schlimmere Hexen. Also nehmen wir es als lehrreiche Lektion und machen weiter. Die beste Stimme nützt dir nichts, wenn du mit den übrigen Anforderungen deines Berufs nicht zurechtkommst. Es wird immer jemanden geben, der in den Kulissen steht und nur darauf wartet, dir ein Bein zu stellen. Vergiss das nie.«

Sie hielt inne und lächelte Lizzy an.

»Ich glaube, du brauchst eine neue Herausforderung. Ich möchte, dass du anfängst, dich an Wettbewerben zu beteiligen.« Sie stand vom Klavier auf, kramte in ihrem Schreibtisch und förderte schließlich eine dicke Broschüre zutage.

»Der Musikwettbewerb der Queensland-Stiftung findet kurz vor Ostern in Toowoomba statt. Also hast du genug Zeit für die Vorbereitung. Wenn du dich in solchen Wettbewerben bewährst, Lizzy, stehen dir später viele Türen offen.«

Lizzys Miene erhellte sich. Endlich gab es einen Hoffnungsschimmer, und die düsteren Wolken der Niedergeschlagenheit verzogen sich allmählich. Schwester Angelica suchte Lieder aus, die Lizzy bereits gesungen hatte und die sie gut kannte, und meldete sie in zwei Kategorien an. Insgeheim war sie sicher, dass Lizzy es ins Finale schaffen würde.

Der Musikwettbewerb der Queensland-Stiftung gehörte zu den größeren seiner Art, die in der Provinz abgehalten wurden, und dauerte von Mittwoch bis Samstag. Das Finale sollte am Montag stattfinden. Lizzy war am Donnerstag an der Reihe. Da sie an diesem Tag von der Arbeit beurlaubt war, verbrachte sie viel Zeit damit, ihr Haar zu waschen und zu bürsten und ihre Kleider zu bügeln. Als sie mit Mrs. Beckett, die sie begleiten würde, in den Saal kam, war sie gleichzeitig nervös und freudig erregt. Schwester Angelica, die zwei ihrer Schülerinnen für den Jugendwettbewerb angemeldet hatte, begrüßte sie mit einem kurzen Lächeln.

»Lass dich vom Klavier nicht aus der Ruhe bringen. Es ist einen Viertelton zu tief«, sagte sie, während sie draußen vor dem Saal warteten, und musterte Lizzys Äußeres. Sie begleitete ihre Schülerinnen nie selbst, weil sie befürchtete, vor Nervosität einen Schnitzer zu machen.

Lizzy nickte. Die Aufregung der Schwester trug zu ihrer eigenen bei. Zuerst sollte sie in der Kategorie »Australische Komponisten« auftreten. Eines der Mädchen, das im Chor von »Die Gondoliere« gesungen hatte, wurde aufgerufen. Dann war Lizzy an der Reihe. Mit zitternden Knien trat sie auf das Podium, vor dem sich die Menschen drängten, hauptsächlich Wettbewerbsteilnehmer und ihre Begleiter. Die Preisrichterin, die Lizzy an einen einsamen Geier erinnerte, beobachtete sie mit Argusaugen. Die Frau wirkte streng und abweisend – ein himmelweiter Unterschied zu dem jubelnden Publikum, das sie als Maria gefeiert hatte.

»Versuche nicht, zu gewinnen. Amüsiere dich einfach.« Schwester Angelicas Worte hallten Lizzy in den Ohren nach, und ihre Knie waren weich wie Gummi, als sie zu singen begann. Doch schon beim zweiten Satz schlug ihr das Herz nicht mehr bis zum Hals, und sie entspannte sich ein wenig. Allerdings fühlte sie sich von dem halb leeren Saal und dem verstimmten Klavier leicht irritiert, sodass ein wenig Unwohlsein blieb. Das Lied war im Handumdrehen vorbei. Als sie abtrat, polterten ihre Schritte über das Podium.

»Puh, das war wie eine kalte Dusche«, flüsterte sie, nachdem sie im Zuschauerraum Platz genommen hatte. »Es war schrecklich. Ich hatte die ganze Zeit das Gefühl, dass ich zu tief bin.« Schwester Angelica legte den Finger an die Lippen, denn die nächste Teilnehmerin trat auf die Bühne.

»Du hast dich wacker geschlagen. Schließlich ist es dein erster Wettbewerb«, raunte Mrs. Beckett ihr aufmunternd zu. Doch Lizzys Mut sank, als sie den anderen Teilnehmern lauschte. Siegerin war eine pummelige Mezzosopranistin, drei Jahre älter als Lizzy und offenbar um einiges erfahrener in solchen Wettbewerben. Zu ihrer großen Überraschung wurde Lizzy zweite.

»Prima, Mädchen. Gut gemacht.« Schwester Angelica atmete durch und entspannte sich ein wenig, als sie hinaus in den warmen Sonnenschein traten. »Bleib bei der Operettenarie einfach ruhig und locker. Unterhalte die Preisrichterin, schließlich sitzt sie schon seit drei Tagen hier. Ich hole uns etwas zum Mittagessen.«

Sie ging zum Auto, ohne sich ihren Ärger darüber anmerken zu lassen, dass Lizzy nicht gewonnen hatte. In drei Monaten hatten sie viel erreicht, und nach Schwester Angelicas Meinung war Lizzy der Siegerin haushoch überlegen. Allerdings hatte sie sich von dem verstimmten Klavier ablenken lassen.

An das niedrige Mäuerchen gelehnt, beobachtete Lizzy die Tauben, die herumstolzierten und nach Krümeln pickten. Plötzlich stand die Mezzosopranistin, die in der letzten Kategorie gewonnen hatte, neben ihr.

»Hallo, herzlichen Glückwunsch. Ich bin Norma Keats«, sagte sie mit breitem Neuseelandakzent. Lizzy blickte in ein freundliches rundes Gesicht mit warmen haselnussbraunen Augen.

»Danke. Ich heiße Lizzy Foster. Du warst super! Aber ich hätte dich nie für eine Neuseeländerin gehalten.« Sie grinste.

»Das geht den meisten so. Ich nehme schon seit einiger Zeit an Wettbewerben teil, und mit einem Neuseelandakzent kann man da gleich einpacken, das sage ich dir. Wie oft warst du schon dabei?«, fragte Norma.

»Heute ist mein erster Wettbewerb. Grässlich, so einer Buchhalter-Type vorsingen zu müssen«, erwiderte Lizzy, wobei sie auf die Preisrichterin anspielte.

»Man gewöhnt sich daran«, antwortete Norma lachend. Sie war ein offenherziger Mensch, anscheinend überhaupt nicht neidisch und freute sich, mit jemandem sprechen zu können, der ihre Leidenschaft für den Gesang teilte.

Als Schwester Angelica mit dem Mittagessen zurückkehrte, nahm Lizzy sich ein Brot mit Käse und Tomaten. Schon nach dem ersten Bissen legte sie es zurück in die Kühltasche und trank nur einen Schluck Limonade. Vor Lampenfieber war ihr Magen wie zugeschnürt.

»Komm mit und hör dir Janice McAlister an«, forderte sie Norma auf. »Sie ist ein Wunder. Ihr Vater ist der Bürgermeister von Toowoomba. Ich habe in diesem Schuljahr mit ihr für das Musikexamen geübt.«

Die beiden schlichen sich hinten in den Saal. Am Klavier saß ein höchstens dreizehnjähriges Mädchen, das sich schon recht weit in eine teuflisch schwierige Mozartsonate vorgearbeitet hatte. Lizzy schlüpfte auf einen Sitz und sah zu, wie Janice' Finger über die Tasten flogen. Es war erstaunlich, wie ihr mit ihren kleinen Händen die weiten Griffe gelangen. Obwohl Lizzy diesen Satz schon dutzende Male gehört hatte, war sie beeindruckt. Kaum zu fassen, welche Töne Janice dem blechernen alten Klavier entlocken konnte. Als das Stück zu Ende war, sprang sie jubelnd und in die Hände klatschend auf.

»Bravo«, hallte ihre Stimme durch den halb leeren Saal. Sie setzte sich wieder und kam sich ziemlich dämlich vor.

»Die kleine Janice ist gut, was?«, hörte sie da eine Stimme im Ohr. Der Geruch von teurem Rasierwasser umfing sie.

»Ausgezeichnet«, antwortete Lizzy und senkte die Stimme zu einem Flüstern, als eine Platzanweiserin sie finster ansah.

»Kennen Sie sie?«, fragte sie, als sich der Träger des Rasierwassers in derselben Reihe niederließ und ihr über den leeren Platz zwischen ihnen die Hand hinhielt.

»Mein Name ist Eduardo Costes. Ich wohne bei Señor und Señora McAlister. Du hast eine schöne Stimme«, erwiderte er mit starkem spanischem Akzent. Sprachlos vor Erstaunen starrte Lizzy ihn an und wunderte sich, warum ihr dieser unverschämt gut aussehende Mann im Publikum entgangen war. Eduardo Costes war dreiundzwanzig Jahre alt und ein Fleisch gewordener Jungmädchentraum. Seine glatte bronzefarbene Haut wurde von dem offenen marineblauen Hemd und der teuren cremefarbenen Jeans noch betont, und seine dunklen Schlafzimmeraugen ließen Lizzy wollüstig erschaudern, als sein Blick über ihren Körper glitt. Eduardo, der es gewohnt war, so angestarrt zu werden, schlang den Arm lässig um die Lehne des unbesetzten Stuhls und klopfte leicht mit den Fingern auf die Kante, sodass sich das Licht in dem goldenen Siegelring an seinem kleinen Finger brach. Als er Lizzy anlächelte, machte ihr Herz einen Satz.

»Ich bin Lizzy Foster, und das ist meine Freundin Norma. Sie hat gerade in unserer Kategorie gewonnen«, stammelte Lizzy schließlich und versuchte panisch, ihre Gedanken zu ordnen.

»Hallo.« Eduardo winkte Norma zu und wandte sich dann sofort wieder zu Lizzy um. »In meinem Land wäre die kleine Janice bereits eine Berühmtheit. Aber hier ist es anders, richtig? Du bist sehr schön. Singst du mir etwas vor?«

Lizzy war sicher, noch nie eine so erotische Stimme gehört zu haben. Es dauerte eine Weile, bis sie verstand, was er gesagt hatte. Sie kicherte und schüttelte den Kopf.

»Ich singe heute Nachmittag in der Kategorie Operette. Wenn du möchtest, kannst du kommen und zuhören.« Sie lief feuerrot an.

Als Eduardo sie lange musterte, klopfte ihr Herz wie wild.

»Ich werde da sein«, verkündete er. Im nächsten Moment war er verschwunden.

»Was war das?«, flüsterte Lizzy, immer noch mit geröteten Wangen. Norma grinste sie an.

»Ich würde auf hinreißendes männliches Wesen südländischer Herkunft tippen. Offenbar steht er auf dich«, erwiderte sie ein wenig neidisch. »Ich frage mich, was er in einem Nest wie Toowoomba will.«

»He, mach mal einen Punkt. Immerhin bin ich hier zu Hause«, protestierte Lizzy, die sich allmählich von ihrem Schrecken erholte.

»Oh, entschuldige!«, erwiderte Norma schmunzelnd.

Der nächste Teilnehmer begann zu spielen.

»Verschwinden wir«, flüsterte Lizzy und erhob sich mitten in der nicht sonderlich Aufsehen erregenden Interpretation eines Bach-Präludiums.

Sie wurde schon wieder nervös.

Komische Oper und Operette waren die letzten Kategorien des Tages. Der Vortrag fand im Kostüm statt, und es ging hauptsächlich darum, die Figur überzeugend darzustellen. Lizzy verabschiedete sich von Norma und ging, um sich fertig zu machen.

Kostümiert und geschminkt fühlte sie sich ein wenig ruhiger. Sie summte ein paar Töne und warf noch einen Blick in die Noten. Endlich rief die Platzanweiserin sie herein. Diesmal war Lizzy besser auf den halb leeren Zuschauerraum vorbereitet, als sie auf die Bühne trat, fest entschlossen, beim Singen Spaß zu haben. Rasch vertiefte sie sich in ihre Rolle und nützte die gesamte Bühne aus, um die Figur zu präsentieren. Ohne sich von dem verstimmten Klavier aus der Ruhe bringen zu lassen, sang sie leicht und locker und brachte das Publikum einmal sogar zum Lachen.

Überrascht von dieser talentierten Darbietung, ließ die Preisrichterin den Bleistift sinken und lauschte. Ihr fiel auf, wie scheinbar mühelos Lizzy das hohe B traf und gleichzeitig kühn ihre tiefe Lage auslotete. Ihre Stimme war zwar noch jung und unausgebildet, hatte jedoch gewaltiges Potenzial. Als Lizzy die Preisrichterin wieder schreiben sah, hielt sie, fest entschlossen, ihre Aufmerksamkeit zu erregen, den letzten Ton so lang wie möglich. Da das zu der kecken Figur passte, die sie darstellte, brachte ihr dass ein flüchtiges Lächeln ein. Der Applaus war zwar nicht laut, aber doch heftig genug, um Lizzys Stimmung zu heben. Beim Verbeugen glaubte sie, Eduardo im dunklen hinteren Teil des Saals zu erkennen, und ihr Herz begann wieder zu klopfen.

»Kaum zu fassen. Du hast dieses schäbige Loch wirklich zum Leuchten gebracht. Wie machst du das nur? Ich wünschte, ich hätte deine Stimme!«, rief Norma aus.

»So gut war ich nun auch wieder nicht«, erwiderte Lizzy grinsend. So geschmeichelt fühlte sie sich vom Lob des älteren Mädchens, dass sie Eduardo ganz vergaß. Für ein weiteres Gespräch blieb keine Zeit, denn Schwester Angelica scheuchte Lizzy auf ihren Platz, um auf das Ergebnis zu warten. Zu ihrem Erstaunen erfuhr Lizzy, dass sie es in die Endausscheidung geschafft hatte.

»Ich habe dir doch gesagt, dass es klappt, Lizzy. Obwohl ich es mit dem Proben nicht übertreiben möchte, sollten wir noch an ein oder zwei Stellen arbeiten. Und wir müssen unbedingt einen Durchlauf im Abendkleid machen«, verkündete die Schwester, als sie triumphierend in die Nachmittagssonne hinausschlenderten. In der Endausscheidung kam es vor allem auf das richtige Auftreten an. »Bitte sei morgen Nachmittag gegen halb fünf bei mir im Musiksaal. Und jetzt bringen wir dich am besten nach Hause, damit du rechtzeitig ins Bett kommst. Bis Montag musst du deine Stimme schonen.«

Lizzy strahlte sie an.

»Keine Sorge, Schwester, das werde ich. Und ich verspreche, früh zu Bett zu gehen. Aber ich würde mir gern noch die Arien anhören. Ich fahre allein nach Hause.«

»Nur weiter so, du schlägst dich großartig.« Die Schwester tätschelte ihr die Wange und ging, immer noch außer sich vor Begeisterung, mit Mrs. Beckett davon.

Lizzy schickte sich an, in den Saal zurückzukehren. Als sie die Hand nach der Türklinke ausstreckte, legte sich eine andere darüber. Wieder wurde sie von einem Hauch Rasierwasser umweht.

»Bella, Lizzy. Du warst magnifica«, flüsterte Eduardo ihr ins Ohr.

Lizzy spürte, wie ihr die Knie weich wurden.

»Wirklich?«, stammelte sie.

Eduardo nahm ihre Hand von der Türklinke und hob sie an die Lippen. Nachdem er ihr einen tiefen Blick aus seinen sinnlichen dunklen Augen geschenkt hatte, küsste er ihre Fingerspitzen. Lizzy stockte der Atem. Hitzewellen stiegen in ihr hoch, als sie sich unter unverständlichem Murmeln losmachte.

»Möchtest du gehen?«, fragte Eduardo zögernd und fixierte sie weiter mit seinem lodernden Blick.

Lizzy stand da wie angewurzelt.

»Nein, ich ... ich ... es war ein ziemlich aufregender Tag für mich«, stotterte sie atemlos.

»Für mich auch. Normalerweise bekomme ich nicht an ein und demselben Tag traumhafte Pferde zu sehen und treffe ein wunderschönes Mädchen, das singt wie ein Vogel.« Selbst die Art, wie er das »r« rollte, ließ Lizzy erschaudern.

»Pferde? Reitest du in Italien?«, fragte Lizzy ins Blaue hinein, in dem Versuch, trotz des Ansturms der Gefühle ein alltägliches Gespräch zu führen.

»Argentinien. Ich spiele Polo. Mein Onkel und ich sind hier, um gute australische Pferde zu kaufen.«

»Polo! Argentinien! Du bist doch nicht etwa *der* Eduardo Costes?«, schnappte Lizzy nach Luft. Sie selbst spielte nicht, aber ihr Vater hatte an lokalen Wettbewerben teilgenommen, und Eduardo, der internationale Polostar, war jedermann ein Begriff.

Eduardo grinste.

»Ach, das ist mein Onkel. Aber ich spiele auch Polo.«

»Und du wohnst bei den McAlisters?«, fuhr sie verlegen fort. Die Gegenwart eines Prominenten machte sie befangen.

Eduardo lachte leise auf. Dann erklärte er ihr in gebrochenem Englisch, dass er und sein Onkel eine Woche damit verbracht hätten, das Hunter Valley nach erstklassigen Poloponys abzusuchen. Während Lizzy ihm beim Finden des richtigen Wortes half oder seine Zeichensprache entzifferte, wurde sie allmählich ruhiger. Ehe sie es sich versah, hatten alle Zuschauer den Saal verlassen, und die Sonne versank am Horizont.

»Möchtest du vielleicht etwas essen gehen?«, fragte Eduardo.

Plötzlich bemerkte Lizzy, wie hungrig sie war. Beinahe hätte sie nein gesagt, da Großmutter sie zu Hause erwartete. Dann jedoch dachte sie an den Aufschnitt und den Salat, den es wie immer zum Abendessen geben würde. Außerdem war sie gerade zur Endausscheidung zugelassen worden, und immerhin war Eduardo ein Freund der McAlisters.

»Ja, sehr gerne.« Vom Restaurant aus würde sie Großmutter anrufen und ihr Bescheid geben.

»Gut. Dann feiern wir deinen Erfolg. Ich fahre mit dir in ein ganz besonderes Restaurant.« Als sie die Straße überquerten, musste Lizzy einen erstaunten Ausruf unterdrücken, denn er blieb vor einem roten Ferrari stehen.

»Mein Onkel leiht ihn mir manchmal«, meinte Eduardo, der Lizzys Miene bemerkte. Er hielt ihr die Tür auf, half ihr beim Einsteigen, umrundete rasch den Wagen und nahm auf dem Fahrersitz Platz. Nachdem er den Gang eingelegt hatte, ließ er den Motor aufheulen wie beim Autorennen und raste die Straße entlang.

»Hey, nicht so schnell, du hast die Abzweigung verpasst. Hier geht es hinaus aus der Stadt«, rief Lizzy.

Eduardo lächelte Lizzy zu und ließ weiße Zähne aufblitzen.

»In einer Kleinstadt wie dieser gibt es keine guten Restaurants. Für ein Singvögelchen wie dich ist nur das Beste gut genug«, erwiderte er lachend und trat das Gaspedal durch. Dann griff er nach seinem Mobiltelefon, führte ein kurzes Gespräch auf Spanisch und grinste Lizzy schließlich an.

»So! Das wäre erledigt.«

»Wohin fahren wir?«, fragte Lizzy.

Allmählich wurde ihr mulmig, denn sie entfernten sich immer weiter von der Stadt.

»Zu den McAlisters.«

»Oh«, antwortete Lizzy verdattert.

In den nächsten zehn Minuten fuhr der Wagen an von der untergehenden Sonne ins Licht gesetzten Viehweiden vorbei. Plötzlich trat Eduardo heftig auf die Bremse, bog ab, rollte durch ein schmiedeeisernes Tor und eine lange Auffahrt hinauf. Als auf der rechten Seite das Haus in Sicht kam, ging es über einen holperigen Kiesweg und eine kleine Brücke bis zu einem privaten Landeplatz, auf dem ein Hubschrauber mit der Aufschrift »McAlister Industries« neben dem Hangar stand. Eduardo sprang aus dem Wagen und hielt Lizzy die Tür auf.

Inzwischen unbeschreiblich nervös, stieg Lizzy langsam aus.

»Sieh mal, ich glaube nicht, dass das eine gute Idee ist«, begann sie und überlegte, ob es wohl eine Möglichkeit gab, sich zu drücken. Da trat Bruce, Mr. McAlisters Bruder, hinter dem Helikopter hervor. Er war ein paar Jahre jünger als Lizzys Vater, und sie war ihm im Laufe der Jahre hin und wieder bei gesellschaftlichen Anlässen begegnet.

»Hallo, Lizzy. Lange nicht gesehen. Ich nehme an, unser südländischer Freund möchte Sie für den Abend entführen«, begrüßte er sie grinsend. »Diese Jungs lassen nichts anbrennen. Aber ich muss ihn zu seinem guten Geschmack beglückwünschen.«

»Bruce, ich möchte, dass du uns nach Brisbane fliegst«, verkündete Eduardo ungeduldig.

»Falls die junge Dame einverstanden ist«, erwiderte Bruce schmunzelnd. Er war es gewöhnt, die reichen Gäste seines Bruders im Familienhubschrauber herumzukutschieren.

»Zuerst muss ich meine Großmutter anrufen«, rief Lizzy ganz aufgeregt dazwischen.

»Nimm das hier«, sagte Eduardo und reichte Lizzy sein Telefon. Während sie mit zitternder Hand die Nummer wählte, fragte sie sich, ob sie nicht einen Riesenfehler machte. Doch als sie dem Besetztzeichen lauschte und zusah, wie Eduardo mit Bruce sprach, wusste sie, dass sie das Risiko eingehen wollte.

»Es ist besetzt.«

»Fliegen wir, oder warten wir?«, fragte Eduardo.

»Lass es mich noch einmal versuchen«, erwiderte Lizzy. Es war immer noch besetzt. Nach dem dritten Versuch gab sie es auf. Sie hatte Lust auf ein Abenteuer.

»Und wohin bringst du mich?«, erkundigte sie sich.

»Mein Freund hat ein wunderbares Restaurant in Brisbane; der Küchenchef ist ein Genie! Ah!« Er legte die Finger an die Lippen und warf ihr eine Kusshand zu.

Während Bruce auf dem Pilotensitz Platz nahm, half Eduardo Lizzy in die Kabine. Dann sprang der Rotor an. Ehe Lizzy sich versah, waren sie schon angeschnallt und befanden sich auf dem Weg nach Brisbane. Die Schatten wurden länger, als rasch die Dunkelheit hereinbrach.

Nachdem Bruce sie auf einem privaten Hubschrauberlandeplatz abgesetzt hatte, rief er Eduardo zu: »Pass gut auf Miss Lizzy auf. Ich hole euch um elf wieder ab. Sei pünktlich.« Er musste das Motorengeräusch übertönen.

Mit einem Nicken hob Eduardo Lizzy aus der Maschine. Dann verließen die beiden eilig den Landeplatz. Zum Schutz gegen den von den Rotoren aufgewirbelten Staub mussten sie sich die Hände vor die Augen halten.

»Jetzt werden wir einen wundervollen Abend miteinander verbringen«, sagte Eduardo, als er mit Lizzy auf die Uferpromenade zusteuerte.

Allerdings war Lizzy weiterhin unruhig und versuchte gleich nach ihrer Ankunft im Restaurant erneut, Mary anzurufen. Während sie rasch die Nummer wählte, klopfte sie beim Warten ungeduldig mit dem Fuß auf den Boden. Diesmal erreichte sie die alte Dame.

»Wo um alles in der Welt steckst du bloß? Ich habe mir solche Sorgen gemacht!«, rief die Großmutter aus. »Betty vom Obstgeschäft sagte, sie hätte gesehen, wie du in einem Porsche aus der Stadt gefahren bist.«

»Es war ein Ferrari, Oma. Ich bin in Brisbane, und es ist alles in Ordnung«, entgegnete Lizzy lachend und mit einem Blick auf Eduardo. »Ich habe dreimal versucht, dich anzurufen, aber es war immer besetzt.«

»Brisbane? Was hat denn das zu bedeuten? Wie bist du da hingekommen? Etwa geflogen?«

»Ja«, antwortete Lizzy mit einem Grinsen. »Bruce McAlister hat uns in seinem Helikopter hingebracht. Ich bin mit Eduardo Costes hier. Er wohnt bei den McAlisters. Wir gehen in ein Restaurant an der Uferpromenade.«

Sie senkte die Stimme.

»Sein Onkel ist Eduardo Costes, der berühmte Polospieler. Oma, das macht solchen Spaß. Ich habe es beim Musikwettbewerb in die Endausscheidung geschafft, und jetzt feiern wir. Warte nicht auf mich. Ich komme irgendwann nach Hause.«

Nachdem sie noch eine Weile versucht hatte, die Befürchtungen ihrer Großmutter zu zerstreuen, verabschiedete sie sich und gab Eduardo das Telefon zurück.

Noch nie hatte Lizzy etwas so Romantisches erlebt wie dieses Abendessen. Das »La Paella« war unauffällig elegant und eines der teuersten Restaurants von Brisbane. Von seiner Terrasse aus hatte man einen freien Blick auf den Brisbane River, und eine milde Tropenbrise liebkoste ihre Wangen, während sie sich köstliche Meeresfrüchte schmecken ließen. Die Lichter der Stadt spiegelten sich im Wasser und verbreiteten eine zauberhafte Atmosphäre. Nach dem ersten Glas Wein vergaß Lizzy, wie verärgert Großmutter am Telefon geklungen hatte und auch, dass sie völlig unpassend gekleidet war. Sie war Eduardos Charme erlegen. Als sie nach dem Essen die Uferpromenade entlangschlenderten und die warme Abendluft einatmeten, wünschte Lizzy, der Abend würde nie zu Ende gehen.

»Es ist schön hier«, sagte sie. Als Eduardo ihr sanft den Arm um die Taille legte, begann ihr Herz zu klopfen.

»Du bist eine sehr schöne Frau«, erwiderte er und zog sie an sich.

»Morgen fahre ich mit dir meinen Freund Jason besuchen und zeige dir seine wundervollen Pferde. Kommst du mit?«, fragte er mit leiser Stimme. Seine Finger spielten an einer Locke herum, die ihr in die Stirn gerutscht war.

Lizzy stockte die Stimme. Seine Nähe hatte eine berauschende Wirkung auf sie.

»Ich würde gern, aber ich kann nicht. Ich muss unterrichten«, antwortete sie atemlos.

»Dann rufe ich Jason an, und wir fahren übermorgen. Und jetzt müssen wir zu Bruce, bevor er sauer auf uns wird.« Eduardo sah auf die Uhr.

Auf dem Heimflug schmiegte Lizzy sich an Eduardo. Sein Körper presste sich an sie, und sie wurde von überwältigenden, bislang unbekannten Gefühlen ergriffen, als er ihr lässig den Arm um die Schultern legte. Doch zu ihrer Überraschung machte er, anders als die anderen jungen Männer, mit denen sie bisher ausgegangen war, keine Anstalten, sie zu küssen.

Selbst als er sie vor dem Haus ihrer Großmutter absetzte, küsste er sie nicht zum Abschied, sodass sie am ganzen Leibe bebend vor Begierde in die Wohnung schlüpfte. Erleichtert und gleichzeitig ein wenig enttäuscht, schloss Lizzy leise die Eingangstür, um ihre Großmutter nicht zu stören, und sah auf die Uhr. Es war viertel nach zwölf. Mary kam aus ihrem Zimmer.

»Was um Himmels willen bildest du dir eigentlich ein, mit einem wildfremden Mann nach Brisbane zu fliegen und mitten in der Nacht nach Hause zu kommen?«, begann sie.

»Weißt du überhaupt, wie spät es ist?«, fuhr sie fort.

»Ich habe dir doch gesagt, dass er ein Freund der McAlisters ist, Oma. Und so spät ist es nun auch wieder nicht«, verteidigte sich Lizzy.

»Ich bin schließlich nicht von gestern, Lizzy. Du bist ein hübsches junges Mädchen ohne Eltern, und du weißt nichts über diesen Mann. Es hätte alles Mögliche passieren können«, gab Mary spitz zurück.

»Es ist aber nichts passiert. Und außerdem bin ich schon neunzehn. Ich kann tun und lassen, was ich will«, sprudelte Lizzy hervor, immer noch berauscht vom Wein und von Eduardos Gegenwart. »Er ist der höflichste Mensch, den ich je kennen gelernt habe. Wir sind nach Brisbane geflogen, haben zu Abend gegessen und einen Spaziergang gemacht …«

»Ich bin erleichtert, das zu hören. Aber trotzdem könntest du ein bisschen vernünftiger sein und mehr Verantwortungsgefühl zeigen. Gerade bist du bei deinem ersten Wettbewerb in die Endausscheidung gekommen. Du hast Stein und Bein geschworen, dass du den Gesang ernsthaft betreiben willst. Und dann benimmst du dich so. Das Telefon war besetzt, weil ich mit Schwester Angelica über dich gesprochen habe. Deiner Stimme tut es sicher nicht gut, wenn du dich die ganze Nacht herumtreibst.«

»Ich bin doch vernünftig, Oma«, wehrte sich Lizzy gekränkt.

»Na gut, zumindest bist du wohlbehalten nach Hause gekommen. Geh zu Bett, damit wir beide noch etwas Schlaf bekommen.«

In einer ungewohnt aufgewühlten Geste rang Mary die Hände. Auch wenn Lizzy aus ihren eigenen Fehlern lernen sollte, war es eine Gratwanderung, ihr genug Freiheit zuzugestehen und gleichzeitig dafür zu sorgen, dass ihr nichts zustieß.

Als Lizzy am nächsten Morgen vom Wecker aus dem Schlaf gerissen wurde, fühlte sie sich, als wären seit dem Zubettgehen erst wenige Minuten vergangen. Sie schleppte sich in die Schule, wo sie Mühe hatte, sich auf das Unterrichten zu konzentrieren. Die Erinnerung an Eduardos Hand auf ihrer Haut, seinen Blick und seine Stimme, die sie zu streicheln schien, ging ihr nicht aus dem Sinn. Die Probe mit Schwester Angelica verlief alles andere als zufriedenstellend, und zu allem Überfluss hatte Lizzy wegen der Hetze am Morgen ihr Abendkleid vergessen.

»Dann müssen wir eben morgen noch einmal proben. Hoffentlich nimmst du die Sache ernst. Du siehst schrecklich aus. Geh nach Hause und ruh dich aus«, schimpfte die Schwester.

»Können wir die Probe nicht auf Sonntag verlegen? Ich bin morgen eingeladen«, fragte Lizzy, die einerseits die Schwester nicht enttäuschen und andererseits auf keinen Fall auf das Treffen mit Eduardo verzichten wollte.

»Um punkt zwei Uhr. Und bring dein Kleid mit«, entgegnete die Schwester widerwillig.

Lizzy ergriff die Flucht und rannte los, um den Bus noch zu erwischen. In Gedanken war sie bereits beim Samstag. Der restliche Tag schleppte sich dahin. Kurz vor neun läutete das Telefon. Eduardo war am Apparat, und sie telefonierten anderthalb Stunden lang. Lizzy wurde von Aufregung ergriffen, als er ihr von den lustigen Begebenheiten dieses Tages erzählte, was in seinem gebrochenen Englisch sehr unterhaltsam klang. Als Lizzy den Hörer auflegte, war sie sicher, dass sie sich in ihn verliebt hatte.

Wie versprochen, stand Eduardo am nächsten Morgen um zwei

Minuten vor elf vor ihrer Wohnungstür. Nachdem sie ein paar Worte mit Großmutter gewechselt hatten, machten sich die beiden im Ferrari auf den Weg zum Gut der Coltrones, dem weltberühmten Gestüt am Fuße der Bunya Berge, das eine halbe Autostunde entfernt in einer üppig grünen Landschaft lag.

Hank Coltrone war in seiner Jugend ein bekannter Polospieler gewesen. Heute gehörte sein sechsundzwanzigjähriger Sohn Jason der australischen Nationalmannschaft an, während Hank sich auf die Ponyzucht verlegt hatte. Beim Mittagessen führten er und Jason mit Eduardo Fachgespräche; Lizzy unterhielt sich mit Mrs. Coltrone über Musik.

»Ich werde sehr gut für Jessie bezahlen«, sagte Eduardo nun schon zum vierten Mal, als Jason mit ihm und Lizzy nach dem Essen die Ponys besichtigte.

Jason schnalzte mit der Zunge, um das wunderschöne braune Pony herbeizurufen, dessen Fell im Sonnenlicht schimmerte.

»Tut mir Leid, mein Freund, aber sie ist nicht zu verkaufen«, antwortete Jason liebevoll und tätschelte den Hals des Ponys. »Sie können natürlich eine ihrer Cousinen haben.«

Er wies auf eine trächtige Stute. Eduardo musterte das Tier nachdenklich.

»Ich nehme das Fohlen«, entschied er schließlich.

»Kein Problem, mein Freund, das lässt sich machen«, entgegnete Jason. Dann warf er einen Blick auf Lizzy, die eines der anderen Ponys streichelte. »Hören Sie, ich würde gern den ganzen Nachmittag weiterreden, aber ich muss vor meiner nächsten Reise noch einiges erledigen. Warum satteln Sie und Lizzy nicht zwei Pferde und unternehmen einen Ausritt in unsere berühmten Berge? Wir haben ausgezeichnetes Wetter, und die Pferde könnten Bewegung gebrauchen.«

»Einverstanden, mein Freund«, sagte Eduardo, was dank seines starken spanischen Akzents ein wenig merkwürdig klang. Fragend drehte er sich zu Lizzy um.

»Sehr gerne!«, erwiderte diese schnell. Da Marcia nun die Universität besuchte, war sie schon seit einer Ewigkeit nicht mehr in Four Pines gewesen.

»Also gut. Sie haben Glück. In diesem Jahr gibt es eine Menge Pinienzapfen, die Samen sind wirklich ein Genuss. Das kommt nur alle drei Jahre vor.« Jason blickte ihnen lächelnd nach, wie sie zu den Ställen gingen. »Aber passen Sie auf. Wenn Sie so ein Ding auf den Kopf bekommen, können Sie im Krankenhaus landen. Das ist kein Scherz.«

Nachdem Lizzy und Eduardo sich die beste Route ausgesucht hatten, sattelten sie zwei Pferde und machten sich vergnügt auf den Weg in die Berge. Die Pferde waren gut ausgeruht, und so legten sie das erste Stück des Weges in raschem Tempo zurück. Als der schmale, von jungen Bäumen gesäumte Pfad steiler wurde, ließen sie die Pferde langsamer gehen. Die Gebirgsluft wirkte belebend. Je höher sie kamen, desto kälter wurde es, und es wehte ein überraschend starker Wind, sodass die Pferde freiwillig schneller wurden. Sie erreichten ein kühles grünes Waldstück, das sie mit offenen Armen in all seiner Schönheit willkommen zu heißen schien.

Auf beiden Seiten des Weges wuchsen dichte, üppige Farne, vereinzelte Sonnenstrahlen drangen durch die Bäume. In den Wipfeln sangen die Vögel, ihr rotes und grünes Gefieder blitzte auf, wenn sie durch das Astwerk flatterten. Als sie weiter bergauf ritten, bot sich ihnen ein malerischer Blick über das Tal. Die Bunya-Pinien mit ihren unverwechselbaren kuppelförmigen Kronen waren deutlich zu erkennen.

Schließlich kam ein kleiner Hain in Sicht. Eduardo zügelte sein Pferd und spähte in die dunstigen Tiefen hinab.

»Ich finde, du lebst in einem wunderschönen Land.«

»Das finden wir auch. Da ist ein Bunya-Zapfen«, meinte Lizzy, die Eduardo inzwischen eingeholt hatte. Sie wies auf einige Zapfen, so groß wie amerikanische Football-Bälle, die auf dem Boden lagen. Einer davon war aufgeplatzt.

»Ich bin froh, dass ich nicht dort gestanden habe, als er herunterfiel.« Lizzy sprang vom Pferd, warf die Zügel über einen Baumstumpf und ging zu dem Zapfen hinüber. Als sie sich bückte, um einige der herausgefallenen Samenkerne aufzuheben, stieg auch Eduardo ab und band sein Pferd an einem Baum fest.

»Kann man die essen?«, fragte er verwundert.

»Aber klar. Im Busch lässt sich jede Menge Essbares finden. Man muss nur wissen, wonach man sucht. Auf diese Weise haben die Aborigines auch so lange überlebt.« Mit einem zufriedenen Seufzer sah Lizzy sich um.

»Ist es nicht wunderschön?«, sagte sie, angesichts der Schönheit des Buschlandes wie immer von Ehrfurcht ergriffen. »Bevor die Weißen kamen und alles veränderten, hielten die Aborigines in den Jahren, in denen es Zapfen gab, richtige Bunyakern-Feste ab. Du solltest Mrs. Coltrone überreden, einen ›Bunya Johnnie‹ für dich zu backen, so lange du hier bist. Das ist ein Kuchen mit Bunyakernen und ziemlich lecker.«

»Du bist nicht nur schön, sondern weißt auch sehr viel«, meinte Eduardo und nahm ein Stück eines Samenkerns von ihr entgegen. Als seine Hand die ihre streifte, spürte sie ein elektrisierendes Knistern. Langsam untersuchte er den Kern, strich mit dem Finger darüber und drehte ihn in der Hand hin und her wie einen kostbaren Edelstein. Dann berührte er ihn mit den Lippen. Lizzy fragte sich, wie es wohl war, von ihm geküsst zu werden.

In den Wipfeln sang ein Honigvogel.

»Das ist mein Lieblingsklang im Buschland. Der Ruf der Honigvögel. Es gibt sie überall in Australien, und sie singen wunderschön.« Lizzys Stimme war belegt.

»Honigvögel? Die hast du gern? Dann nenne ich dich nicht mehr mein Singvögelchen, sondern mein wunderschönes Honigvögelchen.« Eduardo gab ihr den Samenkern zurück und liebkoste sie wieder mit Blicken. Eine scheinbare Ewigkeit sahen sie einander an, während in den Bäumen die Vögel riefen.

Eduardo nahm ihre Hand.

»Ich möchte dich gern küssen«, sagte er leise.

Lizzy wurden die Knie weich. Ganz schwummerig vor Sehnsucht sank sie in seine Arme. Eduardo zog sie an sich.

»Hab keine Angst, mein Kleines. Ich werde nichts tun, was du nicht willst.« Er küsste sie sanft.

Als seine Lippen sie berührten, fuhren Schockwellen durch Lizzys Körper. Ihr schwindelte, während sie sich weiter küssen ließ, seine Küsse erwiderte und seine Zunge spürte. Sie schmiegte sich an ihn und fühlte die Hitze seines Körpers und seine Erregung. Am ganzen Leibe bebend, erlaubte sie ihm, ihr das T-Shirt aus der Jeans zu ziehen. Er streichelte ihre nackte Haut und zog sie enger an sich. Als er ihren Büstenhalter öffnete und ihre Brust umfasste, schnappte sie nach Luft, machte aber keine Anstalten, ihn daran zu hindern. Zwischen ihren Beinen fühlte sie ein neues, aufregendes Pochen. Zum ersten Mal im Leben sehnte sie sich danach, dass ein Mann sie küsste und liebkoste.

»Ich will dich, Lizzy, mein Honigvogel. Ich will dich so sehr«, keuchte Eduardo. Sein Finger glitt ihren Schenkel entlang. Doch als er den Reißverschluss ihrer Jeans aufziehen wollte, zuckte Lizzy zusammen und hielt rasch seine Hand fest, obwohl sie sich insgeheim wünschte, er möge nicht auf ihren Widerstand achten.

»Du bist so wunderschön und so weich. Weis mich nicht zurück.« Eduardos Stimme war heiser vor Begierde. Lizzy machte einen Schritt rückwärts und schickte sich an, ihren Büstenhalter zu schließen.

»Lass mich wenigstens einmal deine Brüste küssen. Sie sind so schön«, flehte er, schloss die Lippen um eine ihrer Brustwarzen und saugte heftig. Lizzy musste ein Aufstöhnen unterdrücken. Das Pochen nahm zu, und sie wusste, dass sie ihm nicht mehr lange würde widerstehen können, wenn sie in seinen Armen verweilte. Sie schob ihn weg und hakte ihren Büstenhalter zu.

»Du bist der erste Mann, für den ich so empfunden habe. Aber es geht mir zu schnell«, sagte sie mit zitternder Stimme.

»Die Liebe ist schnell, die Liebe ist schön. Ich möchte sie dir gern zeigen«, protestierte Eduardo und hatte Mühe, seine Begierde zu zügeln. Lizzys Zögern und ihre jungfräuliche Unentschlossenheit reizten ihn so sehr, dass er sich kaum noch in der Gewalt hatte. Aber sie hatte sich unmissverständlich ausgedrückt, und er wollte sie nicht drängen.

»Ich habe schon viele Frauen kennen gelernt, doch bei dir fühle ich ganz anders.« Er ließ die Hände sanft über ihren Körper gleiten. »Dio mio, was für ein Körper. Eines Tages werde ich dir zeigen, was ich für dich empfinde.«

Er seufzte auf. »Reiten wir zum Gipfel?«, fragte er dann und zog seine Jeans zurecht. Er zuckte zusammen, als ein gewaltiger Zapfen an ihm vorbeisauste und nur wenige Meter von ihm entfernt auf dem Boden landete. Erschrocken machte er einen Satz und stieß einen spanischen Fluch aus.

»Das ist richtig gefährlich«, schimpfte er.

Lizzy begann zu kichern. Ihr lag viel daran, die angespannte Stimmung aufzulockern, die zwischen ihnen entstanden war.

»Du fändest es wohl lustig, wenn ich von einem Pinienzapfen erschlagen würde?«, ereiferte sich Eduardo, doch als er Lizzys besorgte Miene bemerkte, musste auch er lachen. »Du bist eine sehr schöne Frau. Ich möchte dich so gerne lieben, aber wenn du nicht willst, warten wir, bis du bereit bist. Wir haben alle Zeit der Welt.«

»Ach, Eduardo, ich habe noch nie einen Mann wie dich kennen gelernt«, seufzte Lizzy, die ihm gern wieder näher kommen wollte, aber befürchtete, er könnte das als Aufforderung verstehen. Sie räusperte sich. »Die Aussicht am Gipfel soll eine Sensation sein.«

»Dann reiten wir los«, sagte Eduardo, griff nach den Zügeln und half Lizzy beim Aufsteigen.

Als sie den Gipfel erreichten, war die Anspannung verflogen, und sie plauderten wieder ungezwungen miteinander. Auf dem Rückweg kamen sie wieder an dem Hain vorbei, und Eduardo zügelte sein Pferd.

»Ich werde mich immer an diesen Ort erinnern, an diesen Moment mit dir«, verkündete er mit einer ausladenden Armbewegung, während sein Blick sehnsüchtig auf Lizzy ruhte.

»Ich auch. Danke für dein Verständnis«, flüsterte Lizzy.

»Keine Ursache. Wenn man jemanden liebt, respektiert man ihn auch, mein Honigvögelchen«, antwortete er mit einem Lächeln.

Bei ihrer Rückkehr zum Haus stellten sie fest, dass weitere Polospieler eingetroffen waren, die von Eduardos Besuch erfahren hatten. Nachdem sie zwei fröhliche Stunden mit angeregten Gesprächen verbracht hatten, machten sie sich schließlich auf den

Heimweg nach Toowoomba. Die Sonne ging bereits am Horizont unter.

»Diesmal hat deine Großmutter keinen Grund, böse zu sein. Ich bringe dich rechtzeitig nach Hause«, sagte Eduardo und bog am Stadtrand von Toowoomba in eine Seitenstraße ein. Er stellte den Motor ab und drehte sich zu Lizzy um. Sie ließ sich von ihm in die Arme nehmen.

»Meine Lizzy, meine wunderschöne Lizzy«, murmelte er. Dann küsste er sie lange und leidenschaftlich.

»Oh, Eduardo, es war so schön mit dir«, seufzte Lizzy, als er sie schließlich losließ. Sie richtete sich auf und zupfte ihr T-Shirt zurecht.

»Morgen werde ich dich überraschen«, fuhr sie mit leuchtenden Augen fort. »Am Nachmittag habe ich Probe, aber anschließend können wir etwas zusammen unternehmen. Es wird zwar nicht so aufregend wie ein Flug nach Brisbane, aber …«

»Lizzy, wunderschöne Lizzy, ich wollte uns den Tag nicht verderben und habe deshalb nichts gesagt«, unterbrach Eduardo und streichelte ihr zärtlich die Wange. »Aber ich muss morgen ganz früh fort. Ich wünschte, es wäre nicht so, doch es geht nicht anders. Mein Vater besteht darauf, dass wir uns weitere Pferde ansehen. Sing am Montag wie ein Engel«, sprach er weiter und wollte sie noch einmal küssen.

»Heißt das, du wirst nicht kommen, um mich singen zu hören?«, fragte Lizzy, und eine eiskalte Hand legte sich um ihr Herz.

»Am Montag fliegen wir zurück nach Argentinien.« Eduardo wich ihrem Blick aus.

»Oh.« Lizzy wandte sich ab und kämpfte mit ihrer Enttäuschung.

»Hoffentlich hast du eine gute Reise«, meinte sie gestelzt.

»Vergib mir, meine Schönste«, flehte Eduardo und griff nach ihrer Hand. »Ich schreibe dir. Ich komme wieder, um dich zu holen. Das schwöre ich dir mit ganzem Herzen.«

Er küsste nacheinander ihre Handflächen und drückte sie an seine Brust. Lizzy spürte seinen Herzschlag. Dann zog er sie ein letztes Mal in seine Arme. Diesmal sträubte sie sich nicht.

»Ich liebe dich, Lizzy«, sagte er nach einer Weile mit rauer Stimme und sah ihr tief in die Augen. Dann strich er mit einer plötzlichen Bewegung sein Hemd glatt und startete den Motor.

Vor dem Haus ihrer Großmutter half er ihr beim Aussteigen und begleitete sie zur Tür.

»Adios, meine Liebste«, sagte er und drückte ihre Finger an seine Lippen. Mit diesen Worten machte er kehrt, ging zum Wagen und fuhr davon.

Lizzy blickte ihm nach, bis das Geräusch des Motors nicht mehr zu hören war. Nachdem sie die Tränen zurückgedrängt hatte, öffnete sie die Tür.

»Heute kommst du ja zu einer vernünftigen Zeit zurück«, rief Mary aus ihrem Zimmer. »Hast du dich amüsiert? Der junge Mann scheint gut erzogen zu sein. Vielleicht habe ich gestern etwas übertrieben reagiert. Du hättest ihn hereinbitten sollen.«

Lizzy hätte es ertragen, wenn ihre Großmutter verärgert oder abweisend gewesen wäre. Der freundliche Empfang war zu viel für sie. Sie sank auf das Schlafsofa und brach in Tränen aus.

»Liebes Kind, was ist denn? Er hat dir doch nichts angetan?«, rief Mary erschrocken und kam ins Zimmer geeilt.

Lizzy schüttelte den Kopf.

»Ich liebe ihn, Oma. Ich hätte nie gedacht, dass es so sein könnte. Ich liebe ihn, und er fliegt am Montag zurück nach Argentinien. Ich weiß nicht, wann ich ihn wiedersehen werde«, schluchzte sie.

»Ach, du meine Güte«, seufzte Mary. Lange wiegte sie Lizzy in den Armen, streichelte ihr das Haar und erinnerte sich daran, wie es war, neunzehn Jahre alt und das erste Mal verliebt zu sein.

Schließlich setzte sich Lizzy auf und putzte sich die Nase.

»Er ist so anständig, Oma. Ich weiß, dass das dämlich und altmodisch klingt, aber er respektiert mich. Er hat versprochen zu schreiben. Ich wünschte, er wäre geblieben, um mich singen zu hören.«

Mary tätschelte Lizzy die Hand.

»Du hast aufwühlende Tage hinter dir. Konzentrier dich nun auf deinen Gesang. Morgen wird es dir besser gehen.«

Als Lizzy am nächsten Tag aufwachte, fühlte sie sich niedergeschlagen und ausgelaugt. Ermattet griff sie nach ihren Noten und blätterte die Arie durch, die sie singen sollte. Während der Generalprobe mit Schwester Angelica kämpfte sie mit den Tränen. In dem schimmernden roten Taftkleid und mit ihrem glänzenden schulterlangen Haar, das sie aus dem Gesicht gekämmt trug, sah sie hinreißend aus. Doch obwohl sie technisch perfekt und fehlerfrei sang, lieferte sie einen hölzernen und ausdruckslosen Vortrag ab.

Schwester Angelica, die sie in diesem Zustand nicht noch unter Druck setzen wollte, ließ sie gewähren. Allerdings fragte sie sich, warum Lizzy sich wieder verschloss. Traurig tröstete sie sich mit einem Gebet und hatte kaum Hoffnung, dass Lizzy den Wettbewerb gewinnen würde.

Die Endausscheidung des Musikwettbewerbs konnte man eher als Konzert bezeichnen. Sie war der Höhepunkt des Veranstaltungskalenders der Stadt und zog Zuschauer aus dem gesamten Umkreis an. Um halb sechs war der Saal voll besetzt, und in den Sitzreihen herrschte aufgeregtes Raunen. Hinter der Bühne gingen die Teilnehmer aufgeregt hin und her. Der siebenundzwanzigjährige Bariton rückte seine Fliege zurecht und stieß nasale Geräusche aus, während der Flötist in sein Instrument pustete und die Geigerin, die Handschuhe mit abgeschnittenen Fingerspitzen trug, ihrer Kadenz den letzten Schliff gab. Lizzy wäre am liebsten ganz weit weg gewesen. Da sie als Letzte an der Reihe war, saß sie benommen in der Solistengarderobe und wartete auf ihren Auftritt.

»Lizzy, du wirst das schaffen«, meinte Schwester Angelica aufmunternd, als der Applaus für die Geigerin verklang. »Das Publikum wird dich lieben. Geh hinaus und genieße es.«

Als sie aber Lizzys niedergeschlagenen Blick sah, verließ sie der Mut. Warum hatte das Problem, das Lizzy bedrückte, nicht einen Tag warten können, dachte sie verärgert und sah zu, wie das Mädchen anmutig die Bühne betrat.

Lizzy starrte in den Zuschauerraum und auf das Meer von Menschen jenseits der grellen Scheinwerfer und wartete darauf, dass der Beifall verebbte. Zum ersten Mal in ihrer Bühnenkarriere fühlte sie sich wie in Trance und hatte nicht die Spur von Lampenfieber – nein, sie empfand überhaupt nichts. Das Publikum saß schweigend und in angespannter Erwartung da. Dann begann Lizzy zu singen, anfangs ganz leise – ihre Stimme schwebte durch den Saal. Das Lied handelte von unerwiderter Liebe, und als der erste Satz in ihr aufstieg, geschah etwas. Die aufgestauten Emotionen der letzten Tage brachen sich Bahn, und in jedem Ton schwang ein Gefühl mit, das jedem Zuschauer im Saal ans Herz ging. In stillem Erstaunen lauschten die Menschen dem kleinen Mädchen aus Toowoomba, dessen prachtvolle und ungezähmte Stimme von natürlicher Kraft strotzte. Selbst Schwester Angelica hatte sie noch nie so singen gehört.

Während Lizzy von Liebe, Sehnsucht und dem bittersüßen Schmerz des Verlustes sang, wurde sie erst von Leichtigkeit und dann von einer unbeschreiblichen Ruhe ergriffen. Sie ließ sich von der Musik treiben und fesselte das Publikum bis zum letzten, ausdrucksvollen Ton. Gefühlsmäßig erschöpft und gleichzeitig von Freude erfüllt, verbeugte sich Lizzy, als die Zuschauer applaudierten und sie immer wieder zurück auf die Bühne riefen. Lächelnd nahm sie den von Mary bestellten riesigen Blumenstrauß und einen weiteren von den Schwestern von St. Cecilia entgegen und trat ab.

Nach in banger Erwartung verbrachten zehn Minuten, in denen die vier Finalisten hinter der Bühne hin und her liefen, ohne einander anzusehen, mussten sie zur Verkündung der Ergebnisse wieder hinaus. Lizzy wurde in einer feierlichen Zeremonie zur Siegerin des Musikwettbewerbs der Queensland-Stiftung erklärt. Mit Tränen in den Augen verbeugte sie sich vor ihren Mitbewerbern und trat vor, um die Trophäe entgegenzunehmen. Ihr Herz machte einen Sprung, als sie Mr. McAlister, dem Kreisvorsitzenden, in die Augen sah.

»Gut gemacht, Lizzy«, sagte er und reichte ihr die Trophäe.

»Danke«, erwiderte sie lächelnd und schüttelte ihm die Hand. Sie hatte einen Kloß im Hals, da seine Gegenwart sie an Eduardo erinnerte. Dennoch war sie dankbar. Sie hatte mit ganzem

Herzen gesungen, all ihren Schmerz in das Lied gelegt und gleichzeitig ein Hochgefühl dabei empfunden, das Publikum in ihren Bann schlagen zu können. Von allem Schmerz und aller Freude, die sie durch Eduardo erfahren hatte, war das sein größtes Geschenk.

»Ach, ich glaube, da war noch etwas«, meinte Mr. McAlister und trat zurück, um vier Kindern Platz zu machen, die auf die Bühne traten. Jedes trug einen gewaltigen Blumenstrauß mit einer Karte, auf der in großen Buchstaben »Für mein Honigvögelchen« stand.

Lizzy strahlte übers ganze Gesicht. Sie musste die Tränen wegblinzeln, während sie sich, die Blumen im Arm, immer wieder lächelnd vor den Zuschauern verbeugte, die jubelnd in die Hände klatschten. Danach überreichte sie jedem der anderen Finalisten einen Blumenstrauß. Nachdem sich alle noch einmal verbeugt hatten, verließen die Teilnehmer, angeführt von Lizzy, die Bühne.

»Offenbar ist es noch nicht vorbei zwischen euch«, meinte Mary, als sie erschöpft, aber in bester Stimmung, endlich zu Hause waren. »Anscheinend hat dein Eduardo alle Blumen im ganzen Umkreis aufgekauft.«

»Ach, du meine Güte«, schrie Lizzy auf. Sie raffte ihre Taftröcke und lief die Stufen zur Wohnung hinauf. Auf der Vordertreppe sah es aus wie in einem Blumengeschäft.

9

Als die Wochen ohne einen Brief oder Anruf von Eduardo vergingen, verflog Lizzys Hochstimmung zusehends. Allerdings widerstand sie der Versuchung, in Selbstmitleid zu versinken. Sie stürzte sich mit Feuereifer in die Arbeit, egal wie sehr sie sich nach ihm sehnte.

An einem sonnigen Nachmittag ließ Lizzy, die keine Lust auf eine weitere Enttäuschung hatte, den Briefkasten links liegen, warf ihre Taschen im Wohnzimmer auf den Boden und ging in die Küche, um sich etwas zu trinken zu holen. Ihr Herz machte einen Satz, als sie an der Teekanne lehnend einen Luftpostbrief aus Amerika entdeckte. Mit einem freudigen Seufzer griff sie danach, riss ihn auf und holte mit zitternden Fingern eine Karte heraus, die einen bunt gefiederten, singenden Vogel zeigte. Auf der Rückseite stand in großer, geschwungener Handschrift ein Satz auf Spanisch, den Lizzy nicht verstand. Die Karte war mit »Dein Eduardo« unterschrieben.

»Ach, mein Schatz!«, jubelte Lizzy, bedeckte die Karte mit Küssen, drückte sie an die Brust und sprang damit im Zimmer herum. Am nächsten Tag meldete sie sich zu einem Spanischkurs an.

Von da an war Lizzy nicht mehr zu halten. Jeden Nachmittag nach der Arbeit eilte sie zu ihrem Lieblingsfelsen im Regenwald am Bach, um an Eduardo zu schreiben. Manchmal sang sie beim Gehen, manchmal lauschte sie nur den Geräuschen um sich herum, während sich in ihr die Gedanken an Eduardo überschlugen. Mit Hilfe ihres Spanischwörterbuchs brütete sie über seinen seltenen und kurzen Briefen und verfasste lange, ausführliche und von Sprachfehlern strotzende Antworten. Eduardo war genau der Liebhaber, den Lizzy brauchte – romantisch und unverbindlich, sodass sie sich voll und ganz auf den Gesang konzentrieren konnte.

Schwester Angelica war von Lizzys Fortschritten begeistert,

insbesondere deshalb, weil sie unbedingt spanische Lieder lernen wollte. Die aufregenden lateinamerikanischen Rhythmen gaben ihrem Repertoire ein exotisches Flair und ihrem Vortrag eine Energie und Lebensfreude, die das Publikum fesselten. In den nächsten acht Monaten gewann Lizzy zwei weitere Gesangswettbewerbe und wurde in einem dritten Zweite.

Eines Nachmittags hatte Lizzy sich wieder in ihr Versteck im Busch zurückgezogen. Nachdem sie einen fünfseitigen Brief an Eduardo in den Umschlag gesteckt hatte, legte sie sich mit einem glücklichen Lächeln auf den Rücken. Sie nestelte an einem der winzigen Goldohrringe, kleine Pferdchen, die er ihr letzte Woche geschickt hatte, blickte ins dichte grüne Dach der Baumkronen empor und sah zu, wie das Licht auf den Blättern tanzte. Die letzten beiden Wochen waren sehr anstrengend gewesen. Auf den Wettbewerb in Brisbane folgte einer in Townsville, und nun hatte die Schwester sie für den Pazifik-Arienwettbewerb angemeldet, den wichtigsten Wettstreit für Opernsänger in ganz Australien. Lizzy schloss die Augen und hörte den Honigvögeln zu, die in den Bäumen sangen. Ihr Herz war jedoch zu voll von Glück, um zur Ruhe zu kommen. Also setzte sie sich auf, lauschte und begann schließlich zu summen. Zufrieden wiederholte sie die Phrase, fügte aber diesmal ein Septimintervall, einen herzzerreißenden, abrupt abgebrochenen Ton, hinzu. Sie griff erfreut nach ihrem Notizbuch, um die Worte aufzuschreiben, die ihr in den Sinn kamen, hielt anschließend aufgeregt die Melodie fest, sang die Phrase noch einmal und probierte verschiedene Tonlagen aus. Ihre Stimme mischte sich mit denen der winzigen Honigvögel. Da die Töne ihr förmlich über die Lippen quollen, konnte ihre Hand nicht mit ihrem Gehirn Schritt halten. Sie wiederholte die Melodie, schrieb und summte, änderte den Text und klopfte den Takt mit den Fingern auf ihre gebräunten Beine, bis sie zufrieden war. Nachdem sie das kurze Lied noch einmal durchgesungen hatte, legte sie sich mit einem glücklichen Seufzer auf den Rücken.

»Das ist für dich, mein Liebling«, sagte sie mit einem wohligen Aufstöhnen. Sie dachte an Eduardos weiche Finger auf ihrer Haut und ließ den zauberhaften Moment im Busch noch einmal

Revue passieren. »›Lied der Honigvögel‹, so werde ich es nennen«, rief sie aus, und ein Schauder überlief sie. Dann sang sie das Lied mit träumerischer Miene noch einmal.

Endlich, nach langer Zeit, stand Lizzy auf und klopfte sich das Laub vom Kleid. Nachdem sie zur Schule zurückgelaufen war, verbrachte sie die nächsten drei Stunden damit, an der Melodie zu feilen, und quälte sich mit der Begleitung ab, bis sie entnervt den Klavierdeckel zuknallte.

Obwohl sie nicht zufrieden war, zeigte sie in der nächsten Gesangsstunde ihre Komposition stolz Schwester Angelica.

»Sehr hübsch, Lizzy«, meinte diese geistesabwesend. Die Zeit bis zum Pazifik-Arienwettbewerb wurde allmählich knapp. Obwohl die Konkurrenz so hart sein würde wie nie zuvor, war die Schwester sicher, dass Lizzy bereit dafür war. Das Mädchen hatte genug Selbstbewusstsein und sang einfach traumhaft. Ihre Stimme war ausgewogen und kräftig und hatte dennoch eine reizende Frische, und ihre musikalische Interpretation ging ans Herz.

Enttäuscht von Schwester Angelicas mangelnder Begeisterung, zog sich Lizzy nach der Stunde in einen Übungsraum zurück, um weiter an ihrer Komposition zu arbeiten. Es gab da einen Akkord, der ihr einfach nicht gefiel. Lizzy versuchte es mit verschiedenen Versionen, hielt inne und starrte auf die Tasten. Da ging die Tür auf.

»Ach, entschuldige«, sagte eine Stimme.

»Nein, komm ruhig herein, Janice. Ich wollte gerade aufhören. Möchtest du üben?«

»Ist nicht so wichtig«, erwiderte das Mädchen und schickte sich zum Gehen an.

Immer noch in ihr Lied vertieft, begann Lizzy wieder zu singen. Janice blieb stehen. Lizzy, die nicht wusste, dass sie noch da war, stieß zornig ihren Bleistift ins Notenblatt und schlug mit der Faust auf die Tasten, weil sie die Phrase einfach nicht hinbekam.

»Hast du das geschrieben?«, fragte Janice.

Lizzy zuckte zusammen und drehte sich errötend um.

»Es ist nicht sehr gut. Ich komme einfach nicht mit der Begleitung klar.« Sie spielte noch einmal. »Schau, es klingt einfach nicht richtig …«

Sie wiederholte die Phrase, begleitete sich dabei und ließ die Finger schließlich mit einem schrillen Akkord auf die Tasten fallen.

»Scheußlich!«

»Darf ich es einmal versuchen?«, fragte Janice schüchtern.

»Klar«, erwiderte Lizzy erleichtert und rutschte mit ihrem Hocker beiseite, um dem Mädchen Platz zu machen. Sobald Janice' Finger die Tasten berührten, schienen die Töne zum Leben zu erwachen. Ohne nachzudenken, sang Lizzy mit. Als sie die störende Stelle erreichten, hielt Janice inne, begann wieder von neuem und schlug einige Akkorde an, die beinahe passten. In der nächsten halben Stunde probierten die beiden Mädchen Verschiedenes aus, bis Janice schließlich eine Phrase spielte, die Lizzy zusagte.

»Das ist es! Wie hast du das gemacht? Spiel es noch einmal! Das muss ich aufschreiben«, rief Lizzy aus, sah Janice bei der Wiederholung genau auf die Finger und kritzelte etwas in ihre Noten.

»Es ist wunderschön«, verkündete Janice, als sie das Stück noch einmal durchgingen.

»Wirklich? Findest du?«, erkundigte sich Lizzy, gleichzeitig schüchtern und erfreut. »Ich wollte, dass alle Dinge darin vorkommen, die ich liebe: der Busch, Eduardo – das ist mein spanischer Freund – und etwas von den polynesischen Volksliedern, die meine Mutter immer gesungen hat …«

»Das ist dir gelungen! Es ist ein Traum!«, jubelte Janice. Sie fing wieder an zu spielen, hielt inne und sah Lizzy fragend an. »Hättest du was dagegen, wenn ich dich manchmal begleite?«

»Möchtest du das?«, fragte Lizzy erstaunt.

Janice nickte.

»Sehr gern. Du hast so eine tolle Stimme.«

Lizzy schmunzelte. Trotz ihres Altersunterschieds hatte sie Hochachtung vor Janice' musikalischen Fähigkeiten. Sie waren beide von einer tiefen Leidenschaft für ihr künstlerisches Schaffen beseelt, und Lizzy stellte es sich sehr schön vor, mit jemandem zusammenzuarbeiten, der so viel Begeisterungsfähigkeit und Talent besaß.

»Sprechen wir mit Schwester Angelica«, schlug Lizzy vor.

Anfangs war der Schwester nicht sehr wohl bei der Vorstellung, dass Janice Lizzy bei wichtigen öffentlichen Veranstaltungen begleiten sollte. Als sie jedoch sah, wie gut die beiden Mädchen harmonierten, legten sich ihre Bedenken.

Lizzy, die im Pazifik-Arienwettbewerb mühelos das Halbfinale erreichte, stellte zu ihrer Freude fest, dass Norma, die Mezzosopranistin aus Neuseeland, es ebenfalls so weit gebracht hatte. Die Endausscheidung fand in Sydney statt. Die Tage zuvor waren heiß und trocken gewesen, und der sommerliche Westwind, der über die Stadt fegte, wirbelte Staub auf.

In dem alten Theater, dem Schauplatz des Finales, war es stickig. Alle saßen hinter der Bühne in der überhitzten Garderobe und sehnten sich nach Abkühlung. Norma und Lizzy waren sehr nervös, und Schwester Angelicas Herumgezappel trug auch nicht zur Entspannung der Lage bei. Lizzy hatte Schmetterlinge im Bauch, als sie zur Toilette ging, um einen Schluck Wasser zu trinken und ihr Make-up zu überprüfen.

Sie musterte sich im Spiegel, strich ihr Abendkleid glatt und wollte ihr Medaillon aus der Handtasche holen. Doch sie konnte es nicht finden. Ihr wurden die Hände feucht, als sie den Inhalt der kleinen Tasche auf den Tisch vor dem Spiegel kippte und sich beim Bücken nach ihrem auf den Boden gefallenen Lippenstift den Kopf an einem Bord stieß. Aber so hektisch sie die Handtasche auch schüttelte, sie blieb leer. Lizzy bekam Herzklopfen. Das kleine Medaillon war ihr Glücksbringer. Mit zitternden Fingern räumte sie ihre Tasche wieder ein und sagte sich, dass es nur alberner Aberglaube war, der keinerlei Einfluss auf ihren Auftritt haben würde. Dann setzte sie sich und versuchte, sich zu sammeln. Nachdem sie sich mit unsicherer Hand das Haar gerichtet hatte, verließ sie die Toilette. Irgendetwas stimmte nicht, aber sie kam nicht dahinter, was es war.

Als sie Tür der Damentoilette hinter ihr zufiel und sie sich auf den Rückweg in die Garderobe machte, begann sie plötzlich, heftig zu zittern. Der Schweiß brach ihr aus, als sie zurück in die Toilette stürzte und sich in einer Kabine einschloss, wo sie sich setzte und auf die schmucklose Tür starrte, ohne sie wirklich zu sehen. Sie hörte, wie das Blut in ihren Ohren rauschte, und hatte das Gefühl zu ersticken. Von einer schrecklichen und grundlosen Angst ergriffen, saß Lizzy wie erstarrt und unfähig sich zu rühren auf der Toilette. Kurz befürchtete sie, sich erbrechen zu müssen. Von Panik geschüttelt, schlang sie sich die Arme um den Leib und wiegte sich hin und her. In ihrer elenden Verfassung, die sie zu ersticken drohte, dachte sie nur, dass sie nun unmöglich auf die Bühne gehen und singen konnte.

»Lizzy? Lizzy, bist du da drin? Lizzy, mach die Tür auf!« In ihrer Panik brauchte Lizzy eine Weile, um Normas Stimme zu erkennen.

»Moment«, erwiderte sie, erstaunt, dass sie überhaupt einen Ton herausbrachte. Sie zog die Toilette ab und wollte aufstehen, doch sie musste sich wieder setzen. Sie konnte nicht. Sie konnte einfach nicht. Nachdem sie ihr Kleid glatt gestrichen hatte, öffnete sie die Tür und kam, kreidebleich im Gesicht, heraus.

»Gott sei Dank. Janice und deine Klosterschwester machen sich schon schreckliche Sorgen, weil du einfach verschwunden bist«, rief Norma und packte Lizzy am Arm.

»Janice hat dich gesucht, konnte dich aber nicht finden. Lizzy, fehlt dir etwas?«, fügte sie hinzu, als sie Lizzys verkniffene Miene und ihre geisterhafte Blässe bemerkte. Lizzy wurde plötzlich eiskalt.

»Ich schaffe es nicht, Norma«, flüsterte sie, Angst in den Augen, und brach in Tränen aus.

»Das sind nur die Nerven. So etwas passiert uns allen einmal. Du kriegst das schon hin«, meinte Norma und legte den Arm um sie.

Lizzy schüttelte den Kopf.

»Du verstehst das nicht! Ich kann nicht!« Am liebsten hätte sie Norma angeschrien, dass sie sich sicher war, sterben zu müssen, wenn sie auf die Bühne trat. Trotz ihrer Furcht riet ihr eine Stimme, ruhig zu bleiben. Sie zog die Nase hoch und ging steifbeinig zum Spiegel.

»Mein Gott, wie ich aussehe.« Sie wollte ihre Tasche öffnen und ein Taschentuch herausholen, doch ihre Hände zitterten zu sehr.

»Warte, ich helfe dir«, sagte Norma, angelte Lizzys Puderdose aus der Tasche und reichte sie ihr.

Mit bebenden Händen puderte Lizzy sich die Nase und trug Lippenstift auf. Aus dem Spiegel blickte ihr eine Fremde entgegen.

»Du schaffst es. Lass dich nicht beirren. Sing, dass ihnen Hören und Sehen vergeht«, ordnete Norma fröhlich an. Sie verstand nicht, was los war.

Als Lizzy sich umwandte, war Norma über ihren eindringlichen Blick erschrocken. Dann öffnete Lizzy die Tür und machte sich auf die Suche nach Janice.

»Ach, da bist du ja.« Janice seufzte erleichtert auf und eilte, aufgeregt die Hände ringend, zu Lizzy hinüber. Lizzy nickte. Sie brachte kein Wort heraus.

»Komm, Lizzy, du lässt die Preisrichter warten«, drängte Schwester Angelica und drückte dem Mädchen aufmunternd die Hand.

Lizzy nahm sie kaum wahr. Als sie vor ihrem Auftritt in den Kulissen stand, glaubte sie, in Ohnmacht fallen zu müssen, wenn sie hinaus auf die Bühne und ins grelle Scheinwerferlicht träte. Sie fühlte sich, als wäre sie nackt.

Die nächsten zwanzig Minuten waren die schlimmsten ihres ganzen Lebens, und sie wusste später nicht, wie sie sie überstanden hatte. Während ihres gesamten Auftritts wurde sie von Panik geschüttelt und wünschte nur, die grässliche Quälerei möge endlich zu Ende sein. Es war, als höre sie die Stimme einer Fremden, und kritisierte noch während des Singens jeden einzelnen Ton. Das zweite Lied begann; sie fühlte sich so unsicher, dass sie am liebsten die Flucht ergriffen hätte. Sie kam sich vor wie ein Kaninchen vor der Schlange, zwang sich zu einem Lächeln. Obwohl sie gelassen und wunderschön wirkte und sich die Angst nicht anmerken ließ, gelang es ihr nicht, auch nur einem einzigen Ton Leben einzuhauchen.

Endlich war es überstanden. Sie ging schweißgebadet von der Bühne und wunderte sich, dass ihr ihre Beine überhaupt noch gehorchten. Trotz der miserablen Darbietung gelang es ihr, Schwester Angelica in die Augen zu sehen. Doch als die Schwester zu sprechen begann, wurde Lizzy wieder von Panik ergriffen. Sie flüchtete auf die Toilette, setzte sich und starrte ins Leere.

Zehn Minuten später kehrte sie zurück; sie fühlte sich ruhiger, aber emotional erschöpft.

»Was um alles in der Welt ist geschehen? Bist du krank?«, fragte die Schwester, während der letzte Teilnehmer auftrat. Sie war sehr enttäuscht von Lizzys Leistung und hatte keine Ahnung, was vorgefallen war. Aber so sehr sie sich auch bemühte, der Sache auf den Grund zu kommen, das Mädchen schwieg verstockt.

»Ich weiß nicht, wie das passieren konnte. Im Halbfinale hast du so gut gesungen«, meinte die Schwester mit einem traurigen Kopfschütteln auf dem Weg zur Cocktailparty, mit der Normas Sieg gefeiert werden sollte. Vielleicht hatte sie das Mädchen doch überschätzt oder sie überfordert, weil sie sie zu früh bei diesem prestigeträchtigen Wettbewerb angemeldet hatte.

»Schon gut, mein Kind. Buchen wir es aufs Konto der Erfahrungen. Es ist eine Leistung, dass du überhaupt so weit gekommen bist.« Sie tätschelte Lizzy die Hand und unterdrückte ihre eigene Enttäuschung. »Und jetzt wirst du hoch erhobenen Hauptes diesen Raum betreten, so, als hättest du gewonnen.«

Mit klopfendem Herzen und alles andere als selbstbewusst rauschte Lizzy ins Zimmer, lächelte allen zu, nahm mit einem anmutigen Kopfnicken das leise geäußerte Bedauern zur Kenntnis und griff dankbar nach dem Glas Champagner, das der Kellner ihr reichte. Als sie durch den Raum ging, um Norma zu gratulieren, wurde sie von Leonard Rominski, einem der Preisrichter, aufgehalten. Leo war Mitte Vierzig und ein sehr gut aussehender Mann. Sein dunkles Haar trug er kurz geschnitten, seine Falten zeugten von Erfahrung und dank seiner ehernen Disziplin konnte sich seine Figur immer noch sehen lassen.

»Einen guten Rat, junge Frau«, sagte er mit stark amerikanischem Akzent. »Die Stücke, die Sie singen, eignen sich überhaupt nicht für Ihre Stimme. Wenn Sie sich kein besseres Repertoire zulegen, wird nicht nur dieser Welt einiges entgehen. Sie werden sich auch Ihre wirklich bemerkenswerte Stimme ruinieren.«

»Ach, ja?«, erwiderte Lizzy mit einem gezwungenen Lächeln. Am liebsten wäre sie aus dem Raum gestürzt. Sie hatte das Gefühl, dass alle sie anstarrten, wie sie ihr Champagnerglas fest umklammerte, um das Zittern ihrer Hände zu verbergen. Dabei fragte sie sich, wie lange sie noch so stehen bleiben konnte, ohne umzufallen. Der Schweiß stand ihr auf der Oberlippe, und sie spürte, wie ihr das Abendkleid am Rücken klebte. Bestimmt sahen alle, was für ein Häufchen Elend sie war.

»Was sollte ich Ihrer Meinung nach denn singen?«, fragte sie, erstaunt darüber, dass es ihr sogar gelang, einen normalen, ja sogar interessierten Tonfall anzuschlagen.

»Sie überstrapazieren Ihre tiefen Lagen und ignorieren die Höhen komplett. Vergessen Sie die Stücke für dramatischen Sopran. Sie sollten Koloraturpartien einstudieren – Donizetti, Bellini, ›La Traviata‹ von Verdi. Mein Gott, Sie würden eine überaus tragische Violetta abgeben«, rief er aus, denn er sah mehr hinter ihrem höflichen Lächeln und den riesigen dunklen Augen.

Es fiel Lizzy schwer, ihre Wut zu zügeln. Wie konnte dieser Mann, der sie nur einmal – und zwar auch noch schlecht – singen gehört hatte, es wagen, in zwei kurzen Sätzen ihre geliebte Schwester Angelica madig zu machen. Er war ein unverschämter Dummkopf, der sie nur auf den Arm nehmen wollte. Das war der Tropfen, der das Fass zum Überlaufen brachte.

Mühsam blieb Lizzy höflich, als er sie der dicken italienischen Sopranistin von Ende dreißig vorstellte, die sich an seinen Arm klammerte. So bald wie möglich entschuldigte sie sich und eilte zu Schwester Angelica und Norma hinüber, die gerade mit einigen Schülerinnen der Schwester plauderten.

»Wisst ihr, was dieser Idiot zu mir gesagt hat?«, stieß Lizzy hervor.

»Schrei nicht so«, befahl die Schwester leise und sah sich besorgt um. »Hast du überhaupt eine Ahnung, wer Leonard Rominski ist? Er ist ein weltberühmter Dirigent und inzwischen als Nachfolger von Karajan im Gespräch. Auch wenn du seine Meinung nicht teilst, musst du Eindruck auf ihn gemacht haben. Sonst hätte er dich gar nicht angesprochen. Und jetzt geh und sorge dafür, dass er sich an dich erinnern wird.«

Vor lauter Ärger wurde Lizzy erst beim Zubettgehen klar, dass sie ihre Angst völlig vergessen hatte. Sie griff nach ihrem Medaillon, das neben ihrem Schminktäschchen auf dem Frisiertisch lag, drückte es kurz an die Lippen und hängte es sich um den Hals.

Sie fühlte sich, als hätte jemand die Zugbrücke zu ihrem Leben hochgezogen, sodass sie in der Falle saß. Wenn sie weitersingen wollte, würde sie sich dieser Situation wieder und wieder stellen müssen – und sie wusste nicht, ob sie dem gewachsen war. Wie gerne hätte sie ihre Großmutter angerufen, aber es war schon zu spät. Außerdem durfte sie es ihr ohnehin nicht erzählen. Und wenn sie schwieg, würde alles nur noch schlimmer werden.

»Glaubst du wirklich, Dad hätte Verständnis dafür, dass ich singen will?«, fragte Lizzy leise, als sie wieder zu Hause war. Das Leben hier erschien ihr so ruhig und friedlich, und die Gegenwart ihrer Großmutter gab ihr Sicherheit.

»Warum fängst du ausgerechnet jetzt davon an?«, erkundigte sich Mary überrascht.

»Aus keinem bestimmten Grund«, erwiderte Lizzy und legte die Hände um die warme Tasse. Eine Weile schwiegen die beiden.

»Er wusste, was es bedeutete, zu scheitern und es noch einmal zu versuchen«, sagte Mary schließlich.

»Fühlst du dich nicht wohl, Kind?« Lizzy sah blass und müde aus.

»Doch. Danke, Oma. Ich glaube, ich gehe zu Bett.« Lange lag Lizzy wach, starrte auf die Straßenlaterne hinaus und lauschte den vertrauten Geräuschen in der kleinen Wohnung, wie ihre Großmutter sich in der Küche zu schaffen machte. Weil sie nicht schlafen konnte, schlich sie schließlich mit einem Küchenhocker ins Zimmer ihrer Großmutter, kletterte leise darauf und holte den alten Lederkoffer, den sie nach dem Sturm aus Kinmalley mitgenommen hatte, vom obersten Regalbrett.

»Was ist, Liebes?«, fragte Mary im Halbschlaf.

Lizzy antwortete nicht. Stattdessen huschte sie aus dem Zimmer und schloss die Tür. Nachdem sie den Koffer neben dem Bett abgestellt und geöffnet hatte, kramte sie darin herum, bis sie eines der letzten Fotos von sich und ihrem Vater fand. Sie hielt es ins Licht der Straßenlaterne und musterte es. In einem seiner wenigen fröhlichen Momente, lachte er sie an. Die Hunde lagen ihnen zu Füßen.

»Ganz gleich, was du tust, gib immer dein Bestes«, hatte ihr Dad ihr seit ihrer Kindheit eingebläut. Ihr traten Tränen in die Augen.

»Ich versuche es wirklich. Hoffentlich verstehst du mich«, flüsterte sie. Es schnürte ihr die Kehle zu. Dann zog sie ein anderes Foto aus ihrer Bibel. Es war das, das sie und ihre Mutter mit den Karnevalshüten zeigte. »Ich liebe und vermisse euch beide so sehr.«

Lange betrachtete sie die beiden Fotos, bis sie ihr wegen der Tränen, die sie immer wieder wegwischte, vor den Augen verschwammen. Endlich legte sie die Bilder mit einem Seufzer in ihre Bibel, klappte den Koffer zu und ging zu Bett. Wenige Minuten später war sie eingeschlafen.

10

Vor der nächsten Gesangsstunde graute ihr entsetzlich. Nach ein paar kurzen Anmerkungen zu Lizzys Auftritt schlug Schwester Angelica zu ihrer Erleichterung vor, die Wettbewerbe eine Weile auszusetzen und in aller Ruhe an ihrem Repertoire zu arbeiten. Da sie nun nicht mehr unter Druck stand, hatte sie wieder Freude am Singen. Insgeheim hatte sie jedoch eine Todesangst davor, beim nächsten öffentlichen Auftritt wieder eine Panikattacke zu bekommen.

Man forderte sie auf, bei einer Feier zu Ehren eines Mitglieds der australischen Kricket-Nationalmannschaft zu singen, das seine Heimatstadt besuchte. Lizzy hätte am liebsten abgelehnt. Nur die Scham hinderte sie daran.

Nächtelang tat sie kein Auge zu. Als sie schließlich, in Angstschweiß gebadet, vor Ort eintraf, wurde sie von Bruce McAlister begrüßt, der sie sofort in ein Gespräch über Polo und Eduardo verwickelte. Der Abend entpuppte sich als sehr ungezwungen. Lizzy kannte viele der Gäste, und als sie an der Reihe war zu singen, amüsierte sie sich so gut, dass sie gar nicht mehr an ihre Panik dachte. Das war dringend notwendiges Balsam für ihr Selbstbewusstsein.

Bald trat sie wie immer bei Hochzeiten und kleinen Veranstaltungen auf, probte mit Janice und beschäftigte sich mit ihren Kompositionen. Die Panikattacke, die sie in Sydney so gequält hatte, schien eine einmalige Angelegenheit gewesen zu sein.

Um ihren Patzer wieder gutzumachen, meldete sich Lizzy für einen Wettbewerb an, von dem sie durch Norma erfahren hatte und der den Namen »Southern Star Music Festival« trug. Er fand alle zwei Jahre statt, wurde jedes Jahr größer, zog Teilnehmer aus dem ganzen Land an, schloss Jazz und Countrymusik ebenso ein wie Klassik und unterschied sich sehr von den Wettbewerben, an denen Lizzy sonst teilgenommen hatte. Da Lizzy glaubte, Schwester Angelica würde sich freuen, dass sie selbst einen so positiven Schritt nach vorne getan hatte, berichtete sie ihr stolz davon.

»Das Southern Star Music Festival, ach, du meine Güte, das kann doch nicht dein Ernst sein!«, entrüstete sich Schwester Angelica, denn ihrer Ansicht nach handelte es sich dabei um eine unbedeutende und ziemlich anspruchslose Veranstaltung.

Lizzy lief feuerrot an.

»Eigentlich schon. Ich habe mich für die Kategorien Arie und australische Komponisten angemeldet«, erwiderte sie trotzig, denn sie ärgerte sich über die Reaktion der Schwester.

»Nein, nein, das verbiete ich dir. Erstens brauchst du Ruhe, und zweitens wäre das ein Rückschritt«, entgegnete die Schwester und schaltete wegen der stickigen Novemberhitze den Deckenventilator an, sodass die Notenblätter in alle Richtungen wehten.

»Das ist absurd. Du verschwendest deine Zeit, wenn du an irgendwelchen Provinzwettbewerben teilnimmst, die dich nicht weiterbringen«, rief sie entnervt und haschte nach den herumwirbelnden Noten. »Du musst sofort absagen. Und nun fangen wir am besten mit der Arbeit an.«

Sie schichtete die losen Blätter auf das bereits voll gestapelte Klavier, legte eine schwere Partitur darauf und spielte einige Läufe.

»Es ist kein Provinzwettbewerb. Außerdem haben Sie selbst gesagt, dass man sofort wieder aufsteigen muss, wenn man vom Pferd fällt«, übertönte Lizzy trotzig die Akkorde.

»Aber es muss das richtige Pferd sein. Du möchtest doch nicht mit einem Vollblut bei einem Eselrennen antreten«, gab die Schwester zurück. Sie hörte auf zu spielen und sah Lizzy finster an. Dann wurde ihre Miene versöhnlicher.

»Du bist keine Anfängerin mehr, Liebes, sondern ein zukünftiger Star. Du musst aufpassen, auf wen und worauf du dich einlässt. Dass du es beim Pazifik-Arienwettbewerb bis in die Endausscheidung geschafft hast, war eine beachtliche Leistung. Wenn du Abwechslung brauchst, fang an, Italienisch oder Deutsch zu lernen. Das wirst du für deine Opernrollen brauchen«, fügte sie hinzu und ließ die Hände wieder über den Tasten schweben.

Lizzy spürte, wie ihr die Tränen in die Augen traten.

»Und was ist, wenn ich gar keine Opern singen will?«, stieß sie hervor.

Für einen Moment fehlten der Nonne die Worte.

»So ein Unsinn! Natürlich wirst du Opern singen.« Als sie Lizzys verstockte Miene bemerkte, nahm sie die Hände von den Tasten und verschränkte sie auf dem Schoß. »Wenn du es dir so in den Kopf gesetzt hast, musst du es eben tun. Offenbar kann man dich nicht aufhalten. Was wirst du singen?«

»Sie verlangen zwei Stücke, eine Arie und etwas aus einem Musical oder Unterhaltungsmusik für die Zugabe.« Sie wollte noch etwas ergänzen, verkniff es sich aber.

Über das »Southern Star Music Festival« wurde kein Wort mehr verloren. Schwester Angelicas ablehnende Haltung verstärkte nur Lizzys Entschlossenheit, dort einen Preis zu gewinnen und dabei Spaß zu haben. Sie fand es interessant, bei den Wettbewerben verschiedene Musiker, manche von ihnen schräge Vögel, kennen zu lernen, und hatte eine Schwäche für Jazz. Die Liebe der Jazzmusiker zu ihrem Metier half Lizzy ein wenig, die Leidenschaft zu verstehen, die ihrer Mutter zum Verhängnis geworden war.

Nachdem Lizzy es in die Endausscheidung geschafft hatte, ließ sie die nächste Bombe platzen.

»Schwester, ich habe beschlossen, im Finale eine meiner eigenen Kompositionen vorzutragen.«

Entgeistert starrte Schwester Angelica Lizzy an. Sie hatte das Festival bislang nach Kräften ignoriert, und nun sah sie eine Katastrophe auf ihre Schülerin zurollen.

»Lizzy, mein Kind, es ist schön und gut, dass du selbst ein bisschen schreibst, doch das wäre Wahnsinn. Ich habe dir erlaubt, an diesem Festival teilzunehmen, aber nun musst du vernünftig sein. Wo findet die Endausscheidung statt?«

»In der Oper von Sydney. Donnerstag nächste Woche.«

Die Schwester erbleichte. »In der Oper! Ich hatte ja keine Ahnung. Nein! Das kommt überhaupt nicht in Frage. Du kannst in einem solchen Umfeld doch nichts Selbstkomponiertes singen. Auf diese Weise wirst du all deine Aussichten auf eine Gesangskarriere ruinieren. Zu Veranstaltungen wie diesen kommen alle möglichen Leute. Du weißt nicht, wer dich alles hören wird.«

Frustriert brachte Lizzy ihre Gesangsstunde hinter sich und ging. Doch auf dem Heimweg wuchs ihre Entschlossenheit. Obwohl die Schwester sich geweigert hatte, etwas mit dem Festival zu tun zu haben, wollte sie ihr vorschreiben, was sie singen sollte. Da Schwester Angelica ohnehin nicht vorhatte, zur Endausscheidung zu kommen, hatte sie nicht das Recht dazu, Lizzy herumzukommandieren. Also würde sie singen, was sie wollte. Und wenn sie sich damit blamierte, hatte sie eben Pech gehabt.

Auch wenn Schwester Angelicas Verhalten Lizzy sehr wurmte, war sie doch guter Dinge, als sie sich auf den Weg nach Sydney machte. Da Lizzy beschlossen hatte, mit dem Auto und nicht mit der Bahn zu fahren, hatte Mary unbedingt mitkommen wollen. Als Lizzy ihre Sachen in den kleinen Wagen lud, den sie von ihren Ersparnissen gekauft hatte, fragte sie sich, ob Schwester Angelica vielleicht nicht doch Recht hatte. Womöglich gefährdete sie mit diesem Schritt wirklich ihre Karriere. Allerdings verbat ihr Stolz, jetzt noch einen Rückzieher zu machen.

Janice zwängte sich zwischen ordentlich verpackte Abendkleider, Taschen und Lebensmittelvorräte. Lizzy war froh über ihr ständiges Geplauder und Großmutters Regieanweisungen beim Autofahren, denn so hatte sie wenigstens nicht die Zeit, an etwas anderes als an den Straßenverkehr zu denken.

Am Morgen der Endausscheidung sollte die Generalprobe stattfinden. Lizzy traf kurz vor zehn am Circular Quai ein und schlenderte in Jeans und T-Shirt – gefolgt von Janice, die lautstark die Umgebung bewunderte – die halb fertige Promenade zur Oper hinüber. Sonnenstrahlen tanzten auf dem Wasser und fingen sich in den weißen Segeln der Jachten. Auf den Stufen, die hinauf zur Oper führten, wimmelte es von Touristen, die fotografierten und das segelförmige Dach bestaunten. Links von ihnen spannte sich die alles überragende Harbour Bridge, liebevoll »Coathanger« – »Kleiderbügel« – genannt.

Lizzy näherte sich dem Konzertsaal und ihr Herz begann, schneller zu klopfen. Aufregung und Anspannung elektrisierten die Luft. Im großen Konzertsaal, wo riesige Akustiksegel von der Decke hingen, drängten sich die Menschen. Auf Zuschauerplätzen und Bühne lagen offene Instrumentenkästen. Die Künstler sangen und spielten sich ein, und es herrschte ein Höllenlärm durch den Wettstreit von Jazzmusikern mit Geigern, von Elektrogitarren mit Blech- und Holzbläsern. Hinten im Saal bearbeitete ein Schlagzeuger seine Instrumente, während einige langmähnige Gestalten vor leeren Sitzreihen dirigierten. Lizzy fühlte sich, als würden sie alle von den berühmten Künstlern beobachtet, die diese Bühne bereits mit ihrer Anwesenheit beehrt hatten, und ein Schauder lief ihr den Rücken hinunter. Als sie mit dem Proben an der Reihe war, kam sie sich in dem riesigen Zuschauerraum sehr klein vor.

Am Nachmittag duschte Lizzy, zog ihr Abendkleid an und summte ihre bevorzugten Einsingübungen vor sich hin. Auf einmal war sie ganz entspannt. Sie würde die erste Arie der Mimi aus »La Bohème« singen, in der das junge, an Schwindsucht erkrankte Mädchen den armen Dichter Rodolfo kennen lernt und sich in ihn verliebt. Lizzy hatte die Arie zum einen ausgewählt, um Schwester Angelica eine Freude zu machen. Zum anderen hatte sie sie schon so oft gesungen, dass sie sie wie im Schlaf beherrschte. Obwohl das Stück sehr bekannt war, wusste sie, dass ihre Stimme darin brillieren würde. Als australische Komposition hatte sie sich für ein Wiegenlied entschieden, das atmosphärisch und atonal war.

Als Lizzy dann vor dem Bühneneingang stand, hätte sie sich beinahe wieder ins Taxi geflüchtet, denn sie wurde erneut von Panik ergriffen. Aber Janice stand dicht hinter ihr, und die Platzanweiserin scheuchte sie hinein und in die Künstlergarderobe. Plötzlich hatte Lizzy das merkwürdige Gefühl, dass dies der Ort war, wo sie hingehörte. Das geschäftige Treiben um sie herum hatte eine aufmunternde Wirkung auf sie, und als wieder Panik in ihr hochstieg, gelang es ihr, nur daran zu denken, dass irgendwo da draußen in dem riesigen Zuschauerraum ihre Großmutter saß, um sie singen zu hören. Als sie schließlich an der Reihe war, drohten sie die schrecklichen Gefühle, die sie bereits beim

Pazifik-Arienwettbewerb gequält hatten, wieder zu überwältigen.

»Das sind nur die Nerven. Es geht uns allen so«, sagte sie sich immer wieder und rief sich Normas Worte ins Gedächtnis, während sie auf ihren Auftritt wartete. Dann legte sie – mit Schmetterlingen im Bauch und zitternden Knien – die kurze Strecke zur Bühne zurück. Janice folgte ihr auf den Fersen. Das Klavier, das mitten auf der Bühne stand, schien meilenweit entfernt zu sein. Unwillkürlich griff Lizzy nach dem Medaillon um ihren Hals. Das harte Metall auf ihrer Haut vermittelte ihr Sicherheit.

Neben ihr sortierte Janice ihre Noten.

»Oh, mein Gott! Oh, mein Gott! Ich habe die falschen Noten dabei«, zischte sie und starrte ungläubig auf die Noten von »Lied der Honigvögel«. Und dabei war sie doch so sicher gewesen ... Sie packte Lizzy am Arm.

»Du musst die ›Honigvögel‹ singen«, flüsterte sie verzweifelt. Den Tränen nah, hoffte sie, dass sie Lizzy nun nicht die Aussichten auf den Sieg verdorben hatte.

»Es tut mir so Leid ...« Ihre Hände zitterten so sehr, dass sie beinahe die Noten fallen ließ.

Kurz drohte Lizzy in Panik zu geraten. Doch als sie Janice' Bestürzung bemerkte, antwortete sie leise: »Schon gut. Siehst du nicht, dass das ein Wink des Schicksals ist? Ich soll mein Lied singen.« Ihr Herz machte einen kleinen Satz.

»Ist alles in Ordnung?«, fragte der Conferencier, dem das Getuschel der Mädchen nicht entgangen war. Lizzy entschuldigte sich und erklärte ihm, dass sie die Noten verwechselt hätten.

»Kein Problem. Bei diesem Festival sind die Preisrichter, was Programmänderungen angeht, sehr flexibel. Ich gebe sie bekannt, wenn ich Sie vorstelle.« Er lächelte ihr aufmunternd zu. Lizzy und Janice wechselten einen erleichterten Blick und traten dann auf.

Sofort begann das Publikum begeistert zu applaudieren. Lizzy wurde klar, dass diese Zuschauer völlig anders reagieren würden als die steifen Kritiker beim Pazifik-Arienwettbewerb. Sie spendeten lautstark und überschwänglich Beifall, und das, obwohl sie noch keinen einzigen Ton gesungen hatte. Plötzlich wurde es ruhig im Saal. Als Janice' Vorspiel durch die Stille hallte, stellten sich Lizzy die Nackenhaare auf. Die Hände locker ineinander gelegt, ließ sie sich von der Musik umströmen und setzte dann ein.

Zuerst ganz leise, dann immer lauter, gab ihre junge Stimme der Schönheit von Puccinis Komposition Gestalt. Während die Klänge durch den Saal schwebten, füllte sich Lizzys Herz mit Freude. Angst und Erstarrung waren mit einem Mal wie weggeblasen, als sie sich in ihre Rolle versenkte und jeden Satz auskostete. Ihre strahlend schöne Stimme schlug die Zuschauer in den Bann. Nachdem der letzte Ton verklungen war, begann das Publikum, wie wild zu applaudieren, und Lizzy fühlte sich im siebten Himmel. Genau darauf kam es an. Das war es, warum sie gegen die Dämonen Panik und Angst ankämpfte, die sie in den letzten Wochen bedrängt hatten. Sie lächelte Janice zu und streckte die Hand aus, damit auch diese ihren Teil vom Applaus abbekam. Janice erwiderte das Lächeln und verbeugte sich. Dann traten die beiden Mädchen vor und machten noch eine Verbeugung.

Schließlich nahmen die Zuschauer wieder Platz, um dem nächsten Lied zu lauschen. Ruhig sortierte Janice ihre Noten, strich ihren Rock auf dem Klavierhocker glatt und wartete ab. Als Lizzy sich an den Steinway-Flügel lehnte, klopfte ihr das Herz bis zum Halse. Eine Hand locker auf den polierten Deckel gestützt, drehte sie sich mit einem Nicken zu Janice um. Nun war es so weit. Sie würde ihr eigenes Lied beim Festival vortragen. Sie zitterte. Dann begann Janice zu spielen, und Lizzys Befürchtungen schwanden, als die Melodie sie zurück in die Schönheit des Busches versetzte. Die Luft war voller Eukalyptusduft, Sonnenstrahlen fielen durch das dichtgrüne Blätterdach, und sie spürte Eduardos Hand in ihrer.

Lizzy sang von Liebe, Verlust und Sehnsucht und rührte in ihren Zuhörern etwas an, das tief ans Herz ging. Als sie mit einem langen Triller endete, der den Schrei der Honigvögel nachahmte, war kein Laut zu hören. Wie gebannt starrte das Publikum sie an, voll Erstaunen über den Zauber, den dieses junge Mädchen verströmte. Begeistert ahnten die Menschen, dass sie gerade Zeugen eines außergewöhnlichen Ereignisses geworden waren. Sie fingen an zu klatschen, zu jubeln und mit den Füßen zu trampeln. Lizzy verneigte sich immer wieder. Anschließend verbeugten sich beide Mädchen, über das ganze Gesicht strahlend, gemeinsam und so oft, bis sie das Mitzählen vergaßen.

Als sie die Bühne verließen, wusste Lizzy, dass hier ihre Zukunft lag. Sie wollte vor Publikum in wunderschönen Gebäuden wie diesem singen, und zwar Lieder, die die Menschen in eine andere Welt versetzten. Ihre Zweifel waren wie weggeblasen; an einem Ort wie diesem war alles möglich. Sie würde Opernsängerin werden.

»Gut, gut«, verkündete Mary stolz, nachdem Lizzy zur Siegerin in der Kategorie Gesang erklärt worden war. »Das war wirklich ausgezeichnet. Nun denn.« Ihr fehlten die Worte.

»Ach, Oma, es war so schön zu wissen, dass du zwischen all diesen Fremden sitzt«, meinte Lizzy lächelnd und immer noch in Hochstimmung nach ihrem Auftritt.

»Ich glaube, ich muss dich wirklich um Verzeihung bitten«, drang da eine leise Stimme an Lizzys Ohr.

Als Lizzy herumwirbelte, stand sie vor Schwester Angelica. »Sie sind gekommen!«, stieß sie hervor.

»Wie könnte ich so dumm sein, mir das entgehen zu lassen«, erwiderte die Schwester mit zitternder Stimme und mit einem entschuldigenden Blick auf Mary. Dann fielen die beiden sich unter Tränen in die Augen.

»Ach, Schwester, ich habe mir so gewünscht, dass Sie hier sind. Ich wollte den Preis so gern für Sie gewinnen«, fügte Lizzy leise hinzu und drückte Schwester Angelica die Hand.

»Ich weiß nicht, was ich sagen soll. Du überraschst mich immer wieder. Und ich habe mich schrecklich geirrt«, erwiderte die Schwester und wischte sich die Augen ab.

»Nun stehe ich da und heule wie ein kleines Mädchen. War das nicht wundervoll? Waren die beiden nicht phantastisch?«, wandte sie sich stolz an Mary und die übrigen Umstehenden.

Die Wege des Herrn waren wieder einmal unergründlich, dachte sie etwas respektlos.

Lizzy erschien zu ihrer nächsten Gesangsstunde immer noch im siebten Himmel schwebend.

»Und wie geht es unserem kleinen Honigvogel heute?«, begrüßte die Schwester sie strahlend. »Ich habe eine Neuigkeit für dich. Dank deines Vortrags von ›Lied der Honigvögel‹ von Elizabeth Foster bei einem Provinzfestival« – sie zwinkerte Lizzy zu – »hast du den Tia-Maria-Opernpreis erhalten und kannst sechs Monate lang in Wien studieren. Das Gremium erwartet deine Antwort bis Ende der Woche. Du musst zwar noch einmal vorsingen, aber das ist nur eine Formalität. Was soll ich ihnen sagen?«

Lizzy blieb der Mund offen stehen. »Ich?«, flüsterte sie. Dann fiel sie der Schwester mit einem Freudenschrei um den Hals.

Lachend erwiderte diese die Umarmung.

»Natürlich musst du das noch mit deiner Großmutter besprechen, aber ich glaube, dass die Erfahrung sehr wertvoll für dich sein wird.«

Sie erklärte, dass das Stipendium sämtliche Kosten, also Flugticket, Lebensunterhalt und Studiengebühren, abdeckte.

»Meine gute Freundin Elsa Greusen unterrichtet in Wien an der Akademie für Musik. Wenn du das Stipendium akzeptierst, schreibe ich ihr und bitte sie, dich als Schülerin aufzunehmen. Herzlichen Glückwunsch, mein liebes Kind. Ich bin ja so stolz auf dich«, fügte sie mit Tränen in den Augen hinzu.

Am 2. September 1986 umarmte Lizzy ihre Großmutter zum Abschied.

»Ich liebe dich, Oma«, stieß sie hervor. Dann griff sie nach ihrer Tasche, drehte sich um und verschwand durch die Türen des Abflugbereichs.

Der erste Schritt zur Erfüllung ihres Traums, eine große Opernsängerin zu werden, war gemacht.

Mary stand da und starrte auf die Stelle, an der Lizzy gerade noch gestanden hatte, und wischte sich die Tränen ab.

»Gott sei mit dir, mein Kind. Ich werde dich schrecklich vermissen«, flüsterte sie.

TEIL ZWEI

11

Nachdem die Maschine auf dem Flughafen Wien gelandet war, holte Lizzy ihr Gepäck und bestieg den Flughafenbus. Im Zentrum von Wien angekommen, wuchtete sie ihren Koffer in eine der rotweißen Straßenbahnen auf der berühmten Ringstraße, die die gesamte Innenstadt umrundete. Aufgeregt sah sie sich um. Eine matte Herbstsonne versuchte mühsam, die Wolkendecke zu durchdringen. Lizzy reckte den Hals, um die hohen grauen Gebäude mit ihren kunstvoll verzierten Bögen und Balkonen zu bewundern, und ließ Aussicht und Geräusche auf sich wirken, während die Tram durch die Straßen von Wien ratterte.

An der Akademie angekommen, blieb sie eine Weile stehen und betrachtete das riesige steinerne Wappen über dem Eingang. Dann eilte sie mit klopfendem Herzen ins Studentensekretariat. Zwanzig Minuten später hielt sie ihr offizielles Studienbuch, ihre Stundenpläne und außerdem Informationen zur Unterbringung in der Hand und wusste auch, wann sie am folgenden Tag würde vorsingen müssen.

»Jemand hat für Sie angerufen. Normalerweise nehmen wir keine Telefongespräche für Studenten entgegen, aber Ihr Verlobter hörte sich so verzweifelt an«, sagte die Sekretärin und reichte Lizzy mit einem verständnisvollen Lächeln einen Zettel.

»Verlobter?«, rief Lizzy aus und starrte die junge Frau entgeistert an.

»Er meinte, er müsse nach Hause fliegen, werde Sie aber bald wiedersehen. Ich soll Ihnen ausrichten, dass er Sie anbetet«, schloss die Frau schmunzelnd und zufrieden mit der Reaktion, die die Nachricht ausgelöst hatte.

Lizzys Herz machte einen Satz, als sie den Zettel las. »Verlobter Eduardo hat angerufen, vermisst Sie, liebt Sie, wird Sie bald sehen.«

»Wollen Sie heiraten?«, fragte die Sekretärin.

»Ja! Nein! Ich weiß nicht«, stammelte Lizzy lachend.

Als sie auf die Straße hinausstürmte, standen ihr Tränen in den Augen. Er liebte sie. Er vermisste sie. Sie küsste das Blatt Papier und las noch einmal den Text. »Wird Sie bald sehen.« Mit einem freudigen Seufzer wischte sie sich die Tränen weg. Offenbar hatte er ihren letzten Brief erhalten, in dem sie ihm von Wien geschrieben hatte. Vorsichtig und mit pochendem Herzen faltete sie den Zettel zusammen und steckte ihn zu ihren Unterlagen.

Die Familie Schmidt, bei der Lizzy untergebracht war, wohnte im 14. Bezirk, eine gute Stunde Straßenbahnfahrt entfernt. Auf der Fahrt durch Wien beschloss Lizzy, ihr Gepäck abzustellen und sofort wieder in die Stadt zurückzukehren, um die Sehenswürdigkeiten zu besichtigen. In der Ferne hatte sie einen Blick auf den Turm des Stephansdoms, der berühmten Kathedrale, erhaschen können, und sie kannte auch Postkarten, die die nachts erleuchtete Staatsoper zeigten.

Nachdem sie ihre Unterkunft in einem der schäbigeren Stadtteile Wiens gefunden und die mit Grünspan bedeckte Messingglocke betätigt hatte, wurde sie von Frau Schmidt begrüßt, einer kleinen Frau mit fahlem Gesicht, die Lizzy mit einem verkniffenen Lächeln hereinbat. An einem uralten, defekten Aufzug vorbei, dessen staubige Tür aus Schmiedeeisen nur halb in den Angeln hing, führte Frau Schmidt Lizzy eine steile Steintreppe hinauf in ihre Wohnung im ersten Stock. Bei heißer Schokolade und einem trockenen Napfkuchen erklärte die Hausfrau, dass Lizzy einmal pro Woche die kleine Sitzbadewanne der Familie benützen dürfe. Dann teilte sie ihr die Höhe der Miete mit und bat sie, stets die Tür abzuschließen, die Lichter auszuknipsen, wenn sie ausging, und die Fenster zuzumachen, um Energiekosten zu sparen.

Lizzy, die nickend gelauscht hatte, erfuhr, dass sich ihr Zimmer im vierten Stock, ziemlich weitab von den übrigen Räumlichkeiten, befand. Als sie ihren Koffer die verbleibenden drei Stockwerke hinaufgeschleppt hatte, war sie in Schweiß gebadet und erschöpft, und ihre innere Uhr meldete, dass es eigentlich mitten in der Nacht war.

Ihre Unterkunft bestand aus einem winzigen, dunklen Zimmer mit einem Bett, einem windschiefen Schrank, einem Stuhl, einer abgestoßenen Waschschüssel aus Emaille, einem Kanonenofen mit einem Rohr, das in die Decke mündete, und einer lautstark rauschenden Toilette neben der Tür. Draußen gab es ein fleckiges Waschbecken mit einem rostigen Hahn. Enttäuscht bedankte Lizzy sich bei Frau Schmidt, nahm die Schlüssel entgegen und zog die Tür zu.

Das Zimmer roch nach defektem Abfluss und Knoblauchwurst. Nachdem sie Fensterläden und Fenster aufgerissen hatte, hängte sie die Kleider auf, die sie am nächsten Tag tragen wollte. Dann kroch sie, immer noch voll bekleidet und Eduardos Nachricht in der Hand, unter das Federbett.

Die Sehenswürdigkeiten waren vergessen, und sie fiel in einen erschöpften Schlaf.

Am nächsten Morgen wurde Lizzy von der unten vorbeiratternden Straßenbahn geweckt, sprang aus dem Bett und in die Kleider. Sie raffte ihre Noten zusammen, griff nach ihrer Jacke und eilte die Steintreppe hinunter. Dann wickelte sie sich den Schal um den Hals und machte sich auf die Suche nach etwas Essbarem.

Nach einem Frühstück aus heißen Kipferln und starkem, süßem Kaffee fühlte sich Lizzy bereits um einiges wohler. Viel zu früh erschien sie zum Vorsingen in der Akademie, lächelte der Sekretärin fröhlich zu und setzte sich zu den anderen wartenden Studenten in den Flur vor dem großen Konzertsaal.

Immer wieder musste sie sich kneifen, um glauben zu können, dass sie wirklich in Wien war.

Sie strich ihren Rock glatt und blickte durch eines der großen Steinfenster in den trüben grauen Tag hinaus. Dabei lauschte sie der Stimme eines Mädchens, die durch die schwere Holztür drang. Es war ein zarter Sopran, der sich besser für die Operette als für die ernste Oper eignete. Gerade war Lizzy zu dem Schluss gekommen, dass die Stimme hübsch und rund klang, als der Gesang abbrach und von ärgerlichem Geschrei abgelöst wurde. Die Tür flog auf, und die Studentin kam herausgestürmt. Ihre

Noten umklammert, stieß sie Verwünschungen auf Deutsch und Englisch aus. Sie war gut gekleidet und stark geschminkt und hatte ihr platinblondes Haar zu einem französischen Knoten aufgesteckt. Das Mädchen warf sich in die Arme eines hoch gewachsenen, blonden Mannes, der Lizzy gegenüberstand.

»Warum müssen die mich nur so quälen? Ich habe doch alles so gemacht, wie es von mir verlangt wurde. Dieser Dieter Schranken ist so ein Mistkerl!«, rief das Mädchen mit offensichtlich amerikanischem Akzent aus und begann zu weinen. Der junge Mann legte die Arme um sie. Lizzy krampfte sich der Magen zusammen.

»Fräulein Foster.«

Als Lizzy ihren Namen hörte, zuckte sie zusammen. Die Noten in der Hand, folgte sie dem Mann in den Saal. Plötzlich zitterten ihr die Knie.

Drei gelangweilt wirkende Männer mittleren Alters und eine jüngere Frau mit eindringlichem Blick saßen an zwei großen Tischen, ein gutes Stück von der leeren Bühne entfernt. Lizzy erkannte den großen, strengen Mann mit den dichten Augenbrauen von der Broschüre. Es war der »Mistkerl« Herr Schranken, der Direktor des Opernstudios. Die Frau strich sich das ordentlich zurückgesteckte, grau melierte blonde Haar zurück und zupfte an den Rüschen ihrer cremefarbenen Bluse. Am Klavier saß ein großer schlaksiger Mann und starrte, die Arme verschränkt, ins Leere.

»Fräulein Foster«, wiederholte der Mann und ließ Lizzy vor dem ernst dasitzenden Gremium stehen. Das flaue Gefühl in ihrem Magen verstärkte sich.

Mit einer matten Geste nahm der Pianist Lizzys Noten entgegen, platzierte sie auf dem Notenständer und begann sofort mit dem Vorspiel. Lizzy, die sich überrumpelt fühlte, errötete heftig, entschuldigte sich und begann von neuem. Doch schon bei den ersten Tönen wusste sie, dass sie nicht gut sang. Übermannt von Zeitverschiebung, Lampenfieber und Unsicherheit, griff sie zu der einzigen Überlebensstrategie, die sie kannte: Abstand gewinnen, technisch ordentlich singen, alle Gefühle abblocken. Sie sah ihre Lehrer wie durch einen Nebel aus Selbstzweifeln und stellte fest, dass sich erst Langeweile und dann Ablehnung in ihren Gesichtern abzeichnete.

Schließlich wandten sich die Prüfer ab und begannen, laut miteinander zu sprechen. Erbost über diese unhöfliche Behandlung, trat Lizzy nach vorne an den Bühnenrand und sang das Gremium direkt an, sodass die Wut die vollen, dunklen Register ihrer Mittellage zur Geltung brachte.

Sofort verstummten die Gespräche, und alle vier Köpfe drehten sich überrascht zu ihr um. Während der restlichen Arie rührte sich niemand.

Triumphierend beendete Lizzy das Stück mit einer abschließenden Handbewegung und warf den Kopf zurück. Nachdem sie sich verbeugt hatte, riss sie mit einem kurzen Nicken an den Pianisten ihre Noten vom Klavier, sprang von der Bühne und ging auf die Prüfer zu.

»Ich freue mich sehr, hier studieren zu dürfen. Von Australien ist es ein weiter Weg, und ich werde die Gelegenheit nützen, um bei der gnädigen Frau Greusen Unterricht zu nehmen«, sagte sie, wobei sie absichtlich diese Höflichkeitsform verwendete. Dann wartete sie mit klopfendem Herzen auf die Antwort.

Die Prüfer waren erstaunt über die rasche Verwandlung und darüber, was sie gerade gehört hatten. Außerdem war ihnen bis zu diesem Moment nicht klar gewesen, dass Lizzy bei ihrer hoch geschätzten Kollegin studieren würde. Jedenfalls änderte sich das Verhalten des Gremiums schlagartig.

»Wir freuen uns, Sie bei uns im Opernstudio zu haben. Es wird mir ein Vergnügen sein, mit Ihnen zu arbeiten«, begeisterte sich Herr Schranken. Als er Lizzy ein breites Lächeln schenkte, war ein Goldzahn zu sehen. Dann mischten sich auch die anderen in das Gespräch ein und wünschten ihr viel Erfolg bei ihren Studien. Wegen ihrer begrenzten Deutschkenntnisse konnte Lizzy lediglich erraten, was sie sagten. Also lächelte sie nur und beteuerte immer wieder, wie sehr sie sich freue, in Wien zu sein. Zu guter Letzt brachte Herr Schranken sie zur Tür. Als Lizzy mit einem erleichterten Grinsen auf den Flur hinaustrat, kam die inzwischen wieder perfekt geschminkte Amerikanerin, die vorhin so bestürzt gewesen war, auf sie zu.

»Wie hast du das gemacht? Dieter Schranken lächelt sonst nie«, fragte sie verblüfft.

»Ich habe gesungen«, erwiderte Lizzy schmunzelnd. »Nun, eigentlich war ich so sauer, dass ich überhaupt vorsingen musste und dass sie während meines Vortrags einfach weitergeredet haben. Und so bin ich eben ziemlich laut geworden. Bestimmt hast du mich gehört.«

Das andere Mädchen nickte.

»Haben sie dich aufgenommen?«

»Ja, aber es ist trotzdem ein bescheuertes System, dass man vorsingen muss, obwohl man schon ein Stipendium hat.«

»Du bist in Wien. Erwarte nicht, dass hier irgendetwas normal läuft«, antwortete das Mädchen gedehnt.

»Nein, das war nur ein Scherz. So schlimm ist es nicht. Die Leute können nur manchmal ein bisschen komisch sein. Übrigens bin ich Jackie, und das ist Tord. Er ist Produktionsassistent bei ›Wiener Blut‹. Sie veranstalten Vorstellungen für Touristen«, fügte sie stolz hinzu, als sie Lizzys fragende Miene bemerkte. »Du bist aus Australien, nicht wahr? Ich finde deinen Akzent toll. Er klingt so schön altmodisch.«

»Ach, danke. Nett, dich kennen zu lernen. Ich heiße Lizzy. Warum sind sie so übel mit dir umgesprungen?«

»Das machen sie jedes Semester«, erklärte Jackie. »Wie die sich aufführen, möchte man nicht meinen, dass ich schon im dritten Jahr hier studiere. Es beeindruckt sie nicht einmal, dass ich schon seit zwei Semestern gegen Gage singe.«

Jackie senkte die Stimme.

»Dieter hat sich im zweiten Semester Chancen bei mir ausgerechnet, und seit ich ihm gesagt habe, dass nichts läuft, ist er wirklich fies geworden. Seitdem kommt es bei jedem Vorsingen zu einem Riesenstreit. Und diese Frau Soundso da drin hat was mit ihm und kann mich deshalb auf den Tod nicht leiden. So stehen die Dinge an der Akademie! Mein Gott, ich muss was trinken! Kommst du mit? Seit wann bist du denn in Wien?«

Lizzy war erschrocken über Jackies Offenheit und nicht sicher, ob sie ihrer zynischen Schilderung der Verhältnisse unter den Lehrern an der Akademie Glauben schenken sollte. Doch sie war froh, Gesellschaft zu haben, und machte sich deshalb mit ihren neuen Freunden auf die Suche nach einem Weinkeller.

Den restlichen Tag verbrachte sie mit Besichtigungen. Nachdem sie auf der Terrasse eines reizenden Restaurants am Stephansplatz unweit des Stephansdoms zu Mittag gegessen hatten, zeigten Jackie und Tord Lizzy rasch die Wiener Innenstadt. Als sie den berühmten Graben, eine hübsche, von Cafés gesäumte Straße, entlangschlenderten, starrte Lizzy bewundernd die riesige, prunkvolle Pestsäule mit ihren verrenkten, gemeißelten Figuren hinauf, die im Jahr 1679 zum Dank für das Ende der Pestepidemie errichtet worden war. Dann warf sie eine Hand voll Münzen in die Brunnen zu beiden Seiten.

Pferdekutschen mit Touristen ratterten an ihnen vorbei. Lizzy bestaunte den großen schmiedeisernen Bogen am Eingang zur Hofburg, dem früheren Kaiserpalast, und verzog das Gesicht, als ihr der in diesem Teil der Stadt allgegenwärtige Geruch von Pferdeäpfeln in die Nase stieg. Sie spähte durch die Stäbe des verschlossenen Tors der Oper, wo sie geschwungene Treppen und riesige Kerzenleuchter ausmachen konnte, und wurde von Aufregung ergriffen.

Am späten Nachmittag hatten sie genug. Lizzy, die sich inzwischen weniger verängstigt und überwältigt fühlte, bedankte sich bei Jackie und Tord für die Stadtbesichtigung. Nachdem sie sich an einem Verkaufsstand ein Würstchen mit viel Senf in einem länglichen Brötchen gekauft hatte, kehrte sie in ihr Zimmer zurück. Keuchend nach dem vielen Treppensteigen, trat sie ein und schloss die Tür hinter sich. Sie sagte sich, dass sie noch sechs Monate Zeit zum Auspacken habe, und fiel ins Bett.

Lizzy, die das Wochenende damit verbrachte, ihr Zimmer aufzuräumen, Lebensmittelvorräte anzulegen und sich Wien anzusehen, stellte fest, dass die Tage bis zum Semesterbeginn im Nu verflogen.

Am Morgen ihrer ersten Unterrichtsstunde bei Frau Elsa Greusen sprang Lizzy aus dem Bett und schlüpfte, zitternd in der kühlen Herbstluft, in ihre Kleider. Nachdem sie eine Schale Frühstücksflocken hinuntergeschlungen hatte, griff sie nach Noten und Tasche und eilte hinaus ins trübe Sonnenlicht. Ein Windstoß fing sich in ihrem Mantel und wehte ihr Staub ins Gesicht. Lizzy zog schützend den Schal zusammen und rannte zur zwei Straßenecken entfernten Straßenbahnhaltestelle. Da gerade Stoßzeit war, fand sie sich in einer Menschenmenge wieder, die sie von allen Seiten stieß und anrempelte. Ellenbogen bohren sich in ihre Seiten, und Körbe wurden ihr ins Gesicht gedrückt. Da Lizzy die dunkel gekleideten Frauen mittleren Alters, die die Türen blockierten, nicht wegschubsen wollte, wurde sie abgedrängt und musste auf die nächste Bahn warten. Fest entschlossen, sich davon nicht den Tag verderben zu lassen, stieg sie ein und stempelte ihre Fahrkarte im Entwerter ab. Die Bahn fuhr ratternd los.

Die Akademie war über mehrere Häuser in verschiedenen Straßen des Bezirks verteilt. Lizzy eilte den langen Flur eines verschachtelten Gebäudes entlang und fand endlich Frau Greusens Zimmer. Die Tür war geschlossen. Drinnen fand gerade eine Gesangsstunde statt. Lizzy wartete ungeduldig auf dem zugigen Flur. Schließlich trat ein junger Mann heraus, sie nickte ihm zu und klopfte an. Eine Männerstimme antwortete. Verdutzt betrat Lizzy das überheizte Zimmer, in dem ihr eine übermächtige Mischung aus Körpergeruch und Rasierwasser entgegenschlug.

»Bin ich hier richtig? Ich suche Frau Greusen …«, wandte sie sich höflich und in stockendem Deutsch an den Mann am Klavier. Er war klein und dick und hatte eine schimmernde Glatze. Der Klavierhocker war fast zu schmal für ihn, und das beige Hemd, das er unter einer braunen Strickjacke trug, spannte über seinem Bauch. Lizzy erkannte in ihm sofort den berühmten Bariton Heinrich von Oster.

»Frau Greusen ist in Paris. Ich soll mich in ihrem Namen entschuldigen und sie vertreten, bis sie zurück ist«, erklärte von Oster auf Englisch. Dabei musterte er Lizzy aus kleinen Äuglein, die zwischen Fettwülsten hervorlugten. Er warf einen Blick auf den Stundenplan, der auf dem Klavier lag.

»Sie sind sicher … ach, die Australierin, Fräulein Foster.« Er tätschelte sich den Bauch.

»Ich freue mich, Sie kennen zu lernen«, sagte Lizzy schüchtern und schüttelte ihm die Hand, ohne sich ihre Enttäuschung über Elsas Abwesenheit anmerken zu lassen.

»Die gute Elsa ist selten dort, wo man sie erwartet. Schließlich muss sie sich um all ihre kleinen Gänslein kümmern«, fuhr von Oster fort. Seine Lippen schienen in einem Dauergrinsen festgefroren zu sein.

Als Lizzy ihm ihre Noten reichte, legte er sie sofort weg und forderte sie stattdessen auf, eine Reihe von Stimmübungen zu singen. Nach einer halben Minute hielt er inne.

»Stützen, meine Liebe. Sie müssen den Ton stützen und nach vorne singen.« Er öffnete den Mund, um es vorzumachen. Die Hände auf den ausladenden Brustkorb gelegt, sang er einen tiefen, vollen Ton und seine Stimme füllte den Raum.

Lizzy sang, wie er verlangte. Nach zehn Minuten begann sie aber, sich ernstlich Sorgen zu machen. Es kam ihr merkwürdig vor. Schwester Angelica hatte so etwas nie gemacht, und sie hatte niemals an ihrer Stimmführung herumkritisiert. Sie sang noch ein paar Töne. Von Oster schüttelte den Kopf. Er winkte sie heran und legte die Hände auf ihren Brustkorb. Plötzlich wurde Lizzy mulmig zumute.

»Sind Sie unsicher?«, fragte von Oster grinsend, der spürte, wie sie zusammenzuckte. Dort, wo bei anderen Menschen der Haaransatz verlief, hatte er Schweißtropfen auf der Stirn.

»In zwanzig Jahren als Hauptdarsteller an der Wiener Staatsoper habe ich mit so vielen Sängern zusammengearbeitet, dass ich weiß, wovon ich rede.«

Allerdings verschwieg er, dass er sich zuweilen bei seinen Studentinnen zu viel herausnahm und dass die meisten seine Annäherungsversuche über sich ergehen ließen, weil sie hofften, von seiner jahrelangen Erfahrung und von seinen guten Kontakten zu profitieren. Als Lizzy weitersingen wollte, nahm er plötzlich die Hände von ihren Rippen und umfasste ihre Brüste. Empört machte Lizzy einen Satz rückwärts und lief feuerrot an. Achselzuckend verzog Heinrich von Oster die Lippen zu einem leicht bedauernden Lächeln und zog die Hände weg.

»Die sind sehr schön, genau wie Sie, meine Liebe. Was erwarten Sie? Wenn Sie Opernsängerin werden wollen, müssen Sie zuerst eine Frau werden.« Denn runzelte er die Stirn und wiederholte, die Hände auf seinen eigenen Brustkorb gelegt, den Ton. »Stützen, immer stützen.«

Jeden anderen hätte Lizzy geohrfeigt und wäre aus dem Zimmer gestürmt. Doch da sie nicht wusste, wie sie sich verhalten sollte, blieb sie den Rest Stunde möglichst auf Abstand und hoffte auf das baldige Ende. Als sie schließlich die Flucht ergreifen konnte, schwor sie sich, nie wieder mit ihm zu singen oder ihn überhaupt in ihre Nähe zu lassen. Sie eilte ins Sekretariat, um sich zu erkundigen, wann Frau Greusen zurückerwartet wurde.

Die Antwort der Sekretärin fiel vage und ausweichend aus, etwas das, wie Lizzy inzwischen festgestellt hatte, typisch für die Wiener war. Offenbar interessierte es niemanden, dass sie um die halbe Welt gereist war, um Stunden bei einer Lehrerin zu nehmen, die auf unabsehbare Zeit verschwunden zu sein schien. Dafür war sie bei einem Ersatzmann gelandet, der seine Hände nicht bei sich behalten konnte. Und zu allem Überfluss hatte sie kein Wort von Eduardo gehört. Lizzy hätte vor Enttäuschung und Einsamkeit heulen können. Das halbe Jahr in Wien, auf das sie sich so sehr gefreut hatte, erschien ihr wie eine Ewigkeit.

Sie zog den Mantel an und trat in den kalten, wolkigen Tag hinaus. Die Herbstsonne, die ihr heute Morgen so verlockend zugezwinkert hatte, war verschwunden, und die Welt wirkte grau und trüb. Bedrückt stieg sie in die nächste Straßenbahn, die ins Zentrum fuhr. Nachdem sie am Opernring ausgestiegen war, ging sie an der Oper vorbei, fast ohne sie zu bemerken. Sie bog in die Kärntnerstraße ein, das Einkaufsmekka der Superreichen. Gegen Niedergeschlagenheit und Verzweiflung ankämpfend, schlängelte sie sich mit gesenktem Kopf zwischen den Touristen hindurch und stieß mit jemandem zusammen. Zu wütend, um den Kopf zu heben, ging sie einfach weiter.

»Kannst du nicht aufpassen, wo du hinläufst?«, flötete eine Stimme.

Als Lizzy den Neuseelandakzent erkannte, wirbelte sie herum.

»Norma!«, kreischte sie.

»Was machst du in Wien?«, wollte Norma wissen und fiel ihrer Freundin um den Hals. Dann erzählten sie einander lachend, was sich in letzter Zeit zugetragen hatte. Lizzy berichtete von ihrem Stipendium, und Norma erklärte, sie habe ein Jahr in London verbracht und wolle nun ihr Glück auf dem europäischen Kontinent versuchen.

»In den ersten beiden Monaten habe ich mich gefragt, ob es nicht der schwerste Fehler meines Lebens war, dem London Opera Centre den Rücken zu kehren. Aber dann habe ich Anton kennen gelernt. Er ist ein ausgezeichneter Geiger und bei den Wiener Philharmonikern. Ich bin sehr verliebt«, verkündete sie mit schmachtendem Blick. »Anton hat mich einem Freund vorgestellt, der mich seinerseits mit seinem Produzenten bekannt gemacht hat. Und ehe ich mich versah, wurden mir ein paar kleine Rollen bei der Wiener Volksoper angeboten. Das ist ein Anfang, und die Bühnenbilder sind ein Traum. Warum bist du denn so sauer, dass du auf der Straße die Leute über den Haufen rennst?«

Lizzy erzählte ihr von ihrer Begegnung mit von Oster.

»Auf den darfst du nichts geben. Er versucht es bei sämtlichen neuen Studentinnen«, tröstete Norma. »Alle halten ihn für eine Witzfigur. Bei mir hat er es auch versucht. Ich habe ihn ausgelacht und ihn einen Lustgreis genannt. Anschließend haben wir über Wagner geplaudert. Es kann nützlich sein, ihn zu kennen. Er hat gute Kontakte.«

»Ich will nie mehr etwas mit ihm zu tun haben. Es ist mir so peinlich! Am liebsten würde ich die nächste Maschine nach Hause nehmen.«

Norma hakte Lizzy unter und steuerte mit ihr unnachgiebig in Richtung ihres Lieblings-Kaffeehauses.

Nach einer Tasse Kaffee und einem großen Stück Sachertorte hatte sich Lizzy ein wenig beruhigt.

»Eigentlich will ich gar nicht nach Hause. Ich hatte mich nur so auf meine erste Stunde bei Frau Greusen gefreut«, sagte sie, legte die Kuchengabel weg und wischte sich den Mund ab.

»Die kommt sicher wieder. Du hast großes Glück, bei ihr zu studieren. Soweit ich gehört habe, ist sie ein echter Schatz und sorgt für ihre Studenten, als wären sie ihre eigene Familie. Pass auf: Heute Abend habe ich Vorstellung, aber wir können uns gegen Ende der Woche treffen. Wenn du mich nicht erreichen kannst, hinterlass eine Nachricht bei Norbert.«

Sie wies auf den Kellner, den sie vorhin mit Lizzy bekannt gemacht hatte, kritzelte ihre Telefonnummer auf einen Zettel und reichte ihn Lizzy.

»Norbert kennt mich, und er hält diesen Tisch immer für Fräulein Norma frei«, fuhr sie im Plauderton fort, um Lizzy aufzuheitern.

»Seit er weiß, dass ich an der Volksoper auftrete, ist er ganz verrückt nach mir. Außerdem ist er scharf auf den neuesten Klatsch. Hier ist mein zweites Wohnzimmer. Manchmal komme ich nur deshalb her, weil mir zu Hause die Decke auf den Kopf fällt. Wien ist die einzige Stadt, in der man nur eine Tasse Kaffee bestellen und den ganzen Tag sitzen bleiben kann, ohne dass man belästigt wird. Am Anfang konnte ich das gar nicht fassen. Das ist die wienerische Gemütlichkeit!« Sie grinste.

»Ach, Norma, seitdem ich weiß, dass du hier bist, geht es mir schon viel besser«, seufzte Lizzy lächelnd, als sie wieder draußen auf der Straße standen. Nun fühlte sie sich in Wien nicht mehr so allein.

12

In den nächsten Wochen freundeten sich Lizzy und Norma eng miteinander an. Lizzy besuchte die Vorstellungen der Mezzosopranistin, und die beiden Mädchen erkundeten gemeinsam Wien. Frau Greusen kehrte zurück, und Lizzy konnte endlich ihr Studium beginnen.

Elsa war von Lizzys Stimme begeistert und neugierig darauf, von ihrer lieben Freundin Schwester Angelica zu hören. Als Erstes suchte sie für Lizzy eine bessere Unterkunft, die näher an der Akademie lag. Nun wohnte Lizzy bei einer Familie, die Elsa schon seit Jahren kannte und daran gewöhnt war, ihre Schützlinge zu beherbergen. Die beiden kleinen Kinder bettelten Lizzy ständig an, ihnen etwas vorzusingen, und die Mutter ermutigte sie, so oft wie möglich zu üben und auf dem Flügel zu spielen. Zwei Tage nach dem Umzug traf der Brief ein, auf den Lizzy so sehnlich gewartet hatte.

»Geh zum Büro von British Airways in Wien. Ich habe für dich einen Hin- und Rückflug erster Klasse gebucht. Für immer, dein Eduardo.« Ihr Puls beschleunigte sich. Datum, Abflugzeiten und Flugnummern hatte er in seiner wunderschönen geschwungenen Handschrift notiert.

»Ach, du phantastischer Traummann!«, rief sie überglücklich.

»Eine ganze Woche mit ihm«, jubelte sie, als sie später am Tag Norma traf.

»Genieße jede Millisekunde. Ich hole dich am Flughafen ab, wenn du zurückkommst. Dann kannst du mir alles brühwarm berichten«, antwortete Norma, die sich von Lizzys Aufregung anstecken ließ.

»Das werde ich! Das werde ich! Oh, Norma, ich bin so verliebt«, rief Lizzy aus und fiel ihrer Freundin um den Hals.

Ein paar Wochen später stieg Lizzy am Londoner Flughafen Heathrow aus der Maschine. Ihr Herz klopfte vor Aufregung.

Als sie in die Ankunftshalle eilte, sah sie sich nach Eduardo um, musste aber zu ihrer Enttäuschung feststellen, dass er nicht da war. Im nächsten Moment bemerkte sie einen zurückhaltend wirkenden Mann in der dunkelgrünen Livree eines Chauffeurs, der ein Schild mit der Aufschrift »L. Foster« hochhielt.

»Ich habe Anweisung, Sie abzuholen, Madam«, verkündete der Chauffeur gleichmütig, als Lizzy auf ihn zusteuerte und sich vorstellte. Er nahm ihr den Koffer ab, begleitete sie zu einer eleganten schwarzen Stretchlimousine und hielt ihr die Tür auf. Lizzy stieß einen Freudenschrei aus. Fast die ganze Rückbank war von Blumen bedeckt. Eine Magnumflasche Champagner stand in der Mitte. Am größten Strauß hing eine mit grüner Tinte beschriebene Karte.

»Kann es kaum erwarten, dich zu sehen«, stand da in großer Handschrift.

Lizzy rutschte neben die Blumen auf den Sitz und lehnte sich mit einem wohligen Seufzer zurück. Vierzig Minuten später stieg sie, den größten Strauß in der Hand, aus dem Wagen. Sie befand sich in der Auffahrt eines fünfstöckigen Hauses in Hampstead Heath. Schmunzelnd erkannte sie den roten Ferrari neben einem grauen Lamborghini und folgte dem Chauffeur in eine geräumige Eingangshalle.

»Ich hoffe, Sie genießen den Aufenthalt, Madam«, sagte der Chauffeur kühl und stellte das Gepäck ab. Er tippte sich an die Mütze und verschwand.

Lizzy blickte sich um. Fünf Türen gingen von der Vorhalle ab. Zu beiden Seiten der geschwungenen Treppe aus poliertem Holz standen riesige Blumenarrangements. Während sie sich noch fragte, was sie nun tun sollte, öffnete sich eine Tür links von ihr. Eine schlanke, braun gebrannte Blondine kam heraus. Sie war nur mit einem weißen Handtuch bekleidet, das gerade Brüste und Gesäß bedeckte. Das Wasser, das aus ihren tropfnassen Locken rann, hinterließ kleine Pfützen auf dem Marmorboden.

»Hallo, du musst Lizzy sein«, sagte sie in einem Akzent, der sie als Mitglied der Oberschicht auswies. Dabei frottierte sie sich mit einem zweiten flauschigen Handtuch das Haar.

Unwillkürlich schnappte Lizzy nach Luft, und vor Enttäuschung schnürte sich ihr die Brust zusammen.

»Eigentlich suche ich Eduardo Cortes«, stammelte sie errötend.

»Ach, kein Problem. Der treibt sich irgendwo herum. Zuletzt habe ich ihn im Whirlpool gesehen«, erwiderte das Mädchen lässig, beugte sich vor und wickelte sich das Handtuch ums Haar.

»Du bleibst doch, richtig?«, fragte sie und richtete sich auf. Mit dem Handtuch auf dem Kopf wirkte sie noch glamouröser. Als sie Lizzy aus großen kornblumenblauen Augen ansah, wuchs ihre Beklommenheit.

»Eduardo wohnt immer bei mir«, fuhr die Blondine fort. »Er und mein Mann spielen zusammen Polo. Ich gehe ihn suchen.«

Sie schlenderte davon und ließ die verdatterte Lizzy stehen.

Im nächsten Moment flog die Tür auf. Eduardo trat heraus und knöpfte sich das Hemd zu. Sein dunkles nasses Haar war aus der Stirn gekämmt. Er war noch braun gebrannter und attraktiver, als Lizzy ihn in Erinnerung hatte.

»Lizzy, mi carina«, rief er aus und steckte das Hemd in seine teure und dennoch lässig wirkende Hose. »Tut mir Leid, dass ich dich nicht abholen konnte. Nigel hat darauf bestanden, sich ein Pferd anzusehen, und ich musste ihm helfen. Schau dich nur an, Lizzy, mi belleza. Wie geht es dir? Du wirst immer schöner.«

Er nahm sie in die Arme, streichelte ihr Haar und ihr Gesicht und küsste sie zärtlich auf die Lippen. Lizzy glaubte, in Ohnmacht fallen zu müssen, als ihr der vertraute Geruch seines Rasierwassers in die Nase stieg. Ihr Herz klopfte so heftig, dass sie kaum Luft bekam. Sie ließ die Blumen zu Boden gleiten und sank in seine Arme.

»Oh, Eduardo, ich habe dich so vermisst«, sagte sie atemlos, als sie endlich wieder Gelegenheit zum Sprechen hatte. Sie hob die Blumen auf und lächelte ihm über den Strauß hinweg zu.

»Ich dich auch. Manchmal habe ich mich gefragt, ob ich mein schönes Honigvögelchen je wieder sehe«, seufzte Eduardo.

»Du musst Jemma kennen lernen. Jemma und Nigel sind so nett zu mir. Ich finde es sehr wichtig, sich mit Schönem zu umgeben. Und jetzt bringe ich dich in dein Zimmer, aber du hast nicht viel Zeit«, fuhr er fort, während er sie die Treppe hinaufbegleitete. »Wir brechen in einer Viertelstunde auf.«

»Was? Wohin denn?«, rief Lizzy fragend, die plötzlich befürchtete, die falschen Kleider eingepackt zu haben.

»Zum Polospiel. Wir treten zum letzten Mal in diesem Jahr gegen die Engländer an.« Als sein Blick über sie glitt und ihre zerknitterte Jeans und ihren Pulli musterte, wurde ihr ganz heiß.

»Ich gebe dir Zeit. Es ist nur ein Freundschaftsspiel. Zwanzig Minuten«, meinte er lachend und hielt ihr die Tür auf.

Lizzy schnappte vor Freude nach Luft. Das Zimmer mit dem riesigen Doppelbett und den dicken Samtvorhängen bot Blick auf eine Heidelandschaft, deren üppige Herbstfarben in der Morgensonne noch lebendiger leuchteten. Lizzy hastete durchs Zimmer, breitete ihre am wenigsten verknitterten Sachen auf dem Bett aus, wusch sich das Gesicht und putzte sich die Zähne. Nachdem sie einen sauberen Pulli angezogen hatte, legte sie ein wenig Parfüm auf, warf die Parfümflasche in ihre Tasche und eilte nach unten.

Jemma und Nigel standen in der Vorhalle und plauderten mit Eduardo, der in seiner hautengen weißen Polohose und dem dunkelblauen Hemd hinreißend aussah. Die rote Jacke hatte er an einem Finger über der Schulter hängen.

»Also sehen wir uns, wenn wir nächste Woche aus den Staaten kommen«, sagte Jemma gerade.

»Das Haus gehört dir. Feiere nicht zu viele Partys und vergiss nicht, die Katze zu füttern. Viel Erfolg beim Little-Bicklington-Turnier, oder wie das Ding sonst heißt«, fügte sie hinzu und rückte ihre Sonnenbrille zurecht. Dann wandte sie sich an Lizzy. »Und du passt auf Eduardo auf. Sei nett zu ihm, damit er nicht wegläuft.«

Sie lachte auf.

»Ach, übrigens werdet ihr euch auswärts verpflegen müssen. Ich habe nicht daran gedacht, der Köchin zu sagen, dass ihr kommt, also ist nichts Essbares im Haus. Aber ihr werdet es schon überstehen. Viel Spaß.«

Sie verabschiedeten sich mit einem Winken. Jemmas silberhelles Lachen hing in der Luft.

Nachdem Eduardo sich vergewissert hatte, dass er Hausschlüssel und Brieftasche bei sich trug, nahm er Lizzy an der Hand.

»Komm, wir machen, was sie gesagt haben. Wir amüsieren uns.«

Zwei Minuten später rasten sie in Eduardos kleinem roten Ferrari aus der Stadt. Aus dem CD-Spieler dröhnte argentinische Popmusik. Nie war Lizzy glücklicher gewesen. Eine Hand am Steuer, mit der anderen lässig Lizzys Haar liebkosend, fuhr Eduardo durch die englische Landschaft in Richtung Little Bicklington am Rande des New Forest.

Für Lizzy verging der Nachmittag wie im Fluge. Sie wurde einem berühmten Polospieler nach dem anderen vorgestellt, ja sogar dem Earl von Aynesford, der für die englische Mannschaft spielte. Nachdem Lizzy mit dem spanischen Prinzen und einigen argentinischen Prominenten bekannt gemacht worden war, wurde sie der Obhut von Lady Caroline übergeben, einer rehäugigen Brünetten, die Eduardo anstarrte, als wolle sie ihn gleich verschlingen. Sie sah den Spielern zu, die auf dem Feld so geschickt Pferde und Schläger manövrierten, dass Tier und Reiter miteinander zu verschmelzen schienen. Obwohl es sich beim Bicklington Village Cup nur um ein Freundschaftsspiel handelte, war es ebenso spannend und aufregend wie ein bedeutendes Turnier.

In den ersten beiden Dritteln der ersten Halbzeit führten die Argentinier. Eduardo wechselte für das dritte Drittel das Pony, wischte sich das schweißnasse Gesicht ab und warf den Pferdepflegerinnen das Handtuch zu. Dann galoppierte er zu Lizzy hinüber, beugte sich vor und küsste sie unter lautem Jubel der Menge, die seine verwegene Art liebte. Doch nicht einmal Eduardos Kühnheit konnte das Spiel noch retten. Nachdem seine Mannschaft im letzten Drittel vernichtend geschlagen worden war, stellte sie sich unter weiteren Beifallsrufen zur Preisverleihung an die Engländer auf.

»Verdammt gutes Spiel«, verkündete der Earl von Aynesford und schüttelte Eduardo die Hand. »Sie kommen doch anschließend zum Feiern zu uns?«

Eduardo nickte grinsend. Eine Stunde und einige Gläser Champagner später trafen sie in Aynesford Hall ein. Das Anwesen, das über sechsundzwanzig Zimmer verfügte, lag mitten in einer malerischen englischen Landschaft am Ende einer drei Kilometer langen Auffahrt. Das Hühnerfrikassee nach Jägerart wurde bereits serviert. Die üppige Pilzsauce war mit reichlich Wein abgeschmeckt. Dazu gab es Berge von Reis und eine Auswahl würziger argentinischer Gerichte. Lizzy, die seit dem Flug am Vormittag nichts mehr gegessen hatte, griff herzhaft zu.

»Ich mag es, wenn eine Frau richtig isst«, flüsterte Eduardo. Er goss den Großteil seines fünften Glases Champagner in eine Blumenvase und schnupperte Lizzys Parfüm. Seine Sehnsucht nach ihr wuchs von Sekunde zu Sekunde.

Um halb elf war der Champagner schließlich zu Ende, und die Gäste tranken, was sonst noch im Weinkeller des Hauses zu finden war. Um Mitternacht war Lizzy fast an Eduardos Schulter eingenickt.

»Ich glaube, ich bringe dich nach Hause und ins Bett«, sagte Eduardo.

Bei diesen Worten war jeder Gedanke an Schlaf plötzlich wie weggeblasen. Lizzy bemühte sich, normal zu klingen, als sie sich bei ihren Gastgebern verabschiedete und an Eduardos Arm in die kühle Nachtluft hinaustrat. Der Himmel stand voller strahlend heller Sterne, und die Milchstraße erinnerte an einen mit Diamanten gepflasterten Weg.

»Wenn es möglich wäre, würde ich sie alle für dich kaufen, aber auch sie könnten dich nicht schöner machen«, flüsterte Eduardo.

Lizzy kicherte. Durch den Champagner und die frische Luft war ihr ein wenig schwummerig.

»Du bist so romantisch«, meinte sie lachend und streichelte seine Wange, als er den Wagen anließ.

Nachdem er sie sanft geküsst hatte, setzte er den Ferrari zurück, wendete auf dem Kiesplatz und machte sich mit aufheulendem Motor auf den Rückweg nach London. Lizzy bebte auf dem ganzen Heimweg vor Verlangen. Ihre Sehnsucht nach Eduardo wuchs, und das Pochen zwischen ihren Beinen wurde stärker. Als sie zu Hause waren, wusste sie, dass sie mit ihm schlafen wollte. Dass das Haus heute Nacht ihnen allein gehörte, steigerte nur ihre Erwartung und Ungeduld.

Eduardo legte den Arm um Lizzy, schloss den Wagen ab und ging mit ihr ins Haus und die Treppe hinauf in ihr Zimmer. Keiner von ihnen sprach ein Wort. Eduardo stieß die Tür mit dem Fuß auf und zog Lizzy noch auf der Schwelle an sich. Das Herz klopfte heftig gegen ihre Rippen. Sie wollte ihn, sie wollte ihn so sehr, als Liebhaber und als Mann, dem sie für immer gehören würde.

Langsam streichelte er ihre Wange und flüsterte immer wieder ihren Namen. Er bedeckte ihr Gesicht mit zarten Küssen, strich mit dem Finger über ihre Wangen und Lippen und ließ die Hände über ihre Schultern gleiten. Sie legte ihm die Arme um den Hals, und ihre Lippen trafen sich.

Als sie seinen Mund auf ihrem spürte, begann ihr Puls wieder zu rasen. Ein ums andere Mal küsste er sie, bis alle ihre Nerven zu glühen schienen. Sie konnte ihm nicht mehr widerstehen. Und sie wollte es auch nicht. Sie sehnte sich mehr nach ihm, als sie es je für möglich gehalten hätte.

»Mi carina«, flüsterte er schließlich mit keuchendem Atem, löste die Lippen von ihren und liebkoste zart mit dem Finger ihren geröteten Mund.

Als seine Hände ihren Körper hinunterfuhren, wurde sie von wohligen Schaudern ergriffen. Er umfasste ihre Hände und küsste sanft ihre Finger.

»Es war ein langer Tag«, flüsterte er und blickte ihr tief in die Augen. »Morgen ... Morgen wird wieder ein wunderschöner Tag sein. Schlaf gut, mein geliebtes Honigvögelchen.«

Nach einer letzten Kusshand ließ er sie los, trat auf den Flur hinaus drehte sich um und ging den Flur entlang in sein Zimmer.

Verwirrt starrte Lizzy den Flur entlang. Als sie in ihr Zimmer zurückkehrte und die Tür hinter sich schloss, pochte ihr ganzer Körper vor Begierde. Sie war so sicher gewesen, dass er sie wollte. Ach, sie sehnte sich so nach ihm! Sie ließ sich aufs Bett fallen und blickte hinaus auf den Garten, der in Mondlicht getaucht war. Dabei spitzte sie die Ohren, immer in der Hoffnung, dass er zurückkommen würde.

Nach einer Weile zog sie sich langsam aus, schlüpfte in ihren Pyjama und glitt zwischen die Laken. Vielleicht war es das Beste so. Er war so rücksichtsvoll. Sie kuschelte sich in die wundervoll weiche Matratze und war sofort eingeschlafen.

Am nächsten Morgen um zehn Uhr wurde Lizzy von einem Klopfen an der Tür geweckt. Bevor sie antworten konnte, kam Eduardo mit einem Frühstückstablett herein. Der köstliche Duft von Rührei und frischem Kaffee wehte durch den Raum. Ein Blumenstrauß ragte über den Rand des Tabletts.

»Ach, wie schön«, rief Lizzy erfreut.

»Hast du gut geschlafen?«, erkundigte sich Eduardo lächelnd und stellte das Tablett vorsichtig neben sie aufs Bett.

»Wie ein Engel.« Lizzy räkelte sich wohlig.

In legerer Hose und offenem Hemd fand Lizzy Eduardo sogar noch anziehender als in Polokleidung. Er ging zum Fenster und öffnete die Vorhänge. Draußen rannen Regentropfen die Scheibe hinunter.

»Heute ist kein Tag für einen Ausflug. Komm, iss«, befahl Eduardo. Er setzte sich aufs Bett, nahm einen Löffel und füllte ihn mit Rührei.

»Wünschen Madam Salz?«, erkundigte er sich schmunzelnd und sah sie an. Lachend und flirtend fütterte er sie mit Rührei, tupfte ihr immer wieder mit einer weißen Leinenserviette den Mund ab und bestand darauf, dass sie alles bis auf den letzten Bissen verspeiste.

»Ich habe in Jemmas Schrank doch noch etwas Essbares gefunden. Das ist ein Wunder, vor dem wir Hochachtung haben müssen«, meinte er grinsend. Schließlich schob er das Tablett weg, nahm Lizzy in die Arme und küsste sie.

»Ich sehe sicher zum Fürchten aus«, protestierte Lizzy verlegen.

»Du siehst aus wie eine wunderschöne Frau. Du bist so warm … so anziehend … Lizzy, ich will dich so sehr«, hauchte er.

»Und ich will dich auch«, flüsterte sie. Sie strich mit dem Finger sein Kinn entlang und dann den Hals hinunter zu seinem Hemd. Doch als sie es öffnen wollte, zitterten ihre Hände zu sehr. Eduardo umfasste sie.

»Du bist in so vieler Hinsicht wie dieser kleine Vogel, meine wunderschöne Lizzy. Ich liebe dich.«

Er legte sich neben sie aufs Bett. Sanft knöpfte er ihr Pyjamaoberteil auf. Wohlige Schauder durchliefen sie, als er ihre Brüste berührte und sie zärtlich liebkoste. Schließlich streifte er ihr die Pyjamajacke über die Schultern, streichelte sie immer weiter und küsste ihren Hals, ihre Ohren und ihre Lippen. Dann zog er ihr das Oberteil aus und warf es auf den Boden. Die Pyjamahose folgte, sodass sie nackt vor ihm lag.

Das Prasseln des Regens klang wie eine Begleitmelodie, die nur für sie allein bestimmt war.

»Meine Lizzy, meine Lizzy, du bist so schön.« Sein Atem ging keuchend und stoßweise.

»Oh, Eduardo«, stöhnte Lizzy; sie half ihm, aus Hemd und Hose zu schlüpfen.

Lizzy schnappte nach Luft, als Eduardos Finger über ihre Brüste und hinunter zwischen ihre Beine glitten. Sanft berühte er sie und küsste sie dann auf den Mund.

»Du bist so schön.«

Als er spürte, dass sie bereit für ihn war, griff er in die Hosentasche und holte ein Kondom heraus.

»Hmm, Erdbeergeschmack, aber längst nicht so süß wie du«, murmelte er und nahm der Situation so jegliche Befangenheit. Nachdem er sich das Kondom geschickt übergestreift hatte, glitt er sanft auf sie. Voller Erregung reagierte sie auf die beharrlichen rhythmischen Bewegungen seines Körpers, die immer heftiger wurden. Schneller und fester. Mit klopfendem Herzen klammerte sie sich an ihn. Inzwischen waren sie beide mit Schweiß bedeckt. Ohne es zu bemerken, grub sie die Fingernägel in seine warme Haut und fuhr ihm damit über den Rücken. Sie versank in einer neuen Welt der Gefühle, die so überwältigend waren, dass es fast schmerzte.

»Oh, Lizzy, oh, Lizzy«, stieß Eduardo hervor und erreichte mit einem Schauder den Höhepunkt.

»Lizzy, meine Schönste«, keuchte er, küsste sie und sank dann, auf einen Ellenbogen gestützt, entspannt gegen sie.

Lizzy lag reglos da. Sie war ein wenig enttäuscht. Es war zu plötzlich vorbei gewesen.

»Es tut mir Leid. Ich war zu schnell. Ich werde es wieder gutmachen.« Eduardo umfasste ihr Gesicht mit den Händen und küsste sie. Dabei musterte er sie forschend.

»Du warst der erste. Ich wusste nicht, was ich erwarten sollte«, flüsterte sie.

Eduardo zog die Bettdecke hoch und nahm Lizzy in die Arme.

»Ich bin ein Glückspilz. Ich werde dir alles beibringen.« Er küsste sie wieder. »Wir haben viel Zeit.«

»Eine ganze aufregende Woche«, stöhnte Lizzy mit einem wohligen Schauder, als er wieder begann, sie zu streicheln und ihren Körper zu erkunden. Bereits erregt, gab sich Lizzy der Berührung hin. Sie spürte, wie sie wieder von wundervollen Gefühlen überwältigt wurde, und sie trieb auf ihnen dahin. Wie im Rausch ließ sich von ihm liebkosen. Er wartete bis zum letzten Augenblick, und als er wieder in sie eindrang, war sie bereit. In Leidenschaft vereint, erreichten sie gemeinsam den Höhepunkt. Sie lag da und lachte zufrieden auf.

»Das ist es also«, juchzte sie, die Pupillen geweitet.

»Diesmal habe ich es richtig gemacht«, seufzte Eduardo und ließ sich in die Kissen fallen.

»Sehr richtig«, seufzte auch Lizzy. Sie rollte sich auf ihn, schlang die Arme um ihn, sodass sich ihre Brüste gegen ihn pressten, und küsste ihn auf die Lippen. »Besser hättest du es nicht machen können.«

Den restlichen Tag über liebten sie sich und ließen nur voneinander ab, um etwas zu essen, einen Schluck Champagner zu trinken oder ein wenig zu dösen.

Als Lizzy die Regentropfen betrachtete, die die Scheibe hinunterrannen, fragte sie sich, ob sie jemals wieder so glücklich sein würde.

Gegen halb fünf verließ Eduardo, ein Badetuch um die Taille geschlungen, den Raum. Lizzy befahl er, sich nicht von der Stelle zu rühren. Als er zehn Minuten später zurückkam, hob er sie aus dem Bett, wickelte sie in ein Handtuch und trug sie ins Badezimmer, wo mitten im Raum eine riesige, in eine Plattform eingelassene Wanne stand. Nachdem er die Badetücher zu Boden hatte gleiten lassen, legte er Lizzy in die Wanne und folgte ihr. Im warmen schaumigen Wasser küssten und liebkosten sie sich, bis das Badewasser kalt und der Schaum fast verschwunden war.

»Und jetzt gehe ich mit dir in eine Show und zum Abendessen. Diese Woche werden wir nie vergessen, das schwöre ich dir«, verkündete Eduardo.

Die Show war eine Aufsehen erregende und prächtig ausgestattete Darbietung, doch Lizzy bekam kaum ein Wort davon mit, denn sie konnte nur an Eduardo und daran denken, wie wunderschön es gewesen war, ihn zu lieben. Sie hatten noch nicht zu Abend gegessen, als sie am liebsten sofort ins Bett zurückgekehrt wäre.

Während der gesamten Woche schwebte Lizzy auf einer Wolke aus sinnlicher Liebe. Da Eduardo sie ermutigte, wurde sie mit jedem Tag offener und ungehemmter. Ständig sehnte sie sich nach seiner Berührung, und sie verliebte sich immer mehr in ihn. In ihrer Leidenschaft verlor sie jegliches Zeitgefühl. Das Abendessen verschwamm mit dem Frühstück, und auf die im Bett verbrachten Vormittage folgten Ausfahrten durch die herbstliche Landschaft. Immer wieder bogen sie in Feldwege ab, um sich zu küssen, und fuhren dann eilig zurück in ihr Londoner Liebesnest. Jeden Abend amüsierten sie sich in einem anderen Nachtclub, und das Tanzen steigerte Lizzys Sehnsucht, nackt in Eduardos Armen zu liegen und sich von ihm öffnen zu lassen wie eine Blume.

Er ermunterte sie, seinen Körper zu erkunden, und zeigte ihr kleine Liebeskunststücke, die das Vergnügen noch erhöhten. Lizzy wünschte sich nichts weiter, als in seinen Armen dahinzuschmelzen.

»Ich will dich«, murmelte sie, als sie am Vorabend ihrer Abreise in einem teuren Bistro beim Essen saßen. Die Satinunterwäsche, die Eduardo ihr am Nachmittag geschenkt hatte, liebkoste aufregend ihre Haut. Sie griff nach seiner Hand und konnte den Gedanken nicht ertragen, ihn zu verlassen; ihr Diamantarmband – ein Geschenk – funkelte im Kerzenschein.

»Sofort, im Restaurant?«, fragte Eduardo lachend und tat, als wolle er sich das Sakko ausziehen.

»Nein … nein … Du weißt genau, was ich meine«, erwiderte Lizzy lachend und hielt sich das Weinglas an die Wange. Schamlose Begierde stand in ihrem Blick.

»Ich bete dich an«, sagte Eduardo und erfreute sich an ihrer Schönheit. Ihre unverhohlene Lust erregte ihn immer wieder aufs Neue. Doch plötzlich änderte sich seine Miene, und seine Augen blickten ernst. »Ich bete dich an, ich werde dich immer anbeten. Es zerreißt mir das Herz, dass wir uns morgen trennen müssen.«

»Mir geht es genauso«, antwortete Lizzy und senkte die Augen, um die Tränen zu verbergen, die heiß in ihr aufstiegen. »Ich wünschte, wir könnten einander häufiger sehen.«

Ihre Unterlippe begann zu zittern.

»Das werden wir. Wir haben gerade eine traumhafte Woche miteinander verbracht, mein Honigvögelchen. Glaubst du, ich möchte das nicht wiederholen? Ich komme oft nach London. Vom Kontinent aus ist das nicht weit«, beruhigte Eduardo sie und küsste ihre Handfläche.

»Nein, ich meine wirklich häufig. Du hast gesagt, dass du mich liebst. Ich liebe dich auch.« Sie spielte an einem seiner Manschettenknöpfe herum. Sie waren aus Gold und mit einem winzigen eingravierten L verziert, ein Geschenk von ihr. Dann sah sie ihn unter dunklen Wimpern heraus an.

»Ganz, ganz oft. Ich möchte, dass wir immer zusammenbleiben.« Kurz glaubte sie ein Stirnrunzeln wahrgenommen zu haben. Doch sie kam zu dem Schluss, dass sie sich das nur eingebildet hatte.

»Ich will auch immer mit dir zusammen sein, mein Liebling«, erwiderte Eduardo rasch. »Selbst jetzt sind wir zu weit voneinander getrennt. Herr Ober!«

Er winkte nach der Rechnung.

Auf dem Rückweg zum Haus kuschelte sich Lizzy an Eduardo und versuchte, nicht an den nächsten Tag zu denken. Die Eingangstür war kaum hinter ihnen ins Schloss gefallen, als Eduardo Lizzy in seine Arme zog und ihre Lippen, ihre Augen und ihren Hals mit Küssen bedeckte. Lizzy, die ihre neu entdeckte Weiblichkeit genoss, erwiderte seine Küsse leidenschaftlich und schmiegte sich auffordernd an Eduardo. Ihre Brustwarzen waren hart, und sie spürte seine Erregung, als er sich an sie presste. Sie erschauderte vor Erwartung, als er den Reißverschluss ihres Kleides öffnete, sodass es zu Boden glitt. Lachend schleuderte sie die Pumps weg und ließ sich von ihm die Treppe hinaufführen. Dabei nahm sie ihm die Krawatte ab und warf sie beiseite. Eine Spur aus Kleidungsstücken hinter sich herziehend, fielen sie keuchend vor Begierde auf das große Doppelbett und liebten sich leidenschaftlich, bis sie beide erschöpft waren.

»Du bist eine wundervolle Liebhaberin, mein kleines Honigvögelchen. Welcher Mann könnte dir widerstehen?«, hauchte Eduardo schließlich. Mit einem Ausdruck, der nach der Liebe noch weicher und begehrenswerter war, sah er ihr in die Augen. Er küsste sie noch einmal. Wenige Sekunden später war er eingeschlafen.

Lizzys Körper prickelte immer noch, als sie dalag und in die Dunkelheit starrte. Sie war froh, dass heute kein Mond schien. Sie lächelte. In ihrer Hast hatten sie sich nicht einmal die Mühe gemacht, die Vorhänge zuzuziehen. In seinen liebevollen Armen fühlte sie sich sicher und geborgen.

Als sie mit dem Finger sanft über Eduardos Brust strich, rührte er sich nicht. Mit einem zufriedenen Seufzer kuschelte sie sich an seinen Rücken, legte einen Arm um ihn und schlummerte ebenfalls ein.

Lizzy wachte davon auf, dass ihr die Sonne ins Gesicht schien. Schützend hielt sie sich die Hand vor die Augen und tastete nach Eduardo. Das Bett war leer. Im Halbschlaf und immer noch von einem wohligen Gefühl ergriffen, hörte sie das Geräusch der Dusche. Als sie an seine Berührung dachte, regte sich ihr Körper wieder.

»Eduardo, mein Liebling«, rief sie leise, als die Tür aufging.

Jemma kam herein.

»Zeit, dass du dich fertig machst. Ich dachte, du wärst längst auf dem Rückweg nach Wien. Es ist schon fast zehn.« Sie warf Lizzys Abendkleid mit anderen Kleidungsstücken, die sie auf der Treppe gefunden hatte, auf einen Stuhl, und riss weit die Fenster auf.

Lizzy fuhr hoch und zog die Decke vor die Brust. Die kalte Herbstluft ließ sie erschaudern.

»Wo ist Eduardo?«, fragte sie.

Oh, Gott, sie hatte verschlafen. Warum hatte er sie nicht geweckt? Sie griff nach Eduardos zerknittertem Hemd, das unter dem Kopfkissen hervorlugte, und legte es sich um. Es roch nach ihnen beiden.

»Wo ist Eduardo?«, fragte sie mit wachsender Angst.

Als sie sich umsah, stellte sie fest, dass seine Sachen verschwunden waren.

»Der ist bestimmt schon seit Stunden fort. Hat er dich nicht geweckt? Der böse Junge. Ich wünschte, er würde so etwas nicht tun. Normalerweise nimmt er den Flieger um acht. Nigel und ich sind vor etwa einer halben Stunde zurückgekommen«, erklärte sie. »Sag, hattet ihr eine schöne Woche?«

»Was meinst du mit ›normalerweise‹? Das war doch nicht normal. Es war unsere Woche …«, rief Lizzy aus. Ihre Stimme überschlug sich vor Verzweiflung. Sie begann zu zittern. »Nein, du irrst dich. Er ist noch da. Ich habe doch die Dusche gehört …«

Da sah sie den Zettel, der neben einer weißen Nelke auf dem Kissen lag.

»Carina, wunderschöne Frau. Ich werde dich nie vergessen. Dein dich bewundernder E.«

»Lass mich raten«, sagte Jemma, zog eine Schublade auf und stapelte Lizzys Kleider aufs Bett. »›Carina, wunderschöne Frau. Ich werde dich nie vergessen. Dein dich bewundernder E.‹«

Lizzy starrte Jemma entgeistert an, immer noch überzeugt, dass Eduardo jede Sekunde aus dem Bad käme. Dann würde alles gut werden. Sie hastete durchs Zimmer, strich mit dem Finger über die Kommode, wo seine Brieftasche und seine Schlüssel gelegen hatten, und suchte unter ihren Kleidern und in den Schubladen, als ob sie ihn dadurch zurückholen könnte.

»Er kommt nicht wieder, Schätzchen«, meinte Jemma kühl, warf Lizzys Koffer aufs Bett neben ihre Sachen und begann zu packen. »Ach, ich wünschte, er würde das nicht machen. Ich finde es schrecklich ärgerlich. Immer wieder tut er so was. Er amüsiert sich mit ihnen, und ich darf mich dann mit den Folgen herumärgern.«

Nachdem der Spitzen-BH und das schwarze Satinnachthemd, die Eduardo Lizzy geschenkt hatte, in den Koffer gewandert waren, setzte sich Jemma neben das verwirrte Mädchen.

»Pass auf. Du hattest eine wunderschöne Woche, die du nie wieder vergessen wirst. Eduardo ist ein Schatz, und du wirst von nun an jedem Mann Freude machen, mit dem du dich einlassen möchtest. Ich muss es wissen, denn ich war eine von Eduardos ersten Frauen. Es war eine himmlische Woche, aber dann war es vorbei. Und jetzt packen wir deine Sachen, damit Wien und die Wirklichkeit dich bald wiederhaben.«

Lizzy war zu entsetzt, um zu weinen. Sie griff nach ihrem Handtuch und verschwand in der Dusche. Als sie zurückkam, war Jemma schon fast mit dem Packen fertig. Wie in Trance zog Lizzy sich an. Nachdem sie das Hemd in eine Ecke geschleudert hatte, griff sie nach ihrem Flugticket. Darin steckte eine Hundertpfundnote.

»Fürs Taxi«, verkündete Jemma und warf noch einen letzten Blick in die Schubladen. »So jetzt hättest du alles. Ich gehe und bestelle eines.«

An der Tür drehte sie sich noch einmal um.

»Eduardo erzieht Jungfrauen. Darauf steht er. Du hattest eine Woche, wie sie sich die meisten Mädchen nicht einmal in ihren Phantasien ausmalen könnten. Erfreue dich an der Erinnerung.«

Mit diesen Worten ging sie hinaus.

Dieser Schweinehund hat doch an alles gedacht, sagte sich Lizzy, steckte den Geldschein ein und machte den Koffer zu. Dann griff sie nach dem in die Ecke geworfenen Hemd und drückte es an sich. Sie setzte sich auf das Bett, in dem sie sich so leidenschaftlich geliebt hatten, und starrte eine Weile hinaus in den Garten. Nachdem sie das Hemd in ihren Koffer gestopft hatte, ging sie nach unten. Sie fühlte sich innerlich tot. Auf dem Rückflug nach Wien blickte sie ins Leere und konnte nicht fassen, was geschehen war.

Als Lizzy in die Ankunftshalle trat, schickte sie ein Stoßgebet zum Himmel, dass Norma etwas dazwischengekommen sein möge, denn sie konnte ihrer Freundin nicht in die Augen sehen. Aber da war sie und rannte, heftig winkend und ein strahlendes Lächeln im Gesicht, auf sie zu.

»Und? War es toll?«, wollte Norma wissen.

»Ja«, antwortete Lizzy und fing an zu weinen.

13

So ein Schwein!«, sagte Norma mitfühlend. Lizzy hatte ihr in ihrem Zimmer die ganze Geschichte anvertraut und schluchzte bitterlich.

Schließlich richtete sie sich auf und putzte sich die Nase.

»Weißt du, was mich am meisten gekränkt hat?«, fragte sie, von Schluckauf geschüttelt, und wischte sich die verquollenen roten Augen ab. »Dass ich diesen Dreckskerl nicht durchschaut habe. Diesen wunderschönen, romantischen Dreckskerl. Wie konnte ich nur so dämlich sein? Er hat mir so selten geschrieben. Und er hat mich nicht einmal selbst vom Flughafen abgeholt. Ich wünschte, ich hätte mich nie mit ihm eingelassen … Nein, das stimmt nicht.«

»Also hatte die Sache auch ihr Gutes?«, erkundigte sich Norma, die froh war, dass Lizzy wütend wurde.

Lizzy stöhnte auf.

»Aber ja! Er war mein Traummann. Es war schön mit ihm. Er hat mich nicht gedrängt. Er war sanft. Er hat mir Geschenke gemacht …« Ihre Stimme erstarb.

»Nun ja, er war ein toller Liebhaber. Und jetzt ist er bestimmt schon hinter der nächsten Jungfrau her«, meinte sie mit einem Achselzucken. Doch es versetzte ihr trotzdem einen Stich ins Herz.

»Eine abgehakt, noch zehn Milliarden vor sich«, lachte Norma, die Lizzy unbedingt von ihrem Elend ablenken wollte. »Willkommen in der Wirklichkeit. Am besten suchst du dir einen anständigen Kerl. Es soll tatsächlich noch so etwas geben. Das Problem dabei ist nur, dass man auf der Suche nach ihm hin und wieder über einen Schweinekerl stolpert.«

Dann wechselte sie das Thema.

»Leonard Rominski dirigiert heute Abend den ›Rosenkavalier‹ an der Staatsoper«, sagte sie zu Lizzy. »Hast du Lust hinzugehen? Auf dem Weg zum Flughafen habe ich Martin Tayler getroffen. Er meinte, er und die restliche Bande würden dort sein. Ich musste ihm versprechen, dich mitzuschleppen, sofern du nicht im Sterben liegst. Komm mit und amüsier dich ein bisschen. Oder wolltest du wirklich das kleine Frauchen eines argentinischen Polospielers werden, der sich selbst für den Allergrößten hält?«

»Wenn du es so sagst …« Lizzy grinste. »Danke, dass du eine so gute Freundin bist.«

Das Gespräch mit Norma hatte ihr gezeigt, dass ihre Schwärmerei für Eduardo übertrieben gewesen war. Sie war nicht bereit für eine Ehe. Sie wollte singen – auch wenn er es irgendwie geschafft hatte, dass sie dieses Ziel aus den Augen verlor. Schließlich war sie es Schwester Angelica und sich selbst schuldig, das Stipendium so gut wie möglich auszunutzen. Außerdem mochte sie Martin, den walisischen Tenor, mit dem sie sich gleich zu Anfang an der Akademie angefreundet hatte.

Es klopfte an der Tür, und die sechsjährige Brigitte, die älteste Tochter von Lizzys Gastfamilie, steckte den Kopf herein.

»Gibst du uns heute denn keinen Englischunterricht?«, fragte sie mit unverkennbar australischem Akzent.

»Möchtest du das gerne?«, erkundigte sich Lizzy, die trotz ihrer Misere lächeln musste.

»Mama hat versprochen, dass wir mehr Kuchen bekommen, wenn wir fleißig sind. Die Köchin hat glasiertes Gebäck gemacht.«

»Gib mir eine Viertelstunde«, erwiderte Lizzy lachend und fühlte sich viel besser.

»Wenigstens ist da ein Mensch, der dich gern hat. Auch wenn das arme Kind inzwischen klingt, wie eine Australierin«, spöttelte Norma erleichtert, als das kleine Mädchen aus dem Zimmer hüpfte, um seine Schwester zu holen.

Lizzy war fest entschlossen, das Abenteuer mit Eduardo hinter sich zu lassen, als sie mit frischer Energie zur nächsten Gesangsstunde erschien. Elsa bemerkte sofort eine Veränderung in ihrer Stimme.

»Es muss mehr dahinter stecken als die englische Luft«, meinte sie sanft, und ihre dunklen Augen funkelten. »Als Sie anfingen, haben Sie gesungen wie ein Mädchen. Jetzt singen Sie wie eine Frau. Das ist gut. Und wie war der neue Liebhaber?«

Die zierliche, energische und stets makellos und ausgesprochen teuer gekleidete Elsa und Lizzy hatten sich auf Anhieb verstanden. Elsa, die begeistert von Lizzys rascher Auffassungsgabe war, verstand, warum Schwester Angelica so viel Vertrauen in die junge Frau setzte, und wollte, dass sie so schnell wie möglich Fortschritte machte. Sie war erfreut über den Reifungsprozess, den ihre Schülerin offenbar durchgemacht hatte.

Lizzy, die immer noch ein wenig unter der Kränkung litt, lief feuerrot an, weshalb Elsa die Aufmerksamkeit dem Lehrstoff zuwandte. Da sie jedoch nicht vergessen hatte, was es bedeutete, jung und verliebt zu sein, gelang es ihr schließlich, Lizzy eine gekürzte Version der Katastrophe zu entlocken.

»Jetzt fühlen Sie mehr, wenn Sie singen«, meinte Elsa, die die Dinge eher von der praktischen Seite sah, und legte die Hand auf die Brust »Und Sie können jemandem das Herz brechen.«

Lizzy lächelte wehmütig.

Lizzy widmete sich ihrem Studium, arbeitete noch härter als zuvor, lernte mit Feuereifer ihre Rollen auswendig und bemühte sich, Eduardo zu vergessen und ihr Leben weiterzuleben. Zu Ende des Weihnachtssemesters hatte sich ihr Repertoire um einiges vergrößert, und Lizzy sang so gut wie nie zuvor.

Da die Feiertage näher rückten, wurde Lizzy von Heimweh ergriffen. Als Australierin erschien es ihr merkwürdig, Weihnachten mitten im Winter zu feiern. Während sie durch vom Straßenverkehr grau verfärbten Schneematsch und über eisglatte Bürgersteige zur Messe trottete, war sie froh, den Heiligen Abend im Kreise ihrer Gastfamilie verbringen zu können. Dennoch fragte sie sich immer wieder, wie es wohl ihren Angehörigen und Freunden in Toowoomba ging. Nach einem Anruf bei ihrer Großmutter fühlte sie sich nur noch einsamer, denn das Gespräch war für ihren Geschmack viel zu kurz gewesen.

Als sie am Abend ihr Zimmer aufräumte und ihre Geschenke wegstellte, fiel das Foto aus der Bibel, die sie überallhin begleitete. Es war die Aufnahme, die sie nach dem Sturm aus Kinmalley mitgenommen und völlig vergessen hatte. Das liebevolle Gesicht ihrer Mutter, an die sie sich kaum erinnerte, blickte ihr entgegen. Das pechschwarze Haar, die mandelförmigen Augen und die hohen Wangenknochen sahen aus wie Lizzys eigene. Einen Moment wünschte sich Lizzy, ihr Leben wäre anders verlaufen. Sie sehnte sich danach, den Arm ihrer Mutter um sich zu spüren und sie die Volksweisen singen zu hören, die Lizzy durch sie lieben gelernt hatte.

Als sie mit dem Finger über das Foto strich und eine geknickte Ecke glättete, fragte sie sich, ob ihre Mutter sich je so gefühlt hatte wie sie heute – einsam und verloren in einer Welt, zu der sie so gern gehören wollte. Schließlich steckte sie das Bild mit einem schweren Seufzer wieder zwischen die Seiten. Es war zwecklos zurückzublicken. Heute war Weihnachten. Sie war hier, und ihre Mutter war für immer aus ihrem Leben verschwunden.

Am zweiten Feiertag entführten Norma und Anton Lizzy nach Grinzing. Die Clique von der Musikakademie, die hauptsächlich aus heimwehkranken Studenten aus Übersee bestand, fuhr mit der Straßenbahn zum Heurigen. Die Cafés und Restaurants, die an den langen Sommerabenden von Gästen wimmelten, lagen verlassen da. Die an den Mauern gestapelten Stühle waren mit einer zentimeterdicken Schneeschicht bedeckt. Lizzy, die vor Kälte zitterte, wünschte sich an einen warmen Ort. Plötzlich begann Anton, den »Donauwalzer« zu summen. Sean, der stämmige irische Bariton, fasste Lizzy um die Taille, wirbelte sie herum und fing an zu singen.

Lizzy ließ sich von seiner Ausgelassenheit anstecken, tanzte rutschend und schliddernd mit ihm umher und stimmte, den Kopf in den Nacken gelegt, ein. Ihre Stimmen hallten durch die leere Straße, als sie immer wieder im Kreis tanzten. Als Nächstes war die schnelle »Tritsch-Tratsch-Polka« an der Reihe. Sie sprangen auf der Straße hin und her und forderten die anderen lautstark zum Mitmachen auf. Die ließen sich nicht zweimal bitten, und bald war die Straße voller singender, tanzender, lachender und rufender Studenten.

Da kam der rundliche Wirt eines nahe gelegenen Restaurants wütend herausgestürmt, um die Störenfriede zu verjagen. Doch bevor er einen zweiten Satz herausbringen konnte, schlangen sich zwei kräftige Arme um ihn.

»Frohe Weihnachten, Hans«, verkündete Sean mit starkem irischem Akzent, der den deutschen Satz komisch klingen ließ, und schwenkte Hans durch die Luft. Dann setzte er den Wirt mit einer großen Geste wieder ab und küsste ihn auf beide Wangen.

»Mein Gott«, entsetzte sich Hans und wich erschrocken zurück.

Im nächsten Moment aber erkannte er den Sänger und grinste übers ganze Gesicht.

»Fröhliche Weihnachten, mein Freund!« Er klopfte Sean auf den Rücken. »Kommt, kommt, wir feiern drinnen. Kommt alle herein.«

Er winkte die anderen heran, die ihm rasch – ihre steif gefrorenen Finger anpustend und mit den Füßen stampfend – ins Lokal folgten. Lizzy fühlte sich, als wäre sie in die Kulisse von »La Bohème« geraten. Warme Luft schlug ihnen entgegen. Nachdem sie sich ihrer Mäntel, Mützen und Schals entledigt hatten, drängten sie sich vor dem knisternden Kaminfeuer, um aufzutauen, während Hans und seine vollbusige Frau dampfende Becher mit Glühwein herumreichten. Dann verschwand Hans im Hinterzimmer und kehrte kurz darauf mit einer zerkratzten alten Geige zurück.

»Sie ist zwar nicht gut, aber man kann sie spielen«, meinte er entschuldigend und hielt sie Anton hin. »Sie verdienen doch Ihr Geld als Musiker, nicht?«

»Spiel schon«, drängte Norma ihn bewundernd, als Anton zögerte. Er verzog das Gesicht, küsste sie rasch und kratzte mit dem Bogen über die Saiten, dass alle zusammenzuckten. Nachdem er die Geige grinsend gestimmt hatte, spielte er ein beschwingtes Stück aus »Die lustige Witwe«. Die Einheimischen, die sich bei Hans und seiner Frau eingefunden hatten, begannen zu summen und klatschten schließlich den Takt mit. Einer hatte ein Akkordeon dabei, und bald erfüllte Musik den Raum.

Jemand tippte Lizzy auf die Schulter. Als sie sich umdrehte, begann Martin, die Witwenarie zu singen. Lachend nahm Lizzy das Stichwort auf und sang die Männerrolle. Sie streifte die Stiefel ab, sprang auf einen Stuhl und untermalte ihren Vortrag mit dramatischen Gesten. Anton bearbeitete heldenhaft die Geige, während die anderen Lizzy soufflierten, wenn ihr der Text fehlte. Kichernd und um die eigene Achse wirbelnd, gaben sie Stücke aus beliebten Opern und Operetten zum Besten, und alle sangen und tanzten, bis sie müde waren. Zum ersten Mal seit ihrer Ankunft in Wien hatte Lizzy das Gefühl, wirklich dazuzugehören.

»Du weißt sicher, dass Martin schwul ist«, flüsterte Norma, als sie erschöpft auf ihre Plätze sanken, um sich weiter am Glühwein zu laben.

»Er ist trotzdem ein Schatz«, erwiderte Lizzy vergnügt. Seit ihrem Abenteuer mit Eduardo hatte sie endlich wieder richtig Spaß.

Sie tranken, plauderten, musizierten und amüsierten sich bis in die Nacht hinein. Doch schließlich verkündete jemand, dass die letzte Straßenbahn bald fahren würde. Nachdem sie sich überschwänglich bei Hans, ihrem Gastgeber, und seiner Frau verabschiedet hatten, hakten sie einander unter und machten sich auf den Weg zur Haltestelle.

Lizzy fühlte sich wie von einer Zentnerlast befreit. Sie war über Eduardo hinweg und hatte wundervolle Freunde gefunden. Bald würde das neue Semester beginnen, und sie konnte bei der lieben Elsa studieren. Außerdem hatte Jackie sie gefragt, ob sie nicht mit ihr für den Backgroundchor einer international bekannten Sängerin vorsingen wollte. Sie stimmte »Waltzing Matilda« an. Ehe sie sich versah, fingen die anderen an, sie mit Liedern aus ihren jeweiligen Heimatländern zu übertönen. Die Briten trugen mit »Rule Britannia« den Sieg davon.

Morgen beginnt ein neues Kapitel in meinem Leben, dachte Lizzy aufgeregt und beobachtete die Schneeflocken, die im Licht einer Straßenlaterne sanft zu Boden schwebten. Das Leben war schön.

An einem eiskalten Tag Mitte Februar kam Elsa Greusen in den Musiksaal geeilt, wo Lizzy schon seit zehn Minuten auf sie wartete. Sie warf ihren Kaschmirmantel mit dem Kragen aus falschem Ozelot über einen Stuhl. Vor Aufregung zitterte sie am ganzen Leibe.

»Gerade habe ich zufällig meinen lieben Freund Maestro Leonard Rominski getroffen«, verkündete sie und hielt inne, um Atem zu schöpfen. »Ich kenne Leo schon sehr lange. Auch wenn wir nicht in allen Dingen einer Meinung sind, weiß er, was eine gute Stimme ist.«

Sie senkte ihre eigene Stimme.

»Er ist der Einzige, auf dessen Urteil ich vertraue. Ich wollte, dass er Sie singen hört, aber er ist sehr beschäftigt. Allerdings veranstaltet er in der ersten Aprilwoche einen Meisterkurs. Das weiß noch niemand, nicht einmal Herr Schranken. Ich habe dafür gesorgt, dass Sie dabei sind«, sagte sie und legte den Finger an die Lippen.

Lizzy bereitete Elsa einiges Kopfzerbrechen. Obwohl sie in der Mittellage manchmal wie die Callas klingen konnte, hatte ihre Stimme teilweise etwas Zartes an sich, das nicht zu ihrem pragmatischen und erdgebundenen Auftreten passte. Auch wenn Elsa es nur ungern zugab, wollte sie sich von Leo die Bestätigung holen, dass sie die Stimme des Mädchens wirklich in die richtige Richtung entwickelte.

»Also, das wäre erledigt«, meinte sie und klatschte in die Hände. »Sie besuchen den Meisterkurs beim Maestro.«

»Leonard Rominski, der Dirigent?«, fragte Lizzy, und ihr Puls beschleunigte sich.

»Eigentlich hätte ich erwartet, dass Sie Luftsprünge machen«, erwiderte Elsa leicht gereizt. Es war ein ganzes Stück Arbeit gewesen, Leo die Informationen über den Meisterkurs zu entlocken. Dann lachte sie auf. »Er ist ein reizender Mensch. Sie brauchen keine Angst zu haben.«

»Ich fühle mich sehr geehrt«, entgegnete Lizzy rasch, da ihr klar war, dass Elsa keine Kritik an dem großen, allseits verehrten Mann dulden würde.

»Haben Sie mir etwas zu sagen?«, erkundigte sich Elsa und zog die Augenbrauen hoch.

»Er war Preisrichter bei dem Wettbewerb, durch den ich das Stipendium bekommen habe. Damals fand er, dass ich für meine Stimme die falschen Rollen singe ...« Verlegen verstummte sie.

Elsa musterte Lizzy nachdenklich.

»Gut, wir werden sehen, was der Maestro meint. Und wenn wir das wissen, werden wir eine Entscheidung fällen«, gab sie entschlossen zurück. »Und jetzt wird gearbeitet.«

Sie schlug die Partitur von »Don Giovanni« bei der Arie von Donna Elvira auf, einem düsteren Lied, das von verlorener Liebe, Verrat und Rache an Don, einem Schürzenjäger, handelt. Allerdings schwingt dabei unterschwellig mit, dass sich Elvira ihm sofort wieder in die Arme werfen würde, wenn sie nur könnte.

14

Der Meisterkurs, der eine Woche dauern sollte, fand in einem prunkvollen Gebäude hinter dem Musikverein, dem Sitz der Wiener Symphoniker, statt. Lizzy schüttelte sich den Schnee vom Schal und betrat ängstlich das kalte Zimmer im Erdgeschoss. Der Raum war vor kurzem renoviert worden. Seine hohe weiße Decke war mit vergoldeten Putten und festlichen Szenen geschmückt. Weiße und goldene Stühle standen auf dem Parkettboden, im Halbkreis auf ein dazu passendes, weißgoldenes Klavier ausgerichtet. Die blassroten Polster bildeten einen Farbtupfer im Raum. Lizzy fühlte sich, als wäre sie in eine andere Epoche geraten.

Maestro Leonard Rominski stand am Klavier, ins Gespräch mit seinem Begleiter vertieft. Er wirkte kleiner und gedrungener als im Orchestergraben und trug einen dunklen Mantel, einen schwarzen Rollkragenpullover und eine schwarze Cordhose. Beim Sprechen bewegte sich ein Finger seiner Hand in einem imaginären Rhythmus. Als Lizzy Martin entdeckte, eilte sie durch den Raum und setzte sich neben ihn.

»Hallo«, flüsterte sie nervös und blickte sich um. Außer ihr und Martin waren noch fünfzehn weitere Schüler anwesend, die Höchstzahl, die der Maestro bei seinen Kursen duldete.

Lizzy knöpfte ihren Mantel auf und nahm Notizheft und Stift aus ihrer Tasche. Im Raum herrschte eine erwartungsvolle und ehrfürchtige Stimmung, als sei ein Mitglied des Königshauses anwesend. Nachdem der Maestro seine Unterhaltung beendet hatte und sich den Kursteilnehmern gegenüber auf einem Stuhl niedergelassen hatte, wurde die Atmosphäre im Saal noch angespannter.

»Meine Damen und Herren, lassen Sie uns beginnen«, begann er in seinem nasalen Boston-Akzent. Lizzys Herz machte einen Satz. Bei ihrer früheren Begegnung hatte sie sich so über ihn geärgert, dass ihr sein Aussehen überhaupt nicht aufgefallen war.

Als sie nun zusah, wie sich der sechsundvierzigjährige Maestro nacheinander an jeden einzelnen Schüler wandte, um ihm die Angst zu nehmen, spürte sie eine Anziehungskraft, die sie bis dahin gar nicht wahrgenommen hatte. Er strahlte die geballte Energie aus, die ihn zu einem der Weltbesten in seinem Beruf und zum wichtigsten Gastdirigenten an der Wiener Staatsoper machte.

»Gut, meine Damen und Herren, wir haben eine Woche Zeit, um ein Wunder zu vollbringen. Welche Wunder wünschen Sie sich?« Er überflog die Liste der Lieder, die die Studenten hatten einreichen müssen, und erkannte die Namen derer, die bereits einen Meisterkurs bei ihm besucht hatten. Martin war einer von ihnen.

»Wir haben hier einen Tenor, der meistens den Ton halten kann. Haben wir auch einen Sopran?«, fragte der Maestro und musterte die Schüler. Auf seinen Scherz folgte nervöses Gekicher. Sein Blick blieb an Lizzy hängen. »Ach, der kleine australische Himmelsvogel. An Sie erinnere ich mich. Sie haben ein lustiges kleines Liedchen gesungen. Es ging doch um einen Himmelsvogel, richtig? Oder war es ein Hochzeitsvogel?«

»Honigvogel. ›Lied der Honigvögel‹«, stammelte Lizzy und errötete.

Sie wusste nicht, ob sie sich freuen oder ärgern sollte, weil er sie nicht vergessen hatte.

»›Lied der Honigvögel‹, das war es. Sie haben nicht zufällig die Noten dabei?«

Lizzy klopfte das Herz bis zum Halse. Mit bebenden Fingern holte sie das Notenblatt hervor und reichte es Leonard, der sie zum Klavier winkte. Mit zitternden Knien und Leos Blick auf sich spürend, sang Lizzy die erste Strophe, und alle Liebe und aller Schmerz, die sie längst überwunden geglaubt hatte, überkamen sie erneut.

»Gut, gut«, meinte Leonard nickend. Er klang ein wenig ungeduldig. Lizzy wartete verlegen ab, während Leo sich an der Nasenspitze kratzte und seine Ärmel hochkrempelte.

»Versuchen wir das einmal in einer anderen Tonart. Ernst, einen Ton höher«, wies der den Begleiter mit einem Nicken an.

Lizzy sang das Lied in einer höheren Tonart. »Hmm, interessant. Was wollten Sie sonst noch singen?«

»Die Arie der Donna Elvira ›Mi tradi quell'alma ingrata‹«, erwiderte Lizzy und blätterte mit schweißnassen Händen die Partitur durch. Sie spürte, wie Panik in ihr aufstieg, und atmete tief durch, um sich zur Ruhe zu zwingen.

»Das ist die falsche Rolle für Ihre Stimme, aber lassen Sie hören«, erwiderte Leonard, was noch zu Lizzys Anspannung beitrug. Nachdem sie fertig war, wandte er sich an die Kursteilnehmer. »Wir haben es hier mit einer sehr interessanten Stimme zu tun, kräftig, musikalisch und mit einer dunklen Mitte. Aber wir müssen den exakten Punkt finden, an dem sich diese Stimme am wohlsten fühlt.«

In den nächsten Minuten beschäftigte er sich nur mit Lizzy. Er brach ab, begann von neuem, verlangte mehr Gefühl, eine Tempoverschiebung oder eine süßere Färbung.

Lizzy merkte, dass sie ruhiger wurde. Ihre Panik verflog, während sie sich immer mehr in die Musik treiben ließ. Als sie wieder Platz nahm, machte sie sich hastig Notizen und versuchte, sich an jeden seiner Ratschläge zu erinnern. Sie kaute auf ihrem Bleistift herum, überrascht, wie viel Sicherheit er ihr in so kurzer Zeit vermittelt hatte.

Ihr Selbstbewusstsein wuchs mit jedem Tag, und die Woche verging wie im Flug. Nur Leos ständige Kritik an den Rollen, die sie sich ausgesucht hatte, trübte ihre Freude. Als sie das Trinklied aus »La Traviata« anstimmte, leuchteten seine Augen auf.

»Sehen Sie, was ich meine«, sagte er. Da Lizzy ohnehin schon mehr Aufmerksamkeit von ihm erfahren hatte als die anderen, wollte sie nicht nachhaken. Am Ende der Woche war aus den fünfzehn Einzelkämpfern eine verschworene Gemeinschaft geworden, und alle waren erstaunt darüber, welche Fortschritte sie in so kurzer Zeit gemacht hatten.

»Er wird seinem Ruf eindeutig gerecht«, meinte Lizzy auf dem Weg zur letzten Stunde zu Martin. Im Raum wurde geplaudert und gelacht, ein himmelweiter Unterschied zu der ehrfürchtigen Atmosphäre, die noch vor ein paar Tagen geherrscht hatte. Die enge Zusammenarbeit hatte auch die Freundschaft zwischen Lizzy und Martin gestärkt. Sie plauderten locker, unterhielten sich vor dem Unterricht über fachliche Details und besuchten am Abend ihren Lieblingsweinkeller.

»Und zum krönenden Abschluss kehren wir zurück an den Anfang«, verkündete Leonard zu Beginn der letzten Stunde. »Miss Honigvogel.«

Er winkte Lizzy zu sich.

»Maestro!« Grinsend sprang Lizzy auf. Leo legte ihr den Arm um die Schultern.

»Diese talentierte Sängerin und Komponistin und ich werden Ihnen jetzt zeigen, wie man aus einem schlichten Liedchen eine Sensation macht. Lizzy, ich möchte, dass Sie für uns noch einmal Ihr Honigvogel-Lied singen.«

In gespielter Verzweiflung verdrehte Lizzy die Augen zur Decke.

»Dieses grässliche Lied wird mich noch bis ins Grab verfolgen«, witzelte sie.

»Nachdem wir damit fertig sind, hoffe ich das auch«, gab Leonard mit funkelnden Augen zurück. Er beugte sich vor und flüsterte ihr ins Ohr, sodass der ganze Kurs es hören konnte: »Wenn ich den Kerl in die Finger kriege, für den Sie dieses Liebeslied geschrieben haben, bringe ich ihn um!«

Die Kursteilnehmer schütteten sich aus vor Lachen.

»Wir machen es eine Terz höher«, verkündete er, wies seinen Begleiter an, den Klavierhocker freizugeben, und nahm selbst darauf Platz.

Lizzy stieß einen Schreckensschrei aus.

»So hoch schaffe ich das nicht. Dann wäre der oberste Ton ja ein hohes E!«, rief sie aus. Das war in etwa der höchste Ton ihres Stimmumfangs.

»Stimmt genau. Singen Sie!«, befahl Leo. Seine Finger huschten über die Tasten. Nach der zweiten Phrase brach er ab.

»Das Thema hätten wir erfasst. Jetzt kommen die Feinheiten. Martin, wo sind Sie? Sie sind die Hauptstimme der Flöte und singen in Terzen mit. Und diesmal, Lizzy, machen Sie aus dem ersten Ton einen langen Triller pianissssssimmmo.« Er zog das Wort in die Länge, bis es wie ein leises Zischen klang.

Lizzy hatte Mühe, ein Kichern zu unterdrücken. Sie setzte kaum hörbar ein und sang den Triller, bis Leo ihr bedeutete fortzufahren. Zu ihrer Überraschung war das Singen in einer höheren Tonart längst nicht so schwierig, wie sie gedacht hatte. Als die Töne mühelos und glockenhell durch den Raum schwebten, wurde sie von einem Gefühl der Freiheit ergriffen. Nachdem sie auf einem sauberen hohen E geendet hatte, drehte sie sich mit leuchtenden Augen zu Leo um.

»Ich wusste gar nicht, dass ich das kann«, hauchte sie und war überglücklich, als ihre Kommilitonen ihr applaudierten.

»Ich schon. Das, Lizzy, ist Ihr Erkennungslied, Ihre Zugabe. Diesen Trumpf behalten Sie im Ärmel. Und wenn die Zuschauer eine Zugabe fordern, was sie zweifellos tun werden, singen Sie Ihr ›Lied der Honigvögel‹, dass es ihnen den Atem verschlägt«, fügte er mit einer ausladenden Handbewegung hinzu.

»Erstaunlich, was mit einem banalen Liedchen alles möglich ist«, sagte er zu den Kursteilnehmern und erhob sich vom Klavierhocker.

»Es ist kein banales Liedchen«, murmelte Lizzy, die unsanft wieder auf dem Boden der Tatsachen landete. Doch als sie nach der Stunde ihre Noten zusammenpackte, dachte sie daran, wie geschickt er ihr Lied verwandelt hatte. Nun hatte es nichts mehr mit Eduardo zu tun, sondern war ein kleines Meisterwerk, das den Stempel des großen Maestro trug. Eine enorme Veränderung, wie sie zugeben musste.

»Wissen Sie, dass ich mir am Anfang der Woche geschworen hatte, dieses Lied nie wieder zu singen. Jetzt gefällt es mir wieder. Vielleicht mache ich es wirklich zu meiner Erkennungsmelodie«, meinte Lizzy am Ende des Unterrichts keck und schulterte ihre Tasche.

»Ich habe miterlebt, wie große Diven jahrelang darum kämpften, um in der Höhe eine solche Reinheit zu erreichen. Bei Ihnen hingegen klingt das hohe E völlig mühelos«, antwortete Leo. Kurz hielt er inne, und als er sie betrachtete, ging sein Puls schneller. Sie war atemberaubend schön, und in ihren dunklen Augen spiegelte sich etwas Tragisches wider.

»Ich möchte, dass Sie in diesem Jahr in meinem Konzert bei den Salzburger Festspielen singen.«

Lizzys Herz machte einen Satz.

»Bei den Salzburger Festspielen?«, wiederholte sie, die Augen weit aufgerissen. Ein Auftritt bei Rominskis Nachwuchskonzert würde ihrer Karriere sicher einen Anschub geben. Ihr wurden die Knie weich. »Ist das echt?«

»Vermutlich bedeutet das, ob ich diese Einladung ernst meine?«, entgegnete Leo. »Ja, das ist echt. Ich wähle aus, was Sie singen, und wir arbeiten gemeinsam daran.«

»Das wäre wunderbar«, erwiderte Lizzy, die ganz vergessen hatte, dass ihr Stipendium in drei Wochen endete und dass sie schon viele Monate vor dem Konzert, das Ende Juli stattfinden sollte, nach Australien zurückmusste.

»Gut, ich spreche heute Abend mit Elsa. Wir unterhalten uns später.« Leo zog die Handschuhe an, tätschelte ihr freundschaftlich den Arm und ging.

Benommen verließ Lizzy das Gebäude. Sie war bereits ein Stück die Straße hinuntergegangen, als ihr klar wurde, was sie getan hatte. In heller Aufregung rannte sie sofort zu Norma, in der Hoffnung, dass ihre Freundin zu Hause sein würde.

»Was soll ich nur machen?«, rief sie aus, nachdem sie Norma alles berichtet hatte. »Es ist mir einfach so rausgerutscht, bevor ich Zeit zum Nachdenken hatte, und dann war es zu spät. Ich kann mir kaum den Heimflug leisten, geschweige denn noch drei Monate Gesangsstunden bei Elsa und eine neue Wohnung und meinen Lebensunterhalt. Meine Nachfolgerin zieht zwei Tage nach meiner Abreise ein.«

Sie stöhnte auf.

»Ach, Norma, ich würde so gerne auftreten.«

»Ich bin schon ganz gelb vor Neid. Hey, uns fällt sicher etwas ein«, versuchte Norma, sie aufzumuntern. Eine halbe Stunde und einige Gläser Wein später grübelten sie immer noch über eine Lösung nach.

»Du musst singen, so viel steht fest«, verkündete Norma zum vierzehnten Mal. »Wenn ich das Geld hätte, würde ich es dir leihen, aber ich bin genau so blank wie du.«

Sie stützte das Kinn in die Hände.

»Es muss doch eine Möglichkeit geben.«

Da klatschte Lizzy in die Hände.

»Jackie, Jackie. Ich rufe Jackie an! Warum ist mir das nicht schon früher eingefallen?« Sie sprang auf und wählte die Nummer. »Ich habe ein paar Plattenaufnahmen abgesagt, weil sie kurz vor meiner Abreise angesetzt waren.«

Nach einiger Zeit hob eine schläfrige Jackie ab. Nachdem sie Lizzy gratuliert hatte, meinte sie, Lizzy würde bei den Plattenaufnahmen sicher noch gebraucht. Nach einem leisen Gespräch kam Tord an den Apparat und sagte Lizzy, sie solle am nächsten Tag bei »Wiener Blut« vorsingen.

Erleichtert legte Lizzy den Hörer auf. Mit dem Geld, das sie noch vom Stipendium übrig hatte und der Gage für diese Auftritte, würde sie die nächsten drei Monate wohl so einigermaßen überstehen können.

»Jetzt brauche ich nur noch eine Unterkunft.«

»Wenn du gar nichts findest, kannst du bei mir wohnen«, erbot sich Norma.

»Und was würde dann aus Antons und deiner Zweisamkeit? Das geht doch nicht. Ich überlege mir morgen etwas«, erwiderte Lizzy, ließ sich aufs Sofa fallen und streifte mit einem Seufzer die Schuhe ab. »Zwei von drei ist nicht schlecht für einen Nachmittag.«

Dennoch war sie froh über Normas Angebot für den Notfall.

»Weißt du, Maestro Rominski ist unglaublich. Er hat mich ein E singen lassen, als täte ich das jeden Tag in der Dusche.«

»Das tust du auch«, gab Norma zurück und warf Lizzy einen Seitenblick zu. »Du schwebst in luftigen Höhen, als gäbe es für dich kein Morgen. Du bist ein Wunder, ich hasse dich. Und ich krieche auf meiner Mezzolage herum.«

»Sei nicht albern. Ich mag dein Kriechen. Wir geben ein prima Gespann ab«, lachte Lizzy und versetzte Norma einen freundschaftlichen Schubser. »Aber im Ernst. Du kannst dir gar nicht vorstellen, wie wohl ich mich in Leos Gegenwart fühle, wenn wir zusammen arbeiten.«

»Ach, seit wann nennen wir ihn denn Leo? Du bist doch nicht etwa in ihn verliebt, Lizzy? Der Mann ist ein berüchtigter Herzensbrecher«, rief Norma und füllte ihre Gläser nach.

»Mach mal halblang. Ich bin doch nicht völlig verblödet«, entgegnete Lizzy und fügte, ein wenig ernster, hinzu: »Ich habe durch Eduardo meine Lektion gelernt. Kein Mann wird mir je wieder so etwas antun. Außerdem wäre es Zeitverschwendung, mich in ihn zu verlieben – gesetzt den Fall, es wäre so. Er nimmt mich überhaupt nicht wahr. Für ihn bin ich nur eine Stimme«, beendete sie, ein wenig wehmütig, den Satz.

»Er hat Kinder in deinem Alter, Lizzy! Und außerdem hat er seit drei Jahren eine Beziehung mit Mirella, dieser fetten Kuh. Ganz zu schweigen von den vielen anderen Affären, von denen jeder weiß.«

Lizzy zog erstaunt die Augenbrauen hoch.

»Seine Frau ist vor etwa zehn Jahren gestorben«, fuhr Norma fort. »Und um darüber hinwegzukommen, gebärdet er sich wie ein richtiger Playboy.«

»Der Arme. Eine Art moderner Don Giovanni also. Aber ich kann mir vorstellen, wie er es macht. Es liegt an seinen Augen, die sind einfach hinreißend.« Die Hände hinter dem Kopf, lehnte sich Lizzy zurück, und ein verträumter Ausdruck trat in ihre Augen. »Es ist wundervoll, mit ihm zu singen. Ich fühle mich von seiner Magie umhüllt, und einen Moment lang sind wir eins.«

In gespieltem Ekel steckte Norma sich den Finger in den Hals und stieß würgende Geräusche aus.

»Okay, okay, schon kapiert«, meinte Lizzy lachend. »Doch eigentlich ist es egal, was Maestro Rominski in seinem Privatleben macht. Jedenfalls habe ich mich noch nie so wohl und sicher gefühlt wie beim Singen mit ihm.«

Schweigend erinnerten sich die beiden an die Katastrophe beim Pazifik-Arienwettbewerb.

»Lass dich nur nicht wieder verletzen, Lizzy. Er ist bekannt dafür, dass er mit seinen Schülerinnen Affären hat«, flehte Norma. Dann hob sie ihr Glas. »Auf Salzburg und die Magie!«

»Auf Salzburg und die Magie!«, wiederholte Lizzy lachend und leerte ihr Glas.

Frau Greusen war außer sich vor Freude.

»Liebes Kind, ich kann Ihnen gar nicht sagen, wie sehr ich mich freue. Die Akademie wird sehr stolz sein. Ich habe mich um eine Verlängerung Ihres Stipendiums bemüht, sodass Sie sich um nichts zu kümmern brauchen.« Sie löste auch das Wohnungsproblem und versprach, dafür zu sorgen, dass Lizzy bei ihrer Gastfamilie bleiben könne.

»Sie müssen im Meisterkurs außergewöhnlich gut gesungen haben. Der Maestro ist von ihrer Stimme begeistert. Er hat sich sogar erboten, Ihren Gesangsunterricht zu finanzieren«, verkündete sie strahlend. »Aber lassen Sie sich das nicht zu Kopfe steigen. Und Sie dürfen ihm auf keinen Fall verraten, dass ich es Ihnen gesagt habe. Also, der Maestro und ich haben lange erörtert, was Sie singen sollen, und uns darauf geeinigt, für das Konzert Arien auszuwählen, die Ihnen vertraut sind.«

Elsa, die immer noch nicht überzeugt war, dass Leo Lizzy in die richtige Richtung lenkte, hatte einige Mühe aufwenden müssen, um ihn davon zu überzeugen. Doch nachdem sie ihn darauf hingewiesen hatte, dass er den Großteil der nächsten drei Monate auf Reisen sein und die Vorbereitungen deshalb Elsa würde überlassen müssen, war er einverstanden gewesen.

Gerührt von Leos Großzügigkeit, weigerte sich Lizzy zu glauben, dass er damit Hintergedanken verfolgte.

Die nächsten drei Monate vergingen wie im Fluge, da sie zwischen den Stunden bei Elsa, den Plattenaufnahmen und ihren regelmäßigen Auftritten in »Wiener Blut« hin und her hastete. Als Leo zehn Tage vor dem Konzert zurückkehrte, begannen die Proben in Salzburg.

Lizzy, die in einer billigen Pension, nur einen kurzen Fußweg vom Festspielhaus entfernt, untergekommen war, machte sich durch den warmen Nieselregen auf den Weg zu ihrer ersten Probe mit Leo. Sie hatte Schmetterlinge im Bauch, denn Normas Warnungen wegen seines Rufs als Frauenheld hatten sie nervös gemacht. Doch ihre Befürchtungen erwiesen sich als unbegründet. Schon wenige Minuten nach Beginn der Probe gab es nur noch die Musik, und die gesamte Stunde verging ohne die geringste sexuelle Anspielung oder einen Annäherungsversuch. Da sie in der Zusammenarbeit mit Leo wie immer spürte, mit wie viel Kraft und Leidenschaft er bei der Sache war, sang sie nicht nur entspannt, sondern auch voller Freude.

»Das wird sehr hübsch. Morgen ist Orchesterprobe«, verkündete er lächelnd. Wider Willen stellte sie fest, dass ihr Puls schneller ging. Gerade setzte sie zu einer Antwort an, als sich die Tür des Probenraums öffnete und die dicke Mirella hereingerauscht kam. Sie hatte einen voluminösen Seidenschal um den Hals drapiert und verströmte einen übermächtigen Moschusduft, in dem ein Hauch von Desinfektionsmittel mitschwang.

»Ach, wieder eine deiner kleinen Schülerinnen«, krächzte sie und bedachte Lizzy mit einem eiskalten Blick. Lizzy rümpfte die Nase und fragte sich, wie Leo nur dieses Parfüm ertrug, ganz zu schweigen von ihrem dicken Make-up. Mirella gab Leo einen langen Kuss auf die Wange. Als ihr Schal kurz verrutschte, war ihr pummeliger Hals zu sehen, der mit einer grauen Paste eingerieben war – die Erklärung für den merkwürdigen Geruch.

Leo runzelte die Stirn.

»Miss Foster tritt nächste Woche in meinem Konzert auf«, erwiderte er barsch und stellte Lizzy und Mirella einander vor.

»Ich weiß, caro mio.« Ein Blick aus kalten grauen Augen glitt über Lizzy.

»Ach! Mit dem Maestro zu singen. Dieses Konzert, veramente un'esperiènza profonda! Der Anfang oder das Ende einer Karriere, wirklich beängstigend«, schwatzte Mirella in einem heiseren Flüstern weiter und stellte befriedigt fest, wie sich Unsicherheit auf Lizzys Gesicht abzeichnete.

»Was mich betrifft, oh, là, là! Ich habe ganz vergessen, wie oft ich in Salzburg gesungen habe. Es ist wie mein zweites Zuhause. Aber ich komme immer zu diesem Konzert. Hier habe ich meinen Leo kennen gelernt. Wir haben uns verliebt, in dem Moment als er den Taktstock gehoben hat. Ach, l'amore!«, seufzte Mirella und schlug die Hand vors Herz.

Nach einem heftigen Husten drehte sie Lizzy den Rücken zu und begann, Leo etwas zu erzählen. Lizzy, die sich plötzlich überflüssig fühlte, suchte rasch ihre Noten zusammen.

»Volles Orchester im Festspielhaus. Seien Sie pünktlich!«, rief Leo über Mirellas Schulter hinweg. Als Lizzy ging, versuchte sie, sich ihre Enttäuschung vernünftig zu erklären.

Am Tag des Konzerts konnte Lizzy nicht still sitzen. Inzwischen hatte sie es zu einer eigenen Garderobe gebracht und war schrecklich nervös, als sie viel zu früh im Festspielhaus eintraf. Dort wurde sie von einem gewaltigen Blumenstrauß erwartet. Daran hing eine Karte, in der Leo ihr Glück wünschte. Nervös strich sie mit den Fingern über die Karte und versuchte, das Gefühl der Sicherheit wachzurufen, das sie empfand, wenn sie mit ihm sang. Doch Mirellas finstere Andeutungen über Karrieren, die endeten, bevor sie noch richtig angefangen hatten, wollten ihr nicht aus dem Kopf. Als Norma schließlich mit einem Strauß welker Gänseblümchen hereinkam und anfing, schlechte Witze zu reißen, fühlte Lizzy sich ein wenig besser.

»Du wirst es schaffen, toi, toi, toi!«, verkündete sie und wünschte Lizzy viel Glück. Bewundernd blickte sie sich im Raum um und zog die Augenbrauen hoch, als sie Leos großen Strauß bemerkte. Sie hauchte Lizzy zum Abschied einen Kuss neben die Wange und ging hinaus.

Wieder begann Lizzys Herz zu rasen, und die wohlbekannte Panik meldete sich, als sie über die Lautsprecher der Bühnenkontrolle hörte, wie das Orchester sich einspielte. In dem darauf folgenden Schweigen sah sie zu, wie der Maestro, stattlich, mit weißer Fliege und im Frack, auf die Bühne kam und dem Orchester den Einsatz zu einer leidenschaftlichen Ouvertüre gab.

In den nächsten zwanzig Minuten lief Lizzy von Lampenfieber gepeinigt in der Garderobe auf und ab. Die Finger um ihr Medaillon geschlossen, wünschte sie sich ganz weit weg. Dann war sie an der Reihe. Sie holte tief Luft und trat in einem auffälligen blauen Taftkleid, für das sie ihr letztes Geld ausgegeben hatte, auf die Bühne. Sie zitterte am ganzen Leibe, und man konnte das Kleid rascheln hören. Doch als Leo sie anlächelte, begann sie sich zu beruhigen.

Während ihres gesamten Auftritts konzentrierte sie sich auf Leo und seinen Taktstock, der sich sanft bewegte. Wie ein Liebhaber lockte er sie dem Höhepunkt entgegen und wartete ab, wenn sie in einer Sequenz, wie geprobt, langsamer wurde. Lizzy ließ sich von der gewaltigen Woge der Musik und im Gleichklang mit der Dynamik des Orchesters treiben, und sie spürte eine unbeschreibliche Macht; ihr wurde klar, dass während dieser wenigen Momente sie diejenige war, die die Musiker anführte. Ihr Selbstbewusstsein wuchs, und ihre Stimme wurde voller und samtiger, ohne dabei die reizende Frische zu verlieren.

Die Töne erfüllten den berühmten Saal, und Fernsehmonitore übertrugen das Konzert an Millionen Zuschauer auf der ganzen Welt, die sich die Salzburger Festspiele zu Hause ansahen. Nach der ersten Hälfte fühlte Lizzy sich in ihrer Arie zu Hause und sang mit so viel Technik und Gefühl, wie ihr zur Verfügung standen, was ihr ein breites Lächeln von Leo einbrachte. Als sie nach dem vierten Bühnenapplaus abging, glaubte sie zu schweben.

»Du warst wundervoll, phantastisch, großartig! Bravo!«, schrien ihre Freunde durcheinander, die sich nach dem Konzert in der Garderobe um sie scharten. Mit leuchtenden Augen fiel Lizzy ihnen um den Hals.

»Lizzy!«, ertönte da eine Stimme.

Es wurde still im Raum. Alle machten Platz, als der Maestro auf Lizzy zukam. Er nahm die weiße Nelke aus seinem Knopfloch und reichte sie Lizzy mit einer Verbeugung.

»Sie waren nicht nur wundervoll, sondern göttlich.« Mit diesen Worten zog er sie an sich und küsste sie.

Im ersten Moment erstarrte Lizzy. Doch dann ließ sie sich mit klopfendem Herzen von der Euphorie des Augenblicks mitreißen und sank ihm in die Arme. Dann trat er, immer noch sanft ihre Hand umfassend, zurück, ohne den Blick von ihr abzuwenden.

»Der kleine australische Honigvogel ist flügge geworden. Willkommen, La Divina!«, verkündete er und musterte sie weiter, bis ihr die Knie weich wurden. Alle seufzten auf und applaudierten, während sich ein breites Lächeln auf Lizzys Gesicht stahl.

»Noch eine göttliche Schülerin mit einer goldenen Stimme. Wie reizend«, schnurrte Mirella, die in der Tür stand. An ihren Ohren und um ihren Hals funkelten Diamanten. Der Beifall erstarb.

Lizzy errötete vom Dekolletee bis hinauf zur Stirn und wollte die Hände wegziehen, aber Leo hielt sie fest. Wieder trat er auf sie zu. Seine Miene war eindringlich, seine Stimme leise und drängend.

»Lizzy, Sie haben eine Stimme aus reinem Gold. Die Welt liegt Ihnen zu Füßen. Aber nicht alle werden La Divina lieben.« Erneut küsste er sie leicht auf die Wange. Er verließ den Raum, ohne Mirella eines Blickes zu würdigen.

»Schätzchen, lassen Sie mich die Zweite sein, die Ihnen zu Ihrem Erfolg gratuliert«, flötete Mirella, stürzte sich auf Lizzy und küsste sie rasch auf beide Wangen. »Es ist ja so aufregend. Wir beide müssen uns treffen und ein wenig plaudern. Ich kann Ihnen so viel beibringen.«

Danach machte sie auf den wackeligen Absätzen ihrer Abendsandalen kehrt und stürzte aus dem Raum, Leo hinterher.

Ganze fünf Sekunden lang rührte sich niemand von der Stelle. Dann brach Norma das Schweigen.

»La Divina. Das gefällt mir. Klingt irgendwie besser als alte fette Schlampe«, fuhr sie fort und öffnete eine Champagnerflasche. »Das kommt morgen sicher auch gut in den Schlagzeilen.«

Alle redeten und lachten durcheinander und überschütteten Lizzy mit Glückwünschen. Ein Champagnerglas in der Hand, unterhielt sich Lizzy mit den verschiedensten Leuten, zu denen auch Agenten, Fotografen und Dirigenten gehörten. Als der Abend zu Ende war, hatte sie eine Einladung erhalten, für den Rest der Saison an der Oper von Chicago zu singen und außerdem in verschiedenen Konzerten im Umkreis von Salzburg aufzutreten. Eine österreichische Zeitschrift wollte einen Bericht über sie bringen, und sie hatte einen Termin mit einem Agenten, um eine Konzertreise zu besprechen.

Leos Blumenstrauß umklammernd, tänzelte Lizzy mit Norma durch die duftende Salzburger Nacht, genoss die Stimmung und ließ den aufregenden Abend noch einmal Revue passieren.

»La Divina.« Sie seufzte auf und begann zu kichern. Es klang extravagant und passte überhaupt nicht zu ihr.

»Vor dieser niederträchtigen Mirella würde ich auf der Hut sein«, warnte Norma. »Die Frau hat schon einigen Leuten die Karriere ruiniert.«

»Ach, Unsinn! Sie und Leo hatten nur einen Beziehungsstreit. Sie sind beide so dramatisch.« Lizzy wollte sich von Mirellas Allüren nicht den Abend verderben lassen. Viel wichtiger war, dass sie es geschafft hatte, das kritische Salzburger Publikum in ihren Bann zu ziehen. Sie hatte die Zuschauer zu Begeisterungsstürmen hingerissen, und zwar gemeinsam mit dem Maestro. Es war wundervoll gewesen.

»Auf Salzburg und die Magie!«, rief sie mit strahlender Miene. Eine Kleinigkeit störte sie an Leos Kuss: Sie hatte ihn viel zu sehr genossen.

15

Das war wunderschön. Wie geht es jetzt weiter?«, meinte Lizzy zu Norma, als sie drei Tage später wieder in Wien waren. Um sie herum lagen Zeitungsausschnitte, die das Konzert behandelten. Die meisten waren in dem Ton »MAESTRO BEZAUBERT SALZBURG MIT NEUEM TALENT« gehalten. In der linken Ecke einer Zeitung wurde auch Lizzy kurz erwähnt: »JUNGE AUSTRALISCHE SOPRANISTIN SORGT BEI ROMINSKI-KONZERT FÜR FURORE«.

Die übrigen Musikkritiken lobten überschwänglich die Neuinszenierung von Mozarts komischer Oper »Die Entführung aus dem Serail«, dirigiert von Leonard Rominski, mit Mirella Vampa in der Hauptrolle.

»Willkommen La Divina und ciao«, sagte Lizzy und griff zu einem Artikel, der die Vampa-Rominski-Inszenierung in den Himmel hob. Sie fühlte sich ausgelaugt und im Stich gelassen.

Aaron Bridges, der ihr verschiedene aufregende Möglichkeiten in Chicago in Aussicht gestellt hatte, hatte sich in Luft aufgelöst. Der Agent, der angeblich ein Freund von Leo war, kannte ihn überhaupt nicht. Und die versprochenen Konzertauftritte hatten sich als leeres Gerede erwiesen. Sie blätterte ihren Terminkalender durch. Vielleicht ein Konzert in Graz, zwei Autostunden von Wien entfernt, und eine Freundin von Elsa hatte ihr zugesichert, bei einigen kleinen Opernhäusern anzufragen, ob in der nächsten Saison eine jugendliche Hauptdarstellerin gebraucht wurde. Außerdem gab es ein Angebot, bei einem Quartett mitzumachen, das in historischen Kostümen bei Abendeinladungen auftrat.

Lizzy ließ die Zeitung sinken und blickte niedergeschlagen hinaus in die Augusthitze. Sie fragte sich, was sie tun sollte. Wieder erinnerte sie sich an das Konzert und daran, wie sie sich beim Singen mit Leo und nach seinem Kuss gefühlt hatte. Immer noch spürte sie seine Lippen auf ihren und roch seinen männlichen Duft und sein Rasierwasser. Der bloße Gedanke daran ließ ihren

Puls rasen. Ungeduldig schnalzte sie mit der Zunge und stand auf. Da saß sie und schwärmte von einem Mann, der sie als Anhängsel einer Stimme und als etwas ansah, das es zu erobern galt.

»Eigentlich hätte dieses Konzert der Anstoß für meine Karriere sein müssen. Eine Million Versprechungen und kein einziger Anruf«, jammerte sie und leerte ein Glas Wasser. »Ich habe keine Lust, die nächsten zwölf Monate bei ›Wiener Blut‹ zu singen. Vielleicht sollte ich einfach die nächste Maschine nach Hause nehmen.«

»Bei dieser Hitze kann man keine Entscheidungen treffen. Außerdem habe ich dir doch gesagt, dass im August in Wien nichts läuft«, erwiderte Norma.

Sie räkelte sich, die Arme von sich gestreckt, auf dem Sofa, um sich abzukühlen. Da Anton verreist war, fühlte sie sich ein wenig einsam. Das Opernhaus war wegen der Sommerferien geschlossen, und alle einflussreichen Leute waren aus der Stadt in ihre Sommerhäuser geflohen.

»Wann geht es endlich wieder weiter?«, brummte Lizzy. In diesem Moment läutete das Telefon, wie um sie beide Lügen zu strafen. Lizzy meldete sich auf Deutsch.

»Lizzy?«

Beinahe hätte Lizzy den Hörer fallen gelassen.

»Maestro, wie schön, von Ihnen zu hören. Wir haben gerade die Kritiken über Ihre ›Entführung aus dem Serail‹ gelesen«, stammelte sie, und ihre Finger waren auf einmal schweißnass.

»Schön, dass sich wenigstens einige Kritiker mit der Oper auskennen«, erwiderte Leo rasch. »Ich werde mich in den nächsten beiden Wochen in meinem Haus in Luzern aufhalten. Kommen Sie doch her. Meine Mutter fliegt aus Boston ein, um ihren achtzigsten Geburtstag hier zu feiern, und sie umgibt sich gern mit jungen Menschen. Ich weiß, dass mich die Vorbereitungen für das Fest tödlich langweilen werden. Also wäre das die perfekte Gelegenheit für uns, ein wenig an dem neuen Repertoire zu arbeiten, das ich Ihnen vorgeschlagen habe.«

Lizzy hielt die Hand über die Sprechmuschel.

»Es ist der Maestro. Er möchte, dass ich für ein paar Wochen zu ihm in die Schweiz komme, um mit ihm zu arbeiten. Was soll ich tun?«, zischte sie Norma zu.

Norma verdrehte die Augen.

»Sei vorsichtig«, flüsterte sie.

»Das klingt wundervoll. Wird Ihre ganze Familie da sein?«, erkundigte sich Lizzy mit klopfendem Herzen.

»Ja. Ich möchte gerne, dass Sie sie kennen lernen. Setzen Sie sich mit Walter Barley, meinem Agenten in Wien, in Verbindung. Er wird sich um Sie kümmern. Ich habe ihn angewiesen, Ihnen eine Zugfahrkarte zu besorgen und ein wenig Geld zu geben.«

Lizzys Herz klopfte so heftig, dass sie sich selbst kaum sprechen hörte.

»Das ist sehr freundlich von Ihnen. Gibt es etwas Bestimmtes, das ich Ihrer Mutter mitbringen kann?«, fragte sie.

»Singen Sie für sie«, antwortete Leo. Während Lizzy hektisch mitschrieb, nannte er ihr die Daten und gab ihr eine Wegbeschreibung und Walters Telefonnummer. »Also, ich sehe Sie übermorgen«, meinte er abschließend und hängte ein.

Lizzy legte den Hörer weg und klatschte in die Hände. »Entweder habe ich gerade die klügste oder die dümmste Entscheidung meines Lebens gefällt.«

Während der Zug quer durch Österreich in Richtung Schweiz tuckerte, hielt Lizzy sich vor Augen, dass sie nichts zu verlieren hatte. Falls der Maestro vorhaben sollte, sie zu verführen, würde sie einfach den nächsten Zug zurück nach Wien nehmen. Und wenn er es ernst meinte, wovon sie eigentlich ausging, standen ihr zwei traumhafte Wochen in den Schweizer Alpen bevor, in denen sie mit ihrem Mentor arbeiten würde. Jedenfalls fand sie, dass es das Risiko wert war.

Leo bot ihr einen individuellen Meisterkurs an. Auch wenn er Gerüchten zufolge als Frauenheld verschrien war, war er doch offiziell mit Mirella Vampa zusammen. Lizzy dachte daran, wie schön es war, mit ihm zusammenzuarbeiten. Und falls die grässliche Mirella auch da sein sollte, würde das nicht so schlimm sein.

Eigentlich, so überlegte sie vergnügt, während ein paar an die immer steiler werdenden Hänge geschmiegte Berghütten an ihr vorbeiglitten, wäre es sogar besser gewesen, wenn Mirella ebenfalls da war. So war der Sittsamkeit wenigstens Genüge getan.

Am Bahnhof von Luzern, der mit leuchtenden Schweizer Flaggen geschmückt war, sah Lizzy sich auf dem Bahnsteig nach Leo um. Auf dem Weg zu Ausgang wurde sie von einer hübschen, aber mürrisch dreinblickenden jungen Frau etwa in ihrem Alter abgefangen, die Jeans und ein T-Shirt trug.

»Sie müssen Lizzy sein«, meinte sie barsch mit unverkennbar amerikanischem Akzent. Die eindringlichen dunklen Augen hatte sie eindeutig von Leo. »Ich bin Xavia Rominski. Dad ist mit einem Komponisten zum Angeln gegangen. Brauchen Sie Hilfe?«

Allerdings machte sie keinerlei Anstalten, Lizzy das Gepäck abzunehmen.

»Es geht schon«, erwiderte Lizzy rasch und umfasste fest ihren Koffer. Ihr wurde flau im Magen. Die Situation schien sich ganz ähnlich zu entwickeln wie das Fiasko mit Eduardo. Im Auto begann sie, über ihre angenehme Reise zu plaudern, und erzählte, wie die Schienen rund um einen Berg und durch Tunnels verlaufen seien, sodass die Fahrgäste dieselbe Kirche dreimal zu Gesicht bekommen hätten.

»Die St. Nikolaus Kirche«, unterbrach Xavia. »Passen Sie auf, am besten sage ich Ihnen gleich, wie satt wir Daddys ständige Affärchen haben. Im letzten Jahr war es eine schwedische Sängerin, angeblich die Stimme des Jahrhunderts. Sie können sich das Höflichkeitsgeplänkel sparen.«

Sie musterte Lizzy forschend.

»Ich finde das Ganze jedenfalls schrecklich kindisch.« Sie verstummte.

Niedergeschlagen starrte Lizzy die restliche Fahrt über aus dem Fenster. Erst als sie am Stadtrand von Luzern eine Straße entlangfuhren, an malerisch schneebedeckten Bergen vorbei, unternahm Lizzy einen erneuten Versuch. Doch nach einem Blick auf Xavias verstockte Miene gab sie es auf.

Sie erreichten eine beeindruckende Schweizer Berghütte, in deren Blumenkästen ein buntes Blütenmeer wucherte. Nachdem

Xavia den Wagen abgestellt und nach dem Hausmädchen gerufen hatte, damit dieses Lizzy ihr Zimmer zeigte, stolzierte sie davon.

Lizzy war bedrückt und bereute allmählich, dass sie Leos Einladung angenommen hatte. Vielleicht bin ich ja krank und etwas stimmt nicht mit mir, dachte sie traurig, sonst würde ich nicht ständig die falschen Männer anziehen.

In diesem Augenblick kam Leo in die Vorhalle. Er war sonnengebräunt, wirkte erholt und trug eine zerknitterte Leinenhose und ein offenes Hemd. Eine zerkratzte Angelrute in der Hand, summte er die Eingangstakte von »Die Meistersinger« vor sich hin. Wider Willen fühlte Lizzy sich sofort besser.

»La Divina, willkommen in meinem Schloss!«, begrüßte Leo sie und breitete die Arme aus. »Hat Xavia Sie gleich gefunden? Hoffentlich war sie nicht zu unfreundlich. Sie ist – wie alle meine Kinder – nicht einverstanden mit mir. So viel zum großen Maestro.«

Er grinste.

»Wenn Sie sich frisch gemacht haben, müssen Sie Dmitri kennen lernen, der sich auch in die Berge geflüchtet hat, um Ruhe zu tanken und sich eine kreative Pause zu gönnen. Wir waren angeln und haben dabei seine neueste Komposition erörtert. Ziemlich faszinierend und recht avantgardistisch. Ich bin gespannt, wie Wien sie aufnehmen wird«, fuhr er, für den Moment abgelenkt, fort. »Aber wenigstens hat er keinen einzigen Fisch erwischt.«

Lachend wandte er seine Aufmerksamkeit wieder Lizzy zu. Als seine Baritonstimme durch den Raum hallte, wurde Lizzy klar, dass sie ihn noch nie lachen gehört hatte. »Ihre Tochter sieht Ihnen sehr ähnlich«, sagte sie mit einem höflichen Lächeln.

»Wie heißt es immer: Augen wie der Vater. Eigentlich albern. Jetzt richten Sie sich erst einmal häuslich ein.« Leo winkte das Hausmädchen herbei, das im Hintergrund gewartet hatte. Sein jungenhafter Charme sorgte dafür, dass sich Lizzy schon viel lockerer fühlte. Als sie dem Hausmädchen nach oben in ihr Zimmer folgte, war sie fast sicher, dass alles gut werden würde.

Am Nachmittag zeigte Leo Lizzy seinen »Schlupfwinkel«. Das vierstöckige Gebäude aus massivem Stein überblickte Luzern und einen der schönsten Seen der Schweiz. Sonnenlicht funkelte auf dem Wasser und strömte durch die Bäume. In der Ferne konnte man die Türme der Stadtmauer gerade noch ausmachen.

»Alle bis auf Walter glauben, dass ich in Salzburg bin. Ich bin einfach geflohen«, vertraute ihr Leo mit einem verschwörerischen Grinsen an.

Kurz verschleierte sich sein Blick, als er an den Tod seiner Frau Iris dachte. Damals hätte er sich am liebsten für immer irgendwo verkrochen. Walter hatte ihn gerettet, indem er ihn an die Arbeit getrieben hatte.

Rasch begann er, Lizzy von der Kritik seiner Kinder Xavia, Juliet und Leonard junior zu erzählen, und hielt immer wieder inne, um sie beim Schlendern durch den Garten auf eine malerische Aussicht oder eine Pflanze hinzuweisen. Auf den üppig grünen Weiden unterhalb von ihnen grasten Kühe. Das Bimmeln ihrer Glocken klang leise durch die Stille, und während Leo weitersprach, wurde Lizzy zu ihrem Erstaunen von einem Gefühl der Geborgenheit überkommen.

»Ich muss Sie warnen. Bald wird meine gesamte Familie hier einfallen. Juliet und Leo treffen, glaube ich, in drei Tagen ein. Mutter am Tag danach.« Seufzend lächelte er ihr zu. »Ich bin selbst schuld daran. Hoffentlich plaudern Sie gern.«

Dmitri Blokk gesellte sich beim Aperitiv zu ihnen an den Swimmingpool. Er war ein eigenbrötlerischer und fahriger Mensch, der so gar nicht zu Leo zu passen schien. Inzwischen war Lizzy jedoch viel zu entspannt, um sich Gedanken darüber zu machen. Xavia ließ sich kurz blicken und verkündete zu Lizzys Erleichterung, sie werde heute Abend ausgehen. Als die Sonne hinter den Bergen versank, hatte sich Lizzy von der ruhigen friedlichen Stimmung des Ferienhauses anstecken lassen.

Das Abendessen verlief ganz ähnlich. Lizzy hatte nichts dagegen, schweigend dabeizusitzen, während Leo mit Dmitri über seine letzte Komposition debattierte und Themen aus sämtlichen Symphonien summte, die sie je gehört hatte, um seinen Standpunkt zu untermauern. Seltsamerweise war Lizzy ein wenig enttäuscht, dass Leo keine einzige anzügliche Bemerkung in ihre Richtung fallen ließ. Er fragte sie nur, ob sie morgens um vier mit ihm und Dmitri zum Angeln gehen wolle, was sie lachend ablehnte.

»Hoffentlich ist Ihnen zehn Uhr nicht zu früh, um mit der Arbeit anzufangen«, sagte Leo mit funkelnden Augen, als Lizzy eine gute Nacht wünschte.

»Ich kann es kaum erwarten«, erwiderte Lizzy grinsend. Sie fiel erleichtert ins Bett und fragte sich, wie sie in Gegenwart dieses Mannes nur so unbefangen sein konnte.

Vom leisen Bimmeln der Kuhglocken in der Ferne geweckt, ging Lizzy über den dicken Teppich und blickte durch das Fenster in eine Welt, die im Schein der Morgensonne leuchtete. Während sie überlegte, was der heutige Tag wohl bringen würde, wusste sie genau, was Norma dazu gesagt hätte – nämlich, dass sie sich in falscher Sicherheit wiegte. Aber sie konnte das einfach nicht glauben. Kopfschüttelnd kleidete sie sich an und ging hinunter, um zu frühstücken. Sie beschloss, die Dinge so zu nehmen, wie sie kamen.

Leo war bereits in seinem Musikzimmer und arbeitete. Als sie ins Esszimmer trat, wo ihr der köstliche Duft von Kaffee und frischen Brötchen entgegenschlug, hörte sie durch die geschnitzte Holztür Passagen von Donizetti. Xavia, die gerade herauskam, warf ihr einen giftigen Blick zu, der Lizzy aus ihren Tagträumen riss. Auch wenn Leo seinem Ruf nicht gerecht zu werden schien, ließ Xavia keinen Zweifel daran, dass Lizzy nicht willkommen war. Nachdem sie hastig ihr Frühstück hinuntergeschlungen hatte, suchte sie ihre Noten zusammen und klopfte leise an die Tür des Musikzimmers.

Sofort verstummte die Musik. Leo machte auf und bat sie lächelnd in sein Allerheiligstes. Lizzy schnappte überrascht nach Luft. Der Raum war hell und luftig. Die Bücherregale, die vom Boden zur Decke reichten, quollen von Noten, Schallplatten, CDs und Büchern zu jedem nur vorstellbaren Thema über. Eine ganze Wand beherbergte Leos eigene Aufnahmen und drei Platinschallplatten, die ihr aus Bilderrahmen entgegenfunkelten. Ein Klavier aus schimmerndem Ebenholz brach fast unter Notenstapeln zusammen, und weitere Platten lehnten neben den hohen Fenstern. An der Seite eines alten Notenständers befanden sich ein Mikrofon und weitere elektronische Gerätschaften.

Das Fenster bot Aussicht auf den See, dessen Wasser unter ihnen schimmerte. Das Panorama erinnerte an eine Ansichtskarte. Das Zimmer hatte sogar einen kleinen Balkon, in dessen Kästen Blumen wuchsen. Leo sah zu, wie Lizzy alles bestaunte.

»Kein Wunder, dass Sie so gern hier sind«, rief sie begeistert.

»Auf der Bühne bin ich der Maestro, ausdrucksvoll, künstlerisch und voller Temperament. Hier lasse ich alle Dramatik hinter mir und versuche, mehr über das zu lernen, was ich liebe – die Musik und die Stimme.« Sein Blick ruhte zärtlich auf Lizzy. Sie erwiderte ihn und war machtlos dagegen, dass sie errötete. Sofort meldeten sich die Zweifel, und sie fragte sich, wie viele Frauen wohl schon in diesem Raum gewesen waren.

»Genug! Lassen Sie uns arbeiten«, verkündete Leo, der die leichte Anspannung spürte. Er nahm einige Noten vom Stapel auf dem Klavier. »La Divina, Sie haben den Umfang und den Ausdruck, um diesen Stücken Leben einzuhauchen. Da bin ich ganz sicher. In der Mittellage haben Sie Ähnlichkeiten mit der Callas, aber es ist Ihre Höhe, die mich interessiert. Sie haben noch nicht einmal angefangen … Ich sehe, dass Sie nicht überzeugt sind. Vertrauen Sie mir, ma Divina. Haben Sie Geduld mit mir. Dann zeige ich Ihnen, was ich meine.«

Lizzys Herz schlug Purzelbäume.

»Gut, ich werde Geduld mit Ihnen haben«, gab sie mit einem Lächeln zurück und fragte sich, ob er sich bei ihrem Spitznamen absichtlich versprochen hatte.

In der nächsten Stunde lotete Leo mit sanftem Druck Lizzys gesamten Stimmumfang aus. Nie forderte er sie auf, etwas zu erzwingen oder etwas zu tun, bei dem sie sich unwohl fühlte. Er ließ sie forte, piano, crescendo und pianissimo singen und mit den Tönen spielen. Der Rest der Welt war für beide vergessen, und Leo runzelte unwillig die Stirn, als Alma, die Haushälterin, sie unterbrach, um einen Anruf zu melden, den er allerdings nicht entgegennahm. Sie waren gerade fertig, als Xavia hereingestürmt kam.

»Es ist unser Dickerchen. Sie treibt Alma mit ihren Anrufen in den Wahnsinn. Sprich endlich mit dem nervtötenden Weib, damit es Ruhe gibt.« Mit einem finsteren Blick zog Leo Xavia aus dem Zimmer.

Lizzy flüchtete sich verlegen auf den Balkon, um das Gespräch nicht mit anhören zu müssen. Doch da Vater und Tochter lautstark stritten, konnte sie nicht anders, als Mirellas Namen aufzuschnappen.

»Ich nehme keine Anrufe an! Überhaupt keine! Sag ihr doch, was du willst!«, brüllte Leo.

»Damit du endlich die Neue vögeln kannst? Du bist widerlich, Dad. Sie ist so alt wie ich! Warum kümmerst du dich nicht selbst um deine Freundinnen, anstatt sie immer mir aufzuhalsen! Ich habe mich nur wegen Großmutter bereit erklärt zu kommen«, schimpfte Xavia. Dann hörte Lizzy sie den Flur entlangpoltern.

Mit rotem Gesicht kehrte Leo ins Musikzimmer zurück.

»Ich muss mich für die schlechten Manieren meiner Tochter entschuldigen. Warum gehen wir nicht zum Mittagessen?«

Nach einer in angespannter Stimmung verzehrten Mahlzeit verschwand Leo. Lizzy legte sich an den Pool und versuchte zu lesen, doch ihre Gedanken kreisten immer weiter um Xavias Anschuldigungen. Schließlich gab sie das Lesen auf und ging nach oben in ihr Zimmer.

Am Abend fuhr Leo mit ihr nach Luzern. Lizzy, die befürchtete, das könnte der Auftakt zu einer Affäre sein, war während des ganzen Essens nervös. Doch Leo erwähnte die Ereignisse des Tages nicht mehr. Stattdessen gab er sich besondere Mühe, ihr die Befangenheit zu nehmen, und plauderte über seine Kinder und seine Mutter.

Nach dem Essen schlenderten sie über eine alte überdachte Holzbrücke mit bepflanzten Blumenkästen, und Leo erzählte ihr etwas über die Geschichte des Bauwerks und übersetzte ihr die

Inschriften unter den Malereien an der Decke. In der Dämmerung spazierten sie hinunter zum See und sahen den Booten zu, die von Tagesausflügen zurückkehrten. Schwäne glitten friedlich über das Wasser. Aber Xavias Wutanfall störte die Atmosphäre zwischen ihnen, und die Anspannung blieb bestehen.

Der nächste Tag entpuppte sich als sogar noch katastrophaler. Als sie sich wieder ins Musikzimmer zurückzogen, wurden sie vom unablässigen Läuten des Telefons unterbrochen; offenbar wollte niemand an den Apparat gehen. Zornig stürmte Leo hinaus, rief nach Alma und legte schließlich den Hörer neben das Gerät. Nach fünf Sekunden kam Xavia wutentbrannt hereinmarschiert und verlangte zu wissen, wie sie ohne Telefon die Geburtstagsfeier ihrer Großmutter organisieren solle. Dann verkündete sie lautstark, Alma sei losgefahren, um ein paar letzte Einkäufe zu erledigen.

Eine halbe Stunde später herrschte erneut Radau, als der Partyservice eintraf. Leo rang entnervt die Hände, läutete nach dem Hausmädchen und ließ Kaffee und Gebäck bringen. Dann befahl er Xavia, die Leute an ihre Aufgaben zu schicken und für Ruhe zu sorgen, was ihm einen weiteren Wutanfall seiner Tochter eintrug.

Er und Lizzy waren gerade an die Arbeit zurückgekehrt, als es laut an der Tür klopfte. Leo riss die Tür auf und brüllte, was denn nun schon wieder los sei. Doch er hielt mitten im Satz inne, als er eine energische alte Dame vor sich sah. Die Frau, die einen eleganten schwarzen, mit einem wehenden, rotweißen Chiffonschal geschmückten Hut trug, kam herein.

»Schreist du mich jetzt auch schon an?«, schalt sie.

»Mutter, du wolltest doch erst übermorgen kommen!«, rief Leo aus und nahm sie in die Arme.

»Mir war langweilig, und die Ärzte haben ein Riesentheater um mich veranstaltet. Außerdem wollte ich Xavia bei den Vorbereitungen helfen. Schließlich wird man nicht jeden Tag achtzig, und mir macht das Durcheinander Spaß, das meine Enkel anrichten.« Hilda Rominskis dunkle Augen funkelten spitzbübisch. »Sie müssen Lizzy sein. Leo hat mir so viel von Ihrer Stimme erzählt.

Und natürlich auch von Ihnen. Ich hoffe, dass Sie mir etwas vorsingen werden.«

Sie legte Lizzy den Finger ans Kinn.

»Sie sind genauso schön, wie er gesagt hat.«

Lizzy fühlte sich plötzlich wie ein Ausstellungsstück.

»Es wäre mir ein Vergnügen«, erwiderte sie höflich.

»Gut. Dann werde ich vor dem Mittagessen erst einmal gemütlich baden.«

»Wir sehen uns später«, sagte Leo, schloss mit Nachdruck die Tür hinter ihr und nahm wieder auf dem Klavierhocker Platz. »Also, wo waren wir?«

»Ich war wie alle guten Opernheldinnen gerade dabei, verrückt zu werden«, witzelte Lizzy und schlug die entsprechende Szene in der Partitur von »Lucia di Lammermoor« auf.

Die komplizierte Geschichte, die von Liebe und Verrat handelte, spielte in Schottland. In der berühmten Wahnsinnsszene erliegt die Heldin ihrem gebrochenen Herzen. Sie verliert den Verstand, tötet ihren Ehemann und stirbt an ihrer Trauer. Es war ein langes und teuflisch schweres Stück.

Lizzy sang eine leidenschaftliche Koloraturpassage und bemühte sich den Lärm in Haus auszublenden. Als sie gerade den Höhepunkt der Arie erreicht hatte, flog erneut die Tür auf.

»Herrgott, was ist denn jetzt schon wieder?«, schrie Leo erbost. Sie erstarrten beide, als Mirella mit finsterer Miene hereingerauscht kam.

»Warum sagst du mir nicht, dass du nicht in Salzburg bist? Warum gehst du nicht ans Telefon? Bedeute ich dir gar nichts mehr?«, fauchte sie Leo an. Dann drehte sie sich zu Lizzy um.

»Also stimmt es doch, dass Sie hier sind. Eine kleine Schlampe mehr, die es kaum abwarten kann, sich meinen Leo zu schnappen. War er schon mit Ihnen im Bett? Sind Sie jetzt zufrieden, Sie ... Ach, was verschwende ich meine Stimme an Sie!«, tobte Mirella.

»Sei doch nicht albern, Mirella. Lizzy und ich arbeiten an ihrem Repertoire«, gab Leo zornig zurück.

Wutentbrannt fingerte Lizzy an ihrer Partitur herum.

»Repertoire? Und das soll ich dir glauben? Du haust einfach ab. Du nimmst meine Anrufe nicht an. Und das mir! Mirella Vampa, prima donna assoluta!«, kreischte Mirella, und ihr hübsches Mündlein verzerrte sich vor Wut. Abwechselnd die Hände ringend und ihren langen Seidenschal über die Schulter schleudernd, lief sie im Zimmer auf und ab.

»Du kannst glauben, was du willst, aber bitte nicht hier. Wir wollen arbeiten. Geh und unterhalte dich mit meiner Mutter«, fügte er, ein wenig versöhnlicher, hinzu.

Mirella hielt inne, und ihre Augen füllten sich mit Tränen.

»Leo, mein Geliebter, ich verzeihe dir. Ich werde mich mäßigen. Wenn du nicht schon mit dieser … geschlafen hast, tu es ruhig. Dann brauchst du nicht mehr an sie zu denken, und wir können zusammen glücklich werden«, beendete sie ihren Satz mit einem Schluchzer.

Nun hatte Lizzy endgültig genug. Zuerst Xavia mit ihren schlechten Manieren und jetzt auch noch Mirella.

»Natürlich habe ich mit ihm geschlafen. Ich schlafe nämlich mit allen meinen Mentoren. Wie sonst soll man es in unserem Beruf auf einen grünen Zweig bringen? Sie und halb Wien tun es, warum also nicht ich?«, brüllte sie.

Sie konnte nicht mehr ertragen, dass diese Frau sie beleidigte. Außer sich vor Zorn drehte sie sich zu Leo um.

»Das haben Sie doch von mir erwartet, oder? Ich bin nur eine Eroberung wie die Schwedin und die Deutsche und all die anderen Frauen, von denen Ihr charmantes Töchterlein mir erzählt hat. Was ist los mit Ihnen, dass Sie noch keinen Annäherungsversuch unternommen haben? Mein Gott, warum werdet ihr beide nicht miteinander glücklich?« Mit diesen Worten hastete sie hinaus.

Ohne auf Mirellas und Leos Geschrei zu achten, eilte Lizzy um den Pool herum, wo sie sich unter eine gewaltige Birke sinken ließ und in Tränen ausbrach. Sie hatte sich nicht nur bis auf die Knochen blamiert, sondern auch noch die Gelegenheit verpasst, mit dem einzigen Menschen zusammenzuarbeiten, der nicht nur ihre Stimme, sondern auch Lizzy Foster, die Sängerin, verstand.

»Das war ja ein toller Auftritt«, meinte da Xavia. »Tut mir Leid, was ich gestern über Sie und Dad gesagt habe. Es war gemein von mir.« Sie hielt Lizzy eine Packung mit bunten Bonbons hin.

Lizzy wischte sich mit dem Handrücken über die Augen. In ihrem Elend hatte sie Xavia gar nicht kommen gehört.

»Das spielt keine Rolle«, erwiderte sie und nahm sich ein Bonbon, ohne aufzublicken. »Jetzt hasst Ihr Vater mich.«

Ihre Schultern zuckten, als sie ein Schluchzen unterdrückte.

»Ich weiß überhaupt nicht, warum ich hier bin. Sie alle hassen mich. Mirella glaubt, dass ich mit Leo ins Bett gehe. Ich mache mir ständig Sorgen, er könnte etwas mit mir anfangen wollen, und dann wieder frage ich mich nach dem Grund, weshalb er es nicht tut. Oh, Gott, warum bin ich nur hergekommen?«

Sie umfasste die Knie mit den Händen, vergrub das Gesicht in den Armen und wiegte sich hin und her.

Xavia setzte sich neben sie.

»Sie schwärmen für ihn wie alle, oder?«

»Natürlich nicht«, log Lizzy.

»Es ist mir egal, und es geht mich auch gar nichts an. Aber wenn Sie das Dickerchen loswerden, könnte ich Sie fast ins Herz schließen«, erwiderte Xavia mit einem Auflachen. »Dad will sich einfach nicht eingestehen, dass er genug von ihr hat. Eigentlich kann er sie schon seit zwei Jahren nicht mehr sehen. Diese grässliche Primadonna, die eingebildete Schnepfe. Wussten Sie, dass Sie die Erste sind, wegen der Dad nicht ans Telefon geht? Haben Sie vorhin eigentlich die Wahrheit gesagt? Haben Dad und Sie eine Affäre?«

Lizzy sah Xavia schockiert an.

»Nein, natürlich nicht! Das habe ich nur erfunden, weil diese blöde fette Kuh es hören wollte.«

»Soll das heißen ... zwischen euch läuft gar nichts?«

Lizzy nickte. »Richtig, gar nichts – wenn Sie sechs Stunden Arbeit am Tag während der Ferien gar nichts nennen wollen. Es ist himmlisch, mit ihm zu arbeiten ...«

»Oh, Gott, ich muss gleich kotzen. Das sagen sie nämlich alle.« Xavia stand auf und starrte Lizzy an.

»Lügen Sie mir nicht etwas vor, was Dad und Sie angeht?«, fragte sie wieder. Lizzy wich ihrem Blick aus. Es war wirklich nicht Xavias Angelegenheit.

»Also gut«, sagte Xavia und marschierte davon.

Lange blickte Lizzy zu den Bergen hinüber und fragte sich, was um Himmels willen sie nun tun sollte. Sie konnte den Gedanken nicht ertragen, Leo gegenüberzutreten, und eine erneute Begegnung mit Mirella, deren schrille Stimme vom Haus her zu hören war, hätte ihr gerade noch gefehlt. Sie wusste nicht mehr, was sie für Leo empfand. Und die Ironie an der ganzen Katastrophengeschichte war, dass er eindeutig kein Interesse an einer Affäre mit ihr hatte. Er war nicht so wie Eduardo oder ihre anderen Freunde, sondern alt genug, um ihr Vater zu sein. Außerdem hatte er unhöfliche Kinder und eine Beziehung mit einer anderen Frau.

Obwohl der Verstand ihr riet, so schnell wie möglich die Flucht zu ergreifen, sagte das Herz ihr etwas anderes, viel Beängstigenderes. Lizzy stand auf, strich ihre Jeans glatt und ging zur Küche. Vielleicht konnte sie sich unbemerkt ins Haus schleichen, ihr Gepäck holen und verschwinden.

»Ich hoffe doch, dass Sie zu meiner Feier bleiben«, sagte Hilda Rominski, die im hinteren Teil der Küche stand und gerade eine von der Köchin angerührte Sauce abschmeckte.

Schuldbewusst zuckte Lizzy zusammen und stammelte eine Entschuldigung.

»Wissen Sie, meine Liebe, Leo erzählt mir normalerweise nie von seinen Schützlingen. Aber über Sie spricht er ununterbrochen. Ich möchte nicht unhöflich klingen, doch er gebärdet sich, als gebe es gar keine anderen Gesprächsthemen mehr.« Mit einem gütigen Lächeln umrundete Hilda den Tisch und kam auf Lizzy zu. »Ganz gleich, wie Ihre Beziehung auch aussieht, ich habe meinen Sohn seit dem Tod seiner Frau nie mehr so ausgeglichen erlebt.«

»Es gibt keine Beziehung. Er ist mit Mirella zusammen«, erwiderte Lizzy und lief feuerrot an.

»Das ist ein Arrangement aus Bequemlichkeit, auch wenn er das niemals zugeben würde. Die beiden haben sich nie wirklich geliebt. Nun, vielleicht ganz am Anfang.« Sie hielt inne. »Das Problem ist, dass die Frau, die von ganz Wien geliebt wird, eigentlich nur sich selbst lieben kann. Ach, ich fange schon wieder an«, meinte Hilda lachend, als Xavia, die gerade hereinkam, ihr einen finsteren Blick zuwarf.

»Wissen Sie, Lizzy, wenn man achtzig wird, braucht man nicht mehr jedes Wort auf die Goldwaage zu legen.« Sie tätschelte Lizzy den Arm.

Lizzy erwiderte ihr Lächeln und erinnerte sich wehmütig an ihre Großmutter.

»Das finde ich nur fair.«

»Also, werden Sie auf meiner Feier singen? Sie werden nicht weglaufen?«

»Ich singe, falls der Maestro bereit ist, mich zu begleiten«, antwortete Lizzy, die der alten Dame nichts abschlagen konnte.

Die Vordertür fiel mit einem Knall ins Schloss. Darauf folgte weiteres Gebrüll, dann raste ein Wagen die Auffahrt hinunter. Xavia rannte zum Fenster.

»Wer hätte das gedacht. Das Dickerchen ist weg«, jubelte sie.

»Oh, was für ein Jammer. Ich hätte mich so gefreut, wenn sie zur Feier geblieben wäre«, meinte Hilda mit einem spitzbübischen Grinsen und nahm sich einen Keks. »Hört zu.«

Sie hielt den Zeigefinger hoch. Eine seltsame Stille hatte sich über das Haus gesenkt. Leo kam herein.

»Lizzy, könnte ich mich kurz mit Ihnen unterhalten?«

Niedergeschlagen folgte Lizzy Leo in den Garten.

»Mir tut das alles entsetzlich Leid. Ich weiß gar nicht, wo ich anfangen soll. Mirella ist sehr reizbar. Hoffentlich können Sie ihr verzeihen. Sie hat sich manchmal nicht in der Gewalt.«

»Lizzy hat versprochen, für mich zu singen, wenn du sie begleitest. Also, Leo, mach die Sache nicht schlimmer, als sie ist«, befahl Hilda, die ihnen nachgegangen war.

»Mirella wird es schon überstehen. Und wir werden eine wundervolle Party feiern, nicht wahr, meine Liebe?«, sagte sie und tätschelte Lizzy wieder die Hand.

»Ja, Mrs. Rominski, das werden wir«, erwiderte Lizzy.

Allerdings fragte sie sich, wie schwierig die Lage wohl noch werden würde. Als sie Leo ansah, erkannte sie die Erleichterung in seinen Augen, was sie noch mehr verwirrte.

Die Geburtstagsfeier wurde ein voller Erfolg. Xavia und Alma hatten sich selbst übertroffen, Unmengen von Essen und Getränken bereitgestellt und das ganze Haus mit Luftschlangen, Ballons und Blumen geschmückt. Aus riesigen Lautsprechern dröhnte Musik, und in Abständen wurde für jedes Jahrzehnt in Hilda Rominskis Leben ein Feuerwerk abgebrannt.

Zu Lizzys großer Erleichterung ließ Mirella sich nicht blicken. Juliet, ihr Verlobter und Leonard junior trafen kurz nach dem Frühstück mit einer Wagenladung Geschenke und einer jubelnden Horde von Freunden ein. Den restlichen Tag über wimmelte es im Haus von Menschen, und die Besucher gaben sich die Klinke in die Hand.

Der Höhepunkt des Tages war ein großes Abendessen, gefolgt von der Aufführung einer Komposition, die Dmitri eigens für Hildas Geburtstag geschrieben hatte. Alle johlten vor Lachen, als Hilda meinte, die Musik erinnere sie an das Geräusch von Töpfen in einem Spülbecken aus Aluminium. Danach sang Lizzy, die wegen der Anwesenheit so vieler musikalischer Größen unter den Gästen vor Aufregung zitterte, begleitet von Leo die bewegende Weidenarie aus »Othello« von Verdi. Die Zugabe »Lied der Honigvögel« rührte Hilda zu Tränen. Leo, ganz der große Maestro, küsste Lizzy die Hand und ließ sie nicht mehr los, als er sie den Gästen vorstellte.

»Sie haben außergewöhnliches Talent, meine Liebe«, sagte Hilda zufrieden nach dem Ende der Feier. »Ich kenne mich aus, denn ich befasse mich mit Gesang, seit Leo ein kleiner Junge war, der noch in kurzen Hosen herumlief. Danke, meine Liebe. Ich bin sehr stolz darauf, dass Sie für mich gesungen haben.«

»Es war mir ein Vergnügen«, erwiderte Lizzy lächelnd. Und sie meinte es ernst. Dann küsste sie die alte Dame auf die Wange.

16

Als Lizzy wieder in Wien war, versuchte sie, die Ereignisse in Luzern herunterzuspielen. Auch Norma verriet sie nur, dass Leo keinen einzigen Annäherungsversuch unternommen hatte.

»Was ich natürlich als Beleidigung aufgefasst habe«, scherzte sie.

Allerdings hatte sie die Rechnung ohne Mirella gemacht, und bald kursierte in Opernkreisen das Gerücht, Lizzy habe alles getan, um Leo ins Bett zu bekommen. Und damit nicht genug, setzte Mirella den niederträchtigen Tratsch in die Welt, Lizzy sei in schlechter gesundheitlicher Verfassung. Schließlich wusste sie genau, welch großen Wert Intendanten und Agenten darauf legten, dass ein Sänger der körperlichen Belastung eines Auftritts auch gewachsen war.

»Keine Sorge, Schätzchen, so springt sie mit uns allen um«, sagte Raymonde, leckte sich die Lippen und gab weitere Horrorgeschichten zum Besten, die alle davon handelten, wie Mirella ihren Konkurrentinnen erfolgreich Knüppel zwischen die Beine geworfen hatte. Dabei machte er sich an Lizzys Haar zu schaffen, um es für ihren Auftritt im Theater an der Wien herzurichten. »Sie ist eben eine richtige Zicke.«

Seine Worte steigerten Lizzys Befürchtungen nur.

»Ist er eigentlich gut in der Kiste?«, rief der Kontraalt, der halbnackt an Lizzys Garderobe vorbeimarschierte, die sie mit anderen teilen musste.

Obwohl Lizzy nicht auf derartige Bemerkungen achtete und sich selbstbewusst gab, nagten die Gerüchte an ihr. Insgeheim hoffte sie, Leo würde sich mit ihr in Verbindung setzen, um sie weiter zu unterrichten. Doch seit ihrem Besuch hatte sie nichts von ihm gehört und nur eine knappe Dankeskarte von Walter Barley erhalten. Als die Wochen ohne ein Lebenszeichen von ihm vergingen, redete sie sich ein, er habe das Interesse an ihrer Stimme verloren.

Die offensichtliche Erklärung, dass er nämlich alle Hände voll zu tun hatte, um die Welt flog oder mit Dmitri Blokk dessen neue Oper »Das feurige Mädchen« probte, die im März an der Wiener Staatsoper Premiere haben sollte, kümmerte sie nicht.

Zum Glück dachten immer mehr Menschen in der Welt der Musik an Lizzy, und ihr Terminkalender füllte sich zusehends. Fünfmal pro Woche trat sie in »Wiener Blut« auf, spielte eine Rolle am Theater an der Wien und hatte sich außerdem einer Truppe namens »Dinnerbrigade« angeschlossen, die bei eleganten Abendeinladungen in Wien klassische Konzerte im historischen Kostüm gab.

Noch aufregender war, dass der Geschäftsführer einer kleinen Plattenfirma sie in Luzern singen gehört hatte. Er experimentierte mit einer Mischung aus Oper und Popmusik und hatte sie im Oktober zu Plattenaufnahmen eingeladen. Lizzy, die dankbar für jedes Arbeitsangebot war, hatte angenommen und war fest entschlossen, sich die Laune nicht verderben zu lassen. Ihre Engagements waren zwar noch bunt gemischt, doch zumindest hatte sie nun einigermaßen regelmäßig zu tun. Außerdem konnte sie so Bühnenerfahrung sammeln und die verschiedensten Dirigenten, Regisseure und Produzenten kennen lernen. Allerdings sehnte sie sich danach, mit einem Künstler von Leos Kaliber zusammenzuarbeiten.

»Ich sage dir, wenn ich noch schneller laufen muss, werde ich mich übergeben. Kannst du deinem Freund nicht klarmachen, dass Sänger zum Singen auch atmen müssen?«, beschwerte sich Lizzy nach einer besonders frustrierenden Probe der neuesten Inszenierung von »Wiener Blut« bei Jackie.

»Frag ihn aber freundlich«, fügte sie grinsend hinzu, weil sie ihre Freundin nicht verärgern wollte. Sie war dankbar für das Engagement und auch für die Kontakte, die Jackie ihr vermittelt hatte. Doch sie waren sich beide einig, dass Tord manchmal verrückte Ideen hatte.

Als Lizzy zu Weihnachten ihre Großmutter anrief, wollte sie nicht zu niedergeschlagen klingen und schilderte ihr deshalb das

Leben in Wien in glühenden Farben, auch wenn das nicht ganz der Wirklichkeit entsprach. Nachdem sie den Hörer aufgelegt hatte, klangen Großmutters Stimme und all die Nachrichten von zu Hause immer noch in ihren Ohren. Sie wurde von heftigem Heimweh gepackt und hätte am liebsten die nächste Maschine nach Hause genommen.

Mitte Februar des folgenden Jahres erhielt Lizzy einen Anruf von der Staatsoper. Sie sollte für eine Nebenrolle in »Aida« vorsingen. Als sie, fröhlich wie schon lange nicht mehr, in ihre Wohnung zurückkehrte, fand sie an ihrer Tür einen Zettel vor. »Sofort Walter Barley anrufen«, stand darauf. Ihr Herz machte einen riesigen Satz. Sie eilte nach unten und wählte die Nummer von Leos Agenten.

»Können Sie in zwei Wochen eine Rolle lernen?«, wollte Walter wissen.

»Ich würde mir die größte Mühe geben. Was ist es denn?«

»Die Belinda in ›Das feurige Mädchen‹. Die ursprüngliche Belinda ist gestern ausgestiegen. Sie erwartet ein Kind, und der Arzt hat ihr gesagt, sie müsse sich zwischen Baby und Oper entscheiden. Sie sind ziemlich verzweifelt. Leo sagt, er glaube, Sie könnten es schaffen.«

Lizzy spürte, wie es ihr vor Angst die Kehle zuschnürte. Es war nahezu unmöglich, Dmitris Musik zu lernen. Und was noch schlimmer war – Mirella spielte das feurige Mädchen, während die Figur der Belinda den Großteil der Oper damit verbrachte, ihr über die Bühne zu folgen. Inzwischen sprach Walter weiter.

»Nehmen Sie die Rolle an, Lizzy. Das ist der Durchbruch, auf den Sie gewartet haben. Leo sagte erst gestern ... Lizzy, sind Sie noch dran?«

Ihr Herz machte wieder einen Satz.

»Ja, ja, ich mache es. Natürlich mache ich es. Walter, wofür halten Sie mich? Sie haben mich nur so überrascht. Was hat Leo gesagt?«, fragte sie und zwang sich zur Ruhe, obwohl ihr Herz gegen ihre Rippen klopfte.

»Wenn Sie die Oper selbst meinen, ist der Großteil seiner Äußerungen nicht jugendfrei. Nein, er fand, Sie wären die ideale

Besetzung für die Belinda. Außerdem könne man mit Ihnen gut arbeiten, und eine andere Wahnsinnige, die sich darauf einließe, sei so schnell nicht zu finden. Also gehen Sie sofort zu Elsa Greusen. Sie erwartet Sie. Andres kommt auch, und Sie können noch heute Abend anfangen, die Rolle einzustudieren. Ihre erste Probe in der Staatsoper ist am Freitag um Punkt neun.«

»Das ist in drei Tagen«, rief Lizzy aus.

»Das schaffen Sie schon. Die kennen die Situation. Viel Glück. Rufen Sie mich an, falls es Probleme gibt.«

Lizzy zitterte so sehr, dass sie zwei Anläufe brauchte, um den Hörer auf die Gabel zu legen. Drei Tage, um eine völlig neue Rolle einzustudieren! Warum, um alles in der Welt, hatte sie sich nur breitschlagen lassen? Mit Leo bei der Uraufführung einer Oper mitzuwirken, war eine einmalige Chance, die allerdings durch die Gegenwart von Mirella und des Komponisten getrübt wurde.

Wenn sie ihr eigenes Verhältnis zu Mirella und Dmitris Launenhaftigkeit in Betracht zog, hatte sie sich etwas Schönes eingebrockt. Ganz gleich, wie sie es auch betrachtete, es würde eine Katastrophe geben. Sie hatte gehört, wie schwierig es war, mit Komponisten zusammenzuarbeiten. Und Dmitri war durchaus zuzutrauen, dass er die Hälfte der Partitur wieder änderte, die sie gerade gelernt hatte. Allerdings gab es auch zwei Dinge, die sie aufheiterten. Elsa würde ihr den Notentext einbläuen, und Leo hatte gesagt, dass man mit ihr gut arbeiten könne. Mehr Ermutigung brauchte sie nicht.

Rasch sprühte sie sich mit Deodorant ein, zog eine saubere Bluse und Jeans an, fuhr sich mit der Bürste durchs Haar und stürmte aus dem Haus.

In den nächsten drei Tagen schloss sie sich mit Elsa und Andres ein und arbeitete so hart wie nie zuvor in ihrem Leben.

Als Lizzy am Freitagmorgen übermüdet und sehr nervös in die Probe kam, geriet sie mitten in ein Tohuwabohu. Auf der Bühne beschimpften Mirella und der Produzent den zweiten Kapellmeister, der Leo vertrat, weil dieser derzeit in Berlin war. Auf der Bühne saßen die übrigen Solisten auf ihren Stühlen, plauderten oder studierten ihre Rollen. Im Orchestergraben wimmelten hemdsärmelige Musiker herum, spielten Poker oder erzählten einander schmutzige Witze. Währenddessen sprang Dmitri vor einer Gruppe gelangweilt wirkender Balletttänzerinnen hin und her, die Trikots und Trägerhemdchen trugen. Er versuchte die Zugposaunen und Kesselpauken zu überschreien, die sich gerade bemühten, ein Stück im Sieben-Neuntel-Takt zu spielen. Das gelegentliche Zusammenschlagen der Becken schien in keinem Zusammenhang mit dem Rhythmus zu stehen. Lizzy, der sich der Magen zusammenkrampfte, erinnerte sich plötzlich an Hilda Rominskis Bemerkung über Töpfe und Spülbecken und hatte Mühe, ein Kichern zu unterdrücken.

Der Produzent bemerkte Lizzy, brach die Diskussion ab und eilte auf sie zu.

»Ach, mein liebes Mädchen, wundervoll, Sie an Bord zu haben. Sie sind hoffentlich nicht auch schwanger?« Er warf einen ängstlichen Blick auf Lizzys Taille. Ohne ihr Gelegenheit zu einer Antwort zu geben, stieß er einen Schwall von Anweisungen aus und begleitete sie auf die Bühne.

Lizzy wurde den übrigen Solisten vorgestellt und bemerkte erleichtert, dass Martin die männliche Hauptrolle spielte. Mirella hatte sich bereits demonstrativ zu dem gedrungenen Bariton rechts von ihr umgedreht und ihn in ein angeregtes Gespräch verwickelt. Sie gab sich alle Mühe, Lizzy die kalte Schulter zu zeigen. Lizzy stieß einen lautlosen Seufzer aus. Es war zwecklos, nett zu Mirella sein zu wollen, denn die hatte sich offenbar fest vorgenommen, allen – insbesondere Lizzy – das Leben zur Hölle zu machen.

Der zweite Kapellmeister klopfte auf sein Pult. Es dauerte fünf Minuten, bis endlich allgemeine Ruhe eintrat. Dann begann die Probe. Das Orchester, das anscheinend weder vom Stück noch vom Dirigenten sonderlich beeindruckt war, lieferte eine nachlässige, schlecht phrasierte Darbietung ab. Von den Blechbläsern war hin und wieder ein unterdrücktes Auflachen zu hören, gegen das weder die Schimpftiraden noch das Flehen des Dirigenten etwas ausrichten konnte.

Die Krise spitzte sich zu, als Mirella ihr Eingangssolo nach zwei Takten abbrach und anfing, mit dem Dirigenten über das Tempo zu streiten. Dmitri, der sich schlichtend einmischte, wurde verscheucht wie eine lästige Fliege, und Mirella fuhr beharrlich fort, die falschen Töne zu singen. Wieder spürte Lizzy ein hysterisches Kichern in sich aufsteigen. Es schien gleichgültig zu sein, welche Töne sie sang, das Ergebnis war nichts weiter als ein abscheulicher Lärm. Die Mitwirkenden wurden immer ungeduldiger, und in der Mittagspause flüchteten sich die meisten entnervt in die Kantine.

Der Nachmittag verlief ähnlich unerfreulich. Ständig unterbrochen von Mirellas spitzen Bemerkungen, quälte Lizzy sich durch ihre Partie. Als sie um fünf Uhr endlich die Flucht ergreifen konnte, wusste sie, dass zwei Tage harte Arbeit vor ihr lagen.

»Wie kann man das ernsthaft als Musik bezeichnen?«, beklagte sie sich bei Martin, als sie zusammen das Gebäude verließen.

»Ich würde auch den Mond anheulen, wenn es mich beruflich weiterbringt«, erwiderte Martin. Allerdings wirkte er genauso müde und abgekämpft wie die anderen. »Das heißt, eigentlich heule ich ja schon den Mond an. Bei Mirella ist es jedenfalls eindeutig so. Und ihr Parfüm! Puh!«

Lizzy war froh, Martin als Verbündeten zu haben. Am nächsten Tag erfuhr sie, dass sie die Rolle in »Aida« bekommen hatte. Zum Glück begannen die Proben erst nach dem »Feurigen Mädchen«. Dennoch hieß das, dass sie beginnen musste, auch diese Rolle einzustudieren, damit sie sie rechtzeitig beherrschte. Ihr Leben wurde von Tag zu Tag komplizierter.

Zwei Tage vor der Premiere waren die Nerven aller bis zum Zerreißen gespannt. Dmitri verlangte immer unmöglichere Änderungen, das Orchester war völlig außer Rand und Band, und der Dirigent den Tränen nahe. Mirella hatte Lizzy angerempelt, sodass sie gegen einen Stuhl fiel und sich das Schienbein anstieß. Es hatte Lizzy alle Selbstbeherrschung gekostet, die fette Schlampe nicht von der Bühne zu schubsen. Häufig dachte sie an die Inszenierung von »Die Gondoliere« in Toowoomba und auch an Schwester Angelicas Worte, man müsse, ganz gleich, was auch geschah, immer professionell bleiben. Lizzys Schienbein pochte, und sie war so oft wegen falscher Töne korrigiert worden, dass sie alles am liebsten hingeworfen hätte. Dennoch wusste sie, dass hier die einmalige Chance zu ihrem Durchbruch lag.

Da kam Leo herein. Sofort ließ die Anspannung nach, und Energie machte sich im Raum breit.

Nachdem Leo aus dem Mantel geschlüpft war, trat er ans Pult.

»Meine Damen und Herren, zweiter Akt, zweite Szene. Das Duett des feurigen Mädchens und ihres Liebhabers.«

Er hob den Taktstock und lächelte Mirella und Martin zu. Doch obwohl sich alle plötzlich mächtig ins Zeug legten, konnte selbst Leo nicht sämtliche Schwierigkeiten aus dem Weg räumen. So ging es weiter mit Mirellas Genörgel und Dmitris Änderungen, bis Leo, dem die Zeitverschiebung noch in den Knochen steckte und der gereizt war, verärgert den Taktstock hinwarf und im Zuschauerraum Platz nahm.

»Ab Takt dreihundertsechs«, verkündete er und gab mit einer Handbewegung das Zeichen zum Einsatz. Dann lief er mit verschränkten Armen auf und ab und musterte eingehend den abgetretenen roten Teppich.

»Ja, ja, recht gut«, sagte er am Ende der Szene. Wieder ein wenig frischer, kehrte er zurück zum Pult. »Lizzy, Mirella, euer Duett mit dem verzögerten Klarinetteneinsatz.«

Er suchte die richtige Stelle und blickte, die Hände augestreckt, auf. Lizzy wurde flau im Magen. Es war das schwierigste Stück der Oper. Bei den letzten drei Durchgängen war Mirella aus dem Takt gekommen und hatte Lizzy die Schuld dafür in die Schuhe geschoben. Weil Lizzy keine Lust auf ein Brüllduell auf der Bühne gehabt hatte, ließ sie die Vorwürfe über sich ergehen.

»Na, bleiben Sie diesmal im Takt?«, zischte Mirella.

Der übermächtige Duft ihres Parfüms hüllte Lizzy ein, als sie Arm in Arm dastanden, denn schließlich spielten sie Busenfreundinnen. Lizzy, der es fast den Atem verschlug, wartete darauf, dass Leo ihr den Einsatz gab. Das Orchester stimmte das Vorspiel an. Dann setzte die Klarinette ein. Obwohl es sich bei dieser Stelle nach Lizzys Ansicht um die einzige erkennbare Melodie in der gesamten Oper handelte, lag der Klarinettist hoffnungslos daneben. Nach zwei schauderhaften Takten brach er ab.

»Noch einmal von vorne«, befahl Leo mit finsterem Blick. Der Klarinettist unternahm einen erneuten Anlauf, doch sein Instrument gab abermals schräge Töne von sich. Der Musiker lief hochrot an, hielt inne und betrachtete verwundert seine Klarinette. Lizzy, die schrecklich nervös war, setzte ein, konnte aber das Lachen nicht unterdrücken.

»Danke, Miss Foster, wir alle haben den Witz verstanden«, fauchte Leo. In der Zwischenzeit hatte der Klarinettist herausgefunden, dass ein B-Moll-Mundstück auf seiner A-Klarinette steckte. Rasch wechselte er die Mundstücke aus und begann zu spielen. Diesmal drangen süße Töne aus seinem Instrument, dennoch konnte Lizzy ein Kichern nicht unterdrücken. Endlich gelang es ihr, sich zu beherrschen, aber sie musste erst einen Schluck Wasser trinken, ehe sie fortfahren konnte.

Leo, der überarbeitet war und unter enormem Druck stand, diese Katastrophenoper in viel zu kurzer Zeit auf die Beine zu stellen, putzte sie vor dem gesamten Ensemble herunter. Schlagartig ernüchtert, reumütig und verlegen, begann Lizzy zu singen.

»Na, da hat die kleine Schlampe wieder danebengelegen«, flüsterte Mirella mit einem zuckersüßen Lächeln und machte sich daran, Lizzy zu übertönen. Diesmal musste sie sich eine Standpauke von Leo anhören, die allerdings um einiges milder ausfiel als bei Lizzy.

»Natürlich, Maestro. Die Stimme der Kleinen ist noch so unreif. Ich wollte ihr helfen«, erwiderte sie lächelnd. Prompt übertönte sie Lizzy wieder und behauptete, das Orchester spiele zu laut. Inzwischen war Lizzy aus dem Konzept geraten und musste um eine Wiederholung der Passage bitten.

Um Mitternacht waren alle erschöpft, doch die Oper klang allmählich wie Musik.

Die Generalprobe am nächsten Tag verlief beinahe ohne Zwischenfälle. Nur der zweite Trompeter, der im Laufe des Tages eifrig dem Alkohol zugesprochen hatte, verpatzte den Großteil seiner hohen Töne, sodass Dmitri, kreidebleich und zitternd, verkündete, sein Meisterwerk sei ruiniert, und in Tränen ausbrach.

»Vielleicht ist es das Beste so«, sagte Leo und klappte erleichtert die Partitur zu. Eine Generalprobe ohne Schwierigkeiten bedeutete nämlich, dass die Premiere garantiert ein Reinfall werden würde. Er ging zu Lizzy hinüber. »Das haben Sie gut gemacht, die Rolle in so kurzer Zeit zu lernen. Allerdings wusste ich, dass Sie es schaffen würden.«

Lizzy strahlte vor Stolz und zeigte Mirella, die unwillig das Gesicht verzog, triumphierend die kalte Schulter.

Am folgenden Abend sah es mit Lizzys Gefühlen ganz anders aus. Sie saß in der kleinen Garderobe, die sie mit Helga teilte, die eine Sklavin spielte, und schminkte sich. Dass das Stück sehr anspruchsvoll und ohne präzise Einsätze nicht zu bewältigen war, machte ihr ebenso zu schaffen wie die Befürchtung, Mirella könnte sie auf offener Bühne sabotieren. Auch wenn es sich um eine Premiere und Uraufführung handelte, würde Mirella sich nicht abhalten lassen, falls sich eine Chance bot, ihre Konkurrentin bloßzustellen.

Lizzy puderte sich die Wangen und gab ihrer Kollegin ein aufmunterndes Zeichen, als diese dem Aufruf zum Auftritt folgte. Durch die Gegensprechanlage wurde gemeldet, dass es bis zu ihrem eigenen Auftritt noch eine Viertelstunde war. Ihr Magen krampfte sich zusammen. Sie eilte ein letztes Mal auf die Toilette, wo sie von Wellen der Panik überflutet wurde.

Zurück in ihrer Garderobe, schloss sie die Tür ab und versuchte, sich zu beruhigen. Doch immer wieder stiegen die Wellen in ihr hoch. Zwei Minuten später kehrte Helga zurück und drehte am Türknauf. Als sie die Tür nicht öffnen konnte, rüttelte sie daran, trommelte mit den Fäusten dagegen und rief Lizzy zu, sie solle sie hereinlassen. Aber Lizzy hörte sie nicht. Sie saß mit verschränkten Armen auf dem roten Diwan, wiegte sich, ergriffen von der schlimmsten Panikattacke ihres Lebens, hin und her. Das Rufen und Klopfen dauerte an, bis Lizzy trotz ihres Elends Martins Stimme erkannte.

»Lizzy, ist alles in Ordnung? Mach die Tür auf, Lizzy! Helga braucht ihren Korb.« Lizzy griff nach dem Korb, öffnete die Tür einen Spalt weit, um ihn herauszureichen, und knallte sie dann wieder zu.

»Lizzy, wir müssen in fünf Minuten raus. Mach die Tür auf!«, brüllte Martin.

»Ich kann nicht, Martin. Ich kann da nicht raus. Ich habe solche Angst«, wimmerte Lizzy und versuchte, die Tränen zu unterdrücken, um ihr Make-up nicht zu verderben.

»Du schaffst das«, sagte Martin und bemühte sich um eine Ruhe in der Stimme, die er eigentlich nicht empfand. »Mach auf, Lizzy!«

»Nein, es geht wirklich nicht. Ich habe Angst. Ich überstehe das nicht, wenn ich da rausgehe.«

»Mein Gott, Lizzy, ich habe auch Angst. Wir haben alle Angst. Mach die verdammte Tür auf.« Endlich drang sein Flehen zu Lizzy durch. Als sie die Tür aufmachte, fiel Martin fast ins Zimmer.

»Zum Teufel, Lizzy!«, schrie er. Dann sah er die Todesangst in ihrem Gesicht.

»Komm, stell dich nicht so an. Es ist sowieso ein fürchterliches Gejaule. Ich weiß nicht, warum du dir Sorgen machst. Das heute wird die erste und letzte Vorstellung dieses Katastrophenstücks. Also gehen wir raus und haben ein bisschen Spaß. Wer weiß, vielleicht werden wir sogar mit faulen Äpfeln beworfen.« Er lachte schrill auf und umarmte Lizzy.

Lizzy wurde ein wenig lockerer, und Martins in walisischem Akzent vorgetragene Bemerkungen brachten sie zum Kichern.

»Oh, Gott, Martin. Solche Angst hatte ich noch nie. Wie sehe ich aus?«, fragte sie, ein bisschen weniger angespannt.

»Ziemlich gruselig, aber das macht keinen Unterschied«, scherzte Martin. Sich mit Lizzy zu beschäftigen, half ihm, sich selbst zu beruhigen.

»Da bin ich aber erleichtert«, gab Lizzy zurück.

Ihre Panik ließ nach. Sie umarmte Martin rasch und folgte ihm in die Kulisse, um auf ihr Stichwort zu warten. Vor dem Auftritt zwinkerte er ihr noch einmal keck zu. Mit wackeligen Knien und gefolgt vom Lichtkegel eines Scheinwerfers, überquerte Lizzy die Bühne und behielt dabei immer Leo im Auge. Als die Souffleuse ihr das Stichwort zuflüsterte, gab Leo ihr mit erhobener Hand den Einsatz. Sie begann zu singen, und wieder senkte sich die merkwürdige Ruhe über sie, die sie stets ergriff, wenn sie mit Leo zusammenarbeitete.

Nach ihrer Szene eilte sie von der Bühne, sehr stolz darauf, dass sie die Hilfe der Souffleuse nur zwei Mal gebraucht hatte. Auch als Mirella sich am Ende des zweiten Aktes absichtlich vor sie stellte, ließ sich Lizzy davon nicht aus der Ruhe bringen.

Trotz des unbeschreiblichen Getöses wurde »Das Feurige Mädchen« vom Publikum erstaunlich wohlwollend, wenn auch ein wenig argwöhnisch aufgenommen. Begeistert von dramatischen Bühneneffekten und Feuerwerk hatten sich die Zuschauer im letzten Akt beinahe an die seltsamen Harmonien gewöhnt.

Lizzy setzte zu ihrem letzten Duett mit Mirella an und schickte ein stilles Stoßgebet an den Klarinettisten. Doch zu ihrer Erleichterung waren klare und saubere Töne zu hören. Als die beiden Frauen sich aus ihrer Umarmung lösten, versetzte Mirella Lizzy anstelle des vorgeschriebenen Tätschelns einen heftigen Stoß, bei dem sie das Gleichgewicht verlor, zu Boden stürzte und sich dabei die Hüfte prellte. Lizzy kochte vor Wut, ließ sich aber nicht aus dem Konzept bringen. Sie sang einfach weiter und streckte dabei die Hand nach Mirella aus. Da diese schlecht aus der Rolle fallen konnte, blieb ihr nichts anderes übrig, als Lizzy beim Aufstehen zu helfen, als sei der Sturz Absicht gewesen.

Nachdem Lizzy die Primadonna mit einem reizenden Lächeln bedacht hatte, wich sie zurück und eilte triumphierend von der Bühne, während die Zugposaunen und Becken ihr Bestes gaben. Wohlbehalten in den Kulissen angekommen, rieb sie sich die Hüfte und atmete erleichtert auf. Für heute Abend hatte sie es durchgestanden. Sie musste nur noch auf ihre Vorhänge warten.

Die Premierenfeier fand in der Garderobe statt. Alle lachten, riefen und scherzten durcheinander. Dmitri strahlte übers ganze Gesicht. Lizzy, die an ihrem zweiten Glas Champagner nippte, schmunzelte Martin zu. Sie war für ihre Darbietung nicht nur vom gesamten Ensemble und von Dmitri gelobt worden. Zu ihrer Überraschung hatte man sie fast genau so oft vor den Vorhang gerufen wie Mirella.

»Das sollte diese Nebelkrähe etwas bremsen«, meinte Martin lachend und beglückwünschte Lizzy noch einmal. »Schau, wir haben es beide überstanden, und wir werden es wieder schaffen.«

»Solange ich einen Bogen um die alte Zicke Mirella mache. Danke, Martin. Ich glaube, ohne dich hätte ich mich nicht mehr aus der Garderobe getraut. Ich bin dir etwas schuldig.«

»Du hättest für mich dasselbe getan«, erwiderte Martin. »Pass auf, ein paar von uns gehen anschließend in den Michaelskeller einen Happen essen. Kommst du mit?«

»Sehr gern. Ich bin am Verhungern.« Lizzy sah auf die Uhr. Es war Viertel nach elf. »Ziemlich viele Leute hier. Helga hat erzählt, jemand von der Berliner Oper sei im Publikum.«

Während sie sprach, kam Leo hereingerauscht. Er wurde von einem kleinen, gedrungenen Deutschen begleitet und steuerte direkt auf Lizzy zu.

»Herzlichen Glückwunsch, Lizzy, das war ein beeindruckendes Debüt. Sehen Sie, ich wusste es – Sie sind La Divina.« Leo wandte sich an seinen Gast.

»Sie müssen Lizzy Foster kennen lernen. Sie war heute Abend die reizende Belinda. Herr Grünwald ist der Geschäftsführer der Berliner Operngesellschaft«, verkündete er. Dann nahm er sie in die Arme und küsste sie. Blitzlichter zuckten, als die allgegenwärtige Presse diesen Augenblick festhielt.

»Glückwunsch, Miss Foster. Wie der Maestro bereits sagte, war es wirklich ein beeindruckendes Debüt.« Herr Grünwald schüttelte Lizzy die Hand.

»Blokks Kompositionen sind für jeden eine Herausforderung, aber die Rolle in nur zwei Wochen einzustudieren, ist bewundernswert. Leo, ich habe beschlossen, dass sie in der nächsten Saison bei uns in Berlin singen muss. Ich werde mit Walter sprechen. Ist er heute Abend hier?« Er sah sich um.

»Irgendwo. Ach, er spricht dort drüben mit Dmitri«, erwiderte Leo und nickte Lizzy aufmunternd zu.

»Sie hat Leidenschaft und Stimmkraft und außerdem eine wundervolle Höhe. Ich sage immer, dass wir es mit einer zweiten Callas zu tun haben. Nur, dass sie nie die Callas sein wird, sondern immer La Divina«, wiederholte er und lächelte den anwesenden Reportern zu. Lizzy errötete noch heftiger. Die Kameras begannen erneut zu klicken.

Immer noch wütend, weil sie nicht mehr Vorhänge gehabt hatte, enttäuscht wegen Leos mangelnder Begeisterung über ihre Darbietung und gekränkt, allein zur Feier gehen zu müssen, rauschte Mirella herein, gerade in dem Moment, als Leo Lizzy im Blitzlichtgewitter küsste. Bebend vor Eifersucht drängte sie sich zu ihm durch, ein gefrorenes Lächeln auf den Lippen, ohne die Komplimente zu hören, die einige Anhänger ihr zuriefen. Sie wollte Leo liebevoll begrüßen, doch als sie seine letzte Bemerkung hörte, war ihr Lächeln wie weggeblasen.

Voller Zorn, weil er eine kleine Anfängerin mit Lob überhäufte, während sie, Mirella Vampa, im Raum war, stürmte sie auf Leo zu, wobei sie Herrn Grünwald mit Nichtachtung strafte und Lizzy anrempelte, sodass ihr Champagnerglas überschwappte. Sie fixierte Leo mit einem hasserfüllten Blick und setzte die einzige Waffe ein, die sie in diesem Moment zur Hand hatte.

»Wenn du dieses Nichts mit der Callas vergleichst, kannst du dir ein anderes feuriges Mädchen suchen«, kreischte sie mit blitzenden Augen. Dann machte sie auf dem Absatz kehrt und stürzte hinaus.

»Ach, du meine Güte«, murmelte Leo leise. »Entschuldigen Sie mich, ich muss Öl auf eine Menge Wogen gießen.«

Mit diesen Worten eilte er ihr nach.

Lizzy wurde plötzlich übel, und sie begann zu zittern. Höflich lächelnd versuchte sie, sich auf Herrn Grünwald zu konzentrieren, der ihr von seinen Plänen für die nächste Berliner Opernsaison erzählte. Dabei bereute sie bitterlich, dass sie Leo gestattet hatte, sie in aller Öffentlichkeit zu küssen. Nun war die gesamte Oper gefährdet, denn schließlich war es schon häufiger vorgekommen, dass Mirella einfach aus einer Produktion ausgestiegen war.

Nachdem sie Herrn Grünwald mit Walter bekannt gemacht hatte, verabschiedete sie sich und überlegte, ob sie sich bei Mirella entschuldigen solle. Sie kam zu dem Schluss, dass sie die Sache damit nur verschlimmern würde. Also verließ sie die Feier, holte Mantel und Handtasche aus der Garderobe und trat hinaus in die nasskalte Wiener Nacht. Nachdem sie sich einen Schal um den Hals geschlungen hatte, eilte sie im Schutz der hohen Hausfassaden Richtung St. Michaelskeller. Gerade wollte sie eine kleine Straße überqueren, da stoppte ein großer schwarzer Mercedes neben ihr. Ein Kopf beugte sich aus dem hinteren Fenster.

»Möchten Sie mit mir zu Abend essen?«, rief Leo und hielt die Autotür auf.

Im ersten Moment fehlten Lizzy vor Überraschung die Worte. Dann fing sie zu lachen an. »Sehr gern«, antwortete sie, obwohl eine innere Stimme sie davor warnte, einen Fehler zu machen.

Leo sprang aus dem Wagen, half ihr beim Einsteigen und wies den Chauffeur an, sie zu einem exklusiven kleinen Restaurant hinter dem Stephansdom zu bringen.

Leo schob Lizzy, die seinen Arm fest umklammert hielt, in das Lokal, in dem alle Gäste sie mit Applaus begrüßten. Rasch erschien auch der Restaurantchef.

»Guten Abend, Maestro, Madame. Meine Gäste sprechen alle von Ihrem großen Erfolg heute Abend. Ihren üblichen Tisch, mein Herr?«, fragte er mit einer Verbeugung und rief gleichzeitig mit einem Fingerschnippen einen Kellner herbei, der bereits im Hintergrund wartete, um ihre Bestellung aufzunehmen.

Leo nickte mit einem Lächeln.

»Champagner für alle!«, verkündete er und strahlte wie ein kleiner Junge. »Heute war ein ganz besonderer Abend. Nicht nur, weil ich dirigiert habe, sondern weil La Divina gesungen hat. Sie werden in den Morgenzeitungen alles über Ihr Debüt lesen.«

Er fixierte Lizzy mit einem eindringlichen Blick aus seinen dunklen, sinnlichen Augen. Ihr wurde dabei ganz flau im Magen.

»Auf La Divina!«, sagte er und hob das Champagnerglas, das der Restaurantchef ihm rasch gereicht hatte. Lizzy errötete und folgte lächelnd seinem Beispiel.

»Auf den Maestro«, erwiderte sie. Ihr gefiel die viele Aufmerksamkeit.

»Sie haben diese grässliche Oper gerettet. Das wissen Sie, Lizzy«, meinte Leo, als das Essen serviert wurde. »Ihr Auftritt hat die Kritiker umgehauen.«

Er griff nach Messer und Gabel.

Überwältigt von seinem Lob, erzählte ihm Lizzy ausführlich, welche Freude ihr die Zusammenarbeit mit ihm bereitete, und vertilgte dabei rasch ihre Portion. Während Leo die Champagnergläser nachfüllte, musterte er Lizzy begeistert. Im Lampenlicht sah sie einfach reizend aus; ihre Haut schimmerte, und ihre Augen leuchteten. Es war der vollkommene Abschluss eines außergewöhnlichen Abends. Er leerte sein Glas und spürte, wie sich die entspannende Wirkung des Champagners in seinem Körper ausbreitete.

»Ich habe von Ihrem Anfall von Lampenfieber gehört, Lizzy, und deshalb bewundere ich Sie umso mehr. Martin ist nicht nur ein echter Profi, sondern auch ein wahrer Freund.«

»Stimmt. Er hat mich auf die Bühne geschleppt. Aber Ihnen habe ich es zu verdanken, dass ich ruhig wurde, sobald ich dort stand.« Sie lächelte.

Obwohl sie nicht stolz auf ihre Panikattacke war, wusste sie, dass sie gut gesungen und sich trotz der widrigen Umstände wacker geschlagen hatte.

»Davon hatte ich keine Ahnung. Wir beide arbeiten gut zusammen. Das habe ich schon im Meisterkurs bemerkt und auch während Ihres Besuchs in der Schweiz. Es ist, als wären wir ...« Er zögerte und suchte nach dem richtigen Wort.

»Eins ...«, sagte Lizzy und errötete.

»Ja«, entgegnete Leo und strahlte plötzlich.

»Das klingt so eingebildet. Tut mir Leid, Maestro, aber immer, wenn ich mit Ihnen singe, fühle ich mich so unbeschreiblich ruhig und ... beinahe stark. Es ist, als ob nichts mehr schief gehen könnte. Ich weiß, wie albern sich das anhört ...«

»Nennen Sie mich bitte Leo, Lizzy. Und das, was Sie sagen, ist ganz und gar nicht albern.«

»Wird Mirella ...?«, fragte sie schüchtern.

»Mirella ist nur ein wenig überreizt. Sie wird weitersingen.«

Er beugte sich mit einem spitzbübischen Funkeln in den Augen vor. »Ich habe ihr gedroht, dass Sie das feurige Mädchen singen, wenn sie keine Lust mehr dazu hat. Als ich ging, war sie die Freundlichkeit in Person. Sie wird sich beruhigen. Sie weiß nämlich, dass Sie es schaffen würden.«

»Die arme Mirella. Das war aber ziemlich gemein von Ihnen«, tadelte Lizzy und musste ein Auflachen unterdrücken. Sie spielte an ihrem Glas herum und nippte dann daran.

»Sind Sie mit ihr ...?« Sie beendete den Satz nicht und fragte sich, ob sie nicht zu weit gegangen war.

Leo trank einen großen Schluck Champagner.

»Ich brauche Mirella für diese Oper«, erwiderte er stirnrunzelnd und wich Lizzys Blick aus. Nachdem er ihre Gläser nachgefüllt hatte, kippte er seines hastig hinunter.

Auf der Fahrt zu ihrer Wohnung wollte Lizzy sich dafür entschuldigen, dass sie in seinem Privatleben herumgebohrt hatte. Doch er nahm sie in die Arme und bat sie, damit aufzuhören. Lizzy, die nun wusste, dass sie nichts weiter als ihren eigenen Seelenfrieden gefährdete, ließ sich von ihm küssen und erwiderte seine Küsse mit derselben Leidenschaft.

»Ich glaube, ich habe mich in dich verliebt«, murmelte Leo heiser und drückte sie an sich, während der Chauffeur den Wagen abbremste.

»Und ich mich in dich«, flüsterte Lizzy, die die Wahrheit nicht länger verleugnen konnte.

Erst später, als sie sich ein wenig beruhigt hatte, wurde ihr klar, dass er sich zu seiner Beziehung mit Mirella nicht eindeutig geäußert hatte.

Am nächsten Tag beherrschte der Name La Divina die Schlagzeilen. Lizzy kaufte jede Zeitung, die sie finden konnte, und las neugierig die Kritiken. »Das Feurige Mädchen« war bei den Kritikern auf gemischte Reaktionen gestoßen. Die Journalisten waren sich nur in einem Punkt einig, nämlich dass Lizzy eine große

Karriere bevorstand. Aufgeregt rief Lizzy ihre Großmutter an und schilderte ihr lachend einige der Dramen, die sich während der Proben abgespielt hatten. Mary hörte erstaunt zu, und es entging ihr nicht, dass immer wieder der Name Leo fiel.

Nach der letzten Vorstellung von »Das Feurige Mädchen« stürzte Lizzy sich auf die Rolle der Hohepriesterin in »Aida«. Gleichzeitig arbeitete sie mit Leo, wann immer er sich in Wien aufhielt. Da sie möglicherweise eine Saison in Berlin verbringen würde, wählte Leo drei Rollen aus, die Lizzy im Laufe der nächsten zwei Jahre einstudieren sollte.

Norma, die Druidenpriesterin, eine leidenschaftliche Figur, deren wundervolle Koloraturen die Callas unsterblich gemacht hatten, Violetta, Verdis tragische Kurtisane, und die Desdemona, Gemahlin des Mohren Othello, die Verrat und irregeleiteter Eifersucht zum Opfer fällt.

Je länger Lizzy mit Leo zusammenarbeitete, desto sicherer wurde sie, dass sie sich in ihn verliebt hatte. Dennoch quälte sie weiter die Frage, ob seine Beziehung mit Mirella wirklich beendet war. Seit dem Abend der Premiere von »Das Feurige Mädchen« hatten sie ihren Namen nicht mehr erwähnt. Leo hatte auch keinen zweiten Versuch unternommen, Lizzy zu küssen, und er sprach auch nicht darüber. Sie sehnte sich danach, dass er sie in die Arme nahm, sie küsste und ihr zeigte, wie wichtig sie ihm war. Andererseits befürchtete sie, der Kuss könnte eine einmalige Angelegenheit gewesen sein, geboren aus der freudigen Erleichterung nach einem gelungenen Auftritt und der Laune eines erfahrenen Playboys.

Lizzy war enttäuscht und verwirrt. Die Liebe zu Leo ließ sie nicht mehr los, und sie spürte, dass er ebenfalls unter Anspannung stand. Dennoch wagte sie nicht, ihn auf das Thema Mirella anzusprechen. Und so kam es zum ersten Streit zwischen ihnen. Eigentlich war es nichts Bedeutendes, und die Auseinandersetzung entzündete sich daran, dass er sich in musikalische Kleinigkeiten verzettelte, worauf sie sich beschwerte, wie langsam es mit ihrer Karriere voranging.

»Hab Geduld. Das wird schon. Walter sitzt an einer ganz großen Sache, die sicher klappen wird«, sagte Leo nach zwei anstrengenden Stunden.

Heute sehnte er sich mehr denn je danach, sie zu lieben, und er beherrschte sich nur, weil er befürchtete, sie könnte ihm einen Rückfall in seine alten Verhaltensweisen unterstellen und ihn für immer verlassen. Ihr steifer Abschied sorgte dafür, dass sie sich beide verunsichert fühlten und sich vor Sehnsucht verzehrten.

Als Leo in der folgenden Woche aus Amsterdam zurückkehrte, rief er sie auf dem Weg vom Flughafen an.

»Zieh dir etwas Schickes an und komm zu mir. Charlie Morrison wollte mich besuchen. Er ist der derzeitige Dirigent am Covent Garden, nur für den Fall, dass du das vergessen haben solltest, und er würde dich gern singen hören.«

Mit klopfendem Herzen und zitternden Händen schlüpfte Lizzy in ihr elegantestes Kostüm, wobei sich der Reißverschluss des Rockes zweimal verklemmte, und nahm sich ein Taxi. Zwanzig Minuten später läutete sie an Leos Wohnungstür. Walter Barley öffnete.

»Es ist etwas im Busch«, flüsterte er verschwörerisch.

Charlie war ein kleiner, dicker Glatzkopf mit einem sanften Lächeln, das seine aufbrausende Art Lügen strafte. Lizzy hatte erst die Hälfte ihrer zweiten Arie hinter sich, als er aufsprang und rief: »Ich will sie! Ich will diese Stimme!«

»Dann sollten Sie rasch zugreifen«, entgegnete Walter gelassen. »Die Berliner Oper ist nämlich auch hinter ihr her.«

»In einer Woche ist der Vertrag fertig. Ich bin sicher, dass der restliche Aufsichtsrat einverstanden sein wird«, fügte Charlie hinzu, als er Leos hochgezogene Augenbrauen bemerkte. »Miss Foster, es war mir ein Vergnügen. Ich freue mich schon auf eine lange und ruhmreiche Zeit mit Ihnen im Covent Garden. Walter, es war wie immer schön, Sie wieder zu sehen.«

Mit diesen Worten verabschiedete er sich.

»Wie hast du ihn dazu gebracht, seine Reise zu unterbrechen? Wird er mir wirklich einen Vertrag verschaffen?«, rief Lizzy ehrfürchtig aus, nachdem Walter gegangen und sie allein mit Leo war.

Leo nickte und grinste breit.

»Charlie und ich waren zusammen auf dem College. Als er sagte, er bräuchte ein außergewöhnliches Talent, das er fördern kann, habe ich ihm von dir erzählt. Charlie hat mich noch nie im Stich gelassen.»

Er nahm sie in die Arme.

»La Divina ist auf dem Weg nach oben«, sagte er, blickte in ihre wunderschönen Augen und küsste sie auf den Mund.

Mit einem überraschten Stöhnen ließ Lizzy sich in seine Arme sinken. Sie hatte das Gefühl im Glück zu ertrinken. Eine berauschende Süße durchströmte sie, als er sie wieder und wieder küsste.

»Ich liebe dich, mein Liebling, ich liebe dich so sehr«, raunte Leo schließlich.

»Ich liebe dich auch«, flüsterte sie und zuckte zusammen. Der Gedanke an Mirella schwebte wie ein Gespenst zwischen ihnen.

Leo spürte die Veränderung.

»Was ist?«, fragte er und musterte sie forschend.

»Nichts«, erwiderte Lizzy.

Sie befreite sich aus seiner Umarmung, fuhr sich mit den Fingern durchs Haar und wich seinem Blick aus. Als sie noch etwas erwidern wollte, brachte sie keinen Ton heraus.

»Sag es mir, mein Liebling.«

Sein Tonfall war so liebevoll, dass ihr heiße Tränen in die Augen traten.

»Mirella«, stieß sie zu guter Letzt hervor und durchquerte mit verschränkten Armen das Zimmer.

»Was ist mit Mirella?«, erkundigte er sich.

Mit tränennassen Augen wirbelte Lizzy herum.

»Was soll das heißen? Du weißt ganz genau, was ich meine. Hast du …? Seid ihr …? Ich weiß nicht, wo ich stehe. Bin ich nur eine deiner vielen Geliebten?«, schrie sie.

Da sah sie den Ausdruck in Leos Augen und hielt inne. Sie hatte ihn verloren. Mit hängenden Schultern griff sie nach ihrem Mantel und drückte ihn vor die Brust. Sie wusste nicht, was sie tun sollte.

Leo, der ihren gequälten Blick nicht mehr ertragen konnte, machte einen Schritt auf sie zu. Dann blieb er stehen und steckte die Hände in die Hosentaschen.

»Zwischen Mirella und mir ist es aus«, antwortete er leise und sah Lizzy mit trauriger Miene an. »Das war es schon nach der Premiere von ›Das Feurige Mädchen‹. Ich habe mich nur einverstanden erklärt, so zu tun als ob, bis sie sich die nächste Rolle gesichert hatte. So oft habe ich mich danach gesehnt, dich wieder zu küssen. Aber ich wollte sichergehen, dass das, was du für mich empfindest, nicht nur Schwärmerei für einen berühmten Maestro ist. Immer wieder habe ich dich dabei ertappt, wie du mich ansahst, und ich hatte das Gefühl, dass mir der Atem stockte … Ich … Seit Iris tot ist, habe ich für keine Frau mehr so empfunden wie für dich … Ich war so erleichtert, als wir uns letzte Woche gestritten haben. Dass du mir nicht vertraust, kann ich verstehen …«

Lizzys Mantel glitt zu Boden, als sie sich ihm in die Arme warf.

»Ach, Leo.«

»Lizzy, ich will dich, ich brauche dich, ich kann nicht mehr so weiterleben und mich nach den Proben von dir verabschieden, obwohl ich dich gern in den Armen halten würde.«

Leo drückte sie an sich. Als er ihr in die Augen sah, stand tiefe Sehnsucht darin, und sein Puls ging schneller.

»Ich möchte, dass du immer an meiner Seite bist. Ich will dich jede Nacht lieben. Ich wünsche mir, dass wir zusammen alt werden.« Er lachte auf. »Nun ja, ich habe einen schlechten Ruf und ein paar Jährchen Vorsprung …«

Lizzy legte ihm den Finger auf die Lippen.

»Dein Vorsprung ist mir egal. Aber du musst dir darüber im Klaren sein, dass ich nicht bereit bin, dich mit jemandem zu teilen«, seufzte sie, von Verlangen durchströmt.

»Das brauchst du nicht. Ich schwöre es dir. Du bist alles, was ich will«, erwiderte Leo und küsste sie.

»Lizzy, ich liebe dich so sehr. Willst du mich heiraten?«, fragte er mit belegter Stimme, nachdem er sie wieder losgelassen hatte.

Entgeistert starrte Lizzy ihn an.

»Oh, Leo, frag mich noch einmal, damit ich weiß, dass ich das nicht geträumt habe.«

In seiner Gegenwart fühlte sie sich so wohl, und nur ein kleiner Beweis, dass er sich wirklich auf sie einlassen wollte, genügte, ihm völlig zu verfallen.

Er hatte ihr die Worte gesagt, nach denen sie sich gesehnt, auf die sie aber nicht zu hoffen gewagt hatte.

Leo ließ sie auf einem Stuhl Platz nehmen, zupfte einen Hortensienzweig aus einem frischen Blumenstrauß, kniete vor ihr nieder und hielt ihr mit feierlicher Miene die Blume hin.

»Lizzy Foster, ma Divina, nimmst du dieses Unterpfand meiner Liebe an. Möchtest du meine Frau werden? Bist du damit einverstanden, dass ich den Rest meines Lebens einzig und allein mit dir als dein Ehemann und Liebhaber verbringen will? Nimmst du mich?«, beendete er leise den Satz. In seinen schalkhaften Augen stand ein ganz kleiner Hauch von Unsicherheit.

Einen Augenblick sah Lizzy ihn sehnsüchtig an. Dann zog sie ihn an sich und schlang die Arme um seinen Hals.

»Ja, Leonard Rominski, großer Maestro, ich will.«

»Ausgezeichnet, ich habe nämlich das hier besorgt«, fuhr Leo fort, bevor sie ihn küssen konnte, zog einen riesigen, mit Diamanten verzierten Ring aus der Tasche und steckte in ihr an.

»Oh, Leo, er ist wunderschön«, seufzte Lizzy.

Dann küsste er sie wieder, sodass sie in den nächsten zehn Minuten keine Gelegenheit mehr hatte zu sprechen. Während sie dasaßen, sich küssten und miteinander redeten, verschwand die Sonne hinter dem Horizont, bis es beinahe dunkel war.

»Hast du Hunger? Ich möchte dich zur Feier des Tages ganz groß ausführen«, sagte Leo schließlich, allerdings ohne Anstalten zu machen, sich von der Stelle zu rühren. Sie fühlte sich in seinen Armen warm und geborgen.

»Ich würde keinen Bissen hinunterbekommen«, verkündete Lizzy mit einem spitzbübischen Grinsen. »Aber es gibt auch andere Methoden, um zu feiern.«

Sie presste sich enger an ihn und spürte, wie seine Erregung wuchs.

»Vergiss nie, dass du es warst, die mich verführt hat, du lüsternes Geschöpf«, meinte Leo schmunzelnd.

Er stand auf, nahm sie in die Arme und trug sie lachend ins Schlafzimmer.

Nachdem er sie langsam und vorsichtig auf dem großen Doppelbett entkleidet hatte, liebte er sie. Noch nie hatte Lizzy so etwas erlebt. Während seine Finger und Lippen ihren Körper erkundeten und sie erregten und er sich ganz ihrer Begierde hingab, fühlte sie sich von einer Zärtlichkeit umfangen, die sie bis jetzt nicht gekannt hatte. Er war leidenschaftlich und sanft. Sie vertraute ihm ganz und gar, und als sie anschließend zufrieden in seinen Armen lag, wusste sie, dass sie – Gerüchte hin oder her – die richtige Entscheidung getroffen hatte.

17

Am nächsten Tag rief Lizzy ihre Großmutter an, um ihr zu berichten, dass Leo ihr einen Heiratsantrag gemacht und sie angenommen hatte.

Sie sagte, sie sei unbeschreiblich glücklich. Sobald sie Zeit hätten, würden sie einen Hochzeitstermin festsetzen und sich freuen, wenn Mary auch dabei sein könnte.

»Ich will schwer hoffen, dass du nicht ohne mich heiratest. Übrigens ist es sehr großzügig von Leo, meinen Flug zu bezahlen«, erwiderte Mary, die sich von Lizzys Aufregung anstecken ließ, auch wenn ihr der große Altersunterschied Sorgen bereitete. Allerdings war unüberhörbar, dass Lizzy im siebten Himmel schwebte.

Fröhlich plauderte Lizzy weiter und erzählte ihrer Großmutter alles über ihren Vertrag mit dem Covent Garden. Mary erwiderte, sie sei sehr stolz auf ihren Erfolg und vermisse sie sehr. Schwester Angelica käme häufig vorbei, um sich nach Lizzy zu erkundigen und um ihr die neuesten Zeitungsausschnitte aus dem Album zu zeigen, das sie über ihre Schülerinnen anlegte. Obwohl sie einige viel versprechende neue Schülerinnen hatte, merkte die Großmutter ihr deutlich an, wie sehr Lizzy ihr fehlte. Lizzy unterbrach sie mitten im Satz und bat sie, Angelica zu überreden, ebenfalls zur Hochzeit zu kommen. Mary versprach zu sehen, was sich machen ließe.

Nach einigen Wochen angespannten Wartens traf der Vertrag über ein zweijähriges Engagement an der Königlichen Oper im Covent Garden ein. Nun musste Lizzy nur noch ein letztes Vorsingen in London hinter sich bringen. Gleichzeitig erhielt sie eine Einladung, in der folgenden Saison an der Berliner Oper zu singen. Walter Barley, der inzwischen offiziell als Lizzys Agent fungierte, nahm sich der Sache an und handelte in einigen hitzigen Telefondebatten mit dem Covent Garden aus, dass Lizzy in drei

Vorstellungen von »Das Feurige Mädchen« in Berlin auftreten durfte.

Ende November unterschrieb Lizzy endlich in London ihren Vertrag. Als sie die Stufen hinunter und vorbei an den beeindruckenden Säulen am Vordereingang des Covent Garden schlenderte, bekam sie eine Gänsehaut. Zur Feier ihres Erfolgs schenkte Leo ihr eine goldene Armbanduhr, auf deren Rückseite die Worte »Ma Divina von ihrem Maestro« eingraviert waren. Hilda rief an, um zu gratulieren, und sagte, sie habe schon bei ihrer ersten Begegnung gehofft, dass Leo so vernünftig sein würde, sie zu heiraten. Überrascht von dieser Reaktion, schickte Lizzy ihr ein signiertes Exemplar ihrer letzten Aufnahme, begleitet von einem langen Brief. Selbst Xavia nahm die Nachricht bemerkenswert positiv auf. Lizzy war so glücklich wie nie zuvor.

Als Nächstes sahen Leo und sie sich nach einem Haus um. Nachdem sie ein reizendes kleines Stadthäuschen gefunden hatten, nicht zu weit entfernt vom Covent Garden, verbrachten sie die nächsten Monate damit, sich gemütlich einzurichten. An den Sonntagen schlenderte sie gemächlich durch Portobello und über die Londoner Flohmärkte oder unternahmen Tagesausflüge zu Antiquitätenhändlern in Surrey und Kent. Das Suchen machte genauso viel Spaß wie tatsächlich etwas zu kaufen. An einem Wochenende strichen sie ihr Schlafzimmer sonnengelb, und Lizzy verschönerte die winzige Terrasse hinter dem Haus mit Töpfen voller Kräuter und bunter Blumen.

Allerdings waren sie beide von ihrem Beruf in Anspruch genommen, sodass keine Zeit für eine Hochzeit blieb. Lizzy, die in ihrer ersten Saison am Covent Garden drei neue Rollen singen sollte, teilte ihre Zeit zwischen dem häuslichen Studium, Proben und der Arbeit mit einem Repetitor im Probenraum ein. Da sie drei Rollen gleichzeitig bewältigen musste und sie nicht miteinander verwechseln durfte, war sie am Abend meist zu müde, um einsam zu sein, wenn Leo wie so oft auswärts dirigierte. Ihr Selbstbewusstsein in der Zusammenarbeit mit verschiedenen Dirigenten und Repetitoren wuchs, doch am liebsten sang sie weiterhin mit Leo.

Lizzys erste Rolle am Covent Garden war die Gräfin Almaviva in Mozarts »Die Hochzeit des Figaro«, eine schöne, einsame Frau, die sich nach der Liebe ihres unsteten Grafen verzehrt. Als Lizzy bei einer der vielen Anproben in eine schimmernde silbrige und blaue Robe schlüpfte, bemerkte sie ein Etikett mit dem Namen einer berühmten Sängerin, die das Kleid vor ihr getragen hatte. Beim Lesen machte ihr Herz einen Satz.

Lizzys Debüt als Gräfin Almaviva war zwar erfolgreich, aber nicht der Durchbruch, auf den sie gehofft hatte. Mozart war schwer zu singen, und sie war sehr nervös. Die Kritiker bewerteten ihre Leistung zwar positiv, waren aber mehr interessiert daran, die Inszenierung in den Boden zu stampfen, die sie als hölzern, matt und düster bezeichneten.

Erst zwei Monate später, als Lizzy die Titelrolle in »Norma« sang, die Hohepriesterin des Druidentempels, die von dem Römer, dem sie ihre Keuschheit geopfert hat, verraten wird, gelang es ihr, in einer prachtvollen Inszenierung zu brillieren. Sie sang wie eine Göttin an der Seite von Armano, dem international gefeierten und bewunderten spanischen Tenor, und ihre strahlenden Koloraturen und die Dramatik, mit der sie die Rolle gestaltete, schlugen die Zuschauer in ihren Bann. Sie brach alle Rekorde, denn noch nie hatte eine neue Sängerin an der Königlichen Oper so viele Vorhänge gehabt wie sie. Wie Leo vorhergesagt hatte, wurde Lizzy von den Kritikern mit der Callas in ihren Glanzzeiten verglichen.

Drei Monate vor dem Auslaufen ihres Vertrages zog Lizzy sich eine schwere Erkältung zu, die sie einfach nicht wieder loswurde. Bei einer Gesangsstunde mit Elsa, die ihr regelmäßige Besuche abstattete, musste sie eine strenge Standpauke über sich ergehen lassen.

»Wenn du mit deinen Kräften nicht schonender umgehst, wirst du zusammenbrechen, mein Kind«, tadelte Elsa, die bei einigen von Lizzys Tönen eine Besorgnis erregende Mattigkeit wahrnahm. »Das ist ein Warnsignal, Lizzy. Sprich nur, wenn es absolut sein muss, sag alles ab und bitte Leo, das Üben in der nächsten Woche zu vergessen.«

Lizzy musste zugeben, dass sie sehr müde war, auch wenn sie sich heute trotz ihrer Erschöpfung ganz besonders glücklich fühlte.

»Ich kenne das richtige Gegenmittel«, erwiderte sie Elsa mit funkelnden Augen. »Leo und ich heiraten nächsten Monat. Wir haben es endlich geschafft, einen Termin zu finden!«

»Wie schön, mein Kind«, rief Elsa aus und klatschte in die Hände. »Ich weiß nicht, wie du es geschafft hast, ihn wieder auf den rechten Weg zurückzuführen, obwohl alle anderen sich an ihm die Zähne ausgebissen haben. Jedenfalls merkt man euch an, wie glücklich ihr seid. Wann ist denn der große Tag, damit ich ihn in meinen Terminkalender eintragen kann. Ich bin doch eingeladen, oder?«

»Ohne dich wäre es keine Hochzeit, liebe Elsa. Aber ich schwöre, dass es keine große Feier wird«, antwortete Lizzy und fiel ihr um den Hals.

Mary traf zwei Wochen vor der Trauung ein. Nachdem Lizzy ihr stolz ihr Zuhause gezeigt hatte, unterhielten sie sich stundenlang und betrachteten Tausende von Fotos. Lizzy erzählte noch einmal, wie sie Leo kennen gelernt hatte und wie wundervoll das Zusammenleben mit ihm war. Außerdem hoffte sie, in nicht allzu ferner Zukunft in Australien auftreten zu können.

Mary richtete ihr von allen Glückwünsche aus, insbesondere von Schwester Angelica und der ehrwürdigen Mutter. Als Lizzy von Australien hörte, wurde sie von Heimweh ergriffen.

Am nächsten Tag traf nach und nach Leos Familie ein. Lizzy, die schon befürchtet hatte, ihre Großmutter könnte so weit weg von zu Hause verkrampft und schweigsam sein, war überglücklich, als sie und Hilda sich auf Anhieb verstanden. Die beiden alten Damen sahen sich die Stadt an, während Lizzy mit den letzten Vorbereitungen beschäftigt war. Hilda lud Mary ein, sie nach der Hochzeit in Luzern zu besuchen. Xavia, immer noch unverblümt wie eh und je, allerdings nicht mehr so feindselig, hatte sich von der Werbeagentur in Los Angeles, in der sie arbeitete, loseisen können, und die vier Frauen machten die Londoner Boutiquen unsicher. Juliet, Leo junior und ihre Lebenspartner kamen am Abend vor der Hochzeit zum Essen. Lizzys einzige Enttäuschung war, dass Schwester Angelica aus gesundheitlichen Gründen nicht dabei sein konnte.

In Anwesenheit von fünfzig ihrer engsten Freunde wurden Leo und Lizzy, die übers ganze Gesicht strahlte, in der hübschen kleinen Kirche St. Martin-in-the-Field im Stadtviertel Strand getraut. Eine sanfte Maibrise bauschte Lizzys Schleier. Der Empfang fand im Hotel Savoy statt. Als die Morgenzeitungen über das glückliche Paar berichteten, saßen die frisch gebackenen Eheleute bereits in einem Flugzeug nach Mallorca.

Das Brautpaar verbrachte zwei traumhaft faule Wochen damit, zu schwimmen, am Strand zu liegen und sich, begleitet vom Rauschen der ans Ufer schlagenden Wellen, in dem hübschen Strandhaus zu lieben, das sie gemietet hatten. Als sie an ihrem letzten Tag nachmittags in der Sonne lagen und zusahen, wie Lichtfunken auf dem Wasser tanzten, fühlte Lizzy sich ganz ruhig und entspannt. Am Morgen waren sie geschwommen und hatten sich geliebt. Anschließend hatten sie sich zum Mittagessen Meeresfrüchte schmecken lassen und dazu den gekühlten einheimischen Wein genossen. Lizzy drehte sich auf dem warmen Sand herum, blickte Leo in die Augen und streichelte dann seine Wange.

»Ich liebe dich so sehr«, sagte sie, küsste ihn zärtlich und fuhr ihm dann mit den Fingern über das Gesicht und durchs Haar.

»Ich liebe dich auch«, antwortete Leo. Er erwiderte ihren Kuss, öffnete ihr mit der Zunge den Mund und liebkoste sie. Obwohl seit ihrer leidenschaftlichen Umarmung erst wenige Stunden vergangen waren, begehrte er sie schon wieder.

»Du bedeutest mir so viel«, sagte er, und betrachtete sie liebevoll. Sie war so schön. Ihr buntgeblümter Sarong war verrutscht, sodass ihr wohlgeformter Brustansatz zu sehen war. Als er den Finger darüber gleiten ließ, wurde Lizzy von Verlangen ergriffen.

»Was würdest du dir wünschen, wenn ich dir etwas schenken könnte, was dich wirklich glücklich macht?«, fragte er, während seine Finger weiterwanderten, ohne den Blick von ihrem Gesicht abzuwenden.

Lizzy überlegte kurz und streichelte dann seine Brust.

»Ein Baby«, meinte sie dann und sah ihn kurz an.

»Ein Baby, aha, ein Baby«, murmelte Leo. Seine Finger strichen ihre schlanken Schenkel hinauf bis zu der wundervoll weichen Stelle dazwischen.

»Ja, ein Baby.« Lizzy machte sich los und griff nach ihrer Badetasche, die hinter ihm lag. Nachdem sie sie ausgekippt hatte, schwenkte sie ein Päckchen Kondome unter seiner Nase. »Die hier werfen wir weg!«

Sie legte sie beiseite, streifte den Sarong ab und presste sich an ihn. Dann musterte sie ihn, plötzlich verunsichert.

Leo rollte sich auf sie und sah sie aus dunklen Augen eindringlich an.

»Ich finde diese Idee ausgezeichnet, Mrs. Rominski.«

Lizzy zuckte zusammen.

»Soll das heißen, du hast nichts dagegen? Du bist einverstanden?«

»Warum nicht? Bei mir funktioniert alles noch großartig«, erwiderte er lachend und drückte sich an sie, sodass sie seine Erektion spürte.

»So habe ich es nicht gemeint, sondern ... du hast doch schon erwachsene Kinder ...«

»... die älter sind als meine Frau. Ich weiß.«

Wieder küsste er sie leidenschaftlich und fordernd. Das Bedürfnis, sie jetzt sofort zu lieben, wurde übermächtig.

»Du bist etwas ganz Besonderes. Unsere Beziehung ist etwas ganz Besonderes. Ich wünsche mir ein Baby von meinem kleinen australischen Honigvögelchen«, murmelte er, unterbrochen von Küssen.

Lizzy fing an zu lachen. Ihr Körper reagierte auf seine Liebkosungen, und ihr wurde wundervoll schwummerig wie immer, wenn er sie liebte.

»Ach, du bist einfach mein Traummann.« Freudentränen traten ihr in die Augen. »Und dabei war ich sicher, dass du nein sagen würdest.«

Leo lachte auf und schüttelte sie sanft.

»Aber nur unter einer Bedingung – ich bin zu alt für Sand in allen möglichen Körperöffnungen.«

Er stand auf und ging mit ihr den kurzen Weg zum Strandhaus hinauf.

Lizzy war ein wenig enttäuscht, als sie nicht sofort schwanger wurde. Allerdings wurde sie dadurch abgelenkt, dass ihr Vertrag zur Verlängerung anstand und der Covent Garden sie für weitere fünf Jahre verpflichten wollte. Lizzy übergab Walter die Angelegenheit, und dieser handelte einen neuen Zweijahresvertrag mit der Möglichkeit zu auswärtigen Auftritten aus.

Lizzy und Leo waren beruflich stark eingespannt. Sie arbeiteten von früh bis spät, waren viel voneinander getrennt und lebten in Hotels und fremden Häusern. Doch da sie nicht nur miteinander, sondern auch mit der Musik verheiratet waren, konnte das ihrer Ehe nichts anhaben.

Die Rolle der Norma im Covent Garden hatte Lizzy zum großen Durchbruch verholfen, auf den sie und Leo gehofft hatten. Inzwischen besaß Lizzy die Technik und die stimmliche Reife für ein so anspruchsvolles Stück. Endlich wurde sie von den wichtigen Opernhäusern Europas wahrgenommen, sodass sie sich ihre Rollen aussuchen konnte. Allmählich war Lizzys Terminkalender ebenso voll wie Leos, denn ihr Mann hatte darauf bestanden, dass Walter sechs Gastauftritte in großen Häusern für sie arrangierte, und zwar mit dem Titel »La Divina und der Maestro«.

Zwei Wochen vor ihrem neunundzwanzigsten Geburtstag sang Lizzy unter Leos Dirigat ihr Debüt als Tosca in Mailands berühmter Scala und wurde anschließend begeistert gefeiert.

»Viva La Divina!«, jubelte das Publikum nach jeder Vorstellung, warf Nelken und Rosen auf die Bühne und weigerte sich, sie gehen zu lassen, bis Leo ihr mit einem Zwinkern »Honigvogel« zuflüsterte. Lizzy sorgte mit ihrer berühmten Zugabe für Schweigen und schmückte die Kadenz mit immer gewagteren Trillern aus, bis sie sich beinahe in den strahlenden Koloraturen verlor. Während sie sang, hielten die Zuschauer den Atem an und spendeten rufend und mit den Füßen trampelnd Beifall, als der Vorhang bereits zum letzten Mal und endgültig gefallen war.

»Als nächstes ist die Met dran, mein Liebling. Wie können sie dich nach diesem Erfolg noch ablehnen?«, begeisterte sich Leo. Die Met war für ihn der Gipfel des Ruhms, doch die Geschäftsführung von New Yorks berühmter Oper hatte sich als widerspenstiger entpuppt, als er dachte. Nach sechsmonatigen Bemühungen schien es nur einen Weg für Lizzy zu geben, zu einem Engagement zu kommen. Sie musste unter Louis Meinbeck singen, dem derzeitigen Dirigenten. Was die Rolle anging, bestand ebenfalls keine Einigkeit.

»Ich will nicht. Ich kann nicht, jedenfalls nicht in der Met. Ich will die Desdemona mit dir singen. Und ich will Norma als Emilia«, verkündete Lizzy, als sie eines Samstagmorgens vom Einkaufen zurückkamen. Sie hatten sich über das Wochenende in das Haus in Luzern geflüchtet.

Der Himmel war bewölkt, Gewitterwolken hüllten die Gipfel ein und reichten fast bis hinunter ins Tal. Ein eisiger Wind pfiff über den See.

»Hier findet meine Seele Ruh'«, zitierte sie dramatisch, legte Leo die behandschuhte Hand auf den Arm und hielt ihn fest.

»Gehen wir wieder ins Bett, und lieben wir uns.«

»Louis kann sehr stur sein, und er ist ein mächtiger Mann. Er will dich groß herausbringen. Es sieht aus, als könnten wir keine Bedingungen stellen«, erwiderte Leo beim Ausziehen.

»Du, ich, Norma und ›Othello‹. Sonst vergessen wir es einfach«, entgegnete Lizzy, zog die Decke über sie beide und begann, ihn mit der Zunge zu liebkosen.

Sie liebten sich immer noch, als das Telefon läutete. Leo beugte sich vor und angelte ungeschickt nach dem Hörer, bis er ihn richtig zu fassen bekam. Dabei versuchte er, Lizzy zum Schweigen zu bringen, die kicherte und nicht aufhörte, ihn zu küssen.

»Ob du uns gestört hast, Walter? Natürlich hast du das«, sagte Leo und hatte Mühe, sich zu konzentrieren, da Lizzy weiter seine Schenkel streichelte.

»Was?«, schrie er plötzlich und fuhr hoch. Lizzy hielt abwartend inne. »Du bist ein Genie, alter Junge. Ich liebe dich. Wenn du hier wärest, würde ich dich küssen«, jubelte Leo, legte den Hörer auf und packte Lizzy an den Schultern.

»Wir haben es geschafft! Mein Gott, wir haben es geschafft! Walter ist ein Zauberkünstler. ›Othello‹ in der Met. Mit dir als Desdemona. Im nächsten Oktober. Und Norma ist auch dabei. Sie geben uns nicht nur eine, sondern gleich drei Vorstellungen. Und weißt du, wie er es hingekriegt hat? Er hat herausgefunden, dass sie mit der neuen Inszenierung in dieser Saison viel Geld verloren haben. Jetzt macht die Geschäftsführung Druck. Louis weiß, dass wir im Doppelpack eine Menge einbringen. Wir werden als das australische Honigvögelchen und der Yankee im Programm stehen. Lizzy, mein Schatz, wir haben es geschafft!«

Er zog sie in seine Arme und küsste sie liebevoll.

Sie liebten sich mit mehr Leidenschaft, Feuer und Verlangen als je zuvor. Es war, als habe ihr Leben einen neuen Höhepunkt erreicht, von dem aus sie gemeinsam in eine wundervolle Zukunft blicken konnten.

Den ganzen restlichen Tag lang sprachen sie nur über die Met und debattierten, wie Lizzy am besten die Desdemona spielen und Kleinigkeiten an ihrem bereits ausgezeichneten Auftritt korrigieren könne. Dann schlenderten sie am Seeufer entlang und redeten über das Leben, ihre Liebe und das Baby, das sie sich beide so sehr wünschten.

Kurz nach ihrer Rückkehr nach London musste Leo wieder abreisen, und Lizzy wurde gebeten, bei einem Wohltätigkeitskonzert aufzutreten. Beim anschließenden Abendessen plauderte sie mit dem Direktor der Plattenfirma DMK und dieser bot ihr an, gemeinsam mit einer Popsängerin, die derzeit die internationalen Hitparaden anführte, eine Platte aufzunehmen. Lizzy sagte spontan zu und dachte, Leo würde sich freuen, dass sie so einen lukrativen Auftrag an Land gezogen hatte.

Doch weit gefehlt, Leo war bei seiner Rückkehr außer sich. Er machte sich Sorgen um Lizzys Gesundheit und wollte, dass sie sich für die Auftritte an der Met schonte. Außerdem fand er, dass sie die Finger von Popmusik lassen sollte, schrie und tobte, wie sie es noch nie bei ihm erlebt hatte. Allerdings sorgte er damit lediglich dafür, dass sie in Tränen ausbrach.

»Durch diesen neuen Weg wird sich mein Name noch mehr herumsprechen. Und ich erreiche damit ein völlig anderes Publikum«, widersprach sie und wischte sich ärgerlich die Augen ab.

»Verdammt, Lizzy, wie berühmt willst du denn noch werden? Du warst am Covent Garden, in Wien und an der Scala die Sensation. Es wäre etwas anderes, wenn du am Broadway auftreten wolltest. Aber du hast mir so oft gesagt, dass du eine der größten Diven der Welt werden möchtest. Und jetzt, da du es fast geschafft hast, wirfst du alles weg!«, brüllte Leo und lief im Raum hin und her.

»Ich werfe überhaupt nichts weg. Ich habe einfach Lust dazu. Es macht Spaß, einmal etwas anderes zu tun und wird uns eine Menge Geld einbringen«, protestierte Lizzy. Dass sie nicht nachgeben wollte, steigerte Leos Wut nur.

»Was ist los mit dir? Du weißt doch, dass es Wahnsinn ist, wenn du dir zusätzliche Verpflichtungen auflädst. Nein, sag es nicht. Ich verstehe genau, was du meinst, und ich finde, dass du dich albern verhältst. Ich gehe hinunter in den Pub und rede mit ein paar vernünftigen Leuten.«

Türenknallend verließ er das Haus und war so wütend, dass er die Situation völlig verkannte.

Auf einmal wurde Lizzy eiskalt. In den nächsten beiden Stunden ging sie wie eine Schlafwandlerin durchs Haus, ohne sich auf etwas konzentrieren zu können. Schließlich ließ sie sich in einen der großen Sessel fallen und schaltete den Fernseher an. Es war eine Herausforderung, mit einem Popstar erfrischend einfache Lieder zu singen, und sie brauchte dringend Abwechslung. Ihr war, als hätte sie eine Ewigkeit ohne Pause gearbeitet. Außerdem gefährdete sie damit doch nicht ihre Karriere. Ganz im Gegenteil, sie würde ein neues Publikum erobern. Sie hörte, wie die Tür aufging, zuckte zusammen und machte sich auf eine Fortsetzung ihres Streits gefasst. Leo kam schnurstracks ins Wohnzimmer marschiert und baute sich vor dem Fernseher auf.

»Ich bin zwar immer noch nicht einverstanden, aber wenn es dir so wichtig ist, will ich nicht im Weg stehen. Pass nur auf, dass deinem Auftritt an der Met nichts dazwischenkommt. Wir haben nicht mehr viel Zeit.«

Lizzy schaltete den Fernseher ab.

»Das werde ich, Ehrenwort. Es tut mir Leid, Liebling, ich wollte nichts ohne dich entscheiden. Bitte, sei mir nicht mehr böse.«

»Ich bin dir nicht böse. Nur mir selbst, weil ich dich angebrüllt habe. Geh und verdiene einen Haufen Geld«, sagte Leo lächelnd und nahm sie in die Arme.

Es war schwer, lange wütend auf Lizzy zu sein. Sie war sein Kind, seine Frau und seine leidenschaftliche Geliebte in einer Person. Eine vollkommenere Beziehung hätte er sich nicht wünschen können, und er liebte es sogar, wenn sie kindisch war und trotzte.

»Können wir nicht Urlaub machen? Nur einen ganz, ganz kurzen Urlaub?«, flehte Lizzy.

»Nein«, erwiderte Leo streng. Er nahm sie in die Arme und trug sie nach oben, wo sie sich sanft und zärtlich liebten.

Lizzy verzieh ihm jedes barsche Wort. Ihre Liebe für ihn war tiefer und leidenschaftlicher, als sie es je für möglich gehalten hätte, und sie gab sich ihm ganz und gar hin.

Es war eine wunderschöne Liebesnacht. Eine, die sie nie wieder vergessen sollte.

Bald wurde ihr Leben wieder vom überquellenden Terminkalender bestimmt. Inzwischen waren sie in Leos New Yorker Wohnung übergesiedelt, wo das Lampenfieber wegen des herannahenden Debuts an der Met und die Nervosität erneut zu albernen Streitereien führten. Leo, der eigentlich vor der Generalprobe an den letzten Details hätte feilen sollen, verspätete sich nach einer Besprechung mit Michael Ford, dem Direktor seiner Plattenfirma, was Lizzy auf die Palme brachte.

»Es wäre schön, wenn du es wenigstens pünktlich zur Premiere schaffst«, schimpfte sie nach einem anstrengenden Tag, den sie und die anderen Hauptdarsteller stundenlang stehend in einer Probe mit dem Chor verbracht hatten.

»Warum nehmen sie nicht einfach Schaufensterpuppen. Die singen auch nicht schlechter.« Dann brach sie grundlos in Tränen aus.

Lizzy, die ihrer bevorstehenden Periode die Schuld an ihrer

Reizbarkeit gab, warf einen Blick in den Kalender und stellte fest, dass diese schon drei Wochen überfällig war. Da sie Leo erst etwas erzählen wollte, wenn sie sich ihrer Sache sicher war, schlich sie sich am nächsten Tag in die Apotheke, um einen Schwangerschaftstest zu erstehen. Sofort hastete sie auf die Damentoilette des nächsten Kaufhauses und hätte fast einen Freudenschrei ausgestoßen, als das Testergebnis positiv ausfiel.

Sie rannte nach Hause. Ihre Hände zitterten so sehr, dass sie drei Anläufe brauchte, um den Schlüssel ins Schloss zu stecken. Dann riss sie die Tür auf.

»Leo, Leo, ich habe eine wundervolle Nachricht!«, rief sie und stürmte in die Küche.

Die Wohnung war leer. An der Cornflakesschachtel lehnte ein Zettel, auf dem stand: »Bin bei Michael bei der DACCA, um den Vertrag zu unterschreiben. Sie können es kaum erwarten. Bis später. Ich liebe dich, mein wunderbarer Schatz. Gemeinsam werden wir die Welt erobern. Leo«

Tränen der Enttäuschung traten Lizzy in die Augen, als sie sich an den Küchentisch setzte. Im nächsten Moment sprang sie auf und blätterte ihr Telefonverzeichnis durch. Nachdem sie erfolglos drei Nummern gewählt hatte, bekam sie endlich Michael Fords Sekretärin an den Apparat, die ihr mitteilte, ihr Chef sei mit Leo zum Mittagessen gegangen. Dreimal versuchte sie ihn zu erreichen, und verbrachte den restlichen Nachmittag mit unruhigem Warten. Die Uhr, die die Stunde schlug, erschien ihr ungewöhnlich laut.

Am späten Nachmittag rief Leo an. Er klang sehr glücklich.

»Ich habe tolle Neuigkeiten. Ich erzähle dir alles, wenn ich zurück bin. Es dauert nicht mehr lang, Liebling. Ich liebe ich. Ich muss los.«

»Ich habe auch eine gute Nachricht für dich«, erwiderte Lizzy, doch die Leitung war schon tot.

Erleichtert und gleichzeitig leicht verärgert legte sie den Hörer weg. Warum hatte dieses ungewöhnlich wichtige Ereignis ausgerechnet heute stattfinden müssen, dachte sie. Doch dann schalt sie sich für ihre Ungeduld. Schließlich hatte sie auch ihre Erfahrung mit den Launen von Plattenfirmen. Wieder sah sie auf die Uhr. Sie wurde in anderthalb Stunden in der Met erwartet. Leo hatte versprochen, zu Hause zu sein, bevor sie wegmusste.

Sie packte ihre Sachen zusammen und ging in der Wohnung umher, um sich zu vergewissern, dass sie alles im Haus hatten, was sie brauchten. Dabei blieb sie immer wieder stehen, um zu lauschen und aus dem Fenster zu blicken, wo sicher gleich der Wagen vorfahren würde. Was um alles in der Welt mochte Leo nur aufgehalten haben? Die Minuten verstrichen, und er war noch immer nicht zurück. Wieder sah sie auf die Uhr. Wie konnte er nur so schrecklich rücksichtslos sein? Lizzy wagte nicht, länger zu warten, und bestellte ein Taxi.

Bei ihrer Ankunft in der Oper erfuhr sie von Norma, dass der Tenor, der den Mohren singen sollte, erkrankt und kurzfristig ein Kollege eingesprungen sei. Der Mut drohte sie zu verlassen. Sie war bereits nervös genug, und die Vorstellung, einen Fremden, mit dem sie noch nie geprobt hatte, als Othello an ihrer Seite zu haben, steigerte ihr Lampenfieber noch.

Während Lizzy geschminkt und frisiert wurde und schließlich in ihr Kostüm schlüpfte, wurde sie das unangenehme Gefühl einfach nicht los. Sie schob es auf die Nerven und tastete in ihrer Tasche nach ihrem Medaillon. Es war nicht da.

Panik ergriff sie. Beim Singen trug sie immer ihr Medaillon, ein kleines Ritual, das jeder ihrer Vorstellungen voranging. In letzter Minute nahm sie es ab, presste es an die Lippen und sprach ein Gebet für sich selbst, Leo und das restliche Ensemble, bevor sie es irgendwo an ihrer Kleidung feststeckte. Es war ihr Glücksbringer, und sie war sicher, dass sie es beim Verlassen des Hauses um den Hals gehabt hatte. Lizzy begann zu zittern. Nichts klappte. Doch sie weigerte sich zu glauben, dass die Vorstellung unter einem schlechten Stern stand.

Stattdessen drehte sie jede Tasche um, die sie bei sich hatte, durchsuchte ihre Kleidung und hoffte, Leo würde jeden Augenblick ins Zimmer treten. Aber keine Spur von dem Medaillon. Und noch etwas nagte an ihr.

Da klopfte es an der Tür. Rasch machte sie auf und ließ sich die

Enttäuschung nicht anmerken, als der Geschäftsführer vor ihr stand.

»Sind Sie und Leo zusammen gekommen?«, fragte er besorgt.

»Als ich ging, war er gerade auf dem Heimweg. Ich bin sicher, er wird bald hier sein«, erwiderte Lizzy um einiges selbstbewusster, als sie sich fühlte. Warum musste Leo ausgerechnet heute seine Termine so knapp kalkulieren?

»Danke«, antwortete der Geschäftsführer knapp und ging.

Lizzys Besorgnis wuchs, als Leo erst einmal, dann zum zweiten Mal auf die Bühne gerufen wurde. Kurz bevor sich der Vorhang hob, verkündete der Geschäftsführer dem Publikum, Maestro Rominski sei aufgehalten worden, weshalb der zweite Kapellmeister den ersten Akt leiten werde. Lizzys Herz krampfte sich ängstlich zusammen. Nervös lief sie in der Garderobe auf und ab, ließ die Hände über die riesigen Blumensträuße gleiten und betastete Leos kleine Liebesbotschaften. Nicht einmal Leo konnte so unpünktlich sein. Dann hörte sie den Applaus, als der Dirigent aufs Podium trat und das Orchester die Ouvertüre anstimmte.

»Ganz gleich, wo Leo steckt, du musst diese Vorstellung durchstehen, Lizzy«, sagte sie streng zu ihrem Spiegelbild.

Endlich auf der Bühne, stand sie so unter positiver Anspannung, dass sie ihre Panikattacken ganz vergessen hatte. Das Duett mit dem Mohren am Ende des ersten Aktes klappte ohne Zwischenfälle. Lizzy half dem Tenor an einigen Stellen, und auch die nächsten beiden Akte gingen vorbei wie im Fluge. Als Lizzy am Ende des dritten Aktes in ihre Garderobe zurückkehrte, wurde sie vom Geschäftsführer erwartet.

»Ich fürchte, ich habe sehr schlechte Nachrichten für Sie, Lizzy. Leo hatte einen Autounfall. Man hat ihn sofort ins New York Central Hospital gebracht. Er ist zwar nicht schwer verletzt, aber der Fahrer ist auf dem Weg ins Krankenhaus gestorben. Wenn Sie unter diesen Umständen nicht weitersingen möchten, können wir Adele verständigen.« Lizzy ließ sich auf einen Stuhl fallen.

»Michael?«, stieß sie bebend hervor. »Oh, mein Gott, wie furchtbar. Seine arme Frau …«

Die Hände im Schoß ineinander verschlungen, blickte sie den Geschäftsführer an.

»Sind Sie sicher, dass Leo nicht schwer verletzt ist?«

»Schnittwunden, Abschürfungen und eine Gehirnerschütterung. Aber man hat mir gesagt, sein Zustand sei stabil. Offenbar hat es zwei Stunden gedauert, die beiden aus dem Wrack zu befreien. Wollen Sie sofort hinfahren?« Er musterte sie. Es war ihm sehr schwer gefallen, ihr die schlechte Nachricht zu überbringen.

Lizzy rieb mit dem Finger über ihren Daumennagel.

»Ist wirklich sichergestellt, dass ihm nichts fehlt? Vielleicht sollte ich anrufen und mich vergewissern.«

Die Glocke ertönte und kündigte an, dass die Pause in zwei Minuten vorbei sein würde. Sie musste sich sofort entscheiden.

»Ich singe die Vorstellung zu Ende«, entschied sie mit Nachdruck.

»Sind Sie sicher?«

»Ja«, erwiderte Lizzy mit einem Nicken, als der letzte Aufruf durch die Gegensprechanlage kam. Leo hätte das so gewollt.

»Sie sind eine sehr tapfere Frau. Gleich anschließend bringen wir Sie auf dem schnellsten Weg ins Krankenhaus«, sagte der Geschäftsführer erleichtert.

Als Lizzy auf die Bühne mit dem noch geschlossenen Vorhang trat, bereute sie ihre Entscheidung bereits. Was war, wenn Leo doch schwer verletzt war? Was war, wenn? Sie konnte es sich nicht leisten, jetzt daran zu denken. Norma, die ihr gefolgt war, drückte ihr rasch die Hand.

Als der Vorhang aufging und Lizzy die tragische »Weidenarie« sang, in der Desdemona weiß, dass ihr Mann sie ermorden wird, spürte sie, wie Angst in ihr hochstieg. Sie stieß den herzzerreißenden Schrei aus, mit dem Desdemona ihre Freundin Emilia noch ein letztes Mal zurückruft. Die Tränen zurückdrängend, kniete sie nieder, um das »Ave Maria« zu singen. Vor innerer Anspannung zuckte sie unwillkürlich zusammen, als Othello sie berührte, was das dramatische Pathos der Szene noch erhöhte. Außer sich vor Sorge und trotz der Schwierigkeiten, sich zu konzentrieren, gelang es ihr, die Rolle weiterzuspielen.

Als sie, den schweren Körper des Tenors an sich gepresst, auf dem riesigen Himmelbett lag, ihrem Kollegen Anweisungen gab und sich gleichzeitig tot stellte, wurde sie von Wellen der Angst durchströmt. Sie war überzeugt, dass der Dirigent das Tempo verlangsamt hatte, und konnte nur daran denken, dass sie dringend fortmusste. Sie hätte sich nie einverstanden erklären dürfen weiterzusingen. Sie gehörte an Leos Seite.

Endlich fiel der letzte Vorhang, und sie konnte sich in ein wartendes Taxi flüchten. Norma, die darauf bestanden hatte, sie zu begleiten, sprang neben ihr in den Wagen. Auf der rasenden Fahrt durch New York betete Lizzy, dass Leo nichts Schlimmes zugestoßen sein möge. In der Notaufnahme eilte sie auf die Empfangstheke zu und keuchte Leos Namen.

»Mr. Rominski?«, stammelte die Krankenschwester, die Lizzy sofort erkannte.

»Ja. Ich bin seine Frau. Er hatte einen Autounfall. Man hat in der Met angerufen. Ganz sicher war es dieses Krankenhaus«, erwiderte Lizzy, und ihr wurde flau im Magen.

»Warum nehmen Sie nicht Platz, Ms Foster«, meinte die Schwester mit einem Mal nervös und warf einen raschen Blick auf die Liste der Neuzugänge.

»Nein danke, ich möchte gern meinen Mann sehen. In welchem Zimmer liegt er?« Angst kroch in ihr hoch.

»Ich hole die Ärztin«, entgegnete die Schwester und wich Lizzys Blick aus. Mit diesen Worten ging sie davon.

»Bitte sagen Sie mir, in welchem Zimmer er liegt«, rief Lizzy aus und versuchte, sie festzuhalten.

»Lizzy, alles wird gut«, meinte Norma. Sie legte den Arm um ihre Freundin und drückte sie fest an sich.

»Nichts wird gut. Das weiß ich genau. Ich hätte früher kommen sollen ...«

»Ms Foster?« Die für die Notaufnahme verantwortliche Ärztin kam, ein Stethoskop um den Hals und mit wehendem Kittel, herein.

»Vielleicht sollten wir uns besser dort unterhalten.« Sie wies auf ein angrenzendes Wartezimmer.

»Ich will meinen Mann sehen«, bettelte Lizzy verzweifelt.

»Das verstehe ich. Aber ich halte es wirklich für besser, wenn wir ungestört sind. Vielleicht sollte Ihre Freundin mitkommen«, antwortete die Ärztin mitleidig.

Eine eiskalte Hand legte sich um Lizzys Herz, und sie folgte der Ärztin gehorsam ins Wartezimmer.

»Ihr Mann ist vor einer Stunde verstorben, Ms Foster. Wir haben alles getan, was wir konnten, aber seine Verletzungen waren zu schwer«, erklärte die Ärztin.

Solche Nachrichten zu überbringen, war das, was sie an ihrem Beruf am meisten hasste. Die gesamte Besatzung der Notaufnahme stand wegen des Maestros Tod unter Schock, und die Ärztin selbst war eine glühende Bewunderin von La Divina. Sie räusperte sich und beschrieb, wie der Wagen unter einem Laster eingeklemmt gewesen und wie schwierig es gewesen sei, die beiden Männer zu befreien.

Lizzy begann zu schwanken, ihre Beine drohten nachzugeben. Die Ärztin stützte sie und führte sie zu einem Stuhl, während Norma ein Glas Wasser einschenkte.

»Wir haben alles Menschenmögliche für Ihren Mann getan, das versichere ich Ihnen.«

Sie verriet nicht, dass es, was die Identität des Fahrers anging, eine Verwechslung gegeben hatte, als das Krankenhaus in der Met anrief. Es war Michael, der sich oben in einem Krankenzimmer erholte. Leo hatte am Steuer gesessen.

»Was? Das kann nicht sein. Angeblich war es nichts Ernstes. Im dritten Akt hat er noch gelebt«, murmelte Lizzy benommen. Sie sackte sichtlich in sich zusammen.

»Kann ich ihn sehen?«

»Ja, natürlich.« Die Ärztin nickte bedrückt.

»Er hat nichts mehr gespürt«, meinte sie beruhigend, als sie Lizzy und Norma in die Leichenhalle begleitete. Sie hatte großes Mitleid mit der jungen Frau, die wie eine Schlafwandlerin neben ihr herging, um die Augen und am Hals noch Spuren von Theaterschminke.

Das Aufbahrungszimmer war in gedämpften Farben gehalten und roch nach Desinfektionsmitteln. Man hatte versucht, die unpersönliche Atmosphäre mit frischen Blumen aufzulockern, die Trost spenden sollten. Ein Mann mittleren Alters mit grauem Gesicht schob einen großen Rollwagen herein, auf dem eine Leiche lag, und zog das Laken vom Gesicht des Toten. Lizzy stieß einen leisen Schrei aus und schlug die Hand vor den Mund. Es war Leo. Er hatte eine üble Schnittwunde auf der linken Wange. Ihre Miene wurde weich, als sie den Mann betrachtete, den sie liebte. Er sah aus, als schliefe er. Als sie seine Wange streichelte, spürte sie seine Kälte und erkannte getrocknetes Blut an seinem Haaransatz.

»Leo, mein Geliebter«, flüsterte sie. »Ich bin es, Lizzy, dein kleines australisches Honigvögelchen. Leo, mein Liebling, wir bekommen ein Baby.«

Mit diesen Worten brach sie schluchzend über seinem leblosen Körper zusammen.

TEIL DREI

18

Lizzy saß in ihrem gemütlichen, frisch gestrichenen Wohnzimmer in Kinmalley und sah lächelnd zu, wie ihre Tochter mit Skipper, ihrem braunen Hündchen, spielte.

Lizzy lächelte nur selten. In zwei Wochen würde Leonora Mary ihren dritten Geburtstag feiern. Immer, wenn Lizzy ihre kleine Nonie ansah, zerriss es ihr fast das Herz. Sie glich so sehr ihrem Vater und hatte seine großen eindrucksvollen Augen, seine Energie und seine Ungeduld geerbt. Manchmal konnte Lizzy kaum ertragen, wie groß die Ähnlichkeit war. Doch dann wurde ihr wieder klar, wie viel Freude Nonie in ihr Leben brachte.

Es war Ende April, und die letzten Rosen verbreiteten eine herbstliche Pracht. Draußen machte sich Großmutter zufrieden im Garten zu schaffen und schnitt die verwelkten Blüten ab. Lizzy beobachtete ihre Tochter. Die liebe Nonie und ihre wundervolle Großmutter, die vor vielen Jahren geschworen hatte, dass sie nie wieder in Kinmally wohnen würde. Sie hatte diesen Schwur ihrer Enkelin und ihrer Urenkelin zuliebe gebrochen und pendelte nun zwischen Toowoomba und Kinmalley hin und her.

Lizzy blickte auf die Weizenfelder in der Ferne. Die Ernte hatte in diesem Jahr lange gedauert; der Erlös aus dem guten Ertrag würde bis zur nächsten Saison reichen. Die dreitausend Schafe, die sie gekauft hatte, gediehen prächtig; allerdings waren die Preise für Wolle gefallen.

Dank Leos Erbe war sie rechtmäßige Besitzerin von Kinmalley und hatte genug Geld, um ihren Lebensunterhalt zu bestreiten.

Es waren drei lange und leidvolle Jahre gewesen. Lizzy hatte Mühe gehabt, nach Leos Tod wieder ins Leben zurückzufinden. Ihr war noch jetzt, als ließe der Schmerz nie nach.

Der Trauergottesdienst hatte in der Londoner St. Paul's Cathedral stattgefunden. Die internationale Musikelite sowie Hunderte von treuen Anhängern hatten sich eingefunden, um dem Maestro die letzte Ehre zu erweisen. Trauergäste drängten sich in der

Kathedrale und auf den Stufen davor, während ein eisiger Oktoberwind an ihren Hüten zerrte und ihnen ins Gesicht wehte. Leos Mutter Hilda war aus den Staaten gekommen, ebenso Leos Kinder und ihre Lebenspartner. Nie würde Lizzy Hildas bestürzte Miene vergessen. Die alte Dame hatte ihre Trauer in Würde getragen. Ihre größte Sorge galt Lizzy, und ihr Mitgefühl war mehr, als Lizzy verkraften konnte. Leos Kinder hatten bittere Tränen vergossen, und Xavia hatte sogar Trost von Lizzy angenommen. Viele Bekannte, die Lizzy längst vergessen oder seit Jahren nicht gesehen hatte, hatten ihr kondoliert, darunter auch Eduardo, der kurz zuvor geschieden worden war.

Der Gottesdienst war aufmunternd gewesen und hatte Lizzy in gewisser Weise getröstet. Ein angemessener Abschied von einem großen Mann. Arm in Arm mit Hilda Rominski war sie hinter dem Sarg hergeschritten, tief gerührt über die vielen Menschen und bewegt wegen der Hunderte von Kränzen und Beileidskarten. Lizzy hatte die Tränen nicht zurückhalten können, als der Chor mit Norma als Solistin Stücke aus dem Verdirequiem sang, das Leo so geliebt hatte. Er war noch so jung gewesen und hätte wie andere große Dirigenten neunzig werden können. Es war eine Verschwendung, eine dumme, unnötige, tragische Verschwendung.

Beim anschließenden Empfang nahm Lizzy die Beileidswünsche entgegen. Ihr Blick traf den Eduardos, und sie erschrak über die Trauer, die darin stand. Offenbar trauerte er nicht nur wegen ihres Verlusts, sondern hatte sein eigenes Kreuz zu tragen.

Sie ertappte sich dabei, ihm beinahe dankbar sein zu wollen. Er war ein ausgezeichneter Lehrer in der Kunst der Liebe gewesen, und Leo und Lizzy hatten sich geliebt. Und wie sie sich geliebt hatten! Lizzy hätte es nie für möglich gehalten, jemanden so tief und ausschließlich zu lieben wie Leo.

Sie hatte nicht gewusst, wie sie nach seinem Tod weiterleben sollte. Doch sie hatte es überstanden, und das kleine Mädchen, das da gerade mit Skipper im Garten herumtollte, war der Grund dafür.

Seufzend griff Lizzy nach ihrem Nähzeug und stach die Nadel

in die weiße Spitze an den winzigen Puffärmeln des Kleidchens, das sie für Nonies Geburtstag nähte. Sie dachte zurück an die schreckliche Zeit und den langen Weg, den sie zurückgelegt hatte. Immer noch gab es Tage, an denen sie sich unbeschreiblich müde fühlte. Heute war einer dieser Tage, und Großmutter hatte ihr Ruhe verordnet. Sie hatte nicht widersprochen.

Lizzy hatte damals noch die letzten beiden Vorstellungen von »Othello« gesungen, für die sie und Leo engagiert gewesen waren. Sie wusste, dass Leo es so gewollt und sogar darauf bestanden hätte. Mit ihr in der Met aufzutreten, hatte für Leo den Höhepunkt seiner Karriere bedeutet. Lizzy konnte ihn zwar nicht wieder lebendig machen, doch ihm diesen letzten Wunsch zu erfüllen, war möglich.

Alle Kollegen waren unglaublich gütig und verständnisvoll gewesen, hatten ihr Hilfe angeboten und versucht, ihr einen Teil der üblichen Strapazen bei den Proben und während der Vorstellung abzunehmen. Lizzy hatte das Gefühl gehabt, die Welt durch eine Milchglasscheibe zu betrachten, hinter der nichts und niemand sie erreichen konnte. Sie hatte sich gegen die Wirklichkeit abgeschottet. In den Vorstellungen, die sie irgendwie durchstand, schwang bei jedem ihrer Töne ein Schmerz mit, der das Publikum tief bewegte.

Am Tag nach der letzten Vorstellung war sie zusammengebrochen. Sie hatte es nicht mehr geschafft, aus dem Bett aufzustehen. Stundenlang hatte sie zusammengerollt dagelegen und ins Leere geblickt. Und dann hatte das Weinen angefangen, heftige Schluchzer, die ihren ganzen Körper erschütterten. Anschließend fühlte sie sich leer und erschöpft. Als sie schließlich keine Tränen mehr hatte, war sie einfach in dem Zimmer, in dem sie und Leo so viel Liebe und Freude miteinander geteilt hatten, liegen geblieben. Ohne auf etwas zu hören, hatte sie auf das Fenster gestarrt. So hatte Norma sie schließlich aufgefunden.

Nachdem diese auf stundenlanges Klopfen keine Antwort erhalten hatte, hatte sie es mit der Angst zu tun bekommen, ein Fenster im Parterre aufgebrochen und war eingestiegen. Lizzy, geisterhaft bleich und mit rotgeränderten Augen, hatte Norma überhaupt nicht gehört. Zu Tode erschrocken hatte Norma sie fest in die Arme genommen.

Die liebe Norma! Lizzy wusste nicht, was sie ohne sie und Martin angefangen hätte. Die beiden hatten ihr geholfen, die schwere Zeit zu überstehen, sie zum Arzt geschleppt, sie getröstet, als sie erfuhr, dass sie kurz vor einem körperlichen und seelischen Zusammenbruch stand, sie gezwungen, sich Ruhe zu gönnen, und alle nach einem Todesfall anstehende Formalitäten für sie erledigt. Wenn Norma wegen eines Engagements unabkömmlich war, hatte Martin sich mit Lizzy zusammengesetzt. Er hatte sie aufgerichtet, sie über Leo und ihr gemeinsames Leben mit ihm reden lassen, wenn sie das Bedürfnis danach hatte, und war einfach für sie da gewesen. Norma und Martin waren die einzigen beiden Menschen, mit denen Lizzy ganz offen über Leo sprechen konnte, was ihr unbeschreiblich wichtig war.

Obwohl Großmutter sich erboten hatte, zu ihr zu kommen, hatte Lizzy abgelehnt, denn etwas in ihr sagte ihr, dass sie es allein schaffen musste. Andere wohlmeinende Bekannte wagten nicht, Leos Namen in Gegenwart von Lizzy zu erwähnen. Sie verhielten sich, dass sie sich manchmal fühlte, als hätte er nie existiert. Dann wieder blickte ihr sein Gesicht von einer Plattenhülle in einem Schaufenster entgegen oder sein Name fiel im Radio, sodass sie von einer tiefen Einsamkeit und Trauer ergriffen wurde. Er hatte nicht mehr erfahren, dass ein wundervolles Baby in ihr wuchs.

Die Müdigkeit, die sie ständig quälte, hatte ihre Ursache nicht nur in der Schwangerschaft. Es war eine schwarze, bleierne Erschöpfung, die sich ganz und gar ihrer bemächtigte und die sie in den Abgrund ihrer eigenen Trauer zu ziehen drohte.

Lizzy hatte die Häuser in London und die Wohnungen in Wien und Salzburg verkauft. Ebenso das Sommerhaus in Griechenland. Das Haus in Luzern hatte sie allerdings behalten, um der Familie Rominski nicht das Feriendomizil zu nehmen.

Nachdem sie Leos geschäftliche Angelegenheiten abgewickelt hatte, hatte sie ihr Leben als La Divina an den Nagel gehängt und war als ganz gewöhnliche Lizzy Rominski nach Hause zurückgekehrt.

»Mummy, Mummy, Skipper ist unartig!«

Jäh aus ihren Tagträumen gerissen, versteckte Lizzy das Kleid rasch unter einem Kissen, denn Nonie kam ins Zimmer gestürmt. Der Sonnenhut war ihr ins Gesicht gerutscht, und es war ein Wunder, dass sie überhaupt merkte, wo sie hinrannte. Sie hielt Lizzy die abgerissenen Köpfe einiger frisch gepflanzter Petunien hin und reckte ihrer Mutter das Gesicht entgegen, um sie anzusehen. Lizzys Herz machte vor Liebe einen Satz. Mit einem Auflachen über Nonies komische Kopfhaltung hob sie ihre Tochter auf, umarmte sie, küsste sie auf die Wangen – und lächelte in Leos Augen.

»Unartig? Zeig mir, was er gemacht hat, mein Schatz«, sagte sie, während sich Nonie zappelnd aus ihren Armen befreite, wieder nach draußen lief und anklagend auf Skipper wies. Der Hund saß japsend und mit dem Schwanz wedelnd neben einem großen Loch, wo soeben noch fünf kleine Pflanzen gewachsen waren.

»Oh, Skipper, du böser Hund!«, rief Lizzy aus. Aber als er sich mit angelegten Ohren und in die Luft gestreckten Pfoten auf den Rücken wälzte, hatte sie Mühe, ein Kichern zu unterdrücken. Den Schwanz zwischen die Beine geklemmt und mit wild wackelndem Hinterteil trippelte er auf Lizzy zu.

Lachend hielt Lizzy ihm eine kurze Gardinenpredigt und warf ihm dann ein Stöckchen zu.

Nonie rannte ihm zuerst nach, steuerte dann jedoch auf einen Autoreifen zu, der an einem dicken Seil in einem Winterrindenbaum hing. Sie fing an zu schaukeln, und rief Lizzy zu, sie solle doch herschauen.

Mary blickte erleichtert von der Gartenarbeit auf. Zum ersten Mal seit drei Jahren hörte sie Lizzy wieder lachen.

Es war schwere körperliche Arbeit gewesen, Kinmalley zu dem florierenden landwirtschaftlichen Betrieb zu machen, der das Gut zu Dan Fosters Lebzeiten gewesen war. Als Lizzy, im siebten Monat schwanger, ihrer Großmutter eröffnet hatte, sie wolle das Gut zurückkaufen, hatte diese ihre Enkelin für verrückt erklärt.

Seit vielen Jahren war es nicht mehr ordentlich bewirtschaftet worden. Es gab kein Vieh mehr, die Weiden waren von Unkraut überwuchert, die Windmühlen verrostet, die Bewässerungsrohre geborsten und die Kanäle versandet. Doch zumindest hatte Lizzy etwas zu tun, das sie von ihrem Elend ablenkte.

Allerdings konnte Mary sich nicht vorstellen, wie sie so weit weg von der nächsten Stadt allein mit einem Baby zurechtkommen würde. Ganz zu schweigen davon, dass das heruntergekommene Anwesen zuerst wieder instand gesetzt werden musste. Jedoch wusste sie, dass es unmöglich war, Lizzy von ihrem Vorhaben abzubringen. Sie hatte eine astronomische Summe für das Gut bezahlt und außerdem die Mieter abfinden müssen.

Das Haus war in einem beklagenswerten Zustand. Man hatte lediglich das Loch in der Küche geflickt, das der Baum geschlagen hatte, aber ansonsten alles beim Alten belassen. Um es bewohnbar zu machen, hatte Lizzy es praktisch abreißen und neu aufbauen müssen.

Sie hatte sich mit einem Feuereifer und einer festen Entschlossenheit in die Arbeit gestürzt, wie es Mary noch nie bei ihr erlebt hatte.

Ebenso energisch hatte sie die Landwirtschaft in Schwung gebracht und, wenn nötig, Hilfskräfte angeheuert, die ihr die körperlich schweren Tätigkeiten abnahmen. So konnte der Betrieb auf der Farm wieder beginnen.

Dann wurde Nonie geboren. Lizzy wurde um vier Uhr morgens von den ersten Wehen geweckt und war fünf Stunden später stolze Mutter eines kerngesunden kleinen Mädchens. Die Geburt hatte Lizzy gleichzeitig froh und traurig gemacht, da sie viele schmerzliche Erinnerungen an ihren Verlust wachgerufen hatte.

Das Baby zwang sie, wieder am Leben teilzunehmen.

Nun, drei Jahre später, war Kinmalley fast wieder aufgebaut. Die Veranda erstrahlte in ihrem alten Glanz, und der Betrieb lief reibungslos. Dan wäre stolz auf das gewesen, was seine Tochter aus dem Gut gemacht hatte, und obwohl über dem fröhlichen und geschäftigen Anwesen die wehmütigen Schatten der Vergangenheit lagen, war es doch ein Zuhause. Und jetzt hatte Lizzy zum ersten Mal wieder gelacht. Mary wandte den Blick zum Himmel, bekreuzigte sich rasch und wandte sich ihrer Gartenarbeit zu. Nun brauchten sie nur noch Regen.

Achtzehn Monate nach ihrem Umzug nach Kinmalley lud Lizzy gerade Futtermittel von einem Laster, als Ken, Rodeoreiter und quasi ihr zweiter Vater, durch das Tor spaziert kam.

»Hallo, Lizzy. Ich habe gehört, dass du wieder da bist. Warum hast du nur dieses alte Drecksloch zurückgekauft?«, hatte er sie grinsend gefragt.

Lizzy war so mit ihrer Arbeit beschäftigt gewesen, dass sie vor Schreck einen Satz machte, als sie seine Stimme hörte. Da er älter geworden war und den Hut tief in das wettergegerbte Gesicht gezogen hatte, hatte sie ihn nicht auf Anhieb erkannt. Doch als er den Hut lüpfte, stürmte sie auf ihn zu. Er nahm sie in seine kräftigen Arme und drückte sie fest an sich.

Später erzählte er Lizzy, dass er oben in North Queensland gewesen sei, als er von Leos Tod und ihrer Rückkehr nach Kinmalley erfahren habe.

»Zufällig gab es beim Rodeo gerade wenig zu tun. Also habe ich beschlossen herzukommen, um nach meinem Mädchen zu sehen. Solange du keinen Mann im Haus hast, brauchst du jemanden, der hier kräftig mit anpackt. Und ich werde allmählich zu alt, um mich von Pferden abwerfen zu lassen.«

So war Ken geblieben.

Mary war einverstanden mit dieser Entscheidung. Seit Nonie ein wenig älter war, pendelte sie zwischen Toowoomba und Kinmalley hin und her, und konnte nachts in ihrer kleinen Wohnung besser schlafen, da sie wusste, dass ein vertrauenswürdiger Mann bei Lizzy im Haus lebte.

»Er ist zwar ein ungehobelter Kerl, aber trotzdem ein Geschenk Gottes«, meinte Mary eines Morgens. Sie sah zu, wie Lizzy Nonie das Kinn abwischte, und stellte zufrieden fest, dass die Augen ihrer Enkelin leuchteten und ihre Haut eine gesunde Farbe hatte. Die dunklen Augenringe und der verbitterte Zug um den Mund gehörten zum Glück der Vergangenheit an.

»Ich weiß nicht, wie ich es ohne ihn geschafft hätte«, erwiderte Lizzy und hob Nonie aus ihrem Kinderstühlchen. Sie küsste sie und blickte ihr nach, wie sie nach draußen trippelte.

Anschließend machte sie sich auf den Weg, um nach den Schafen zu sehen. Sie war froh, dass sie auf Kens Rat gehört und noch einen zweiten Mann eingestellt hatte. Aus der kurzen Trockenperiode, die zur Zeit von Kens Ankunft geherrscht hatte, war eine ausgewachsene Dürre geworden. Seit über einem Jahr hatte es nicht mehr richtig geregnet, sodass die Schafe gefüttert werden mussten. Obwohl Ken und Elias, ein Aborigine Mitte dreißig, den Großteil der schweren körperlichen Arbeit erledigten, war Lizzy jeden Tag auf den Weiden unterwegs, sah nach den Schafen und den Wasserlöchern und schuftete Seite an Seite mit den Männern. Sie liebte die Bewegung im Freien, und wenn sie Nonie abends schlafen legte, war sie so müde, dass sie gleich nach dem Essen ins Bett fiel.

In der vergangenen Woche hatten sie alle Schafe mit einem Desinfektionsbad behandelt und gekennzeichnet und einige Mutterschafe zu einem guten Preis versteigern lassen. Obwohl der Kauf von Futtermitteln ein großes Loch in die Kasse riss, wollte Lizzy sich von der anhaltenden Trockenheit nicht entmutigen lassen. Das Glück eines Farmers musste sich irgendwann wenden, pflegte ihr Vater immer zu sagen.

Sie war stolz auf das, was sie seit ihrer Rückkehr geleistet hatte. Und obwohl fest stand, dass sie nie wieder als Sängerin aufzutreten würde, hatte sie für Nonie ein Musikzimmer eingerichtet.

Lizzy nahm ein Dutzend Lammkoteletts aus der Gefriertruhe und legte sie mit einem Berg von fetten Würsten zum Auftauen in die Mikrowelle. Die Jungs würden das meiste davon verschlingen, dachte sie und fing an das Gemüse zu putzen. Sie war nicht weit damit gekommen, als Marcia anrief, um Nonies Geburtstagsfeier mit ihr zu besprechen.

Nachdem die beiden Frauen eine Weile miteinander geplaudert hatten, wandte sich Lizzy wieder der Zubereitung der Mahlzeit zu. Obwohl Marcia und sie gut befreundet waren, hatte sich ihr Verhältnis verändert. Marcia war mit einem Anwalt verheiratet, betrieb von zu Hause aus eine Steuerkanzlei, hatte zwei Kinder im Alter von sechs und vier Jahren und erwartete in drei Monaten ihr drittes. Sie war so glücklich und zufrieden, dass Lizzy es nicht schaffte, mit ihr über den Schmerz über Leos Tod zu sprechen.

Sie schämte sich vor ihrer alten Freundin, weil sie beinahe einen Zusammenbruch erlitten hatte, und beneidete Marcia ein wenig um ihr Glück, was ihr ein schlechtes Gewissen bereitete. Lizzy wühlte in der Topfschublade nach einem Deckel. Sie wollte nicht darüber nachdenken. Es war schön, die immer gut gelaunte Marcia um sich zu haben. Außerdem war Nonie gern mit ihren lebhaften Kindern zusammen.

Die Geburtstagsfeier war in vollem Gange. Durchgeschwitzt hastete Lizzy umher, verteilte belegte Brote und plauderte mit den anderen Müttern, während Schwester Angelica die Getränke einschenkte. Mary, inzwischen Ende siebzig und immer noch ein Energiebündel, legte drinnen, unterstützt von der Mutter Oberin, letzte Hand an den Geburtstagskuchen.

Lizzy wollte, dass es ein Bilderbuchgeburtstag wurde. Sie warf einen raschen Blick auf Nonie, die in ihrem neuen gelben Kleid mit den Puffärmeln und dem Überrock aus weißer Spitze aussah wie ein Engel.

Das kleine Mädchen übte gerade auf seinem neuen Fahrrad, einem Geschenk von Ken. Er hatte es auf einem Schrottplatz entdeckt, sorgfältig repariert, leuchtend rot lackiert und kleine Stützräder daran befestigt. Als er Nonie heute Morgen geholfen hatte, das braune Einwickelpapier zu entfernen, hatte er sich gefreut wie ein Kind. Nonie waren vor Überraschung fast die Augen aus dem Kopf gefallen, und Lizzy hatte Ken noch nie so breit grinsen gesehen.

Wie jeden Tag in den vergangenen drei Jahren wünschte sie sich, Leo möge hier sein, um mitzuerleben, wie seine Tochter aufwuchs.

»Lizzy«, rief Mary plötzlich aus dem Haus. »Telefon.«

Lizzy eilte hinein und griff nach dem Hörer.

»Lizzy, wie geht es dir?«, meldete sich eine vertraute walisische Stimme. »Ich bin es, Martin. Ich bin gerade auf Tournee hier in Australien.«

»Martin!«, jubelte Lizzy.

»Wie schön, von dir zu hören. Es ist eine Ewigkeit her. Was hast du in letzter Zeit getrieben? Was machst du in Australien?«, fuhr Lizzy fort. Plötzlich sehnte sie sich danach, ihn und all ihre anderen Freunde aus der Welt der Musik wiederzusehen.

Aufgeregt lauschte sie, als er ihr erzählte, dass er mit seinem Ensemble PopClassic auf Australientournee sei. Sie planten, zwei Vorstellungen in der Hauptstadt jedes Staates und eine im Northern Territory zu geben. In zwei Wochen sei Brisbane an der Reihe.

»Ich hoffe, du kommst, um uns zu hören. Das ist doch nicht zu weit für dich, oder?«, fragte Martin.

»Nein, es ist gleich um die Ecke«, erwiderte Lizzy lachend. Sie war die dreistündige Autofahrt gewohnt und freute sich über die Gelegenheit zu einem Treffen mit Martin.

»Du musst uns in Kinmalley besuchen und Nonie kennen lernen«, sagte sie und schluckte.

»Das würde ich gerne, aber das geht wahrscheinlich nicht. Unser Zeitplan ist sehr eng. Ich habe ein Engagement an der Oper von Wales und habe diese Tournee zwischen den Vorstellungen eingeschoben. Zwei Tage nach unserer Rückkehr stehe ich schon als Rodolfo in »La Bohème« auf der Bühne und werde Mimis Liebhaber mimen, Zeitverschiebung hin oder her. Wahrscheinlich werde ich mich fühlen, als sei ich derjenige, der an Schwindsucht stirbt. Versuche, nach Brisbane zu kommen. Ich hinterlege deine Karte an der Kasse, und anschließend gehen wir alle zusammen essen. Wie klingt das?«

»Hervorragend. Ich kann es kaum erwarten zu erfahren, was bei dir in letzter Zeit alles passiert ist. Hast du etwas Neues von Norma gehört?«

Sie plauderten weiter und gaben beide zu, dass sie miserable Briefeschreiber waren, bis Martin das Kleingeld ausging und sie mitten im Satz unterbrochen wurden. Lizzy ging wieder hinaus und begann, ein strahlendes Lächeln auf dem Gesicht, Pappteller und Becher wegzuräumen.

Mary schlich später am Abend auf Zehenspitzen zu Nonies Zimmertür und traute ihren Ohren nicht: Lizzy sang ihrer Tochter leise etwas vor. Voller Freude schlug Mary die Hände zusammen und schenkte sich zur Feier des Tages einen Sherry ein.

Nachdem Lizzy nach Hause zurückgekehrt war, glaubte ihre Großmutter naiv, Lizzy würde ihre Gesangskarriere wieder aufnehmen, wenn man ihr nur genug Zeit ließe. Sie hatte darauf vertraut, dass Schwester Angelica und die ehrwürdige Mutter, die beide so große Stücke auf sie hielten, sie dazu überreden würden. Doch sie hatte keinen einzigen Ton mehr gesungen und beharrte darauf, dass sie mit diesem Kapitel endgültig abgeschlossen habe.

»Ich habe ein wundervolles Leben an der Seite eines außergewöhnlichen Mannes geführt«, hatte sie gesagt, und Mary würde nie den Schmerz in ihrer Stimme vergessen. »Wenn das Baby kommt, werde ich ihm beibringen, die Musik zu lieben. Aber La Divina ist tot. Ich bin Mrs. Lizzy Rominski, eine Farmerin, die Schafe züchtet und Weizen anbaut.«

Obwohl Mary ihr nicht widersprach, hatte sie die Hoffnung nie aufgegeben. Lizzy liebte den Gesang zu sehr, um für immer darauf zu verzichten. Und nun hatte der Anruf dieses jungen Mannes offenbar etwas bewirkt. Sie wagte kaum auf diesen kleinen Lichtblick zu hoffen.

»So, das war ein schöner Tag«, verkündete Lizzy vergnügt und riss Mary aus ihren Tagträumen.

»Ja, mein Kind, das stimmt. Es war ein ganz besonderer Tag«, erwiderte Mary und leerte ihr Sherryglas.

19

Das Ensemble PopClassic wurde dank seines Repertoires aus Pop und beliebten klassischen Melodien immer erfolgreicher. Martin und Ewan, ein befreundeter Bariton, hatten es vor zwei Jahren aus einer Laune heraus gegründet, da es mit ihrer Karriere ein wenig schleppend vorangegangen war. Inzwischen bestand die Gruppe aus einem Sopran, einem Kontraalt, einem Tenor, einem Bariton, einem Pianisten und einem Schlagzeuger, der auch Keyboard spielte und die instrumentale Begleitung lieferte.

Ziemlich bald war die Gruppe zu ihrer eigenen Verwunderung einem der einflussreicheren Londoner Agenten aufgefallen, der für sie umgehend eine Großbritannien-Tournee organisiert hatte. Anschließend war Martin von der Walisischen Operngesellschaft engagiert worden. Für Martin, der zwei ausgesprochen mühsame und frustrierende Jahre hinter sich gehabt hatte, bedeutete die Australien-Tournee den Höhepunkt zwölf sehr erfolgreicher Monate.

Lizzy, die wusste, dass sie mit schmerzlichen Erinnerungen konfrontiert werden würde, war gleichzeitig aufgeregt und ein wenig bange, als sie mit dem Auto nach Brisbane aufbrach. Im Hotel angekommen, zog sie Nonie ihr neues Festtagskleidchen und winzige hübsche Lackschühchen an und band ihr passende Schleifen ins Haar. Dann machten sich Mutter und Tochter auf den Weg ins Konzert.

Der warme, muffige Geruch des Konzertsaals schlug Lizzy entgegen, und sie wurde von so heftigen Erinnerungen überflutet, dass sie am liebsten hinaus auf die Straße geflüchtet wäre. Doch sie unterdrückte die Tränen und kaufte ein Programm. Nonie musste auf die Toilette. Dankbar für die Ablenkung, glaubte Lizzy schon, ihre Gefühle im Griff zu haben. Bis das Orchester mit dem Einstimmen begann.

Obwohl Lizzy einen Kloß im Hals hatte, plauderte sie weiter

fröhlich mit Nonie. Die Geräuschkulisse hatte etwas Erregendes und Belebendes an sich, das sie an die vielen, in verschiedenen Garderoben verbrachten schönen Augenblicke zurückdenken ließ, in denen sie mit Leo auf einen Auftritt gewartet hatte.

»Ich kann nichts sehen«, beklagte sich Nonie.

Rasch wischte Lizzy die Tränen weg, hob Nonie auf ihr Knie, umarmte sie und zeigte ihr die Scheinwerfer, das Podium und den Bühneneingang. Die Lichter wurden gedämpft. Nachdem sie Nonie auf die Wange geküsst hatte, strich sie das Kleid des kleinen Mädchens glatt und gab sich Mühe, nicht zu weinen, als Martin mit seinem Ensemble auftrat.

»Ist der Dicke da dein Freund?«, fragte Nonie lautstark.

»Pssst! Nein, das ist ein Freund von ihm. Martin ist der, der neben der Dame in dem grünen Kleid steht«, flüsterte Lizzy, die ein Kichern unterdrücken musste, obwohl ihr wieder Tränen in die Augen traten.

Nonie kuschelte sich an Lizzy, steckte den Daumen in den Mund und starrte mit ehrfürchtig aufgerissenen Augen auf die Bühne. Beim dritten Lied schlief sie bereits tief und fest. Lizzy ließ die Musik über sich hinwegbranden. Wenn sie die Augen schloss, glaubte sie fast, dass Leo neben ihr saß. Rasch schlug sie sie wieder auf und konzentrierte sich auf das Programm.

Das Konzert bestand aus einer ansprechenden Mischung von populären klassischen Melodien, die Lizzy zum Großteil im Schlaf beherrschte, und einigen der neuesten Popsongs. Das Publikum war begeistert.

Als das Konzert zu Ende war, weckte Lizzy vorsichtig ihre Tochter. Sie fühlte sich emotional aufgewühlt, während sie sich, die schlaftrunkene Nonie im Schlepptau, durch die Menschenmenge den Weg zum Bühneneingang bahnte. Sobald Martin sie bemerkte, umarmte er sie brüderlich. Anschließend bückte er sich und schüttelte Nonie feierlich die Hand.

»Du siehst deinem Daddy sehr ählich«, stellte er mit leicht zitternder Stimme fest, sodass Lizzy schon befürchtete, sie könnte die Beherrschung verlieren. Doch dann stellte er sie dem restlichen Ensemble vor, und als sie im Restaurant ankamen, hatte Lizzy sich gefasst und plauderte mit der Sopranistin munter über Schafzucht.

Lizzy genoss das Abendessen sehr. Es war schön, über die alten Zeiten zu sprechen, die ihr inzwischen sehr weit weg erschienen, so gnadenlos hatte sie sie aus ihrem Leben verbannt. Für einen Moment fühlte sie sich frei. Nonie hielt sich bis zum Dessert wach, kuschelte sich dann wieder an Lizzy, steckte den Daumen in den Mund und schlief ein.

»Es war ihr erstes richtiges Konzert. Seit Tagen ist sie schon aufgeregt«, erklärte Lizzy. Während die anderen sich unterhielten, berichteten sie und Martin einander, was in den vergangenen Jahren geschehen war.

»Du bist ein wundervoller Freund«, sagte sie, als sie mit ihm das Restaurant verließ, Nonie im Arm. Lizzy konnte kaum glauben, wie schnell der Abend vergangen war.

»Ich vermisse dich wirklich.« Sie beugte sich vor, um Martin auf die Wange zu küssen. »Ohne dich und Norma hätte ich nach Leos Tod ...«

Ihre Stimme erstarb.

»Eines Tages werde ich es gutmachen. Ich weiß zwar noch nicht wie, aber ich verspreche es.«

Eine Woche später wollte Lizzy soeben nach einem langen Tag in die Badewanne steigen, als das Telefon läutete. Sie hatte gerade einen der großen Schüttgutbehälter repariert, in denen das Futtermittel für die Schafe aufbewahrt wurde, und machte sich wegen der anhaltenden Trockenheit Sorgen um die Weizenernte. Jeder Muskel im Körper tat ihr weh.

Seit dem letzten nennenswerten Regen waren fast achtzehn Monate vergangen. Der Boden war staubig, und die Bäche hatten sich in Rinnsale verwandelt. Wenn es nicht bald regnete, würde es im nächsten Jahr keine Ernte geben.

Und als ob die Probleme mit der Farm nicht schon genug gewesen wären, war Nonie ausgerutscht und hatte sich an einem Stück Metall das Knie aufgeschnitten. Sie war zwar mit dem Schrecken davongekommen, doch Lizzy hatte den Großteil des

Nachmittags damit verbracht, sie zu beruhigen, und musste dann bis spätabends über der Buchführung sitzen.

Sie nahm Nonie so oft wie möglich mit zur Arbeit, um ihr alles über Landwirtschaft beizubringen, ganz wie ihr Dad es bei ihr getan hatte. Dennoch hatte sie wegen Nonies Schnittwunde ein schlechtes Gewissen, denn für gewöhnlich achtete sie stets darauf, dass auf der Farm nichts herumlag, an dem man sich verletzen konnte.

Das Telefon hörte nicht auf zu läuten, so wickelte sich Lizzy fluchend ein Handtuch um und schleppte sich in die Vorhalle. Martin war am Apparat.

»Hallo, Martin, was gibt es?«, fragte sie erstaunt.

»Du hattest doch versprochen, mir einen Gefallen zu tun«, erwiderte Martin bemüht beiläufig.

»Klar! Was soll es denn sein? Eine Horde Statisten als applaudierende Zuschauer in Darwin? Das müsste ich eigentlich hinkriegen«, entgegnete Lizzy lachend.

»Du musst singen, Lizzy. Amanda wurde mit einer Blinddarmentzündung ins Krankenhaus eingeliefert und wird in drei Tagen unmöglich wieder auf der Bühne stehen können. Außer dir fällt mir niemand ein, der so kurzfristig einspringen könnte. Du kennst den Großteil des Programms, und was du nicht beherrschst, werden wir entweder ändern, oder du singst es vom Blatt.«

Lizzys Magen krampfte sich ängstlich zusammen.

»Ich weiß, dass es viel verlangt ist, Lizzy, doch unser Plattenvertrag hängt von dieser Tournee ab. Du weißt ja, wie schwer es ist, bei einer angesehenen Plattenfirma unterzukommen. Darwin ist unser Abschlusskonzert und bis auf den letzten Platz ausverkauft. Es ist ein sehr großer Gefallen, um den ich dich bitte, aber du hast gesagt, wenn ich Hilfe brauche … Lizzy, bitte sag zu.«

Eine lange Pause entstand, als Martins Worte Lizzy in den Ohren hallten. Sie konnte nicht. Sie konnte einfach nicht. Von Panik ergriffen, tastete sie nach einem Stuhl und setzte sich.

»Bitte, Lizzy«, wiederholte Martin leise.

Sie durfte nicht ablehnen, nicht nach allem, was er für sie getan hatte. Großmutter würde sich um Nonie kümmern, und Ken würde auf der Farm nach dem Rechten sehen. Also gab es keine Ausrede. »Sicher, sehr gern«, erwiderte sie und bemühte sich vergeblich um einen unbeteiligten Tonfall.

»Lizzy, du bist ein Engel! Du hast uns das Leben gerettet. Ich besorge dir ein Zimmer in unserem Hotel. Das Programm proben wir, sobald du hier bist. Du schaffst das schon«, rief Martin aus, offensichtlich erleichtert, und sie sprachen Proben- und Ankunftszeiten ab.

Nach dem Telefonat legte Lizzy den Hörer auf und schlug die Hände vors Gesicht. Wie sehr wünschte sie sich, dass sie den Mut gehabt hätte abzulehnen. Ihr war übel. Sie konnte nicht. Was sollte sie nur tun?

»Ist etwas passiert?«, fragte Mary, die gerade mit einem Stapel frisch gebügelter Wäsche hereinkam.

Kurz von ihren eigenen Sorgen abgelenkt, sah Lizzy sie an. Mary hatte sich seit Dads Tod sehr verändert. Immer wieder beteuerte sie Lizzy, wie gern sie Urgroßmutter sei und dass es ihrem Leben einen ganz neuen Sinn gegeben habe. Für eine Frau ihres Alters war sie wirklich erstaunlich rüstig.

»Dein Badewasser wird kalt, und Nonie ruft nach ihrer Gutenachtgeschichte«, verkündete Großmutter. Mit diesen Worten verschwand sie in Nonies Zimmer.

Lizzy stand auf. Langsam ging sie ins Bad, ließ heißes Wasser nachlaufen und stieg in die schaumige Wanne. Sie blieb liegen, bis das Wasser kalt war und sich die Schaumblasen aufgelöst hatten. Dabei fragte sie sich, wie sie sich aus dieser Klemme befreien sollte. Als sie nicht aus der Wanne kam, erschien Mary, um nach ihr zu sehen. Lizzy berichtete ihr von dem Anruf.

»Was soll ich nur machen, Oma? Ich kann nicht singen. Oh, Gott, warum habe ich nur zugesagt?«, jammerte sie.

»Weil du ein guter Mensch bist, und weil er dein Freund ist. Und jetzt komm da raus, bevor du ganz schrumpelig wirst. Nonie ist noch wach«, erwiderte Mary fröhlich. Sie musste sich abwenden, um das begeisterte Funkeln in ihren Augen zu verbergen.

Lizzy trocknete sich ab, schlüpfte rasch in einen bequemen Trainingsanzug, ging zu Nonie und nahm ihrer schläfrigen Tochter das Buch aus den Händen. Schon bei Seite drei war das kleine Mädchen eingeschlafen. Lizzy schlich auf Zehenspitzen aus dem Zimmer und ging in die Küche.

»Du bist es ihm schuldig, Lizzy. Wer weiß, vielleicht wäre er ein guter Vater für Nonie«, meinte Mary mit einem Zwinkern, als sie bei einer Tasse Tee saßen.

»Er ist schwul, Oma.«

Lizzy lächelte. Doch im nächsten Moment brach sie in Tränen aus. Mary tätschelte ihr rasch die Schulter und stellte dann ein Stück Kuchen vor sie hin.

»Ach, ja«, seufzte Lizzy und putzte sich die Nase. Nachdem sie sich ausgeweint hatte, fühlte sie sich ein wenig besser.

»Du musst es dir vorstellen wie beim Zahnarzt. Weißt du noch, was deine Mutter immer gesagt hat? ›Um fünf Uhr ist alles vorbei.‹ Das war eine ihrer wenigen vernünftigen Ansichten.«

Schweigend verspeisten sie ihren Kuchen. Dabei bekam Lizzy immer größere Befürchtungen wegen des Repertoires, während Mary sich fragte, was wohl aus Lizzys Mutter geworden war und ob sie überhaupt wusste, wie viel Erfolg ihre Tochter als Sängerin gehabt hatte. Jahrelang hatte sie schon nicht mehr an diese Frau gedacht.

»Du hast ein einzigartiges Talent, und ich finde, du solltest es nutzen«, brach Mary das Schweigen. »Nur wenigen Menschen bietet sich eine derartige Gelegenheit.«

Lizzy fuhr hoch. Seit Leos Tod hatte Großmutter nicht mehr so energisch geklungen. Auf einmal hatte sie keinen Hunger mehr.

»Lass es einfach stehen. Ich räume später ab. Jetzt gehe ich ins Musikzimmer, um festzustellen, ob ich überhaupt noch singen kann«, verkündete sie und verließ den Raum.

»Nonie und ich kommen mit nach Darwin. Du kannst uns Freikarten besorgen«, rief Mary ihr nach.

Martin hatte Lizzys Ankündigung nach Leos Tod, sie werde nie wieder singen, nicht ernst genommen und ahnte deshalb nicht, was er von ihr verlangte. Dass sie nicht mehr aufgetreten war, hatte er auf das Baby und auf den Umstand geschoben, dass sie am anderen Ende der Welt lebte. Während der Proben in Darwin fühlte er sich wie früher, und Lizzy gelang es, ihre Panik vor ihm zu verbergen.

Lizzy wartete in der Kulisse und wusste, dass Großmutter und Nonie im Zuschauerraum saßen. Sie fühlte sich so elend wie noch nie vor einer Vorstellung. Es gab keinen Leo mehr, auf den sie sich verlassen konnte. Sie war entsetzlich allein.

Äußerlich wirkte Lizzy gefasst, lächelte Martin strahlend an und sah seinen dankbaren Blick. Innerlich zitterte sie beim Betreten der Bühne. Mitten in der Vorstellung wurde sie von einer heftigen Panikattacke erfasst, dass sie befürchtete, in Ohnmacht zu fallen. Dann trommelte der Schlagzeuger auf die Becken und stimmte ein beeindruckendes Solo an. Seine Stöcke flogen über die verschiedenen Trommeln, und Lizzys Angst legte sich.

Mit zitternden Knien und in dem Wissen, dass die Vorstellung gleich vorbei sein würde, sang sie die letzten beiden Lieder mit einer Andeutung der Strahlkraft, die La Divina einst so berühmt gemacht hatte. Anschließend applaudierte das Publikum begeistert.

»Willkommen daheim, La Divina«, riefen einige.

»Wurde langsam Zeit«, war eine andere Stimme zu hören.

»Bravo! Wir lieben dich, La Divina!«, jubelte jemand.

Verwirrt sah Lizzy Martin an. Er umfasste fest ihre Hand und grinste ihr zu. Er hielt sie fest, trat vor, und sie verbeugten sich immer wieder und wieder. Der Beifall wurde lauter, und bald johlte und klatschte der gesamte Saal. Endlich hatte Australien Gelegenheit erhalten, La Divina in Person zu hören.

Lachend und kopfschüttelnd verließ Lizzy schließlich die Bühne.

»Ich habe es nur für dich getan, Martin. Ich war es dir schuldig. Jetzt sind wir quitt. Das Publikum war wunderbar, und ich bin froh, dass ich dir helfen konnte. Aber das war's. Niemals wieder!« Sie umarmte ihn fest, um die Tränen zu verbergen, die in ihren Augen glitzerten.

20

Ehrfürchtig musterte Brian Harding die malerische Felsformation. Das hätte er sich in seinen kühnsten Vorstellungen nicht träumen lassen. Die riesigen schartigen Felsen erhoben sich wie ein natürliches Amphitheater rings um ein sandiges Oval. Jahrhunderte der Verwitterung verliehen dem urzeitlichen Vulkangestein Formen, als stammte es aus dem Atelier eines Bildhauers. Die Sonne funkelte durch die Eukalyptusbäume und ließ den glatt geschliffenen Stein in warmen Farben erstrahlen, während der leuchtend blaue Himmel einen wundervollen Hintergrund zu dieser beeindruckenden Arena bildete.

Brian seufzte zufrieden auf. Sobald er von der Existenz dieses Ortes erfahren hatte, hatte er sich mit dem Besitzer des Landes in Verbindung gesetzt und ihn gefragt, ob er dort ein Konzert veranstalten könne. Er war auf verhaltenes Interesse gestoßen, doch er glaubte, sich Hoffnungen machen zu dürfen. Vor seinem geistigen Auge sah er bereits, wie das Orchester einsetzte und wie die Sänger sich von einem prachtvollen Sonnenuntergang abhoben. Dieser Ort war reine Magie und bot zudem ausreichend Platz für fünftausend Zuschauer.

Brian ging zur Mitte der Sandfläche, drehte sich in die Richtung, wo die Zuschauerbänke stehen würden, und rief seinen Namen. Beim Wiederholen vernahm er zu seinem Erstaunen, wie leicht der Ton über die Felsen schwebte. Der Mensch hätte keine vollkommenere Akustik schaffen können. Er zog ein Notizbuch aus der Tasche, fertigte eine grobe Skizze an und schlenderte, immer noch kritzelnd, weiter.

Nachdem er ein schattiges Plätzchen gefunden hatte, zeichnete er einen Lageplan und notierte sich die Ideen, die ihm durch den Kopf gingen. Die Geräusche des Busches hatten eine inspirierende Wirkung auf ihn. Ein bunt gefiederter Sittich sauste vorbei, und es erklang der unverkennbare Ruf des Honigvogels. Im trockenen Unterholz raschelten winzige, unsichtbare Geschöpfe.

Eine große Eidechse huschte auf einen flachen Felsen ganz in der Nähe, hielt, den Kopf in die Höhe gereckt und mit funkelnden Augen, inne und verharrte reglos.

Brian hörte auf zu schreiben, beobachtete die Eidechse und fand es wieder einmal erstaunlich, wie oft doch das Schicksal die Gebete der Menschen erhört.

In seinen Träumen hatte er diesen Ort schon tausendmal gesehen, ohne zu wissen, dass es ihn tatsächlich gab. So hatte er es sich vorgestellt, wann immer er aus dem Fenster seines Hauses in Guildford in den grauen englischen Himmel blickte. Während einer Aufführung von Verdis »Macbeth« in den üppigen Gärten von Glyndebourne hatte er diesen Ort vor sich gesehen. Er hatte nicht im Entferntesten geahnt, dass er sich in Australien befinden würde und eigentlich eher auf Südafrika getippt. Die Suche danach war bei ihm zur fixen Idee geworden. Selbst jetzt konnte er die Vollkommenheit des Ortes kaum fassen.

Der in Simbabwe geborene Brian Harding war siebenunddreißig und hatte in jungen Jahren gelernt, die endlosen Weiten zu lieben. Konzertveranstalter wollte er werden, seit er wusste, was das Wort bedeutete.

Brian war gut gebaut, mit einem leichten Hang zum Untersetzten, hatte durchdringend blickende grüne Augen und dichtes braunes Haar. Hinter seiner britisch-kühlen Fassade schlummerten eine Kraft und Energie, die seine Konkurrenten häufig schreckte und seine Kollegen erdrückte.

In der Folge war es in seinem Leben stets zwischen Erfolg und Bankrott hin und her gegangen. Er hatte beruflich viel erreicht und einige Aufsehen erregende Veranstaltungen auf die Beine gestellt. Ihm war die Entdeckung einer berühmten rumänischen Tanztruppe zu verdanken, die er auf Welttournee geschickt und zu den erfolgreichsten Vertretern ihrer Zunft gemacht hatte. Ein weiterer Höhepunkt seines Schaffens war eine Eisrevue, wie sie die Londoner noch nie zu Gesicht bekommen hatten.

Nachdem er sich von den Folgen einer katastrophalen geschäftlichen Entscheidung erholt hatte, hatte er der Karriere einer bekannten amerikanischen Countrysängerin zum Start verholfen, deren Lieder bald an die Spitzen der Hitparaden drängten.

Wegen seines hoch geschätzten Vermarktungs- und Organisationstalents war er von einer Personalberatung abgeworben und nach Australien geschickt worden, um dem Musicalmisserfolg »Dance of Thai«, einer wahren Geldvernichtungsmaschine, wieder auf die Beine zu helfen.

Brian hatte das Musical in eine orientalische Augenweide verwandelt und innerhalb von drei Monaten zum bekanntesten Kulturexport Thailands gemacht.

Brians große Liebe gehörte jedoch der Oper. Und so war er nach der letzten Vorstellung von »Dance of Thai« in Australien geblieben, um sich einen ganz privaten Traum zu erfüllen: eine Aufführung im australischen Outback. Voller Begeisterung gründete er die Outback-Operngesellschaft und machte sich auf die Suche nach Sponsoren. Doch niemand zeigte Interesse. Seine früheren Geldgelber fanden, dass er endgültig den Verstand verloren habe. Alle waren sich einig, dass es für eine derartige Veranstaltung keinen Markt gab und sich damit kein Geld verdienen ließ, zumindest nicht in der Größenordnung, um die Investitionen zu rechtfertigen.

Brian ließ sich nicht entmutigen, und während er weitersuchte, ließ ihn ein Gedanke einfach nicht los. Er wusste, dass er nur einen einzigen Fürsprecher brauchte, damit das Blatt sich wendete, doch ihm fiel beim besten Willen niemand ein. Während er die Traumhochzeit der Tochter eines australischen Industriemagnaten plante – allein die Beleuchtung würde Hunderttausende von Dollar verschlingen –, grübelte er weiter über seine Idee nach. Einer der Hochzeitsgäste erzählte ihm schließlich von dem Amphitheater im südlichen Queensland.

Drei Wochen später kaufte Brian sich eine Ausgabe von »Country Australia« und las von Lizzy Fosters Triumph in Darwin. Da nahm der Gedanke, der ihn ständig beschäftigte, endlich Gestalt an. La Divina! Natürlich! Sie war die Diva, die untrennbar mit dem australischen Outback verbunden war. Nun war endlich die Lösung in Sicht.

Brian kehrte zu seinem Landrover zurück, um sich aus einer Thermoskanne einen Becher Kaffee einzuschenken. Er erinnerte sich an die Aufregung, die sich beim Anblick ihres Fotos seiner bemächtigt hatte. Dasselbe Gefühl wie damals, als er sie im Covent Garden singen hörte. Die ungezähmte Kraft ihrer Stimme hatte etwas Magisches, das ans Herz ging. Er streckte sich und seufzte zufrieden auf.

Da hörte er es. Die Geräusche des Busches wurden von einer glockenhellen Kinderstimme übertönt, die über die Felsen hallte. Im nächsten Moment setzte eine zweite Stimme ein, die so klar und rein war wie der Klang einer Flöte. Die zarte anrührende Melodie und diese Stimme – er hätte sie überall erkannt: La Divina. Vorsichtig pirschte er sich heran, versteckte sich rasch im Schatten und lauschte. Er konnte nicht fassen, dass er zweimal an einem Tag ein solches Glück haben sollte. Wäre er nicht so ein eingefleischter Pragmatiker gewesen, er hätte an den Einfluss einer höheren Macht geglaubt.

Lizzy hatte beschlossen, dass Nonie ein wenig Abwechslung brauchte. Auch sie selbst sehnte sich nach einer Ablenkung, um sich nicht länger wegen der Trockenheit das Hirn zu zermartern. Es war kein guter Monat gewesen. Alle redeten nur über die Dürre, die Leute waren niedergeschlagen und gereizt und manchmal sogar richtiggehend unfreundlich zu Lizzy.

Erst letzte Woche hatte Marcia ihr unter Tränen erzählt, ihr Vater spiele mit dem Gedanken, die Farm zu verkaufen und wegzuziehen. Lizzy hatte zwar eingewandt, damit drohe er schon seit ihrer Kinderzeit, aber Marcia beharrte darauf, dass er es diesmal ernst meinte. Nachdem sie sich wieder ein wenig beruhigt hatten, unterhielten sich die beiden Frauen bis in die späte Nacht hinein. Lizzy sprach zum ersten Mal über Leo. Bevor Marcia sich verabschiedete, erzählte sie noch, einige Farmer zögen über Lizzy her, weil sie die Landwirtschaft angeblich nur als Hobby betriebe.

»Pam, das alte Tratschweib, kann mir den Buckel runterrutschen«, schimpfte Lizzy, die ihre alte Widersacherin aus der Laienspieltruppe im Verdacht hatte, das Gerücht in die Welt gesetzt zu haben. Im Nachhinein wünschte sie, Marcia hätte es nie erwähnt, denn es erklärte einige der Seitenblicke, die ihr nach ihrer Rückkehr von dem Konzert in Darwin aufgefallen waren.

Nachdem Marcia fort war, lag Lizzy noch lange wach und fragte sich, was sie tun sollte. Ihr Finanzpolster schmolz schneller dahin, als ihr recht war. Nur das Haus in der Schweiz war noch übrig, aber es hätte ihr das Herz gebrochen, es zu verkaufen. Das konnte sie Leos Familie nicht antun, vor allem nicht seiner Mutter, die immer so gut zu ihr gewesen war. Hilda Rominski schrieb Lizzy noch regelmäßig und endete ihre Briefe stets mit den Worten: »Ich hoffe, vor meinem Tod noch einmal deine wundervolle Stimme zu hören.«

Lizzy nahm sich fest vor, sie bald mit Nonie in Luzern zu besuchen und ihr etwas vorzusingen. Hinzu kam, dass Großmutter ständig davon sprach, ihre kleine Wohnung in Toowoomba zu verkaufen. Nun, diesmal würde sie auf ihre Enkelin hören müssen, dachte Lizzy mit finsterer Miene, denn sie wusste, wie sehr ihre Großmutter an der Wohnung hing.

Nachdem sie sich bei Ken vergewissert hatte, dass keine dringenden Erledigungen anstanden, beschloss Lizzy, mit Nonie hinauf zur Schlucht zu fahren und zu picknicken. Es war einer ihrer Lieblingsplätze, und sie waren schon seit einer Ewigkeit nicht mehr dort gewesen. Dort angekommen, fuhr Lizzy, einer spontanen Eingebung folgend, weiter den Pfad entlang bis zum Amphitheater. Sie hatte es erst einmal im Leben gesehen, und zwar mit ihrer Mutter, kurz bevor diese fortgegangen war.

Es war ihr Geheimnis gewesen, und sie hatten dort zusammen gesungen. Diese Erinnerung, die Lizzy noch immer mit Glück erfüllte, bewahrte sie tief in ihrem Herzen. Wegen der Missbilligung ihres Vaters hatte sie nie wieder gewagt, dorthin zu fahren. Doch seit Leos Tod ertappte sie sich dabei, dass sie immer häufiger an ihre Mutter dachte. Deshalb beschloss sie, die Angst aus ihrer Kindheit abzulegen und Nonie diesen Ort zu zeigen.

Während sie mit Nonie über die mit Schlaglöchern übersäte Schotterpiste holperte, wurde sie von demselben Gefühl ergriffen, das sie damals hatte, als sie mit ihrer Mutter inmitten des Buschs auf der Bühne gestanden und gesungen hatte. Lizzy wollte, dass Nonie auch diese magische Erfahrung machte. Sie stellte den Wagen vor dem natürlichen Torbogen im Fels ab, der ins Amphitheater führte, half Nonie beim Aussteigen, ging vor ihr in die Knie, umarmte sie zärtlich und musterte liebevoll ihr rundliches Gesichtchen.

»Als ich ein ganz kleines Mädchen war, ist meine Mummy mit mir hierher gekommen. Möchtest du etwas Zauberhaftes erleben?«, sagte sie mit aufgeregt funkelnden Augen.

»Gibt es da Elfen?«, fragte Nonie ernst.

»Sicher, mein Schatz, aber wir werden sie nicht zu Gesicht bekommen. Tagsüber verstecken sie sich nämlich. Warum singen wir ihnen nicht etwas vor?«, meinte Lizzy, stand auf und streckte die Hand aus.

»Können sie uns hören?«, erkundigte sich Nonie, die neben ihr herhüpfte.

»Aber sicher.«

Als sie durch den Torbogen traten, schnappte Lizzy unwillkürlich nach Luft.

Das Amphitheater war wunderschön und von genau dem Zauber erfüllt, an den sie sich erinnerte. Sie führte Nonie den Pfad hinunter auf die Bühne.

»Hören sie uns wirklich?«, flüsterte Nonie.

Lizzy nickte und drückte ihrer Tochter die Hand. Dann sang sie einen langen, tiefen Ton, der von den Felswänden widerhallte. Nonie betrachtete erst ihre Mutter und sah sich dann um, die Augen vor Freude und Staunen aufgerissen.

»Jetzt du«, forderte Lizzy sie auf.

Nonie sang auch einen Ton. Ihre zarte Stimme schwebte durch die Luft.

»Bei mir funktioniert es auch«, rief sie glücklich.

»Natürlich, mein Schatz. Die Natur hat diese Theater mitten in den Busch gebaut.«

Lizzy erklärte ihr, wie der Ton durch die Form der Felsen eingefangen und verstärkt wurde.

»Jetzt stehen wir auf der Bühne, so wie Mummy, bevor du geboren wurdest, nur unter freiem Himmel. Und da drüben sitzen die Leute und hören zu.«

»Kommen sie heute auch?«

»Nein, heute nicht, mein Schatz«, erwiderte Lizzy lächelnd.

Sie spürte, wie sich Gefühle in ihr regten, während sie mit ihrer Tochter sprach. Als ob sie die Liebe ihrer Mutter spüren würde, mit der diese sie überschüttet hatte, bevor die Trauer in ihr Leben gekommen war.

»Können wir das Honigvogellied singen, Mummy?«, rief Nonie und rannte mitten auf die Bühne.

Dort drehte sie sich um ihre eigene Achse, dass ihre Füße den trockenen Staub aufwirbelten, und begann mit glockenheller Stimme zu singen. Lizzy folgte ihr lachend. Sie hatte Nonie Unterricht gegeben, und das kleine Mädchen konnte inzwischen gut den Ton halten. Lizzy kniete sich neben Nonie und lauschte stolz, wie klar und sauber sie sang. Dann stimmte sie selbst ein. Sie übernahm die Flötenpartie, die eine Terz höher lag als Nonies, sodass sich ihre beiden Stimmen verbanden und durch den Busch schwebten.

Lizzy fühlte sich frei und glücklich wie noch nie seit Leos Tod. Als der letzte Ton im Busch verklang, umarmte Lizzy Nonie ganz fest und blickte ihr nach, wie sie auf der Suche nach Elfen davonhüpfte.

Nachdem sie die Tränen weggewischt hatte, die ihr unerwartet in die Augen getreten waren, kehrte sie zum Auto zurück, um den Picknickkorb zu holen. Plötzlich kam ihr eine Melodie in den Sinn. Während sie ihre Jeanstaschen nach einem Stift abtastete, rief sie Nonie zu, sie solle nicht zu weit weglaufen. Seit Monaten hatte sie nicht mehr ans Komponieren gedacht.

Sie nahm den Stift und einen Zettel, malte rasch Notenzeilen auf und begann, die Melodie vor sich hin summend, die Töne zu notieren. Als sie eine Männerstimme hörte, brach sie schlagartig ab und zuckte vor Schreck zusammen. Die Picknicksachen waren vergessen, und sie hastete, getrieben von Schreckensgedanken an Entführer und Kinderschänder, durch den Torbogen. Nonie stand mitten auf der Bühne, ein Mann kauerte neben ihr, und die beiden sangen. Während Lizzy auf sie zustürmte, wurde ihr klar, dass sie sich wie eine Glucke benahm.

»Der Mann hat gesagt, er findet schön, wie ich singe, Mummy. Aber Elfen hat er auch keine gesehen«, meinte Nonie und hüpfte auf Lizzy zu. »Ich habe ihm gesagt, er muss warten, bis es dunkel ist, wenn er welchen begegnen will.«

Lizzy umarmte Nonie fest und nickte dem Mann über ihren Kopf hinweg zu. Sie kannte ihn nicht. Er war gut aussehend, wenn auch ein wenig untersetzt, und hatte einen braunen Wuschelkopf. In seinen strahlenden grünen Augen lag etwas, das Lizzy erröten ließ. Sie sah sich nach seinem Auto um.

»Hallo, ich bin Brian Harding. Ihre Tochter ist ziemlich begabt«, sagte er und streckte die Hand aus. La Divina war aus der Nähe betrachtet mit ihrem zerzausten Haar und den geröteten Wangen sogar noch hübscher als auf den Fotos.

»Danke, das denke ich auch. Ich heiße Lizzy. Ich habe Ihr Auto gar nicht gesehen«, erwiderte sie barsch. Er klang wie ein Brite. Sie kam sich albern vor, weil sie in Panik geraten war. Außerdem ärgerte es sie, dass dieser Engländer sie hier störte. Vermutlich hatte er sie singen gehört. Zu allem Überfluss hatte er sie auch noch beim Komponieren unterbrochen.

»Ich komme von da hinten«, entgegnete Brian und wies auf die dem Torbogen gegenüberliegende Seite der Sandfläche, wo eine Ecke seines Landrovers zu sehen war.

»Es ist ziemlich abgelegen hier«, gab Lizzy zurück. Sie hörte nur mit halbem Ohr hin und schalt sich, weil sie sich vorhin nicht gründlicher umgeschaut hatte.

»Das macht diesen Ort so besonders. Ein Kerl, den ich kürzlich kennen gelernt habe, hat mir davon erzählt. Ich spiele mit dem Gedanken, hier eine Aufführung zu veranstalten. Bei Sonnenuntergang muss es sensationell aussehen.«

Brian zögerte.

»Ich hörte Sie und Ihre Tochter singen. Sie klingen draußen genauso traumhaft wie auf der Bühne. Ich bin ein großer Fan von Ihnen.»

Er lächelte und fixierte sie wieder mit Blicken.

Lizzy errötete noch heftiger. Sie musterte ihn eindringlich und schlug dann die Hand vor den Mund.

»Ich kenne Sie. Sie sind … Sie sind doch nicht etwa *der* Brian Harding?«

»Hängt davon ab, wie Sie das meinen«, antwortete Brian schmunzelnd. »Jedenfalls bin ich der einzige Brian Harding, von dem ich je gehört habe.«

»Der Pannenhelfer der Theaterwelt!«

»Nennt man mich inzwischen so?«

Brians Grinsen wurde noch breiter.

»Tut mir Leid«, entschuldigte sich Lizzy verlegen.

Brian bemerkte, wie peinlich es ihr war.

»Eigentlich müsste ich mich entschuldigen. Ich habe Sie und Ihre Tochter belauscht«, sagte er deshalb. »Es war ein außergewöhnlicher Tag für mich. Wussten Sie, dass ich diesen Ort schon seit Jahren suche? Nun habe ich ihn gefunden und außerdem die Frau getroffen, die ich dort singen lassen möchte. Das alles an einem einzigen Nachmittag. Ich bin ganz überwältigt.«

Lizzy unterbrach ihn mit einer Handbewegung.

»Hoppla! Nicht so schnell. Erstens würde kein vernünftiger Mensch hier etwas anderes veranstalten als ein Pferderennen mit anschließendem Picknick, und selbst das wäre eine ziemliche Plackerei, weil man zuerst alle Pferde herschaffen müsste. Und zweitens gibt es La Divina nicht mehr. Inzwischen bin ich nur noch die gute alte Lizzy Rominski.«

Sprachlos starrte Brian sie an und hatte Mühe, seine Enttäuschung hinter einer höflichen Miene zu verbergen.

»Sie glauben mir nicht«, fuhr Lizzy aufgeregt fort. »Das Konzert in Darwin habe ich nur gegeben, um einem Freund einen Gefallen zu tun. Es war ganz sicher nicht als Comeback gedacht. La Divina ist tot, meine Zeit als professionelle Sängerin ist vorbei. Ich muss meine Tochter großziehen, eine Farm betreiben und mich mit einer Dürreperiode herumschlagen.«

Brian fuhr sich mit den Händen durchs Haar und verfluchte seine Voreiligkeit. Dennoch war er nicht bereit, das, was sie ihm gerade gesagt hatte, ohne Widerspruch hinzunehmen. Er hatte ihren Gesichtsausdruck beim Singen beobachtet und die schmerzliche Sehnsucht und vieles mehr in ihrer Stimme gehört.

»Es tut mir wirklich Leid, dass Sie das sagen«, meinte er leise.

Er fühlte sich angestachelt, wie immer, wenn er vor einer scheinbar unlösbaren Aufgabe stand. Schließlich war er nicht umsonst einer der weltweit erfolgreichsten Konzertveranstalter. Er hatte einige der schwierigsten, starrsinnigsten, schüchternsten und arrogantesten Menschen in diesem Geschäft mit Druck, Überredungskünsten und schönen Worten überzeugt und sie zu Stars gemacht. La Divina war bereits eine Berühmtheit. Gut, sie hatte ihre Karriere in letzter Zeit schleifen lassen, aber sie spielte bereits mit dem Gedanken an ein Comeback. Sie brauchte nur einen kleinen Anstoß. Er sah sich im Amphitheater um.

»Darf ich Sie etwas fragen? Wenn Sie hier eine Oper inszenieren wollten, an wen würden Sie sich zuerst wenden?«

Lizzy, die froh war, nicht mehr über La Divina sprechen zu müssen, wurde lockerer und begann zu erzählen. Fünf Minuten später kam Nonie angelaufen. »Ich habe Hunger«, rief sie.

»Möchten Sie nicht mitessen? Wir haben genug dabei. Ich packe immer viel zu viel ein«, wandte sich Lizzy fragend an Brian.

»Danke. Jetzt, wo Sie es erwähnen, fällt mir auf, dass ich am Verhungern bin«, erwiderte er.

Während Nonie herumsprang und singend über die Bühne wirbelte, unterhielten sich Brian und Lizzy über Konzerte und das Theater. Lizzy erklärte ihm, wie viel Freude es ihr gemacht habe, Kinmalley zurückzukaufen und die Farm wieder ans Laufen zu bringen. Um den schönen Nachmittag nicht zu verderben, behielt sie ihre Sorge wegen der Dürre für sich.

Lizzy fühlte sich von Brian, seiner Energie und seinen hochfliegenden Plänen angezogen und an die Anfangsphase einer neuen Inszenierung erinnert. Gemeinsam wälzten sie Ideen und überlegten, wie sich sein Vorhaben in die Tat umsetzen ließe, wie man am besten die Bühne aufbauen und Menschen und Ausstattung hierher schaffen könnte. Mit einem Auge war Lizzy immer bei Nonie, die zwischen den Felsen hin und her sprang.

»Diese Felsen müssten wir wegräumen«, meinte sie geistesabwesend.

»Schlange!«, schrie Brian da plötzlich auf und stürmte auf Nonie zu. Lizzy folgte ihm auf den Fersen und rief ihrer Tochter zu, sie solle sich auf keinen Fall bewegen.

Brian, der Nonie zuerst erreichte, hob sie auf den Arm und entfernte sich, so schnell er konnte, vom Felsen, während das kleine Mädchen kicherte und zappelte. Er war kreidebleich, als er sie schließlich vorsichtig auf den Boden stellte.

»Mach das noch mal! Mach das noch mal!«, jauchzte Nonie und hüpfte auf und ab.

Lizzy drückte Nonie fest an sich.

»Bleib in unserer Nähe, Schatz«, bat sie mit zitternder Stimme.

Sie warf Brian einen dankbaren Blick zu und begann, den Picknickkorb zusammenzupacken. Die wunderschöne Stimmung des Nachmittags war schlagartig vorbei.

»Haben Sie gesehen, welche Farbe sie hatte?«, fragte sie leise.

»Braun«, antwortete Brian, der ihr beim Aufräumen half.

Lizzy erschauderte unwillkürlich. Der Biss einer braunen Taipan konnte einen Menschen innerhalb von Minuten töten.

»Ich schaue mich noch einmal um.«

Einen Stock in der Hand, pirschte sie sich vorsichtig zu dem Felsen, auf dem Nonie herumgetollt war. Die Schlange hatte sich längst aus dem Staub gemacht. Als Lizzy Nonie lachen hörte, drehte sie sich um. Sie spielte mit Brian Fangen und rannte auf ihren kleinen Füßchen hin und her, während Brian so tat, als wollte er sie überholen.

Ihr Herz machte einen Satz. Wie sehr sie Leo vermisste. Es machte sie sehr traurig, dass er nie die Freude erfahren hatte, mit Nonie zusammen zu sein.

»Darf Brian mit uns mitkommen?«, fragte Nonie und sprang auf ihre Mutter zu.

»Ich wüsste nicht, was dagegen spräche«, erwiderte Lizzy.

»Ich muss Ihnen etwas gestehen«, begann Brian verlegen, als sie die Lebensmittel ins Auto packten. »Kann sein, dass ich vorhin ein wenig übertrieben habe. Aber ich hatte vor ein paar Monaten ein unangenehmes Erlebnis mit einer Schlange und sehe seitdem überall welche. Das dort war meine Schlange.«

Er wies auf eine große braune Eidechse, die sich auf einem Felsen sonnte. Wegen des hohen Grases waren ihre Beine nicht zu sehen.

»Von da drüben wirkte sie wie eine Schlange, die gleich zubeißen will. In Australien gibt es so viele Tiere, die mir Angst machen.«

Lizzy atmete erleichtert auf.

»Ich bin froh, dass Sie übertrieben haben. Lieber das, als ...« Ihre Stimme erstarb und sie lächelte ihn unter Tränen an.

Brian wurde warm ums Herz.

»Danke für die vielen Anregungen. Vielleicht können wir uns noch einmal unterhalten, wenn ich mit meiner Idee ein wenig weitergekommen bin«, meinte er vergnügt und ließ den Motor an.

»Gern. Das fände ich sehr schön.« Als Lizzy davonfuhr, stellte sie fest, dass sie sich bereits auf Brians Anruf freute.

21

Brian meldete sich bereits am nächsten Tag, als Lizzy gerade im Garten mit Ken die anstehende Hütehunde-Prüfung besprach. Ken, der die Knochenbrüche und Schrammen satt hatte, hatte eine neue Leidenschaft in Gestalt eines lebhaften Border-Collie-Welpen entdeckt, den er Kinmalley Captain nannte und mit dem er jede freie Minute trainierte.

Ken hatte beobachtet, dass der junge Hund viel von Skipper lernte, und war überzeugt, mit Captain einen zukünftigen Champion vor sich zu haben.

»Es ist für dich, Lizzy«, rief Mary.

Lizzy eilte ins Haus und griff nach dem Hörer.

»Wie geht es Ihnen?«, fragte sie mit klopfendem Herzen.

Als sie Brians Stimme hörte, fühlte sie sich mit einem Mal befangen.

»Ich brauche Ihren Rat«, erwiderte Brian. »Inzwischen habe ich die Genehmigung für die Veranstaltung, und ich habe bereits mit einigen Sponsoren über die Outback Opera gesprochen. Allerdings ist mir klar geworden, dass ich mehr über das Lebensgefühl der Leute auf dem Land lernen muss. Der Funke muss auf sie überspringen und gleichzeitig Menschen aus der Stadt anziehen. Deshalb würde ich gerne ein paar Einheimische in ungezwungener Atmosphäre kennen lernen und habe mich gefragt, ob Sie mir dabei vielleicht helfen könnten.«

»Wo sind Sie?«, erkundigte sich Lizzy, während sich ihre Gedanken überschlugen.

Zum Glück hatte er nicht mehr davon gesprochen, dass sie singen sollte; außerdem hatte sie Spaß an der geistigen Herausforderung, die Brian für sie bedeutete, denn sie wurde dadurch von ihren niedergeschlagenen Grübeleien wegen der Dürre abgelenkt. Eigentlich hätten sie bereits mit der Aussaat beginnen sollen, doch der Boden war so hart und trocken, dass sie es immer weiter hinausschoben. Lizzy blickte hinauf zum klaren, kobaltblauen Himmel, an dem kein Wölkchen zu sehen war. Der Tag war heiß und windstill.

»Sydney«, antwortete er.

»Was halten Sie davon, wenn ich mir etwas überlege und dann Sie zurückrufe?«, schlug sie vor und warf einen Blick auf Ken und Großmutter, die plaudernd im Garten standen.

»Vielleicht kommen Sie aber einfach in zwei Wochen zur Hütehunde-Prüfung. Alle werden da sein. Es geht dort ganz leger zu, und Sie können sich ein Bild davon machen, wie wir hier draußen die Dinge betrachten. Es wird sicher ein Spaß. Außerdem kann ich Sie mit Ken bekanntmachen. Er hilft mir in Kinmalley bei der Arbeit. Einer seiner Hunde nimmt an der Prüfung teil.« Sie senkte die Stimme und warf noch einen liebevollen Blick aus dem Fenster.

»Ken hat ein paar Freunde aus seinen früheren Tagen beim Rodeo, von denen einige nicht auf den Penny zu schauen brauchen. Da wäre zum Beispiel ...«

Sie unterhielt sich eine Weile mit Brian, legte dann den Hörer auf und machte sich begeistert auf die Suche nach Ken. Dieser hatte die Kühlerhaube des Kastenwagens hochgeklappt und schraubte am Motor herum.

»Erinnerst du dich an den Kerl, von dem ich dir erzählt habe. Der, der den verrückten Einfall hat, im Amphitheater oberhalb der Schlucht ein Konzert zu veranstalten?«, begann sie.

»Ein Kerl, was?«, entgegnete Ken, knallte die Motorhaube zu und wischte sich die Hände an einem ölverschmierten Lumpen ab. Seine Augen funkelten aus dem wettergegerbten Gesicht.

»Hör endlich auf, mich verkuppeln zu wollen. Du bist genauso schlimm wie Großmutter.« Lizzy errötete heftig. »Er heißt Brian Harding und hat ›Dance of Thai‹ gerettet. Außerdem hat er andere große Veranstaltungen organisiert. Jetzt möchte er etwas im Outback auf die Beine stellen. Ich finde die Idee prima.«

»Meine Rodeokarriere würde er bestimmt nicht mehr hinkriegen«, lästerte Ken, stopfte den Lappen in die Werkzeugkiste und stellte diese in den Kofferraum des Fahrzeugs.

»Er könnte dich als Hundeausbilder berühmt machen! Ich habe

ihn zur Prüfung eingeladen«, gab Lizzy zurück. »Im Ernst, Ken. Wirst du ihn unterstützen?«

»Für dich tue ich doch alles, Lizzy. Aber wie kann ein Kerl wie ich diesem Mr. Harding schon helfen?«

»Brian braucht Sponsoren. Leute, die bereit sind, Geld aufzubringen und ein Risiko einzugehen.«

»Also nennst du ihn schon Brian? Singst du bei seinem Konzert?«

»Nein. Wie kommst du denn darauf?«

»Hmm. Ich finde, du solltest es tun«, meinte Ken mit einem Nicken.

»Das ist vorbei und vergessen, Ken, und das weißt du genau. Ich bin Schaffarmerin.« Lizzy wedelte die Fliegen weg, die ihr Gesicht umschwirrten. Sie fühlte sich durchgeschwitzt und schmutzig, und Kens Bemerkung hatte ihre Hochstimmung gedämpft.

»Nun gut, wir werden sehen ...« Er rückte seinen Hut zurecht und pfiff Skipper und Captain herbei, die sofort in den Kofferraum des Wagens sprangen.

»Wirst du mir helfen?«, beharrte Lizzy und ließ niedergeschlagen die Schultern hängen.

»Ich muss jetzt mit den Hunden arbeiten. Was hältst du davon, wenn ich heute Abend im Pub den Hut herumgehen lasse?«, antwortete Ken mit einem schiefen Grinsen.

Als er den Motor startete, war seine Miene nachdenklich. Während er, gefolgt von einer ockergelben Staubwolke, davonbrauste, schlenderte Lizzy davon. Ihre Stimmung hatte sich ein wenig gebessert. Ken war ein treuer und großzügiger Freund, dem sie jederzeit ihr Leben anvertraut hätte. Er wusste, auf wen sie angespielt hatte.

Am Tag der Hundeprüfung war das Thermometer bereits um acht Uhr morgens auf dreißig Grad geklettert. Als Lizzy über die Weide ging, die dem Ausstellungsgelände von Toowoomba als Parkplatz diente, spürte sie, wie ihr zwischen den Brüsten und in den Achselhöhlen der Schweiß hinunterlief. Von den einhundertfünfzig in Pferche gesperrten Schafen wehte der Geruch von

Dung hinüber. Leises Blöken und Scharren war zu hören, als die Tiere sich unruhig hin und her bewegten. Hunde schnappten von hinten nach ihren Beinen, während ihre Besitzer ihnen Befehle zuriefen. Fliegen summten in der Hitze.

In der Luft lag eine Spannung, wie es sie in Toowoomba seit Beginn der schweren Dürre nicht mehr gegeben hatte. Zum ersten Mal sollte am selben Tag eine Prüfung mit drei Schafen und einem Hindernisparcours stattfinden, und viele Zuschauer waren gekommen, da in sämtlichen Kategorien Teilnehmer aus verschiedenen Bundesstaaten antraten. Lizzy sah sich auf dem Parkplatz nach Brian um und bemerkte ihn im Gespräch mit einem anderen Mann in der Nähe des Ausgangs. Er trug ein offenes Hemd und einen abgewetzten Schlapphut und unterschied sich in seiner Aufmachung nicht von den anderen Anwesenden. Überrascht spürte Lizzy, wie sehr sie sich freute, ihn zu sehen.

»Also haben Sie es geschafft«, meinte sie und ging lächelnd auf ihn zu.

»Danke für die Einladung. Das war eine gute Idee.« Brian erwiderte ihr Lächeln, und sie begannen, ungezwungen zu plaudern.

Lizzy wirkte strahlend und frisch. Sie trug das Haar aus dem Gesicht gekämmt, und ihr Hut betonte ihre hohen Wangenknochen. Brian fand sie schöner als je zuvor. Er musste sich zwingen, sich auf das Geschäftliche zu konzentrieren, als er ihr aufs Ausstellungsgelände folgte. Es war ein großartiger Einfall gewesen herzukommen. Aus Erfahrung wusste er, dass es zu den erstaunlichsten Ergebnissen führen konnte, wenn man die Menschen auf ihrem Territorium kennen lernte; es war in etwa so wie mit Bankern auf einem Golfplatz.

Lizzy ging mit Brian an den Schafpferchen vorbei und nickte einigen der Hundebesitzer zu, die nervös darauf warteten, an die Reihe zu kommen. Sie steuerte geradewegs auf Michael McAlister zu, der sich mit einem der Preisrichter unterhielt.

»Warum fangen wir nicht gleich ganz oben an?«, murmelte sie und erklärte Brian, dass McAlister nicht nur der Bürgermeister von Toowoomba sei; seine Tochter Janice sei ihre Klavierbegleiterin gewesen und arbeite nun als Korepetitorin an einem bekannten deutschen Opernhaus.

»Wie geht es Ihnen, Mr. McAlister?«, begrüßte sie den Bürgermeister, hauchte ihm einen Kuss auf die Wange und stellte Brian vor.

Die beiden Männer schüttelten sich die Hand und waren sofort in ein Gespräch vertieft. Es dauerte nicht lange, bis Brian von der Dürre und ihren Auswirkungen auf die Gemeinde erfuhr. Man hatte sich geeinigt, den Erlös der Hundeprüfung an die am schwersten betroffenen Familien zu verteilen.

»Man darf nie vergessen, wie unbeschreiblich stolz diese Leute sind. Es ist nicht einfach, den Menschen zu helfen, die es wirklich nötig haben. Dabei muss man mit viel Fingerspitzengefühl vorgehen«, meinte der Bürgermeister und winkte einigen Bekannten zu.

Brian wurde von Aufregung ergriffen, denn ihm war gerade wieder etwas eingefallen. Lizzy, die neben den beiden Männern herschlenderte, spürte sehr wohl die Blicke, die auf ihr ruhten, als sie sich durch die Menge schlängelten und auf der Tribüne Platz nahmen. Sie zuckte die Achseln. Wen ging es etwas an, dass sie mit einem attraktiven Mann hier war? Sollten die Leute sich doch die Mäuler zerreißen. Auf dem Land wurde eben getratscht.

Auf der Tribüne war es zwar heiß, aber wenigstens lag sie im Schatten. Lizzy fächelte sich mit dem Programm Kühlung zu und beobachtete Brian und Michael lächelnd bei ihrer Unterhaltung. Brian war nicht nur gut aussehend, sondern auch geschickt im Umgang mit Menschen. Sie war froh darüber.

Schweigen senkte sich über das Publikum, als Michael ans Mikrofon trat, um die Veranstaltung zu eröffnen. Alle sahen voller Anspannung zu, wie der erste Hundeführer in der Kategorie Neulinge zu dem Pfosten in der Mitte der Arena ging. Sein Hund, ein Border Collie mit schimmerndem Fell, folgte ihm gehorsam. Dann gab der Preisrichter das Zeichen, die Schafe freizulassen. Innerhalb von fünfzehn Minuten musste jeder Hund einige Befehle ausführen und unter anderem drei Schafe durch eine Lücke, an einem Kanal entlang, über eine Brücke und in einen

Pferch treiben. Der erste Hund bewältigte den Parcours fast fehlerfrei. Alle atmeten erleichtert auf, als der Hundeführer unter leisem Applaus, den er mit einem Nicken zur Kenntnis nahm, die Arena verließ. Der zweite Hund verlor am Kanal ein Schaf, was ihn wertvolle Punkte kostete. Beim vierten Teilnehmer war Lizzy mit den Gedanken bei Nonie, die hoffentlich einen schönen Tag mit Marcia verbrachte. Ken trat als Vorletzter in seiner Kategorie an. Als er zum Pfosten schlenderte, beugte Lizzy sich vor und wies Brian stolz auf Ken und Captain hin. Ihre Blicke trafen sich kurz, und Brian fühlte überrascht, dass ihm heiß wurde.

Er lehnte sich zurück und zwang sich, sich auf den Wettbewerb zu konzentrieren. Schließlich war er hier, um Sponsoren und Geldgeber zu finden – nicht, um sich mit einer Frau einzulassen, die er erst wenige Wochen kannte. Die Luft auf der Tribüne wurde immer stickiger. Brian wischte sich mit der Hand über die Stirn und spürte, dass ihm das Hemd am Rücken klebte. Er sehnte sich nach einem Drink. Außerdem kostete es ihn einige Überwindung, nicht dauernd zu Lizzy hinüberzusehen. Er rutschte auf seinem Sitz herum und warf einen Blick auf die gut gekleideten, frisch frisierten Farmersfrauen, denen die Erde an den schicken Schuhen klebte.

Währenddessen arbeiteten die Hunde und ihre Besitzer den Parcours ab. Dann waren sämtliche Teilnehmer dieser Kategorie an der Reihe gewesen. Alle applaudierten Ken, als dieser mit Captain die Arena verließ. Er grinste übers ganze Gesicht, denn er war sehr gelobt worden und hatte den vierten Platz geschafft.

»Kommen Sie mit. Wir müssen ihm gratulieren«, rief Lizzy und sprang mit leuchtenden Augen auf. Sie fasste Brian an der Hand und lief mit ihm die Stufen hinunter und auf Ken zu. Nachdem sie ihn umarmt und beglückwünscht und anschließend Captain das Fell gezaust hatte, stellte sie Brian vor.

»Ein Freund von Lizzy ist auch mein Freund, und nach dem zu urteilen, was Lizzy mir von Ihnen erzählt hat, müssen Sie ein netter Kerl sein. Ich habe gehört, Sie hätten hier einiges vor«, sagte Ken und schüttelte Brian die Hand, immer noch ein breites Lächeln auf dem Gesicht.

»Sie haben da einen außergewöhnlichen Hund«, meinte Brian und tätschelte Captain.

»Passt auf«, mischte sich Lizzy ein. »Ich muss in der Stadt noch ein paar Einkäufe erledigen und danach Nonie bei einer Freundin abholen. Was haltet ihr davon, wenn ich euch Männer allein lasse und wir uns später wieder treffen?«

Lizzy sah auf die Uhr.

»Sie sind herzlich nach Kinmalley zum Essen eingeladen, Brian. Oder wollten Sie heute Abend schon nach Hause?«

»Abendessen in Kinmalley klingt wunderbar«, erwiderte Brian rasch. Er schenkte Lizzy sein charmantestes Lächeln und ihr Herz machte einen Satz.

»Sehr schön! Dann mache ich mich am besten auf den Weg. Lernen Sie ein paar Leute kennen«, antwortete sie lächelnd und errötete heftig.

Im Gehen sah sie noch, dass Ken Brian einem seiner Kumpane aus der Rodeozeit vorstellte, und zwar genau demjenigen, auf dessen Erscheinen sie gehofft hatte. Zufrieden überlegte sie, welches ausgefallene Gericht sie für alle zum Abendessen kochen sollte. Ihr blieb gerade genug Zeit für ihre Einkäufe, bevor sie Nonie bei Marcia abholen musste.

Um zwei Uhr trat Lizzy, mit Einkaufstüten beladen, aus dem kühlen, klimatisierten Einkaufszentrum – und hätte sich am liebsten gleich wieder hineingeflüchtet. Ein Unwetter braute sich zusammen. Der Himmel war dunstig gelb, die Luft stickig. So schnell wie möglich fuhr Lizzy zu Marcia, sammelte Nonie ein und machte sich auf den Heimweg. Der Nachmittag verdunkelte sich zusehends, und eine unheimliche Stimmung breitete sich aus.

Als sie durch das Tor von Kinmalley fuhren, zuckte der erste Blitz im Himmel. Lizzy erschauderte, als sie sich – wie immer in so einem Fall – an den Abend erinnerte, an dem ihr Vater gestorben war. Gewitter ängstigten sie, auch wenn dieses vielleicht den lang ersehnten Regen bringen würde. Allerdings hatte sie keine großen Hoffnungen. Sie bekreuzigte sich, berührte das Medaillon an ihrem Hals und betrachtete die Bäume rings um das Haus.

Erneut leuchtete ein gezackter Blitz am Himmel auf, und ein Donnerschlag ertönte, als sie den Wagen anhielt. Nonie begann zu weinen. Fliegende Ameisen prallten gegen ihre Gesichter und landeten auf ihren Armen und ihren Mündern. Lizzy wischte die Insekten weg und wünschte, dass Großmutter nicht ausgerechnet heute ihre Freundinnen in der Stadt besucht hätte. Sie nahm Nonies Hand und eilte auf die Veranda, vorbei an Skipper, der sich, mit angelegten Ohren und den Schwanz zwischen die Beine geklemmt, unter einem Tisch verkrochen hatte. Drinnen im Haus schenkte sie Nonie ein Glas hausgemachte Limonade aus dem Kühlschrank ein und rief nach Skipper. Wieder donnerte es laut. Als Nonie einen Schrei ausstieß und auf Lizzy zustürmte, spritzte die Limonade in alle Richtungen. Lizzy nahm das verängstigte Kind in die Arme und drückte es fest an sich.

»Es sind nur ein paar dumme alte Wolken, die aneinander knallen. Sie sollten wirklich besser aufpassen«, meinte sie beschwichtigend und küsste Nonie auf die weichen Wangen. Sie roch so wundervoll. Mein Gott, sie liebte ihre Tochter so sehr. Sanft setzte sie Nonie auf einen Stuhl, drückte ihr ein frisches Limonadenglas in die Hand und ging nach draußen.

Während sie hin und her eilte, um die Einkäufe ins Haus zu schaffen, zuckten immer wieder Blitze über den Himmel. Der Donner grollte und polterte wie ein zorniger Riese. Selbst die Luft schien zu knistern. Zwischen ihren Gängen nach draußen musste Lizzy ständig Nonie trösten, die schluchzend in der Tür stand.

»Ich bin gleich fertig, Schatz. Kannst du das hier für mich auf den Tisch stellen?«, meinte sie, um das kleine Mädchen abzulenken, und reichte ihr eine Schachtel mit Frühstücksflocken. Gerade schleppte Lizzy die letzten Sachen auf die Veranda, als ein Wagen in den Hof fuhr. Sie drehte sich um. Es war Brian.

»Warten Sie, lassen Sie mich das machen«, rief er ihr zu, stellte das Auto ab und lief zu ihr hinüber, denn er hatte sofort bemerkt, wie sehr sie sich abmühte und auch, dass Nonie weinte. Er nahm Lizzy ohne ein weiteres Wort den Karton ab und trug ihn mühelos ins Haus.

»Und was ist mit dir los?«, fragte er, nachdem er den Karton auf den Tisch gestellt hatte, und ging vor Nonie in die Knie, sodass er mit ihr auf Augenhöhe war.

Den Daumen im Mund starrte Nonie ihn an.

»Ich mag keine Gewitter«, schniefte sie.

»Ich auch nicht«, flüsterte Brian. »Aber ich habe dir etwas mitgebracht. Rühr dich nicht von der Stelle.«

Er eilte zum Wagen, holte eine kleine Kühltasche heraus und lief zurück, während wieder ein Donnerschlag vom Himmel hallte. Nonie rannte über die Veranda und warf sich Brian in die Arme. Erstaunt sah Lizzy zu, wie sie sich an ihn klammerte. Beruhigend streichelte er dem kleinen Mädchen übers Haar und flüsterte ihm etwas ins Ohr. Dann ließ er sie los. Er nahm ein Eis aus der Kühltasche, verdeckte es mit der Hand und entfernte dann das Einwickelpapier, als führe er einen Zaubertrick vor. Nonie beobachtete ihn mit weit aufgerissenen Augen. Bald kicherte sie und hatte ihre Angst vor dem Gewitter ganz vergessen.

»Mummy, Mummy, schau, was ich habe!« Das Gesicht leuchtend orangefarben verschmiert, schwenkte sie beim Rennen das Eis und wäre in ihrer Begeisterung fast gestolpert.

»Da hast du aber Glück gehabt.«

Dankbar lächelte Lizzy Brian zu.

»Wie hat es geklappt?«, fragte sie.

»Prima. Ich erzähle Ihnen später alles«, erwiderte er grinsend. Als sie zusammen die Einkäufe wegräumten, stellte Lizzy fest, dass sie seine Gegenwart als beruhigend empfand.

»Und du, junges Fräulein, nimmst jetzt ein Bad. Dann gibt es etwas zu essen, und anschließend musst du ins Bett«, verkündete Lizzy, nachdem alles verstaut war und das Abendessen auf dem Herd stand.

Sie nahm ihre kichernde und strampelnde Tochter auf den Arm und trug sie ins Badezimmer. Draußen donnerte und blitzte es immer noch. Als sie in diesem Moment die Stimme ihrer Großmutter hörte, fiel ihr ein Stein vom Herzen. Die alte Dame war wohlbehalten nach Hause gekommen.

Beim Abendessen erzählten Lizzy und Mary Brian alles über die Farm. Der Sturm brachte keine Abkühlung, und alle litten unter der Hitze. Nonie begann wieder zu weinen. Mary versuchte es mit Vorlesen, und Brian gab noch ein paar Zauberkunststücke zum Besten. Schließlich brachte Lizzy sie ins Bett. Sie schaltete den Ventilator ein, sodass eine leichte Brise über das Bett wehte, und deckte Nonie mit einem Laken zu. Sie nahm ihr pummeliges Händchen, streichelte sie sanft und sang ihr mit leiser, beruhigender Stimme etwas vor, bis ihr die Augen zufielen. Schließlich verzog sich das Gewitter, und Nonie schlief ein, den Daumen fest im Mund. Lizzy atmete erleichtert auf. Eine Weile betrachtete sie ihre Tochter und musterte die zarten bläulichen Schatten unter ihren Augen, die rosigen Wangen und die kleinen Fingerchen.

»Ich liebe dich so sehr, mein Schatz«, flüsterte sie. Ganz vorsichtig befreite sie ihre Hand, küsste das kleine Mädchen auf die Stirn und schlich zurück ins Wohnzimmer.

»Das war wunderschön.« Brians Bemerkung riss sie aus ihrer träumerischen Stimmung.

Lizzy errötete. Sie hatte gar nicht daran gedacht, dass Brian sie hören könnte. »Das ist ein altes polynesisches Volkslied, das meine Mutter mir beigebracht hat. Sie hat es mir auch als Gutenachtlied vorgesungen.«

Sie schenkte sich ein Glas Wasser ein und trank es aus.

»Von meiner Mutter habe ich viele Volkslieder gelernt. Mein Vater konnte das nicht ausstehen. Meine Großmutter mütterlicherseits war eine polynesische Prinzessin, die fortgelaufen ist, um Sängerin zu werden. Ich möchte nicht, dass diese Lieder in Vergessenheit geraten. Sie inspirieren mich dazu, selbst welche zu schreiben.«

»Sie ist eine junge Frau mit vielen Talenten. Ich wünschte, Sie könnten ihr Vernunft beibringen, damit sie wieder zu singen anfängt«, sagte Mary und nippte an ihrem Tee.

»Oma!«

»Ich weiß, ich weiß, aber Gedanken sind immer noch frei«, erwiderte Mary und stellte die Tasse weg. »Wie dem auch sei, heute war ein langer Tag. Wenn ihr beide mich also entschuldigen würdet. Ich lasse euch allein, damit ihr ein wenig plaudern könnt. Aber geh nicht zu spät ins Bett, Lizzy, du siehst müde aus.«

Sie stand auf und verabschiedete sich. Brian gefiel ihr. Er hatte gute Manieren und war ein attraktiver Mann. Außerdem wirkte Lizzy so entspannt wie schon lange nicht mehr.

»Setzen wir uns doch auf die Veranda. Dort ist es ein wenig kühler, und ich kann es trotzdem hören, falls Nonie aufwacht«, schlug Lizzy vor und griff nach Glas und Wasserkrug. Brian folgte ihr. Als sie zusammen dasaßen und zusahen, wie der Blitz die Koppeln erleuchtete und das Gewitter über ihnen kreiste, breitete sich ein wohliges Gefühl in ihr aus.

»Erzählen Sie mir, ob es geklappt hat«, begann sie nach einer Weile. Die Beine ausgestreckt, die Knöchel überkreuzt und einen Arm auf den Tisch gestützt, wirkte er ganz locker.

»Ich hatte einen sehr angenehmen Tag, und dank Ihrer Vermittlung habe ich nun eine bessere Vorstellung davon, wie ich diese Veranstaltung planen muss.«

Nachdem er sie eine Weile nachdenklich gemustert hatte, berichtete er ihr von Kens Freund, der ziemlich begeistert von dem Vorhaben gewesen war. Er hatte gesagt, er sei bereit, eine große Summe zu investieren, wenn Brian noch weitere Sponsoren auftreiben könne.

»Allmählich nimmt die Sache Gestalt an«, beendete Brian aufgeregt seine Schilderung.

»Ist es nicht ein wenig heikel, alles zu koordinieren? Woher wissen Sie, wann Sie tatsächlich loslegen können?«

»Ich glaube, das kann ich noch nicht konkret beantworten. Es ist alles eine Frage des Vertrauens und der Risikobereitschaft.« Wieder betrachtete er sie, und seine Gedanken schweiften für einen Moment ab. »Ich habe einige meiner Ideen mit dem Bürgermeister erörtert, und der schien recht angetan zu sein. Allerdings brauche ich noch einmal Ihre Hilfe.«

Voller Zuneigung musterte er ihr Profil, das sich vom Nachthimmel abhob. Im Mondlicht sah sie so zart und verletzlich aus; am liebsten hätte er die Hand ausgestreckt und sie berührt. Stattdessen füllte er ihre Gläser nach.

»Mit dem größten Vergnügen«, erwidete Lizzy, verwirrt von den Gefühlen, die seine Blicke in ihr wachriefen.

»Als der Bürgermeister heute von Hilfe für in Not geratene Menschen sprach, hatte ich einen tollen Einfall. Man könnte doch ein Wohltätigkeitsdinner mit Showeinlagen geben, um für das Konzert zu werben. Es wäre eine Privatveranstaltung, nur für geladene Gäste, und der Erlös würde bedürftigen Menschen in der Umgebung zugute kommen. Selbstverständlich wären die Spenden anonym.«

Er beugte sich vor und fuhr in eindringlichem Ton fort.

»Ich möchte erreichen, dass die Leute über mein Projekt reden, und den Funken entzünden, der mir so wichtig ist. Wir können dafür sorgen, dass der Abend ein voller Erfolg wird. Ein Freund von mir ist ein bekannter Zauberkünstler, und ich kann ihn bestimmt überreden mitzumachen, und ...«

Als er innehielt, konnte sich Lizzy schon denken, was nun kommen würde.

»Nein! Nein! Ich habe Ihnen doch gesagt, dass ich nicht singen werde«, protestierte Lizzy mit einer abwehrenden Handbewegung. Unwillkürlich wandte sie sich ab, und ihr Misstrauen gegen ihn regte sich wieder.

»Hören Sie mich zu Ende an. Sie könnten ein paar Lieder vortragen. Die Veranstaltung soll im kleinen Kreis und ganz familiär sein. Ich möchte die Gefühle der Menschen ansprechen, damit sie sehen, dass ich kein aalglatter Geschäftsmann bin, der den Farmern nur das Geld aus der Tasche locken will. Es wäre nicht viel anders, als wenn Sie Nonie vorsingen. Wir ziehen uns ein bisschen schick an und helfen einigen Ihrer Freunde, mehr ist nicht dabei. Ein ganz gemütlicher Abend, eine Art spezieller Familienfeier. Bitte, Lizzy.«

Lizzy stand auf und streckte die Hände aus. Kein einziger Regentropfen war gefallen. Immer noch schwirrten Tausende fliegender Ameisen umher, und inzwischen wimmelte es auch von winzigen Nachtfaltern. Der Boden war so hart und trocken wie zuvor. Die Zikaden hatten wieder ihr Lied angestimmt, das ohrenbetäubend durch die stille Nacht schrillte. Stirnrunzelnd drehte sie sich zu Brian um, und eine leichte Brise fing sich in ihrem Haar. Sie fand ihn nett und war gern mit ihm zusammen; außerdem gefiel ihr, wie er mit Nonie umging. Ach, was war schon dabei? Es waren doch nur zwei Lieder, und vielleicht würde es sogar Spaß machen.

»Keine Oper«, verkündete sie mit funkelnden Augen.

Brian strahlte sie an.

»Keine Oper, auf gar keinen Fall. Schließt das auch ›Lied der Honigvögel‹ ein?«

»Sie können eine Freundschaft ganz schön strapazieren«, erwiderte Lizzy lachend. In der Ferne grollte der Donner. Es würde wieder eine lange, unerträglich heiße Nacht werden.

»Ich sollte nach Nonie sehen.«

»Ich warte ... Ich muss Ihnen noch etwas sagen«, antwortete Brian.

Als sie ins Haus ging, glaubte er sich fast am Ziel seiner Wünsche. Wenn sie sich jetzt bereit erklärte, überhaupt zu singen, war es nur noch ein kleiner Schritt, sie zu einem Auftritt beim Konzert zu bewegen. Er blickte ihr nach. Selbst in Shorts und T-Shirt sah sie atemberaubend aus. Den ganzen Tag über hatte er an sie denken müssen, an den Hauch ihres Parfüms und daran, wie sie sich mit der Hand durchs Haar fuhr, wenn sie sich verunsichert fühlte. Dazu noch ihr liebevoller Umgang nicht nur mit ihrer Großmutter und mit Nonie, sondern auch mit Ken, ihren Hunden, ja, eigentlich mit jedem, den sie kannte. Sie war ein ausgesprochen herzlicher Mensch. Brian stand auf und fragte sich, wie er nur so kitschig und sentimental sein konnte.

»Ich wünschte, es würde endlich regnen«, stöhnte Lizzy, als sie wieder nach draußen kam.

»Was wollten Sie mir sagen? Oder haben Sie es schon wieder vergessen?«, fuhr sie lachend fort, als sie seine verdatterte Miene bemerkte.

Brian betrachtete ihr hübsches Gesicht mit den dunklen mandelförmigen Augen und dem breiten, lächelnden Mund. Am Himmel zuckten immer noch Blitze, und in der Ferne donnerte es.

»Ja. Wollen Sie mich heiraten?«, antwortete er, und war über seine Worte ebenso erschrocken wie sie. Er hatte sie ausgesprochen, ohne nachzudenken, doch als er Lizzys Überraschung sah, wusste er, dass er das Richtige gesagt hatte.

Lizzy starrte ihn entgeistert an.

»Sie machen Witze. Wir kennen uns doch kaum.«

»Ich treffe gern schnelle Entscheidungen«, entgegnete Brian mit belegter Stimme. Sanft zog er sie in seine Arme. Lizzy stockte der Atem.

»Ich liebe dich. Ich will dich heiraten«, murmelte er. Dann beugte er sich vor und küsste sie.

Im ersten Moment war sie versucht, sich loszureißen. Doch dann ließ sie sich in die Umarmung sinken. Es war ein unbeschreiblich sanfter und liebevoller Kuss, voller Verheißungen und doch auf verstörende Weise fordernd.

Als er sie wieder freigab, blickte Lizzy schüchtern zu ihm auf. Ihr Herz klopfte gegen ihre Rippen.

»Es ist so lange her, dass mich jemand auf diese Weise geküsst hat«, flüsterte sie.

Sie war verwirrt und hatte ein schlechtes Gewissen. Seit Leos Tod waren zwar schon über drei Jahre vergangen, aber die Erinnerung an ihre Liebe war noch immer frisch, und sie fühlte sich, als habe sie gerade Ehebruch begangen. Dennoch konnte sie die Reaktion ihres Körpers nicht leugnen. Dann kam ihr ein schrecklicher Gedanke in den Sinn.

»Das ist doch kein Trick, damit ich beim Konzert singe?« Sofort bereute sie ihre Worte.

Brian lachte heiser auf.

»Vermutlich habe ich mir das selbst eingebrockt.«

Er ließ die Arme sinken, wich zurück und steckte die Hände in die Taschen.

»Ich weiß, dass der Zeitpunkt denkbar ungünstig ist, aber in meinem Privatleben habe ich mich schon immer recht ungeschickt angestellt. Ich liebe dich, Lizzy. Noch nie habe ich so für jemanden empfunden. Mir ist klar, dass das Wahnsinn ist.«

Er hielt inne und betrachtete ihr wunderschönes Gesicht.

»So war das nicht geplant. Ich wollte nur herkommen, mein Konzert veranstalten, mir einen Traum erfüllen und wieder verschwinden. Dann bist du in mein Leben getreten und hast alles so kompliziert gemacht.«

Er lächelte und sprach mit leiser Stimme weiter.

»Ich erwarte nicht, dass du mir sofort antwortest, und ich verspreche dir, dass ich dich nicht unter Druck setzen werde. Wirst du es dir überlegen und mich wissen lassen, wenn du bereit bist, darüber zu reden?«

»Du bist wirklich total übergeschnappt«, sagte Lizzy und ließ sich wieder von ihm küssen. Sie wollte im Moment nicht weiter darüber nachdenken.

22

In den folgenden Wochen grübelte Lizzy über Brians Antrag nach, und ihre Verwirrung wuchs zusehends. Sie war gern mit ihm zusammen und liebte seine Energie und Begeisterungsfähigkeit. Doch seine Küsse verstörten sie auch weiterhin, denn sie riefen verschüttete Gefühle in ihr wach und erinnerten sie daran, wie es mit Leo gewesen war. Die Vernunft sagte ihr, dass sie Leo loslassen und weiterleben musste. Aber sie wurde trotzdem den Eindruck nicht los, dass sie nicht nur ihren Ehemann und Liebhaber, sondern auch den Vater ihrer Tochter betrog.

In ihrer Aufgewühltheit konnte sie einfach nicht glauben, dass Brian seinen Heiratsantrag ernst gemeint hatte. Es war alles so schnell gegangen und konnte schon allein deshalb keine Zukunft haben. Das musste er doch einsehen. Schließlich war er Konzertveranstalter und ein Stadtmensch, während sie eine Farm im australischen Busch betrieb. Zwischen ihnen lagen Welten. Er wusste nicht einmal, wo bei einem Schaf vorne und hinten war.

Der Verdacht, es könne sich nur um einen Trick handeln, um sie zum Singen zu überreden, nagte weiter an ihr. Dennoch hatte er aufrichtig gewirkt, und er hatte sein Versprechen gehalten, keinen Druck auf sie auszuüben. In ihren Telefonaten erwähnte er weder den Heiratsantrag noch einen Auftritt bei dem Konzert. Über ihre Stimme sprach er nur im Zusammenhang mit dem Abendessen, das in kleinem Rahmen stattfinden würde, und er sagte, er hoffe, sie würde sich dabei amüsieren.

Allerdings wünschte sich etwas in ihr, er hätte versucht, sie zu überzeugen, dass eine Ehe mit ihm Aussicht auf Erfolg hätte. Sie ertappte sich dabei, dass sie auf seine Anrufe wartete, malte sich aus, wie er sie in die Arme nahm, und musste sich schließlich eingestehen, dass sie sich in ihn verliebt hatte. Dass ihre Gedanken ständig zwischen Gegenwart und Vergangenheit hin und her wanderten, steigerten ihre Erschöpfung und Verwirrung. Damit musste endlich Schluss sein.

Mit einem tiefen Seufzer machte sie sich auf den Weg ins Musikzimmer, um zu üben. Als sie zwei Stunden später in die Küche kam, summte sie zufrieden vor sich hin.

»Sag nichts, Oma. Es ist nur ein kleines, geselliges Beisammensein«, verkündete sie drohend.

Das Abendessen fand im zweiten Stock des Gasthauses Kings Arms statt. Im Speisesaal und auf der von einem schmiedeeisernen Geländer mit abblätterndem Lack eingefassten Veranda drängten sich die Tische, und Ventilatoren drehten sich an der Decke. Lizzy ging neben Brian die Eingangstreppe hinauf und wunderte sich, wie ruhig sie sich fühlte. Das nachtblaue Kleid umschmeichelte ihre schlanke Figur, und das Haar fiel ihr schimmernd über die Schultern. Großmutter war zu Hause geblieben, um auf Nonie aufzupassen.

»Du siehst hinreißend aus«, murmelte Brian, als er ihr Platz machte, damit sie vor ihm den Speisesaal betreten konnte.

Das Dinner hatte großen Anklang gefunden, und im voll besetzten Speisesaal herrschte eine freudige und erwartungsvolle Stimmung. Während Brian sofort beiseite genommen wurde, um ein kleines Problem mit der Verstärkeranlage zu beheben, mischte sich Lizzy vergnügt unter die Gäste. Allerdings war sie ein wenig erschrocken, als die Leute ihr sagten, wie gerne sie ihre Aufnahmen hörten und wie sehr sie sich auf ihren Auftritt heute Abend freuten.

»Es ist eine große Ehre, auf die wir alle viel zu lange warten mussten«, meinte eine weit über achtzigjährige Dame und drohte Lizzy scherzhaft mit dem Finger.

Als Lizzy ihr lächelnd die Hand drückte, bekam sie wieder Schmetterlinge im Bauch. Sie schlenderte weiter, begrüßte Ken mit einer Umarmung, plauderte mit den Gästen über Kinmalley, die Dürre, das neue Baby der Nachbarin und über die aktuellen Schafpreise. Die Begeisterung war ansteckend, und sie freute sich zum ersten Mal, seit sie sich erinnern konnte, darauf, vor Publikum zu singen.

»Wo hattest du ihn die ganze Zeit versteckt?«, flüsterte Marcia, froh über die Gelegenheit, sich in Schale werfen und für einen Abend ihren Mutterpflichten entrinnen zu können.

Lizzy errötete und fing an zu kichern.

»So geheim ist es nun auch wieder nicht. Seit der Hundeprüfung tratscht doch der ganze Bezirk über uns. Außerdem ist es nicht so, wie du glaubst. Brian ist Konzertveranstalter und hat eine Mission. Komm, ich mache dich mit ihm bekannt.«

»Es sieht eher aus, als müsstest du ihn retten«, erwiderte Marcia lachend, denn Brian stand, umringt von einigen matronenhaften Viehzüchtersgattinnen aus der Umgebung, in einer Ecke und ließ angestrengt seinen Charme spielen.

Lizzy bahnte sich einen Weg durch die Menge und stellte Marcia und Brian einander vor. Als die beiden angeregt miteinander plauderten, steuerte sie auf den Bürgermeister und seine Frau zu.

»Danke für alles, was Sie getan haben, damit dieser Abend stattfinden konnte«, sagte sie lächelnd.

»Keine Ursache. Ich glaube, diese kleine Finanzspritze könnten Sie gut gebrauchen«, antwortete der Bürgermeister und reichte Lizzy einen braunen Umschlag.

»So öffnen Sie ihn doch«, forderte seine Frau Lizzy auf. Lizzy gehorchte und schnappte vor Erstaunen nach Luft. Das Kuvert enthielt einen Scheck über zehntausend Dollar.

»Lizzy, mein Kind, was für ein wunderschöner Abend«, begeisterte sich Schwester Angelica, die gerade eingetroffen war. Sie begrüßte den Bürgermeister und seine Frau mit einem Blick.

»Ich freue mich für dich, Lizzy. Wir alle im Kloster sind ganz aufgeregt.«

Rasch umarmte Lizzy die Schwester. Sie war ihr und der Mutter Oberin dafür dankbar, dass sie immer zu ihr gehalten hatten, und nahm sich fest vor, später länger mit ihr zu sprechen.

»Ein paar von uns haben zusammengelegt, um etwas zu dem Abend beizutragen«, erklärte Michael McAlister. »Schließlich hatten wir Glück im Leben und mussten nie wirklich auf etwas verzichten.«

»Er würde sein letztes Hemd für einen guten Zweck spenden«, unterbrach Mrs. McAlister stolz. »Sie stammen aus einer praktisch begabten Familie, und Ihr junger Mann ist, wie wir erfahren haben, recht gut im Organisieren. Ich freue mich schon darauf, Sie singen zu hören, Lizzy.«

Sprachlos zeigte Lizzy Schwester Angelica den Scheck.

»Gesegnet sei Gott der Herr«, rief die Schwester aus und bekreuzigte sich. »Sie sind wirklich sehr großzügig, aber es geht ja um eine gute Sache. Entschuldigen Sie mich. Die ehrwürdige Mutter! Ich muss es der ehrwürdigen Mutter erzählen.«

Aufgeregt hastete sie durch den Raum.

Immer noch starrte Lizzy auf den Scheck und wandte sich dann wieder den McAlisters zu. Sie war sich bewusst, dass sie ebenso unter der Dürre litten wie alle anderen.

»Ich weiß gar nicht, was ich sagen soll.«

»Dann sagen Sie nichts«, entgegnete Michael McAlister lachend. »Wir geben es gern.«

Übers ganze Gesicht strahlend eilte Lizzy zu Brian hinüber und hielt ihm den Scheck hin. »Schau, was die McAlisters gespendet haben.«

»Gütiger Himmel!«, rief Brian und klang plötzlich wie ein typischer Engländer. Nachdem er den Scheck in die Innentasche seines Sakkos gesteckt hatte, ging er auf den Bürgermeister und dessen Frau zu und schüttelte beiden erfreut die Hand.

»Danke, Sir, danke, Ma'am. Vielen, vielen Dank. Das ist wirklich unglaublich großzügig von Ihnen.«

Der Bürgermeister tat es mit einer Handbewegung ab.

»Nach dem heutigen Abend werden Sie endlich loslegen können. Ich bin ganz gespannt auf alles und wünsche Ihnen viel Glück. Wenn wir noch etwas für Sie tun können ...«, fügte er schmunzelnd hinzu.

Die Höhe der Spende sprach sich rasch herum, und es wurde aufgeregt darüber getuschelt.

Lizzy und Brian hatten abgesprochen, dass sie beim Abendessen an verschiedenen Tischen sitzen würden. Brian beantwortete bereitwillig die Fragen des Bürgermeisters, während die Kellner ein eigens aus Brisbane eingeflogenes Festmahl aus Meeresfrüchten servierten. Nie hätte Brian mit diesem Scheck gerechnet, doch die Unterstützung des Bürgermeisters war genau das, was er sich erhofft hatte. Von ihrem Tisch aus blickte Lizzy immer wieder glücklich zu ihm hinüber. Sie hatte Spaß an der festlichen Atmosphäre und musste sich eingestehen, dass sie sich immer mehr in diesen Mann verliebte – und sich damit in eine aussichtslose Lage brachte.

Nach dem Essen dankte Brian den Gästen für ihr Erscheinen und für ihre sehr großzügigen Spenden. Anschließend sprach er kurz über die Outback Operngesellschaft. Nachdem er sein Vorhaben, im Amphitheater ein Konzert zu veranstalten, erläutert und sich bei dem Grundeigentümer bedankt hatte, klatschten die Anwesenden Beifall. Dann stellte er seinen Freund Dave vor, einen »außergewöhnlichen Zauberkünstler«, der nicht lange brauchte, um alle zum Lachen zu bringen. Gebannt sah das Publikum seinen Taschenspielertricks zu und ließ sich von seinen Kunststücken in die Kindheit zurückversetzen.

Danach war Lizzy an der Reihe. Sie lächelte Brian zu und trat auf das kleine Podium. Umgeben von Freunden und ohne Leistungsdruck, konnte Lizzy leichten Herzens singen, und ihre Stimme hatte nichts von ihrer Wärme und ihrem Klang verloren. Sie wurde immer sicherer, als sie all ihr Gefühl in die Volkslieder legte und das Publikum in ihren Bann zog. Bevor sie »Lied der Honigvögel« anstimmte, fing sie einen Blick von Brian auf, der sie so zärtlich betrachtete, dass ihr beinahe die Tränen gekommen wären. Leo war der letzte Mann gewesen, der sie so angesehen hatte.

Nachdem sie geendet hatte, gerieten die Gäste völlig außer Rand und Band, applaudierten, forderten lautstark eine Zugabe und schlugen mit den Händen auf den Tisch, sodass der Speisesaal beinahe an ein Fußballstadion erinnerte. Lachend sang Lizzy noch ein keckes kurzes Lied und trat mit einem breiten Lächeln und begleitet von Kusshänden ab. Sofort stürzten sich alle auf sie, um sie zu beglückwünschen.

»Du warst eine Sensation«, sagte Brian auf der Heimfahrt im Auto. Es hatte ihn Mühe gekostet, seine Begeisterung zu zügeln, denn bei jedem Ton, den sie sang, war ihm ein Schauder den

Rücken hinuntergelaufen. Nun saß sie neben ihm und strahlte immer noch wegen ihres Erfolgs.

»Du warst wundervoll. Sie haben dir aus der Hand gefressen.« Er bremste den Wagen, zog sie in seine Arme und küsste sie. Sie erwiderte den Kuss leidenschaftlich.

»Es ist wie ein Märchen, Lizzy, mein Schatz«, flüsterte er und sah ihr in die wunderschönen dunklen Augen. »Keine Ahnung, wie du das anstellst. Du tust es einfach. Denk nur, wie es klingen wird, wenn du vor Tausenden im Busch singst. Mein Gott, sie werden ausflippen.«

Lizzy erstarrte und riss sich los.

»Was soll das heißen, wenn ich im Busch singe? Du hast doch gesagt ...«

»Ich weiß, was ich gesagt habe, aber das war vor dem heutigen Abend. Du hast selbst gesehen, was vorhin passiert ist. Sie wollen dich hören. Sie sind deinetwegen gekommen.«

Er fasste sie an den Händen und fuhr aufgeregt fort.

»Lizzy, du musst bei dem Konzert singen. Das ist dir doch klar.«

Lizzy zog ihre Hände weg, verschränkte die Arme und wandte sich ab, um ihre heißen Tränen zu verbergen.

»Lizzy?«

Lizzy schlang die Arme noch fester um den Leib.

»Ach, jetzt schmoll doch nicht, nicht nach diesem phantastischen Abend!«, rief Brian entnervt aus.

Lizzy spürte, wie etwas in ihr zersprang. Er hatte es versprochen. Er hatte ihr zugesichert, er werde sie nicht unter Druck setzen und sie nicht darum bitten. Das war eine Lüge gewesen. Alles, was er gesagt hatte, war nur ein Trick, damit sie bei seinem dämlichen Konzert auftrat. Er liebte sie nicht. Wie hatte sie nur so leichtgläubig sein können? Er verdiente es nicht, dass sie ihm antwortete.

»Ich bin müde ... Ich möchte nach Hause«, stieß sie, das Gesicht immer noch abgewandt, hervor.

Als Lizzy zum Frühstück herunterkam, war ihr übel. Sie wich Brians Blick aus und wünschte ihm nur barsch einen guten Morgen. Nach ein paar belanglosen Bemerkungen sprach sie mit ihrer Großmutter über die Aussaat, flocht dabei Nonies Haare und zog sie für den Kindergarten an. Heute war sie mit dem morgendlichen Fahrdienst an der Reihe, und sie musste noch drei andere Kinder abholen. Zu ihrer Erleichterung läutete in diesem Moment Brians Mobiltelefon. Froh, der kühlen Atmosphäre entrinnen zu können, setzte sie Nonie ins Auto.

Inzwischen war sie nicht mehr traurig, sondern nur noch wütend. Wenn er nur sein Versprechen gehalten hätte. Das ganze Gerede über Liebe und Magie … Zum Teufel damit! Sie hatte ihm vertraut und ihn in ihrem Haus aufgenommen. Und das war der Dank dafür. Sie legte den Gang ein und fuhr in Richtung Hauptstraße. Diese Geschäftsleute mit ihrem falschen Charme und ihren Lügen. Wie dumm sie doch gewesen war.

»Ist Brian sauer auf uns, Mummy?«, fragte Nonie vom Rücksitz aus.

»Nein, natürlich nicht, Schatz. Er hat heute Morgen nur viel zu tun. Malst du mir wieder ein schönes Bild?«

Als Lizzy die Kinder im Kindergarten abgegeben hatte und nach Kinmalley zurückkehrte, kochte sie immer noch vor Wut. Und um das Maß voll zu machen, überreichte ihr Mary eine Liste von Leuten, die angerufen hatten, weil Lizzy für sie singen sollte. Von Brian war nichts zu sehen.

»Er hat gesagt, er wäre gegen sechs zurück. Wirklich ein gut erzogener junger Mann«, meinte Mary mit bedeutungsschwangerem Unterton.

Lizzy ging nicht auf die Bemerkung ein.

»Das hat mir gerade noch gefehlt. Wer hat denn das Gerücht in die Welt gesetzt, dass ich wieder anfangen will zu singen?«, tobte sie und schwenkte die Liste. »Sag nichts, ich kann es mir schon denken!«

»Aber es ist doch nicht unmöglich. Warum denkst du nicht mal ernsthaft darüber nach?«, schlug Mary vor, obwohl sie damit riskierte, den Zorn ihrer Enkelin auf sich zu ziehen.

»Bitte, verschone mich. Ken ist mir vor der Hundeprüfung auch schon damit in den Ohren gelegen. Warum wollt ihr es denn alle nicht kapieren?«

»Vielleicht deshalb, weil es da nichts zu kapieren gibt«, entgegnete Mary spitz und flüchtete sich in den Garten. So übellaunig hatte sie Lizzy schon seit Jahren nicht erlebt, und nach dem Erfolg des gestrigen Abends ergab das einfach keinen Sinn.

Lizzy setzte sich und starrte auf die Liste. Die Anrufe kamen aus dem gesamten Umkreis. Lange saß sie da und fragte sich, was sie tun sollte. Das Dümmste war, dass sie kurz davor gestanden hatte, Brian anzubieten, bei dem Konzert zu singen. Doch er musste unbedingt mit der Tür ins Haus fallen. Lizzy fühlte sich nicht nur betrogen, sondern war enttäuscht und gekränkt.

Lange überlegte sie, ob sie ihren Stolz herunterschlucken und ihm sagen sollte, dass sie singen würde. Auf der anderen Seite aber war sie wütend und beleidigt, weil er ihr Einverständnis einfach vorweggenommen hatte. Als sie versuchte, vernünftig über das Problem nachzudenken, erinnerte sie sich erneut an die Panikattacken und die letzten quälenden Auftritte nach Leos Tod, und ihr Herz begann zu rasen. Allerdings hatte sie gestern beim Singen für ihre Freunde auch das Glücksgefühl empfunden, das sie den Großteil ihres Lebens als La Divina beseelt hatte.

Schließlich gab sie das Grübeln auf und ging nach draußen, um einen Traktor zu reparieren. Sie wünschte, sie hätte sich die Zeit genommen, endlich ein Pferd zu kaufen. Sie sehnte sich nach einem strammen Ausritt, um das unangenehme Gefühl loszuwerden, das sich einfach nicht abschütteln ließ. Sie brauchte den Großteil des Tages, um den Defekt am Traktor zu finden, und schließlich war der Boden rings um sie herum mit Motorteilen bedeckt.

Nonie war nach Hause gebracht worden, und die Nachmittagsschatten wurden länger. Durchgeschwitzt und erschöpft setzte Lizzy den Motor sorgfältig wieder zusammen. Als Brian auf den Hof gefahren kam, stand die Sonne wie ein zornig leuchtender roter Ball am Himmel. Fest entschlossen, nett zu ihm zu sein, zwang sich Lizzy zu einem Lächeln und fragte ihn, wie es heute gewesen sei.

»Hätte schlimmer sein können«, erwiderte er mit finsterer Miene.

»Genau«, entgegnete Lizzy, ohne auf das Stichwort einzugehen. Sie mühte sich weiter mit einer Schraube ab, die zu groß für die vorgesehene Mutter zu sein schien.

»Lizzy, es tut mir Leid. Ich hätte das nicht sagen dürfen«, begann er.

»Richtig, das hättest du nicht«, fauchte sie.

Wütend drehte sie an der Schraubenmutter. Sie fühlte sich, als würde Brians Blick ein Loch in ihren Rücken brennen.

»Moment, lass mich das machen. Ich habe noch nie eine Frau kennen gelernt, die richtig mit einem Schraubenschlüssel umgehen kann«, meinte Brian und wollte auch schon nach dem Werkzeug greifen.

Mit blitzenden Augen richtete Lizzy sich auf.

»Mein Gott, du hast Nerven! Du wohnst in meinem Haus, du verlangst, dass ich bei deinem Konzert singe, du hältst dich für den Allergrößten, und du forderst, dass wir alle nach deiner Pfeife tanzen. Und jetzt beleidigst du mich auch noch. Warum machst du nicht endlich den Mund auf und sagst mir, was für eine Laus dir über die Leber gelaufen ist?«

»Wenn du unbedingt willst«, brüllte Brian.

Gleichzeitig verfluchte er seine Unüberlegtheit und Ungeduld, die ihn nun möglicherweise die Liebe seines Lebens kosten würde.

»Du bist die Laus. Mit deinem phantastischen Talent und deiner Sturheit! Es ist zum Verzweifeln.«

Er schlug sich mit der flachen Hand vor die Stirn.

»Ach, jetzt bin ich also schuld. Sprich ruhig weiter.«

»Ja, du. Ich tue dir gern den Gefallen. Den ganzen Tag über habe ich Gespräche geführt, und alle antworten mir dasselbe.«

Brians Stimme klang kalt und schneidend, und seine Augen funkelten zornig. So hatte sie ihn noch nie erlebt.

»Wenn Sie La Divina dazu bringen, dass sie singt, gehört das Geld Ihnen.«

Inzwischen war er näher herangetreten, und sie spürte seinen warmen Atem auf ihrer Wange.

»Wenn Sie La Divina dazu bringen, dass sie singt, können Sie den Markt erobern. Stellen Sie das Konzert unter das Motto ›La Divinas Outback-Comeback‹, und das Theater wird im Nu ausverkauft sein. Wenn Sie …«

Wütend stieß Lizzy ihn weg.

»Das heißt offenbar, dass du mit mir als Trumpfkarte Geld scheffeln willst. Was ich davon halte, interessiert dich gar nicht. Du ziehst einfach dein Ding durch! Mach doch, was du willst, und blamier dich. Mir ist es egal.«

Brian wurde von einer eisigen Ruhe ergriffen.

»Wir beide wissen, dass dieses Konzert nur ein Erfolg wird, wenn du singst. Außerdem werden wir beide ein Vermögen damit verdienen. Du hilfst deiner Gemeinde, und ich erfülle mir meinen Traum. Was ist denn so verwerflich daran? Mein Gott, du bist phantastisch! Sing in meinem Konzert, Lizzy.«

Mit verschränkten Armen lehnte er sich an den Schuppen und wusste, dass er sie verloren hatte. Die Sonne tauchte den Hof in einen goldenen Schein.

»Ich habe von Anfang an nein gesagt«, erwiderte Lizzy und quälte sich weiter mit der Schraube ab. Mit zitternden Fingern zwängte sie die Mutter darauf und drehte sie.

»Ich weiß, was du gesagt hast, verdammt, und ich bin überzeugt, dass du dir selbst etwas vormachst. Ein Talent wie deines kann man nicht einfach brach liegen lassen.«

Lizzy wirbelte herum, ohne zu bemerken, dass sie drohend den Schraubenschlüssel schwenkte.

»Wie kannst du es wagen, mich der Lüge zu bezichtigen. Das ist eine Unverschämtheit! Weißt du überhaupt, was es bedeutet, Nacht für Nacht in Angstschweiß gebadet wach zu liegen? Jedes Mal den schrecklichen Tod des Ehemannes neu zu durchleben, wenn man den Mund zum Singen aufmacht, und mit ansehen zu müssen, wie das eigene Kind ohne Vater aufwächst? Ich habe leider eine schlechte Nachricht für dich: La Divina ist tot. Was muss ich denn noch tun, damit du das endlich kapierst?«

Zitternd vor Wut machte sie sich weiter an der Schraubenmutter zu schaffen. Er hatte kein Recht, sie zu drängen. Der Schraubenschlüssel rutschte ab, und die Mutter fiel in den Motorblock.

»Verfluchter Mist! Geh zum Teufel! Verschwinde aus meinem Leben! Hau ab!«, brüllte sie außer sich und trat, so fest sie konnte, gegen den Traktor.

»Wenn es das ist, was du willst«, erwiderte Brian leise.

Er machte auf dem Absatz kehrt und marschierte ins Haus. Zwei Minuten später kam er mit seiner Tasche zurück, ging zum Auto, stieg ein und fuhr in aller Seelenruhe davon.

Lizzy sackte gegen den Traktor und brach in Tränen aus. Sie liebte ihn doch. Eigentlich hatte sie ja sagen wollen. Ihm zuliebe hätte sie sich den Dämonen gestellt, die ihr ihre größte Lebensfreude verleidet hatten. Und nun hatte sie ihn vertrieben. Tränen liefen ihr die Wangen hinunter. Als sie sie mit dem Handrücken wegwischte, verteilte sie Motoröl auf ihrem Gesicht. Wie hatte das nur passieren können?

»Das Abendessen ist fertig«, rief Mary aus dem Haus.

Hastig stand Lizzy auf.

»Ich räume nur noch die Sachen weg«, stieß sie hervor.

Sie würde Ken um Hilfe bitten müssen. Nur der Himmel wusste, wo die Schraubenmutter war. Als sie den letzten Dichtungsring in die Schachtel legte, hörte sie einen Wagen die Auffahrt entlangkommen. Es war Brian. Rasch eilte sie auf ihn zu.

»Es tut mir Leid. So habe ich mich noch nie aufgeführt. Ich erwarte nicht, dass du mir verzeihst, aber ich möchte mich für meinen Ton entschuldigen …«

Lizzy warf sich ihm in die Arme, sodass Motoröl sein Hemd verschmierte. Verdutzt drückte Brian sie an sich und spürte, dass ihr Herz ebenso klopfte wie seines. Hinter ihnen ging eine flammend rote Sonne am Horizont unter. Ihre Strahlen färbten den Himmel leuchtend rosa.

»Ich dachte, du wärst fort«, murmelte Lizzy, den Kopf noch immer an seiner Brust.

»Du bist ein seltsames Geschöpf«, flüsterte er und fasste sie unters Kinn. »Ein seltsames, zauberhaftes Geschöpf.«

Dann beugte er sich herunter, um sie zu küssen, und presste sich bebend an sie. Nachdem er sie wieder losgelassen hatte, starrten sie einander schweigend an. Schließlich ergriff Brian das Wort.

»Lizzy, ich liebe dich. Das ist die reine Wahnrheit und hat nichts damit zu tun, wie wichtig dein Auftritt für mich ist.«

Kurz hielt er inne, um ihre Reaktion abzuwarten. Sie rührte sich nicht von der Stelle.

»Ich habe dich niemals belogen und wollte dich auch nicht austricksen. Dein Gesang hat mich einfach begeistert. Und bei meinen heutigen Gesprächen hat mir jede einzelne Sponsor dieselbe Frage gestellt: Wird La Divina singen?«

Seine Stimme erstarb.

»Sie lieben dich, Lizzy, und sie wollen dich singen hören. Wenn du wirklich nicht möchtest, sagen wir das Konzert ab.«

Erstaunt blickte Lizzy auf.

»Würdest du das wirklich für mich tun? Du würdest einfach alles absagen?«

»Wenn ich dich dann behalten könnte.«

»Und was ist mit deinem Traum?«

»Mir wird etwas Neues einfallen. Dich gibt es nur einmal.«

Lizzy war völlig verwirrt und wusste nicht, ob sie lachen oder weinen sollte. Nach dem Kuss hatte sie noch immer weiche Knie. Als sie ihm das Motoröl vom Hemd wischen wollte, wurde der Fleck nur noch größer. Sie trat zurück und verschränkte die Arme. Ein spitzbübisches Funkeln stand in ihren Augen.

»Überzeuge mich«, meinte sie. Brian sah sie verständnislos an. »Los, überzeuge mich. Nenne mir drei gute Gründe, warum ich in der Outback Opera singen soll.«

Brians Herz begann zu klopfen. Also hatte er sie doch nicht verloren. Es gab noch eine Chance.

»Nun gut, erstens finde ich, dass du es deinem Land schuldig bist«, begann er. »Die Australier hatten noch nie Gelegenheit, La Divina live zu hören. Außerdem hast du bald Geburtstag, ein ausgezeichneter Anlass für ein Comeback. Zweitens schuldest du es dir selbst.«

Sie wollte ihn unterbrechen, doch er brachte sie mit einer Handbewegung zum Schweigen.

»Als du mit Nonie im Amphitheater gesungen hast, habe ich dein Gesicht gesehen. Ich habe gehört, wie du ihr Gutenachtlieder vorgesungen hast. Und das gestern Abend war keine gewöhnliche Showeinlage, sondern pure Magie.«

Er kam einen Schritt näher.

»Und drittens bin ich unsterblich in dich verliebt. Ich meine ernst, was ich letztens abends gesagt habe. Ohne dich klappt es bei mir nicht richtig. Ich möchte dich heiraten und den Rest meines Lebens mit dir verbringen. Wenn du nicht willst, sag es mir gleich. Aber ich warne dich, ich gebe mich nicht so schnell geschlagen.«

Er wischte die Tränen weg, die Lizzy wieder die Wangen hinunterkullerten.

Lizzys Übermut war schlagartig verflogen.

»Es tut mir Leid«, stieß sie hervor und schlug die Hände vors Gesicht.

Sie brach in Tränen aus, und ihr ganzer Körper wurde von heftigen Schluchzern erschüttert. Sie war machtlos dagegen. Zärtlich nahm Brian sie in die Arme. Sie klammerte sich an ihn und konnte dem Strom der Gefühle, die sie so viele einsame Jahre hindurch mit aller Macht unterdrückt hatte, nicht Einhalt gebieten.

»Schsch, alles wird gut«, flüsterte Brian und streichelte ihr das dichte Haar.

Mein Gott, was hatte er nur getan? Nie hatte er sie kränken wollen. Aber er hatte auch nicht geplant, sich in sie zu verlieben.

»Du kannst mir ruhig sagen, was für ein Mistkerl ich bin«, spöttelte er leise, um sie ein wenig aufzuheitern. Als er sie in den Armen hielt, spürte er, wie warm, weich und zerbrechlich sie war. Wie ein Schmetterling, der sich aus seinem Kokon befreit.

Lizzy lachte auf und verschluckte sich dabei.

»Du verstehst das nicht.«

Wie oft hatte sie das zu Leo gesagt? Bei diesem Gedanken traten ihr wieder Tränen in die Augen.

»Du verstehst das nicht«, wiederholte sie, das Gesicht an seiner Brust. »Eigentlich wollte ich sofort zustimmen, als du mich gebeten hast zu singen. Aber ich hatte solche Angst. Gestern Abend wollte ich es dir erklären, bevor ... bevor ... Und als du gerade gesagt hast, dass du mich liebst ...«

Lizzy wischte sich mit dem Handrücken über die Augen.

»Ich werde bei deinem Konzert singen.«

Brians Herz setzte einen Schlag aus.

»Wirklich?«, stieß er hervor.

Er blickte in ihr geliebtes Antlitz und traute seinen Ohren nicht. Am liebsten hätte er laut gelacht. Mit ihrem verfilzten Haar und dem tränennassen, mit Motoröl beschmierten Gesicht sah sie ganz und gar nicht aus wie eine Diva, und dafür liebte er sie nur umso mehr. Er zog sie wieder an sich und küsste ihre Lippen, ihre Augen und ihren Hals.

»Oh, Lizzy, mein Liebling. Es wird unser Konzert, unser Traum.«

Lizzy wich ein Stück zurück und wandte den Blick ab. Sie ertrug es nicht, in diese tiefgrünen Augen zu sehen, die vor Liebe überflossen.

»Es stimmt, was du vorhin gesagt hast. Eigentlich will ich singen und etwas zurückgeben ... Glaubst du, ich hätte nicht ständig darüber nachgegrübelt? Ich weiß, dass ich davongelaufen bin. Manchmal quält mich die Trauer so sehr, dass ich befürchte, verrückt zu werden. Ich schaffe es nicht einmal, mir meine alten Aufnahmen anzuhören. Ich kann nicht. Ich kann den Gedanken nicht ertragen zu singen. Nicht ohne ... nicht ohne ...«

Wieder liefen ihr Tränen über die Wangen.

»Leo.«

Als Brian den Namen aussprach, war es, als fiele ihm eine zentnerschwere Last von den Schultern. Er hoffte, dass er eines Tages nicht mehr im Schatten des Maestro stehen würde. Für den Moment konnte er sich mit einem Teil von Lizzys Liebe begnügen.

»Du hast Leo sehr geliebt?«, fragte er und wischte ihr die Tränen ab.

»Unsere Beziehung war etwas ganz Besonderes. Er bedeutete alles für mich – Ehemann, Liebhaber, Vater und Freund. Er hat sämtliche Entscheidungen gefällt, die mit meiner Stimme und meiner Karriere zusammenhingen. Ohne ihn hätte ich nicht gewusst, was ich tun sollte.«

Sie hielt inne, als die Erinnerungen über sie hereinbrachen. Zitternd wie ein verängstigter Vogel schmiegte sie sich an ihn.

»Entschuldige, du möchtest das sicher gar nicht hören. Ich will von ganzem Herzen singen, aber ich habe solche Angst.« Ihre Stimme erstarb zu einem Flüstern.

Brian betrachtete sie. Das schmerzliche Geständnis hatte sie ihm noch näher gebracht.

Er hatte nicht geahnt, wie sehr sie litt.

»Du weißt, was du tun musst. Es steckt in dir«, erwiderte er leise. »Für dich sind Singen und Auftreten so natürlich wie Zähneputzen. Für den gestrigen Abend hast du nicht üben müssen; du kannst es einfach. Du warst wundervoll. Und wenn du Angst hast, werde ich dir helfen.«

»Oh, Brian, ich hatte solches Glück, dich zu finden«, flüsterte sie.

Lizzy fasste ihn an den Händen und erzählte ihm von den Panikattacken, von Leos Tod und ihrer Befürchtung, die traurigen Erinnerungen wieder durchleben zu müssen, wenn sie sang. Gleichzeitig quälte es sie, dass sie das aufgegeben hatte, was sie neben Nonie am meisten liebte. Es war, als hätten sich plötzlich alle Schleusen geöffnet und die erstickende und lähmende Angst drängte ins Freie.

Sie seufzte tief auf.

»Außerdem denke ich oft an meine Mutter und frage mich, wo sie wohl sein mag und ob sie weiß, dass ich singe und dass es Nonie gibt. Ob sie überhaupt noch lebt? Auch wenn sie mich im Stich gelassen hat, hat sie mir meine Stimme gegeben. Nie werde ich vergessen, wie ich mit ihr gesungen habe. Es war etwas ganz Besonderes, und immer wenn ich singe, fühle ich, dass ein Teil von ihr auch weiterhin bei mir ist. Es ist, als sänge ich auch für sie. Ich vermisse sie sehr. Und mir fehlt in gewissem Sinne ein Abschluss.«

»Ich weiß«, erwiderte Brian nur, als sie fertig war.

»Was soll das heißen?«

»Ich weiß es einfach. Ich habe es gespürt, als ich dir im Amphitheater begegnet bin. Die Sehnsucht, die einfach aus dir herausströmte. Wie ich schon sagte – wenn du willst, lassen wir das mit dem Konzert. Andererseits bin ich überzeugt, dass du es um deiner selbst willen tun musst.« Sanft umfasste er ihr Gesicht. »Heirate mich, mein Liebling. Den Dämonen stellen wir uns gemeinsam.«

Mit einem Seufzer lehnte Lizzy sich an ihn.

»Du bist ein wundervoller Mann, und ich liebe dich, aber lass uns einen Schritt nach dem anderen machen. Vielleicht willst du mich ja nach dem Konzert gar nicht mehr heiraten.«

»Überlass diese Entscheidung ruhig mir«, entgegnete Brian mit Nachdruck, zog sie wieder in seine Arme und küsste sie, diesmal voll Verlangen und Leidenschaft.

Lizzy spürte, wie ihr Körper sich regte, als sie seine Küsse erwiderte. Sie sehnte sich danach, für immer in seinen Armen zu versinken und nicht mehr an die Trauer der Vergangenheit denken zu müssen. Außerdem empfand sie eine Begierde wie schon seit langer Zeit nicht mehr. Brian, der diese Veränderung bemerkte, wurde von Sehnsucht ergriffen, und sein Herz schlug schneller.

»Ich stelle euer Abendessen in den Kühlschrank. Es gibt Salat«, rief Mary. Ihre Worte durchbrachen die angespannte Stimmung, und sie fingen beide zu lachen an.

»Wir sollten besser hineingehen. Großmutter fragt sich bestimmt schon, was wir so lange hier draußen machen«, meinte Lizzy und streichelte ihm die Wange. Ihre Stimme war heiser vom Weinen.

»Müssen wir es ihr erzählen?«

Lizzy schüttelte den Kopf.

Später in der Nacht, als es still im Haus war und Mary und Nonie schliefen, saßen sie, die Hunde zu ihren Füßen, auf der kühlen Veranda. In den Eukalyptusbäumen zirpten die Zikaden, Fledermäuse schossen durch die Dunkelheit, und Lizzy erzählte Brian, wie es gewesen war, mit Leo zu singen. Brian hörte zu und liebkoste ihr Haar. Er bemerkte, dass sie den Ehering abgenommen hatte. Eine Eule schrie, und durch das Gras strich eine sanfte nächtliche Brise.

»Ich mag dieses Geräusch. Ich fühle mich dann innerlich so ruhig.« Lizzy lächelte Brian in der Dunkelheit zu. Sie küssten sich und lauschten dann den Lauten ringsumher.

»Hast du Lust auf eine Spazierfahrt bei Mondschein?«, fragte sie plötzlich.

»Warum nicht?«, antwortete Brian schmunzelnd. Bei ihr wusste man nie, womit man rechnen musste, und genau das machte ihren Charme aus.

»Ich fahre«, verkündete Lizzy und sprang in den Landrover.

»Meinetwegen«, erwiderte Brian und ließ sich auf dem Beifahrersitz nieder. Sie machten sich auf den Weg durch die Dunkelheit.

Lizzy fuhr fast bis nach Toowoomba und bog dann auf den Feldweg ab, den sie vor vielen Jahren als Schülerin in St. Cecilia so oft entlanggegangen war. Dort hielt sie den Wagen an.

»Ab hier müssen wir zu Fuß weiter.«

Sie nahm Brian bei der Hand und führte ihn durch den Busch den Pfad hinauf. Sie mussten über abgeknickte Äste steigen, Steine umrunden und kleine Bäche überqueren, bis sie Lizzys hinter Farnbüscheln verborgenen Lieblingsfelsen erreicht hatten. Die Honigvögel schwiegen, und überall im Busch raschelte es. Das Mondlicht tauchte sie in einen silbrigen Schein.

»Ist es nicht wundervoll? Hier habe ich das ›Lied der Honigvögel‹ geschrieben«, flüsterte Lizzy.

Als Brian sie ansah, konnte man das Schweigen zwischen ihnen fast mit Händen greifen. Langsam drehte sie sich um und ließ sich von ihm in die Arme nehmen. Sie küssten und liebkosten einander.

»Ich will dich, Lizzy. Ich will dich so sehr. Nicht nur jetzt, sondern für immer«, stieß er atemlos hervor. »Ich liebe dich. Ich will mit dir zusammen sein. Alles andere ist unwichtig.«

Mondlicht fing sich in ihrem Haar und brachte ihre Haut zum Leuchten. Sie war einfach unwiderstehlich.

»Ich liebe dich, verdammt«, sagte er und küsste sie wieder.

Lizzy rang nach Worten, gab es schließlich auf und schnappte nach Luft, als er ihr das T-Shirt über den Kopf zog und das Gesicht zwischen ihre Brüste schmiegte. Langsam und zärtlich streichelten sie sich, sodass Lizzy den harten Felsen unter sich vergaß und sich auf den Wogen der Wärme und Liebe treiben ließ, auf die sie nicht mehr zu hoffen gewagt hatte. Brian liebkoste mit der Zunge ihren üppigen Körper. Sie war für ihn bereit und presste die Lippen auf seine, als er in sie eindrang. Sie küsste ihn leidenschaftlich und grub die Finger in seinen Rücken. Eng an ihn gepresst, hätte sie am liebsten laut geschrien. Ihre Beine zitterten, als er sie liebte, bis Wellen der Lust durch ihren Körper pulsten. Als sie gemeinsam den Höhepunkt erreichten, küssten sie sich immer weiter und klammerten sich aneinander, bis sie nicht mehr wusste, wo ihr Körper endete und seiner begann.

»Das war unfair«, meinte sie schließlich lachend. Sie strahlte übers ganze Gesicht.

»Genau das, was du verdienst«, murmelte Brian, das Gesicht an ihren weichen Nacken geschmiegt. Er schlang die Arme um sie und hielt sie fest, als befürchte er, sie könne ihm entgleiten.

»Ich wusste gar nicht, dass ich überhaupt noch so fühlen kann«, sagte Lizzy leise. Dabei fragte sie sich, wie sie an einen Menschen hatte geraten können, der sich so von Leo unterschied und ihr trotzdem dasselbe Gefühl von Liebe und Geborgenheit vermittelte.

»Warum hast du es dir anders überlegt und bist zurückgekommen?«, erkundigte sie sich nach einer Weile und betrachtete ihn durch ihre dichten Wimpern.

Brian stützte sich auf den Ellenbogen. Er strich mit dem Finger über ihren Körper und betrachtete ihr Gesicht, das nun, nachdem sie sich geliebt hatten, weich und wunderschön war.

»Ich habe dir doch gesagt, dass ich nicht so schnell aufgebe.« Er hielt inne. »Außerdem hatte ich meinen Bulldog-Pullover vergessen.«

»Einen Football-Pullover, du bist wegen eines Football-Pullovers umgekehrt?«, rief Lizzy aus.

Brian nickte, und auf seinem Gesicht malte sich ein schalkhaftes Grinsen. Als er sie erneut in die Arme nahm, wusste er genau, was er tun musste.

23

Da Lizzy sich entschlossen hatte, bei dem Konzert mitzuwirken, stürzte sie sich wieder mit Feuereifer in die Vorbereitungen. Wie früher wurde sie von Begeisterung ergriffen, als sie und Brian das Programm erörterten. Brian hoffte, das Symphonieorchester von Queensland verpflichten zu können, und Lizzy bestand darauf, dass Norma und Martin auch mit von der Partie sein müssten.

Seit ihrer Rückkehr nach Australien war Lizzy mit Norma in Kontakt geblieben. Insbesondere in der ersten Zeit hatte sie ihre liebe Freundin sehr vermisst und sich gefühlt, als habe man ihr einen Teil ihres Lebens weggenommen. So viel hatten sie zusammen durchgemacht, angefangen bei ihren ersten Gehversuchen bei den Gesangswettbewerben bis hin zu ihren gemeinsamen Auftritten an großen Opernhäusern.

Kurz nach Leos Tod hatte Norma Anton geheiratet, und die beiden schafften es irgendwie, ihre zunehmend zeitaufwändigen Karrieren miteinander zu vereinbaren. Inzwischen war Anton Konzertmeister bei den Wiener Philharmonikern, während Norma große Partien für Mezzosopran sang.

Nach seiner Australientournee hatte sich auch Martins Karriere erholt. Er stand auf Opernbühnen in der ganzen Welt und konnte sich vor Konzertangeboten nicht retten. Lizzy hoffte, dass die beiden Zeit haben würden, bei dem Konzert im Busch aufzutreten. Deshalb war sie sehr erleichtert, als sie erfuhr, dass sie es nicht nur einrichten konnten, sondern sich auch sehr über ihre Entscheidung freuten, aufzutreten.

Brian hatte veranlasst, dass Bühnenausrüstung, Stühle und Scheinwerfer fünf Tage vor dem Konzert mit Lastwagen angeliefert wurden. Außerdem hatte er sich mit einigen seiner Freunde bei den Medien in Verbindung gesetzt, und viele hatten Interesse daran geäußert, die Veranstaltung im Fernsehen zu übertragen. Alles klappte wie am Schnürchen.

Sie hatten sogar erörtert, wie sich ein Comeback von La Divina am besten vermarkten ließe, und sich über einige ihrer absurden Einfälle fast totgelacht. Lizzy stellte fest, dass sie sich immer mehr in diesen ehrgeizigen Mann verliebte.

Auch Walter Barley rief einige Male an, doch Lizzy antwortete ihm, sie wolle erst sehen, wie sie sich nach dem Konzert fühle, bevor sie weitere Verpflichtungen einginge. Immer noch hin und her gerissen zwischen ihrem geliebten Kinmalley und der Vorstellung, wieder als Sängerin auf der Bühne zu stehen, wuchs ihre Vorfreude auf den Auftritt, je näher der Tag des Konzerts rückte.

Zwei Tage nachdem Brian nach Sydney gereist war, um noch ein paar letzte Einzelheiten zu klären, wachte Lizzy mitten in der Nacht schweißgebadet auf. Sie hatte geträumt, sie stehe splitternackt auf der Bühne, kreische schrille, hohe Töne und würde vom Publikum ausgebuht. Nach einem Telefonat mit Brian war die Erinnerung an den Traum zwar rasch verblasst, doch die Angst vor dem Singen kehrte zurück. Verzweifelt wünschte sich Lizzy jemanden herbei, der ihr bestätigte, dass mit ihrer Stimme alles zum Besten stand, doch es war ihr peinlich, sich an Elsa zu wenden. Außerdem wusste sie, dass diese sicher mit ihren berühmten Schülern beschäftigt war. Deshalb rief sie Schwester Angelica an. Auch wenn sie ihrer alten Lehrerin längst entwachsen war, vertraute sie deren Urteil.

Schwester Angelica war krank gewesen, und Lizzy war erschrocken, wie gebrechlich sie aussah.

»Zwei weitere Schülerinnen von mir sind zurzeit im Ausland und schlagen sich recht wacker«, verkündete die Schwester stolz.

Ihre Augen wirkten groß in dem schmal gewordenen Gesicht. Nachdem sie eine Stunde miteinander gearbeitet hatten, war Lizzy klar, dass sie dringend Elsas Rat brauchte. Da kam die Mutter Oberin herein; sie freute sich, dass Lizzy wieder sang.

»Der Herr schenkt uns die Zeit, über Schicksalsschläge hinwegzukommen, und gibt uns ein Zeichen, wenn wir bereit sind«, sagte sie lächelnd.

Zufrieden stellte sie fest, dass Schwester Angelicas Gesicht freudig gerötet war. Die Schwester hatte ein wenig Aufmunterung dringend nötig, und die Mutter Oberin war froh, dass Lizzy ihre Wurzeln nicht vergessen hatte.

Lizzy hingegen fühlte sich nach dieser Begegnung schrecklich allein. Leo hatte sie verloren, und auch Schwester Angelica konnte ihr nicht mehr helfen. Kurz wurde sie bei dem Gedanken, ohne Leo zu singen, von Niedergeschlagenheit ergriffen. Doch sie wusste, dass sie diese Hürde überwinden musste.

Am Abend erzählte Lizzy Brian am Telefon, dass sie vergeblich versucht hatte, Elsa zu erreichen. Diese war offenbar sehr beschäftigt, und Lizzys Verzweiflung wuchs. Nachdem sie Brian versichert hatte, sie werde nicht das Handtuch werfen, legte sie auf. Sie sehnte sich danach, seine Arme um sich zu spüren und ihn zu lieben. Kurz musste sie an Leo denken und daran, wie sehr sie es verabscheut hatte, von ihm getrennt zu sein. Aber Brian war anders. Er war zwar beruflich stark eingespannt, doch das bedeutete nicht, dass sie nicht zusammen sein konnten. Bei dem Gedanken an das große Doppelbett, in dem sie allein die Nacht verbringen würde, stieß Lizzy einen Seufzer aus.

Da sie wusste, dass sie sich sowieso nur schlaflos herumwälzen würde, ging sie nach draußen, setzte sich auf die Veranda und grübelte über das Konzert, ihr Leben und über Schwester Angelica nach. Es hatte sie erschreckt, wie abgemagert, kränklich und gebrechlich die Schwester aussah, und sie fühlte sich an die Vergänglichkeit des Lebens erinnert. Plötzlich kamen ihr Melodien in den Sinn. Lizzy griff nach einem Stift und begann zu schreiben, froh, dass sie dieses Talent noch immer besaß.

Sie nannte das Stück »Reise zu fernen Ufern«. Es war ein Terzett für Sopran, Mezzosopran und Tenor, das sie für sich selbst, Norma und Martin verfasst hatte und das moderne Harmonien mit ihrem polynesischen Erbe verband. Es war ihr wichtig, etwas für ihre beiden besten Freunde zu komponieren, die ihr in der schlimmsten Krise ihres Lebens zur Seite gestanden hatten. Um vier Uhr morgens war eine Rohversion des Stücks mit Instrumentierung fertig, und Lizzy verbrachte die nächsten Tage damit, daran zu feilen, wenn immer sich die Gelegenheit ergab.

Am Ende der Woche stand schließlich die endgültige Version. Die Orchesterpartien waren zwar atmosphärisch, aber einfach gehalten, sodass sie den Musikern keine Schwierigkeiten bereiten würden. Was Norma und Martin betraf, ging Lizzy davon aus, dass ihnen das Stück keine Mühe bereiten würde und sie es ins Konzertprogramm aufnehmen konnten. Sie sang es aufgeregt Brian vor, und dieser war sofort einverstanden, obwohl sie beide wussten, dass die Uraufführung einer neuen Komposition immer ein Risiko darstellte.

»Ich bin bereit, es einzugehen«, verkündete Lizzy.

»Glückliche Reise«, flüsterte sie, als sie die Noten in Umschläge steckte, um sie an ihre Freunde zu schicken.

Eines Nachmittags, drei Wochen vor dem Konzert, probte Lizzy gerade eines der polynesischen Volkslieder, die sie vortragen wollte. Ihre Begleiterin war Angela Murray, eine Schülerin von Schwester Angelica. Das Mädchen war sehr begabt und erinnerte Lizzy in der Art, wie seine Finger über die Tasten huschten, an Janice McAlister in jungen Jahren. Lizzys Stimme hallte durch das Haus, und ihr Herz wurde beim Singen von Freude ergriffen. In wenigen Stunden würde Brian zu Hause sein. Außerdem hatten Norma und Martin angerufen und gesagt, wie gerne sie »Reise zu fernen Ufern« singen würden. Offenbar klappte alles wie am Schnürchen, was das Konzert anging. Mit der Farm hingegen war es eine andere Sache.

Die Weiden hatten sich in Staubwüsten verwandelt, die Bäche waren nur noch dünne Rinnsale, und an Aussaat war gar nicht zu denken. Die Feuchtigkeit reichte einfach nicht, um die Samen zum Keimen zu bringen, geschweige denn, um die zarten Halme zu ernähren.

Der Großteil der Schafe war verkauft worden, die Hunde lagen untätig auf dem Hof herum. Und dabei gehörte Kinmalley noch zu den am wenigsten betroffenen Farmen. Wenn Lizzy die Durststrecke überstand, würde sie wenigstens genug Geld haben, um weiterzumachen – ganz im Gegensatz zu anderen Farmern. Vor kurzem hatten zwei weitere Familien ihre Häuser verlassen, ohne sich die Mühe zu machen, die Tür hinter sich abzuschließen. Verzweiflung und Hoffnungslosigkeit lagen in der Luft. Irgendwann würde es sicher regnen. Es musste einfach. Schließlich war das nicht die erste Dürreperiode in der rauen und unwirtlichen Landschaft, in der sie lebten.

Plötzlich bemerkte Lizzy, dass sie völlig aus dem Takt geraten war und Angela ihr einen merkwürdigen Blick zuwarf.

»Das geht schon«, meinte sie deshalb rasch, legte das polynesische Lied weg und reichte ihr die Partitur von »Othello« mit der tragischen »Weidenarie«. Nachdem sie Angela ein paar Anweisungen zu Tempo und Phrasierung gegeben hatte, wartete sie mit klopfendem Herzen ab, während das Mädchen das Vorspiel anstimmte.

Lizzys größte Prüfung hatte sie so lang wie möglich hinausgeschoben. Sie wusste, dass sie nur dann wirkliche Fortschritte machen würde, wenn sie sich von dieser wunderschönen und bewegenden Arie über die Erinnerung an Leos Tod hinwegtrösten ließ. Dieses Stück und das darauf folgende »Ave Maria« sollten den Höhepunkt der Outback Opera bilden, und Lizzy war fest entschlossen, ihr Bestes zu geben.

Heute hatte sie zum ersten Mal den Mut gefasst, das Stück mit ihrer Begleiterin zu üben. Sie begann zu singen. Doch plötzlich schnürte es ihr die Kehle zu, und die Erinnerungen stürmten auf sie ein, sodass sie die Tränen zurückdrängen musste. Nachdem sie einen Schluck aus dem Wasserglas genommen hatte, das neben ihr auf einem Tisch stand, versuchte sie es noch einmal. Aber vergeblich; sie brachte einfach keinen Ton heraus. Angela sah sie fragend an.

»Ich glaube, wir machen Schluss für heute. Ich fahre dich nach Hause. Ich muss nachmittags noch eine Menge erledigen. Wir machen morgen weiter«, verkündete Lizzy.

Erstaunt sammelte Angela ihre Noten ein und stand auf. Die Probe hatte erst vor zwanzig Minuten begonnen.

Lizzy verließ eilig das Zimmer, um die Autoschlüssel zu holen. Auf der Fahrt plauderte sie mit Angela über Musik. Nachdem sie sie abgesetzt hatte, machte sie sich auf den Rückweg. Aber schon nach zehn Minuten musste sie am Straßenrand halten. Tränen strömten ihr übers Gesicht, und sie begann heftig zu zittern. Sie schaffte es einfach nicht. Sie konnte nicht bei dem Konzert auftreten. Die alten Ängste waren wieder da, und zwar stärker als je zuvor. Sie blickte starr auf die ausgedörrte Landschaft, ohne etwas zu sehen, stützte den Kopf aufs Lenkrad und weinte herzzerreißend.

Sie hatte sich solche Mühe gegeben zu singen, zu vergessen und wieder La Divina zu sein. Aber es ging einfach nicht.

Schließlich wischte sie sich die Augen ab, putzte sich die Nase und musterte ihr Gesicht im Rückspiegel. Rote, verschwollene Augen starrten ihr aus einem fleckigen Gesicht entgegen. Lizzy ließ den Wagen an. Sie hatte eine Entscheidung getroffen: Sie würde Brian sagen, dass sie nicht konnte, dass er Ersatz für sie findgen musste, dass sie krank war. Genau das würde sie tun. Dann malte sie sich die Szene und Brians Gesicht aus, wenn sie ihm diese Eröffnung machte, und brach wieder in Tränen aus.

Kurz vor Kinmalley drosselte sie die Geschwindigkeit und kroch im Schneckentempo auf das Haus zu. Ihr Herz krampfte sich zusammen, als sie Brians Wagen an seinem angestammten Platz sah. Zum ersten Mal im Leben kam er zu früh. Sie strich ihr Haar glatt und beschloss, es ihm erst nach dem Abendessen zu beichten.

Brian telefonierte und hatte Lizzy den Rücken zugewandt, als sie hereinkam. Sie schnappte ein paar Wortfetzen auf: »Da brauchen Sie sich keine Sorgen zu machen. Sagen Sie einfach nur ja. Sie braucht jetzt wirklich …«

Hinter Lizzy fiel die Fliegengittertür ins Schloss.

»Ich muss aufhören.«

Er knallte den Hörer hin und drehte sich zu ihr um.

»Hallo, ich habe gar nicht bemerkt, dass du schon da bist«, begrüßte er sie verlegen und kam mit ausgebreiteten Armen auf sie zu.

»Was brauche ich jetzt?«, fragte Lizzy bemüht fröhlich und hoffte, er würde ihr nicht ansehen, dass sie geweint hatte.

Er schloss sie in die Arme. Seine Lippen fühlten sich so weich und verlockend an, und als ihr Körper auf seine Liebkosungen reagierte, bekam sie wegen der Eröffnung, die sie ihm nun würde machen müssen, ein schlechtes Gewissen.

»Mich«, erwiderte Brian wie aus der Pistole geschossen und musterte zärtlich ihr Gesicht.

»Du bist ein miserabler Lügner. Mit wem hast du gesprochen?«, beharrte Lizzy.

Aber Brian wiederholte nur seine Antwort.

In ihrem aufgewühlten Zustand konnte Lizzy die Ungewissheit nicht ertragen.

»Mach schon den Mund auf, Brian. Überraschungen kann ich zur Zeit wirklich nicht gebrauchen.«

»Meinetwegen. Darf ich dir zuerst sagen, wie sehr ich dich liebe?« Er bemerkte ihre verquollenen roten Augen und ihre bleichen Wangen. »Du siehst nicht unbedingt aus wie das blühende Leben. Bist du krank?«

»Es ist der Staub. Der bekommt mir nicht. Wahrscheinlich sind im Busch gerade Pollen unterwegs, die ich nicht vertrage«, erwiderte sie rasch und rieb sich die Augen. »Und jetzt brauche ich was zu trinken.« Sie ging an ihm vorbei in die Küche, reichte ihm ein kaltes Bier, schenkte sich selbst ein Glas Weißwein ein und stürzte die Hälfte davon mit einem Schluck hinunter.

Sie konnte es ihm einfach nicht beichten, nicht jetzt, wenn er so glücklich und liebevoll war.

»Du hast aber einen ganz schönen Zug. So, zuerst die gute Nachricht. Mehr als die Hälfte der Eintrittskarten ist verkauft, und es kommen immer noch Reservierungen herein.« Er nahm sie in die Arme.

»Du bist wundervoll. Das wird das tollste Konzert in der Geschichte des australischen Busches«, rief er überschwänglich und küsste sie leidenschaftlich.

Lizzy krampfte sich erneut der Magen zusammen. Sie erwiderte seinen Kuss und schmiegte ihr Gesicht an seine Schulter. Wieder traten ihr Tränen in die Augen. Sie hatte gedacht, sie könnte es ihm einfach sagen, sich umdrehen und gehen. Doch das war unmöglich.

»Das ist toll. Ich freue mich wirklich«, antwortete sie, machte sich los und putzte sich die Nase. »Tut mir Leid, meine Augen jucken so.«

Mit diesen Worten floh sie aus dem Zimmer.

Sie flüchtete sich ins Bad, verriegelte die Tür, setzte sich und brach in Tränen aus. Es gab keinen Ausweg, sie saß in der Falle. Während sie sich hin und her wiegte, rannen heiße Tränen zwischen ihren Fingern hindurch und benetzten ihre Shorts. Wenn sie noch länger hier drinblieb, würde Brian Verdacht schöpfen. Sie drehte den Hahn auf, spritzte sich Wasser ins Gesicht, trocknete sich ab und stand auf.

»Manchmal hilft nur die Flucht nach vorn«, hatte ihr einmal jemand gesagt. Und dieser Jemand hatte Recht. Sie würde es schaffen. Nachdem sie tief Luft geholt hatte, ging sie nach unten zu Brian, der im Wohnzimmer stand und auf die verdorrten Schafweiden hinausblickte. Als sie hereinkam, drehte er sich um.

»Du siehst zum Fürchten aus«, meinte er besorgt.

»Danke für das Kompliment. Ich werde früh zu Bett gehen. Was ist mit dem Orchester? Hat es zugesagt?«, fragte sie bemüht fröhlich. »Bei unserem letzten Gespräch hast du mir doch erzählt, du und der Geschäftsführer wärt praktisch Brüder.«

»Er ist gefeuert worden«, entgegnete Brian, und seine Miene verdüsterte sich schlagartig. Er lief im Zimmer hin und her. »Diese Nachricht wollte ich mir für später aufsparen. Aber vermutlich gibt es dafür keinen richtigen Moment.«

Er erklärte, der Vorsitzende des Queensland Symphonieorchesters habe ihn von der Kündigung des Geschäftsführers in Kenntnis gesetzt. Was die Outback Opera anginge, so sei noch nichts entschieden. Außerdem müsse der gesamte Vorstand zustimmen, bevor man eine weitere Verpflichtung eingehen könne, und die nächste Sitzung finde erst in zwei Wochen statt.

»Du wirst es sicher schaffen, sie zu engagieren«, antwortete Lizzy rasch, obwohl es ihr abermals den Magen umdrehte. Vielleicht war das der ersehnte Ausweg. Schon im nächsten Moment bekam sie ein schlechtes Gewissen.

»Hoffentlich. Überhaupt habe ich eine scheußliche Woche hinter mir. Falls wir das Orchester zu dem Preis kriegen, den wir uns vorgestellt haben, können wir von Glück reden, wenn es mit einer Probe am Tag des Konzerts einverstanden ist. Außerdem wird es ein logistischer Albtraum werden, alle Musiker zum Veranstaltungsort zu bringen. Ich habe mir schon das Hirn nach einer Lösung zermartert. Vermutlich wird es darauf hinauslaufen, dass sie sich zusammen mit den fünftausend Zuschauern den Hügel hinaufquälen. Das heißt, wenn wir das Ganze nicht ohnehin absagen müssen, denn ohne Orchester stünden wir ziemlich dumm da.«

Er betrachtete liebevoll Lizzys Gesicht. Plötzlich schien eine Katastrophe die nächste zu jagen. »Aber wenn ich dich ansehe, weiß ich, warum ich mir das alles antue.« Nachdem er sein Glas geleert hatte, erzählte er ihr, wie gespannt alle auf das Comeback von La Divina waren.

»Falls wir wirklich absagen müssen, sollst du wenigstens wissen, dass du schon erfolgreich bist, bevor du überhaupt den Mund aufgemacht hast. Mir ist klar, wie schwer dir die Entscheidung gefallen ist, Stücke aus ›Othello‹ zu singen. Ich weiß, was du durchgemacht hast, und finde, dass du eine sehr tapfere Frau bist.«

Er hielt inne, und seine Augen wurden feucht.

»Ich wünsche mir so sehr, dass alles klappt. Weniger meinetwegen als dir zuliebe. Ich möchte, dass wir es gemeinsam meistern.«

Die Stimme versagte ihm, und er musste sich abwenden.

Erstaunt lauschte Lizzy seinen Befürchtungen. Nie wäre sie auf den Gedanken gekommen, dass Brian Zweifel haben könnte. Schließlich war er ein berühmter Konzertveranstalter und strahlte ein unglaubliches Selbstbewusstsein aus. Dieses Konzert war sein Traum. Noch nie hatte sie ihn so hilflos und niedergeschlagen erlebt. Als sie auf ihn zuging, wurden ihre Schuldgefühle und ihre Trauer von einer stillen Kraft abgelöst.

»Was meinst du mit absagen? Sei nicht albern. Wir haben dreitausend Eintrittskarten verkauft! Da wird nichts abgesagt. Wir werden es auch mit dem hiesigen Orchester hinbekommen.«

Lizzy verzog das Gesicht und musste dann lachen. Es war ein wirklich wahnwitziger Tag gewesen.

»Wenn wir für unseren Bezirk ein paar Gelder einnehmen, wäre das wirklich schön. Anderenfalls könnte ich den Erlös meines nächsten Konzerts spenden. Wir veranstalten dieses Konzert für uns, und wenn es nicht so perfekt wird, wie wir geplant haben, das Publikum ›Reise zu fernen Ufern‹ ausbuht, und die Leute zu Fuß die Schlucht hinaufklettern müssen, behaupten wir eben, das wäre alles Absicht gewesen.«

Lächelnd sah sie ihm in die besorgt dreinblickenden grünen Augen.

In diesem Moment läutete das Telefon, und Lizzy eilte an den Apparat. Es war Elsa, die verkündete, sie werde am folgenden Montag in Brisbane eintreffen und freue sich darauf, mit Lizzy zusammenzuarbeiten.

»Ich habe dir doch gesagt, keine Überraschungen«, verkündete Lizzy und drohte Brian mit dem Finger. Sie warf sich ihm in die Arme, und sie küssten sich unter Tränen. Nonie forderte ihr Abendessen, die Hunde bellten, und alle fingen an zu lachen.

»Ich liebe dich so sehr«, rief Brian.

»Viva La Divina!«, jubelte Lizzy und stimmte ein Lied an.

24

Als der Tag des Konzerts näher rückte, wuchs die Aufregung im Bezirk. Ladenbesitzer stockten die Lagerbestände auf, um die erwarteten Menschenmassen zu versorgen. Der alte Ben Payne reparierte seinen Imbisswagen, und der Metzger stopfte Berge von Würsten und fror zusätzliches Hackfleisch für Hamburger ein. Der Bäcker heuerte mehr Personal an, und die Eisdiele investierte in zwei weitere Kühltruhen hinter dem Haus. Die Schwestern von St. Cecilia gaben eine Broschüre über La Divina heraus, deren Erlös den Menschen vor Ort zugute kommen sollte. Sämtliche Übernachtungsmöglichkeiten waren ausgebucht, und im Umkreis von zweihundert Kilometern war kein Bett mehr zu kriegen. Viele Einheimische kamen bei Freunden und Verwandten unter, um Platz für die Besucher zu machen. Alle großen Hotels in Brisbane waren voll belegt. Selbst der Himmel gab Grund zur Hoffnung, denn die tief hängenden Wolken verhießen Regen.

»Vielleicht bringt das Konzert ja Regen«, meinte Lizzy und betrachtete die Sonnenstrahlen, in denen sich der in den weit entfernten Bergen fallende Regen fing.

Wenn die Wolken nur ein kleines Stück in ihre Richtung ziehen würden. Doch das war typisch für dieses Gebiet im Landesinneren. Es regnete meist in den Bergen, nicht dort, wo die Farmer es am dringendsten benötigten.

Lizzy hakte Elsa unter und ging mit ihr ins Musikzimmer. Begeistert und sehr erleichtert, dass ihre alte Lehrerin den Besuch möglich gemacht hatte, war Lizzy viel selbstbewusster geworden, was ihre Stimme betraf. Elsa hatte »Reise zu fernen Ufern« sehr gelobt und sogar Passagen aus einem hawaiianischen Liebeslied vor sich hin gesummt. Außerdem war es Lizzy gelungen, innerlich Abstand zu den gefürchteten Arien aus »Othello« zu gewinnen, sodass sich nicht mehr alles in ihr zusammenkrampfte, wenn sie die Melodien hörte. Nun legte Lizzy in den Proben all ihr Gefühl in die Musik und sang mit einem Ausdruck und einer neuen Reife, die sie selbst und Elsa überraschte.

»Das ist sehr, sehr gut, mein Kind. La Divina kehrt zurück und strahlt leuchtender als je zuvor«, begeisterte sich Elsa. »Lass uns mit der Arbeit anfangen.«

Lizzy lächelte ihr zu und wusste, dass alles gut werden würde. Nach dem Mittagessen hielt Elsa vor der nächsten Probe ein Nickerchen. Währenddessen sah Lizzy nach Nonie, die gerade mit Captain spielte, und überredete ihre Großmutter ebenfalls zu einem Mittagschlaf. Das feuchte Wetter belastete Marys Gelenke, und sie klagte seit einigen Tagen über starke Schmerzen.

Nachdem Lizzy das Mittagsgeschirr weggeräumt hatte, machte sie sich auf die Suche nach Brian. Wie immer saß er im Wohnzimmer und telefonierte. Rings um ihn herum auf Tisch, Sofa und Stühlen stapelten sich Papiere und Akten. Als er Lizzy bemerkte, hob er die Hand und trat mit dem Telefon durch die Flügeltüren hinaus auf die Veranda. Lizzy wurde von einem mulmigen Gefühl ergriffen. Wie ihr klar war, musste er zurzeit viel telefonieren, aber sie wurde den Eindruck nicht los, dass er ihr etwas verheimlichte.

»Alles in Ordnung?«, fragte sie bemüht ruhig, als er wieder hereinkam.

Stirnrunzelnd und offenbar in Gedanken anderswo, blickte er sie an.

»Klar. Hast du eigentlich die Leute angerufen, die die Wohnwagen bringen?«

»Das habe ich bereits gestern erledigt. Sie kommen morgen«, erwiderte Lizzy gereizt. Manchmal fühlte sie sich wie einer von Brians Mitarbeitern. Der große Organisationsaufwand ging auf Kosten ihrer Beziehung, was ihr Angst machte. Lizzy strich sich eine Locke aus der Stirn. Sie fühlte sich durchgeschwitzt, war müde und sehnte sich verzweifelt nach etwas Kühle. Aber zumindest hatte das Queensland Symphonieorchester zugesagt. Wie Brian vermutet hatte, würde erst am Tag des Konzerts um neun Uhr eine volle Probe stattfinden. Das hieß, dass die Musiker in aller Früh von Brisbane würden aufbrechen müssen, um sich einen Weg durch die Menschenmassen zu bahnen. Gewiss würden sie anschließend ausgezeichneter Laune sein, dachte Lizzy, die ihre Erfahrung mit Orchestermusikern hatte. Sie zuckte mit den Achseln. Dagegen ließ sich nichts tun.

»Möchtest du nichts zu Mittag essen?«

»Im Moment nicht. Ich nehme mir später etwas.«

Brian war schon wieder am Telefon.

Als Lizzy hinausging, meldete sich ihre alte Unsicherheit. Sie fragte sich, ob er sie wirklich liebte oder ob sie einfach nur die Augen vor der Wahrheit verschloss, dass er sie als Mittel zum Zweck sah, um sein neuestes Projekt umzusetzen. Doch sie tat diesen Gedanken als unsinnig und absurd ab. Schließlich hatte er ihr keinen Anlass für derartige Befürchtungen geliefert. Sie waren eben beide sehr beschäftigt, denn es handelte sich um ein gewaltiges Vorhaben. Als sie spürte, wie er die Arme um ihre Taille schlang und mit den Lippen ihre Wange streifte, entspannte sie sich sichtlich.

»Weißt du, wie sehr ich dich liebe?«, murmelte er.

Zwei Tage später schaltete Lizzy das Radio ein, um den Wetterbericht zu hören. Zunehmend besorgt lauschten sie und Brian dem Sprecher, der sintflutartige Regenfälle in Brisbane und Umgebung meldete. Der Brisbane River führte Hochwasser, und alle Straßen, die von Brisbane nach Westen, ins Landesinnere, führten, waren blockiert.

»Keine Panik, wir haben noch genug Zeit«, meinte Brian, aber er war dennoch besorgt. In den nächsten beiden Tagen regnete es weiter, und die Telefone liefen heiß, da Sponsoren, Konzertbesucher und Nachbarn aufgeregt anriefen, um sich zu erkundigen, ob die Veranstaltung stattfinden würde.

Obwohl Brian und Lizzy versicherten, dass alles in bester Ordnung sei, wurde ihnen zunehmend mulmig, denn es wurde von immer neuen Überflutungen in dem Gebiet berichtet. Der Transport der Ausrüstung von Brisbane würde drei Tage dauern, und weitere zwei Tage waren für den Aufbau nötig. Wenn der Regen nicht bald aufhörte, würde man das Konzert absagen müssen.

Anstatt Brian und Lizzy enger zusammenzuschweißen, trieb die Krise sie eher auseinander. Da Brian unter großem Druck stand, verhielt er sich barsch und abweisend. Währenddessen sehnte sich Lizzy, die gereizt und ungeduldig war und deren Nervosität wuchs, je näher der Tag des Konzerts rückte, nach seiner Bestätigung, vor allem auch deshalb, weil Elsa immer höhere Anforderungen an sie stellte.

»Was erwartest du von mir?«, brüllte er, nachdem sie ihm nach einem mitgehörten Telefonat vorgeworfen hatte, er verschachere sie wie einen Gegenstand.

»Ich bin ein Mensch und keine Sache!«, schrie Lizzy und stürmte türenknallend aus dem Haus und auf den Hof.

Sie machte sich auf die Suche nach Ken, der gerade die Futtermittelvorräte überprüfte. Doch das Gespräch mit ihm munterte sie auch nicht auf, denn er meldete, dass sich auch das Halten der letzten tausend Schafe nicht mehr lohnte. Obwohl Lizzy das wusste, weigerte sie sich in ihrer augenblicklichen Stimmung, die Tiere zu verkaufen, und ließ sich nur widerwillig bewegen, wenigstens sechs davon an den Schlachter abzutreten. Der Regen hatte zwar den Süden überschwemmt, aber im Westen war kein einziger Tropfen gefallen.

Sie betrachtete die verlockend aussehenden Wolken, die ihre Last über den Bergen abluden. Es war zum Verzweifeln. Mit einem Niesen wandte sie sich ab, als ein plötzlicher Windstoß ihr ockerfarbenen Staub ins Gesicht wehte.

»Jetzt nicht auch noch ein Sandsturm!«, rief sie und malte sich schon die Katastrophe aus. Doch auf dem Rückweg zum Haus stellte sie erleichtert fest, dass nichts auf einen Wetterwechsel hinwies.

»Wir proben. Sorgen machen wir uns morgen«, verkündete Elsa, die sie schon auf der Veranda erwartete, mit Nachdruck. »Du hast keinen Grund, dich zu beklagen. Du hast einen netten Mann und eine reizende Tochter. Ich glaube, Leo wäre sehr stolz auf dich.« Zwischen ihren Erinnerungen und ihrer Wut auf Brian hin und her gerissen, drückte Lizzy Elsas Hand und folgte ihr gehorsam ins Musikzimmer.

Endlich ging das Hochwasser zurück, sodass die Straße wieder für Lastwagen passierbar war, und alle atmeten erleichtert auf, als sie endlich da waren. Der Regen im Osten hatte nachgelassen, und der Pegel der Wasserläufe war fast wieder auf den Normalstand gesunken. Bis auf eine Stelle, wo das Wasser noch ziemlich hoch auf der Straße gestanden hatte, war die Fahrt ereignislos verlaufen. Brian brach früh auf, um die Laster am Amphitheater zu erwarten und den Aufbau zu überwachen.

Lizzy war froh über die lange Liste von Dingen, die sie noch erledigen musste, denn sie wurde dadurch von der Panik abgelenkt, die sich ihrer ab und an bemächtigen wollte. Gerade schnallte sie Nonie, die heute ungewöhnlich still war, in ihren Kindersitz, um sie in den Kindergarten zu bringen, als sie ihre geröteten Wangen und die glänzenden Augen bemerkte. Sie fühlte Nonie die Stirn. Das arme Kind glühte förmlich. Wieder einmal hatte die Kleine ohne Vorwarnung Fieber bekommen. Sie wurde zwar nur selten krank, aber wenn, dann richtig. Als Baby hatte sie als Folge hohen Fiebers häufig Krämpfe gehabt, was Lizzy sehr in Angst versetzt hatte. Das Fieber konnte von einer Minute auf die andere einsetzen. Diesmal waren zwar keine Krämpfe im Spiel, doch die schwere Erkrankung würde sicher einige Tage andauern.

Lizzy eilte zurück ins Haus, setzte ihre Tochter in lauwarmes Badewasser und verabreichte ihr dann ein Medikament, um das Fieber zu senken. Aber die Temperatur wollte einfach nicht heruntergehen, und Nonie wälzte sich nass geschwitzt im Bett herum. Lizzy blieb bei ihr, kühlte ihr die Stirn mit einem feuchten Schwamm und gab ihr Medikamente. Hin und wieder nickte sie zwar ein, wachte aber jedes Mal auf, wenn Nonie sich bewegte.

Als das Kind bei Morgengrauen einschlief, war Lizzy völlig erschöpft. Den ganzen nächsten Tag pflegte sie Nonie weiter und ließ ihre Großmutter erst dann übernehmen, als Nonies Schlaf sichtlich ruhiger geworden war.

Das Konzert war für den Augenblick vergessen. Obwohl Brian weiter mit Organisation und Vorbereitungen beschäftigt war, kümmerte er sich um das kleine Mädchen, soweit Lizzy es ihm erlaubte. Elsa beschäftigte sich unterdessen mit der Bügelwäsche.

Endlich sank das Fieber, und Lizzy konnte ein paar Stunden schlafen. Am nächsten Morgen verlangte Nonie etwas zu essen und wollte draußen spielen.

Nach einer kurzen Probe mit Elsa bat Lizzy ihre Großmutter, ein paar Stunden auf Nonie aufzupassen, während sie zum Amphitheater fuhr. Brian war über Nacht mit den Männern dort geblieben, damit alles rechtzeitig fertig wurde. Lizzy wollte ihn besuchen und sich die Bühne ansehen.

»Nonie kommt schon ohne dich zurecht. Die Pause wird dir gut tun. Fahr vorsichtig«, sagte Mary und wünschte, Lizzy hätte nicht so todmüde ausgesehen. Das Konzert entpuppte sich als gewaltige Belastung, und nur der Himmel wusste, woher Lizzy die Kraft zum Singen nehmen würde.

Lizzy stoppte den Geländewagen kurz vor dem großen Felsenbogen. Als sie das Amphitheater betrat, schnappte sie überrascht nach Luft. Die Bühne war aufgebaut, der Orchestergraben abgetrennt. Alles war so gestaltet, dass es sich in den Busch einfügte und die Schönheit dieses Ortes bewahrte. Die einzige Ausnahme bildete die breite Behelfsstraße, die auf einer Seite planiert worden war, um die Lastwagen durchzulassen. Einige Männer errichteten gerade eine gewaltige Markise über der Bühne – für den unwahrscheinlichen Fall, dass es regnen sollte. Unterdessen montierten andere rings um das Amphitheater riesige Bühnenscheinwerfer und stellten die etwa fünftausend Stühle auf.

»Na, wie findest du es?«, fragte Brian und kam auf Lizzy zu. Er war unrasiert und zerzaust und vor Erschöpfung fahl im Gesicht. Als er sie zart auf die Wange küsste, stellte er wieder fest, wie schön sie war.

»Es ist wundervoll, Schatz«, begeisterte sich Lizzy. So oft hatten sie darüber gesprochen, davon geträumt und sich alles bis ins kleinste Detail ausgemalt. Und nun waren die Träume Wirklichkeit geworden. Das Konzert würde genau so stattfinden, wie sie es geplant hatten.

»Komm und schau dir deine Garderobe an«, sagte Brian stolz.

Als Lizzy ihm folgte, klopfte ihr das Herz bis zum Halse. Die Atmosphäre so kurz vor einer Vorstellung steigerte ihre Aufregung ins Unerträgliche. Die Wohnwagen standen am Rande der freien Fläche unter einem Torbogen im Schatten einiger großer roter Eukalyptusbäume.

»Das ist deiner. Die von Norma und Martin sind gleich daneben. Und der hier ist für den Dirigenten. Du hast sogar deine eigene Campingtoilette.«

»Ist zwar nicht unbedingt die Mailänder Scala, aber man will ja nicht anspruchsvoll sein«, erwiderte Lizzy lachend und sah sich aufgeregt um. Es gefiel ihr gar nicht, dass Norma und Martin erst heute am späten Abend eintreffen würden, und außerdem hatten sich ihre Befürchtungen wegen Nonie noch nicht ganz gelegt.

Da sah sie den riesigen Ast, der über ihrem Wohnwagen hing. Der Schweiß brach ihr aus.

»Den musst du entfernen lassen. Ich betrete den Wohnwagen nicht, solange dieser Ast darüber schwebt«, stieß sie hervor. Sie betrachtete die übrigen Wohnwagen, die ebenfalls im Schatten der Bäume standen. »Warum hast du die Wagen so dicht unter die Bäume gestellt?«, fragte sie, und ihre Vorfreude war mit einem Mal wie weggeblasen.

»Damit du es kühl hast«, erwiderte er, ohne sich seine Enttäuschung anmerken zu lassen, und versuchte sie aufzuheitern.

»Wenn das Ding abbricht, knallt es mir direkt durchs Dach! Du müsstest den Wohnwagen nur drei Meter nach vorne ziehen«, meinte sie und bemühte sich um einen freundlicheren Tonfall. Sie wollte so kurz vor dem Konzert nichts dem Zufall überlassen.

»Das geht nicht. Er käme den Scheinwerferkabeln in die Quere«, entgegnete Brian tonlos. Der Boden war mit Kabelsträngen bedeckt. »Dir passiert nichts. Der Ast sieht sehr stabil aus. Wenn Wind aufkommt, wird er die Bäume von den Wohnwagen wegwehen und nicht darauf zu.«

Er hatte sie noch nie so kritisch erlebt, eine ganze neue Seite von La Divina, und er war sich nicht sicher, ob sie ihm gefiel.

Lizzy wirbelte zu ihm herum.

»Wenn du den Wohnwagen nicht sofort umstellst, singe ich nicht, verlass dich drauf.«

»Bitte, lass die leeren Drohungen, Lizzy. Wir sind alle überreizt.«

»Wer sagt, dass es leere Drohungen sind?«, gab Lizzy zurück. Ihre Wangen röteten sich.

»Du verhältst dich kindisch. Findest du nicht, dass wir in den letzten Tagen genug Dramen hatten? Also führ dich nicht auf wie eine Primadonna.«

Wutentbrannt starrte Lizzy ihn an.

»Ich führe mich nicht auf wie eine Primadonna, sondern richte eine vernünftige Bitte an dich. Oder ist es zu viel verlangt, dass du für meine Sicherheit sorgst?«

»Ich sehe zu, was sich machen lässt. Aber versprechen kann ich dir nichts. Und jetzt muss ich wieder an die Arbeit«, erwiderte Brian bemüht ruhig. »Kannst du mir morgen meine Fliege mitbringen? Offenbar habe ich sie zu Hause vergessen.«

»Falls ich überhaupt komme«, fauchte sie zornig.

»Bist du es, Lizzy? Wie sieht es aus?«, fragte Mary, die gehört hatte, wie das Fliegengitter zufiel.

»Ganz nett. Wie geht es Nonie?«

»Sie ist wieder auf dem Damm. Man möchte meinen, sie wäre nie krank gewesen«, antwortete Mary, die sich gerade in einem Sessel ausgeruht hatte.

Als sie Lizzys missmutige Miene bemerkte, fiel es ihr noch schwerer, ihr zu sagen, dass erneut ein Problem aufgetreten war.

»Deine Freunde haben angerufen. Sie sind zusammen in London losgeflogen, aber dann saß ihre Maschine in Hongkong fest. Jetzt müssen sie einen späteren Flieger nach Brisbane nehmen. Du sollst dir aber keine Sorgen machen, sie werden es rechtzeitig schaffen.«

Lizzy wurde von Verzweiflung ergriffen. Schließlich mussten Martin und Norma noch von Brisbane nach Kinmalley fahren. Man konnte von Glück reden, wenn sie pünktlich zum Konzert eintrafen, von der Probe ganz zu schweigen.

Nichts klappte. Die ganze Nacht wälzte sie sich im Bett herum, und wenn sie kurz einschlief, wurde sie von Albträumen gequält. Nach einem besonders beängstigenden Traum lag sie da, starrte in die Dunkelheit, überzeugt davon, dass es zwischen ihr und Brian aus war. Sie fragte sich, woher sie nur die Kraft zum Singen nehmen sollte.

Schließlich gab sie es auf, weiterschlafen zu wollen. Obwohl es draußen noch dunkel war, zog sie sich an, suchte ihre Sachen zusammen und vergewisserte sich, dass sie auch wirklich alles für die Probe und ihren Auftritt dabeihatte. Nachdem sie ihr Abendkleid in einer Plastikhülle verstaut hatte, packte sie Schminkzeug und Schuhe ein. Da der Weg zum Amphitheater von der Menschenmenge blockiert sein würde, war sie schon vor langer Zeit zu dem Schluss gekommen, dass es aussichtslos war, zum Umziehen nach Hause zu fahren. Zu guter Letzt überprüfte sie ihren Schmuck und die Noten und tastete nach dem Medaillon um ihren Hals. Es war da.

Ihre Stimmung besserte sich, als sie hörte, dass es sich im Haus zu regen begann. Sie stocherte ein wenig in ihrem Frühstück herum, umarmte Nonie fest, küsste ihre Großmutter und sagte ihr, dass Plätze in der ersten Reihe für sie beide, die Mutter Oberin und Schwester Angelica reserviert seien. Marcia würde bald kommen, um sie hinzufahren, denn sicher waren alle Straßen zur Schlucht heute verstopft. Lizzy griff nach der Kühltasche mit Lebensmitteln, die Mary für sie vorbereitet hatte, und machte sich mit Elsa im Geländewagen auf den Weg.

Die Fahrt zum Amphitheater dauerte unerträglich lang, da sich auf der Straße bereits die Leute drängten, die sich einen guten Platz sichern wollten. Einige waren mit dem Wagen da, andere gingen, bepackt mit Rucksäcken und Kühltaschen, zu Fuß. Manche mit Zelten und Schlafsäcken hatten die Nacht offenbar im Freien verbracht. Hie und da sah man jemanden mit ordentlich in Plastik gehüllter Abendkleidung über dem Arm.

Als Lizzy an ihnen vorbeifuhr, stellte sie bewegt fest, wie viele Menschen die weite Anreise auf sich genommen hatten. Im Schritttempo setzte sie ihre Fahrt fort, bis sie den Teil des Parkplatzes erreichte, der für die Mitwirkenden reserviert war.

»Wirklich beeindruckend und sehr malerisch«, begeisterte sich Elsa beim Anblick des Amphitheaters.

Lizzy sah sich in dem Durcheinander nach Brian um und schickte ein Stoßgebet zum Himmel, dass bis Sonnenuntergang alles fertig sein würde. Die Handwerker waren noch mit der Bühne beschäftigt, und über den freien Platz hallten Hammerschläge, das Kreischen von Bohrmaschinen und das Klappern von Metall auf Metall. Die Beleuchter testeten ihre Ausrüstung und sicherten Hunderte von Kabeln, die an zwei großen Lastwagen zusammenliefen. Einige Orchestermusiker stimmten bereits ihre Instrumente und trugen so das Ihre zu dem Lärmteppich bei. Einige standen müde herum und plauderten und rauchten, und der Duft von Würstchen und Eiern lag in der Luft, da manche Besucher sich gemütlich ihr Frühstück schmecken ließen.

Die Menschen verstummten schlagartig und begannen dann aufgeregt zu tuscheln, als sie Lizzy erkannten, die sich an ihnen vorbei zu ihrem Wohnwagen drängte. Als sie feststellte, dass dieser immer noch am selben Platz stand, seufzte sie entnervt auf.

»Als Kompromiss habe ich den Ast abgesägt«, sagte Brian, der hinter sie getreten war. »Es war wirklich unmöglich, den Wohnwagen zu verschieben, ohne das Chaos zu vergrößern.«

Ihre Miene verfinsterte sich, und er sprach hastig weiter. »Wenn wir mehr Zeit gehabt hätten ... Bitte, Lizzy, mach es nicht noch komplizierter.«

Eine patzige Antwort auf der Zunge, wirbelte Lizzy herum. Doch beim Anblick seines erschöpften und unrasierten Gesichts verstummte sie. Ihr Herz krampfte sich zusammen, und sie war plötzlich wieder in der Met und ärgerte sich über Leos Verspätung. Dann stand sie in der Leichenhalle und starrte in sein liebes, totes Gesicht.

»Lizzy, Lizzy, was hast du?«

Endlich drang Brians besorgte Stimme zu ihr durch. Lizzy brachte keinen Ton heraus. Stattdessen griff sie nach seiner von der Arbeit zerkratzten und zerschrammten Hand und drückte sie an ihre Wange. Tränen traten ihr in die Augen.

»Was ist denn, Liebling?«, fragte Brian zärtlich. Elsa zog sich dezent in den Wohnwagen zurück.

»Der Wohnwagen ist in Ordnung. Danke, dass du den Ast entfernt hast ...« Ihre Stimme erstarb, und sie sah Brian mit einem schmerzerfüllten Blick an. »Es tut mir Leid. Ich wollte nicht schwierig sein. Es war nur wieder wie am Abend von Leos Tod.«

Unwillkürlich erschauderte sie, und die Schrecken jener Nacht brachen erneut mit voller Wucht über sie herein.

»Ich habe solche Angst, Brian. Ich weiß wirklich nicht, ob ich das kann.«

Brian zog sie an sich, hielt ihren bebenden Körper fest, streichelte ihr Haar und küsste sie. Von Wellen der Panik ergriffen, klammerte sie sich an ihn.

»Du wirst es schaffen, mein Schatz«, murmelte Brian, die Lippen in ihr Haar gepresst.

Er spürte, wie sie sich entspannte, und befreite sich sanft.

»Eigentlich wollte ich es dir erst morgen geben, aber vielleicht kannst du es heute gebrauchen.«

Er wühlte in seiner Tasche und förderte eine winzige quadratische Schachtel zutage, die er Lizzy reichte. Sie öffnete den Deckel und schnappte erfreut nach Luft. In der Schachtel befand sich ein winziges goldenes Hufeisen mit einem kleinen Diamanten in der Mitte.

»Für dich, mein Schatz, in Liebe. Ich dachte, du könntest es zusammen mit deinem Medaillon tragen.« Brian nahm das Hufeisen und legte es ihr vorsichtig in die Hand.

»Oh, Brian, das ist wunderschön«, stieß sie hervor. Sie war gerührt, dass er trotz der beruflichen Belastung und ihrer Allüren an eine solch innige Geste gedacht hatte.

»Übrigens«, fuhr Brian beiläufig fort, »ist Walter Barley eingetroffen; er hat eine sechsmonatige Tournee für dich geplant.«

Dann öffnete er behutsam die Kette mit dem Medaillon, fädelte das Hufeisen darauf und schloss sie wieder.

»Ich weiß, wie schwer es für dich ist, und ich liebe dich dafür. Du bist La Divina, und du wirst es schaffen, mein Schatz. Wenn alles vorbei ist, fahre ich mit dir weg, und wir werden ...«

Lizzy legte ihm den Finger auf die Lippen.

»Versprich mir nichts. Sei einfach für mich da.«

Kurz drückte sie ihn an sich, schnupperte seinen vertrauten

Duft und spürte die Wärme seines Körpers. Dann machte sie sich mit einem letzten Kuss los.

»Ich muss gehen. Die Probe fängt gleich an.«

Fünf Minuten später trat sie auf die Bühne und setzte sich. Die beiden freien Stühle neben ihr waren für Norma und Martin bestimmt. Das Orchester war gestimmt und bereit, der Dirigent, in Jeans und T-Shirt, hob den Taktstock, und Lizzy wurde von Aufregung ergriffen, als der erste Ton durch den Busch hallte. Jetzt war es so weit. Die Outback Opera, das Comeback von La Divina. Sie würde wieder das tun, was sie so sehr liebte: singen.

Während der Probe füllte sich das Amphitheater zusehends. Immer mehr Menschen mit Decken und Picknickkörben und mit Gummistiefeln unter dem Abendkleid trafen ein. Die Abendanzüge und Fliegen der Männer wirkten im hellen Sonnenschein merkwürdig unpassend.

Etwa zur Hälfte der Probe erschienen zur allgemeinen Erleichterung Norma und Martin. Nun konnte Lizzy ihre Eröffnungsnummer mit Martin und auch »Reise zu fernen Ufern« mit dem gesamten Ensemble proben. Die Probe verging wie im Flug, danach endlich fielen sich Lizzy, Norma und Martin in die Arme. Ein ausführliches Gespräch verschoben sie bis nach dem Konzert, um ihre Stimmen zu schonen.

Der Nachmittag schleppte sich quälend dahin, und Lizzys Nervosität wuchs. Das Wetter war stickig und windstill, der Himmel bewölkt, und es wimmelte von lästigen Stechfliegen. Lizzy versuchte, ein wenig im Wohnwagen zu schlafen, aber es war zu heiß. Das Warten hasste sie an ihrem Beruf am meisten, denn es gab ihr Gelegenheit zu zweifeln und sich mit Sorgen zu zermürben, obwohl sie bei der Probe doch so selbstsicher gewesen war.

Es klopfte an der Tür, und Norma kam herein. Nachdem sie einen Blick auf Lizzys Gesicht geworfen hatte, schleppte sie ihre Freundin ins Freie, wo sie sich setzten, Limonade tranken und sich unterhielten. Schließlich war es Zeit zum Umziehen. Erleichtert kehrte Lizzy in ihren engen Wohnwagen zurück. Sie schlüpfte in ihr Abendkleid aus dunkelblauem und goldenem Taft, und das vertraute flaue Gefühl im Magen kehrte zurück. Sie kam sich fett und hässlich vor und war sicher, dass das Konzert ein Fiasko werden würde. Sie würde den Text vergessen, und all die Ängste, die sie in ihren Träumen geplagt hatten stürzten mit voller Wucht auf sie ein.

Wo steckte Brian bloß? In der Nähe krächzte ein Kakadu. Es dämmerte. Lizzy wedelte eine Fliege weg, nahm mit zitternden Fingern die Halskette ab und überprüfte sorgfältig den Verschluss. Ihre Kehle war ganz trocken. Brian hatte sich nicht blicken lassen. Sie wünschte, sie hätte sich niemals zu dieser albernen Aufführung überreden lassen.

Sie griff nach einer Sicherheitsnadel, um ihre Glücksbringer innen an ihrem Kleid zu befestigen, ein kleines Ritual, das ihr sehr wichtig war. Ihre Finger bebten so sehr, dass sie die Sicherheitsnadel nicht aufbekam. Als sich eine Hand auf ihre legte, zuckte sie zusammen.

»Warte, lass mich das machen«, sagte Brian leise, nahm ihr die Kette ab und steckte die Glücksbringer innen in ihrem Mieder fest. »Du siehst hinreißend aus.«

Lizzy errötete.

»Ich sterbe vor Angst.«

»Du schaffst das schon.«

Er reichte ihr ein Programm. Unten auf der ersten Seite stand: »Dieses Konzert ist Maestro Leonard Rominski gewidmet.«

Lizzy starrte auf den Text und sah dann Brian an.

»Ich darf nicht weinen, sonst verläuft mein Make-up, und ich werde heiser. Dann kann ich nicht mehr singen«, flüsterte sie mit zitternder Stimme.

»Schau dir lieber das da an«, meinte Brian lächelnd und winkte sie zur Tür.

Mit gerafften Röcken rauschte Lizzy zu ihm hinüber, spähte hinaus und schnappte nach Luft. Fast sechstausend Menschen drängten sich im Theater. Nirgendwo war mehr ein Plätzchen frei. Auch auf den Gängen zu beiden Seiten standen die Zuschauer dicht an dicht. Lizzy betrachtete die Menge. Manche Leute trugen Abendkleidung, andere ihre Alltagssachen. Es waren Männer und Frauen, Kinder und Alte. Einige waren sogar im

Rollstuhl gekommen. Alle tuschelten aufgeregt. Lizzys Herz klopfte womöglich heftiger als je zuvor.

»Was machen die Männer mit den roten Kappen?«, rief sie fragend, als sie Ken, Bob, den Grundstückseigentümer, und einige andere Farmer erkannte.

»Sie lassen den Hut herumgehen. Für die Farmer hier in der Gegend. Das war Kens Idee. Die Leute spenden, was das Zeug hält. Wusstest du, dass die Schlange bis fast nach Kinmalley reicht? Die Leute lassen ihre Autos am Straßenrand stehen und gehen zu Fuß. Lizzy, sie kommen nur deinetwegen. Sie wollen dich hören.« Bei diesen Worten erklang die Stimme eines Honigvogels aus einem Baum. Der Vogel stieß zweimal seinen Ruf aus und war verschwunden. Als Lizzy Brian ansah, wurde ihr die Kehle eng. Die Zikaden begannen lautstark in den Bäumen zu zirpen und wetteiferten mit den Kakadus.

»Vergiss nicht Lizzy, sie sind nur deinetwegen hier. Dich wollen sie hören. Ihre La Divina. Toi, toi, toi! Hals- und Beinbruch. Ich bin stolz auf dich. Jetzt muss ich los und mich um die Tontechniker kümmern. Denk nur immer daran, dass ich hier bin, Mein Liebling, ganz gleich, was auch geschieht. Ich bin für dich da.«

Er hauchte ihr einen Kuss auf die Wange, drückte ihre Hand und ging hinaus.

Lizzy hatte nur mit halbem Ohr zugehört. Gleich war es so weit. Sie lief im Wohnwagen auf und ab. Schließlich trat sie hinaus und betrachtete ehrfürchtig die Umgebung. Die Sonne versank zwischen den Bäumen und tauchte den Himmel in ein leuchtendes Farbenspiel. Der Busch bereitete sich auf den Sonnenuntergang vor. Sie beobachtete, wie der Dirigent zum Podium eilte, sich verbeugte und den Taktstock hob. Als die Sonne hinter dem Horizont verschwand, schwebten die ersten Töne über den Busch.

Lizzy versuchte sich zu entspannen, obwohl Panik über sie hinwegbrandete. Schließlich hatte sie so etwas auch früher schon überstanden. Im nächsten Moment war die Ouvertüre vorbei, und das Publikum applaudierte dem Orchester. Jetzt war es so weit. Es gab kein Zurück mehr.

Das Herz hämmerte gegen Lizzys Rippen, und kurz zögerte sie. Sie warf einen Blick auf Martin, der neben ihr stand und in seinem Abendanzug sehr elegant aussah. Nachdem sie ihm zugelächelt hatte, gingen sie zusammen auf die Bühne. Die Bretter wippten leicht unter ihren Schritten, und Lizzy war so nervös, dass sie den Applaus kaum hörte.

Sie hatte sich absichtlich dafür entschieden, mit einem Duett zu beginnen, um nicht so unter Druck zu stehen. Es war immer ein Vergnügen, mit Martin zu singen, und heute Abend war er in Bestform. Ihre Stimmen verschmolzen großartig miteinander, und von Zeit und Zeit stimmte sich der Busch mit ein, Kakadus ließen ihr schrilles Gelächter ertönen und Fledermäuse segelten kreischend durch die Luft.

Als Lizzy nach der Arie abtrat, war sie sicher, ihr Bestes gegeben zu haben. Dann war Norma an der Reihe und trug mit klarer, weicher Stimme ihr Lied vor. Als Lizzy mitten in ihrer nächsten Arie tief Luft holte, flog ihr eine Motte in den Mund. Da ihr nichts anderes übrig blieb, schluckte sie das Insekt hinunter und versuchte, beim Weitersingen nicht daran zu denken. Mit ihrem Vortrag des Trinkliedes aus »La Traviata« schlug sie das Publikum in ihren Bann und fesselte es dann mit der Wahnsinnsarie aus »Lucia di Lammermoor«.

Die einstündige Pause gab allen Gelegenheit, sich die Beine zu vertreten und einen Happen zu essen. Allerdings steigerte sie auch Lizzys Nervosität. Während die Champagnerkorken knallten, trank sie lauwarme Limonade, und ihr Magen krampfte sich zusammen.

Nach der Pause gab es zuerst ein Orchesterstück und eine Arie von Martin. Dann begeisterte Lizzy die Zuschauer mit den lieblichen Klängen ihrer polynesischen Lieder.

Ihre Stimmung hellte sich auf, und die Nervosität war vergessen. Sie fühlte sich, als könne sie die Welt erobern. Während sie darauf wartete, dass die Bühne umgebaut wurde, kaute sie Kaugummi, damit ihr Mund nicht austrocknete. Für einen kurzen Augenblick wurden die Scheinwerfer abgeschaltet.

»Ich bin so froh, dass du mich gefragt hast, ob ich mitsingen will«, flüsterte Norma und drückte Lizzy den Arm. Dann nahmen sie beide den Kaugummi aus dem Mund und traten auf die Bühne, um ihre Plätze für den letzten Teil des Konzerts einzunehmen.

Die Scheinwerfer gingen an und beleuchteten Desdemona und Emilia. Die langen Schatten verstärkten die verzauberte Atmosphäre. Das Publikum verstummte, und die Luft knisterte vor Anspannung.

Das Orchester stimmte die »Weidenarie« an, und Lizzy begann heftig zu zittern. Ihr Selbstbewusstsein von vorhin war schlagartig verflogen, ebenso wie ihre innere Kraft und Ruhe und die tapferen Worte der letzten drei Wochen. Ihr Herz klopfte heftig. Sie hörte die Musik wie durch einen Nebel, und als ihr Einsatz kam, öffnete sie den Mund, um zu singen. Kein Ton war zu hören. Der Dirigent blickte erschrocken auf. Voller Panik starrte Lizzy ihn an. Es kostete sie allen Mut, nicht von der Bühne zu fliehen. Sie wusste nicht, was sie tun sollte, und fühlte sich wie nackt. Norma eilte zu ihr hinüber, um für ihre Freundin in die Bresche zu springen.

Der Dirigent klopfte mit seinem Taktstock aufs Pult, und das Orchester verstummte. Sechstausend Menschen hielten den Atem an. Lizzy wäre am liebsten gestorben.

Der Dirigent lächelte Lizzy zu und hob wieder den Taktstock.

»Von Anfang an«, sagte er leise. Das Orchester begann zu spielen.

Lizzy gab sich Mühe, sich zu konzentrieren. Ihr zitterten die Knie. Aber auch beim zweiten Versuch brachte sie keinen Ton heraus. Am liebsten hätte sie sich vor Scham und Verlegenheit in das nächste Mauseloch verkrochen. Doch da schwebte ein Ton, der auf unheimliche Weise so klang, als habe sie selbst ihn gesungen, über das Amphitheater. Die Stimme war voll tönend und wunderschön, wie es nur selten eine gab.

Im nächsten Moment fühlte sich Lizzy wieder wie ein kleines Mädchen und sang mit ihrer Mutter, stolperte, eine Federboa um den Hals, im Zimmer herum, lachte, wenn ihr der Karnevalshut über die Augen rutschte, und roch das zarte Parfüm, das ihr so viel Geborgenheit vermittelte. Sie war glücklich, ja, so glücklich.

Lizzy sah in der Kulisse eine Gestalt, die nur eine Erinnerung aus ferner Vergangenheit war, festgehalten in einer kostbaren Fotografie. Am liebsten hätte sie geweint.

Die engelsgleiche Stimme sang für sie, und sie stimmte, erst zögernd, dann immer selbstbewusster, ein. Als ihre Stimmen sich vereinten, wurde Lizzy von einem Gefühl der Wärme und Geborgenheit erfüllt, die sie nie für möglich gehalten hätte. Später wusste sie nicht, wann ihre Mutter zu singen aufgehört hatte. Sie spürte nur, wie ihre Angst verschwand, als sie sich ganz in die Musik fallen ließ und sie alle Leidenschaft und Verzweiflung in die »Weidenarie« legte, die traurige Verabschiedung Emilias. Anschließend sang sie das anrührende »Ave Maria«, und als der letzte klare Ton in die Dunkelheit entschwebte, hielten sechstausend Menschen den Atem an.

Im nächsten Moment begannen sie wie wild zu applaudieren und sprangen jubelnd auf.

»Bravo! Zugabe! Willkommen, La Divina, willkommen zu Hause!« Ein schöneres Willkommen hätte sie sich nicht wünschen können.

Lizzy verließ nach einigen Verbeugungen die Bühne und stieß mit Brian zusammen.

»Du warst ein Traum«, flüsterte er, während das Publikum weiter tobte, mit den Füßen stampfte und eine Zugabe forderte.

»Wie hast du …? Wo ist sie …?«, keuchte Lizzy.

»Später. Dein Publikum erwartet dich«, antwortete er lächelnd.

Lizzy sang drei Zugaben, eine davon mit Norma und Martin, und beendete das Konzert mit ihrem Markenzeichen »Lied der Honigvögel«. Ganze zwanzig Minuten lang ließ sie Vorhang um Vorhang über sich ergehen, und die Zuschauer wollten immer noch nicht zu klatschen aufhören. Sie warfen Blumen und Luftschlangen auf die Bühne, bis diese mit bunten Farbtupfern bedeckt war. Lizzy winkte Norma und Martin zu sich, und die drei verbeugten sich immer wieder und wieder. Anschließend schüttelte der Dirigent Lizzy die Hand, und verbeugte sich, gefolgt vom Orchester. Zu guter Letzt streckte Lizzy die Hand nach Brian aus.

Dieser zögerte erst, weil er ihr die Schau nicht stehlen wollte, doch als die Zuschauer nach ihm riefen, kam er ebenfalls auf die Bühne und stellte sich unter großem Jubel neben sie. Als die beiden sich gemeinsam verbeugten, wussten sie, dass es die Mühe wert gewesen war. Triumphierend reckten sie die Hände in die Höhe – und spürten die ersten Regentropfen.

Aufgeregt drehte Lizzy sich zu Brian um. Sie breitete die Hände aus, und zwei riesige Tropfen landeten auf ihren Handflächen. Sie fiel Brian um den Hals und küsste ihn. Begleitet von den Jubelrufen des Publikums, öffnete der Himmel seine Schleusen. Während es sintflutartig zu regnen begann, fingen die Leute lachend und rufend zu klatschen an, streckten die Hände in die Luft und umarmten wildfremde Sitznachbarn. Lizzy hob Nonie auf die Bühne und winkte auch Großmutter und Elsa zu sich. Dann holte Brian Lizzys Mutter ebenfalls auf die Bühne. Schüchtern ging sie auf ihre Tochter zu, Lizzy breitete die Arme aus, und sie umarmten und küssten sich.

Ihre Tränen vermischten sich mit dem strömenden Regen. Und während um sie herum weiter der Jubel tobte, blickte Lizzy, überwältigt von Dankbarkeit und Liebe, tief in Brians Augen.

Epilog

Lizzy betrachtete sich in dem bodenlangen Spiegel, der in ihrem Schlafzimmer in Kinmalley hing. Zufrieden seufzte sie auf, obwohl sich ein leicht nervöses Flattern in ihrem Magen regte. Heute, auf den Tag genau ein Jahr nach der Outback Opera, würden sie und Brian heiraten.

Ihr Hochzeitskleid war ein Traum und stammte aus demselben Modeatelier wie alle prunkvollen Konzertroben von La Divina. Meterweise elfenbeinfarbener Satin bauschte sich um sie, und das eng anliegende Mieder gab gerade genug Dekolletee frei. Der zarte Schleier, der von einem winzigen Diadem aus Perlen und Diamanten in ihrem dichten schwarzen Haar gehalten wurde, floss ihr über die Schultern, und die lange und breite Schleppe bauschte sich, als finge sich eine leichte Brise darin.

Auf dem kleinen polierten Tisch neben dem Fenster lag ihr Brautstrauß. Der Duft von wohlriechenden Rosen, zartem Sternjasmin und Gardenien erfüllte den Raum. Vorsichtig zog sich Lizzy den Schleier übers Gesicht, während das Orchester im Garten seine Instrumente stimmte.

Das Geplauder der Hochzeitsgäste drang durchs Fenster hinein. Lizzys Puls ging schneller, und sie tastete unwillkürlich nach den beiden winzigen Glücksbringern, die an einer Silberkette um ihren Hals hingen. Sie dachte an die Geschehnisse des vergangenen Jahres.

Sie konnte noch immer kaum fassen, wie traumhaft sich ihr Leben nach dem Konzert gestaltet hatte. Inzwischen bestand die Schwierigkeit nur noch darin, die vielen Termine unterzubringen. Lizzy ging wieder ihrem Beruf als Sängerin nach, während Brian als ihr Manager fungierte. La Divina war gefragter denn je.

Im letzten Jahr hatte sich ein Engagement an das andere gereiht und sie beide kreuz und quer durch die Welt geführt. Auch für die nächsten beiden Jahre war ihr Terminkalender bereits voll, und Nonie begleitete sie, wann immer es möglich war.

Erst vor zwei Tagen waren Lizzy und Brian aus Italien zurückgekehrt, wo sie fünf Mal an der Scala aufgetreten war. In vier Tagen standen drei Vorstellungen von »Othello« in der Met auf dem Programm. Es war, als hätte sich der Kreis geschlossen.

Obwohl Lizzy wusste, dass sie sich ihren schlimmsten Erinnerungen stellen musste, wenn sie an der Met die Desdemona sang, war ihr klar, dass sie mit Brian an ihrer Seite den Mut dazu finden würde.

Die Panikattacken kamen und gingen, doch seit dem Konzert im Outback hatte sie nicht mehr diese unbeschreibliche Angst empfunden wie in dem Moment, bevor ihre Mutter zu singen begonnen hatte. Inzwischen kam sie meistens damit zurecht, und außerdem war Brian immer da, um ihr den Rücken zu stärken. Obwohl Lizzy ihn bewunderte und sich auf ihn verließ, wusste sie, dass in ihrer Beziehung ein Gleichgewicht herrschte und dass sie beide einander brauchten. Sie konnte kaum glauben, wie glücklich sie seit einiger Zeit war. Und sie hatte ihre Mutter wiedergefunden.

Nach dem ersten Schrecken und der Freude über das Wiedersehen hatten die beiden die nächsten drei Wochen damit verbracht, endlose Spaziergänge rings um Kinmalley oder Ausfahrten in die Umgebung zu machen und sich vorsichtig einander anzunähern.

Betty Foster war noch immer eine schöne Frau, und die Familienähnlichkeit war unverkennbar. Lizzy hatte dieselben hohen Wangenknochen und mandelförmigen Augen, auch wenn Betty inzwischen die grauen Strähnen in ihrem pechschwarzen Haar färben musste. Ihre Figur war voller geworden als auf dem Foto, das Lizzy so viele Jahre lang gehütet hatte, doch ihre Miene war immer noch weich und ein wenig melancholisch.

So viele Jahre mussten überbrückt und so viel Trauer und Schmerz verarbeitet werden. Hinzu kam, dass sie einander jetzt erst richtig kennen lernten. Allerdings wusste Lizzy inzwischen eines genau. Sie hatte ihre Mutter im Laufe der Jahre zwar schrecklich vermisst, doch im Grunde ihres Herzens hatte sie stets und schon lange vor ihrem Wiedersehen verstanden, dass sie unbedingt singen musste und dass die damit zusammenhängenden Entscheidungen ganz allein bei ihr lagen.

Eines Tages waren sie zu zweit zum Amphitheater hinaufgefahren. Lizzy hatte ganz bewusst entschieden, Nonie bei ihrer Großmutter zu lassen. Sie brauchte ein wenig Freiraum, und Mary sollte wissen, dass sich an ihrer Beziehung zu Lizzy und Nonie nichts verändert hatte. Die Spannungen zwischen Mary und ihrer Schwiegertochter waren noch immer nicht aus der Welt geschafft. Bettys Wiedererscheinen hatte Lizzy und ihre Großmutter noch enger zusammengeschweißt.

Lizzy und Betty waren gemeinsam über die Lichtung geschlendert, wo auf dem eingeebneten Boden noch immer die Spuren des Konzerts, die verbreiterten Wege und die Reifenspuren im getrockneten Schlamm zu sehen waren. Sie hatten darüber gesprochen, wie sie gemeinsam hier gesungen hatten, als Lizzy ein kleines Mädchen gewesen war.

Lizzy erzählte ihr, dass sie es mit Nonie ebenso gemacht hatte, und auch von dem Schmerz, Leo zu verlieren, und von der Freude, Brian an diesem verwunschenen Ort zu begegnen.

Dieser Tag hatte ihr ganzes Leben von Grund auf verändert. Es war schön gewesen, ihrer Mutter ihre Liebe zu Brian zu schildern, und sie erkannte an ihrem wehmütigen Blick, wie sehr Betty sich für sie freute. Dann erklärte Betty Lizzy, warum sie damals fortgegangen und nie zurückgekehrt war und warum sie auch nicht versucht hatte, Verbindung zu ihr aufzunehmen.

Anfangs hatte sie es romantisch gefunden, sich von dem galanten Glen, einem vorgeblichen Mann von Welt, der Sänger bei einer reisenden Theatergruppe gewesen war, den Kopf verdrehen zu lassen. Es hatte sie beinahe an einen Opernstoff erinnert. Doch als Lizzy weiter zuhörte, bemerkte sie die Trauer in der Stimme ihrer Mutter und bemerkte auch die Niedergeschlagenheit in ihren Augen. Glen war nicht der Grund gewesen, warum sie die Familie verlassen hatte, auch wenn Dan stets davon ausgegangen war. Zugegeben, er war ein verwegener Märchenheld und Betty selbst jung und leichtgläubig gewesen, aber sie hatte ihn eher als Eintrittskarte in die andere Welt betrachtet, zu der sie so verzweifelt hatte gehören wollen. In ihrem Überschwang und ihrer Naivität hatte sie erst verstanden, was sie alles für ihn aufgab, als es zu spät gewesen war.

Erst dann war ihr klar geworden, dass Dan ihr nie vergeben und dass sie nie zu ihrer kleinen Familie würde zurückkehren können. Damit hätte sie ihnen allen, insbesondere Lizzy, nur Leid zugefügt. Außerdem hatte Betty tief in ihrem Herzen gewusst, dass sie es nie lange an einem Ort aushalten oder in Kinmalley alt werden konnte und dass sie niemals ihr Fernweh verlieren würde. Also war sie fortgeblieben, hatte ihren Namen geändert und ein neues Leben angefangen.

Sie war nach Amerika gezogen, dort in Shows aufgetreten und hatte sich im Laufe der Jahre eine solide Gesangskarriere aufgebaut. Zwar genoss sie nicht Lizzys internationalen Erfolg, aber sie hatte es dennoch weit gebracht. Nur der Preis dafür war viel zu hoch gewesen.

»Doch ich habe nie aufgehört, dich zu lieben – niemals«, endete Betty ihre Geschichte, und Lizzy wusste, dass sie die Wahrheit sagte.

Die Worte ihrer Mutter und ihr leidenschaftlicher Tonfall hatten sich tief in Lizzys Gedächtnis eingegraben und sie zu Tränen gerührt. Da sie wusste, dass sie mit Nonie und Brian ein erfülltes Leben führte, empfand sie tiefes Bedauern für ihre Mutter, die nie wieder geheiratet und stattdessen beschlossen hatte, ihren Weg allein zu gehen. Sie hatte eine Familie verlassen und glaubte deshalb, keine zweite verdient zu haben.

Dennoch hatte Betty darauf bestanden, dass Lizzy sie nicht bemitleiden, sondern einfach nur versuchen sollte, ihr zu verzeihen. Lizzy wusste nicht, wie oft sie wiederholt hatte, dass die Vergangenheit nicht mehr rückgängig zu machen und es deshalb besser sei, in die Zukunft zu blicken.

In den ersten Tagen hatte Betty Lizzy gestanden, dass sie sämtliche Aufnahmen von ihr besaß und sie praktisch alle auswendig konnte. Am liebsten hatte sie die »Weidenarie«. Sie sagte Lizzy, sie sei unglaublich stolz auf sie und ihre Leistungen, und Dan wäre es sicher auch so ergangen. Mit einem Kloß im Hals flüsterte Lizzy, sie hoffe das sehr. Dann fielen sich die beiden weinend in die Arme. Doch als Betty erzählte, wie Brian sie ausfindig gemacht hatte, fingen sie zu lachen an.

In der aufgeregten Stimmung nach dem Konzert hatte Lizzy Brian die Einzelheiten zu entlocken versucht. Aber dieser erwiderte nur: »Frag deine Mutter.« Also war Lizzy dieser Aufforderung gefolgt. Betty hatte daraufhin Norma am Arm gepackt, die, wie sich herausstellte, die Rädelsführerin der Verschwörung war.

Dann erzählte Betty, sie habe aus heiterem Himmel einen Anruf von einer wildfremden Frau erhalten, die sich als Freundin eines Freundes von Bettys ehemaligem Agenten entpuppte und sie fragte, ob sie je in Toowoomba gelebt hatte. Die fremde Frau war Norma gewesen, die auf einer Party nach einer Vorstellung mit ein paar Freunden über alte Zeiten geplaudert und beschlossen hatte, mit dem Agenten zu sprechen, der ganz zu Anfang ihrer Karriere für sie tätig gewesen war. Und so unwahrscheinlich es auch klang, hatte sich diese Strategie ausgezahlt.

»Ich weiß noch, dass ich mich gefühlt habe wie nach einem Schlag in die Magengrube«, sagte Betty und drückte Lizzys Hand. Zuerst war sie vor Freude außer sich gewesen, doch dann hatte sie es mit der Angst zu tun bekommen. Aber es hatte nicht lange gedauert, sie zu überzeugen.

Der wichtigste Hinweis war gewesen, dass sich der Agent erinnert hatte, wie Betty am Anfang ihrer Karriere ihre Auftritte oft mit Geschichten über Kinmalley und den australischen Busch eingeleitet hatte. Lachend fügte Norma hinzu, es sei ziemlich schwierig gewesen, ihr das Versprechen abzuringen, Lizzy kein Wort zu verraten.

Aufgeregt sah Lizzy auf die Uhr und fragte sich, wo Nonie und die anderen waren. Sie dachte daran, wie Recht Brian mit seiner Bemerkung gehabt hatte, dass sie ihre Mutter brauchte.

Da flog die Schlafzimmertür auf, und Nonie, ein Traum in schimmerndem, aprikosenfarbenem Satin, kam hereingehüpft. Ihre dunklen Augen funkelten begeistert, und in einer Hand hielt sie ein zartes weißes und aprikosenfarbenes Blumensträußchen. Die andere hatte fest Bettys behandschuhte Hand umfasst. In ihrem ordentlich gebürsteten glänzenden Haar, das ihr hübsches Gesicht umrahmte und ihr in dicken dunkelbraunen Locken über die Schultern fiel, trug sie einen passenden Blumenkranz.

»Schau dich an! Du siehst ja wunderschön aus!«, rief Lizzy, von Erleichterung und Glück überwältigt. Sie bückte sich, um ihre Tochter zu küssen, und lächelte dann Betty zu.

»Wo ist Oma?« Noch während sie sprach, erschien ihre Großmutter, den breitkrempigen schwarzweißen Hut in einem kecken Winkel auf dem Kopf. In der behandschuhten Hand hielt sie eine pfauenblaue Seidentasche, die zu ihrem Kleid passte. Stolz zeigte sich auf ihrem Gesicht, als sie auf Lizzy zuging und sie auf die Wange küsste.

»Du siehst aus wie ein Traum.« Sie senkte die Stimme und wies mit dem Kopf auf Betty. »Ich habe ihr gesagt, dass ein Mädchen so kurz vor der Hochzeit seine Mutter braucht. Wir sehen uns später.«

Nachdem sie Lizzy die Hand gedrückt hatte, ging sie hinaus. Lizzy fing den dankbaren Blick ihrer Mutter auf, als die Tür hinter ihr ins Schloss fiel.

»Nun, mein Schatz, ich hätte nie gedacht, dass ich an diesem Tag dabei sein würde. Du siehst absolut hinreißend aus, und du auch, meine Kleine«, meinte Betty und lächelte ihre Tochter und ihre Enkelin liebevoll an.

Sie strich Lizzys Schleppe glatt und richtete sich mit eine tiefen Seufzer auf.

»Bist du bereit? Denn wenn man deiner Großmutter glauben kann, wird da draußen schon jemand mächtig nervös.«

»Das geht mir genauso«, erwiderte Lizzy mit einem Grinsen. »Wie fühlt er sich denn?«

»Ich denke ganz gut, wenn man davon absieht, dass er alle zehn Sekunden auf die Uhr schaut«, entgegnete Betty.

Lizzy drehte sich zu Nonie um.

»Wollen wir zu ihnen gehen, Kleines?« Nonie nickte aufgeregt, und ein wenig Angst stand in ihrem Blick.

Mit tränenfeuchten Augen reichte Betty Lizzy ihren Blumenstrauß.

»Heute ist dein großer Tag, Liebling. Genieße ihn.«

Lizzys Mundwinkel zitterten, und ihr brannten plötzlich die Augen.

»Mum, ich bin so froh, dass du da bist.«

Mit diesen Worten schritt sie, Nonie im Schlepptau, zur Tür hinaus.

Ken erwartete sie in der Vorhalle. Ständig fuhr er sich mit dem Zeigefinger unter den gestärkten Kragen, nestelte an seinen Manschettenknöpfen herum und schien sich in dem geliehenen Anzug sichtlich unwohl zu fühlen. In seinem wettergegerbten Gesicht spiegelten sich eine Reihe von Gefühlen wider.

Es sollte zwar nur eine schlichte Trauung werden, doch Lizzy und Brian hatten dennoch einige Traditionen wahren wollen. Ken war unbeschreiblich gerührt gewesen, als Lizzy ihn gebeten hatte, sie zum Altar zu führen. Ihr und Dan diesen Gefallen tun zu können, erfüllte ihn gleichermaßen mit Freude und Trauer, als er Lizzy ein Kompliment zu ihrem Aussehen machte und ihr den Arm bot. Mit einem kurzen Lächeln legte sie die Hand auf seinen Arm und blieb kurz stehen, damit ihre Mutter sich zu den anderen im Garten gesellen konnte.

An einem Ende des Gartens war im Schatten zweier gewaltiger Eukalyptusbäume ein mit weißem Leinen gedeckter Tisch aufgestellt worden. Er war mit zwei riesigen Blumentöpfen geschmückt, in denen grell orangefarbene Paradiesvogelblumen, exotische Orchideen und australischer Ginster wuchsen.

Kurz hob Lizzy ihren Blumenstrauß an die Nase und roch seinen berauschenden Duft. Nach der Hochzeit wollte sie mit Brian zum Grab ihres Vaters gehen, ihren Brautstrauß dort niederlegen und ihm sagen, wie sehr sie ihn liebte und wie sehr sie ihm dafür dankte, dass er ihr seine Kraft vererbt hatte.

Dann stimmte das Orchester die eigens für diesen Anlass komponierte Hochzeitsmusik an. Leicht bebend, traumhaft schön, von Kopf bis Fuß Primadonna, aber dennoch die warme und zärtliche Frau, die Brian so sehr liebte, trat Lizzy am Arm des Mannes, der wie ein Vater für sie gewesen war, in den Sonnenschein hinaus. Das Kleid bauschte sich um sie, und die Brise fing sich in ihrem Schleier. Nonie folgte stolz, ihr Sträußchen fest in der Hand, und hielt, wie sie es geübt hatten, drei Schritte Abstand zu der langen Schleppe.

Als Lizzy auf ihre Freunde zuging, die ihr in froher Erwartung entgegenblickten und von denen viele um die ganze Welt geflogen waren, um heute bei ihr zu sein, klopfte ihr das Herz bis zum Halse. Martin stand neben Norma, die später während der Trauung zwei von Lizzys Lieblingsarien singen würde. Marcia und ihre Familie, Elsa Greusen, die ehrwürdige Mutter, Schwester Angelica, der Dirigent der Züricher Philharmoniker und viele andere, die sie schon monatelang nicht mehr gesehen hatte, waren gekommen.

Betty, die an der Seite von Mary Platz genommen hatte, tastete bereits nach ihrem Taschentuch. Brian wartete, ein nervöses Lächeln, neben Daniel, seit vielen Jahren sein bester Freund und heute sein Trauzeuge. Lizzys Herz machte einen Satz. Als sie sich ihm näherte, konnte sie nur daran denken, wie viel Glück sie gehabt hatte, einen so unkomplizierten, liebevollen und großzügigen Mann kennen zu lernen, und sie betete von ganzem Herzen, dass sie ihn ebenso glücklich machen würde wie er sie. Er hatte ihr geholfen, zu ihrer Leidenschaft, dem Gesang, zurückzufinden, und er hatte ihr ihre Mutter wiedergegeben. Sie liebte ihn so sehr. Wie gerne hätte sie ihr Glück laut herausgeschrien und gleichzeitig getanzt, gesungen und geweint.

Hier waren sie nun, alle vier Generationen – Großmutter, die liebe, etwas störrische Großmutter, ihre Mutter, sie selbst und die kleine Nonie, die ihr so viel Freude machte. Selbst Dan war sicher irgendwo und sah ihnen zu.

Das Orchester spielte weiter, sodass die anrührenden, ans Herz gehenden Klänge die Gäste umfingen und sie alle bewegten. Lizzy schien es, als wäre eine Ewigkeit vergangen, seit sie auf ihrem Felsen im Schutze des Busches gesessen und das »Lied der Honigvögel« komponiert hatte.

»Wenn die Musik die Nahrung der Liebe ist« ... und des Glücks, fügte sie im Geiste hinzu und blickte Brian mit schimmernden Augen ins liebevolle Gesicht. Sonnenstrahlen fielen durch die Baumkronen, und eine Brise liebkoste ihre Wangen … Ein Glück, wie es eigentlich kaum zu fassen war. Und wie als Antwort ertönte in den Wipfeln der Bäume und überall um sie herum das glockenhelle Lied der Honigvögel und erhob sich freudig über den Weiden von Kinmalley.

Weltbild Buchverlag –Originalausgaben–

Steinerne Furt, 86167 Augsburg

Published by Arrangement with Anne McCullagh Rennie
Dieses Werk wurde vermittelt durch die
Literarische Agentur Thomas Schlück GmbH, 30827 Garbsen
14. Auflage 2008

Projektleitung: Dr. Ulrike Strerath-Bolz
Übersetzung: Karin Dufner
Redaktion: Claudia Krader
Umschlaggestaltung: Hauptmann und Kompanie
Werbeagentur GmbH, München
Umschlagabbildung: Zefa images/masterfile/R. Ian Lloyd
Satz: AVAK Publikationsdesign, München
Gesetzt aus der Sabon 10,5/12,5 pt
Druck und Bindung: CPI Moravia Books s.r.o., Pohorelice

Gedruckt auf chlorfrei gebleichtem Papier

Printed in the EU

ISBN 978-3-89897-582-7